ACTION IMMÉDIATE

DU MÊME AUTEUR

Les Brumes du Golfe.

Andy McNab

Traduit de l'anglais par
Ysis Delisle, Suzanne Rajedie, Daniel Lemoine

ACTION IMMÉDIATE

IFRANE ÉDITIONS

This edition is published by arrangement with
Transworld Publishers Ltd, London
Titre original : Immediate Action

12, rue Eugène-Flachat, 75017 Paris

ISBN : 2-84153-069-8

1

Portes et fenêtres étaient condamnées, hérissées de barbelés, mais il en fallait plus pour nous empêcher d'entrer dans le bâtiment. Sur une petite porte de côté, une vieille plaque de tôle ondulée clouée au chambranle était mal ajustée. Enfonçant un bout de bois dans l'ouverture, je soulevai de tout mon poids. Les clous cédèrent et plusieurs paires de mains agrippèrent le coin de la plaque et tirèrent jusqu'à ce que le métal se replie suffisamment pour ménager une ouverture qui nous permette d'entrer en rampant.

Une lumière douteuse tombait des six ou sept puits de lumière percés dans le toit en terrasse, dix mètres au-dessus de nos têtes. Dans la pénombre je pouvais voir des morceaux de métal éparpillés sur le sol nu en béton mais l'endroit semblait vide. Il y régnait une odeur humide de moisissure, de bois pourri et de plâtre. Le silence était absolu, à vous glacer les sangs. Le moindre bruit se serait répercuté dans ce vaste espace. Il est probable que personne ne l'aurait entendu à l'extérieur et n'aurait donné l'alerte, mais je ne voulais pas prendre le risque. Je regardai les autres et fis un signe vers l'escalier qui était à l'autre bout. Alors que je faisais un pas en avant, mon pied heurta une boîte de conserve qui glissa bruyamment au sol. Derrière moi j'entendis un juron étouffé.

L'escalier nous mènerait jusqu'aux bureaux à mi-étage et, de là, jusqu'à une trappe qui ouvrait sur le ciel. Une fois sur le toit, nous commencerions à nous amuser.

À dix mètres de haut, il faisait plus froid qu'au rez de chaussée. J'expirai avec force et regardai mon souffle se transformer en nuage. Je frissonnai. Je marchai jusqu'au bord du toit en terrasse et je regardai en dessous de moi les réverbères et leur flaque de lumière. La rue était déserte. Alentour, il n'y avait personne pour nous voir...

... Ou pour entendre le fracas du verre brisé.

Je fis demi-tour et vis les trois silhouettes qui se tenaient près de l'un des puits de lumière. Il aurait dû y en avoir quatre.

Une demi-seconde plus tard, il y eut un bruit sourd provenant de l'intérieur du bâtiment.

« John ! appela quelqu'un dans un chuchotement bruyant et anxieux, John ! »

Avant même de regarder par l'ouverture déchiquetée, je savais qu'il était mort. Nous le savions tous. Nous nous sommes regardés et nous avons couru jusqu'à la trappe du toit.

John était étendu, complètement immobile et il n'émettait plus aucun bruit. Son visage était plaqué contre le béton, un filet sombre coulait de sa bouche et, dans la semi-obscurité, ça paraissait brillant.

« Sortons d'ici », dit quelqu'un et, comme un seul homme, nous avons filé vers la porte. Je voulais seulement rentrer chez moi et me fourrer la tête sous les couvertures, en pensant qu'ainsi personne ne le saurait jamais, comme on le fait quand on a huit ans.

L'après-midi suivant, la police grouillait autour des appartements. Nous nous étions mis d'accord pour raconter la même histoire parce que, tout au fond de nous, nous pensions être des assassins.

Je n'avais jamais eu aussi peur. C'était la première fois que je voyais un mort, mais ce n'était pas la vue du corps qui me tracassait : j'étais bien plus inquiet par ce qui pourrait m'arriver si je me faisais pincer. J'avais vu *Z cars* et je m'imaginais passant le reste de mes jours en prison. Plutôt mourir.

Jusque là j'avais eu une enfance très ordinaire. Je n'étais pas exploité, ni battu, ni maltraité. C'était juste une enfance banale. J'avais un frère aîné, qui avait été adopté, mais il avait quitté la maison et s'était enrôlé dans l'armée. Mes parents, comme tous les autres dans le lotissement de Bermondsey, étaient sans travail la plupart du temps et toujours fauchés.

À une certaine époque, ma mère travaillait dans une chocolaterie pendant la semaine et, le week-end, à la laverie automatique. Le vieux faisait le taxi la nuit et n'importe quel boulot passant à sa portée dans la journée. Il aidait les gens à réparer leur voiture et, devant la maison, il y avait toujours une Ford Prefect ou une Hillman Imperial vieille de quinze ans sur laquelle il était en train de bricoler.

Nous déménagions souvent, courant toujours après le travail. En tout, j'avais déjà habité à neuf adresses différentes et j'avais fréquenté sept écoles.

Et puis ma mère s'est retrouvée enceinte, elle eut un petit garçon et je dus aller vivre chez ma tante Nell pendant un an. Ce n'était pas du tout une épreuve car, chez tante Nell, c'était vraiment bien. Elle habitait à Catford et l'école était tout près. Surtout, elle avait l'habitude de me donner un verre de lait chaud le soir et, luxe inouï, des biscuits.

George, le mari de tante Nell, mourut et laissa un peu d'argent à Maman qui décida d'acheter un petit café. Nous nous installâmes à Peckham, mais l'affaire capota. Mes parents n'étaient pas doués pour les affaires et même le comptable les avait roulés.

Nous louions la moitié d'une maison, mon oncle Bert habitait à l'étage. Mes parents payaient leur loyer au collecteur..., qui ne le reversait pas au propriétaire..., et finalement nous avons été expulsés et nous avons échoué dans les logements sociaux de secours.

Nous étions toujours à court d'argent. Nous nous nourrissions de ce que Maman appelait « du porridge de nounours » : du lait, du pain et du sucre, chauds. De temps en temps, le gaz était coupé et, dans ce cas, la seule source de chaleur dans l'appartement était un radiateur électrique à trois rampes. Maman le mettait alors dans le living et nous disait que nous faisions du camping. Une fois, elle a même placé une casserole en équilibre sur le chauffage et elle a cuit le dîner : du porridge de nounours. J'ai adoré.

Rapidement, je suis entré dans une bande. Le chef ressemblait au chanteur des Rubettes, et un autre pote avait eu les yeux abîmés dans un accident, il devait tout le temps porter des lunettes et c'était notre tête de turc. Voilà quels étaient mes modèles. Je voulais faire partie du groupe, je voulais être l'un d'eux.

Nous jouions sur ce que nous appelions les « trous de bombes », là où les vieux immeubles avaient été démolis pour faire place à de nouvelles cités HLM. Nous traînions parfois dans les immeubles en ruines. Celui qui était sur Long Lane s'appelait Maxwell Laundry. Nous avions l'habitude de chanter la chanson des Beatles *« Bang, Bang, Maxwell's Silver Hammer »* et d'y passer notre temps à jeter des pierres et à casser des carreaux. Bien sûr, il y avait des panneaux « DÉFENSE D'ENTRER », de la tôle ondulée, des panneaux de bois, du fil de fer barbelé, mais ça ne faisait que renforcer notre envie de pénétrer sur le chantier. Nous grimpions sur les toits et nous sautions d'un puits de lumière à l'autre. Le jeu était risqué, mais c'était marrant jusqu'à ce que ce gosse tombe et se tue.

Je changeais de bande. Pour la cérémonie d'initiation, il fallait qu'une allumette reste posée sur mon bras jusqu'à ce que la peau se mette à fumer et qu'il y ait la trace d'une brûlure. J'étais fier comme Artaban mais quand ma mère est revenue de son boulot à la laverie et qu'elle a vu l'état de mon bras, elle est devenue dingue. Je ne comprenais pas.

Elle m'a traîné jusqu'à la maison du chanteur des Rubettes pour pleurnicher auprès de sa vieille. Les deux mères se sont mises à crier sur le palier et nous, on était là à ricaner. En ce qui me concernait, ça me passait au-dessus de la tête : je faisais partie du gang et elles pouvaient bien discuter autant qu'elles le voulaient.

Maintenant que je me mêlais un peu plus aux autres gamins, je commençais à remarquer que je n'avais pas autant de gadgets qu'eux. L'époque skinhead commençait et tous arboraient des pantalons « vert docker » et des chaussures « rouge cerise ». Tout à mon envie, je prétendais que je n'en voulais pas.

Une fois par semaine, nous allions à la piscine et, à la sortie, nous achetions une glace Love Heart ou des biscuits à l'arrow-root * dans leur bocal. Je n'avais jamais de quoi me payer l'un ou l'autre et je tapais toujours quelqu'un ne serait-ce que d'une moitié de biscuit. Je n'ai jamais goûté de Love Heart mais, un jour, j'ai réussi à piquer assez d'argent quelque part et j'ai fait le déplacement spécialement pour m'en acheter – mais j'ai découvert que ça

* *Arrow-root* : plante tropicale dont le rhizome fournit une fécule comestible utilisée en cuisine et pour des boissons.

ne se faisait plus. J'ai acheté une barre Aztec à la place mais malheureusement, je n'avais personne devant qui faire de l'épate parce que j'étais tout seul.

J'ai essayé de m'engager dans les Louveteaux, mais je n'ai même pas réussi à avoir un uniforme. Il fallait payer la cotisation chaque semaine. Les premières fois, je m'arrangeai pour raconter une histoire qui m'évitait de payer. Puis, le mardi soir, pour jouer au foot à cinq, il fallait avoir des tennis et, comme je n'en avais pas, je piquais celles de quelqu'un. Je me suis fait prendre et on m'a fait la leçon : « C'est mal de voler ». Fin de l'expérience.

Je savais que les garçons plus vieux avaient de l'argent en le gagnant, alors j'ai baratiné le laitier pour le persuader de me laisser l'aider dans sa tournée du dimanche dans la cité. Il me donnait une demi-couronne qui me servait à acheter un numéro de *Whizzer & Chips*, une bouteille de Coke et une barre de Mars. Ça ne me laissait que 6 pence, mais ça valait le coup. Tout ça – acheter le Coke et le Mars – c'était très important pour moi parce que c'était des choses de grand, même si je ne me les offrais qu'un jour par semaine.

Dans ma bande, l'un des gars portait des chaussures en cuir qui avaient le « look humide ». C'était la grande mode. Ses cheveux aussi étaient toujours brillants, comme s'il sortait juste de son bain. Chez nous on prenait un bain seulement le dimanche. Lui, il en prenait un tous les soirs, ce que je trouvais très raffiné. Nous avions l'habitude de traînailler dans sa chambre et, un jour, je remarquai un billet de dix shillings dans sa tirelire. Pour ce que j'en savais, il était plein aux as et ça ne lui manquerait pas. Je le lui fauchai et on n'en entendit jamais parler.

J'ai commencé à piquer de plus en plus. Maman avait plein de bazar sur son ardoise à la Coop. Quand elle m'envoyait chercher du lait et d'autres machins, je prenais des trucs en plus et je les faisais mettre sur son compte. Je savais qu'elle ne vérifierait pas la facture, simplement elle la paierait quand elle aurait de quoi.

Je n'ai jamais vécu avec mon grand frère. Je me rappelle seulement de lui revenant à la maison, après l'armée, avec des cadeaux. Je ne le connaissais pas vraiment et il ne me connaissait pas bien non plus. Une fois pourtant, il était à la maison en permission, il remarqua que je lisais comme un pied et il me fit travailler. Je devais avoir 8 ou 9 ans et je ne savais toujours pas déchiffrer l'alphabet. Il me fit asseoir près de lui et me le fit réciter. Le fait qu'il passe du temps avec moi me donnait l'impression d'être important. Cependant, cette courte leçon n'était pas suffisante pour me tirer d'affaire et en arrivant dans le secondaire je lisais comme un enfant de 7 ans.

Un jour, je suis arrivé en retard à l'école. Dans le couloir, le surveillant m'empoigne et me dit : « Où allez-vous ?

– En classe.

– Où sont vos chaussures ? »

J'ai regardé mes tennis. Je ne voyais pas ce qu'il voulait dire. Puis j'ai compris.

« J'ai pas eu de chaussures cette année. »

Il a fallu que j'aille chercher un formulaire pour que mes parents demandent une bourse. Ça me donnait droit aux trajets gratuits en bus, et aux repas gratuits, à la cantine de l'école. Faut dire qu'il n'y avait pas que moi : le ramassage scolaire prenait surtout des élèves de Brixton et Peckham, alors il y avait pas mal de gosses dans la même galère. Mais, quand même, c'était le genre de groupe d'où je voulais me tirer.

Nous prenions des risques de plus en plus stupides : nous tirions des stylos chez Woolworth pour notre propre usage et, bientôt, nous volions des trucs pour les revendre. Un jour, nous passions devant un magasin de meubles d'occasion qui exposait quelques nouveautés, étalées sur le trottoir, quand une petite desserte ronde attira mon regard. Aussitôt, nous nous mîmes à courir et nous l'attrapâmes au passage puis nous allâmes jusqu'à une autre boutique d'occasions où nous la vendîmes pour 10 shillings. L'argent fut aussitôt « investi » au bistrot, chez Ross, en sandwiches au fromage et en cafés.

Un autre jour, j'ai volé de l'argent à une voisine de ma tante Nell, puis je me suis pointé à la confiserie avec le billet d'une livre. Je ne me suis pas aperçu que ma tante Nell était derrière moi. Sur le coup elle n'a rien dit, mais elle a téléphoné à l'école.

La directrice m'a aussitôt convoqué dans son bureau et m'a dit : « D'où venait cet argent ? » J'ai répondu : « J'ai trouvé un vieux miroir, j'ai pris du vernis, je lui en ai mis un coup et je l'ai vendu. On m'en a donné deux livres. »

Je m'en suis tiré comme ça. Je me trouvais très malin et pensais vraiment que les autres n'étaient que des pigeons qui se laissaient plumer.

Je jouissais d'une grande liberté parce que mes parents travaillaient très dur et, pour les remercier, je me conduisais comme un vrai salaud. Par exemple ma mère s'était cassé la jambe et elle était assise au salon en train de regarder *Peyton Place* à la télé. Elle me dit : « Ne mange pas la dernière orange, Andy, je la garde pour mon dîner. »

Je savais qu'elle ne pouvait pas se lever pour me frapper, alors j'ai pris l'orange et j'ai commencé à la peler en jetant les épluchures par la fenêtre. Ma mère s'est énervée mais j'ai mangé l'orange sous son nez, puis je me suis sauvé quand mon père est arrivé. Finalement, j'ai glissé sur une pelure d'orange et je me suis cassé le poignet.

Après l'école – et parfois au lieu d'aller à l'école – nous allions voler dans des endroits comme Dulwich Village et Penge, endroits qui méritaient d'être volés, à nos yeux.

On s'approchait tout doucement des gens assis sur les bancs du parc, on attrapait leur sac et on partait en courant. Ou bien, s'ils s'éloignaient de leur voiture une minute, le temps d'acheter une glace au petit, on se penchait par la fenêtre et on se servait. Si c'était une voiture de location ou si elle était immatriculée à l'étranger, on était sûrs qu'il y avait des choses dans le coffre et l'expérience nous a appris que les coffres sont faciles à forcer.

À l'école, nous profitions souvent des pauses-déjeuner pour enlever nos blazers d'écoliers et les cacher dans un fourre-tout pour qu'on ne puisse pas nous identifier pendant que nous volions des trucs. Nous pensions être des petits malins, mais le fait que notre établissement scolaire était le seul collège de toute la région ne nous était même pas venu à l'esprit. Nous allions au hasard en cherchant des choses à voler. Un jour, nous avons ouvert une voiture et nous avons pris un tas de lettres : quand nous nous sommes aperçus qu'elles contenaient des chèques, nous étions convaincus d'avoir gagné le jackpot. Aucun de nous n'avait l'intelligence de réaliser qu'on ne pouvait rien en faire.

Une nuit, nous avons cambriolé une boutique d'articles de camping à Forest Hill. A trois, nous sommes entrés par le toit en terrasse et, une fois de plus, nous ne savions pas vraiment ce que nous cherchions. C'était l'un de ces magasins où vous pouvez acheter ces cocardes qu'on vous donne quand vous avez gagné un concours de natation, alors nous avons décidé d'en prendre pas mal et de devenir tous médaille d'or de natation. Après, comme on ne savait pas très bien quoi faire d'autre, l'un de nous a chié dans la poêle du faux petit camping qui était exposé dans la vitrine.

À 14 ans, j'ai commencé à être travaillé par les hormones et à vouloir persuader les filles que j'étais propre et sain. Au marché de Peckham on pouvait acheter cinq paires de socquettes pour une livre : les couleurs étaient épouvantables, comme jaune ou mauve mais je veillais à ce que tout le monde voie bien que mes chaussettes étaient chaque jour d'une couleur différente. Je me mis également à prendre une douche tous les soirs, à la piscine de Goose Green. Ça me coûtait 5 pence pour la douche et la serviette, 2 pence pour le savon et 2 pence pour le petit sachet de shampooing.

J'avais des chaussettes propres, j'étais si propre qu'on aurait dû m'embrasser, mais j'étais énorme et les filles ne semblaient pas attirées par les gros lards en chaussettes oranges. Puis la mode Bruce Lee ravagea le pays. Les gens qui sortaient du pub en titubant, allaient voir son dernier film à la séance de minuit et, quand ils ressortaient, ils se prenaient pour Karaté Kid. Le vendredi soir à Peckham, on ne voyait plus que des gens qui donnaient des coups de tête contre les réverbères ou qui se cognaient la tête entre eux, avec des bruitages à la Bruce Lee.

Je me mis alors au karaté et je m'entraînais trois fois par semaine : c'était géant. Je côtoyais des gens de mon âge aussi bien que des adultes et je commençais à perdre du poids. Je me mis aussi à courir de temps en temps.

À l'école, et dans toutes les matières académiques, j'étais toujours nul. Je me mis dans les bonnes grâces d'un type nommé Peter qui portait des chemises dont le large col et les poignets s'étalaient par-dessus son blazer, exactement comme Jason King. Il m'impressionnait avec ses pantalons patte d'éléphant. Il me demanda si je voulais travailler deux semaines pour son père et je sautai sur l'offre.

Son vieux avait une affaire de transport. Peter et moi, nous chargions du matériel électrique dans des camions puis nous aidions à la livraison. Nous avons gagné une fortune, surtout parce que nous piquions des radios, des enceintes et tout le matériel sur lequel nous pouvions mettre la main dès que le chauffeur avait le dos tourné.

Ce mois-là, j'ai gagné plus que mon père. Même des adultes auraient trouvé que c'était un bon boulot et je ne pensais qu'à quitter l'école, trouver un boulot, gagner du fric, et je ne voyais pas plus loin. Je ne réalisais pas à quel point j'étais en train de limiter mon avenir. Les professeurs ne nous aidaient pas non plus. Ils étaient trop occupés à essayer de maintenir la discipline, pour penser à nous instruire. Comment voir, dans ces conditions, qu'il y avait autre chose au-delà du petit monde dans lequel nous vivions ? Pour ma part, je ne réalisais pas que le choix existait et je ne cherchais pas à savoir.

Dans les endroits où nous vivions, les bons boulots étaient dans l'imprimerie ou sur les docks. Un degré en dessous, il y avait conducteur de métro à Londres ou tôlier. Sinon, les gens se mettaient à leur propre compte.

Je finis par travailler plus ou moins à plein temps pour l'entrepreneur de transport, à livrer des mixers et de la limonade pendant l'été. Je m'arrangeais pour que des palettes de boisson soient chargées en plus dans le wagon, je les vendais aux pubs et j'empochais les bénéfices.

L'hiver je livrais le charbon. Je pensais tout savoir et j'avais pitié des pauvres connards qui travaillaient pour rien à l'école. Je me faisais plein de fric et j'avais tout ce dont je rêvais depuis deux ans.

J'ai perdu ma virginité à 15 ans, un dimanche après-midi. Ma copine avait dans les 17 ans, elle ne demandait que ça et elle était disponible, mais elle était aussi très grosse et je ne savais pas qui de nous deux rendait service à l'autre. Ça a été très rapide et très maladroit et ensuite elle m'a fait promettre de ne rien dire à personne. Je promis de ne pas en parler mais, en beau salaud que j'étais, je m'empressai de le répéter partout.

Mon contrat fini, je me fis embaucher au McDonald qui venait de s'ouvrir à Catford. La vie là-bas était frénétique. Je balayais et lavais le sol tous les quarts d'heure, je pouvais faire une pause café mais je devais payer ce que je mangeais. Impossible de trafiquer parce que tout était trop bien organisé : je détestais ce boulot. J'étais payé des cacahuètes mais c'était quand même mieux que les indemnités de chômage et, en plus, le McDonald était plus près de chez moi que l'ANPE.

J'ai commencé à fuguer. Avec un type, on se faisait le compteur de gaz * de sa tante et on allait en France avec des billets pour la journée. Dans le ferry on racontait que nos parents nous attendaient à l'arrivée et, au retour, il nous est arrivé de voler un gilet de sauvetage qu'on a essayé de revendre dans une boutique de Douvres.

Je n'avais pas la moindre considération pour mes parents. Il m'arrivait

* À l'époque, en Grande Bretagne, surtout dans les milieux très modestes, les compteurs de gaz et d'électricité comportaient un *meter* dans lequel on glissait des pièces de 50 pence *(N.d.T.)*.

de rentrer à 4 heures du matin et je trouvais ma mère dans tous ses états. Parfois la police s'amenait mais elle ne pouvait rien faire, à part me passer un savon, et je me trouvais super malin parce qu'il y avait une voiture de police devant la maison.

J'ai commencé à dérailler, m'abaissant même jusqu'à renverser les chiottes en préfabriqué pour pouvoir m'emparer des affaires de leurs occupants. Un jour à Dulwich, trois d'entre nous furent interpellés par la police alors que nous sortions d'un appartement en sous-sol que nous venions juste de cambrioler. Un maître-chien et son animal nous coincèrent près de la gare.

Dès que la police me mit la main dessus je fus terrifié. Dans le fourgon, comme les autres n'exprimaient aucune peur, je bluffai mais au poste, dès que nous fûmes séparés, j'ai voulu montrer que je flippais. Je voulais que les flics aient pitié de moi, qu'ils voient que je n'étais pas si mauvais que ça : je me laissais entraîner facilement, c'est tout.

Le commissariat était une maison début de siècle, avec de hauts plafonds, des murs recouverts d'épaisses couches de peinture et des planchers cirés. Pendant que j'attendais dans la salle de police, j'entendais le crissement des chaussures dans le couloir.

Je voulais désespérement que quelqu'un entre ; je voulais qu'ils sachent que je n'étais pas mauvais : j'avais fait des conneries mais c'était de la faute des autres.

Mon cœur battait à tout rompre, je voulais ma maman et je ressentais au creux de l'estomac la même douleur que pendant que je quittais Maxwell's Laundry en courant pour me réfugier à la maison.

Je me voyais échouant à Borstal ou en prison, ou bien servant de chair fraîche dans une cellule surpeuplée. J'avais toujours admiré les hommes du coin qui avaient fait de la prison et je pensais que c'étaient de vrais durs, maintenant je savais qu'ils avaient sans doute également détesté cette expérience. Tout ce blabla sur les taulards ne devait être que pure bravade : ce n'était ni prestigieux ni excitant. C'était tout simplement horrible.

Quand mes parents sont arrivés au commissariat et que j'ai vu la honte et la déception dans les yeux de ma mère, j'ai pensé : Alors, c'est ça ? Ça sera comme ça jusqu'à la fin de mes jours ? C'était suffisamment dur d'avoir entendu une fois la porte d'une cellule claquer derrière moi et j'étais terrorisé : là-dedans on se sentait claustrophobe et isolé. Mais je n'avais jamais vu ma mère dans un état pareil et j'avais des remords.

J'ai décidé de changer. Tout seul dans la salle des interrogatoires, je me suis dis : « Bon, qu'est-ce que je vais faire maintenant ? Je vais commencer à me remettre sur les rails. »

À l'école, il y avait eu une brève période pendant laquelle je m'étais vraiment mis à l'anglais. J'avais fait un exposé sur le Capitaine Scott et j'avais eu un A. Ça m'avait passionné et pourtant j'avais laissé tomber très rapidement. Ensuite, je m'étais brièvement intéressé à l'Histoire et je m'étais amusé à réaliser la maquette d'un village anglo-saxon. Je pouvais peut-être tenter ma chance de ce côté-là. Je ne voulais pas me retrouver comme l'un de ces cinglés du coin qui se croyait super cool parce qu'il avait une chaîne en or autour du cou et une Cortina Mark III.

Qu'est-ce que je pourrai bien faire ? Je n'avais aucune chance d'obtenir un boulot convenable au sud de Londres parce que je n'avais aucun diplôme et je n'avais aucune disposition pour travailler en usine.

Dans un coin de ma tête je pensais toujours à l'armée. Quand mon oncle Bert habitait au-dessus de nous, je l'avais entendu une fois parler à ma mère de l'armée : juste avant la Seconde Guerre mondiale, il s'était engagé parce que l'armée pouvait lui assurer trois repas par jour. Je savais aussi qu'on vous y donnait une formation parce que ma mère en avait parlé à propos de mon frère et quand les oncles et tantes disaient : « John est parti maintenant », mes parents répondaient : « Oui, l'armée va en faire un homme. »

J'avais vu toutes les affiches de l'armée représentant des gars en planche à voile qui paraissaient toujours avoir plein d'argent, qui voyageaient et faisaient tout un tas de trucs sympas. Et, au moins, j'apprendrais quelque chose. Je me disais, pourquoi ne pas tenter ma chance pendant trois ans. Mon frère, lui, avait bien aimé. Pourquoi pas moi, au moins, ça me sortirait de Londres.

Dès le début de l'interrogatoire, j'ai dit : « S'il vous plaît, je ne veux pas être dans la merde, car je veux m'engager dans l'armée. C'est pas moi qui ai eu l'idée d'aller dans cet appartement, je traînais seulement par là. Ils m'ont dit de faire le guet puis ils sont partis en courant et j'ai fait comme eux. »

Et j'ai continué à tchatcher.

Ils m'ont mis en préventive pendant trois jours en attendant que je comparaisse devant les magistrats. J'ai souffert pendant chaque minute de ma détention et je me suis juré que, si je m'en sortais, je ferai en sorte que cela ne se reproduise jamais. Tout au fond de moi je savais que je devais vraiment faire quelque chose sinon je resterais toute ma vie à Peckham à faire des conneries et à me faire avoir.

Quand le jugement tomba, les deux autres furent mis en liberté surveillée, je fus relâché avec un avertissement. J'étais libre de continuer sur la pente descendante mais je pouvais aussi montrer à tout le monde – y compris à moi-même – que, cette fois, j'étais sérieux.

Je sautai dans un bus qui allait m'emmener au bureau de recrutement de l'armée.

2

« Je veux piloter des hélicoptères, ai-je dit au sergent recruteur, je veux m'enrôler dans l'armée de l'air. »

J'ai passé un test simple en anglais et en maths, et je l'ai raté.

« Revenez dans un mois, a dit le sergent, ce sera exactement le même test. »

J'allai à la bibliothèque municipale pour étudier l'arithmétique de base. Je me disais que si je maîtrisais les multiplications, plus jamais je n'entendrai le claquement d'une porte de cellule.

Je me présentai de nouveau quatre semaines plus tard, passai le même test et fut reçu – à deux points près. Le sergent me donna une pile de formulaires à emmener à la maison.

« Où vas-tu rentrer ? demanda mon père.

– Dans l'armée de l'air.

– Bon, tant que n'est pas l'infanterie, ils ne vous apprennent rien là-dedans. »

On me donna une feuille de route et je partis à Sutton Coldfield pour les trois jours de sélection. J'eus droit à la visite médicale et à des tests simples, du genre : « Si cette roue dentée-ci tourne dans ce sens, dans quel sens tournera celle-là ? » Nous faisions aussi un peu de sport, regardions des films et assistions à des conférences sur les armes offensives et les armes défensives et sur les différents pays dans lesquels l'armée était présente. J'adorais ça. L'armée de l'air semblait opérer partout : Chypre et Hong Kong notamment avaient tout pour me plaire.

Tandis que je passais les tests, je dûs réaliser à ma grande déception, que je ne serai jamais pilote. Parmi les autres candidats, beaucoup avaient le niveau d'un neuro-chirurgien. Bardés de diplômes, ils se présentaient comme élèves officiers pour devenir cartographes ou artificiers. Il fallait jouer dans leur catégorie pour prétendre à l'entraînement de pilote et je n'avais aucun diplôme. Tout le temps que j'avais perdu à charrier du charbon et de la limonade se mit à défiler devant mes yeux, comme si j'étais en train de me noyer. C'était la première fois que j'étais entouré de types qui possédaient quelque chose que je voulais mais, cette fois-ci, ça ne pouvait pas se faucher.

Lors du dernier entretien, un officier me dit : « Vous pouvez entrer dans l'armée de l'air et vous former comme ravitailleur au sol, mais je ne pense pas que cela vous conviendrait. Vous êtes plutôt du genre actif, n'est-ce pas, McNab ?

– Je pense, oui.

– Vous aimeriez sans doute voyager, voir le monde ?

– Ça oui.

– Eh bien, dans ce cas, avez-vous pensé à faire carrière dans l'infanterie ? Il y a bien plus de possibilités, les bataillons se déplacent tous les deux ou trois ans, on voit des endroits différents. C'est une vie bien plus passionnante pour un jeune homme. Il y a des places vacantes dans les Royal Green Jackets.

– Très bien, je prends. »

J'étais très fier de moi. Je pensais que j'avais réussi : j'étais dans l'armée, maintenant j'étais un homme. J'étais impatient de rentrer chez moi et d'annoncer la bonne nouvelle à mes parents.

« Alors, où t'as atterri ? dit mon père en levant les yeux de son journal.

– Les Royal Green Jackets.

– C'est quoi, ça ?

– Ça fait partie de la Light Division, dis-je d'un air ravi, tu sais : l'infanterie légère.

– Espèce de branleur ! explosa-t-il en jetant son journal par terre. Tu n'apprendras rien. Tout ce que tu feras, c'est de courir partout en trimballant un gros sac sur ton dos. »

Mais ça n'allait pas m'arrêter. Deux jours plus tard, quand il fut évident que j'étais décidé, maman me tendit une enveloppe et me dit : « Je pense que tu dois tout savoir là-dessus. »

J'ouvris l'enveloppe et en retirai mon certificat d'adoption. Ce n'était pas un choc, je savais que mon frère avait été adopté et j'avais toujours été sûr que je l'étais aussi : ça ne me faisait rien.

Ma mère me dit : « J'ai rencontré ta vraie mère quand tu avais à peu près un an. Elle m'a dit qu'elle travaillait pour un immigré grec qui était arrivé en Angleterre dans les années cinquante et qui tenait un night-club dans le West End. Elle vendait les cigarettes dans le club et elle avait 17 ans quand elle s'est retrouvée enceinte de lui. Elle m'a dit que ni l'un ni l'autre ne voulaient de bébé, alors elle t'a laissé sur les marches de l'hôpital dans un sac à provisions. »

Mon père et ma mère m'avaient pris en nourrice aussitôt et, finalement, ils m'adoptèrent.

Et ma mère ajouta : « Tu ne l'intéressais pas vraiment, Andy, elle m'a dit qu'elle pouvait toujours avoir d'autres enfants. »

En septembre 1976, j'avais ce que je pensais être la coupe de cheveux la plus terrible au monde et je m'embarquai à bord du train de Folkestone West. Des bus à impériale attendaient pour nous emmener tous au camp des Junior Leaders' Battalion, à Shorncliffe. Nous étions 1 100 et, dès que nous fûmes arrivés là, nous eûmes droit à une autre coupe de cheveux : la boule à zéro, plus un poil sur le caillou avec juste une petite touffe sur le dessus, comme un cercle de gazon. Je sus tout de suite que je haïrai cet endroit.

Les tout premiers jours furent une suite confuse de conneries, d'histoires d'équipement et de nouvelles conneries. On ne pouvait pas porter de blue jeans, ce n'était pas comme il faut. On devait se mettre au garde-à-vous, même si un simple soldat entrait dans la pièce.

Je pensais être dur, mais il y avait là des gens qui me faisaient passer pour un petit garçon. Leurs bras étaient recouverts de tatouages maison et ils roulaient leurs cigarettes. S'ils ne trouvaient pas quelqu'un pour déclencher une bagarre, ils se cognaient entre eux. Merde, je pensais, qu'est-ce que ça sera quand je serai dans le bataillon? Je voulais partir.

C'était une existence très physique. Quand on ne défilait pas, on marchait au pas de course. Tous les jours, on allait au gymnase pour courir et sauter. Ça finit par me plaire vraiment. Je m'aperçus que j'étais très bon à la course et je commençai à faire de plus en plus de sport.

À l'époque, la boxe faisait partie de n'importe quelle sélection ou entraînement de base pour un jeune soldat. Ils formaient un carré avec quatre bancs et disaient : « Bon, toi et toi, allez là-dedans. » On y allait et on se tapait dessus comme des malades. La plupart des gars y allaient et balançaient leurs bras comme des idiots. Les durs de Sheffield et Glasgow étaient déjà plus évolués, mais je fus stupéfait de m'apercevoir qu'un des meilleurs cogneurs venait de Peckham. Je me suis retrouvé dans l'équipe de boxe de la compagnie sans avoir le temps de dire ouf.

Dans l'armée, quand vous faites partie de n'importe quelle équipe de sports, vous êtes dispensé de tout autre entraînement. Vous vous baladez toute la journée en survêtement marron, ça vous distingue des autres et vous vous sentez différent.

Je gagnai deux rounds comme poids welter et ma compagnie gagna les championnats du bataillon. On poussa jusqu'aux finales de l'armée et je remportai le titre dans ma catégorie. Pour moi, l'avenir était tout tracé : j'irais au 1er RGJ, le bataillon des boxeurs, où je boxerais pendant trois ans et puis je m'en irais. Ce qui était encore mieux, c'est que le 1er RGJ partait pour Hong Kong.

Nous, les sportifs, nous ne plaisions pas aux autres types. C'était peut-être la couleur du survêtement, ou peut-être que c'était parce que nous avions l'avantage de ne pas devoir faire la queue pour les repas.

Une fois, à déjeuner, l'équipe de boxe est entrée d'un air conquérant, est allée directement en tête de file et a commencé à raconter des vannes sur les autres gars.

« Vous vous prenez pour des caïds, hein ? » dit l'un des types de Glasgow.

Je répondis par un sourire satisfait et m'avançai pour attendre l'ouverture des portes.

Un accent de Glasgow retentit à mon oreille : « Quelle est la différence entre ta jambe et un survêtement marron ? »

Je haussai les épaules.

« Y en a pas, dit-il, ils sont troués tous les deux. » Et, avec un grognement, il me planta sa fourchette dans la cuisse.

Je reculai d'un pas, en chancelant. Les dents de la fourchette étaient enfoncées dans ma cuisse. Je saisis le manche et tirai doucement mais les muscles de ma cuisse étaient tétanisés et je n'arrivai pas à retirer ce truc. En y mettant toutes mes forces, je réussis enfin à l'arracher – les dents de la fourchette étaient rouges de sang – je fis demi-tour et sortis au pas, sans un mot. J'attendis d'avoir tourné le coin pour pousser un hurlement.

La boxe était terminée et je revins dans ma section. J'avais encore six mois à faire avec le même contingent : j'avais appris le maniement des armes mais, comme je n'avais pas eu le temps de prendre part aux exercices, j'avais pris du retard. Ils en savaient bien plus que moi et cela me ramena sur terre. Je travaillai dur et j'eus même un avancement. Pour les trois derniers mois, on nous donna des grades, de cadet de première classe à cadet adjudant-chef : des conneries, en fait.

Les vendredis matins, c'était le cross-country du colonel, avec un parcours de dix kilomètres à l'intérieur du camp et aux alentours. Tout le bataillon devait courir. Si vous arriviez derrière le colonel vous deviez recommencer le dimanche, que vous soyez une jeune recrue ou que vous soyez à l'État-Major.

Après ça, nous allions sur le terrain d'exercice pour nous entraîner à avoir froid et faim et à être mouillés. J'adorais ça : au moins nous étions loin du camp et, comme je faisais des progrès, j'étais content.

Il y avait un rituel : à notre retour, le sergent de police sortait du poste et accueillait chacun de nous. La section revenait en titubant, avec ce casque stupide sur la tête, l'équipement pendouillant, le visage couvert de crème de camouflage, puants. Il sortait et nous félicitait d'une voix retentissante : « Très bien ! Continuez comme ça ! » C'était la première fois que nous recevions une marque de respect.

Cela me donnait un sentiment de fierté que je n'avais jamais connu auparavant, d'autant plus qu'il passait le reste du temps à nous engueuler.

Puis il fallait nettoyer les armes, ce qui nous prenait jusqu'au samedi soir ou dimanche matin. Enfin c'était le week-end ! On ne pouvait pas rentrer chez nous, nous devions être rentrés pour dix heures et on avait seulement le droit d'aller en ville. Pour les gars de Folkestone nous étions des fléaux parce que nous avions de l'argent : avec 3 livres sterling par semaine, on pouvait en offrir des choses à une fille ! Je rencontrai une fille nommée Christine à la Rotonde et nous commençâmes à nous voir aussi souvent que possible.

Je commençais vraiment à m'amuser. J'avais enfin compris qu'il ne fallait « pas se prendre la tête avec des conneries » : Fais ce qu'on te dit, même si tu sais que c'est idiot et tout le monde sera content. Et plus ça me plaisait, plus j'étais prêt à me donner, meilleur j'étais.

Les entraînements commençaient à être de plus en plus intenses. Pendant la semaine, nous passions une ou deux nuits dehors et cela se termina par deux semaines de manœuvres dans un camp, pendant lesquelles nous pratiquâmes les différentes étapes de la guerre, avec des attaques à tirs réels. Maintenant, je comprenais enfin ce que je faisais. Avant, je creusais simplement un trou et je m'asseyais dedans ; maintenant je savais pourquoi j'étais assis dans ce trou.

Toutes les huit semaines, nous avions une permission. Une fois, lors d'un de mes retours, je retrouvai mes vieux copains à Peckham mais il s'était produit un changement sensible. Nous nous étions éloignés peu à peu et nos visions du monde avaient changé, même en si peu de temps. Tout ce qui les intéressait, c'était pourtant ce qui m'intéressait quand j'étais parti : zoner. Je ne peux pas dire que je me sentais supérieur, loin de là. J'avais tout simplement le sentiment d'être hors du coup. Ils parlaient de descendre à Margate mais, le dimanche, j'avais mon plus bel uniforme et je me rendais à l'église de la garnison. J'étais donc impatient de retrouver mon bataillon.

Je fus désigné pour prendre l'un des tours de garde lors du défilé de fin de promo et je reçus une lettre qui disait : « Félicitations. Vous avez reçu l'Épée de la Light Division. Beau travail. J'espère sincèrement que votre carrière se déroulera bien. »

Je n'avais pas la moindre idée de ce que pouvait être l'Épée de la Light Division. Je découvris que chaque régiment avait sa distinction honorifique, qui était donnée au jeune soldat le plus prometteur. Je découvris aussi que cela voulait dire une journée de répétition consacrée à apprendre à m'avancer, serrer la main, saluer, prendre l'épée, pivoter et repartir. Enfin, tout le bataillon devait se rendre au gymnase pour y être présenté par le colonel aux différentes compagnies.

Je trouvais l'épée superbe et je l'imaginais accrochée au mur de ma chambre mais, comme je quittais le podium, un sergent me la reprit et me donna une chope en étain en échange. Et l'épée retourna au musée du régiment.

Le défilé de fin de promo était un événement très important. Mes parents vinrent avec mon grand frère et sa famille. Ça faisait bizarre parce que ça n'avait jamais été tellement leur genre. Quand j'étais à l'école, mon père et ma mère n'étaient jamais venus à une réunion de parents et, en fait, c'était la première fois qu'un membre de ma famille participait à un quelconque événement.

Ce jour-là j'ai vraiment pensé que j'étais devenu un soldat. Nous portions l'écusson et le ceinturon du régiment, marqués IJLB (*Infantry Junior Leaders Battalion*) et dès que l'inspection serait terminée nous pourrions revêtir l'insigne de notre propre régiment : le béret vert des Green Jacket.

Il y avait encore une petite chose à régler. Nous devions rendre nos beaux godillots en cuir au magasin, sauf les Guardsmen qui allaient les rapporter à leur bataillon pour les cérémonies. Nous nous sommes donc tous mis en ligne et nous avons cogné nos godillots contre le pavé jusqu'à ce que le cuir se fendille comme une mosaïque : aucun salaud ne mettrait la main dessus et ne pourrait se la jouer belle avec nos godasses.

3

Je demandai à aller au 1er RGJ à cause de la boxe et parce que ce régiment devait aller à Hong Kong. Alors, bien sûr, je fus envoyé au 2e RGJ à Gibraltar. Ça ne me réjouissait pas trop, surtout quand je découvris que les hommes de ce régiment étaient surnommés les « sacs à main ».

« D'où viens-tu ? me demanda le sergent des couleurs dans la cour de la caserne alors que je me tenais là, à cligner des yeux dans le soleil éclatant de la Méditerranée.

– Londres.

– J'entends ça, tête de nœud, mais de quel coin de Londres ?

– Peckham.

– Bien, va à la compagnie B. »

Ma section de fusiliers était constituée de seize types. On nous avait dit qu'en arrivant au bataillon, ils nous prendraient en main pour la « période d'instruction » – en vérité il s'agissait de nous inculquer leur manière particulière de faire les choses. Mais, à Gibraltar, le 2e RGJ croulait sous les obligations ; ils étaient partout sur le Rocher, en service pour des cérémonies ou à la frontière. Ils n'avaient donc pas beaucoup de temps à nous consacrer et nos deux premières semaines se passèrent à flâner.

J'allai dans la grand rue le matin suivant mon arrivée : aussi loin que le regard pouvait porter, on ne voyait que des boutiques remplies de tapis marocains et de montres bon marché. La plupart de ces boutiques étaient tenues par des commerçants asiatiques ou arabes. J'achetai à ma mère un tapis bariolé pour 5 livres, avec une paire de babouches pour le même prix. Je me disais que c'était merveilleux, j'étais seulement là depuis deux jours et, déjà, je marchandais dans la casbah comme un pro.

Plein d'enthousiasme après mon année d'entraînement, j'étais impatient d'y aller. Je trouvais que ce poste était formidable – on était sur la Méditerranée, il y avait les plages, le soleil – c'était la toute première fois que j'allais à l'étranger, à part mes brefs aller-retour en France, et, en plus, j'étais payé pour ça. Je fus surpris cependant par l'attitude de certains types. Parmi les anciens, certains semblaient tellement négatifs ; ils n'arrêtaient pas de dire « merde » ou « putain de merde ». Ou bien, mystérieusement, ils disparaissaient en disant seulement : « Je vais faire du bizness. » Il me fallut du temps pour comprendre de quoi il était question.

Les jeunes qui rejoignaient l'armée, dans leur majorité, avaient déjà eu des contacts avec des substances prohibées ; ça faisait partie de leur culture, et ils emmenaient cette culture avec eux quand ils arrivaient à la caserne. Personnellement je n'avais jamais été intéressé par les drogues – surtout parce que je détestais le tabac – et je n'y avais jamais été exposé. J'avais entendu tous les mots de la drogue, mais je ne savais pas exactement leur signification. Et, maintenant que j'étais vraiment en contact avec les affaires de drogue, j'étais terrifié : c'était quelque chose qui m'était totalement étranger.

On me raconta que la drogue avait toujours été un problème. Une fois, quand le bataillon revenait de manœuvres en Irlande, une caravane de cars était arrivée à deux heures et demie du matin : en fait c'était la police locale qui venait faire un raid dans le bataillon. À cette occasion, ils n'avaient pas trouvé de substances prohibées, mais ils avaient bel et bien découvert un officier absorbé dans une activité qui était encore pire aux yeux de la loi militaire : il était au lit avec un caporal de la section des mortiers.

Nous paraissions avoir une culture des années soixante-dix, mais l'armée en était restée aux années cinquante. J'avais l'impression de vivre dans l'un de ces films en noir et blanc que j'allais parfois voir le samedi après-midi. Tous les matins nous devions boire un plein verre de « screech », le mot qu'on employait du temps de la marine pour désigner le jus de citron en poudre. Le colonel avait dû lire un livre du capitaine Cook et il pensait que cela nous protégerait du scorbut. J'ai entendu parler d'un officier qui est entré dans les Irish Guards. Son supérieur l'a pris à part et lui a dit : « En tant que jeune sous-lieutenant, voici les règles. Un, ne portez jamais de costume marron. Deux, appelez toujours le métro " métro " et non pas "*tromé* ". Trois, ne prenez jamais de bus rouge. Quatre, portez toujours un chapeau et un parapluie et, cinq, ne portez jamais de paquet recouvert de papier kraft. » Pas un mot sur la manière d'aborder les soldats qu'il allait avoir sous ses ordres.

Pendant l'été, Gibraltar était rempli de touristes et, comme nous défilions lors des cérémonies officielles, nous étions pain béni pour les jolies filles qui aimaient l'uniforme. C'était ma théorie en tout cas et, un après-midi, je me mis en route pour la grande rue, habillé en péquin et me prenant tout à fait pour « notre homme à Gibraltar ». Je trouvai un bar qui s'appelait Le Capri, avec des palmiers en plastique à l'intérieur et des boxes en demi-lune avec des tables. Tout était très sombre et très sophistiqué, me semblait-il. Pour être à la hauteur de l'ambiance, je demandai un Southern Comfort panaché (whisky et limonade), boisson très internationale à l'époque.

Alors que j'étais assis à écouter les chansons des Stylistics et des Chi-lites, le patron du bar vint bavarder avec moi. Très british, avec des cheveux gris soigneusement entretenus, il paraissait la quarantaine mais semblait croire qu'il avait toujours 17 ans. De temps en temps, je reconnaissais des gars du bataillon qui passaient en me regardant à travers les vitres. Puis arriva cette Chinoise. Elle était ravissante, vêtue d'un pantalon patte d'éléphant, avec des talons hauts et, moi, j'étais en extase. Elle s'assit avec nous.

« Toi, dans la marine ?

– Non, je suis avec le bataillon. »

Après un verre ou deux elle se rapprocha d'une place et je me disais que j'avais le ticket. Elle avait certainement remarqué ce que je buvais – une femme comme celle-ci devait forcément se sentir bien en compagnie d'un membre du jet set international. Les gens continuaient d'arriver et le bar commençait à être plein. Le juke-box se mit à jouer des slows de Donny Osmond.

J'étais en train de me soûler doucement et je ne prêtai pas vraiment attention quand ma nouvelle amie me dit : « Appelle-moi Pierre. »

Pour moi, Pierre c'était un prénom français masculin et je n'avais pas réalisé que c'était aussi le prénom d'une Chinoise. Puis, très, très lentement, je commençai à piger le coup. Je regardai autour de moi et je vis que, dans le bar, il n'y avait que des mecs. Je regardai de nouveau Pierre, et l'horrible vérité me pénétra.

« Je vais juste aux toilettes », dis-je en détachant sa main de ma cuisse.

Je pris mes jambes à mon cou, hanté par le visage de tous les types qui m'avaient regardé à travers les vitres du bar. Je me suis promené pendant des jours en ricanant comme un débile et en disant : « C'est au Capri qu'ils font les meilleures tortillas de tout Gibraltar. Bien sûr, c'est plein de mecs bizarres mais ça vaut le coup, rien que pour la bouffe. »

Le bataillon revenait en Angleterre en novembre et partait presque aussitôt pour South Armagh, en Irlande du Nord. Dans l'immédiat, j'étais trop jeune pour les suivre : il fallait avoir 18 ans parce que, des années auparavant, il y avait eu trop de jeunes de 17 ans qui s'étaient fait tuer. Cela faisait mauvais genre, alors ils ont relevé l'âge limite et je devrai attendre d'avoir fêté mon anniversaire.

Nous partîmes à Lydd et à Hyth pour renforcer notre entraînement. Nous passâmes beaucoup de temps sur l'adresse au feu et l'instruction porta sur les différents scénarios que nous risquions de rencontrer.

« Nous allons être basés à South Armagh, le pays des malfaiteurs, dit le commandant de notre compagnie, et la compagnie B ira à Crossmaglen, une ville qui fait ressembler le reste de ce pays de malfaiteurs à un bal de charité. »

On nous distribua des plans de la ville et on nous dit qu'il fallait « apprendre » South Armagh. Il y eut une fusillade pendant notre entraînement et, pour la première fois, je commençai à lire un peu plus les journaux, pas seulement la page des programmes télé.

Vers la fin de l'entraînement on nous remit des lunettes de visée pour nos armes. Je n'avais jamais vu cette pièce d'équipement auparavant mais je savais que ça existait. Je m'y croyais et je pensais que j'étais un sniper international.

Dans l'infanterie, à cette époque, la tenue était incroyablement réduite. Nous avions un uniforme, mais pas de vêtements chauds ou réellement imperméables. Si vous vouliez ce genre de trucs, il fallait vous les acheter. L'article le plus exotique qui nous fut donné, pour traverser les froidures qui nous attendaient, fut une paire de grosses chaussettes de laine.

J'avais 18 ans, j'étais dans l'armée depuis bientôt deux ans, mais c'était ma première tournée opérationnelle. Tout était génial. Je trouvais que ça me faisait une bonne expérience. J'étais avec le bataillon, je pensais que j'étais un vrai dur et que j'aurais assez d'argent pour acheter une voiture et passer du bon temps avec Christine quand je rentrerais.

Crossmaglen, où il y avait le marché aux bestiaux et que nous connaissions sous l'appellation de XMG, se trouvait juste sur la frontière. Cela voulait dire que les terroristes pouvaient préparer leurs opérations à Dundalk, juste de l'autre côté, puis surgir et nous tirer dessus. Il y avait une grande place au centre avec des petits immeubles comportant une clôture métallique sur le devant pour arrêter le bétail. Cette place était dominée par le sangar Baruki, installé à moins de cent mètres de la base des forces de sécurité dans laquelle nous vivions. Le sangar, qui portait le nom d'un parachutiste qui s'était fait réduire en bouillie, était une structure massive de fer et d'acier. À l'intérieur il y avait trois mitrailleuses légères, un lance-grenades M79, des fumigènes, des radios et, le plus important, des thermos de thé et des sandwiches parce que nous étions là-dedans pour une éternité. Il y avait un radiateur électrique. Pendant un tour de garde dans le sangar il faisait incroyablement froid et c'était très, très ennuyeux. Il devait être occupé en permanence par deux d'entre nous. Pour l'atteindre, nous piquions une course échevelée : les deux hommes de garde dans le sangar pointaient les canons, nous sortions et descendions la route en courant, les deux soldats que nous remplacions sortaient alors et retournaient à la base en courant.

Un jour, je me trouvais dans le sangar Baruki avec un première classe appelé Bob, le diminutif de « Billy One Bollock » (*Billy-une-couille*) – je n'ai jamais su d'où lui venait ce surnom, parce qu'il avait l'air d'être entier. Une patrouille sortit de la base et, après le martèlement de la course auquel nous étions habitués, j'entendis seulement « clic, clic, clic ». Je me demandais ce que ça pouvait bien être et je regardai par le hublot latéral : juste à côté se tenait l'homme le plus élégant du monde, posant devant un appareil photo pour le magazine du bataillon.

« C'est Johnny-Two-Combs (*Johnny-deux-peignes*), me dit Bob. Arrive des Midlands, adore le football, joue pour le bataillon : il présente bien, non ? »

Ça, on pouvait le dire. À XMG, personne ne portait ses insignes et, habituellement, tout le monde avait l'air d'un tas de merde, mouillé, gelé, couvert de boue. Mais ce gars portait ses galons de caporal et son uniforme était impeccable. Il mesurait environ 1 mètre 75, avait des yeux bleus, des dents parfaites et pas un des ses cheveux blonds n'était décoiffé.

« Il jouait dans un match de coupe de l'armée et le bataillon a commencé à jeter des peignes sur le terrain, continua Bob. Il en a ramassé un et il s'en est servi, puis il a demandé s'il était bien et il a continué. Je crois qu'il a marqué le but gagnant. »

Je regardais Johnny pendant qu'il continuait à poser, gagnant la guerre à lui tout seul pour l'objectif. « Ce qu'il y a, dit Bob, c'est qu'il en veut vraiment : tu as devant toi un futur adjudant-chef. »

La compagnie de fusiliers vivait dans des « sous-marins », dans la base des forces de sécurité : de longs couloirs avec trois lits superposés, pas d'armoire. Votre espace est là où vous vous trouvez. Vous mettez votre barda sur votre lit ou sous le lit du bas. Je partageais un espace avec Reggie, un caporal qui était mon chef de patrouille, et avec un fusilier jeune marié, nommé Gaz, qui gardait son album de photos sous son oreiller.

Vers la fin des années soixante-dix, le conflit à South Armagh se réduisait à une vie de fantassins. Quand nous n'étions pas en train de patrouiller en ville nous étions dans la cambrousse, rien que nous, la pluie et la boue, nos fusils et nos sacs de combat, pour autant de jours que la mission le commandait. Comme j'étais le bleu, je devais porter la mitrailleuse légère.

Pendant le premier mois j'étais très branché par tout ça, puis les choses commencèrent à devenir très ennuyeuses. Je n'avais pas l'impression de réaliser quoi que ce soit parce qu'il ne se passait jamais rien. Je venais de faire tout cet entraînement, pendant lequel il arrive quelque chose à chaque pas et où vous devez réagir en conséquence mais, maintenant que nous étions ici, il ne semblait jamais rien se passer. Nous patrouillions, surveillions, arrêtions des voitures, établissions des protections aux points de contrôle des véhicules, procédions à des perquisitions dans les maisons et c'était tout.

Nous avions l'habitude de partir en patrouille dans la cambrousse avec des bottes en caoutchouc aux pieds à cause de la boue. Il y avait une routine de quatre jours : emmenés par hélicoptère et déposés pour quatre jours à vivre sur le terrain. Puis nous avions quatre jours de patrouille en ville, pendant lesquels nous portions des rangers au lieu de bottes en caoutchouc. C'était une présence de 24 heures, il y avait toujours trois patrouilles dans la ville. Puis c'était quatre jours dans les sangars à faire les corvées de popote, le nettoyage des chiottes et à frotter la cour avec une brosse à dents – une expression militaire qui signifie « travailler pour travailler ». Il y eut une occasion mémorable au cours de laquelle l'adjudant me donna l'ordre suivant : « McNab, vous devez sortir et balayer toutes les flaques indésirables. »

Tout ce dont nous avions besoin devait être amené par hélicoptère : nourriture, munitions, courrier, personnes. L'aire d'atterrissage était un agencement de planches en dehors du camp ; quand on attendait un hélicoptère les sangars devaient être en alerte et l'hélico descendait rapidement. Il y avait une cité juste à côté et les types avaient l'habitude de faire des cartons sur tout ce qui bougeait. Avec leurs Wessex, les gars de la Marine étaient les meilleurs ; ils étaient plus hardis et toujours à l'heure – ce qui était important après une longue patrouille, quand vous attendiez qu'on vous sorte de là.

Un jour j'étais le portier du sangar, ce qui voulait dire que pendant que les gens sautaient de l'hélicoptère et couraient vers la porte, je devais l'ouvrir juste assez pour qu'ils puissent entrer en courant. Je n'avais pas la moindre idée de l'individu qui arrivait vers moi en courant. Tout ce que je pouvais voir, c'était une silhouette courbée en deux, avec un tas de paperasserie dans un panier à provisions en vannerie avec une poignée comme ceux avec lesquels les mémés font leur marché.

« Qui êtes-vous ? dit-il.

– McNab, Sir.

– Je suis Corden-Lloyd », dit-il rayonnant tout en me serrant la main. Puis, avec cette manière qu'ont les officiers supérieurs de poser des questions à la con aux hommes de troupe quand ils leur rendent visite, il dit : « Ça vous plaît ? Le courrier arrive ? La nourriture est correcte ? Des problèmes ? »

Un colonel qui me serrait la main en toute simplicité, me demandant comment j'allais, dans quelle section j'étais : c'était géant.

Il n'y avait pas de véhicules militaires dans la cambrousse pour appuyer les patrouilles parce que trop d'entre eux avaient été soufflés par des mines.

Cependant deux véhicules blindés Saracen étaient stationnés en ville. Ils étaient recouverts d'un grillage métallique antiperforation pour arrêter les roquettes : le filet déclenchait la fusée avant qu'elle ne pénètre le blindage. Ces véhicules qu'on appelait des « boîtes de conserve », les Saracen VCI, ne quittaient jamais la ville. Nous pouvions nous rendre d'une position à une autre dans toute la ville avec ces véhicules, ce qui était génial, surtout quand il tombait des seaux. L'équipage des Saracen VCI avait un boulot de merde : ils étaient juste assis et les canonniers se tenaient debout. Les boîtes de conserve étaient essentiellement des bases de tir fixes, avec une mitrailleuse montée sur tourelle, en prévision des gros contacts. Cependant, leur caractéristique la plus utile était installée à l'arrière ; c'était un truc appelé « réservoir norvégien » qui contenait à peu près 10 litres de thé, et auquel était accrochée un quart en plastique. Les conducteurs du Saracen avaient l'habitude de remplir ces réservoirs avant de commencer une patrouille afin que nous puissions venir à l'arrière pour boire un coup. Au bout de deux heures c'était tiède, le thé avait trop infusé, mais aux petites heures du matin c'était un nectar.

Au début du printemps 1978, j'étais en patrouille à pied à Crossmaglen, à l'époque où notre politique était de descendre tous les drapeaux républicains que nous voyions. Mais il ne suffisait pas simplement de monter et de l'arracher, il fallait le faire en faisant attention parce qu'il était toujours possible que ce soit une provocation ou un piège.

Un drapeau avait été accroché sur la route de Newry qui sortait de Crossmaglen près de l'église, juste à la limite de la ville et de la cambrousse. C'était un paysage typique de campagne, avec des champs ondulants et des haies d'arbres. La route était bordée de poteaux télégraphiques dont l'un était orné du drapeau républicain.

Dans ma section il y avait quatre patrouilles. Sur le réseau radio, le chef de section dit : « Nous profiterons de la relève pour descendre ce drapeau et nous reprendrons la patrouille. »

Ma patrouille était prête à sortir. Le temps était froid et humide et il y avait des flaques indésirables partout. Nous portions un gilet pare-balles en nylon sur lequel chaque type avait écrit son groupe sanguin. J'avais une veste de civil en duvet sous ma chasuble de combat.

Le commandant en chef nous fit un rapide briefing dans l'un des bâtiments : « Vous, vous prenez le centre ville ; vous, la droite et vous, la gauche.

La dernière patrouille reste dehors et descend le drapeau. Une fois que c'est fait, vous rentrerez et nous continuerons notre patrouille. »

Ce n'était pas compliqué : ce n'était qu'un drapeau de plus à décrocher. Nous passions l'entrée principale et, quatre par quatre, les hommes des patrouilles avançaient dans le quai de chargement et chargeaient leurs armes. Le commandant de garde se mettait en contact radio avec Baruki et leur disait que les patrouilles arrivaient. Leur boulot, c'était de nous couvrir pendant que nous sortions. Une patrouille après l'autre, nous sortions comme des flèches. Ce ne serait jamais qu'une nouvelle patrouille de routine : trois heures en ville, quatre heures à la base, puis de nouveau trois heures dehors.

Nous nous déploierions sur la grand place. Étant la patrouille du milieu, nous serions le plus près de la patrouille qui allait enlever ce drapeau.

Nicky Smith, un spécialiste des fouilles, fut désigné pour aller chercher le drapeau. Le plan était le suivant : une fois arrivés sur le terrain, nous fournirions un cordon extérieur pour sa patrouille, il suffisait de se trouver dans le coin.

Ils appelèrent l'un des Saracen qui se trouvait de l'autre côté de la ville. Le plan était que Nicky grimpe sur le grillage, jette un œil sur le drapeau et, si ça allait, qu'il le descende. Pas de problème, il l'avait déjà fait des centaines de fois et on était en plein jour.

La circulation fut stoppée dans les deux sens aux points de contrôle. Nous étions affectés au poste de contrôle et nous arrêtions les gens qui sortaient de la ville par la route de Newry. Nous contrôlions les permis de conduire et les plaques d'immatriculation, nous leur demandions où ils allaient et d'où ils venaient. Je me trouvais dans l'encadrement d'une porte et je couvrais les deux types responsables du point de contrôle. Je bougeais tout le temps, tantôt accroupi tantôt debout, attentif à ne pas représenter une cible statique. Une minute ou deux après, j'allais dans une autre porte, ou bien je me mettais entre deux voitures : l'important c'était d'être toujours en mouvement.

Je ne faisais pas tellement attention à Nicky Smith et à l'équipe de fouille. Tout ce qui m'intéressait c'était que, plus vite ce serait terminé, plus vite la « boîte de conserve » serait libre et alors nous pourrions peut-être avoir une tasse de thé.

Le Saracen arriva au pied du poteau télégraphique. Le canonnier était en train de manœuvrer la Browning pour couvrir les alentours parce que l'emplacement était exposé, juste à la limite de la ville, et que cela pouvait être un leurre. Le conducteur avait baissé la plaque blindée qui protégeait son visage afin de voir ce qui se passait.

Nicky grimpa sur le toit du véhicule, regarda bien et tira sur le drapeau. Il y eut une explosion terrifiante.

Depuis que j'étais soldat, je n'avais jamais entendu la détonation aiguë, perçante, des explosifs de grande puissance. Pendant un moment je n'y crus pas, je me disais : « Non, c'est pas possible. » Je ne savais pas quoi faire et je regardai autour de moi. Reggie était en train de vérifier une voiture, le coffre était ouvert et il avait commencé à en sortir quelque chose. Il s'arrêta, leva la tête et regarda autour de lui. Les civils qui se trouvaient au poste de contrôle savaient ce qui se passait : ils avaient plus d'expérience que moi en matière d'explosions.

Reggie claqua le coffre et la voiture démarra en trombe. Il nous appela et nous arrivâmes en courant sur la route et, comme nous arrivions près du Saracen, nous vîmes que le sergent descendait doucement le corps. On entendait des cris à l'intérieur de la boîte de conserve, les portières arrière furent ouvertes et les gens tentèrent de porter secours à l'équipage.

Ce qu'il restait du corps de Nick se trouvait maintenant près de la roue arrière du Saracen. Sa tête était tranchée en biais au niveau du cou, ses pieds avaient disparu, toute la partie du milieu était intacte, affreusement abîmée mais intacte. Des petits bouts de chair et des lambeaux de sa veste constellaient le grillage et pendaient à chaque aspérité. Toute la « boîte de conserve » semblait recouverte de sang.

« Amenez un poncho ! » cria le sergent.

Au sommet de la colline, de l'autre côté, les autochtones qui se rendaient sur les tombes restèrent figés, les voitures faisaient demi-tour, personne n'ayant envie de se trouver mêlé à tout ça. Ils avaient déjà vu ça auparavant et ils savaient que si les balles commençaient à voler, ils risquaient d'être blessés.

Était-ce un simple piège ? Ou bien l'explosion avait-elle été déclenchée par quelqu'un qui se trouvait à proximité ?

Tout ce que je voyais, c'était des gens qui se jetaient sur leur radio. Tout ce que j'entendais c'était les ordres qu'on criait. Je ne savais pas quoi faire, j'étais terrifié et j'étais drôlement content qu'il y ait une foule de gens autour de moi qui avaient l'air de savoir ce qu'ils faisaient.

À cette époque il y avait un gars dans ma patrouille qui était un sacré emmerdeur. Il pouvait partir sans permission le lundi et revenir soûl le mardi soir. Il ne voulait jamais rien faire mais ce jour-là il était vraiment remonté parce que, quand nous sommes arrivés sur les lieux, le sergent qui commandait la patrouille était en train de faire le point et ce type s'est mis à courir et il a commencé d'arroser la haie avec une mitrailleuse légère. Peut-être que, si l'explosion avait été déclenchée à distance, l'auteur de l'attentat était encore dans les parages. Quand il fallait agir, ce type savait ce qu'il avait à faire.

Les gars de la force de réaction rapide étaient sortis de la base et commençaient à installer des barrages routiers dans toute la ville, à des points préétablis, pour empêcher quiconque d'entrer ou de sortir.

La bombe avait déchiqueté Nicky dispersant ses morceaux sur cinquante-soixante mètres. Tout ce que nous voulions c'était mettre les morceaux les plus gros dans un poncho et le ramener à la base.

Je me retrouvais en train de ramasser les restes de l'homme avec lequel j'avais pris le petit déjeuner, celui qui s'asseyait près de moi en râlant sur la qualité de la nourriture. J'étais très en colère, j'avais très peur. La vie réelle m'atteignait durement.

Les autochtones commençaient à sortir des pubs et des maisons, applaudissant gaiement. Ils étaient ravis parce qu'un troufion britannique était mort et je commençais à flipper comme un fou. J'étais furieux contre ces gens.

Nous étions quatre à porter le poncho, un à chaque coin, et les autres nous protégeaient pour traverser la foule. Le poncho était dégoulinant de sang, Nick était littéralement un poids mort et j'avais trempé dans le sang jusqu'aux coudes.

Nous le ramenâmes, puis il fallut retourner nettoyer la zone. Les hélicoptères arrivaient de Bessbrook pour emmener les blessés. Nous étions trempés de rouge, suants et soufflants, et il nous fallut utiliser de grands balais de cantonnier, tout durs, pour retirer tous les morceaux du camion et les jeter dans un sac. Après ça, nous brulâmes les balais. Puis il nous fallut ressortir pour chercher l'un de ses pieds qui manquait. On le trouva une rue plus loin.

Son sang séché adhérait à nos semelles, son sang imprégnait nos ongles, son sang était sur tout notre équipement, même la carte qui se trouvait dans ma poche était rouge de sang.

Nicky Smith avait 20 ans, c'était un gentil gars qui avait une mère et une petite amie. J'avais vu qu'il avait écrit dans une lettre, juste la semaine d'avant : « Il ne reste plus que 42 jours et je serai à la maison. »

Au début, ma vision de l'armée c'était de me faire de l'argent, voyager et tout ce que j'avais vu sur les publicités : être sur la plage, faire du surf et prendre du bon temps. C'étaient peut-être aussi les visions de Nicky. Même le fait d'aller en Irlande du Nord était excitant parce que cela faisait une expérience différente. Je pensais maintenant que les bureaux de recrutement auraient peut-être besoin de quelques affiches de soldats morts dans des ponchos.

Trop souvent, les soldats britanniques qui mouraient en service actif en Irlande du Nord étaient brièvement mentionnés dans les nouvelles – « La nuit dernière, un soldat britannique... » – et puis on oubliait, mais je me jurai de ne jamais oublier Nicky Smith. Je conserverais toujours les coupures de journaux, ma carte conserverait toujours les taches qu'avait fait son sang.

J'étais poursuivi par des images de pieds sans corps et de Saracen éclaboussé de sang comme une peinture d'enfant. Ça me rendait furibard et je voulais personnellement remettre le monde à l'endroit. Je voulais que les gens se sentent responsables, je sentais soudain que j'avais une motivation et que je faisais quelque chose, pas seulement pour des conneries politiques ou parce que je faisais des économies pour m'acheter une voiture, mais j'étais là parce que je voulais faire quelque chose pour mon petit monde à moi.

4

Quand j'ai rejoint le bataillon à Gibraltar, il y avait là un ou deux types qui se préparaient à faire la Sélection, courant autour du Rocher sur une route appelée « les Marches de la Méditerranée » mais, étant un bleu, je n'avais aucune idée de ce dont il pouvait s'agir. Puis j'entendis qu'ils partaient pour les SAS – qu'ils prononçaient Sass – et ce n'est que plus tard que je découvris que, pour ceux qui en font partie ou qui travaillent avec ce service, on ne dit pas les « Sass » ou même les SAS mais tout simplement « le Régiment ».

À la base, à XMG, un type nommé Rob occupait une petite chambre pas plus grande qu'un placard. Quelquefois, en passant, j'entendais le chuintement des radios et j'apercevais des tas de cartes de South Armagh dans toute la pièce. La pièce ressemblait à un dépotoir avec des bergens, des brêlages et d'autres trucs partout. Puis Rob disparaissait et on ne le voyait plus pendant des semaines.

Un jour, il apparut dans les douches et je l'examinai attentivement pour voir à quoi il ressemblait. Il ne faisait pas 1,95 mètre de haut et 1,20 mètre de large comme je m'y attendais. Il mesurait environ 1,65 mètre et il avait l'air tout à fait normal. Il portait un caleçon, un Tee-shirt et des tongs. Ses affaires de toilette et de rasage consistaient en un morceau de savon dans une tasse en plastique comme celles des distributeurs de boisson, une brosse à dents et c'est tout. Il se lava et partit : ce fut mon premier contact avec le Régiment.

Un jour nous fûmes avertis qu'un hélico était attendu dans dix minutes. Tous les hommes disponibles qui étaient de corvée de cuisine durent arriver aussitôt pour récupérer le chargement afin que l'hélicoptère ne reste au sol que le temps minimum. Il pouvait apporter n'importe quoi, du matériel comme de la nourriture, parfois il y avait une patrouille à bord.

Comme j'étais un bleu, on me dit simplement : « Il y a un hélicoptère qui doit arriver dans dix minutes et il apporte des sacs en plastique. Je veux que tu prennes ces sacs et que tu les rapportes au camp. »

L'hélico arriva, les portes en tôle ondulée furent ouvertes en grand et tous coururent comme des imbéciles pour ramasser tout ce qui serait jeté par dessus bord et ramener ça au camp en courant. Je ramassai deux sacs en plastique qui contenaient tous les deux ce qui paraissait être des Armalite. Puis quatre ou cinq types sautèrent de l'hélicoptère. Ils avaient les cheveux longs et bouclés, des favoris longs qui se rejoignaient presque au menton comme le chanteur de Slade et ils portaient des vestes en duvet, des jeans et des desert boots.

On nous avait dit de ne pas parler à ces gens-là, de les laisser faire ce qu'ils avaient à faire, tout simplement. Mais de toute manière aucun d'entre nous n'avait envie de leur parler. On ne savait pas comment ils pourraient réagir et tout ce qu'on savait c'était qu'ils étaient le Special Air Service, de sacrés durs qui allaient nous en remontrer. Je n'étais qu'un petit gars de 18 ans, je ne risquais pas de l'ouvrir.

Il n'y avait qu'une télé dans tout le camp et elle était dans une pièce pleine d'armoires et de merdes qui traînaient partout, si bien que tout le monde avait pris l'habitude de venir en avance et de réserver sa place pour regarder, en s'asseyant sur les armoires, en grimpant sur les étagères fixées au mur, et tout ça. Même si les gars dormaient, on les réveillait pour le *Top 50*.

La cuisine n'était pas plus grande qu'une pièce dans une maison ordinaire. On prenait un plateau, on allait chercher quatre tranches de pain à la cuisine, on se faisait de gros sandwiches et une tasse de thé, avant de récupérer notre place pour le spectacle. Il y avait là des gars qui sortaient de leur douche, et qui étaient serrés contre des types cradingues qui arrivaient directement du terrain. Tout le monde mordait dans son egg banjo * La pièce sentait la cigarette, la sueur, la boue, la bouse de vache et le talc.

À l'époque, juste après Noël 1978, Debbie Harry et Kate Bush étaient toutes les deux au *Top 50*. Debbie Harry chantait *Denis* et Kate Bush *Wuthering Heights*, et quand celle-ci apparaissait, toute la compagnie des fusiliers criait : « Brûlez cette sorcière ! »

Et puis ces types s'amenèrent aussi et je me dis qu'en fait ils étaient simplement humains puisqu'ils étaient venus pour voir Debbie Harry et Kate Bush. Ils n'avaient pas joué des coudes, ils ne s'étaient pas mis devant tout le monde, ils s'étaient juste glissés là où ils pouvaient puis ils étaient repartis. Leur conduite me stupéfia : ils s'étaient montrés respectueux envers nous.

Je leur enviais la liberté apparente qu'ils avaient d'aller et venir comme il leur plaisait. J'imaginais qu'ils devaient avoir une vie fantastique où ils n'avaient qu'à débarquer d'un hélicoptère, faire leur boulot et repartir là où ils vivaient. Mais, là encore, je pensais qu'il n'y avait aucune chance pour qu'un simple fusilier comme moi arrive à ce niveau.

---

* Sandwich aux œufs frits *(N.d.T.)*.

5

Il y avait huit bataillons d'infanterie à Tidworth, dans le Wiltshire, où se trouvait notre nouvelle base. Pour s'amuser en ville il y avait trois pubs dont l'un était hors limite, deux baraques à frites, une laverie automatique et une banque.

Toute la journée l'armée nous apprenait à nous montrer agressifs, puis nous descendions en ville, nous nous y barbions, nous nous soûlions et nous retournions notre agressivité les uns contre les autres. Nous étions alors sévèrement sanctionnés, comme si nous avions fait quelque chose de mal.

Nous faisions tout ce qu'on fait en garnison, comme les exercices sur le champ de tir puis nous commençimes de nouveau à nous entraîner pour l'Irlande du Nord. Les bataillons y allaient à tour de rôle, en moyenne une fois par an, et je vis ça comme une belle occasion de mettre de l'argent de côté. En tant que fusilier je pouvais économiser 1 000 livres par séjour parce qu'il y avait encore moins de choses à faire là-bas qu'à Tidworth. Il y avait encore trois autres avantages : d'abord nous étions payés 50 pence de plus par jour, ensuite nous avions du papier de toilettes doux au lieu du papier râpeux qu'il y avait dans les garnisons anglaises. C'était même présenté comme une carotte pendant l'entraînement : « Rappelez-vous qu'il y a du papier de toilettes doux de l'autre côté. » Finalement, c'était un plaisir de quitter de nouveau Tidworth. Pendant les trois années suivantes, la routine serait de faire des exercices, se soûler à Tidworth et Andover et aller en Irlande.

Les gens revenaient avec leurs 1 000 livres sterling et claquaient tout dans des voitures qui tombaient bientôt en morceaux. Un type acheta pour 900 livres une Ford Capri peinte à la main en crème et brun chocolat et, au bout de deux jours, des choses commençaient à s'en détacher. Moi-même je pensai acheter une Ford Capri, mais l'assurance coûtait plus cher que la voiture.

Je sortais encore avec Christine. Elle habitait Ashford, je descendais donc là-bas pendant les week-ends et chaque fois que je le pouvais parce qu'elle ne voulait pas entendre parler de venir habiter à Tidworth. Elle avait un travail et elle habitait encore chez ses parents. Nous étions amoureux – du moins « nous le pensions » – et nous voyions la vie en rose.

Il y eut bientôt des rumeurs disant que le bataillon irait en Allemagne pendant 5 ans et je savais que ça poserait des problèmes concernant notre relation. Si vous étiez « femme de », le logement était fourni mais si vous étiez seulement « petite amie de », c'était à vous de louer une chambre en ville. Nous n'aurions jamais pu payer les loyers allemands, alors je me suis dit : « Allons-y, que diable », et nous voilà mariés. C'était un mariage pour la forme, le plan c'était qu'elle reste à Ashford et, après le prochain tour en Irlande du Nord, d'avoir un logement à Tidworth.

Un samedi soir, nous étions en train de patrouiller en multiple, c'est-à-dire deux patrouilles de quatre hommes. Le chef des deux patrouilles était Dave, un caporal, j'étais commandant en second et je commandais la seconde patrouille.

J'avais d'abord rencontré Dave à XMG mais je n'avais pas eu tellement à faire à lui parce qu'il était dans une autre section. Comme promotion je fus envoyé à la section et je devins son commandant en second. Dave était connu comme une forte tête et il était toujours sur le point d'être rétrogradé ou mis à l'amende. Il venait de l'East End de Londres et restait en contact très étroit avec sa famille et ses amis. Il avait dans les 25 ans et ses bras étaient couverts de tatouages. Il avait une petite amie à Londres mais, plus je le connaissais, plus je l'imaginais célibataire pour le restant de ses jours, cassant au bout de deux mois toutes les voitures qu'il avait et faisant des affaires avec les roublards de Mile End Road. Nous nous entendîmes très bien et il devint un ami proche.

Nous devions sortir à 18 heures et nous nous réunîmes pour un petit topo de 5 minutes au cours duquel Dave nous dit dans quelle direction nous allions sortir, si nous allions utiliser la porte de devant ou celle de derrière. Puis il nous donna les informations sur toutes les activités en ville, tout ce que nous avions besoin de savoir de la patrouille qui venait juste de rentrer.

« Il semble y avoir beaucoup plus de personnes que d'habitude qui vont et viennent dans le centre social, dit-il. Et il semblerait aussi qu'il y ait du mouvement dans la maison abandonnée au coin de Liam Gardens. Nous vérifierons ça en passant. »

Habituellement, les maisons abandonnées devaient être évitées parce qu'elles se prêtent tout naturellement aux pièges, mais quelque chose dans cette maison avait semblé différent à la dernière patrouille : cela pouvait être un vieux clodo qui se trouvait là, ou bien quelque chose qu'on avait mis là pour nous attirer.

Nous chargeâmes nos armes dans le quai de chargement et nous attendîmes derrière la porte principale, attendant l'ordre d'y aller. C'était une chaude soirée tranquille, avec peu de circulation et des oiseaux qui chantent. Sur le réseau radio nous écoutions l'autre patrouille qui était en ville, parlant en mots et en chiffres codés parce que nos communications n'étaient pas sûres et que les terroristes avaient des scanners. Vous ne flânez pas pour sortir d'un poste de forces de sécurité, vous bombez – c'est-à-dire que vous courez comme un dératé pendant à peu près 25 mètres pour vous éloigner un peu – avant de vous regrouper. S'ils devaient tirer dans le tas ou poser une bombe, l'endroit où ils seraient sûrs de toucher des soldats serait près des portes, au moment où ils partent en patrouille.

Nous sortîmes au galop. Plutôt que d'aller directement en ville, nous avions décidé de prendre une route qui longeait la ville par l'extérieur, en mort terrain. Nous voulions utiliser le terrain autant que possible pour rester à l'abri des regards des dickers (*guetteur de l'IRA*) au cas où ils auraient des projets pour nous.

Nous ne passions pas par des endroits évidents comme les trous dans les haies ou des points d'intersection naturels qui pouvaient être visés et utilisés pour placer des bombes. De même nous ne touchions pas à quoi que ce soit qui eût l'air militaire, comme une pièce d'équipement se trouvant par terre. Des soldats s'étaient fait sauter en ramassant des gourdes, pensant qu'une autre patrouille avait perdu ça et qu'ils lui rendraient service en les lui rapportant.

Nous arrivâmes à une petite rivière qu'il nous fallait traverser, ce que nous fîmes sans problème. Puis nous remontâmes sur le terrain vague, ce qui nous amena à proximité d'un lotissement qui était littéralement à la limite de la ville, ensuite la cambrousse s'étendait jusqu'à un endroit appelé Castle Blaney, de l'autre côté de la frontière.

En cette soirée de samedi, les rues étaient pleines de cars qui étaient venus jusqu'au lotissement pour emmener les gens du coin « faire la bombe » à Castle Blaney. Ils partaient pour la soirée et revenaient en titubant vers deux heures du matin. Et ils avaient bien raison : si j'étais coincé à Keady un samedi soir, j'aurais envie de me faire beau et d'aller me soûler de l'autre côté.

Nous continuâmes notre patrouille en mort terrain. Ils ne pouvaient pas nous voir, nous non plus, mais je m'attendais à voir quelques personnes lorsque nous approcherions du lotissement. Nous les laisserions tranquilles parce que ça ne sert à rien de traverser une foule, ça ne fait que lui donner des idées. Nous avions l'intention de les contourner et de faire un petit tour dans le lotissement pour voir ce qui se passait.

Une patrouille recueillait plus d'informations quand elle était arrêtée que quand elle était en mouvement. Ça s'appelait « être à l'affût » : arrivés à une position, nous nous arrêtions tout simplement. Cela pouvait arriver dans une cour du lotissement et, là, nous nous arrêtions dans l'ombre pour attendre, écouter et voir ce qui se passait. C'était la grande distraction des troufions puisqu'ils pouvaient tout observer, depuis les scènes de ménage dans la cuisine jusqu'aux jeunes couples qui se pelotaient dans le salon de leur mère.

La patrouille de Dave était à ma droite, à environ cent cinquante mètres, et il était caché par le terrain mais nous n'avions pas besoin de communiquer par radio. Il y avait déjà plusieurs mois que nous étions là et nous fonctionnions très bien en équipe, nous appuyant mutuellement.

Une fois arrivés près du lotissement, nous fûmes dissimulés à la vue par une rangée de trois ou quatre boutiques – des maisons, en fait, mais qui avaient une devanture. Nous tournâmes à droite et longeâmes l'arrière des bâtiments jusqu'à ce que nous arrivâmes à la clôture et au portail. À présent, le terrain vague ressemblait plutôt à une ferme abandonnée. Il y avait des épaves de voitures, des boîtes de conserve, des sacs poubelle et, comme les chèvres et les chevaux s'y promenaient en liberté, le sol était défoncé. C'était l'été mais il pleuvait encore au moins une fois par semaine, le sol était humide et il y avait des grosses flaques partout.

Nous arrivâmes à la clôture et j'ai eu la flemme. De l'autre côté de cette clôture je trouverais un terrain encombré d'ordures et d'épaves de voitures et je n'avais pas envie de m'embêter avec ça, alors je choisis la facilité.

Les gens dans la rue me virent au moment où je passais le portail. Il y eut des cris et des hurlements partout, ce qui était inhabituel. Normalement, il aurait seulement dû y avoir des bavardages et beaucoup de rires provenant de groupes de gens qui sentaient le parfum et la laque, avec des filles vêtues de leur chemisier bien amidonné.

En scrutant la foule, je réalisai que tout le monde criait en attrapant les enfants et en les entraînant à l'écart. Il y avait quelque chose dans l'air, mais je ne savais pas quoi. Je commençai à balayer les alentours du regard. La confusion régnait toujours, il devait y avoir là cent vingt personnes qui attendaient les cars et que ma présence faisait réagir. Je jetai un coup d'œil sur la route. Au moment où je commençais à tourner les yeux vers la gauche, où se trouvaient les boutiques, je voyais seulement un groupe normal de véhicules, trois ou quatre conduites intérieures et une bétaillère, ce qui était courant dans ce coin.

Mais, comme mon regard passait sur cette scène, je vis un groupe d'individus qui portaient des masques et des armes. Celui qui capta vraiment mon attention fut un gars qui chantait à tue-tête, le poing levé, tenant son Armalite comme Che Guevara. Je ne devais pas être à plus de vingt mètres de lui et je vis ses yeux s'écarquiller d'inquiétude derrière son masque. Il se mit à crier et voulut saisir son arme. Je me mis à crier aussi, m'emparai de mon arme et l'armai. Il avait déjà armé et il se mit seulement à glapir comme un idiot. Je fis de même tout en tirant sur lui et sur les autres personnes masquées. Un autre type apparut derrière le fourgon et commença à tirer dans ma direction. Dans leur hâte de monter dans la bétaillère et de filer, ils étaient aussi nerveux que moi.

L'un des gars monta à l'arrière du fourgon et commença à tirer pendant que les autres grimpaient à l'intérieur. J'atteignis l'un d'eux qui se mit à crier comme un cochon tout en passant de l'autre côté. Puis des cris sortirent du véhicule parce que d'autres personnes étaient touchées à leur tour.

À ce moment Scouse, un autre gars de la patrouille, était sorti du terrain vague, mais il ne pouvait pas passer par-dessus la barrière à cause des tirs et il tirait donc de l'autre côté de la barrière. Les deux autres membres de la patrouille étaient couchés en mort terrain, ne comprenant absolument pas ce qui se passait parce que tout était arrivé tellement rapidement.

Les balles pleuvaient, tout le monde hurlait et, à genoux, je tirais à feu continu. Je m'assurais toujours que, dans mon chargeur de vingt cartouches, les deux premières soient des traçantes. Ma théorie était que quand nous étions dans la cambrousse, je pouvais utiliser mes traçantes pour indiquer les cibles aux autres. J'avais une autre balle traçante à mi-chemin du chargeur et, quand elle était tirée, je savais que j'avais tiré dix cartouches. Puis les deux dernières du chargeur étaient de nouveau des traçantes ainsi, quand la quatrième traçante partait, je savais que j'avais tiré mon avant-dernière balle, que le mécanisme s'était remis en place et avait amené la dernière cartouche. Je devais enlever le chargeur, en remettre un autre et ma manœuvre de rechargement était effectuée. J'avais pratiqué cet exercice je ne sais combien de fois jusqu'à ce que je puisse pratiquement le faire les yeux bandés. Mais, le jour venu, tout est allé de travers. D'une part j'étais bien trop près pour que la traçante puisse s'allumer et, d'autre part, je n'étais sûrement pas en train de compter les cartouches mais je me contentais de tirer comme un possédé.

Et puis : *bang, bang, bang, clic.* « Le clic du mort ».

Les pièces mobiles tournaient à vide, il ne restait plus une cartouche à tirer. Je flippais sec et je me jetai à terre en hurlant : « Arrêtez ! Recharge ! Recharge ! » pour que les autres sachent que je n'étais pas touché mais que je ne pouvais plus tirer. Je pouvais entendre les différents bruits des armes : le fusil automatique faisait un puissant bruit de basse, l'Armalite tirait par rafale et n'était pas aussi bruyante.

Tout paraissait lent et délibéré mais, en fait, ça allait très vite et c'était comme si j'étais extérieur à moi-même, en train de me regarder exécuter les exercices. J'essayais d'attraper un autre chargeur dans mes cartouchières.

Je savais quoi faire, mais plus vite j'essayais de le faire, plus c'était le bordel. Je ressentais la même chose que quand le gamin était tombé du toit : je voulais me mettre la tête sous les couvertures et attendre que tout soit passé. Je me concentrai sur mes chargeurs parce que je ne voulais pas lever la tête et voir ce qui se passait. Peut-être que si je ne regardais pas, tout irait bien.

Ce que j'aurais dû faire, c'était de me mettre dans une position d'où je pouvais voir l'ennemi, parce que j'étais censé être tellement fort que je n'avais pas besoin de regarder ce que je faisais. Mais ce n'était pas le cas : j'étais incapable d'ouvrir la cartouchière, puis je fourrageais dedans pour sortir un chargeur qui était à l'envers et je devais le retourner, l'introduire dans mon arme, et armer enfin. Ce fut fait en quelques secondes, mais cela me parut une éternité. J'entendais des coups de feu, j'entendais des cris mais, plus forts que tout ça, je m'entendais hurler dans ma tête : « Je n'aime pas ça ! Je sais que je dois le faire ! »

Je savais que si je me contentais de rester là, à vingt mètres de lui, j'avais toutes les chances d'être tué, mais si je continuais à tirer tout irait bien. J'étais haletant, je savais que je devais le faire, je savais que je ne pouvais pas me contenter de rester là.

Je roulai sur moi-même et je recommençai à tirer. L'interruption n'avait pas duré plus de trois ou cinq secondes.

Vingt cartouches plus tard : *bang, bang, clic.*

Le véhicule avait démarré et, à ce moment-là, Scouse tirait dans la cabine du fourgon pour essayer de descendre le conducteur mais ces bétaillères étaient blindées, avec des sacs de sable empilés et des plaques d'acier soudées pour faire une sorte de protection.

J'étais encore le seul à être de ce côté de la barrière. Comme le véhicule s'éloignait, je me levai, me mis à courir et passai devant la boutique.

Je ne savais pas si des gens avaient pu s'enfuir du fourgon. S'étaient-ils cachés dans le lotissement ? S'étaient-ils réfugiés dans la boutique ? Avaient-ils couru jusqu'au carrefour qui se trouvait à dix mètres de là ? Comment savoir ? Je n'avais aucune idée de ce qui se passait.

Du coin de l'œil je vis un groupe de personnes blotties au sol. Un homme se leva brusquement et, pour ce que j'en savais, il pouvait aussi bien avoir un fusil alors je me retournai et tirai deux fois dans le haut de la boutique en guise d'avertissement. La vitre éclata et le type se jeta par terre.

« Et restez couchés ! » criai-je. Je ne savais pas qui était le plus effrayé, les gens dans la boutique ou moi. Le fait de tirer dans la vitrine était une réaction complètement débile de ma part mais je ne savais pas quoi faire d'autre. J'étais tellement speed que tout ce qui bougeait constituait une menace.

Je courus jusqu'à une bifurcation qui partait vers la gauche, à environ dix mètres du point de contact. Pendant l'entraînement renforcé nous avions pratiqué vingt fois les deux manières différentes d'aborder les coins de rue. Vous pouvez vous baisser, collé au mur et regarder autour de vous ou, mieux encore, vous pouvez vous éloigner du mur et tourner le coin graduellement afin de présenter une cible moins importante. C'était très bien à l'entraînement, parce que je savais que de l'autre côté il n'y avait personne pour braquer une Armalite sur moi mais là, le contraire était possible. Je pris une profonde inspiration, me mis à plat ventre, mon arme prête à pivoter, et jetai un rapide coup d'œil. Il n'y avait personne. Je tournai le coin et continuai un peu sur la route, simplement pour vérifier qu'il n'y avait pas de fuyard de ce côté, puis je retournai sur les lieux.

Un pauvre type, qui s'était trouvé dans la foule, avait maintenant commencé à remonter la rue. Il était assis dans un fauteuil roulant : celui-ci gisait maintenant sur le côté, et l'homme rampait vers le lotissement en jurant et criant et les gens sortaient de leur maison en courant pour l'aider.

Je pouvais entendre les mères crier sur leurs enfants, les portes qui claquaient, les gens qui couraient. Dans la boutique, une femme était en train de hurler : « Il n'y a personne ici, il n'y a personne ici ! » Les gens savaient que nous étions à cran et ils ne voulaient pas être tués par erreur.

À présent, Scouse était avec moi et les deux autres gars qui étaient passés par-dessus la barrière. Je remontai vers le gus qui portait la mitrailleuse légère et je commençai à lui donner des coups de pied.

Je criai : « Où étais-tu ? »

J'avais été sous pression, j'aurais eu besoin de quelqu'un sur ce coup et ils n'avaient pas été là mais ce n'était pas de leur faute, ils ne pouvaient pas arriver jusqu'à moi.

Nous commençâmes à avancer en cherchant les fuyards tout en prenant contact par radio avec la base pour leur dire qu'il y avait eu un contact. Pas la peine, ils l'avaient entendu de toute façon. Tout ce qu'ils voulaient savoir, c'était : « Y a-t-il des pertes ? Y a-t-il des pertes ? » À ce stade, je ne savais pas si l'un d'entre nous avait été touché ou pas. Les gars de la patrouille qui se trouvait au nord couraient comme des dingues pour redescendre vers nous, tous les gars de la base rappliquaient, les Land Rover s'amenaient avec des gens vêtus de treillis et de gilets pare-balles.

C'était un soutien à fort profil. Les maîtres-chiens arrivèrent aussitôt, des contrôles routiers furent établis à la hâte mais il fallait que la police soit informée de ce qu'elle devait rechercher. Je vins donc sur le réseau radio pour essayer de décrire le véhicule. Tout ce que je savais, c'est que c'était une vieille bétaillère jaune, très sale et, parce que je l'avais regardée alors que j'étais à plat ventre par terre, j'avais vu qu'elle avait un toit en fibre de verre pour laisser entrer la lumière naturelle.

Toutes les voitures garées dans la zone étaient criblées de balles : du 5.56 pour les terroristes, du 7.62 pour nous. Il y avait des douilles vides sur toute la route.

L'un des gars du sangar rapporta à la base qu'il avait vu quelqu'un courir le long de la voie ferrée désaffectée, mais on n'y voyait rien.

Un chien commença à renifler partout puis il assentit la voie et le maître dit : « OK, allons-y ! »

Il y avait moi, le chef de section qui était sorti de la base des Forces Spéciales, le maître-chien avec son corniaud, plus deux autres types et nous voilà partis. Ce fut un moment de forte tension. Nous devions protéger le maître-chien et, en même temps, nous ne savions pas ce qui pouvait bien nous attendre. Quelqu'un était-il embusqué, prêt à tirer ?

Nous courions à travers champs. Il y avait une vieille porcherie au sommet d'une colline, le chien commença à s'agiter et son maître dit : « On tient quelque chose.

– Il doit être à l'intérieur », dit le chef de section.

Le maître-chien s'arrêta là et les autres types restèrent pour le protéger pendant que le galonné et moi commencions à monter vers la cabane.

L'officier cria : « S'il y a un enfoiré là-dedans, qu'il sorte maintenant, autrement, nous viendrons le chercher. »

Rien ne se passa.

Il se tourna vers moi et dit : « Bien, quand t'es prêt, vas là-dedans. »

Je pensais, oh bravo, c'est la délégation des tâches.

À l'entraînement, nous avions fait plein de combat dans des zones construites mais là c'était pour de vrai. Je mis mon arme à l'épaule, fis sauter le cran de sûreté, pris une profonde inspiration, ouvris la porte d'un coup de pied et y allai. La cabane était vide.

Nous cherchâmes dans toutes les directions avec le chien, mais il ne sentait rien. Le temps que nous redescendions en ville, l'incident avait été maîtrisé, la zone avait été isolée, les experts étaient arrivés et faisaient leur boulot. Il y avait de l'agitation partout, les sirènes hurlaient, un hélicoptère bourdonnait dans le ciel.

Au moment où le colonel arrivait avec son équipe, nous apprîmes ce qui était arrivé. La bétaillère et la Ford Granada était arrivées de ce côté de Keady. Les gens de la Ford Granada étaient sortis et s'apprêtaient à monter dans la bétaillère qui devait dépasser l'autre patrouille au nord pour en dégommer le plus possible, puis ils auraient continué leur route de l'autre côté de la frontière.

Quand le contact a commencé, cela a dû être très déroutant pour eux. Le terroriste qui tirait sur moi donnait aussi des informations à son équipe. Pendant que les terroristes montaient dans la bétaillère, ils tiraient depuis un marchepied qui les rehaussait et ils avaient dû voir la patrouille de Dave en train de traverser la rivière, à deux cents mètres de là. La patrouille de Dave était en train d'arriver, mais il ne pouvait pas tirer parce qu'il savait que nous étions au milieu. Les gens dans le camion ne savaient pas que nous étions là, sinon ils auraient été capables de nous servir un feu nourri. Ils sortirent de Keady et allèrent à une maison qui était tenue par un ancien directeur de prison. Ils essayèrent de s'emparer de sa voiture mais il sortit avec un fusil de chasse et leur en fit tâter, alors ils repartirent de nouveau dans la bétaillère et arrivèrent à Monaghan pour y laisser les gars qui étaient blessés ou morts.

C'était la première fois que je tuais quelqu'un. J'avais 19 ans et je n'avais pas d'état d'âme. Ils me tiraient dessus et je faisais mon boulot en ripostant. Je faisais ce qu'on m'avait appris : dans l'infanterie, qu'on soit radio, chauffeur ou n'importe quoi, ce qu'on doit faire au fond c'est se mettre – ou mettre quelqu'un d'autre – en position de porter la crosse d'une arme à l'épaule, de viser et de tuer quelqu'un.

J'avais passé des mois et des mois à m'entraîner en vue de ce genre de situation. J'avais appris les manœuvres et j'étais compétent mais, quand ça a été le merdier intégral, tout ce que j'avais à l'esprit c'est que l'autre essayait de me tuer. Je savais seulement qu'il y avait plein de gens qui tiraient et que je devais riposter, un point c'est tout. Je trouvais que j'avais beaucoup de chance d'avoir survécu et ce n'était pas mes compétences qui m'avaient sorti d'affaire, c'était une quantité de balles tirées dans le tas et des tonnes de chance.

6

Nous retournâmes au Royaume-Uni et je partis faire un stage de sous-officier. J'obtins les meilleures notes et je reçus ma promotion le jour même ce qui, à l'époque, fit de moi le plus jeune caporal d'infanterie.

Ensuite, je fis durant huit semaines un stage de commandant de section dans la zone d'entraînement de Sennybridge. Il n'y avait pas de foutaise là-dedans, juste de la tactique et de l'entraînement, de l'entraînement et encore de l'entraînement. Ce furent deux mois très intenses avec beaucoup d'activités physiques, comme de courir en conservant tout le temps son casque et sa baïonnette tout en donnant des ordres. Je trouvais cela très dur, mais j'obtins une mention.

J'étais à présent complètement toqué de l'armée et ma vie de couple venait bien loin derrière. J'étais immature et con, je rentrais de stage le samedi matin, disais « Salut » et allais courir. Ensuite, le dimanche matin, je me levais tôt et repartais courir pour essayer de me maintenir en forme pour le prochain stage, quel qu'il soit, et je m'inscrivais à tous les stages possibles.

Dans une ville de garnison comme Tidworth, la vie pouvait être très ennuyeuse pour les jeunes mariées car il était difficile de trouver un travail convenable. Les employeurs savaient qu'elles ne resteraient pas là longtemps et il était donc presque impossible aux épouses d'entreprendre une carrière. Les bataillons aimaient mettre en avant l'esprit de famille mais, pour les épouses, c'était bien différent. La hiérarchie existait et il y avait plus de femmes mariées qui portaient leur rang que de gars. « Je suis Georgina Smith, la femme du *sergent* Smith », devaient-elles préciser fréquemment.

Notre mariage a commencé à partir en couilles vers 1980. Christine était dans les quartiers, à Tidworth, prête à partir pour l'Allemagne. Elle se tenait là et elle pensait « quelle merde ! » L'ultimatum tomba un matin pendant les cornflakes : « Est-ce que tu vas revenir avec moi, ou est-ce que tu vas rester dans l'armée ici, à Tidworth ? »

Pas de discussion.

« Je reste ici, répondis-je. Toi, tu pars. »

C'était tout. Fin de l'épisode, vite fait bien fait sur des petits bouts de papier. Je m'en fichais complètement. Je me jetai à corps perdu dans la crânerie virile à la con. Maintenant que j'étais tout seul avec mes copains j'allais rester dans l'armée pour toujours, je n'avais pas besoin d'une femme. Il y en avait plein qui pensaient comme moi.

Chaque mardi soir il y avait discothèque à la NAAFI (*Navy, Army, and Air Force Institute « les Économats », coopérative militaire interarmes*), sur la base de la RAF à Wroughton, près de Swindon. C'était un événement important mais, de toute façon, c'était le cas de tout ce qui se passait en dehors de Tidworth. Nous nous entassions dans la Capri couleur crème et chocolat, à six ou sept, repassés de frais et puants avec nos différents after-shave.

Un mardi soir, je rencontrai une téléphoniste appelée Debbie et j'oubliai toutes mes résolutions concernant les femmes.

Un poste de caporal instructeur à Winchester se présenta et je sautai dessus. Ce boulot avait la réputation d'être important pour un plan de carrière et l'Allemagne pouvait attendre. Quand je reviendrai, je serai sergent.

Mon chef de section était lieutenant et il avait sous ses ordres un sergent adjoint et trois aspirants caporaux. Nous, les caporaux, étions chacun responsable de 12 à 15 recrues.

Parmi ces gars, un ou deux étaient vraiment en phase avec la vie et voulaient réellement rejoindre l'infanterie pour ce qu'elle avait à offrir. Mais la plupart d'entre eux étaient là parce qu'ils voulaient être dans l'armée alors qu'ils n'étaient pas assez intelligents pour être autre chose que fusiliers : un peu comme moi, en fait.

Dans leur majorité ils n'avaient pas la moindre idée de ce qu'ils faisaient quand ils s'amenaient. Ils avaient vu les affiches des troufions en train de faire du ski ou allongés sur la plage, entourés d'une foule d'admiratrices et ils avaient l'impression qu'ils signaient pour trois ans de farniente sur une planche à voile. Ensuite ils quitteraient l'armée pour tomber dans les bras des employeurs qui n'attendaient qu'eux.

Nous devions leur montrer comment se laver, se raser et se servir d'une brosse à dents. J'allais sous la douche et je disais : « Bon, maintenant je vais prendre une douche. » Je prenais les chaussettes que j'avais portées pendant la journée, je les enfilais sur mes mains et je m'en servais comme de gants de toilette : de cette manière je lavais mes chaussettes en même temps que mon corps. Puis je devais leur montrer comment prendre une douche, en m'assurant qu'ils nettoyaient bien leur prépuce en le tirant vers l'arrière, et qu'ils se lavaient les cheveux.

Chacun devait procéder exactement de la même manière : se laver les oreilles, se laver les dents sous la douche en même temps, puis nettoyer la douche à la fin. Ensuite je leur montrais comment se couper les ongles des pieds correctement. Beaucoup d'entre eux ne les coupaient pas du tout et le résultat était déplorable, ou bien ils attrapaient un coin et tiraient, détruisant ainsi la cuticule, or, dans l'infanterie, si vos pieds sont foutus, vous êtes foutu.

Beaucoup d'entre eux n'avaient jamais lavé leurs affaires eux-mêmes et il nous fallut même leur apprendre à repasser mais, bientôt, tout le monde fut prêt pour le combat. Ils savaient ce qu'ils faisaient et, plus important, pourquoi ils le faisaient.

Dans l'entraînement, l'idée de base c'était de les maintenir sous pression mais de manière à ce que cela reste agréable. Les caporaux instructeurs devaient faire tout ce que les soldats faisaient, en les dirigeant par l'exemple. Et, tout le temps, nous avions pour but de développer la compétition, le sens du travail accompli par le groupe, pour favoriser le travail d'équipe.

Les résultats de la section retombaient directement sur nous, ce qui nous incitait d'autant plus à faire ce travail le mieux possible. Mais j'étais arrivé au point où j'étais tellement absorbé par ma tâche que je n'avais plus besoin de motivation.

Je ne jugeais pas utile d'en faire voir à un type qui était lent parce que ça ne l'aidait pas, au contraire, ça le mettait encore plus mal à l'aise. S'il avait besoin d'un entraînement supplémentaire, il fallait le lui donner. J'encourageais les hommes de sa section pour être sûr qu'ils allaient également lui donner cet entraînement supplémentaire. J'avais l'habitude de leur dire : « Il fait partie de votre groupe et il est sous votre responsabilité autant que sous la mienne. »

Quand une recrue arrivait au bataillon, la première chose que tout le monde lui demandait, c'était : « Qui était ton officier instructeur ? » Si on envoyait des tocards au bataillon, on risquait d'en baver.

Les mauvais traitements qui étaient censés régner dans les bataillons d'infanterie et les centres d'entraînement ne pouvaient qu'être des incidents tout à fait isolés. Je n'ai jamais assisté à aucun incident de ce genre. Si vous faites votre travail correctement vous n'avez pas besoin de brutaliser, vous n'avez pas besoin de bousculer et de faire pression, de cogner à coups de poings ou à coups de pieds. Il vous suffit de diriger en donnant l'exemple, en leur montrant ce qu'ils ont besoin de savoir – d'une manière agréable et stimulante – et ils le feront. Dans l'armée il existe une culture très agressive et machiste, qui correspond à la nécessité d'un travail physique dur et d'une existence physiquement dure, mais cela n'a rien à voir avec des brimades. Si les gens ne peuvent effectivement pas survivre à ça, ou s'y adapter, s'ils ne sont pas aptes, alors ils n'ont qu'à partir. Comme on dit : « Entraînement dur égale combat facile, entraînement facile égale bataille dure »... pouvant entraîner la mort.

À l'intérieur du bataillon, si les gens n'étaient pas opérationnels ils se faisaient incendier. Ça m'était arrivé plusieurs fois et, au bout d'un moment, je comprenais toujours pourquoi. Quant aux séances quotidiennes de bains et de récurage au Vim, je n'en ai jamais vu à l'armée. Je n'ai jamais été soumis à un quelconque rite d'initiation et je n'ai jamais assisté à quoi que ce soit dans ce genre. Tout le monde avait mieux à faire que de passer son temps à jouer à des jeux stupides. Ils voulaient terminer leur travail, descendre en ville et se soûler.

Je me plaisais encore à l'armée mais c'était toutes les petites conneries qui me faisaient chier. Un soir j'étais allé faire des courses en ville avec un autre caporal instructeur – la trentaine, marié, trois enfants, responsable – qui voulait acheter un trois-pièces. Il choisit l'appartement, et s'installa avec le directeur pour la paperasserie. Le directeur prit un chèque d'acompte puis il dit : « Je suis désolé mais vous ne pouvez pas prendre de crédit sans la permission de votre officier responsable.

– Je vous demande pardon ?

– Vous devez faire signer ce formulaire par votre officier responsable.

– Vous plaisantez ?

– Non, mais si vous êtes militaire, c'est comme ça. »

Voilà un gars qui avait des responsabilités, une maison, une famille, tout ce qu'il y a de normal et il ne peut pas obtenir un crédit pour acheter un trois-pièces avant que quelqu'un, qui était sans doute endetté jusqu'au cou, discute avec lui et lui dise : « Alors, pensez-vous que vous pouvez vous offrir cet appartement de trois pièces ? Pensez-vous être assez responsable pour l'acheter ? »

S'il y avait un problème avec le crédit, ils n'iraient pas voir le type qui avait souscrit ce crédit, ils iraient directement voir l'officier responsable pour lui dire : « Cet homme ne paie pas. » Il serait alors convoqué, la somme serait retenue sur sa paye.

J'ai été à découvert une fois dans ma vie, pour 2,50 livres, quand j'avais 19 ans. La lettre de la banque ne m'avait pas été envoyée, elle avait été envoyée au bataillon. J'avais été convoqué par mon officier responsable et j'avais dû expliquer, à quelqu'un qui devait probablement à la banque la moitié de son salaire annuel, pourquoi j'avais un découvert de 2,50 livres.

Je demandai à Debbie de s'installer à Winchester et de louer un appartement avec moi mais, pour ça aussi, il fallait que j'ai l'autorisation de mon officier responsable.

Je réfléchis un peu plus à la sélection et à la vie d'un soldat dans les Forces Spéciales. Pour le peu que j'en avais vu, ces gens semblaient avoir une vie bien plus libre à Hereford et je ne pensais pas que dans les services spéciaux un chef de section âgé de 21 ou 22 ans ait à décider si un sergent de 30 ans pouvait être autorisé à présenter une demande de crédit à son officier responsable.

Je commençai à m'entraîner un peu avec le sac de combat, juste pour voir, et je m'aperçus que j'arrivais à me déplacer assez vite.

Debbie et moi, nous vivions ensemble depuis six ou sept mois et j'avais une excellente relation avec sa famille. Puis vint un moment critique, avec mon retour au bataillon. Maintenant, elle avait un problème : devait-elle rester en Grande-Bretagne ou aller en Allemagne pendant trois ans ? Je pensais que c'était exactement la même situation que la dernière fois et je me dis : tant pis, on va se marier. Et c'est ce que nous avons fait, en août 1982. Cette fois, comme j'étais caporal, j'eus un logement aussitôt.

7

La vie en Allemagne était désagréable par bien des côtés. Il y avait quelques bagarres avec les autres bataillons et plein de bagarres avec les Turcs, qui dirigeaient la prostitution, les bars et les discothèques. Et puis il y avait toutes les manœuvres horizontales inter-bataillons. Dès qu'un bataillon était parti pour l'Irlande, les célibataires se consacraient aussitôt à consoler les veuves et les boîtes d'OMO apparaissaient aux fenêtres pour faire savoir que leur mari n'était plus là (*Old Man Out*). Ça ne me faisait pas rire et ça ne faisait rire aucun des hommes mariés.

L'armée paraissait faire de la pub pour les cigarettes et l'alcool parce que les seules distractions dont nous disposions étaient les cigarettes bon marché et l'alcool de la NAAFI et des clubs de la compagnie. S'il y avait eu des installations pour s'entraîner à soulever des poids, les gars les auraient utilisées, non pas parce qu'ils pensaient être de meilleurs soldats s'ils avaient un torse plus développé, mais pour une raison bien plus essentielle pour un jeune de 18 ans : si vous avez l'air en forme, vous pouvez tirer plus de coups.

Je sentais mon moral s'effriter lentement. Un jour, j'étais assis et je me demandais ce que j'allais faire : allais-je rester ou me tirer ? Je me débrouillais plutôt bien, j'allais avoir le grade de chef de section mais je devais prendre une décision. Ça me faisait vraiment chier de balayer les flaques indésirables, de peindre l'herbe qui avait été décolorée par des caisses de matériel et d'entretenir des véhicules qui tombaient en morceaux.

À cette époque, Debbie avait trouvé un boulot à l'hôpital militaire du coin. Ça lui plaisait beaucoup mais nous ne passions pas beaucoup de temps ensemble. Quand j'avais du temps libre, je m'entraînais pour la sélection et, le soir, je rentrais tard à la maison. Nous n'avions pas grand-chose en commun. Notre vie sociale était agréable et nous étions devenus amis avec Kev et sa femme. Il était dans la compagnie B, il était maintenant caporal et sa femme travaillait dans le même hôpital que Debbie.

Je devins obsédé par l'idée de faire le Régiment.

À long terme, ce serait mieux pour notre relation parce que le Régiment était basé en permanence à Hereford. Nous pourrions acheter une maison et nous installer. Il y aurait une continuité dans la vie de Debbie et elle pourrait avoir un boulot correct, c'est du moins ainsi que je lui expliquais les choses car, en fait, c'était ce que je voulais pour moi.

Je remplis un formulaire d'inscription et je commençai à travailler vraiment ma forme mais, au début, je ne racontai à personne ce que je préparais, sauf à Kev.

« Je pensais le faire moi aussi, dit-il. Je viens avec toi. »

Puis je parlai à Dave, qui dit : « Ouais, putain, faisons-le tous ensemble. »

Nous prîmes nos sacs de combat pour faire un peu de course et d'entraînement sur le circuit. Puis Dave nous présenta au capitaine, un Canadien appelé Max, qui voulait aussi s'embarquer dans l'aventure avec nous. Il était parti à Oman pendant deux ans comme conseiller dans l'armée du Sultan. Il avait rencontré des hommes du Régiment et ça lui avait fait envie. Sa famille possédait des terres près de Winnipeg et il parlait avec un nasillement reconnaissable. Il avait l'intention de faire un tour dans le Régiment, puis de faire l'école de guerre et de continuer sa carrière. Son but final était de retourner à la ferme. Il était marié et très terre à terre, pas du tout le genre officier mais le grand truc pour nous c'est qu'il aurait l'autorité pour nous obtenir des places.

Nous parlions à tous ceux susceptibles de connaître une personne qui avait dansé avec quelqu'un ayant fait la sélection. Quand nous réussissions à remonter jusqu'à eux, nous leur demandions : « Qu'est-ce qu'il y a de mieux pour renforcer les pieds ? Pouvez-vous nous donner des trucs sur une nourriture ou une boisson particulière ? »

Mais les réponses n'allaient pas beaucoup plus loin que : « J'ai connu quelqu'un au 3e Bataillon qui a passé la Sélection et il ne jurait que par l'huile Neat's Foot. »

Nous fîmes un essai pendant deux semaines puis nous revînmes à nos propres méthodes.

Une fois que la rumeur de notre projet commença à courir dans le bataillon, un type nommé Bob s'amena. Originaire de Londres, ce maçon était arrivé à l'armée sur le tard. Il mesurait 1,70 mètre, il était bien bâti et paraissait être naturellement en forme. Rien ne le troublait et il prenait tout à la rigolade.

« Si je ne réussis pas, je partirai de toute façon, disait-il. J'en ai assez. Je retournerai sur les chantiers. »

Bob possédait un journal écrit par un type appelé Jeff, qui venait juste de réussir la sélection et, à 21 ans, c'était l'un des plus jeunes à entrer dans le Régiment. Son journal contenait le détail des itinéraires utilisés dans les Brecon Beacons et il devint notre bible.

Le capitaine, qui avait plus d'argent que nous, décida d'acheter un camping-car Volkswagen afin que nous puissions aller en Grande-Bretagne pour nous entraîner et nous partagerions les frais d'essence. Pour notre programme d'entraînement, nous fûmes beaucoup aidés par Alex, le commandant de la section anti-char. Lui-même avait été au Régiment, avant de revenir dans le bataillon et il organisa pour nous un exercice de trois semaines dans le Pays de Galles, un prétexte pour faire un peu de grimpette dans les collines. Nous conduisîmes toute la nuit, prîmes le premier ferry du matin et atteignîmes l'un des camps militaires de transit près de Brecon pour le petit-déjeuner du jour suivant.

Nous retrouvâmes Johnny Two-Combs qui avait déjà fait la sélection en même temps que Jeff mais, comme il avait échoué, il s'était juré de s'y remettre aussitôt et de faire la prochaine sélection. Il était donc là pour s'entraîner tout seul et c'était bien parce qu'il avait d'autres informations.

« Essayez l'huile d'amandes sur les pieds, nous dit-il. Et si vous avez des ampoules, traitez-les à la teinture d'iode. »

C'était désespérant d'essayer de trouver une formule magique qui pourrait ménager nos pieds. Nous avons essayé tous les remèdes de bonne femme. L'expérience valait le coup, parce que si nous commencions à avoir les pieds blessés ils n'auraient pas le temps de guérir et qu'il nous faudrait continuer quand même jour après jour.

Finalement, un truc très simple fonctionnait très bien. Il suffisait de deux paires de chaussettes et une paire de chaussures de marche convenable. La chaussette intérieure était fine, celle de l'extérieur était une épaisse chaussette de laine et ainsi nous évitions le frottement.

Chaque jour nous essayions quelque chose de différent pour rendre le sac de combat plus confortable. Johnny nous dit qu'un demi-matelas de sol placé sur l'arrière du sac fait merveille.

J'expérimentais ce truc, mais c'était inconfortable parce que j'avais encore des plaies causées par le sac. Elles me faisaient très mal et la douleur m'usait un peu plus chaque jour. Chaque jour nous tentions d'autres moyens pour nous protéger, jusqu'à nous entourer la poitrine de bandages pour protéger notre dos. J'avais essayé de rembourrer les courroies même du sac, mais ça n'a pas marché parce que le rembourrage glissait en enlevant le ruban adhésif. Je fis une expérience en découpant un morceau de matelas de sol en mousse, mais ça glissait dans le dos du sac. Finalement, je m'aperçus que le mieux était de ne pas s'en occuper. À la fin de la journée, vous vous retrouvez avec votre monde collé sur votre dos, deux courroies sur les épaules et le truc qui vous cisaille, alors vous devez faire avec et continuer.

Puis vint le tour de l'eau : comment pouvions-nous faire pour boire sans nous arrêter toutes les cinq minutes pour enlever notre sac ? Des dispositifs bizarres et merveilleux jaillirent des sacs. Max était un vrai Mr Gadget, avec tous ces trucs qui pendaient autour de lui. Il avait trouvé que les arrêts-boisson nous prenaient beaucoup de temps et il arriva un jour avec une grande bouteille d'eau de laquelle sortait un long tube, comme ces bouteilles qu'utilisent les cyclistes. Il avait scotché le tube sur les courroies de son sac et il lui suffisait de mettre le tube dans sa bouche et d'aspirer. J'avais essayé, mais ce n'était que des foutaises : ça n'allait pas, les tuyaux se cassaient ou ressortaient de la bouteille. Le résultat, c'était que vous aviez de l'eau sur le ceinturon et encore plus dans votre sac. Alors vous buviez à la gourde que vous aviez à la ceinture, vous vous arrêtiez pour la remplir aux réserves que vous aviez dans le sac et vous repartiez. Aucun des trucs à la Robinson Crusoë ne marchait, malheureusement.

Il y avait aussi la question de la carte : comment allions-nous la porter? Max avait pendu à son cou un étui en plastique pour les cartes d'orientation. J'essayai ça mais je m'aperçus que, la plupart du temps, je me retrouvais avec ce machin devant la figure ou enroulé autour du cou parce qu'il y avait tellement de vent là-haut. Le mieux c'était de mettre la carte dans un sac en plastique transparent que je plaçais dans la poche à cartes de mon pantalon.

Nous essayâmes toutes les boissons, électrolytes et autres breuvages énergétiques qui commençaient à arriver. Les gens achetaient toutes les boissons à base de produits naturels comme s'ils n'allaient plus être à la mode mais je calculai que, au bout du compte, peu importait ce que vous aviez bu, l'important était d'avaler du liquide.

La seule chose sur laquelle nous étions tous d'accord, c'était qu'il fallait avaler des antalgiques et beaucoup de Brufen pour empêcher les foulures de gonfler. S'il le fallait, j'étais prêt à en avaler toute une boîte pour me débarrasser de la douleur, de la foulure, et continuer.

Le temps, généralement couvert, était un mélange de pluie, de nuages bas et de brume. S'il faisait soleil, il faisait froid et sinon il pleuvait. De toutes manières, nous crapahutions dur et nous n'avions pas besoin d'être très habillés. Nous commencions à nous sentir prêts et pleins de confiance. Maintenant, je me sentais plein d'énergie avec le sac de combat et je connaissais le terrain. Quand je regardais la carte elle restait imprimée dans mon esprit, avec le tracé de tous les petits sentiers et la vue que je pouvais avoir depuis les hauteurs. Je sentais que je n'aurais pas à me soucier de la lecture de cartes et qu'il me suffirait de me concentrer sur le parcours à effectuer dans le temps donné.

Le temps passé en reconnaissance est rarement perdu. Cela nous donnait le temps de nous acclimater, de connaître le terrain, d'avoir plus confiance en nous si le temps commençait à se couvrir. Avant de venir au Pays de Galles, j'avais vu sur la carte Pen-y-Fan et Fan-Fawr, les points les plus élevés des Beacons et j'avais pensé que c'était sacrément raide. Mais, jusqu'à ce que j'arrive là et que je le constate par moi-même, je n'aurais jamais cru à quel point une colline pouvait être verticale. D'être là depuis trois semaines nous permit de surmonter le choc initial et nous prîmes confiance en nous. Malgré le temps nous nous amusions bien et, en plus, je connaissais les pubs de Brecon depuis le stage que j'y avais fait. Nous rencontrions des gens qui faisaient les stages « aspirants » et « officiers » et c'était merveilleux d'être en dehors du bataillon : j'adorais ça.

Revenus en Allemagne, nous passions toutes nos minutes de liberté à nous entraîner car je n'avais qu'une idée en tête : réussir la Sélection. Le soir, je m'endormais en pensant à Pen-y-Fan et à tous les endroits où nous étions allés. Au réveil, ma première pensée était : que ferai-je si j'échouais ? Plus je pensais à ma vie au bataillon, plus je souhaitais désespérément m'échapper. Il y avait une crête massive qui s'étendait de Minden à Osnabruck. C'était un point vraiment escarpé sur lequel nous avions pris l'habitude de nous pousser le cul presque tous les jours. De même, si une autre compagnie faisait un entraînement d'endurance, on s'amenait et on le faisait avec eux. Puis nous allions nous entraîner à faire des circuits. La forme était tout parce que nous savions que le début de la sélection était mortel, avec 80 % des candidats éliminés avant la fin du premier mois.

Je savais que je me racontais des histoires quand je disais à Debbie que ce serait mieux pour nous à long terme si je pouvais aller au Régiment. La vie en Allemagne lui plaisait, elle avait un bon boulot, des amis et elle faisait son trou. Si je réussissais la sélection, je serais absent au moins sept mois sur douze.

Et c'est ainsi qu'un jour de juillet 1983, chaud et ensoleillé, nous embarquâmes tous les quatre dans le vieux camping-car pour la dernière fois – du moins l'espérions-nous – et partîmes pour Hereford.

8

Pour des raisons évidentes, on ne nous avait pas indiqué le chemin de Stirling Lines. Si vous n'êtes même pas capable de trouver le chemin jusqu'au camp, vous perdez votre temps en essayant de rejoindre les Forces Spéciales. On s'était assurés qu'on savait où on allait, ce qui était tout aussi bien. Un ou deux types arrivèrent en retard parce que, en sortant de la gare de Hereford, ils avaient demandé leur chemin aux autochtones. Personne ne leur répondit car, apparemment, la ville était très consciente des problèmes de sécurité et la police était toujours alertée si quelqu'un avait l'air suspect.

Un dimanche, nous arrivâmes en cahotant à l'entrée principale. À part le haut grillage qui l'entourait et les policiers militaires aux entrées, le camp ressemblait au campus désert d'une université. Je m'attendais à trouver une activité bourdonnante mais, au lieu de ça, je ne vis qu'un ou deux individus qui traînaient en pantalon de treillis et Tee-shirt et ils ne s'intéressèrent absolument pas à nous.

Nous nous sommes inscrits et avons rempli un monceau de paperasse, le truc habituel : nom, date de naissance, qualifications, rang. Nous avons été ensuite dirigés vers le magasin pour retirer un sac de combat, un sac de couchage, des bouteilles d'eau, des rations pour 24 heures, des réchauds et du matériel de survie.

« Quand vous êtes là-haut, dans les collines, nous dit l'officier chargé de l'intendance, tout le poids qui est dans votre bergen doit être utilisable : nourriture, eau, sac de bivouac étanche, vêtements de rechange. L'époque où vous portiez des briques pour le principe est bien terminée.

Vous avez seulement le droit de porter des bottes de l'armée. L'idée, c'est que vous pouvez porter une paire de chaussures de luxe maintenant, mais que se passe-t-il si vous avez passé trois mois dans la jungle et que vos bottes commencent à pourrir et à tomber en morceaux ? Quand le réapprovisionnement est parachuté dans la jungle vous pouvez être sûrs que vous n'y trouverez pas vos chaussures préférées en taille 45. »

Nos noms étaient inscrits par ordre alphabétique sur un tableau et des chambres de huit hommes nous étaient affectées. Les hommes du Green Jacket étaient séparés et nous nous quittâmes avec un « au revoir » insouciant.

Deux autres gars étaient déjà arrivés dans ma chambre et nous nous saluâmes d'un hochement de tête, sans plus. Pendant que je déballais le matériel que j'avais amené avec moi, je jetai un coup d'œil sur ce que je pouvais apercevoir de leur équipement. Je n'étais pas le seul à avoir des bouteilles d'électrolyte à boire, de l'huile Neat's Foot « au cas où », des bandes pour mes jambes, et un paquet d'antalgique modèle familial.

Nous nous retrouvions avec des étrangers venant d'unités différentes. Les gens se saluaient mais ne se parlaient pas vraiment. Il n'y avait pas cette ambiance familière de chambrée qui régnait généralement quand des soldats se retrouvaient en stage, dans le genre « Salut, ça va », mais l'atmosphère était plutôt tendue. Le déballage des affaires plus ou moins furtif, les réponses prudentes, me faisaient penser à des boxeurs partageant le même vestiaire avant une reprise : polis mais prudents. Je trouvais ça un peu bizarre parce que, en ce qui me concernait, la seule personne contre laquelle je me battais c'était moi-même.

Le lundi matin à la première heure, les cent quatre vingts stagiaires se rassemblèrent dans le gymnase. Avant même que le stage ne commence, nous devions faire le cross de l'armée : une course de 5 kilomètres avec rangers et tenue.

« Vous avez quinze minutes pour faire la première moitié, dirent les instructeurs. Le reste, c'est à vous de voir. Ne soyez pas le dernier à rentrer. »

Nous partîmes à une allure plutôt rapide. Cependant, sans notre barda, c'était du gâteau. Ça n'aurait pas fait transpirer un joggeur moyen et je n'en revenais pas quand je vis des gens rester en chemin, en se tenant les côtes pour essayer de reprendre leur souffle. Pourtant les tests d'aptitude élémentaires étaient le minimum requis dans toute l'armée. J'avais vu des vieilles dames en meilleure forme et, en théorie, même le plus bouffi des pâtissiers aurait dû réussir. Quand les éclopés arrivaient en traînant la patte, les instructeurs prenaient leurs noms et leur disait d'aller se changer. Ils se faisaient jeter sur-le-champ, avant même que la Sélection n'ait vraiment démarré. Apparemment ils avaient lu trop de livres de James Bond et, à voir leur tête, ces 5 kilomètres avaient été un choc pour eux.

Les deux jours suivants, nous révisâmes les bases de la lecture de cartes.

L'instructeur nous dit : « Si vous ne savez pas lire une carte, alors que vous êtes coincés sur une colline quand la température descend et que vous vous gelez, vous mourrez, or nous ne voulons pas que vous mouriez. Premièrement, à cause de ce que ça coûte de vous faire faire la Sélection, deuxièmement, nous n'avons pas envie des embêtements que cela entraînerait de demander au peloton de garde de se bouger le cul pour essayer de chercher des corps et, troisièmement, ça ne serait pas bon pour vous parce que vous auriez échoué à la Sélection. »

Incroyable, mais certains étaient arrivés en connaissant à peine la différence entre le nord et le sud. Une partie de cette remise à niveau pour la lecture de cartes consistait à s'orienter avec les sacs sur le dos, ce qui nous préparait pour les moments que nous aurions à passer dans les montagnes. J'étais stupéfait du nombre de personnes qui en avaient déjà marre. Apparemment, ce n'était pas l'idée qu'ils se faisaient de la Sélection.

Je ne voyais pas beaucoup Kev et les autres, sauf en passant, mais les trois mots que nous échangions alors nous disaient que tout allait bien.

On fit beaucoup de parcours, surtout des huit kilomètres, par groupes de vingt ou trente. Après la lecture de cartes, nous partions courir. Après ces parcours, il y en avait encore qui laissaient tomber ou qui étaient virés.

Les parcours devinrent progressivement plus ardus : huit ou dix kilomètres en rangers, ensuite abdos et pompes, puis une course de cent mètres en montant, avec un homme sur le dos puis en le portant sur une civière. Il y eut encore des abandons, il faut dire que les instructeurs étaient en train d'éliminer ceux qui seraient incapables de passer le premier vrai test à la fin de la semaine : la danse du Fan *.

Un des grands classiques c'était un parcours de treize kilomètres avec les rangers, à faire dans les collines en moins d'une heure. Je me disais que, tant que je collais à l'instructeur ça irait mais, pour des raisons qui m'échappaient, tous les autres semblaient vouloir être en tête. Moi, je ne voyais pas où était la différence.

Nous fîmes encore du travail d'orientation, cette fois en portant les sacs de combat. J'arrivai à un point de contrôle et m'assis près des camions en buvant un coup. L'un des instructeurs était assis là et il regardait le reste de la bande arriver en titubant. L'un d'eux, un type grand, élégant, que je savais être officier de cavalerie, portait des bracelets de force aux poignets, un bandana autour de la tête et, pour compléter le tableau, une cravate. Il avait l'air prêt pour une partie de squash. L'instructeur se leva pour aller parler aux autres gars chargés de la formation. Ils regardaient tous ce type et ils étaient visiblement en train de parler de lui. Je fus alors frappé par l'idée qu'il s'agissait d'être un homme de l'ombre et je devinai que le fait de se faire remarquer devait précéder de peu le fait d'être viré.

La danse du Fan est une course de vingt quatre kilomètres avec les sacs de combat. Elle se fait avec les instructeurs, par groupes d'une trentaine, sans lecture de cartes. On commence au bas de Pen-y-Fan et on monte la colline tout droit jusqu'au sommet, qui est le point le plus élevé dans cette région. Puis on redescend sur une autre montagne appelée The Crib, on suit la voie romaine, une vieille voie pavée qui nous fait descendre au point de contrôle, situé à un endroit qui s'appelle Torpanto. Enfin on refait tout le trajet, à l'envers.

Un groupe commençait à Torpanto, le mien démarrait au Storey Arms, le centre de secours en montagne situé au pied du Fan et, en théorie, on se croisait au sommet.

Les sacs pesaient 16 kilos. Nous ne connaissions pas le temps alloué.

---

* *Fan Dance*, littéralement « la danse de l'éventail (*fan*) ». Jeu de mot entre cet objet et les collines du Fan. *(N.d.t)*

L'instructeur nous donnait seulement ce conseil : « Si vous restez avec nous, vous êtes dans les temps. Sinon, vous avez un putain de retard. »

L'instructeur démarra. Il fonçait et en cinq minutes le groupe serré s'étira le long de la piste. Je remarquai plusieurs individus en grande forme, que je n'avais jamais vus auparavant et qui me dépassaient. C'était la première fois que je voyais des membres des commandos mais, apparemment, tous ceux qui se trouvaient au camp étaient les bienvenus à la danse du Fan. Tous ces types arrivaient en Range Rover, avec des gourdes de thé. Ils mettaient leur sac de combat et partaient. Je me sentais en pleine forme et sûr de moi mais ces gars passaient à toute vapeur, en particulier dans les parties qui grimpaient. Ça me faisait vraiment chier de les voir trotter à côté de l'instructeur et lui faire la causette. Puis ils mettaient les gaz et disparaissaient à l'horizon.

J'en bavai avant de trouver mon second souffle, puis je commençai à transpirer. La sueur commençait à me couler dans les yeux et à brûler les plaies de mon dos. En vingt minutes j'étais trempé mais ma respiration se régularisa et je me sentis bien. Je savais où j'allais, en outre, bien que le sol soit humide, le temps était beau.

J'arrivai à Torpanto en bonne forme, haletant et soufflant mais sûr de moi. Il ne faisait pas trop chaud et je n'avais pas besoin de m'arrêter trop souvent pour boire. Je donnai mon nom à l'instructeur, fis demi-tour et refis tout le chemin en sens inverse. Dans ma tête, je n'arrêtais pas de répéter la même chanson. C'était du rap. Cette musique venait juste d'arriver en Grande-Bretagne et je détestais ça mais je n'arrivais pas à me sortir ça de la tête.

Il s'agissait de descendre la colline en courant, de continuer à courir sur terrain plat et de crapahuter aussi vite que possible en remontant. Tout ce qu'il fallait, c'était balancer les bras et tricoter des jambes. En chemin je dépassai Max. Il allait bon train, son tuyau d'eau battant derrière lui dans son sillage.

Sur les cent quatre-vingts qui avaient commencé la semaine, cent d'entre nous étaient arrivés jusqu'à la danse du Fan. À la fin de la journée, trente gars avaient encore été virés. Le Fan, nous avait-on dit, était un test de référence car si nous ne pouvions pas faire le Fan, il n'y avait aucune chance pour que nous ayons les capacités physiques pour continuer.

Cette nuit là Peter, le chef instructeur, fit le tour de la chambre. Il mesurait environ 1,60 mètre et ressemblait à l'oncle idéal. Il inspecta les boissons mystérieuses et magiques qui étaient posées sur les armoires et dit avec cet accent lent de Birmingham qui ne dépassait jamais les 2 000 tours : « Toute cette merde, vous pouvez la prendre si vous voulez, c'est à vous de voir. Mais ce qu'il y a de mieux le soir, c'est deux pintes de Guinness et un cornet de frites. »

Docilement nous allâmes en ville pour engloutir deux pintes de Guinness et un cornet de frites.

Nous prenions soin de nos pieds avec toutes sortes de potions magiques et de pansements. Je mis des emplâtres sur mes talons et m'occupai de mes ampoules. L'armée possédait un tas de recettes pour s'en débarrasser mais j'avais trouvé qu'il suffisait tout simplement de les percer sur le bord avec une aiguille stérilisée à la flamme, de presser toute la saleté et mettre un pansement par-dessus. Il n'y avait pas grand chose à faire de plus.

La deuxième semaine commença. J'atteignis le camion après un parcours particulièrement éprouvant et je restai planté là. Mes pieds et mes jambes me faisaient mal, les muscles de mes cuisses étaient tétanisés, mes épaules étaient douloureuses et j'avais l'impression qu'elles étaient presque déboîtées comme si elles avaient été arrachées. J'avais mal dans le bas du dos car, quand je portais mon sac dans les montées, je me penchais en avant pour compenser son poids. Je laissai tomber mon bergen * et j'eus la sensation de flotter dans les airs puis j'enfilai mon survêtement et un grand bien-être m'envahit pendant que je buvais mon thé dans le camion du retour.

Mais nos muscles se refroidissaient pendant le trajet si bien que, à l'arrivée, nous descendions péniblement du camion en traînant nos sacs de couchage et nous claudiquions vers nos chambrées comme des petits vieux. Je me regardai dans la glace et je ressemblais à ce que je ressentais : mes cheveux étaient hérissés par la transpiration et couverts de boue et de brindilles.

Nous gardions nos sacs de combat près de nos lits. Il y avait un séchoir pour les vêtements humides mais ça ne servait à rien de les laver puisqu'ils allaient être de nouveau trempés et dégoûtants. Alors on les mettait un moment dans le séchoir, puis on les posait sur nos bergens pour le lendemain.

Au bout d'un moment, nous commençâmes à nous parler mais le seul sujet de conversation était la Sélection. Chaque fois que je rentrais d'une

* *Bergen*, Sac de combat de l'armée britannique. *(N.d.T.)*

journée de crapahut, je voulais savoir le nombre de personnes qui avaient été saquées : plus il y en avait, plus j'étais content. J'étais ravi que trente personnes aient raté la danse du Fan, ça me donnait l'impression que je me débrouillais bien.

Les crapahuts quotidiens faisaient entre quinze et soixante-quatre kilomètres et nous commençâmes les marches de nuit. C'était la même routine jour après jour : ils nous donnaient l'heure à laquelle nous devions nous présenter le matin, nous allions au départ du parcours, faisions le parcours, et revenions le soir. Alors les « danseurs » épuisés rejoignaient leur chambre en traînant les pieds, laissaient choir leur barda, mettaient leurs affaires dans le séchoir, prenaient un bain ou une douche, mangeaient un morceau et tombaient dans leur lit. Les jours de frites et de Guinness étaient loin.

Personne ne nous donnait le détail de la journée si bien que nous ne savions ni où nous allions, ni dans quelle direction ni les temps qu'il fallait faire. Nous n'avions d'autre solution que d'aller aussi vite que possible et c'était là qu'intervenait la technique de lecture de carte. Si j'arrivais à une indentation (*vallée*), je n'allais pas descendre puis remonter, je regardais d'abord si ça valait la peine de la contourner, quitte à faire un chemin plus long.

Ils n'exigeaient pas de discipline. Tout ce qu'ils disaient, c'était : « Soyez dans la cour à 6 heures. » On se pointait, ils appelaient nos noms et nous disaient dans quel camion monter. La plupart des gars se mettaient dans leur sac de couchage ou enfilaient leur bonnet, se reposaient et buvaient du thé. Nous arrivions bien trop vite au point de contrôle, nous descendions du camion, alors ils nous appelaient un par un et nous envoyaient faire notre parcours.

L'équipe d'entraînement ne nous disaient rien. Nous avions voulu être là, ils n'étaient pas venus nous chercher et leur attitude semblait être : le stage est là, si vous voulez le faire.

« Rouge 15 ? »

Je m'avançai vers l'instructeur.

« Nom ?

– McNab.

– Où es-tu ? »

Je devais lui montrer sur la carte où je me trouvais. Si vous mettez votre doigt sur une carte vous couvrez une surface de cinq cents ou six cents mètres, à moins que vous n'ayez de gros doigts spatulés auquel cas ça peut faire un kilomètre. Il faut donc pointer l'endroit exact avec un brin d'herbe ou une brindille.

« Vous allez au point 441353. Montrez-moi où ça se trouve. »

Je lui montrai.

« Montrez-moi dans quelle direction vous allez. »

Je calculai ma position et lui montrai.

Il me dit : « Bon, vous feriez mieux d'y aller parce que les minutes passent. »

Dans mon groupe il y avait un type, Trev, qui était tellement nerveux qu'il finissait par tout faire à l'envers. Au lieu d'aller au nord, il allait au sud. Un jour qu'il descendait du camion il fut appelé par les instructeurs qui lui demandèrent : « Où es-tu ? »

Il leur montra sur la carte.

« De quel côté vas-tu ? »

Il pointa la direction, c'était la bonne, puis il fila dans la direction complètement opposée.

Les instructeurs se tournèrent vers nous et dirent : « Où va-t-il, bon sang ? »

Ils le laissèrent continuer pendant près de cent mètres, puis ils crièrent : « Hé, tête de nœud, reviens ! Où vas-tu, bordel ? Montre-nous ta position. »

Trev leur montra et ils lui dirent : « Alors, va dans cette putain de direction. Tu as déjà perdu trois minutes. »

Très souvent quand j'allais vers un point élevé, je pouvais le voir et il n'était pas plus proche pour autant, alors mon esprit commençait à vagabonder. Quelquefois je commençais à me chanter silencieusement des chansons idiotes ou des petits jingles publicitaires que j'avais toujours détestés, d'ailleurs.

J'arrivais au contrôle et je me penchais en avant, les mains sur les genoux pour reposer mes épaules.

« Montre-moi où tu es, disait l'instructeur. Va au point 345678. Montre-moi dans quelle direction c'est. »

Et je démarrais.

Quelquefois j'arrivais à un point de contrôle où il y avait des balances. Pour les marches à faire ce jour-là, par exemple, le sac devait peser 18 kilos alors ils le pesaient pour vérifier. Si un sac pesait moins ils mettaient un gros caillou dedans, le signalaient d'un trait de marqueur et prévenaient les deux prochains contrôles par radio que Bleu 27 avait un caillou dans son bergen parce que c'était un foutu salaud. Cela voulait dire qu'au lieu de porter 18 kilos, il se trimballait maintenant avec 25 kilos jusqu'à la fin de la journée. Mesurés en sueur et en ampoules, 7 kilos faisaient une grosse différence.

La grosse erreur était de considérer les 18 kilos comme poids de départ du bergen, en comptant l'eau. Dès que vous aviez bu 1 litre, vous étiez en dessous du poids fixé car quand ils disaient 18 kilos, ils voulaient dire 18 kilos à la fin de la journée, pas au début.

Au terme de la journée, l'équipe des instructeurs s'amenait en appelant des noms et nous apprîmes bientôt qu'il s'agissait de ceux qui étaient saqués.

Parfois l'adjudant disait : « Que les personnes suivantes viennent me voir. » Ces personnes se rassemblaient autour de lui et il prenait la parole : « Vous n'avez pas été très bons aujourd'hui. C'est un avertissement et vous feriez mieux de vous défoncer parce que, la prochaine fois, c'est la porte. »

Si quelqu'un avait déjà reçu un averto et qu'on appelait son nom, il pouvait s'attendre au pire.

Quand on rentrait, si j'étais dans le premier camion je me sentais plutôt confiant. Si j'étais dans le deuxième camion, je n'étais pas trop sûr mais je ne me faisais pas trop de souci, mais le troisième camion voulait dire que j'avais merdé. Ça ne m'est arrivé qu'une fois. La plupart du temps, cependant, je regardais les autres et j'étais ravi que ces beaux blonds, grands et racés soient foutus dehors.

Je disais : « Quel dommage. » Mais, à l'intérieur de moi, je pensais : « Bon débarras ! » C'était chacun pour soi, chacun voulait réussir.

L'instructeur disait : « Comprenez bien que, si vous devez arriver à une position pour donner une feu de couverture avec votre mitrailleuse légère dans six heures quarante-cinq minutes, ce n'est pas la peine d'arriver là dans six heures quarante-cinq minutes et trente secondes, parce que vous serez en retard. Vous pourriez aussi bien arriver dix heures plus tard. Si on vous donne un timing, vous devez vous y tenir. Le groupe d'attaque pourrait avoir à faire une sortie sans feu de couverture, parce que leur attaque pourrait être coordonnée en temps avec une autre attaque qui a lieu à trois ou quatre kilomètres de là. Vous devez tenir vos temps : un jour, des vies peuvent en dépendre. »

L'équipe des instructeurs faisait le parcours avec nous tous les jours et ils modifiaient les temps limites selon les conditions atmosphériques. Si le vent soufflait à 65 kilomètres/heure, ils en tenaient compte et c'était à nous d'être aussi bons qu'eux.

Le grand truc c'était le « quai 4 ». À la gare d'Hereford, c'était de ce quai que partaient les trains pour Londres. Dire à quelqu'un : « C'est le quai 4 pour toi », c'était la manière qu'avait le Régiment de dire à quelqu'un : « Merci et bonsoir. »

Bien sûr, le temps que les gens reviennent dans leurs unités, les raisons pour lesquelles ils avaient quitté la sélection étaient devenues « des blessures des jambes ou du dos », mais ils n'avaient pas à être gênés : au départ, ils avaient fait preuve de plus de courage en se présentant à la sélection que les gens auprès desquels ils s'excusaient.

Les gens du Royal Signals (*Transmission*) avaient vraiment le don de se mettre dans l'ambiance et d'être heureux là où ils étaient. À cette époque, si un type des Signals voulait se présenter au Régiment, il devait d'abord être au 264, le groupe des transmissions basé à Hereford. Ces gars étaient déjà dans leur élément et, pour s'entraîner, les Black Mountains étaient à quarante-cinq minutes de train. Beaucoup d'entre eux rentraient chez eux le soir et, au début, je pensais que c'était un avantage et puis finalement, non : ils devaient quand même mettre leurs chaussures et grimper avec les autres.

Je regardais les types qui avaient déjà fait une fois la Sélection. Certains d'entre eux étaient arrivés en paraissant être dans une forme éblouissante et je me jugeais toujours par comparaison avec eux. Andy Baxter, l'un des instructeurs, avait un physique de vedette de cinéma, or, un jour que nous étions partis courir avec lui, Andy enleva sa chemise et nous montra ainsi qu'il avait également un corps superbe. Il aurait dû faire la couverture de *Playgirl*. Dans le bataillon j'avais toujours été en très bonne forme physique mais je pensais que je ne pourrai jamais l'égaler. Alors qu'on revenait de nos parcours tout essoufflés, il rentrait tranquillement en riant et plaisantant et il prenait une tasse de thé. Comparé à certains de ces types, j'étais un sac de merde suant. Je devais garder à l'esprit que ce n'était pas contre Baxter que je me battais, mais contre McNab.

Si, avant d'arriver à Stirling Lines, réussir la Sélection avait été une obsession, cela devenait maintenant une fixation pathologique. Plus le temps passait, plus je voulais rester. L'atmosphère était tellement différente de celle d'un bataillon d'infanterie, plus décontractée, tout le monde s'appelait par son prénom. Personne ne nous embêtait, ils nous disaient seulement : « Défilé à midi. » Ils s'attendaient à ce que nous y soyons parce que, sinon, cela voulait dire que nous ne voulions pas être là et que nous pouvions nous en aller. Tous les soirs, je me félicitais de me trouver là.

Si je ne réussissais pas la Sélection, je quitterais l'armée. Je ne me voyais absolument pas retournant au bataillon. Ici, nous disposions de tout, de la bibliothèque à la piscine et le centre médical était ouvert chaque soir quand nous rentrions. Un soir j'y suis allé pour avoir des pansements pour mes pieds. Ce n'était pas du tout comme d'aller au centre médical du bataillon où j'aurais attendu si longtemps que mes pieds auraient guéri tout seuls.

Tous les Green Jackets parvinrent en troisième semaine, puis Bob fut viré. Ses temps n'étaient pas assez bons, mais il ne semblait pas trop s'en faire.

Le jour suivant, après une marche, nous nous dirigions vers un massif forestier pour passer les prochaines heures à nous bichonner et à manger avant un crapahut de nuit. Dave avait déjà eu un averto et il ne se sentait pas trop en forme. Pendant que nous étions assis là et que nous soignions nos pieds en attendant la nuit, il dit : « Ce qui m'emmerde, c'est qu'ils ne nous disent pas tout de suite que nous avons échoué. Je fais peut-être cette foutue marche de nuit pour rien. »

Il avait vu juste et le lendemain, presque à la fin de la troisième semaine, il s'est retrouvé sur le quai 4 : ses temps n'étaient pas assez bons. Max, qui commençait à être un peu défraîchi, eut un avertissement.

« C'est parce que je n'arrêtais pas de trébucher, me dit Dave. Et si je n'arrête pas de trébucher, c'est parce que mes pieds ne sont pas assez grands pour me porter. Je fais seulement du 40. »

Je lui serrai la main et le regardai partir. Ce salaud allait me manquer.

Deux jours plus tard, pendant la dernière semaine, je descendais du Fan-Fawr et je vis Max, qui en était encore à la montée, son tube à eau flottant au vent, portant un Tee-shirt avec un motif. Sa grosse moustache broussailleuse était pleine de morve et il était dans un état merdeux.

Il dit : « Je suis en train d'en baver, Andy. Mes temps sont mauvais. »

Il était bel et bien à côté de ses pompes, comme s'il était soûl, mais sans le plaisir.

Je hochai la tête et dis : « Désolé », mais, à l'évidence, j'avais encore à foncer.

Il partit cette nuit-là. Sur les six Green Jackets que nous étions à l'origine, nous n'étions plus que trois pour la semaine de test.

Kev partit le lendemain. Comme d'habitude, il n'était pas trop bouleversé.

« J'ai essayé, j'ai raté, dit-il en souriant. Au moins, je n'aurai plus jamais à y penser. Je vais retrouver le football et les soirées de Longbridge : ça me va. »

J'étais triste de les voir tous partir. Leur amitié et leurs blagues me manqueraient.

Johnny Two-Combs était encore là et il était hors de question qu'il ne réussisse pas. Je ne le voyais pas beaucoup parce qu'il était dans un bâtiment différent et maintenant, si je n'étais pas en train de crapahuter, je dormais.

Je n'arrêtais pas de me répéter : « Je n'ai qu'à continuer comme ça, il suffit que je ne me fasse pas de blessure. »

J'eus un averto le jour suivant.

Nous étions sur un crapahut de trente cinq kilomètres dans l'Elan Valley et j'avais passé une très mauvaise journée. Je n'étais pas blessé, mais j'avais du mal à tenir. C'était comme si mes jambes ne voulaient pas jouer le jeu : mon corps allait à cent à l'heure et mes jambes n'allaient qu'à cinquante à l'heure. Quand j'étais enfant, je faisais un rêve dans lequel je courais pour m'éloigner de quelque chose et, bien que tout mon état mental fût frénétique, mon corps allait au ralenti. Maintenant ça m'arrivait en vrai. J'étais dans le second groupe de camions et c'était un terrain dangereux.

Le lendemain matin, nous attendions d'être appelés dans les véhicules et le chef instructeur commença à citer les noms des gens qu'il voulait voir : j'étais l'un d'entre eux.

« Vos temps n'étaient pas assez bons hier, dit-il. Faudra vous bouger les fesses pour les deux derniers jours, sinon c'est le quai 4. »

Cela m'emmerdait, mais il ne restait plus que les parcours « Carte schématique » et « Endurance » à faire.

« Carte schématique » impliquait l'utilisation d'une carte dessinée à la main plutôt qu'une vraie carte. Nous devions couvrir trente cinq kilomètres avec différents contrôles. Pas de problème, c'était du gâteau. Je pensais que j'avais réussi. Je connaissais le terrain parce que j'avais fait toutes les reccos, j'avais été là-haut et je savais où j'allais.

J'étais en train de monter vers le Fan et j'arrivais à un massif forestier qui faisait à peu près un kilomètre carré. Il faudrait que je le contourne parce que ce n'était pas un simple petit bois de sapins, c'était une grande plantation des Eaux et Forêts. En regardant d'en haut, je pouvais voir qu'un coupe-feu passait juste au milieu. Je commençai à prendre droit devant moi, à travers le bois. Je me frayai un chemin et j'avançai bien pendant les premiers deux cents mètres. Puis je m'égarai, je dus m'arrêter plusieurs minutes pour calculer ma position. Je commençai à être sérieusement furax contre moi-même. Je devais me mettre sur les mains et les genoux pour forcer mon chemin parce que les arbres étaient plantés très serrés. J'étais allé trop loin pour faire demi-tour et revenir sur mes pas, il fallait que je continue. Tout au fond de moi je savais que j'allais être en retard, que j'avais merdé.

Le temps que je ressorte, j'avais des coupures sur le visage et les mains et j'étais couvert de sang. Mais je continuais : il y avait peut-être encore une chance.

En progressant vers le prochain point de contrôle, qui était au sommet du Pen-y-Fan, mes jambes me faisaient terriblement mal. J'étais très essoufflé, trempé de sueur, de sang et de boue mais c'était ma fierté qui était la plus blessée. Je savais que j'avais bel et bien foiré le coup.

Le soleil brillait, il faisait très chaud et la moitié du Pays de Galles paraissait marcher en famille sur le Fan pour profiter du panorama : les enfants portant des bouteilles de limonade de deux litres, leurs parents vêtus de shorts et de sandales. Je passais au milieu d'eux en hurlant, furibard et marmonnant pour moi-même, en essayant de rattraper autant de temps que possible.

L'instructeur regarda mon visage coupé, mon pantalon déchiré, et me dit : « Ça va ? »

Je répondis : « Ouais, j'ai eu un mauvais passage.

– C'est pas grave, descends au véhicule, c'est ton dernier contrôle. »

J'étais arrivé dernier au sommet du Pen-y-Fan et maintenant je devais redescendre au dernier contrôle. Je courus, je courus plus vite que je n'aurais pu l'imaginer mais, quand j'arrivai, il ne restait plus de place que dans le troisième camion.

Ce soir-là, mon nom fut appelé. C'était la veille de l'épreuve d'endurance, le dernier grand test, et j'étais viré. C'était ma faute : j'avais été téméraire, j'avais pensé que j'y étais plutôt que de faire le tour du massif forestier et de m'assurer de ma position.

Avant de partir pour le quai 4, vous rendez tout votre équipement aux magasins, puis il y a un entretien avec le commandant instructeur. Vous pouvez vous présenter en tout deux fois à la Sélection, à moins que vous ne vous cassiez une jambe à votre second essai, auquel cas ils pourraient se montrer coulants.

Je n'étais pas seul à attendre pour entrer dans le bureau car nous étions huit, assis sur un long banc de bois. Je me sentais vraiment comme quand j'étais enfant, attendant de voir la directrice de l'école ou d'être interrogé au commissariat de police. C'était une vraie ruche, avec des gens passant d'un air affairé, vaquant à leurs affaires et ne faisant aucunement attention à nous.

Je me sentis déprimé. Le monde bougeait autour de moi, mais je n'en faisais plus partie.

Le commandant leva les yeux de son bureau et dit : « Alors, quel était le problème? Pourquoi avais-tu tant de retard au dernier contrôle?

– Trop confiant. J'ai traversé le massif forestier et ça m'a ralenti sérieusement.

– Eh bien, dit-il en souriant, si tu reviens tu penseras à faire le tour, n'est-ce-pas?

– Ouais.

– Parfait, à la prochaine fois, peut-être.

– J'espère. »

Une heure plus tard, je me tenais sur le quai 4.

Nous montâmes dans le train de Paddington. Arrivé à Londres, je devais aller à Brize Norton et, de là, prendre un vol de la RAF pour retourner à Minden.

Comme je montais mon fourre-tout dans le filet à bagages et que je m'asseyais, le mot « Hereford » était dans mon champ de vision et je m'aperçus que je n'avais jamais été aussi déprimé – ni aussi déterminé – depuis très, très longtemps.

9

Rater la Sélection, c'était un peu comme tomber de cheval, mais ça faisait sacrément plus mal. D'une manière ou d'une autre, je savais que si je ne m'y remettais pas aussitôt je n'essaierais jamais plus, tellement j'en avais marre.

Quand je me suis inscrit de nouveau, Debbie n'était pas ravie, mais le Bataillon a été vraiment bien. Cette fois-ci, pourtant, ils ne me donnèrent jamais de temps libre pour ma préparation car il y avait beaucoup trop de choses à faire, c'est-à-dire encore des exercices à la con.

Je décidai que, si je ratais la Sélection une deuxième fois, j'abandonnerais l'armée. Dans ma naïveté, j'écrivis à des sociétés qui avaient beaucoup de contrats au Moyen-Orient : « Chers Messieurs, je sais me servir d'un mortier. » Étant fantassin, je pensais être une bénédiction pour l'industrie puisque je pouvais tirer au mortier, aussi je ne compris pas quand les réponses polies m'arrivèrent : « Cher Monsieur, allez vous faire foutre ! »

Alex, le capitaine qui avait tant fait pour nous aider à nous entraîner, me prit à part un jour et me dit : « Chaque matin, quand je me rasais, j'écrivais au savon sur le miroir : Bataillon, Non. Régiment, Oui. »

Manifestement, ça lui avait réussi. J'étais encouragé.

Je m'entraînai autant que je pus durant mon temps libre. C'était pratiquement la même chose qu'auparavant – beaucoup d'exercice avec le sac de combat, parcours du combattant et course – pour travailler l'endurance du cœur, des poumons, des jambes et du mental.

Le seul temps libre dont je disposais pour travailler sur les Beacons fut pendant la permission de Noël ce qui, manifestement, emmerdait sérieusement Debbie. Nous commençâmes à nous disputer à ce sujet. Notre mariage n'était qu'un mot. Un soir, elle arriva à la maison et nous eûmes une sérieuse prise de bec.

« On n'est pratiquement jamais ensemble, dit-elle. Et quand ça arrive, tout ce qui t'intéresse c'est la Sélection.

– Si je rate, je serai fumasse, répondis-je.

– Alors on sera deux. »

Je commençai à dire qu'elle n'avait aucune idée de ce qui m'arrivait, que tout mon univers s'était écroulé et que si je ne réussissais pas la prochaine fois, notre avenir serait incertain, car je quitterais l'armée et qu'il me faudrait chercher du travail.

Ce fut une nuit agitée, avec assez de hurlements et de claquements de portes pour réveiller la moitié du quartier. Je me sentais malheureux et ne pouvais pas supporter d'être rejeté par le Régiment. Debbie était mon seul refuge mais je pensais qu'elle ne me comprenait pas. Le Régiment était ce que je voulais et si elle n'était pas avec moi, elle était contre moi. Je lui dis que si je réussissais, tout s'arrangerait et nous nous retrouverions comme avant. Mais Debbie était une fille intelligente et elle me voyait venir de loin.

Ce qui avait commencé comme une obsession, pour devenir une fixation, était maintenant une passion. Rien de ce qui se passait au bataillon ne m'intéressait plus, à moins que ce ne soit physique. Alors je m'y jetais tête baissée, simplement parce que c'était encore un entraînement.

Mon esprit était totalement concentré sur le premier mois de la Sélection. Je n'étais pas inquiet pour la suite de la formation car, une fois que j'aurais franchi ce premier mois, tout le reste étant inconnu, il était inutile d'y penser. Mais je pouvais me préparer pour le premier mois. Je savais que je pouvais le réussir. J'en étais sûr.

Pendant la permission de Noël Debbie resta avec sa famille et j'allai à Crickhowell, le dépôt de formation pour la division Prince of Wales. Chaque matin de bonne heure, je mettais mon sac de combat à l'arrière de l'auto et je faisais rugir le moteur pour escalader les Black Mountains.

J'avais une vieille Renault 5 rouillée et déglinguée. Certains matins elle n'avait même pas la force de m'amener à mon point de départ en haut de la colline. Quand les routes étaient verglacées, je finissais dans une haie plus souvent qu'à mon tour.

Toute la journée, je m'entraînais dur dans les collines puis je redescendais à Crickhowell, prenais mes deux pintes de Guinness et un paquet de frites, buvais des quantités de boisson énergétique, puis m'enroulais de pansements jusqu'au lendemain.

Le jour de Noël, je m'accordai quelques heures de détente, restant là où j'étais à regarder tous les vieux Numéro Un au *Top 50*. Je me payai un dîner de Noël dans l'un des pubs et appelai Debbie : pas de réponse.

Le lendemain, je me fis la danse du Fan. Comme je peinais à grimper le Pen-y-Fan avec mon énorme sac sur le dos, cinq ou six gars en survêtement, portant des sacs de jour, dépassèrent en courant le tas de merde que j'étais et dirent : « On s'entraîne pour janvier, n'est-ce pas ? Bonne chance ! »

Je m'attendais à ce que la Sélection d'hiver soit plus sévère que celle d'été. Le froid peut être paralysant, il serait alors plus dur de patauger dans la neige que de se déplacer sur la terre ferme et la mauvaise visibilité rendrait l'orientation encore plus difficile. Il arrivait que des gens meurent pendant la Sélection d'hiver. Même des officiers supérieurs du Régiment étaient morts dans les collines. J'avais entendu dire qu'un commandant partit un jour avec un sac de combat plein de briques plutôt que de vêtements chauds, le temps se gâta et il ne revint pas. Le peloton de garde grimpa dans les collines et trouva le corps mais le temps était tellement mauvais qu'eux-mêmes ne purent redescendre. Ils durent sortir les sacs de bivouac et utilisèrent le galonné gelé comme coupe-vent. Quand le temps se leva, ils le mirent sur le dos, empilèrent leurs sacs sur lui et le firent glisser jusqu'en bas de la colline.

Je revins à Stirling Lines à la mi-janvier. Je sentis les gens plus inquiets que ne l'avaient été ceux de la promotion d'été. En tous cas, moi je l'étais.

Il s'avéra que le temps gommait les différences. Dans le brouillard épais ou sous la neige, chacun devait compter sur sa propre capacité d'orientation. Les éléments nous ralentissaient tous à égalité, il suffisait donc de prendre les bons relèvements et d'avoir confiance dans la carte et la boussole. Chaque jour je me sentais mieux et ma confiance augmenta.

Il tomba beaucoup de neige pendant la plus grande partie des deuxième et troisième semaines. On nous donna une carte à grande échelle, précise à cent mètres près, ce qui représente une grande surface quand ce que vous cherchez se réduit à une tente de bivouac dans une tempête de neige.

Un jour, la visibilité n'était que de vingt mètres. J'arrivai aux environs de mon point de contrôle et perdis de précieuses minutes à essayer d'apercevoir un bout de GoreTex vert. Je finis par le trouver, tapai sur la toile et la fermeture s'ouvrit. J'étais en sueur, sale, et je commençais à grelotter parce que j'avais cessé de bouger. Même par temps très froid, je ne portais qu'un pantalon, des rangers et un Tee-shirt avec un imperméable par-dessus. Le gars dans son sac de bivouac me donna mon prochain repère, me salua et remonta la fermeture.

J'arrivai un jour à un contrôle en même temps que deux galonnés qui étaient venus ensemble d'une autre direction.

« Ce point de contrôle n'est pas où il devrait être », dit l'un d'eux au contrôleur. La tente était dans une congère sur un bout de terrain appelé un piton-repère. Le contrôleur, qui se trouvait être Peter, l'instructeur en chef, dit : « Où pensez-vous qu'il devrait être alors ? »

Le gradé pointa sur la carte, puis les deux officiers commencèrent à discuter entre eux. Il n'y avait qu'une différence de cent ou deux cents mètres, ce n'était pas comme si nous étions dans des vallées différentes.

Le contrôleur me demanda : « Où sommes-nous ? »

Je pointai le piton-repère sur la carte et il dit : « Correct. » Je n'allais pas me mettre à discuter.

Il se tourna alors vers les deux galonnés : « Où que vous pensiez être, voici votre prochaine carte. »

Ils partirent et, en me donnant ma carte, il secoua la tête en disant : « Je ne peux pas comprendre ce qui se passe avec ces gars-là. Ils sont ici pour faire partie de quelque chose dont je suis déjà membre. Je suis l'instructeur en chef, et ils contestent ce que je dis. Même si j'ai tort, à quoi rime de discuter ce que je dis ? »

Je ne les revis pas. La prochaine fois, s'il y avait une prochaine fois pour eux, ils n'aborderaient peut-être pas la Sélection avec leur tête de galonnés. À ce stage, le contrôleur n'avait même pas à se taper le cul pour savoir nos noms, à moins que nous ayons commis une faute. Il essayait seulement de confirmer nos qualités d'endurance, notre élan et notre détermination. Il n'avait pas à se soucier de nos connaissances et aptitudes.

À la fin des deux premières semaines, les choses vraiment sérieuses commencèrent : retour à la vallée de l'Elan. J'aimais le voyage parce que nous devions partir très tôt le matin. Je pouvais me coucher dans mon sac de couchage et boire plein de thé. Mais toutes les bonnes choses ont une fin et le camion finissait par s'arrêter. On coupait le moteur et c'était le silence, le moment de descendre.

L'air froid attaquait d'abord mes oreilles, puis mes pieds commençaient à s'engourdir. J'étais partagé entre le besoin de remuer pour me réchauffer et la conscience des huit ou dix heures de crapahut qui allaient suivre.

La vallée de l'Elan était comme je me la rappelais, un endroit perdu, impressionnant, plein de réservoirs et de grosses touffes d'herbe à éléphants qui pouvait monter jusqu'à la poitrine. La région était très marécageuse et, à cause des réservoirs, nous ne pouvions nous déplacer que sur la moitié supérieure des collines. Nous y faisions aussi beaucoup de marche de nuit et il m'arrivait très souvent de tomber. Je haïssais la vallée de l'Elan.

À présent, en plus du sac, nous portions un fusil et il fallait toujours l'avoir en main. Ce n'était que des SLR d'exercice, mais c'était un poids supplémentaire dont je me serais bien passé. Les poignées avaient été enlevées, impossible de le mettre sur l'épaule ou de l'accrocher au sac. Je découvris que les fusils rendaient la vie beaucoup plus difficile, car on ne pouvait pas balancer les bras en grimpant les collines. Il fallait traverser un tas de haies, or si vous déposiez l'arme de l'autre côté avant de la franchir, vous receviez une mauvaise note – et, mentalement, ils vous avaient eu.

Certaines de ces marches n'en finissaient pas. Quelquefois, je pouvais voir le point de contrôle à dix kilomètres. J'étais descendu du plateau sur ce relèvement, donc je savais qu'il était au bout de ce delta, mais alors il semblait qu'il s'éloignait toujours plus. La vallée de l'Elan a été fatale à de nombreuses personnes. Elle les pompait. Et comme c'était encore plus loin, cela voulait dire qu'on rentrait plus tard, et qu'il fallait repartir plus tôt le lendemain.

Comme la semaine s'avançait, Jock commença à se fatiguer. Il m'expliqua qu'il avait eu un tas de verrues sur le pénis. Pendant dix-huit mois, il avait été « hors service » et il ne voulait pas qu'une chose mineure, comme la

Sélection, empêche sa guérison. Un jour il ouvrit sa braguette et me montra les dégâts. Son gland avait un aspect lunaire.

Tous les jours, nous escaladions les collines. Le temps était épouvantable. Pendant l'une des marches, la neige m'arrivait à la taille. C'était un très long parcours, trente cinq kilomètres, horrible. Il y avait du brouillard, la visibilité tombait à dix mètres et nous échouâmes tous à trouver un contrôle. Finalement, à six, nous nous sommes rentrés dedans en flippant sur nos temps. À la fin, l'un des gars trouva la tente des contrôleurs et nous nous empressâmes tous d'accuser le temps. Ils en avaient déjà tenu compte et ils décidèrent que nous devions continuer, mais en groupe, jusqu'au contrôle suivant.

En ce qui concernait l'horaire, j'étais au centre de l'ordre de marche. J'étais sur les genoux d'avoir marché dans la neige pendant tant de kilomètres mais j'eus de la chance. Il y avait un galonné canadien qui voulait être en tête et je me planquai derrière lui. Il fonçait dans les congères comme un chasse-neige et nous marchions dans son sillage, ravis.

La semaine d'Endurance culmina avec la semaine de tests. Les trajets étaient un choix de tous les endroits où nous avions été, et ils faisaient de vingt à soixante-quatre kilomètres. C'est là que les blessures commencèrent à miner tout le monde. Nous n'étions plus qu'une quarantaine. Je trouvais ça formidable car on attendait moins pour manger. Chaque jour maintenant je me sentais plus fort, car je connaissais le terrain et je savais à quoi m'attendre.

Je n'avais pas eu d'averto, donc ça se passait bien. Surtout je n'avais pas d'ampoules, ce qui m'impressionnait beaucoup, mais je continuais à me bander les pieds car mes chevilles en prenaient un sacré coup.

À présent, je me retrouvais toujours dans le même camion qu'un autre type, George. Je découvris que nous avions été à Crossmaglen en même temps. Il était dans une unité de génie qui construisait les sous-marins ; il fut alors transféré et se trouvait maintenant au 59ᵉ Génie des Royal Engineers attachés à la Brigade Commando. C'était un montagnard et il avait tout l'équipement pour grimper. Il m'agaçait parce que chaque fois que j'arrivais, il était déjà là, dans son sac de couchage, en train de manger des oranges. Nous restions assis, dans un silence apaisant, en attendant que le camion se remplisse. George était grand et mince avec, sur l'une de ses jambes, des varices qui ressemblaient à une carte en relief des Pyrénées.

Vint le jour du relevé topographique. Cette fois, j'allais adopter un profil bas. Nous rentrâmes au camp vers 3 heures de l'après-midi après en être partis à 4 heures du matin. À 10 heures, ce soir là, nous devions partir pour l'Endurance, de sorte qu'il nous fallait nous préparer, trier nos affaires et prendre un bain. J'étais un homme à douches, jusqu'à ce que j'aie vu tous les gars avec des boîtes de savon moussant et je pensai : « Tiens, il faut que j'essaye ça pour l'Endurance. » Mais j'en mis beaucoup trop. C'était comme flotter dans la mer Morte. Je ne savais pas si cela me faisait physiquement du bien mais, dans ma tête je sentais que oui.

On nous conduisit à Tlalyvont, l'un des réservoirs. Quand je sortis du camion et endossai le sac de combat, je commençai à avoir des fourmillements dans les mains parce que le poids sur mes épaules empêchait le sang de circuler. J'eus d'abord mal en le mettant en place, puis j'eus encore plus mal quand les lisières des courroies cassèrent là où elles frottaient. Puis, au bout de dix minutes, ma peau commença à me cuire car je transpirais. Je sentis l'humidité autour de mon cou, qui gagnait la racine des cheveux. Ces dix ou quinze premières minutes étaient toujours un moment pénible, car mes jambes étaient raides. Puis je repris mon souffle. Tout s'arrangeait. Après une vingtaine de minutes, j'étais à nouveau dans la course. Mon esprit était détaché, j'entendais de la musique dans ma tête. Il faisait un froid mordant et le vent pénétrait par toutes les petites ouvertures. Jusqu'à ce que j'aie pris une bonne suée, c'était une sensation horrible, surtout en sortant du sac de couchage douillet où j'avais dormi pendant la demi-heure du trajet.

La plus grande partie de l'Endurance se passait dans l'obscurité et, comme nous étions en hiver, le jour était encore plus court. Tout le monde paraissait très excité, mais anxieux. Je me sentais confiant et en forme. Je n'avais pas de mauvaises blessures, juste des douleurs causées par le sac.

On appela les noms et nous partîmes. Le sac était le plus lourd que j'aie jamais porté, environ 25 à 27 kilos, à cause du supplément de bouffe et d'eau. Je prenais toujours de l'eau au camp, car je savais qu'elle n'était pas polluée. Je n'aimais pas boire l'eau d'un torrent, même avec des tablettes désinfectantes. Si vous attrapez mal au ventre, cela vous ralentit. Le poids supplémentaire en valait donc la peine.

Nous n'avions pas droit aux routes. Si le point de contrôle était sur une route, il fallait l'aborder de biais, ne pas perdre la direction, puis se déplacer le long de la route. Nous ne pouvions pas non plus utiliser les sentiers, tout devait se passer dans la nature.

Quand je rencontrais d'autres gars en chemin, nous avions juste le temps d'échanger un « ça va ? » avant de recommencer à foncer. Tout ce que je voulais leur entendre dire était qu'ils étaient en retard, et je pensais « c'est bon ». Si ça allait assez mal pour qu'ils disent « fait chier ! », j'étais encore plus content. Ça ne me faisait pas aller plus vite, mais je me sentais mieux.

Je me contentais de cavaler, la tête pleine de musique, pensant à la route à suivre, essayant de me rappeler ce qu'il y avait sur la carte pour ne pas avoir à m'arrêter. « Si tu t'arrêtes toutes les cinq minutes pour trente secondes, disait Max, c'est autant de minutes prises sur chaque heure. » Je vérifiais ma carte en marchant.

À mon ceinturon j'avais une poche supplémentaire pleine de bonbons à l'anis et de barres Yorkies que j'avais mis de côté juste pour l'Endurance. Je n'en prenais pas pour les autres marches mais, je ne sais pourquoi, j'étais juste descendu en ville les acheter pour celle-là. Maintenant je grignotais en me demandant pourquoi je ne l'avais jamais fait auparavant.

C'était ma seconde nuit de marche. Dans les cinq ou six derniers kilomètres, les piles de ma torche rendirent l'âme. Je savais d'après la disposition du terrain que je devais descendre, atteindre le réservoir, prendre à droite, puis me diriger vers le pont qui était le dernier point de contrôle.

Incapable d'utiliser ma carte, je maudissais les dieux de toute ma force. À côté du réservoir, il y avait un grand massif forestier. Je cherchai un coupe-feu pour le traverser, en me maudissant et en me rappelant pourquoi j'avais échoué la dernière fois.

Je trouvai un coupe-feu, bien large, mais alors je me heurtai à des arbres abattus. Encore de la sueur, encore des coupures. Tous les dix mètres, il me fallait enlever mon sac, le jeter par-dessus le tronc horizontal, passer par-dessus moi-même, retrouver le sac dans le noir d'encre et le remettre sur mon dos. Je flippais, je ne pouvais pas croire que mon avenir était compromis parce que j'avais fait deux fois la même erreur.

Je fus soulagé de voir les premiers rayons de lune et réussis à descendre jusqu'au bout du réservoir. Je savais que je devais tourner à droite, et je me lançai, en traînant les pieds.

J'atteignis le dernier contrôle après une marche de vingt et une heures trente. J'étais assez fier de moi, mais George était arrivé avant moi. Alors, qu'y avait-il de changé ?

Je notai un net changement dans l'attitude des contrôleurs. Comme si nous avions tourné une page, comme si une phase était terminée et réussie. Il n'y eut pas de félicitations ni rien, mais ils dirent : « Très bien, ça va ? Bon, posez vos affaires, il y a à boire près des camions. »

Le toubib était là en cas de problèmes, mais nous étions trop excités pour rien remarquer.

Le cuistot de l'équipe de formation s'amena avec de grosses tranches de pudding et du thé au rhum. Je découvris qu'il y avait au Régiment une grande tradition, quand on était en service difficile, ils sortaient un rhum appelé « feu de canon ». Ils mettaient de côté la ration de rhum et la servait dans les grandes occasions. Je détestais le rhum, mais n'était pas le moment de le dire. Je n'aimais pas non plus le pudding, mais je m'en goinfrai.

L'un des galonnés vint me trouver : « Bon sang, vous avez eu des problèmes près du réservoir ? »

J'expliquai ce qui s'était passé et il dit : « Je vous entendais. Tout ce que je pouvais comprendre c'était : putain, bordel, fait chier ! » Il avait été pris dans un autre coupe-feu, et avait eu le même problème.

Nous montâmes pour la dernière fois dans les camions. Tout le monde était heureux, mais rompu. Personne ne dormait, nous étions trop plongés dans nos pensées.

Je plongeai dans un grand bain moussant et voulus enlever tous les bandages de mes jambes. C'était un ruban de cinq centimètres de large et, comme un con, je l'avais enroulé du côté collant. Je m'en servais comme maintien, de sorte que j'aurais pu l'enrouler de l'autre côté. J'étais dans le bain, parlant à George, tout en m'affairant les yeux fermés à ôter le bandage. Le temps que je finisse, la moitié des poils de mes jambes avait disparu.

L'un des instructeurs vint nous dire : « Tout le monde dans la salle de conférence de l'Unité de formation à huit heures du matin. »

J'étais confiant. Certains d'entre nous étaient sur un terrain glissant, mais ils allaient bientôt être fixés.

Dès que le contrôleur dit : « Les personnes suivantes vont aller voir le commandant de la formation », je sus qu'ils étaient virés. Si mon nom n'était pas appelé, je savais que j'étais reçu.

Il appela dix noms. Pas de McNab.

« Les autres, avez-vous des blessures ? Le centre médical est ouvert. Allez les faire soigner. »

J'avais d'abord un petit travail à faire. L'un des gars qui avaient échoué devait être conduit à la gare, et je m'étais proposé. Il y avait eu sur la colline un malheureux incident – du moins d'après sa version. Il était dans les temps et parvint la nuit au contrôle. Là, il avait été retenu parce qu'un galonné était arrivé en très mauvais état et qu'il laissait tomber. Il lui fut ordonné : « Va avec cet officier et assure-toi qu'il est en bonnes mains. » Il amena l'homme au prochain contrôle, mais ensuite il était très en retard.

« On m'avait dit d'attendre », dit-il au contrôleur.

Celui-ci répondit : « Pas de bol. »

Il avait été retenu à cause du galonné, à juste titre, son boulot étant de s'assurer que le galonné arrive jusqu'au prochain contrôle où il y avait un véhicule. De là, il pouvait continuer. Mais il était en retard à cause de cela, et ils n'ont pas paru en tenir compte. Il y avait peut-être une couille dans l'administration. De toute façon, ce garçon en avait sa claque. Quand je le menai à la gare, il pleurait. C'était son deuxième essai. Pour lui, il n'y avait plus d'avenir. Je pouvais imaginer ce qu'il ressentait.

Nous eûmes le week-end libre, ce dont nous avions bien besoin. Mes pieds gonflèrent comme si j'avais de l'éléphantiasis et je ne pouvais pas mettre mes chaussures. Il fallut que je coupe mes baskets avec des ciseaux.

Je voulais dire à tout le monde que j'avais été reçu à la Sélection, que j'étais un grand maintenant. Mais les gars du camp s'en foutaient. Apparemment beaucoup d'entre eux faisaient l'Endurance une fois ou deux par an, de toute façon. C'était bon pour eux d'aller sur la colline – cela donnait l'exemple, et cela signifiait aussi, au niveau de la sécurité, qu'il y avait plus de monde dans le coin. Mais il y en avait qui échappaient au filet de sécurité. Deux semaines plus tard, un gars de l'escadron R était manquant après une marche, et l'escadron de secours fut envoyé à sa recherche. Il le trouvèrent dans son sac de couchage, moitié dedans, moitié dehors, tenant des biscuits dans une main et un réchaud à alcool solidifié de l'autre. Il avait dû mourir dans cette position.

10

J'avais réussi la Sélection, la seule phase sur laquelle nous exercions un certain contrôle. Maintenant, au moment où nous pénétrions dans la salle de conférence le lundi matin, nous sautions dans l'inconnu.

L'adjudant instructeur se leva et dit : « Vous êtes maintenant dans la deuxième phase de la formation. Cela implique beaucoup de travail. Soyez attentifs, écoutez ce qu'on vous dira. Rappelez-vous que vous avez passé la phase Sélection, mais vous n'êtes pas encore arrivés. »

Sur les cent quatre-vingts sélectionnés au départ, nous n'étions plus maintenant que vingt-quatre. Assis autour de moi se trouvaient des gens de toute origine – transmissions et génie, infanterie, artillerie, et un gars de la Marine. Il était admis que chacun avait un niveau différent d'expertise et d'expérience. En terme de formation, nous étions revenus à la planche à dessin.

La première étape devait nous apprendre à utiliser les armes du Régiment. « Si finalement on vous envoie dans les groupes de combat, dit l'instructeur, vous pourrez être envoyés directement au boulot dès votre arrivée. Ils n'auront pas le temps de vous former ; il faut que vous arriviez avec une connaissance pratique de toutes les armes. »

À la façon qu'avait l'instructeur de nous regarder, je devinais que nos personnalités aussi étaient sous microscope. Je pouvais presque l'entendre réfléchir : est-ce que ce soldat confirmé va aider le caporal moins expérimenté qui vient de l'intendance, ou bien est-ce qu'il se contente de dire : « J'en connais un bout, hein » ? Est-ce qu'un gars passait son temps, comme un con, à plaisanter avec les instructeurs ? Ils répondraient à ses plaisanteries, mais à la fin de la journée, ils penseraient probablement qu'il brassait beaucoup d'air ! C'était leur boulot de s'assurer que les gens qu'ils envoyaient aux escadrons étaient les meilleurs. Eux-mêmes, ils devaient y retourner, or, ils pourraient nous avoir sous leurs ordres. Ils prenaient leurs responsabilités très au sérieux.

Nous utilisions toutes les armes individuelles existant dans les groupes de combat. Il y avait d'abord le M16 5.56 et le 203, lanceur de grenades que beaucoup appréciaient, apparemment, à cause de sa plus grande puissance de feu. Cependant certains aimaient encore manier le SLR, qui tirait une cartouche de 7.62. Ils étaient en minorité, parce que cela impliquait que la patrouille aurait à porter deux sortes de munitions.

Du côté de la patrouille on trouvait également la Minimi – mitrailleuse légère qui tirait aussi des balles de 5.56. Le Régiment utilisait aussi le GPMG, mitrailleuse standard des sections de l'armée. Je savais que c'était une arme excellente et l'instructeur nous dit que beaucoup la préféraient à la Minimi. Il y avait pas mal de postes où l'on insistait pour prendre une GPMG car elle était fiable et très puissante.

Nous utilisions des pistolets Browning, des Colt 45 et un certain nombre d'armes semi-automatiques différentes. Pour certains usages, d'aucuns pouvaient préférer un certain type de pistolet mais la majorité penchait pour le Browning.

Puis il y avait les fusils à canon lisse – le fusil à pompe Fédéral, qui était une arme excellente avec sa crosse pliable. Chaque escadron avait son propre assortiment de mortiers – 81 mm, 60 mm et 40 mm – et les armes antichar Milan. Il y avait aussi le LAW90, roquette de 84 mm, qui était le missile antitank standard des compagnies de fusiliers. Puis il y avait le Stinger, de fabrication américaine, missile « jetable » antiaérien à tête chercheuse.

« Les Stinger sont apparus aux Falklands et personne ne savait vraiment comment s'en servir ni à quoi ils pouvaient servir, nous dit l'instructeur. C'était du genre : les voilà, démerdez-vous avec. Et puis, un jour, les gars étaient assis dans l'herbe, en train de lire les instructions tout en buvant leur thé, quand un vol de Puccaras se pointe à l'horizon. Un membre de l'escadron D se leva et porta le Stinger à son épaule. C'était comme le môme dans la vieille pub Fisher Price. Tiens, comment ça marche ? Et ça, à quoi ça sert ? Le gars appuyait sur tous les boutons pour le faire partir et il y réussit. Il descendit un Puccara. Ainsi, la première fois que le Stinger fut utilisé sous le coup de la colère, ce fut par un Anglais tirant sur un avion argentin. »

L'histoire ne s'arrête pas là. Environ deux ans plus tard, semble-t-il, l'escadron D alla en Allemagne dans le centre d'entraînement au Stinger géré par les Américains. Cette arme coûtait tellement cher que les exercices se faisaient sur simulateurs. Les instructeurs américains n'avaient le droit d'en tirer qu'un seul par an et ils ne s'en étaient certainement jamais servi à la guerre.

« Nous avons cette arme merveilleuse, dit l'instructeur, rayonnant. L'un d'entre vous en a-t-il déjà vu ? »

Le gars leva la main et l'instructeur dit, la bouche en cœur : « Dans un simulateur ?

– Non, j'ai descendu un Jet avec. »

En plus du matériel britannique et américain nous faisions connaissance avec toutes les armes du bloc de l'Est : les AK47 – russes, tchèques et chinois – tous les mortiers, leurs armes antitank moyennes et un tas de pistolets différents, comme le Steyr autrichien. On nous répéta souvent que pour certaines missions à l'étranger nous ne pourrions pas utiliser nos propres armes. Il nous faudrait faire avec ce que nous pourrions trouver sur place.

Les armes de la famille AK sont excellentes. Elles tirent de la 7.62 courte, ce qui signifie que vous pouvez emporter plus de cartouches qu'avec nos 7.62 pour le même poids. C'est une arme très fiable en raison de sa simplicité. Elle n'a qu'un inconvénient : son gros chargeur de 30 cartouches. Quand vous êtes allongé, vous ne pouvez pas épauler pour tirer parce que le chargeur touche le sol. L'AK permet de comprendre ce qu'est, en gros, la politique du bloc de l'Est en matière d'attaque : avec le cran de sécurité, le premier cran c'est le tir automatique et, le second, c'est le tir au coup par coup. La mentalité est donc claire : tirez dans le tas. Sur les armes de l'Ouest, c'est le contraire : tir au coup par coup d'abord, puis passage à l'automatique.

À Sennybridge, nous pratiquions des tirs réels, des attaques réelles. Quelquefois, pendant l'exercice, ils nous disaient des choses, sur la manière de tenir nos armes par exemple, qui étaient contraires à ce que certains d'entre nous avaient appris. Nous tirions sur cibles fixes à cent mètres. Ma façon de tirer, c'était de mettre la crosse à l'épaule et de placer ma main sous le chargeur en posant mon coude sur le sac de chargeurs. Il semblait que cela me convienne. L'un des instructeurs arriva et dit : « Que fais-tu ? Mets ta main le long du fût, penche-toi en avant et tire convenablement. » Il n'était pas question que je réponde : « En fait, je tire mieux comme ça et c'est comme ça que je fais depuis des années. » J'ai simplement acquiescé d'un hochement de tête, mis la main le long du fût et j'ai continué à tirer.

Quelques gars osaient dire : « Non, ce n'est pas comme ça », mais à quoi ça servait de discuter ? C'était nous qui voulions être avec eux, pas l'inverse.

Certains avaient des qualifications étranges et admirables, dont ils pensaient que ce serait un avantage, mais les instructeurs les remettaient vite au pas. « Si l'escadron a besoin de compétences particulières, il enverra son propre personnel en formation. Le plus important c'est que nous leur envoyions quelqu'un qui soit apte à faire un certain type de travail et dont le caractère lui permette de s'entendre avec les autres dans des conditions de stress et de promiscuité. Ainsi ils ont la base et, ensuite, ils peuvent vous envoyer pour devenir contrôleur de tir de mortier ou n'importe quoi. »

J'ai entendu l'histoire d'un gars qui venait d'un régiment écossais dans une sélection précédente. Quand la formation sur les armes commença, il marmonnait dans la classe : « Je ne veux pas faire cette merde. C'est ce que je fais au bataillon. Je veux voir le Heckler et Koch et tout ce qui est noir. » Les instructeurs l'entendirent et, mine de rien, continuèrent la leçon mais ils le classèrent comme un mythomane de Première. Ils le prirent à part bien tranquillement et l'envoyèrent au quai 4.

Je téléphonais à Debbie une fois par semaine et je lui envoyais de temps en temps une lettre, mais elle venait en second dans ma liste de priorités. Je voulais me distinguer et aller dans la jungle. Pour moi, elle allait très bien, elle avait du travail et elle prenait du bon temps avec ses amis. Les conversations téléphoniques étaient tendues et guindées.

Je disais : « Tout va bien ?

– Ouais, ça va, répondait-elle fraîchement. Pas de changement. Je vais toujours travailler, je m'ennuie toujours, je n'ai toujours rien à faire. »

Ne t'en fais pas, pensais-je, à la fin tout s'arrangera. Nous aurons un logement et les problèmes disparaîtront.

Nous commençâmes à apprendre les techniques que nous utiliserions dans la jungle et pourquoi on les utilisait – le point de couchage, la routine quotidienne, la routine d'alerte, comment tendre une embuscade, comment traverser les rivières. Nous allions au terrain d'exercice et nous nous déplacions en plein champ ou dans les bois comme si nous étions dans la jungle. Quiconque nous aurait vu nous aurait pris pour une bande de cinglés, rôdant partout, collés aux arbres.

« Quand vous arrangez votre point de couchage tactique, disait l'instructeur, vous installez un hamac – aussi bas que possible, votre cul à quelques centimètres du sol – et vous le recouvrez d'un poncho. S'il faut que vous dormiez par terre, vous dormez par terre, mais pourquoi le faire si vous pouvez l'éviter ? Quand vous vous levez le matin, vous êtes plus efficace si vous n'avez pas été mordus et piqués toute le nuit et si vous avez pu faire un bon somme. Vous êtes mieux reposés et plus aptes au boulot. »

Il nous dit que certains gars emportaient un sac de bivouac étanche. Il protège de la pluie et, en même temps, garde les vêtements au sec. Les affaires humides restent dehors, de toute façon elles seront trempées, ce n'est donc pas un problème. Si nous pouvions nous maintenir en bon état, sans être couvert de parasites, nous serions plus opérationnels. Il n'y avait rien d'efféminé là-dedans. Il nous disait que c'était plus intelligent que de vouloir jouer au surhomme pour être efficace pendant seulement deux minutes et demie environ.

« Dans la jungle, les gens vivent comme ça pendant des mois, sans le moindre inconvénient. En fait c'est un milieu magnifique – bien meilleur que n'importe quel autre environnement où vous aurez à opérer, car vous y trouverez tout ce qu'il faut sur place. Vous avez de la nourriture si vous en avez besoin, des réserves d'eau en permanence, de quoi vous mettre à couvert, le climat est bon. Tout ce dont vous avez besoin est là. Alors pourquoi s'en faire ? Mettez-vous dans l'ambiance et installez-vous aussi bien que possible quand vous le pouvez. »

Nous reçûmes tous les vaccins et nous remplîmes encore de la paperasse. J'étais aux anges car je sentais que, d'une façon ou d'une autre, nous commencions à rentrer dans le système.

⁂

Nous pratiquions des exercices de contact. La tâche du Régiment dans la jungle n'est pas de sortir pour tirer sur les gens. Elle est d'aller chercher des renseignements, de revenir, puis de repartir avec d'autres personnes ou avec une force plus grande.

« À l'époque de la Malaisie, disait l'un des instructeurs, vétéran lui même, pas mal de patrouilles de quatre hommes sont passées à travers les embuscades ennemies sans être repérées – simplement parce que les gars à l'affût pensaient, c'est l'avant-garde, attendons le passage des autres. »

L'une des choses qu'on nous avait inculquées dès le premier jour c'était la prise de décisions. Dans le couloir de notre bâtiment, il y avait une grande gravure avec des moutons dans un parc et, en-dessous, ce message : Vous menez, vous suivez ou vous dégagez.

C'était le grand truc : N'hésitez pas, prenez une décision. Si c'était une erreur, tant pis mais si c'était le bon choix, c'était le bon choix. L'une de mes nouvelles techniques de décision était de penser : ce qui est fait est fait, si j'ai raté, j'ai raté.

Je continuais à téléphoner à Debbie, à lui écrire des lettres et à lui raconter comme tout cela était excitant. Quand elle écrivait ou qu'elle me parlait, je n'écoutais pas, je ne lisais pas entre les lignes. Il ne m'est jamais venu à l'idée qu'elle en avait sa claque. J'étais au Royaume Uni, faisant ce que j'avais voulu faire et elle était en Allemagne à errer sans but, sans rien faire d'intéressant. Je m'en fichais comme d'une guigne : moi, j'étais en route pour Brunei.

11

En route pour Brunei. En mars nous nous envolâmes pour Hong Kong. Nous arrivâmes de nuit à l'aéroport Kaitak et je ne pouvais pas en croire mes yeux. L'avion fit un virage serré, puis il vola à très basse altitude. Je pouvais voir les gens marcher dans la rue et s'affairer dans les appartements.

Nous prîmes nos quartiers dans un camp situé près de l'aéroport. C'était la première fois que quelqu'un ayant une autorité dans l'armée me donnait de l'argent, une indemnité de cantine, parce qu'ils ne nous nourrissaient pas. C'était censé servir à nous nourrir mais, bien sûr, on s'est payé une soirée en ville et il nous restait juste de quoi acheter un cornet de frites au retour. Je me disais : « Il faut que je reste là, ils vous donnent de l'argent ! »

Hong Kong était l'un de ces endroits dont j'avais toujours entendu parler mais que je ne pensais pas voir un jour. Maintenant, je voulais en faire le plus possible au cas où je ne reviendrais jamais. La ville grouillait, ne s'arrêtait pas de vivre. Partout des néons, des boutiques d'alimentation ouvertes. La circulation était intense et il était pourtant 22 heures. Nous pourrions dormir dans l'avion pour Brunei le lendemain mais, pour l'instant, la nuit était à nous et j'avais l'impression de vivre un film de James Bond.

Le lendemain matin nous avions tous la chiasse, mais nous nous traînâmes jusqu'à l'aéroport pour partir sur l'avion prévu pour Brunei, fief du centre d'entraînement dans la jungle de l'armée britannique. Il n'y avait pas un nuage dans le ciel tandis que nous volions au-dessus des petites îles disséminées dans l'eau transparente de la mer de Chine. Je regardais par le hublot, essayant de m'en mettre plein les yeux. Je regardais la mer devenir la terre et, bientôt, je ne vis plus qu'un dôme vert sur des kilomètres et des kilomètres.

À peine débarqué de l'avion, je subis ma première morsure d'insecte et je fus assommé par la chaleur et l'humidité. Dans nos jeans, Tee-shirts et survêtements, nous transpirions tous à grosses gouttes pendant que nous passions en camion devant de petites maisons sur pilotis, d'aspect primitif, avec une antenne de télé plantée sur le toit et une Mazda rutilante garée dessous. Le dôme vert envahissait tout, rampant dans les jardins, essayant de récupérer son territoire.

Nous avions une journée pour sortir nos armes et déballer notre barda. Nous devions laisser au camp la moitié de ce que nous avions amené de Grande-Bretagne car on nous dit que tout ce que nous emportions dans la jungle le lendemain matin, nous devrions le porter sur notre dos.

Comme ils nous avaient conseillé de manger autant d'aliments frais que possible, je me bourrai de melon et de salade. La salle de conférences était une vieille hutte de tôle, avec un ventilateur au plafond. L'un des instructeurs nous donna quelques règles de sécurité concernant les serpents et la manière de traiter les morsures. Fondamentalement, il ne semblait pas y avoir grand chose à faire, à part essayer de réduire l'écoulement du sang et l'instructeur ajouta : « Et tâchez de tuer le serpent. Nous saurons alors quel antidote vous injecter, autrement vous êtes dans la merde. »

J'errai dans le camp, m'arrêtant de temps en temps pour écouter la nuit. Les bruits de la jungle ressemblaient plus ou moins à ce que j'attendais, avec le grésillement des insectes, les piaillements des singes et, parfois, le hurlement ou le couinement d'un animal quelconque. Dans douze heures, je serai là-dedans pour le grand test et j'étais un peu inquiet.

C'était une matinée superbe, vraiment chaude, sans un nuage dans le ciel. Nous nous alignâmes avec tout notre brêlage et nos sacs de combat et nous grimpâmes à bord des Hueys qui devaient nous emmener. Nous volâmes pendant environ trois quarts d'heure dans un ciel d'un bleu étincelant, au-dessus d'un dôme vert vif. Je ne voyais que des kilomètres et des kilomètres de cimes d'arbres et de collines que surmontait la brume. C'était absolument magnifique et je me disais que même si je ratais, j'aurais eu cette vue-là.

Nous commençâmes à perdre de la hauteur et j'entendis les lames du rotor peiner tandis que l'appareil ralentissait. Nous allions atterrir sur un contrefort de montagne où ils avaient fait sauter les arbres afin d'aménager une aire d'atterrissage pour les hélicos. En regardant vers le sol, je vis partout des types qui portaient les barbes les plus longues du monde et, comme l'hélicoptère descendait encore, leurs cheveux furent soulevés par le vent du rotor et poussière, feuilles et brindilles explosèrent dans l'air.

Les portes s'ouvrirent et je fus frappé par la chaleur et les gaz d'échappement. Un des gars, qui était là depuis trois semaines pour préparer le camp de base, dit qu'il allait nous emmener jusqu'aux bâtiments administratifs. Nous attrapâmes notre matériel et le suivîmes. En descendant, nous nous engagions dans la forêt tropicale. C'était comme de pénétrer dans une serre par un jour de canicule et fermer la porte derrière soi. Le bruit et la chaleur du site d'atterrissage furent remplacés par la semi-obscurité et un silence relatif, à part le chant des oiseaux et les rares mots prononcés par notre guide. Je me mis à suer horriblement et j'eus du mal à respirer.

Nous devions traverser une rivière. Des troncs avaient été mis en travers pour faire un petit pont et comme nous allions traverser j'aperçus mon premier abri en feuilles de palmes avec, tout près, un groupe d'indigènes. Le Régiment jouissait d'une longue entente avec les Ibans qui remontait au conflit de Bornéo.

« Ce sont de bons bougres, dit l'instructeur, nous en employons quelques-uns pour nous aider à construire toutes les huttes en atap (*couvertes de feuilles*) de l'administration, y compris le bâtiment qui vous servira d'école. Ils nous aident aussi pour l'entraînement à la survie. »

Comme nous passions près de ces types, en train de fumer accroupis, je réalisai que nous étions vraiment entrés dans une culture totalement différente située dans un endroit du monde totalement différent. Nous allions rester entre nous, dans notre propre petit monde à des kilomètres et des kilomètres de la civilisation, pendant un mois minimum, que cela nous plaise ou non. C'était très excitant.

En regardant la forêt tropicale autour et au-dessus de moi, je ne pouvais pas m'empêcher de me demander combien de personnes survivaient dans la pénombre claustrophobique et verdâtre. Les grands arbres de la jungle originelle, très touffus, masquaient le soleil et l'humidité devait bien approcher les 90 %. J'avais chaud, j'étais à bout de souffle, je transpirais, j'étais couvert de piqûres car il semblait que chaque animal voulait goûter un petit morceau de moi. Je regardais les Ibans appuyés contre les abris, détendus, vêtus seulement d'un short et gais comme des pinsons.

Nous entrâmes dans « l'école » qui, en fait, n'était pas beaucoup plus qu'un toit au-dessus de deux rangées de troncs qui servaient de bancs. Nous posâmes nos sacs de combat et l'instructeur s'amena pour une petite discussion autour d'un verre.

L'instructeur restait tout le temps avec la patrouille dont il était responsable, nous dit-on, mais il vivait dans les bâtiments administratifs plutôt qu'avec la patrouille. Chaque fois que nous serions sur le terrain, il serait là aussi.

Ils nous apprirent quelques règles d'or.

« Ne vous déplacez jamais sans votre golock (*machette*). Ne vous déplacez jamais sans votre brêlage et votre arme. Même si vous enlevez votre brêlage pour vous asseoir le temps d'une leçon, le golock reste attaché à vous par une longueur de paracorde. C'est la pièce la plus importante de votre matériel de survie puisqu'il vous fournira la nourriture, vous construira des pièges, vous protégera.

Vous ne vous déplacez jamais tout seul dans la jungle, vous allez toujours par paire car c'est incroyablement facile de se perdre. Vous pouvez vous éloigner de cinq à dix mètres de la zone du camp et vous égarer. Alors, même s'il s'agit d'aller à la rivière chercher de l'eau, allez-y par deux. Vous pouvez être en train de vous détendre, de faire votre petit bordel mais, si quelqu'un doit aller chercher de l'eau, quelqu'un d'autre doit aller avec lui. Le seul endroit où vous n'êtes pas obligé d'aller ensemble c'est aux chiottes. Elles se trouvent juste de l'autre côté de la zone de patrouille. »

Nous étions tous arrivés avec autant de matériel supplémentaire que nous pouvions en entasser dans nos sacs de combat – bouteilles d'eau supplémentaires, tonnes de chaussettes de rechange, toutes sortes de conneries – et maintenant nous découvrions qu'il nous fallait très peu de choses.

L'instructeur nous expliqua : « Pour vivre dans la jungle, tout ce dont vous avez besoin c'est de deux tenues : une humide et une sèche. Dormez dans les vêtements secs et portez toujours les vêtements humides. Même si vous ne bougez pas de la journée, vous serez trempés de sueur. Il n'y a pas de saison dans la forêt tropicale : il fait seulement humide et chaud. Il pleut deux fois par jour. Vous pouvez sentir le vent se lever, surtout si vous êtes sur un éperon et, ensuite, il pleut. Si vous n'êtes pas trempés par la pluie, vous serez trempés d'humidité.

L'important est de garder au sec votre tenue sèche parce que nous sommes un peu à court de machine à sécher le linge. Mettez votre linge sec dans un emballage sec, puis mettez le tout dans un autre emballage sec. En résumé : une fois que vous êtes mouillés, vous êtes foutrement mouillés. »

L'instructeur nous fit ensuite une démonstration par l'exemple de la manière de construire un « A-frame » (*hamac recouvert d'un poncho et accroché à des branches fichées en terre*).

« Avec des branches vous commencez par former deux " A " verticaux qui correspondent aux deux extrémités de votre châlit. Prenez des branches assez solides pour supporter votre poids, elles n'ont pas besoin de faire plus de cinq à huit centimètres de diamètre. Puis, pour supporter votre hamac, prenez encore deux longueurs de bois, mesurant toujours cinq à huit centimètre de diamètre. Vous les glissez dans les manchons de votre hamac et vous les attachez sur les jambes du " A ". Si tout va bien, ce que vous venez de faire, c'est un lit placé à six centimètres du sol.

Une fois fait, vous étendez un poncho par-dessus et vous l'attachez aux arbres avec des sandows. Maintenant vous êtes protégés de la pluie et, juste en dessous, vous pouvez mettre votre moustiquaire. Il n'y a rien de viril dans le fait de dormir dans votre A-frame sans moustiquaire parce que, si vous vous faites dévorer, vous vous sentirez mal le lendemain et serez moins opérationnels. Si vous prenez le temps de vous occuper de vous-même, vous serez un bien meilleur instrument le lendemain. Ce couchage n'est pas une histoire de femmelette, c'est une question d'intelligence. Il y a des fois où vous devez rester dans la merde, alors c'est OK vous restez comme ça mais il y a bien des fois où vous pouvez faire autrement. Si vous êtes de retour à la base, installez-vous aussi confortablement que possible. »

Certains, apparemment, construisaient une autre plate-forme sous le châlit pour ranger leur bergen et autres affaires. Le sol était trempé et grouillant de fourmis, scorpions et autres bestioles qui finiraient par vous dévorer si elles pouvaient s'approcher suffisamment. Plus nous réussissions à garder nos vêtements loin du sol, plus nous serions à l'aise quand nous les mettrions.

L'instructeur nous emmena dans notre zone de patrouille et nous dit : « Installez-vous, je reviendrai plus tard. S'il y a un problème, venez me chercher. »

« Nous installer » voulait dire que nous devions construire nos châlits en « A ». Raymond monta le sien en moins d'une heure, puis il coupa encore du bois pour se faire une plate-forme sur laquelle il pourrait se tenir.

« Ça tiendra deux jours avant de disparaître dans la boue, dit-il. Alors, il suffira de jeter un nouveau tas de bois dessus. »

« Je vois », dis-je, alors que je n'avais élaboré que le quart de mon tas de merde branlant.

Après avoir terminé, nous nous assîmes et allumâmes un réchaud à hexalume pour faire du thé. Nous avions emporté une boîte à grenades vide pour faire la cuisine. Elle contenait environ trois litres de liquide, nous la remplîmes d'eau avec nos bouteilles et fîmes chauffer notre première tasse de thé dans la jungle. Je commençais à me sentir un peu plus chez moi.

Nous parlâmes de la manière dont nous allions passer l'étape de la jungle. Tout le monde savait ce que les instructeurs recherchaient : des gens avec des compétences, qui pouvaient se fondre dans le paysage.

Je dis : « Ce que nous devrions faire en permanence, c'est de nous tenir les coudes et de ne pas nous tirer dans les pattes. »

Mal, s'allongeant avec un mégot à la bouche, dit : « Bien, chef, alors tu ferais bien de faire tout le travail et de pas déconner. » Puis il se mit sur le dos et souffla un long filet de fumée.

Il était temps de redescendre à l'école. Nous accrochâmes notre brêlage et ramassâmes nos golocks et nos armes. Tous les instructeurs étaient là. Nous nous assîmes sur les troncs d'arbres, à l'intérieur, et ils étaient en face de nous, dehors.

L'adjudant de l'équipe des instructeurs nous dit : « Voici la routine dans la zone administrative. Chaque matin et chaque soir, vous vous tiendrez en état d'alerte autour de votre zone de basha (*bâche-abri*) : le matin, une heure avant la première lueur du jour et une demi-heure après et pareil le soir, pour la dernière lueur.

Vous pouvez envoyer des lettres une fois par semaine. Pour la nourriture, il y aura des produits frais une fois par semaine. La zone dans laquelle vivent les instructeurs est absolument hors limites et si vous avez besoin de la traverser, vous devez vous arrêter et appeler pour que quelqu'un vous en donne l'autorisation. Bon, retournez dans vos zones. Je veux vous revoir ici à 8 heures demain matin. »

Nous entassâmes notre équipement dans nos bergens, sur lesquels nous nous assîmes pendant une heure pour nous mettre en position d'alerte, arme à l'épaule, chacun couvrant son secteur. Alors que je regardais le jour baisser, il y eut une soudaine explosion de sons aigus autour de nous.

« Ce sont des coléoptères, dit Raymond. Ils vous indiquent que ce sera bientôt la dernière lueur. »

L'obscurité bourdonnait de bombardiers, dont la plupart semblaient se diriger dans ma direction. Je mis plus de crème de camouflage et de repellant sur mon visage et mes mains mais ça ne fit aucune différence. Ils continuaient à planer et à piquer comme des Stuka miniatures, en mordant et piquant. Au-dessus du ronflement constant des insectes on entendait parfois un bruissement dans les sous-bois et le dôme. À part les piqûres, j'adorais ça.

Quand l'heure fut passée, nous ramassâmes nos bergens et rentrâmes. Les piles des lampes devaient être conservées, aussi nous nous éclairâmes aux bougies. J'allumai un réchaud à hexalume, plaçai la boîte à grenades dessus et les gars versèrent chacun leur sachet de ragoût de bœuf et de riz pour une bouffe commune.

Mal, étendu dans la boue avec une sèche à la bouche, se sentait très confiant. Tom, toujours aussi excessif, posait des questions ou se trouvait un nouveau sujet d'inquiétude toutes les cinq minutes. « On doit se lever demain matin pour l'alerte, il ne faut pas oublier », disait-il d'un ton théâtral en surveillant la soupe tout en laçant fébrilement ses chaussures.

Nous étions encore tous très fatigués après les excès de Hong Kong et nous étions épuisés par notre nouvel environnement car nous n'étions pas encore acclimatés. Nous étions couverts de plaies et de bosses là où les bestioles nous avaient bouffés. J'avais hâte d'aller dans mon lit.

J'enlevai mes vêtements humides, les roulai et les mit sur la plate-forme en-dessous de mon A-frame. J'enfilai mes vêtements secs et une paire de baskets : on ne savait pas quelles surprises les instructeurs pouvaient nous réserver. Ainsi, même s'ils nous viraient pendant la nuit, je savais au moins que je pouvais bondir du lit et démarrer aussitôt. Je mis ma tête sous la moustiquaire et j'écoutai la jungle qui vivait sa vie autour de moi – grillons, coléoptères et autres insectes cliquetants et vrombissants.

Il se mit à pleuvoir et ce fut le sentiment le plus merveilleux du monde que d'être bien à l'abri sous mon abri individuel, tout en écoutant l'eau s'écraser sur le toit.

Je ne dormis pas très bien, me tournant et me retournant en pensant à tout ce qui m'attendait. Je me disais qu'à la fin du mois ce serait terminé et j'espérais réussir. Parfois je regardais autour de moi et je pouvais voir que tout le monde avait le même problème. Dans l'ombre, autour du châlit de Mal je vis la lueur d'une cigarette alors qu'il exhalait. Je commençai doucement à sombrer dans le sommeil.

Soudain Tom bondit.

« On est en retard ! On est en retard ! Il est six heures et demie ! Alerte ! »

Des corps tombaient des châlits dans la boue tandis que nous cherchions nos affaires à quatre pattes. Je mis mes vêtements humides tout en surveillant l'arrivée des instructeurs du coin de l'œil car, s'ils s'amenaient maintenant et nous trouvaient encore au lit, nous serions dans une sacrée merde. Ce serait considéré comme un manque d'autodiscipline incroyable.

Mal essayait de mettre ses chaussures tout en restant debout mais il tomba et j'entendis un chuintement léger quand son mégot toucha la boue.

Tom continuait à délirer tout haut quand Raymond dit : « Stop, stop, stop. Putain ! Il n'est que minuit, tête de nœud. Il n'est pas encore six heures et demie. »

Tom s'était réveillé au milieu de la nuit, avait regardé sa montre et avait mal interprété les aiguilles. Il n'était pas exactement le chouchou du mois pendant que nous retournions au lit.

Pour notre première leçon, ils nous apprirent à prendre soin de nous sur le terrain.

« La première chose à faire le matin, nous dit l'instructeur, c'est de tartiner des tonnes de repellant partout sur vos vêtements, votre visage et vos armes. Comme vous le découvrirez bientôt, c'est tellement puissant que ça fait fondre le plastique. »

Il fit passer sa boussole à la ronde. Ça faisait trois mois qu'il était là et les inscriptions sur la boussole avaient commencé à s'effacer, ainsi que les curvimètres qui servaient à mesurer les références de la grille. L'antimoustique faisait fondre le plastique et nous étions là, à nous en étaler sur la peau.

Il fallut ensuite avaler notre médicament antimalarien.

Dans la foulée, ou quasiment, nous apprîmes comment dégager des points d'atterrissage et des zones d'hélitreuillage parce que nous pourrions avoir à le faire. Si quelqu'un se cassait la jambe, nous aurions à l'immobiliser, dégager un trou d'hélitreuillage et attendre l'hélicoptère.

L'instructeur dit : « Quand vous dégagez un site d'atterrissage durable, vous pouvez vous appuyer sur la manière dont les arbres tombent. Plus le site est élevé meilleur c'est, parce que les arbres les plus hauts entraîneront les plus petits dans leur chute. Le paquet d'explosifs s'appelle " packet echo ". Demandez ça, et tout un tas de tronçonneuses, d'explosifs et de mèches vous seront balancés en quantité suffisante pour dégager un site. »

Nous partîmes un jour avec des explosifs pour nous exercer à faire sauter des arbres. Tom flippait pendant que nous observions le fût d'arbre massif que nous venions juste d'entourer de PE4 (*plastic*).

« Tu crois que c'est assez ? Je ne pense pas, je crois qu'il en faut plus.

– Tout à fait d'accord, dis-je. Le P, c'est pour " Plein ". »

Nous bourrâmes les trous avec cinq cents ou six cents grammes d'explosif en plus. Théoriquement, nous aurions dû en utiliser le moins possible, mais l'arbre paraissait être vraiment très grand.

« T'es sûr que ça ira ?

– Ouais, pas de problème. »

Nous reculâmes avec notre câble de mise à feu et les autres en firent de même. Nous allions les allumer les uns après les autres et voir ce qui arriverait.

Raymond et Mal étaient près de leur arbre et Keith, notre instructeur, dit : « Mettez votre câble dans l'amorçeur et procédez à la mise à feu. »

Ils allumèrent le détonateur et, avec une partie du cordon du détonateur, le plastic explosa.

Il y eut un grondement et nous regardâmes tous en l'air pour être sûrs que rien n'allait nous tomber sur la tête. L'arbre tomba parfaitement.

« Bon boulot, bravo, au suivant. »

Tom et moi branchâmes notre câble.

« Prêts. Feu ! »

Une énorme explosion ébranla le sol. L'arbre s'éleva droit dans les airs et disparut de notre vue.

« Combien de ce putain de plastic avez-vous mis là-dedans ? tonna l'instructeur.

– La bonne quantité, dis-je. On a suivi la formule, promis.

– Mes couilles ! » Keith se précipita vers l'endroit où le plastic était entreposé : il n'en restait presque plus.

« Vous faites chier », dit-il et j'attendis l'engueulade qui, selon moi, devait suivre. Mais à la place, il dit : « Oh bon, après tout, la mise à feu a réussi. Je vous reconnais au moins ça. » C'était la première fois que je voyais un instructeur sourire.

Le jour suivant, j'emmenai mon commando jusqu'à un endroit où nous devrions encore faire sauter des arbres. En arrivant, nous découvrîmes que les explosifs, qui étaient sous la responsabilité de l'instructeur, n'avaient pas été apportés.

« On doit revenir au camp et trouver quelqu'un, dis-je, sinon on va foirer nos temps. »

Je savais que l'instructeur habitait hors limites. Nous arrivâmes en bordure de cette zone, appelâmes et, comme nous n'entendions rien, je décidai de tenter ma chance et de passer. Après tout, ce n'était pas notre faute si les explosifs n'étaient pas où ils auraient dû être.

Grave erreur. L'adjudant nous surprit et me vola dans les plumes.

« Pourquoi êtes-vous ici ? Nous vous avons dit de ne pas passer par ici.

– Ben, les explosifs n'étaient pas là et le temps c'est très important, dis-je. On peut rien faire si on ne met pas la main dessus. J'ai appelé. »

Je pensais que j'avais raison et peut-être était-ce le cas, cependant j'étais encore en formation et j'aurais dû simplement la fermer. J'aurais dû laisser passer mais, comme un idiot, j'avais ouvert ma grande gueule. J'espérais qu'il ne m'avait pas mis sur la liste noire.

La navigation dans la jungle, c'était là l'une des premières composantes de notre instruction. La première fois que je regardai une carte de la jungle, je n'y ai vu que courbes de niveau et fleuves. Nous dûmes apprendre comment voyager avec ces seuls éléments mais, plus important, comment simplement nous repérer au sol.

L'instructeur nous dit : « Dans les commandos, les gens utilisent des repères différents. Vous pouvez avoir une idée générale de la hauteur à laquelle vous vous trouvez en utilisant un altimètre, par exemple, mais au bout du compte tout se résume à une carte, une boussole et à compter ses pas. »

Nous fîmes beaucoup d'exercices à feu réel dans ce qu'ils appelaient « les sentiers de la jungle ». Les instructeurs choisissaient un coin le long d'un fleuve et le transformaient en champ d'exercice. Nous nous exerçions à patrouiller, seuls d'abord, en cherchant les cibles. Nous nous déplacions tactiquement et, tout à coup, les instructeurs tiraient un fil et une cible apparaissait.

« Vous êtes là pour une tâche, disaient-ils, et la plupart du temps vous êtes en petits groupes. Si vous vous cognez à quelque chose, vous ne savez pas ce que c'est. Ça pourrait aussi bien être la recco avancée d'un groupe beaucoup plus important. Si vous n'êtes pas là pour vous battre, l'idée c'est de tirer un feu nourri maximum et de filer ventre à terre afin de pouvoir continuer votre boulot. »

Les champs de manœuvre étaient super. Je n'avais jamais rien fait de tel auparavant dans l'infanterie car ils ne l'auraient jamais permis dans une armée normale. Ç'aurait été considéré comme trop dangereux, pourtant le seul moyen d'arriver au niveau de réalisme souhaité et de tester les gens dans cet environnement clos, était d'utiliser des munitions réelles.

Nous suivions des sentiers étroits dans la jungle, dans lesquels nous patrouillions comme si nous étions l'homme de tête. Quand ce fut mon tour je m'aperçus que mon corps était tendu. Je marchais la crosse à l'épaule, cherchant à voir la cible de toutes mes forces et en soulevant bien les pieds pour être certain de ne pas trébucher.

Soudain, j'entendis : « Stop ! »

Qu'est-ce que j'ai encore fait ?

« Regarde à droite. »

Je regardai à droite : j'étais passé juste devant la cible, or je ne l'avais pas vue. C'était tellement important de flairer l'ambiance.

« Très bien, reviens et recommence. »

La fois suivante je la vis et réagis.

Puis nous fîmes l'exercice deux à deux. Nous étions tapis dans un trou et l'instructeur nous donnait un scénario. « Vous faites partie d'un groupe de combat de dix hommes. Vous êtes tombés dans une embuscade et le groupe se disperse. Maintenant vous essayez de regagner votre propre zone et vous vous déplacez le long de la rive de ce fleuve. Des questions ? Allez-y chacun à son tour. »

« Je serai l'homme de tête en premier », dis-je à Mal.

Nous nous sommes mis en route, moi en tête, Mal faisant le second. C'était vraiment difficile de repérer les cibles. Des fois, elles apparaissaient brusquement, d'autres fois, elles étaient juste là. Je m'arrêtais près d'un arbre, me baissais, regardais devant moi aussi loin que je pouvais, puis me remettais en route. Mal était derrière moi.

J'avançai le long de la piste et je repérai un bout de mort terrain, à près de dix mètres. Comme je m'approchais, j'aperçus juste le haut d'une petite cible et j'envoyais la purée aussitôt.

« Contact devant ! Contact devant ! »

Je continuai à tirer. Mal fit un pas sur la droite et ouvrit le feu. Dès que je l'entendis, je me retournai, le vis sur ma gauche et criai dans sa direction. Deux mètres plus loin, je me tournai de nouveau et fis feu. Alors il se tourna et courut, s'arrêta et tira, je me tournai et partis sur la droite, vers la rive du fleuve.

« Ralliement ! Ralliement ! Ralliement ! Ralliement ! Ralliement ! »

Nous courions sur les troncs, sautions derrière les arbres et tout était fini en quinze secondes. Alors l'instructeur cria : « Stop ! »

Après chaque contact l'instructeur nous débriefait. Nous haletions pour essayer de reprendre notre souffle. Ce n'était qu'une brève effervescence mais, même en patrouillant j'étais essoufflé, mon corps était tendu, mon cerveau était concentré, nous travaillions avec des munitions réelles et nous étions testés.

Je commençais déjà à trouver la jungle aussi dure physiquement que la Sélection parce que la pression était constante. Je pensais qu'ils étaient en train de se poser des questions telles que : est-ce que je voudrais de lui dans ma section, a-t-il les aptitudes et la personnalité adéquate ? Le monde clos et dur de la jungle, dans lequel chacun dépend des autres, allait nous révéler sous notre vrai jour.

« Pourquoi avoir pris une couverture aussi petite ? Regardez de ce côté-là : l'arbre le plus gros du monde. Il pourrait arrêter du 7.62. »

Keith, l'instructeur, nous ramena vers la cible fixe. Le dôme de la forêt avait retenu le voile de fumée et l'odeur de cordite provenant du contact. Je pris une bonne lampée d'eau à ma gourde pendant que je l'écoutais.

« Quand vous avez vu ça, vous étiez juste au-dessus. Reculez de cinq mètres, tournez-vous et maintenant regardez. Vous pouvez la voir maintenant, n'est-ce-pas ? La raison pour laquelle vous pouvez la voir, c'est parce que vous savez qu'elle est là. Vous devez être assez forts pour la remarquer avant d'arriver là et le seul moyen d'y parvenir, c'est de vous baisser puis de vous relever à cet endroit, de regarder, de vous entraîner.

Maintenant, allons voir si vous avez touché ce que vous avez vu. »

La cible sur laquelle Mal et moi avions tiré n'avait pas pris une égratignure.

« À quoi ça sert de tirer si vous ne le tuez pas ? dit Keith. C'est très bien d'entretenir ce feu constant pour vous retirer mais ce que vous essayez de faire, c'est de les tuer afin qu'ils ne vous poursuivent pas pour vous tuer. »

Nous passâmes aux manœuvres de contact à quatre. L'homme de tête se déplaçait très lentement, s'arrêtait, observait les environs, se remettait en mouvement. Si nous nous engagions dans une montée et que le terrain était accidenté de l'autre côté, il disait à la patrouille de s'arrêter, puis il passait la butte l'arme à l'épaule et à couvert des arbres. S'il n'y avait pas de problème, il nous faisait signe d'avancer. Nous autres, nous couvrions notre secteur tout en marchant, car l'homme de tête pouvait avoir raté quelque chose et ça pouvait se terminer par un contact sur la droite ou sur l'arrière.

Le seul avis que je reçus de Jeff, du commando D, fut : « Crosse à l'épaule, regard droit devant. » C'était fatigant de bouger si lentement, si posément. Je respirais très fort, profondément, en me concentrant intensément sur ce que j'étais en train de faire.

Dès qu'il y avait un moment creux, nous étions supposés bûcher ce qu'ils nous avaient appris la veille. Mal était tellement bon en tout qu'il n'en avait pas besoin. Il restait couché là avec une cigarette et une bière et ça m'impressionnait : j'étais jaloux. J'aurais bien fait la même chose mais j'étais très en retard parce que j'étais nul en Morse, alors, dès que j'avais un moment de libre, je fonçais.

***

La jungle canalise le mouvement. Végétation dense, ravins profonds, collines escarpées, rivières larges et rapides sont autant d'obstacles qui rendent les manœuvres de cross-country très difficiles. Pourtant il faut bien le faire, puisque ce sont sur les pistes et les terrains élevés que tous les troufions se déplacent et que les embuscades sont tendues.

Nous naviguions dans la région en utilisant une tactique appelée la coupe transversale, qui consistait à monter, descendre, monter, descendre, en ne restant pas sur les hauteurs. Ça nous prenait plus longtemps pour couvrir une petite distance mais, tactiquement, c'était mieux : ainsi nous ne tomberions pas dans les embuscades, nous ne laisserions pas de traces et nous ne tomberions pas sur quelqu'un du camp adverse.

L'instructeur nous dit : « Vous ne coupez jamais de bois. Vous l'écartez du chemin pour aller patrouiller, puis vous le remettez en place. Si quelqu'un vous piste, il cherchera deux sortes de signes sur le terrain : les traces de pas et les signes en hauteur. Si vous voyez des toiles d'araignées, n'y touchez pas et contournez-les. Si un pisteur ne se prend pas la figure dans les toiles d'araignées, c'est un signe supplémentaire lui indiquant que quelqu'un est passé avant lui. »

Maintenant les gens se bouffaient le nez sérieusement, surtout pendant les périodes de navigation. La navigation ne consistait pas seulement à relever une position et à se mettre en route. Nous devions confirmer notre position régulièrement, or nous ne pouvions pas voir de buttes ni de dépression dans notre champ de vision à cause de la végétation et du dôme de feuillage. Ça ne servait à rien de descendre d'une hauteur si nous descendions le mauvais éperon, parce que cela voulait dire que nous aurions à refaire tout le chemin en grimpant et qu'il faudrait tout recommencer. Nous devions donc nous arrêter, nous asseoir, calculer l'endroit où nous nous trouvions – où nous pensions que nous nous trouvions – et, ensuite, envoyer des patrouilles de recco. Deux gars partaient pour confirmer qu'au pied de cette butte il y avait, par exemple, un fleuve qui coulait de gauche à droite. Si ça se reproduisait deux fois par heure, les gens commençaient à avoir chaud, à en avoir marre, à être crevés et frustrés. Ça commençait à grincer et je me calmai en me disant : va doucement et envoie tes patrouilles de navigation, tu y arriveras, il n'y a pas de problème.

Nous étions très affaiblis ; épuisés physiquement d'être sur le terrain ou en patrouille pour des exercices qui duraient deux-trois jours. Ensuite nous avions les interrogations écrites ou bien nous devions combiner et préparer un scénario, si bien que nous étions constamment sous pression. Il n'y avait jamais assez de temps et l'instructeur était toujours après nous.

Pendant les débriefings, ils nous assénaient des critiques terribles : « Tu as merdé ! Tu n'as pas vu la cible ! Pourquoi n'as-tu pas regardé sur la droite ? En tant qu'homme de tête, c'est ton boulot. »

Un jour, j'étais sur les dents. Nous avions probablement déjà couvert deux fois la distance que nous aurions dû parcourir à cause du nombre de reccos que nous avions dû faire, à monter et descendre, nous étions partout à la fois dans ce foutu coin.

C'était à mon tour de lire la carte et, comme je commençais à descendre de ce que je pensais être le terrain le plus élevé, je vis sur ma droite un point encore plus haut. Ça n'allait pas, je m'étais planté. Nous nous arrêtâmes. Raymond et Mal étaient les deux prochains à partir en recco et je pouvais voir dans leurs yeux que je ne les impressionnais pas. Je leur dis : « Au bas de cette pente il devrait y avoir de l'eau qui coule de gauche à droite. Sinon, j'ai sacrément merdé. »

Ils revinrent au bout d'une heure et demie. Quand nous revînmes ce soir-là, je dis : « Putain, c'est une recco sacrément longue que vous avez fait, les gars. »

Raymond dit : « Ouais, en fait, on est juste descendus jusqu'à la rivière, on a bu et puis on s'est assis dans l'eau pendant une demi-heure pour se rafraîchir et enlever toute cette merde. »

Pendant tout ce temps, j'étais essoufflé, j'avais chaud, j'étais en sueur, je puais. Comme je transpirais, l'antimoustique que je m'étais étalé sur la figure me coulait dans les yeux et piquait sérieusement. J'avais beau me mettre des couches de repellant, j'étais quand même piqué, complètement couvert de plaies douloureuses dues au contact des sangles. Pendant tout ce temps, les instructeurs nous observaient. Ils avaient l'air tellement calmes, indifférents à tout ça, comme si rien ne venait les déranger, alors que nous, nous avions l'air d'une poignée de réfugiés trempés de pluie. Nous étions dégoulinants, complètement débordés, et il fallait que nous repartions pour une nouvelle patrouille de navigation.

Je me demandais comment on pouvait survivre ici et s'offrir un peu de confort. La seule expérience agréable dans ce coin c'était lorsqu'on pouvait s'asseoir en fin de journée pour partager nos rations et boire un coup, du moins s'il ne pleuvait pas. Ensuite j'aimais me mettre sur mon châlit pour réviser à la lueur de la bougie tout en écoutant la pluie sur le poncho.

Debbie me manquait vraiment. Je me sentais vulnérable dans la jungle car il n'y avait personne sur qui décharger mes angoisses personnelles et ma peur de l'échec. Je voulais me sentir lié à quelque chose d'autre que mon environnement immédiat et je lui écrivais régulièrement pour essayer de lui dire ce qui se passait : « J'espère vraiment que je vais réussir parce que ce sera super. Nous irons à Hereford, nous pourrons nous payer une maison et tout ira bien. »

La jungle est plus dure que la semaine de tests, bien plus dure. Dans la Sélection, tout ce que nous avions à faire c'était d'aller à fond de train et d'escalader des collines. Ici, c'était tout aussi physique mais nous avions aussi la pression mentale de devoir apprendre, de devoir ingurgiter toutes ces informations et de les mettre en pratique. Nous étions testés jusqu'à nos limites, physiques et mentales. Ils nous poussaient au maximum, relâchaient la tension, puis ils mettaient la pression de nouveau.

Nous étions en constante amélioration mais, toujours dans un coin de ma tête, il y avait la pensée que les instructeurs remarquaient tout. Pas seulement mes talents tactiques ou pratiques mais aussi ma personnalité, pour voir si je me fondais bien dans un environnement clos comme la jungle, si je m'intégrais bien dans le groupe. Je pouvais le voir dans leurs yeux, je pouvais voir leur cerveau travailler : est-ce qu'il supporte bien les critiques, veut-il apprendre, pose-t-il des questions pertinentes, ou seulement pour faire bien ?

Peter, le chef instructeur, nous dit que la jungle était pleine de nourriture – depuis les coléoptères et les araignées jusqu'à l'écorce des arbres.

« Si vous trouvez quelque chose, mais que vous n'êtes pas très sûr que vous pouvez le manger, vous le frottez sur votre peau et vous voyez s'il y a réaction. Vous attendez deux heures, vous le frottez sur vos lèvres et vous voyez s'il y a réaction. Ensuite vous le frottez sur le bout de votre langue, puis sur vos gencives, puis vous en goûtez juste un petit bout, puis vous en mangez un petit bout. Enfin, s'il n'y a aucune réaction, vous tentez votre chance et vous le mangez. »

Nous étions assis près des huttes Ibans, dans un endroit plat et très agréable à côté de la rivière. L'aire d'atterrissage des hélicos était sur le contrefort de l'autre côté de l'eau et je pouvais voir le soleil se miroiter dans l'eau.

L'instructeur nous dit que ce n'était pas la peine de vider les poissons qui faisaient moins de huit centimètres, ils étaient prêts à cuire. Il y avait une plante appelée « jungle cabbage » qui ressemblait à un petit arbre. Vous fendez l'écorce et, dedans, il y a une pulpe absolument délicieuse qui a le goût du chou, en plus avec l'écorce vous pouvez faire du thé.

« Quand vous êtes en opération, vous ne mangez pas de lézards, de serpents et tout ça, à moins que vous n'y soyez absolument obligés. Si vous devez le faire, OK, mais pourquoi ne pas manger de la nourriture qui vous donne les éléments nutritifs nécessaires pour faire votre boulot ? Ainsi, vous réduirez les risques d'attraper des maladies ou des maux de ventre. Est-ce que vous pouvez vous imaginer ayant la chiasse, et complètement inopérants pendant deux jours ? Vous êtes allés dans un coin où vous n'avez aucun soutien ni aucun moyen de revenir. Vous mangez des têtes de lézard et vous avez mal au ventre, donc vous ne pouvez pas faire votre boulot – en tout cas, pas à 100 %. Voilà pourquoi vous emmenez l'eau et la nourriture avec vous parce que, de toute manière, l'énergie et le temps que vous dépenseriez à récolter de la nourriture ne vous laisseraient guère le temps de faire autre chose.

Nous étions assis sur notre brêlage le long de la rive, tenant notre arme au creux du bras. Les Ibans qui étaient avec nous avaient fait des petits feux et, tout en fumant d'énormes cigarettes roulées à la main, ils nous montraient les divers filets et pièges à poisson qu'ils avaient confectionnés. Nous essayâmes à notre tour mais tout ce que nous faisions tombait en morceaux.

L'un des Ibans tenait un petit nid de termites avec un bâton au-dessus de l'eau. Les termites tombèrent dans l'eau et les poissons sautèrent pour les manger.

« Nous avons aussi le " red buttress tree " (*l'arbre au tronc rouge*), dit Pete. Il contient une source naturelle de fluides. »

Tout cela était très intéressant, surtout quand il passa derrière le bar et en ramena plusieurs packs de bière. C'était la première fois que nous recevions quelque chose de franchement amical de la part de l'équipe d'instruction.

Une fois par semaine nous avions de la nourriture fraîche et ils nous donnaient un œuf, deux saucisses. Un bel après-midi, ils nous dirent : « Partez manger des aliments frais puis revenez, car une conférence est prévue deux heures avant la dernière lueur. »

C'était agréable de pouvoir cuisiner à la lumière du jour, puis nous revînmes à l'heure fixée avec seulement nos brêlages, nos golocks et nos armes. Tout le monde était content, le ventre plein. Je pris place pour la conférence en pensant à ce que je ferais après – m'occuper des plaies dues aux courroies et des plaies que j'avais à l'intérieur des cuisses. J'avais hâte de pouvoir saupoudrer le talc de l'armée entre mes jambes, allongé sur mon lit pour parcourir mes notes.

À peine l'instructeur avait-il commencé que le sol fut secoué par des explosions. Les balles sifflaient dans l'air avant de s'enfoncer dans le sol.

« Attaque du camp ! Attaque du camp ! RV ! RV ! RV ! »

On est sorti de l'école comme des fusées. Il y avait de la fumée partout.

C'était la merde. Nous en étions à la troisième semaine, nous commencions à nous sentir à peu près à l'aise, à nous adapter à la vie dans la jungle et, tout à coup, ils nous tombaient dessus en jouant « une nuit dehors avec le brêlage ».

Je me suis rendu au point de ralliement des troupes. Nous avions tous des rations de secours dans notre brêlage, mais pas de hamac si bien que nous avons dû dormir sur le sol. Il y a déjà tellement d'emmerdes dans cet environnement, sans devoir en plus coucher dans la boue et se faire bouffer, en craignant tellement les scorpions et les serpents qu'il devenait impossible de fermer l'œil. « Une nuit dehors avec le brêlage », c'était leur manière de nous faire la leçon et nous expérimentâmes les inconvénients de l'inconfort sous la flotte, parce qu'il a plu à torrents toute la nuit.

Un autre exercice de cinq jours. Nous étions en train de patrouiller tactiquement, nous déplaçant très lentement, pour arriver à une zone d'où nous pourrions envoyer notre rapport de situation. La journée avait été longue, j'étais fatigué et il pleuvait des seaux.

J'arrivais au point de ralliement, un soir. Comme je m'asseyais pour coder le message en Morse, ma main se mit à trembler. Quelques secondes plus tard, j'avais la tête qui tournait et je voyais trouble. Je pris une profonde inspiration et me dis, accroche-toi.

Cela empira et, en une minute, le tremblement devint incontrôlable. J'essayais d'écrire, mais ma main se baladait partout. Ma vision était de plus en plus trouble.

Je savais ce qui était en train de se passer.

Nous faisions un gros travail physique dans la jungle, nous portions de lourdes charges, nous étions sous pression mentale, pourtant le corps était encore en train d'essayer de défendre sa température centrale. Pour maintenir une température constante, la perte de chaleur doit égaler la production de chaleur. Mais, si la production de chaleur est plus importante que la perte de chaleur, la température va augmenter. Or, quand elle s'élève, le sang est attiré vers la peau et la chaleur est expulsée à l'extérieur. Tout va très bien tant que la température de la peau est plus élevée que la température de l'air mais, dans la chaleur de la jungle, le corps absorbe de la chaleur et il compense en transpirant. Un adulte peut seulement transpirer à peu près un litre par heure et ça ne peut durer que quelques heures d'affilée, à moins que vous n'ayez des fluides de remplacement. De plus la sueur n'est efficace que si l'air extérieur n'est pas saturé d'humidité. Si l'humidité dépasse 75 %, comme c'est le cas dans la jungle, l'évaporation de la sueur ne marche plus.

Nous transpirions des litres mais la sueur ne s'évaporait pas. Dans ce cas la température du corps s'élève et nous transpirons encore plus. Pour compenser, le corps envoie le sang vers la peau, obligeant ainsi les vaisseaux à se dilater. Les battements du cœur s'accélèrent et, arrive un moment où il perd le contrôle et il commence à battre la breloque. Le sang arrive de moins en moins aux organes internes et, quand il arrive au cerveau, il est chaud de toute façon. Le cerveau n'aime pas recevoir de sang chaud, alors il réagit par des maux de tête, des étourdissements, une pensée incohérente et une instabilité émotionnelle. Du fait que nous transpirions autant, nous étions en train de perdre quantité d'électrolytes, de sodium et de chlorures avec pour résultat la déshydratation.

Le problème c'est que, si quelques gorgées de liquide peuvent étancher la soif de quelqu'un, elles ne suffisent pas à corriger le déficit interne en eau. Vous pouvez même ne pas remarquer que vous avez soif parce qu'il y a trop de choses à faire et c'est exactement ce qui était en train de se passer pour moi. Je me baladais dans la jungle, je commandais une patrouille, j'étais sous pression pour tenir mon rôle et, comme un con, la dernière chose à laquelle je pensais c'était de m'envoyer un coup de flotte.

L'instructeur avait dit : « Quand vous allez pisser, vous regardez. Si c'est jaune et que ça sent, vous commencez à vous déshydrater. Si c'est clair et que vous pissez toutes les cinq minutes, c'est excellent parce que le corps se débarrasse toujours de son excès d'eau. Tant que vous avez une belle pisse claire vous savez que tout va bien. »

Je me tournai vers Raymond et dit : « Putain de Dieu, je vais m'allonger là. »

Tout s'arrêta. Raymond me fit avaler des tablettes réhydratantes et du glucose, puis il fit chauffer le réchaud et me fit boire des litres de thé bien sucré. Heureusement l'instructeur ne vit pas ce qui arrivait, parce que c'était ma faute si je me déshydratais. En une demi-heure j'étais frais comme un gardon, mais j'avais retenu la leçon.

Nous revenions d'un exercice et ils vérifièrent nos sacs de combat pour trouver nos sacs à merde. Nous n'étions pas autorisés à laisser le moindre signe, et cela incluait les effluents corporels. Nous devions chier dans des sacs en plastique et récupérer notre pisse dans des bidons d'essence en plastique.

Ils vérifiaient une autre patrouille quand nous arrivions et l'instructeur disait : « Il n'y a pas beaucoup de merde là-dedans. Z'êtes constipés ou quoi ? Où vous avez planqué toute votre merde ? »

Le gars s'excusa et l'instructeur dit simplement : « OK. »

Quelquefois j'aurais préféré qu'ils nous passent un bon savon, tout simplement et qu'on n'en parle plus. Ils nous avaient dit pourquoi il ne fallait pas chier sur le terrain : parce que l'ennemi saurait que quelqu'un était passé par là. Ils nous avaient même montré comment chier dans un sac en plastique, en demandant à quelqu'un de le faire devant nous, donc si nous ne le faisions pas c'était un manque de discipline.

Il nous arrivait parfois de revenir à un endroit où nous étions passé ce jour-là pour voir le type de problèmes que nous avions créés et alors il leur arrivait de dire : « Vous voyez les marques sur les arbres ? Une écorce tendre se marque facilement, mais pas une écorce dure sur laquelle vous ne laisserez pas de trace. »

Puisqu'ils nous avaient montré ça, ils s'attendaient à ce que ça ne se reproduise plus. Si nous n'apprenions pas, cela voulait dire que nous ne voulions pas apprendre ou que nous n'avions pas les capacités requises.

L'étape de la jungle se termina par un exercice d'une semaine qui était la quintessence de tout ce que nous avions appris, y compris les services de patrouille, routine d'alerte, reconnaissance de proximité, rassemblement de la compagnie, préparation d'une embuscade, ou parade en cas d'échec, opération de repli, etc. Il pourrait nous arriver, dans l'avenir, d'avoir à nous rendre dans une région avant une opération pour dissimuler de la nourriture, des munitions et des explosifs. Ensuite, nous pourrions être infiltrés sans avoir à nous encombrer de notre barda puisqu'il serait déjà caché sur place. Nous avions appris comment le dissimuler et comment transmettre l'information aux autres patrouilles afin qu'elles puissent facilement le retrouver.

Sur le plan physique, nous n'étions pas tout à fait aussi frais que lors de notre arrivée : nous étions incroyablement sales avec nos visages imprégnés de crème de camouflage, nos barbes d'un mois et, pendant tout ce temps, nous avions porté les mêmes vêtements.

Une chose à laquelle je ne m'étais jamais habitué était de devoir enfiler mes vêtements mouillés au sortir de mon A-frame ou de mon hamac. C'était toujours plein de trucs et de machins qui se tassaient pendant que nous étions en patrouille, c'était toujours froid et collant et, en plus, ça frottait contre ma peau pendant au moins dix minutes avant de se réchauffer.

Nous portions notre brêlage en permanence et le frottement des sacoches sur les côtés provoquait des plaies. Pour un temps, j'ai essayé de ne pas porter de caleçons pour essayer d'éviter les plaies entre les jambes. J'imaginais des trucs tels que défaire mon pantalon, tout mettre à l'intérieur et refermer mais, finalement, j'en arrivai à la conclusion que rien ne marchait. J'étais dans un état merdeux et dans un état merdeux je resterai.

Une fois l'exercice terminé, nous nous sommes tous rassemblés à une courbe du fleuve. Cette nuit-là, nous ne nous conduisions plus de manière tactique et nous avons attendu que les Ibans viennent nous chercher le lendemain. Avec leurs canots taillés dans des troncs évidés, équipés de petits moteurs hors-bord à l'arrière, ils nous ont emmenés jusqu'à un village en aval d'où on devait venir nous relever parce qu'il n'y avait pas de site d'atterrissage dans ce coin.

Ça ressemblait à une scène de film. Il y avait toute cette jungle et puis la clairière, avec de l'herbe, des poulets qui couraient partout, des petits cochons et des chèvres et tout ça se trouvait au milieu de nulle part. Il n'y avait pas de route, juste un fleuve, une école, équipée d'un générateur haletant. Des antennes de télé hérissaient les toits des huttes faites d'atap, de bois et de boue. Les enfants allaient tous à l'école vêtus simplement de shorts et le professeur était habillé comme n'importe quel autre professeur.

L'inspecteur dit : « Quand vous arrivez dans les parages, vous devez vous présenter au chef. Soyez respectueux avec lui et la prochaine fois que vous reviendrez, il ne vous fera pas d'emmerdes. »

C'était la première fois depuis des jours que les gars étaient autorisés à fumer. Assis sur la rive, ils partageaient leurs clopes avec l'instructeur. Celui-ci sortit son paquet de clopes et en offrit une à Mal. Il y avait entre eux une complicité que j'enviais, qui me donnait envie de fumer pour pouvoir partager cette camaraderie.

Je restai assis là, m'imprégnant de la scène. En ce qui me concernait, c'était terminé. J'avais réussi ou j'avais raté, mais j'étais bien content que ce soit terminé.

Nous passâmes le restant du jour à nettoyer les armes, nettoyer notre barda et bouffer. Le soir, il y eut un barbecue avec des steaks et des saucisses pour tous ceux qui avaient quelque chose à voir avec le stage dans la jungle. L'instructeur sortit des caisses de bouteilles Heineken.

« C'est peut-être la dernière fois que vous mettez les pieds ici, les gars, dit l'instructeur, pintez-vous la gueule ! »

C'est ce que nous fîmes. Trois bouteilles de Heineken suffirent à me soûler, vers minuit je dégueulai et la jungle tournait autour de moi quand je me couchai.

Nous passâmes notre jour de congé dans la capitale mais c'était un pays musulman et il n'y avait qu'un hôtel qui vendait de l'alcool. De toute façon, tout le monde était tellement malade qu'on s'en fichait. J'allai faire du shopping avec Mal, Tom et Raymond, pour acheter des tonnes de vidéos pirates, de baladeurs, d'appareils photos et de montres. Tous les commerçants semblaient porter des Tee-shirts David Cassidy.

J'avais perdu un peu plus de 6 kilos et l'un des gars, le Canadien écossais qui avait été notre « chasse-neige » pendant la Sélection, ressemblait à un Biafrais à la fin du stage. Cette tête de nœud ne s'était même pas fait à bouffer le soir parce qu'il voulait marcher à la dure en permanence.

Pendant un mois nous étions restés sous le dôme et nous n'avions pas vu le jour. Quand je sortis de là, je ressemblais à une frite pas cuite, avec une tête de papier mâché, couvert de plaies et bosses. J'avais beau me doucher, j'avais les ongles en deuil et des gros points noirs sur la peau. Certaines piqûres de moustiques avaient cicatrisé et ça faisait un bourrelet. J'avais l'air parfaitement misérable.

Nous passâmes quelques heures à Hong Kong, puis nous embarquâmes sur un charter de la British Caledonian. Près de nous étaient assis quatre gars à cheveux longs qui avaient l'air de parfaits touristes avec leurs chemises hawaïennes à fleurs orange et violet absolument hideuses, des jeans et des tongs. Je restais assis là en me demandant s'ils avaient passé un moment un peu plus agréable que nous en Extrême-Orient, à faire du tourisme sexuel ou du trafic de drogue.

Je me sentais très déprimé et je baissais la tête.

L'un des instructeurs, un type appelé Dave, était assis devant moi. Les quatre trafiquants de drogue se levèrent et lui donnèrent une taloche sur la tête. Je me demandais ce que j'étais censé faire, quand Dave se retourna et fit un large sourire : « Ça va mon pote ? »

C'était quatre gus qui revenaient d'un travail en équipe, via Hong Kong.

« Super, les chemises ! dit Dave. Bon boulot ?

– Ouaip. »

Apparemment, ils avaient accompli leur boulot quelque part en Extrême-Orient et maintenant ils s'installaient avec leur gin tonic pour un vol de retour agréable. Je me dis de nouveau que je voulais vraiment y entrer, il fallait que j'en fasse partie.

« Y aurait de la place, par hasard ? demandèrent-ils à l'instructeur, t'as ton camion là ?

– Ouais, on peut arranger ça. »

Ensuite, ils tchatchèrent avec nous et c'était génial. C'était mon premier véritable contact avec des types, des commandos que je ne connaissais pas.

« C'était comment ?

– Oh, c'était bien. » Je ne savais pas quoi dire et je restai là, à sourire, ne voulant pas me compromettre.

« Ils t'ont déjà dit si t'avais réussi ou pas ? Allez, Dave, dis-leur. Ne sois pas un branleur ! »

Mais il ne dit rien.

Nous arrivâmes à Hereford un vendredi matin et on nous donna congé pour le reste de la journée.

« Revenez dans la zone d'entraînement demain matin à 8 heures », dit l'adjudant instructeur.

Cette nuit-là tout le monde sortit se soûler et passer une bonne soirée parce que c'était peut-être bien la dernière fois que nous mettions les pieds ici. Le samedi matin on se pointa avec des sales têtes, puant la bière et le curry.

L'adjudant dit : « Bien. Survie, lundi matin 8 h 30. Tous les détails sont au tableau. Cependant... les personnes suivantes vont voir le chef instructeur. »

Nous étions assis sur trois rangs dans la salle de conférence de la zone d'instruction. J'étais au bout d'un rang.

Il commença à lire les noms et il appela celui de Mal en premier. Je ne pouvais pas le croire. Mal était un bon et, à mon avis, il était vraiment accro. Je dus me lever pour le laisser passer et nous échangeâmes un regard entendu. Il haussa les épaules et sourit. Pendant que j'étais encore debout, l'adjudant appela le nom de Raymond, puis celui de Tom. C'était ça, tous ceux de ma patrouille étaient virés. Je restai debout, tout simplement, puisqu'il ne me semblait pas nécessaire de me rasseoir.

Mon nom ne fut pas appelé. Alors je compris tout : c'était peut-être les gens qui avaient réussi, c'était peut-être les cabochards comme moi qui allaient se faire jeter.

Sur les vingt-quatre qui étaient allés dans la jungle, nous ne restions que huit sur les bancs. L'adjudant regarda chacun de nous droit dans les yeux, puis il dit : « Bravo ! Encore une épreuve réussie. La prochaine, c'est " survie en temps de guerre ", lundi matin, 8 h 30. Quelqu'un a des problèmes de santé ? Non ? OK. N'oubliez pas que vous n'y êtes pas encore. »

J'ai réussi ! Impossible que je rate la « survie en temps de guerre ».

« Bon, alors tirez-vous. Tous, sauf McNab et Forbes. Le chef instructeur veut que vous restiez. »

C'était quoi, ça ?

Tout le monde partit et le chef instructeur parla à Forbes, le galonné, à propos des responsabilités des officiers et des corvées qu'il aurait à faire en plus.

Puis il dit : « Bien, McNab, savez-vous pourquoi je vous ai convoqué ?

– Non. Pas la moindre idée.

– Vous avez réussi. Le seul problème c'est que vous avez sacrément intérêt à faire gaffe.

– Pourquoi ?

– Vous êtes noté comme une grande gueule. Écoutez donc ce que les gens ont à vous dire, encaissez et fermez-la. »

Pendant que je revenais de la salle de conférence je n'y comprenais rien : j'avais tellement essayé de rester dans l'ombre. Puis je me rappelai de l'incident avec les explosifs. J'aurais dû simplement la fermer, accepter le savon et laisser couler. Mais, comme un idiot, c'est pas ce que j'avais fait. Heureusement l'équipe des instructeurs avait décidé que, bien que je sois un sale emmerdeur, j'avais ce qu'ils voulaient et qu'il suffisait de me dire de fermer mon clapet.

Ce que je fis, et sacrément bien en plus.

12

Je téléphonai à Debbie dès que j'appris que j'étais reçu et je lui dis qu'il ne restait plus que les trois semaines de survie au combat, or c'était impossible que je loupe cette épreuve. Les pensées et les sentiments que j'avais eus pour elle dans la jungle s'étaient évaporés dès mon retour et j'étais à nouveau bien ancré dans mon égoïsme. Elle avait gardé son boulot parce que, si j'avais échoué, je serais retourné en Allemagne pour un moment, mais je ne lui demandai pas comment elle allait – il n'y en avait que pour moi.

Nous n'étions plus que huit : George, du Royal Engineer, un officier de la Household Cavalry, un para, deux gars des transmissions, un artilleur de la Royal Artillery, Jake, des US Special Forces et moi-même. Jake était venu avec un collègue pour une mission de soutien de trois ans, mais il avait fallu qu'ils passent d'abord la Sélection. Jake avait réussi mais l'autre avait échoué dès le premier mois.

Toutes les unités où il y a risque d'être faits prisonniers envoient leurs hommes au stage de survie au combat – équipages d'avions et d'hélicoptères, éclaireurs du Régiment Parachutiste, éléments des Royal Marines et de l'Artillerie Royale qui envoie des observateurs en première ligne.

Après la jungle, les premières semaines ressemblaient presque à des vacances, mais nous fûmes avertis que nous pouvions encore échouer. Un service extérieur, le JSIW (*Joint Services Interrogation Wing – Service commun d'interrogation*), avait le droit de nous saquer. Le responsable de la formation ne cessait de le répéter : « Vous n'y êtes pas encore. »

Je me mis à fréquenter Johny Two-Combs, qui avait déjà réussi. Il nous parlait de sa Sélection, pour laquelle il avait suivi la session d'hiver de survie au combat. « Deux des gars ont atterri à l'hôpital avec les pieds gelés, disait-il, moi j'ai eu des engelures aux doigts et aux orteils. Baissez la tête, trouvez le plus gros buisson pour vous cacher et tout ira bien. »

C'était le Régiment qui nous enseignait les éléments de survie. Nous apprîmes à connaître l'heure d'après la position du soleil, à trouver de l'eau et à chercher de la nourriture – l'aspect le plus important, découvris-je, étant l'adéquation entre l'énergie dépensée pour trouver de quoi manger et l'énergie qu'apportait cette nourriture. Nous allâmes dans un des camps d'entraînement et apprîmes à construire des abris. Il y avait une exposition permanente avec des abris faits de feuilles, de branches, d'herbe et de sacs poubelles. On aurait dit le Salon du bricolage. L'expérience acquise dans la construction des A-Frames me disait que je n'avais aucune chance de réaliser un jour quelque chose qui paraisse, même de loin, aussi professionnel.

Tous ces trucs ne m'intéressaient que dans la mesure où ils me permettaient de réussir, sinon ils me cassaient les pieds.

Puis des gens qui avaient été fait prisonniers vinrent nous raconter leurs expériences : depuis Colditz, pendant la Seconde Guerre mondiale, ou les camps de prisonniers de guerre en Extrême-Orient, jusqu'aux guerres de Corée et du Viêt-nam en passant par l'endoctrinement des soldats alliés par les communistes. C'était humiliant d'écouter quelques-unes des femmes du SOE (*Special Operations Executive*) qui, après une formation sommaire, avaient été parachutées en Hollande et en France où elles avaient été capturées et soumises à des tortures horribles et prolongées. Toute la salle était bouche bée. Je ne pouvais pas croire à cette inhumanité inimaginable. « Quand j'ai été capturée, disait l'une des femmes, ils se défoulèrent sur moi. Ils m'ont violée et brûlée. » Elle avait été mise au secret dans une cellule glaciale, elle avait été constamment soumise à des sévices, mais elle en parlait comme si elle avait été faire ses courses au marché. Cela montrait, me semblait-il, que le corps et l'esprit humains pouvaient en supporter bien plus que l'on ne pourrait croire, mais je ne pouvais m'empêcher de me demander comment je me comporterais sous la torture.

Nous écoutâmes un pilote américain qui avait été descendu près du réservoir de Choisin. Avec ses taches de rousseur et ses cheveux blonds, c'était facile de se l'imaginer à l'époque. Sous un bomber kaki orné de badges du Missing In Action Memorial (*Monument aux disparus du Viêt-nam qui se trouve à Washington*) et d'autres insignes, perçait encore le jeune Américain plein d'espoir qu'il avait été. Il s'était retrouvé dans une prison modèle étudiée pour la propagande. Il était bouclé dans une cellule, mais au moins il avait à manger. Il souffrait de problèmes mentaux dus à l'incarcération, mais il survécut. Il revint dans sa famille et retourna aussitôt dans l'armée de l'air. Il disait que son plus gros problème fut un sentiment de culpabilité : « Pendant longtemps j'ai marché la tête basse. Je ne pouvais me pardonner d'avoir été si bien traité alors que tant d'autres ont souffert. »

L'orateur suivant, caporal d'infanterie, la cinquantaine bien tassée, se leva brusquement : « Vous n'avez aucune raison de vous sentir coupable, dit-il. Moi, j'aurais bien voulu être dans votre camp ! » Soldat dans les Glorious Glosters, il avait été endoctriné, affamé, il avait attrapé la dysenterie et pour stopper les dégâts il avait bouffé du charbon de bois qu'il prenait dans le feu. En Corée du Nord, il avait été contraint à des marches forcées en hiver, sans souliers. Il avait vu mourir beaucoup de ses camarades pendant ces marches. Il avait perdu toute ses dents et, comme il avait été continuellement battu, il était revenu en piteux état. Il était tellement perturbé psychologiquement qu'il avait dû abandonner sa famille pour vivre seul. « J'ai surmonté tout ça maintenant, conclut-il, mais je continue à n'acheter aucun produit venant de Corée. »

Je fus touché car le frère de mon père avait été tué par les Japonais dans un camp de prisonniers et, quarante ans après, Papa continuait à refuser d'acheter un produit fabriqué au Japon.

« Comment avez-vous tenu ? demanda quelqu'un.

– Je ne sais pas. Tout ce que je sais, c'est que je ne voulais pas mourir.

– Auriez-vous signé une confession ou autre chose, si on vous l'avait demandé ?

– Un peu, que je l'aurais fait. Pour avoir à manger ou recevoir des chaussures, j'aurais avoué être Jack l'Éventreur. Nous étions assis là, à nous faire endoctriner en approuvant de la tête – bien sûr que nous le faisions, cela voulait dire qu'on nous donnerait à manger. »

L'un des orateurs nous dit quelle part la religion jouait maintenant dans sa vie, car il avait trouvé Dieu pendant sa captivité. Un autre avait été prisonnier du Viêt-cong pendant quatre ans et quand on lui demanda : « Dieu a-t-il joué un rôle dans votre vie », il répondit : « Ouais, il a joué un grand rôle. Car quand j'avais la dysenterie et que je me vidais par les boyaux, c'était avec la Bible que je pouvais me torcher le cul. »

Après deux semaines, nous connaissions toute la théorie, nous avions fait tous les exercices, il était temps de faire les choses en vrai.

Nous fûmes répartis en groupes de quatre. Le scénario était que nous devions naviguer pendant sept jours d'un point à un autre, comme si nous faisions la « course du rat », système permettant de faire circuler des prisonniers de guerre évadés, d'un agent à un autre, en territoire ennemi ou occupé. C'était à nous d'aller d'une planque à l'autre, les seuls instruments d'orientation permis étaient la boussole-bouton que nous avions autour du cou et la carte d'évasion que nous avions confectionnée nous-mêmes – tout le Pays de Galles sur un morceau de soie de parachute de la taille d'un mouchoir. On nous dit qu'en opération, on nous en donnerait quelquefois une toute faite, mais le plus souvent, nous aurions à faire la nôtre.

On nous dit que dans les régions où nous opérerions, le Régiment invitait tous les fermiers et propriétaires à un grand barbecue. On les prévenait qu'un nouveau stage de survie au combat était en cours, qu'on aimerait beaucoup pouvoir utiliser leurs terres et que, s'ils étaient approchés par des individus vêtus de sacs poubelles et de coiffures en peau de lapin, ils devaient les chasser et avertir le Régiment. On insistait sur le fait qu'ils devaient être cruels pour notre bien et qu'ils ne nous aideraient pas en nous donnant à manger car, dans ce cas, nous n'apprendrions pas.

Une compagnie de Guards Rifle nous donnerait la chasse, avec des véhicules, des hélicoptères et même des chiens. Pour les motiver, chaque soldat recevrait quinze jours de permission plus de l'argent s'il capturait quelqu'un.

Nous nous présentâmes dans le bâtiment de la formation avec tout notre équipement de survie. Une petite boîte à tabac renfermant des babioles représentait tout ce que nous pouvions emporter à part ce que nous avions fabriqué. Elle contenait un lame de rasoir, une boussole de secours, des tablettes pour stériliser l'eau, des allumettes et des morceaux de magnésium pour faire du feu, une loupe, un héliographe et un préservatif. Ce dernier n'était pas destiné à l'éventualité d'une heureuse rencontre au sommet des Black Mountains, mais avec un préservatif on peut garder de l'eau, fabriquer un lance-pierres ou même un flotteur de secours.

Tout notre paquetage fut examiné, vérifié, et mis dans les toilettes qui tiendraient lieu de vestiaire.

Nous fûmes envoyés voir le médecin chacun à notre tour.

« Enlevez votre tenue et mettez ce sac poubelle, dit-il, puis signez ce papier. »

Nu comme un ver, je signai un papier disant que je ne voyais pas d'objection à subir un examen interne. Tout en signant, j'entendis quelqu'un enfiler des gants de caoutchouc.

Puis, une giclée de vaseline, et ce fut : « Bien, touchez vos orteils. » Efficace et preste, le docteur plongea son doigt dans mon cul aussi loin que possible, sans doute pour vérifier que je n'avais pas planqué une boîte de lait en poudre.

Dehors, la police tournicotait avec des chiens pour s'assurer que personne ne tentait de s'échapper, en reniflant pour trouver la nourriture cachée. J'avais tout arrangé car je savais qu'on se changerait dans les toilettes. J'avais enveloppé du chocolat, des cacahuètes et des raisins secs dans des sacs plastiques que j'avais cachés dans la chasse d'eau. Quand je retournai aux toilettes pour me changer, je dis à l'un des policiers : « Je vais me soulager rapidement. »

J'entrai en souriant dans les toilettes et levai le couvercle de la chasse.

Vide.

Une semaine auparavant, George et moi avions aussi disposé des caches de bouffe dans toutes les Galles du Sud. Nous n'avions pas d'idée précise sur l'endroit où nous irions, mais nous tentâmes le coup. Pendant la plus grande partie du week-end, nous courûmes partout en achetant des boîtes de thon pour les cacher dans des points élevés. Nous avons fait la fortune des épiciers.

On nous donna des battle-dress de la Seconde Guerre mondiale, une paire de rangers et une capote, c'est tout – en voiture, et c'est parti. On nous conduisit de nuit au point prévu et là on nous indiqua notre point de ralliement pour la nuit suivante. L'idée étant de se déplacer la nuit, aussi tactiquement que possible par groupe de quatre.

Mon groupe comprenait un PTI (*entraîneur d'éducation physique*) et deux pilotes de l'aéronavale dont l'un avait de terribles flatulences. Tous les gars de la Sélection avaient été dispersés. Je jaugeai mes compagnons et décidai de les laisser tomber à la première occasion. Rien de personnel, mais je ne voulais pas être pris et je pensais que je serais mieux tout seul. Au premier contact avec les Guardsmen, je m'éclipse.

Nous avançâmes tactiquement toute la nuit et, avec le jour, il n'y aurait qu'à trouver le buisson le plus épais, le plus piquant, et à nous planquer au milieu. À la dernière lueur, nous repartirions vers le point de ralliement pour rencontrer l'agent qui nous entraînerait un peu plus loin dans cette course. Dans la réalité, les agents limitent les contacts autant que possible pour éviter de se compromettre. Pour ajouter au réalisme les instructeurs, qui tenaient le rôle des agents, étaient eux aussi pris en chasse par l'ARF (*Force de Réaction Aéroportée*).

Au point de rendez-vous, l'un de nous avancerait pour établir le contact, les autres demeurant à l'arrière. Je m'arrangeais toujours pour envoyer quelqu'un d'autre au contact, car il avait plus de chance de se faire prendre. Celui qui s'était avancé, revenait avec les informations et nous repartions.

Nous avions nos petites boîtes et nous étions censés essayer d'attraper des lapins, mais nous avions trop de chemin à parcourir pour ces absurdités. Par sécurité, nous ne faisions jamais de feu. Nous étions affamés, sauf à l'un des points de contrôle où le PTI revint avec un sac de plastique noir fermé par un nœud.

« Ils m'ont donné de la bouffe ! dit-il joyeux. Il défit le nœud et perdit son sourire : C'est quoi cette saloperie ? »

Je regardai. « Des tripes, dis-je. Mon grand-père adorait. Ça cale. »

Nous les mangeâmes crues et, dans l'heure, le marin nous faisait des gammes.

Je pressentais que les choses iraient mal. Le PTI sautait lourdement les clôtures, qui vibraient sur cinquante mètres. Il abordait les obstacles comme un éléphant dans un magasin de porcelaine. Visiblement, on ne lui avait jamais appris qu'il fallait prendre son temps, y aller en douceur. Chaque fois que j'entendais une vibration, je flippais car j'étais persuadé qu'être pris, c'était être saqué.

Les gars de l'aéronavale n'avaient pas le moindre sens tactique. Ce n'était pas de leur faute, ce n'était pas leur boulot et ils se fichaient de réussir l'épreuve. C'était juste une corvée avant de retourner boire leur cocktail dans le carré. Alors ils sautaient aussi par-dessus les clôtures et ils étaient tous crevés.

« N'oubliez pas, dis-je, dès que nous sommes repérés, nous nous séparons pour rendre notre capture plus difficile. Puis nous nous regroupons au dernier RV d'urgence. »

Nous attendions à un point de rendez-vous, un piton dominant un petit pont routier sur une rivière au milieu de nulle part. Assis à couvert, à un mètre les uns des autres, nous avions froid et nous avions convenu que deux d'entre nous resteraient éveillés pour que les deux autres puissent dormir un peu. Il n'y avait qu'à relever le col, s'abriter dans son manteau et somnoler.

J'entendis tourner des hélicoptères, mais ce n'était pas un problème tant que nous restions tranquilles.

J'étais dans un demi-sommeil quand j'entendis une voix aboyer : « Halte ! Ne bougez pas ! »

Les sentinelles s'étaient endormies.

Je vis les Guardsmen se rapprocher en tenant des manches de pioches. Merde ! J'étais vraiment ennuyé. Je mis les mains en l'air, bâillai de fatigue, me levai lentement et détalai. Je courus comme un fou mais ils me coupèrent la retraite. Je fus plaqué par une prise de rugby et quatre Guardsmen s'empilèrent sur moi. Je me débattis, mais l'un d'eux m'enfonça un manche de pioche dans le cou en criant : « Tiens toi tranquille ! Tiens-toi tranquille ! » J'étais fait. Ils me retournèrent et gardèrent un pied sur mon cou en me passant les menottes. Ils me redressèrent et demandèrent : « Ton nom ? Ton nom ? »

Je donnai mon nom et mon matricule.

« Quel est ton grade ? »

Je le leur donnai et ajoutai ma date de naissance pour faire bonne mesure.

Ils me traînèrent jusqu'à leur hélicoptère.

« Sacrée chance ! cria l'un d'eux. On a attrapé l'un de ces emmerdeurs – on a notre permission ! »

Le Puma n'avait pas plutôt décollé qu'il me sembla atterrir dans ce qui me parut être leur base.

Ils me dépouillèrent de mes vêtements, me laissant juste en caleçon et me bandèrent les yeux. Placé face à un mur, je dus me pencher en avant, plié à 45 degrés pour que mes mains touchent les briques. Ce n'était pas trop difficile, mais mes épaules me faisaient très mal.

Puis je dus m'agenouiller sur le sol, le dos droit et les mains sur la tête. C'était moins bien. La position la plus pénible fut d'être assis en lotus, le dos bien droit et les mains sur la tête.

À un moment, quand je fus à nouveau à genoux, mon bandeau fut enlevé et je me trouvai face à face avec l'adjudant instructeur.

« Je suis viré ? » demandai-je piteusement, me rappelant la fois où je l'avais bravé.

« Non, espèce de noix. Retourne à l'hélicoptère et ne nous emmerde pas. »

Il était de bonne humeur. Cet ancien de la Household Division était heureux de voir les Guardsmen se comporter si bien.

Je fus remis dans un autre groupe, formé de trois types de l'aéronavale. À nouveau, pas une once de connaissances tactiques. J'étais désespéré. Je ne pouvais pas me permettre d'être repris.

Une nuit que nous longions une forêt, nous entendîmes crier juste devant nous, sur la gauche. Nous galopâmes loin de cet endroit. En théorie, nous aurions dû gagner séparément l'un des points de rendez-vous de secours, mais je préférai foncer tout seul.

Je me cachais pendant le jour et parfois je pouvais entendre les hélicoptères qui nous cherchaient. J'entendais quelquefois des chiens, c'était très excitant. Les gars étaient tout près, mais je m'en tirais. Je savais maintenant que s'ils me trouvaient ils ne feraient pas le détail, car ils ignoraient mes réactions. Ils allaient me cogner, me ficeler et m'embarquer.

Je voyais parfois le soleil, mais la plupart du temps j'étais gelé. J'avais beau être bien couvert, après tous ces jours passés dehors, mon corps était froid et moite.

J'essayais de dormir, mais c'était un sommeil haché. Je pouvais m'assoupir vingt minutes, me réveiller, somnoler dix minutes, je gardais toujours une conscience aiguë des bruits.

Vint la dernière nuit prévue pour l'exercice, et je savais qu'à un moment, très bientôt, l'un des instructeurs me trahirait pour que je sois arrêté et soumis à l'interrogatoire. Je savais que ce serait long, qu'il n'y aurait rien à bouffer et que j'en aurais plein le cul – surtout si j'y arrivais le ventre vide. Je décidai de faire quelque chose.

Je fis une reco vers une ferme occupée par un vieux couple et une fille qui n'avait guère plus de vingt ans. Je frappai à la porte.

« Salut, vous n'auriez pas du pain ? »

Il surent aussitôt qui j'étais.

« Vous voulez manger un morceau ? Entrez. »

Décision : j'entre ? Vont-ils téléphoner ?

J'entrai. C'était une vieille maison superbe, poutres en chêne et feu de bois, et l'odeur merveilleuse de quelque chose qui mijotait sur le poêle. Je m'assis et la femme m'apporta un poêlon de ragoût. Elle s'assit en souriant et me servit trois ou quatre bols, que je fis descendre avec des litres de thé chaud et sucré. Comme dessert, on m'apporta un cake de Noël couvert de cinq centimètres de massepain. Je mangeai tout mon content et j'en empochai quelques tranches épaisses. J'aurais donné n'importe quoi pour quelques minutes près du feu et un bain chaud, peut-être, mais il était temps de partir. J'avais poussé ma chance assez loin déjà. Je remerciai abondamment mes hôtes en leur offrant de leur rendre la pareille un jour si je pouvais, et j'étais dehors.

Cette nuit-là, en approchant d'un point de contrôle, j'avais encore le ventre plein. J'essayai de manger encore un peu de gâteau, mais cela me rendit malade. À regret, je dus tout jeter de peur d'être pris.

Je rencontrai l'instructeur qui me dit : « Attends là. Une bétaillère va tous vous emmener au prochain rendez-vous. »

Bien sûr, et je suppose que Hereford va gagner la Coupe du monde de football. Sachant ce qui allait arriver, je grimpai dans la bétaillère pour y retrouver les autres qui dormaient dans la paille. Personne ne parlait. Nous savions ce qui se passait. Je savais où j'allais, et je ne pouvais rien y faire. Pour moi, la première phase du test était terminée. Voyons maintenant le seconde phase.

Deux heures plus tard nous débarquâmes à Hereford, dans une partie du camp que je n'avais jamais vue auparavant.

Dès notre arrivée, ils nous tombèrent dessus. La porte arrière s'ouvrit et ils crièrent très agressivement : « Vous tous, tournez-vous, couchez-vous, mettez les mains sur la tête ! »

Quelqu'un mit sa main sur ma tête, m'attacha les mains et me mit un bandeau. Deux gars me relevèrent et commencèrent à me traîner. Ils faisaient leur boulot : efficaces et silencieux. Je me sentis descendre une rampe, marcher sur du tarmac et entrer dans un bâtiment.

On m'enleva les menottes, on m'ôta mes vêtements et on me laissa assis sur le gravier de ce qui semblait être un très grande salle de squash.

Je tremblais. Deux gars m'appportèrent une combinaison qu'ils m'aidèrent à enfiler. Puis je me retrouvai assis par terre, les jambes croisées, le dos droit et les mains derrière la tête. Je me concentrai pour relaxer mon cou, et je m'en tins à cela.

J'entendais qu'ils déplaçaient d'autres personnes dans la salle. De temps en temps, ils gémissaient et grognaient. On les changeait peut-être de position, ou bien on les faisait lever pour l'interrogatoire. Personne ne parlait.

Au bout d'une trentaine de minutes, les pas s'approchèrent de moi. Deux gars m'empoignèrent, me relevèrent et me firent marcher. Je pensais que j'allais être interrogé, mais il m'emmenèrent à un endroit où ils m'appliquèrent une main puis l'autre contre le mur, puis ils me forcèrent à reculer les pieds pour que je fasse un angle reposant sur le mur. Très vite, j'eus des fourmillements dans les mains et elles s'engourdirent. Je tentai doucement de les cogner contre le mur mais les gardes revinrent, me prirent les mains et les appliquèrent à nouveau contre le mur puis, à coups de pieds, ils repoussèrent encore plus mes jambes.

Mes mains commencèrent à me faire vraiment mal. Je devais m'appuyer sur elles pour maintenir la tension de mon corps et ne pas tomber. J'avais mal, j'avais froid, bientôt j'aurais faim et tout ça me faisait chier. Ma seule consolation était que j'atteignais la dernière étape importante. Si je la réussissais, c'était bon. Si j'étais saqué, ce serait de ma faute. Il suffisait juste de rester là. Au bout du compte, ils n'allaient pas me tuer, c'était juste un grand test.

Ils m'attrapèrent, m'emmenèrent ailleurs et me firent asseoir les jambes croisées, les mains derrière la tête et le dos droit. Chaque fois que je me penchais pour diminuer la tension, ils arrivaient, m'empoignaient, me déplaçaient et me remettaient par terre.

Il n'y avait aucun bruit, pas un mot n'était échangé. Je n'entendais que les pas qui se déplaçaient, me ramassaient. Quelquefois ils me remettaient contre le mur dans une autre position. Au bout de quelques heures, je me dis que je devais m'adapter. Garde la tête froide et tout ira bien. Il s'agissait plus d'une expérience professionnelle que d'autre chose. Ils ne prenaient pas la peine de nous faire subir tout cela juste pour nous emmerder. C'était sans doute une expérience également destinée au personnel qui procédait aux interrogatoires. Eux aussi avaient besoin d'entraînement et ils en apprendraient plus avec des types maintenus sous pression pendant sept jours d'affilée qu'avec un gars qui venait jouer le rôle du prisonnier.

La tension montait. Certains gars en étaient à brailler de panique.

« J'en ai assez », cria quelqu'un et l'écho se répercuta dans la salle. Je reconnus la voix. C'était celle d'un capitaine des transmissions dans la quarantaine qui était sorti du rang et qui avait donné des conseils à tous les gars pendant le stage. Il avait toujours sa brosse à dents sur lui. « Vous n'avez pas besoin de dentifrice, disait-il. Mes dents sont toujours propres. Regardez-les. Vingt-quatre ans dans l'armée, en campagne tout le temps et j'ai de bonne dents. C'est parce que je garde ma brosse à dents sur moi. »

Il criait : « J'en ai assez, j'en ai assez ! » J'entendis les pas de plusieurs personnes qui l'emmenaient. Il s'éloignait, il était parti. Cela me fit du bien. D'abord parce qu'il nous pompait l'air en nous donnant tout le temps des conseils, ensuite parce que quelqu'un avait été emmené. Moi, j'étais toujours là et je me sentais mieux.

Peut-être n'avait-il pas la même motivation que les candidats à la Sélection. Mais, m'avait-on dit, les candidats à la Sélection pouvaient parfois craquer à ce stade.

C'était extrêmement dur, physiquement et mentalement et c'est ainsi que ça devait être. Ils entraînaient des soldats courant le risque d'être capturés. Bien sûr, ils ne pouvaient pas nous battre, nous briser les membres ou nous faire subir des décharges électriques, mais ils pouvaient nous amener au point où nous ne saurions plus si nous pourrions survivre ou non.

Je fus placé à nouveau contre un mur en position de stress et, cette fois, ce fut tout de suite insupportable. Je devais garder la position et dès que je me baissais, ils venaient et me forçaient à me relever. J'essayai de sourire pour mieux supporter.

J'entendis quelqu'un passer près de moi pour déplacer d'autres types. Puis ils revinrent, s'arrêtèrent et m'empoignèrent. Leur haleine sentait le café. Je pensais qu'on allait dans une autre zone de stress, mais non. Pieds nus, je marchais avec précaution sur les cailloux. Arrivés dans un bâtiment, nous parcourûmes de longs couloirs. Nous entrâmes dans une pièce, on me fit asseoir sur une chaise et une voix me dit : « Fermez les yeux. »

Mon bandeau fut retiré et je regardai le sol. Les types sortirent en fermant la porte.

« Ouvrez les yeux ! »

Je relevai la tête, ouvris les yeux et vis deux gars assis derrière un bureau. C'était une petite pièce aux murs nus, avec un bureau vide, eux et moi.

Tous deux avaient la quarantaine. L'un d'eux portait un pull noir à col roulé, il avait les cheveux gris et l'air très sévère. Ils me regardèrent tous les deux avec un évident mépris.

« Quel est votre nom ?

– McNab.

– Votre nom complet ?

– Andrew McNab.

– Matricule ?

– 24408888.

– Grade ?

– Sergent.

– Quel régiment ?

– Je ne peux pas répondre à cette question.

– C'est quoi ce bordel, vous ne pouvez pas répondre à cette question ? explosa-t-il. Nous venons de vous capturer. Nous savons quel est votre régiment de merde. Mais nous voulons que vous nous le disiez. Vous ne nous aidez pas du tout, vous savez ? Quel est votre matricule ? »

Je le répétai.

« Quel est votre grade ?

– Sergent.

– Que faisiez-vous quand vous avez été capturé ?

– Je ne peux pas répondre à cette question. »

– Eh bien, si vous ne donnez pas une foutue réponse à cette question, vous allez être dans la merde. Vous comprenez ?

– Je ne peux pas répondre à cette question.

– Que – faisiez – vous – dans – cette – zone ?

– Je ne peux pas répondre à cette question.

– Êtes-vous dans l'armée ?

– Je ne peux pas répondre à cette question.

– Eh bien, vous devez être dans l'armée parce que vous avez un numéro matricule. Quel est votre numéro matricule ?

– 24408888.

– Alors vous êtes dans cette putain d'armée, n'est-ce pas?

– Je ne peux pas répondre à cette question.

– Écoute, fiston, si tu ne craches pas la réponse à cette question, tu vas avoir un tas d'ennuis. Tu comprends?

– Je ne peux pas répondre à cette question.

– Bien, je vais t'expliquer ce que tu vas faire. Tu vas signer ce bout de papier pour la Croix Rouge pour dire que tu es OK. Ensuite, on pourrait te donner à manger. Tu comprends?

– Je ne peux pas répondre à cette question. »

Ils sautèrent en l'air, en hurlant : « Debout ! Garde à vous ! Pour qui tu te prends ? »

Ils tournaient autour de moi en disant : « Tu es débile, ou quoi? Je te pose des questions et tu ne réponds pas. Tu comprends?

– Je ne peux pas répondre à cette question. »

Je savais qu'aussi longtemps que je m'en tiendrais aux Quatre Grands – nom, matricule, grade et date de naissance – et à « Je ne peux pas répondre à cette question », j'étais gagnant.

Le gars en col roulé se tourna vers son pote. « Tu crois qu'il est débile? Ouais, il doit être foutrement débile, regarde-le. Pourquoi ne parle-t-il pas? Il est débile. As-tu une mère?

– Je ne peux pas répondre à cette question.

– Je parie que tu ne connais pas ta mère, n'est-ce pas?

– Je ne peux pas répondre à cette question.

– Je pense que ta mère est une sale putain puante, c'est ça? C'est pour ça que tu ne connais pas ta mère, hein?

– Je ne peux pas répondre à cette question. »

Tout cela ne me dérangeait pas. En fait, par comparaison avec la position de stress, je me trouvais plutôt bien. La pièce était chaude, je pouvais rester assis, je n'étais pas en position de stress et je n'avais plus de bandeau. Je me répétais : ne pense qu'aux Grands Quatre et tu seras tranquille.

Ils essayèrent la méthode du bon et du méchant et me donnèrent les papiers qu'ils voulaient me faire signer.

« Je regrette, dis-je, je ne peux pas faire ça.

– Quel est ton matricule?

– 24408888. »

La séance devait avoir duré une heure, à peu près.

Finalement, ils dirent : « Bon, assieds-toi là et ferme les yeux. »

On me remit le bandeau et je restai là. J'entendis griffonner, mais pas un mot. Puis la porte s'ouvrit, on me souleva et on m'entraîna dehors. En passant dans le couloir je pus entendre, sur la gauche, un autre interrogatoire se dérouler.

« C'est quoi ces conneries ? » hurlait quelqu'un.

Puis je sentis les cailloux, et je sus que j'étais revenu dans la zone de détention. Face au mur, les mains en l'air et les jambes repoussées en arrière.

Je pouvais entendre un tas de mouvements. Comme moi, tout le monde commençait évidemment à sentir les effets des positions de stress. Les gars devaient se déplacer de plus en plus parce que la position était intenable.

J'entendais des corps tomber lourdement sur le sol.

L'alternance entre interrogations et positions stressantes se poursuivit pendant vingt-quatre heures environ. Les interrogateurs étaient de brillants acteurs. Ils commençaient par une prise de contact amicale puis, subitement, ils enclenchaient et balançaient une bordée d'injures.

J'étais assis dans la position de stress. Les jambes croisées, le dos droit, les mains derrière la tête, essayant de trouver une position confortable sans bouger trop visiblement. J'avais des fourmillements dans la tête, mon dos et mon cou me faisaient mal, chaque fois que mes épaules s'avançaient pour se reposer, quelqu'un venait les tirer en arrière dans la bonne position.

On me releva pour m'emmener pour un autre interrogatoire. J'essayais de lever les pieds pour qu'ils ne traînent pas sur les cailloux. J'entendais les gars qui peinaient à me porter et je me sentais très heureux de reprendre le dessus.

L'un des gars m'attrapa les cheveux pour me faire pencher la tête en avant. Ils enlevèrent mon bandeau et je fermais aussitôt les yeux.

Une voix jeune, à l'accent cockney dit : « Tu peux regarder, mon pote, ça va. »

C'était un rouquin avec des taches de rousseur, le premier jeune homme que j'aie vu. « Navré de t'ennuyer, mon pote, dit-il. Reprenons tout ça, si tu n'y vois pas d'inconvénient. Nous allons remettre les choses à l'endroit. Revoyons les détails qui te concernent. Quel est ton matricule ? »

Je le lui dis.

« Nom ? »

Je le lui dis.

« Très bien, c'est parfait. Mais, est-ce Mc ou Mac ? »

Cela me posait un problème. Que dois-je dire ?

« Je ne peux pas répondre à cette question.

– Allons, mon pote, j'essaye de faire mon boulot ici. Il faut que nous tirions ça au clair. Est-ce un N minuscule ou majuscule ?

– Je ne peux pas répondre à cette question.

– Oh, très bien. Quelle est ta date de naissance ? »

Je la donnai.

« OK, laisse tomber la différence d'orthographe. Nous verrons ça plus tard. Mais qu'est-ce que tu faisais exactement ? Je n'y comprends rien – j'ai tous ces bouts de papier qui m'ont été refilés par les gens avec qui tu parlais. Qu'est-ce que tu faisais ? »

Je flairai le truc : l'ami, le même groupe d'âge.

Je ne pouvais détacher mes yeux du demi sandwich au fromage et de la tasse de café qui étaient devant lui.

« Pouvons-nous arranger ça ? dit-il. Quel est ton matricule, déjà ? »

Je me souvins d'un officier des Green Jackets qui avait repris la compagnie A. Il avait été l'officier des opérations pour le Régiment et quand il rejoignit le bataillon, il se mit à faire des petits exercices d'interrogatoire. Je n'oubliais pas qu'il avait dit un jour : « Si vous avez l'occasion de manger, allez-y. Une fois que c'est en vous, qu'est-ce qu'ils peuvent faire ? »

Je regardais ce sandwich au fromage. Ils pouvaient difficilement me punir en me mettant dans une position de stress pire que ce qu'ils avaient fait. Ils pourraient me traîner dehors et me tabasser un peu, mais quoi ? Au moins j'aurais avalé un sandwich au fromage et une tasse de café.

Je ne voyais pas de vapeur sortir du café. Je savais donc qu'il était à peine chaud et que je pourrai l'avaler d'un coup. D'ailleurs le quart était en métal, ça ne garde pas la chaleur. Au poil.

Je plongeai et attrapai la bouffe et la boisson. Le garçon se dressa, des gardes jaillirent dans la pièce, trop tard pour arrêter mon festin. Ils me bandèrent les yeux et me tinrent couché.

Le jeune gars, qui était toujours mon pote, me dit : « Ça t'as plu ?

– Je ne peux pas répondre à cette question. »

On m'emmena à l'interrogatoire suivant. C'était toujours la même chose, et maintenant j'attendais vraiment ces interrogatoires car j'avais si mal contre le mur ou sur le plancher.

« Tu es un connard, disaient-ils. Nous t'avons donné la chance de nous aider, maintenant tu vas payer. Enlève tes vêtements. »

Je me déshabillai.

« Quel est ton matricule ?

– 24408888.

– Bien, maintenant dis-le lentement. »

Je le dis et le redis. Grâce à la formation, je savais jouer sur le côté physique, faire comme si j'étais crevé, tous ces trucs-là. Je répétai mon matricule pendant des heures, me sembla-t-il, très lentement. Super, pensais-je, cela prenait plus de temps et j'étais dans une meilleure ambiance, plutôt que d'être en position de stress dans la zone de détention, et les gardes ne venaient pas me bouger toutes les cinq minutes.

Puis on me dit de sauter sur la pointe des pieds, ce qui était encore mieux, car je commençais à me réchauffer.

Ils dirent : « On t'a assez vu, pauvre connard. »

Ils sortirent et deux femmes entrèrent. L'une approchait la trentaine et paraissait très collet monté avec ses lunettes. L'autre, la quarantaine bien sonnée, était en jeans.

« Enlève ton froc », dirent-elles.

J'exécutai.

« Il est un peu petit, non ? dit la plus vieille en rigolant. Qu'est-ce que tu vas faire avec ça ? Est-ce pour ça que tu es un gros soldat, dur et résistant, pour compenser tes insuffisances ? Mon petit doigt est plus gros que ça. Tu ne dois pas impressionner beaucoup de filles avec ça, dis-donc ? »

Elle se tourna vers la plus jeune en disant : « Tu ferais quelque chose de ça ?

– De quoi ? Je ne vois rien de tout. »

Elles essayaient de trouver la faille dans l'armure mais, pour moi, leur propos sonnaient comme un simple constat. Après tout, il faisait un froid glacial dans la pièce. Dans ces conditions, même Eroll Flynn n'aurait pas été au mieux de sa forme.

Je supposais que chacun en apprenait sur sa propre personnalité, ses forces, ses faiblesses. J'apprenais certainement des choses à ce sujet. Les insultes et injures ne me troublaient pas, mais certains commençaient à craquer. Quand j'étais dans les positions de stress, j'entendais crier : « Bordel ! J'en ai marre de cette merde ! » Pour ce qui est du réalisme, nous avions une belle captivité, mais physiquement ce n'était pas drôle de continuer à jouer ce jeu. Je m'accrochais au fait que c'était un exercice et qu'il aurait une fin.

Je fus emmené pour un autre interrogatoire. On m'assit sur une chaise et on m'enleva mon bandeau. En face de moi il y avait un bol de soupe et le responsable de l'unité de formation.

Il dit : « Me reconnaissez-vous ? »

Je ne répondis rien.

« Me reconnaissez-vous ? »

Je ne pipais mot. Je n'étais pas trop sûr que cela fasse partie du jeu.

« Bien, je vous dis que maintenant c'est la fin de l'exercice. Me reconnaissez-vous ? Si vous dites oui, c'est bon, si vous dites non, nous pouvons rester ici jusqu'à ce que vous me répondiez. »

Il portait un bandeau blanc au bras et je me souvins que, lors du briefing, on nous avait dit que cela signifierait la fin.

« Oui, je vous reconnais.

– Mangez la soupe. »

Nous eûmes un débriefing avec les interrogateurs.

Quand mon tour vint, ils dirent que je m'en étais tenu aux Quatre Grands, ce qui était bien. Mais cela avait été une erreur d'attraper le café et le sandwich au fromage.

« Si ça n'avait pas été un exercice, je ne l'aurais pas fait, dis-je. Je sais que dans la vie réelle il y aurait eu des répercussions. Mais c'était un exercice et j'avais faim alors, pourquoi pas ?

– Comment vous sentiez-vous physiquement ? Étiez-vous aussi épuisé que vous donniez l'impression de l'être ?

– Non, je jouais.

– Combien d'interrogatoires avez-vous subis ?

– Six. »

Erreur. C'était intéressant. J'étais en retard d'un interrogatoire. Et j'avais été détenu trente heures et non quarante, comme je le croyais.

« Que pensez-vous des interrogateurs ? Pouviez-voir ce qu'ils s'efforçaient de faire ? Y a-t-il eu un moment où cela vous a posé des problèmes ? »

Je leur dis la vérité. Certains d'entre eux avaient été vraiment emmerdants. Ils avaient très bien fait leur boulot.

Ils étaient agressifs, nous étions traités agressivement, mais il fallait s'y attendre. Nous avions froid, et alors ? Le test avait nécessité de gros efforts, physiques et mentaux, mais au moins nous savions qu'il y aurait une fin. J'aurais détesté si cela avait été réel, ou si l'épreuve avait duré beaucoup plus longtemps.

La dernière grande épreuve était franchie. Nous étions dans un bel état. Nous étions restés sur le terrain pendant une semaine, et nous avions une barbe de huit jours. Nous avions les yeux dilatés, injectés de sang et nous empestions. Personne dans le camp ne voulait nous regarder.

Je pris une douche et me dirigeai vers la cantine. Quelques gars étaient déjà revenus, et les autres apparurent un par un dans les vingt-quatre heures suivantes. Les histoires commencèrent à circuler, quelques-unes se terminaient mal. Un gars était en position de stress quand il sentit que son bandeau glissait. Il savait qu'il risquait de se faire lourder, simplement parce qu'ils penseraient qu'il faisait exprès d'enlever son bandeau. Il remonta ses mains. Rien ne se passa. Il se redressa, se retourna et le masque tomba. Ils le saquèrent sur le champ sous prétexte qu'il avait retiré son masque et enfreint les règles. Ils avaient déconné, ce n'était pas juste. Mais, en fait, personne n'avait dit que ce serait facile.

Au pub, le soir suivant, les types de la Sélection comparèrent leurs notes. Tout le monde voulait prendre congé et s'en aller.

Dave, l'un des paras, dit : « Je suis arrivé à une ferme, je l'ai observée, j'ai inspecté les alentours. Tout semblait OK, aussi j'ai été à la fenêtre en pensant juste écouter. La télé marchait et tout paraissait aller bien, quand j'entendis un tas de gens parler. Je me redressai pour regarder à travers les rideaux : toute l'équipe de formation était assise là. Je me suis dit, je pense que je vais sauter celle-là. »

Nous eûmes un long week-end de permission ; le lundi matin, nous reprendrions notre entraînement. À présent, l'équipe de formation avait plus ou moins tout ce dont elle avait besoin. Nous commencions à nous entendre, à aborder des sujets variés. Ils s'ouvraient petit à petit, mais il fallait toujours les appeler « Chef », à l'exception du sergent-major de l'escadron que nous appelions « Sir ».

Un pub des alentours proposait des saucisses et du pain français le dimanche. George et moi y allâmes pour nous empiffrer en buvant quelques pintes de Guinness. Nous descendions la route ensuite, l'esprit fumeux, et nous décidâmes d'aller voir un ancien Green Jacket qui était dans l'escadron D. Sa femme travaillait pour Bulmer, le distributeur de bière blonde Red Stripe. Tous les quatre, nous y passâmes l'après-midi à bavarder en nous soûlant au fur et à mesure.

Quelques heures plus tard, javais envie d'aller aux toilettes. En montant l'escalier mon estomac se souleva. Je me précipitai dans les toilettes et vomis partout, arrosant les murs et le plancher.

Pris de panique, je nettoyai au mieux puis dévalai l'escalier jusqu'au salon.

« Bien, dis-je rayonnant, il faut partir. »

Au matin, j'étais dans un état misérable. J'allai à l'escadron D pour voir ce qui était arrivé.

« Oh putain, dit-il, elle a explosé ! »

Je pensais que j'étais dans un sacré pétrin. Je courus lui acheter des fleurs et une boîte de chocolat. J'allai chez elle, espérant qu'elle n'y serait pas. Je frappai à la porte. Il n'y avait personne.

Je déposai les cadeaux sur le seuil et tirai une carte de ma poche.

« Je suis navré de ma conduite inqualifiable et de tous les ennuis que je vous ai causés, écrivis-je. J'espère qu'un jour vous me pardonnerez et je vous promets que cela ne se produira plus jamais. » Et je signai, « Avec mes regrets les plus sincères, George. »

13

Je téléphonai à Debbie pour lui dire que j'avais réussi.

Elle était vraiment contente, et moi aussi. Malheureusement j'étais trop absorbé par mes histoires pour m'intéresser à sa vie à elle. Coincée en Allemagne, elle ne savait pas si j'allais réussir ni ce que le futur lui réservait. De plus elle ne m'avait pas vu depuis des mois. Et c'est là que je lui téléphone pour lui dire que je suis formidable. C'est sûr que je faisais un sacré égoïste. Je lui écrivais deux fois par mois et je l'appelais peut-être une fois par semaine, mais jamais pour lui demander comment elle allait. Je préférais sans doute ne pas savoir.

Un entraînement spécial devait nous donner un avant-goût des spécialisations nécessaires ultérieurement dans nos escadrons.

L'entrée en matière se fit avec le commando antiterroriste. Le premier jour, nous nous retrouvâmes dans une salle de classe, en tenue civile. C'était la première fois que je faisais un boulot militaire sans porter l'uniforme, et ça faisait tout drôle. Des membres du C.R.W., l'unité de guerre contre-révolutionnaire, assuraient cet enseignement, nous dit-on, et non pas nos instructeurs habituels.

Entra un type du C.R.W., qui s'appelait Ted. Je l'avais déjà rencontré chez les Green Jackets. Une lutte perdue d'avance contre les kilos en trop lui avait valu le surnom de Ted Belly (Ted Bedaine). Grand et sympathique, il venait des faubourgs de Londres, il avait des cheveux comme de la paille, et, quoi qu'il fasse, on aurait dit que sa tête portait un nid d'oiseau pris dans la tempête.

« Ce cours porte sur le 9 mm, dit-il. Et tout ce que vous ne savez pas, Tonton Ted vous le dira. Après une journée en classe, nous passerons le reste de la semaine sur le champ de tir. Et nous finirons peut-être par des paris – d'acc' ? »

Ted nous raconta que le Browning 9 mm, très apprécié dans le Régiment, est souvent sous-estimé par le reste de l'armée. C'est une arme extrêmement efficace et puissante, qui se dissimule très facilement et qui porte très loin. Le Régiment l'utilise pour des opérations de protection rapprochée, ou antiterroristes, mais toujours clandestines. Le pistolet est d'ailleurs toujours la seconde arme des commandos antiterroristes.

Nous devions apprendre par cœur tout ce qu'il fallait savoir sur le Browning, mais aussi pouvoir le démonter, le remonter, et des détails techniques, comme les conséquences d'un percuteur tassé, ou de l'ajustage trop léger de la détente.

Nous apprîmes à tenir l'arme correctement, et nous aussi par la même occasion. La méthode du Régiment était complètement différente de l'armée, parce qu'il se base sur son expérience du combat. Une des divergences est par exemple l'utilisation du pistolet dans le Régiment alors que l'armée y renonce. D'ailleurs, je ne m'en étais servi que deux fois jusque là. Ted nous enseigna à dégainer le pistolet de diverses sortes d'étuis, notamment lorsqu'il est caché sous une veste. Il nous indiqua même quelle sorte de veste il fallait privilégier et comment la porter.

Nous nous entraînames à tirer dans différentes positions, le but étant d'atteindre la cible les deux yeux ouverts à trente-cinq mètres, puis à cinquante mètres. Il fallait en être capable même quand on était pris dans une foule et que des individus bloquaient la trajectoire. L'entraînement durait de 7 h 30 jusqu'à la nuit. Nous étions huit à foncer chaque matin jusqu'au champ de tir, munis d'un distributeur de thé et de quantités de bouffe, et nous nous éclations au pistolet.

Je pensais en savoir un maximum, puisque j'étais un ancien sergent de l'infanterie. Mais c'était un univers très différent, inconnu, et j'eus l'intuition d'être tout au début d'un apprentissage, qui s'annonçait ardu.

« À la caserne, nous dit notre instructeur, entraînez-vous à dégainer devant un miroir. Ne vous inquiétez pas, cela ne fera rire personne. On en passe tous par là. »

Après dîner, on suivit ses conseils une bonne heure devant les miroirs des toilettes. Ted défila avec toute une bande. « Qu'est-ce que vous foutez, têtes de nœuds ? », nous dit-il.

Et ils allèrent pisser, impitoyablement, tandis que nous regardions bêtement nos pistolets imaginaires.

Le dernier jour, Ted dit : « Bon, si on s'amusait un petit coup ? »

Il sortit toutes les cibles puis dessina dans la première un cercle de la taille d'une pièce de 10 pence, dans une autre un cercle de la taille d'une canette de coca, dans une troisième un cercle plus grand encore. Il fallait tirer suivant des rythmes différents : trois balles dans la pièce de 10 pence en cinq secondes à cinq mètres, puis à dix mètres, en reculant de plus en plus. La mise était chaque fois de 5 livres et le gagnant empochait toutes les mises.

On s'attaqua ensuite aux démolitions. Avec des charges rudimentaires, on fit connaissance avec le matériel d'escadron et on aborda les transmissions avec les radios de l'escadron.

« Où que vous soyez dans le monde, vous émettrez directement vers Hereford, dit l'instructeur. Il faudra potasser toute la théorie sur les antennes. Ce n'est pas comme au cinéma. Dans les films, des émetteurs pas plus gros qu'un paquet de cigarettes, et avec une antenne minuscule, permettent au héros de communiquer sans problème avec Katmandou. Dans la vie, c'est une autre histoire et la taille de l'antenne se calcule selon les fréquences et l'heure du jour. »

Nous visitâmes tous les secteurs, du centre éducatif à l'Association du Régiment. Mais nous ne rencontrâmes pas les « ombres » repliées ailleurs. On nous dit qu'on en entendrait parler plus tard.

Trois semaines plus tard, nous partions pour Brize Norton pour l'entraînement de parachutisme.

Nous eûmes notre brevet de parachutiste et retournâmes à Hereford pour recevoir l'insigne.

En tenue militaire normale, nous trainâmes un moment autour du Kremlin (le bâtiment du Patron). Je ressentais un fantastique sentiment d'accomplissement. Tout le monde avait l'air content pour nous parce que, très probablement, nul n'avait oublié la joie ressentie, le jour où on lui avait donné son insigne.

L'adjudant-chef vint nous serrer la main et dit : « Bravo, félicitations. Dans une minute, vous allez voir le colonel. C'est lui qui va vous remettre l'insigne. Puis, en route pour vos escadrons. Je n'ai qu'un conseil à vous donner. Trouvez, dans votre escadron, un type qui soit pour vous le soldat idéal, et faites-en votre modèle. Prenez exemple sur lui, inspirez-vous de lui. Ne commencez pas à vous dire que vous êtes les plus forts, parce que c'est faux. Fermez vos gueules, regardez et écoutez. »

Sur la table devant le colonel il y avait une pile de bérets couleur sable. Il en jeta un à chacun d'entre nous, sans salamalecs, sans poignée de main. Puis il dit : « Rappelez-vous bien qu'il est plus difficile à garder qu'à obtenir. Compris ? Bonne chance à tous. »

Dans l'armée, on distribuait au compte-gouttes un béret horrible. Et il y a des codes précis sur les couvre-chefs, grâce auxquels on peut toujours dire qui est qui. Nous avions gagné au change un béret bien plus élégant.

Et c'était tout. George et moi partîmes ensemble au bureau de l'escadron B presque six mois jour pour jour après avoir exécuté la Fan Dance.

J'avais obtenu tout ce que je voulais, mais il me restait à faire le point avec Debbie. Nos conversations téléphoniques étaient un peu coincées. La relation semblait aller bien en surface, mais je n'étais pas sûr de ses sentiments. Elle semblait comprendre à quel point il était important pour moi d'entrer dans le Régiment, mais je savais qu'elle ne supportait pas d'être reléguée au second rang. Je voulais m'occuper de notre logement avant son retour d'Allemagne. En attendant, je ne savais pas comment elle allait prendre ma nouvelle absence, puisque je devais partir quelques mois avec l'escadron.

Nous flanâmes jusqu'au magasin, pour rendre tout l'habillement fourni pour l'entraînement, et retirer celui nécessaire pour l'escadron. Malheureusement, tout était flambant neuf, et nous avions l'air de sortir d'un catalogue.

Nous emportâmes tout le lot et allâmes retirer des jungle boots neuves, brillantes, qui grinçaient. Nous n'aurions pas le temps de les briser. Le jeudi suivant nous prîmes l'avion. Je n'avais toujours pas organisé de logement pour Debbie et j'espérais secrètement que cela s'arrangerait pendant mon absence.

À notre arrivée au camp de base, à deux heures de voiture de Kuala Lumpur, certains des types étaient dans la jungle depuis un bon bout de temps. Nous reçûmes encore de l'équipement et le matin suivant un hélicoptère nous transporta au cantonnement. J'avais l'impression d'être à côté de la plaque en permanence, parce que je ne connaissais rien au jargon ni aux gens qui l'emploient. Personne ne portait ses galons, tout le monde s'appelait par son prénom, et impossible de savoir qui était qui. Le mieux, je me dis, c'était de suivre le conseil de l'adjudant-chef. Je la fermai et écoutai.

Le camp dans la jungle ressemblait beaucoup à celui de la Sélection, avec le quartier général, et les pelotons tout autour. Les gens s'étaient installés dans les zones d'administration. Des A-frames étaient dispersés tout autour, certains avec des extensions. Des cibles avaient été placées à angle droit et servaient de tables d'exercice improvisées.

Des caisses faisaient office de tables et de chaises. Ici et là deux ou trois ponchos avaient été suspendus sur les A-frames, ce qui donnait l'impression d'un campement hippie.

Tous portaient la barbe et les cheveux longs et gras. Certains lisaient dans leurs A-frames, d'autres traînaient en shorts ; d'autres encore, accroupis sur des réchauds à hexamine, faisait du thé. Où qu'ils soient, les types gardaient leur brêlage, leur machette et leur arme.

Le toubib vint vers nous et dit : « Presque tout le monde est sorti pour le moment. À leur retour, on s'organisera. Qui veut du thé ? »

Pendant que nous buvions notre thé, le commandant de l'escadron arriva avec tout son entourage.

« Bienvenue ! Bon, il nous faut un type par peloton. » Il nous regarda l'un après l'autre, puis il dit : « Toi, tu as l'air d'un plongeur... »

George était alpiniste et il dit : « J'aimerais être dans les troupes de montagne.

– D'acc', va pour la Montagne. Toi, tu iras dans les formations mobiles, et toi, tu as l'air d'un chuteur. »

Là, c'est à moi qu'il s'adressait, et me voilà dans les troupes aériennes. Il ajouta : « Attendez ici, on va venir vous chercher. »

Des types des différents pelotons vinrent ramasser leurs nouvelles recrues. Le commandant de l'escadron et son groupe disparurent. Je restais assis là, tout seul. J'en profitai pour observer le camp et regarder les radios et les toubibs au travail à leurs tables de fortune, sous les ponchos. Des gens arrivaient et disaient : « Salut, ça va ? Dans quel peloton tu vas ?

– Les paras.

– Merde, le pied – les foutus " bouffeurs de glaces " ! J'espère que t'as emporté tes lunettes de soleil. »

Je n'eus pas le temps de leur demander ce qu'ils voulaient dire. Ce n'est que plus tard, qu'on m'expliqua d'où venait ce surnom : on ne saute pas par mauvais temps mais plutôt quand le soleil brille dans un ciel sans nuages. De là à voir le peloton aéroporté comme des fanas du bronzage et des glaces en cornet, le pas est vite franchi. Je n'eus donc pas le temps de poser la question parce qu'un type qui faisait plus d'1 mètre 80 de haut et 1 mètre 20 de large apparut, marchant bien à plat sur la plante de ses pieds. Ses mains étaient si grandes que son M16 avait l'air d'un jouet.

« C'est toi Andy ? Moi, c'est Tiny, Septième Peloton. J'ai un ou deux trucs à faire et puis je te remonte à notre cantonnement. »

Je sentais le propre, et mes nouvelles bottes au pied, j'avais l'impression de vivre mon premier jour à la grande école. Et nous voilà partis. Je cherchais des yeux une flaque de boue, pour salir mes bottes.

En montant la colline, il me dit : « De quel bataillon tu viens ?

– Le deuxième.

– Génial ! comme moi, le Deuxième Bataillon de Paras.

– Non, le 2RGJ. Je viens des Green Jackets. »

Tiny s'arrêta pile, et, se tournant vers moi, il dit : « Merde, qu'est-ce que tu fous ici ?

– Je ne sais pas. On m'a dit de venir.

– Putain de merde, personne pendant dix-huit mois, et au bout de tout ce temps, c'est toi qu'on nous envoie. »

Je ne m'étais jamais senti aussi con.

Les pelotons étaient regroupés sur un petit éperon rocheux, occupé par des A-frames. Au centre, il y avait un grand feu, autour duquel les huit membres du Septième Peloton étaient rassemblés et buvaient du thé.

En arrivant, Tiny dit : « Regardez un peu ce qui nous tombe dessus. Il s'appelle Andy McNab et c'est un Green Jacket. Ne me demandez pas ce qu'il fout ici. »

Il s'attaqua à un type qui s'appelait Colin, dont je supposais qu'il était le plus haut gradé de l'assemblée.

Colin faisait à peu près 1 m 65 et parlait très calmement, tout en répondant sèchement à Tiny. Il avait l'accent du Yorkshire.

« Je suis aussi para », dit-il en me serrant la main.

Bon sang ! Tout le Septième Peloton avait l'air de venir de chez les paras !

Colin me prit dans sa patrouille. Il avait l'air vraiment dans le coup et je m'accrochai à lui. Colin serait mon modèle.

On allait faire des parcours dans la jungle, comme pendant la Sélection. On patrouillait par groupes de deux, et puis par groupes de quatre, en s'exerçant aux contacts.

L'insurrection communiste en Malaisie remontait à 1948, et 1 200 guérilleros menés par Chin Peng se battaient encore dans les montagnes, le long de la frontière entre la Malaisie et la Thaïlande. C'était l'un des plus anciens conflits en Asie, mais relativement peu important, malgré des centaines de morts lors d'émeutes antichinoises à Kuala Lumpur, en 1969.

Un bataillon néo-zélandais stationnait à Singapour. Il opérait en Malaisie, mais pour je ne sais quelle raison politique, il ne pouvait pas s'engager au nord. Nous étions là pour faire acte de présence.

Un jour, en patrouille avec Colin, nous tombâmes sur une cible. Me rappelant bien mes exercices, je tirai quelques coups, me retournai et courus. De manière inexplicable, Colin lâcha tout son chargeur et en remit un sans cesser d'avancer.

Il se retourna en criant : « Qu'est-ce que tu fous ?

– Je fais ce qu'on nous a appris.

– Putain de bordel ! » fut sa réponse.

Je compris que chaque escadron avait sa manière, et même chaque peloton. Toute la journée, Colin me fit courir de tous les côtés sur le champ de tir jusqu'à ce que je finisse par dealer les cibles comme eux. Ce soir là, en fin de compte, je me sentis bien. J'avais montré un point faible mais j'avais fait ce qu'on attendait de moi, c'est-à-dire que j'avais progressé, et je me sentis un peu accepté.

L'alimentation compte beaucoup dans l'armée. Au-delà de l'apport en calories, c'est l'un des seuls domaines qui offre de la variété. C'est surtout du temps qu'on consacre entièrement à soi-même.

La conversation roulait couramment sur nos menus, et nos différentes moutardes et épices préférées. Ça nous changeait de la routine. Certains pêchaient pour enrichir leurs rations. D'autres tendaient des pièges à tout hasard, et se faisaient des espèces de ragoût.

Al Slater se lavait un jour à la rivière, d'où nous parvinrent quelques rafales de cinq balles. Nous nous précipitâmes pour voir ce qui se passait. C'était Al, face à un serpent d'eau, qui se dirigeait droit sur lui, et qui n'eut pas de chance, puisque nous le mangeâmes le soir même. C'était dégueulasse, mais ça pouvait passer après avoir mariné dans le Tabasco.

Tiny et Eddie se firent un copain, qu'ils refusèrent de manger. Il s'appelait Stan le Scorpion. Il vivait dans un trou sous le lit surélevé de Tiny et il semblait apprécier la mortadelle dont on le nourrissait.

Un jour nous étions assis par terre dans un coin paumé. Il pleuvait des cordes et j'étais trempé. L'eau de pluie ruisselait dans mes cheveux emmêlés et dégoulinait le long de mon menton. Je dus installer une petite toile de protection, au-dessus du thé que je préparais, tellement mon nez coulait.

Je me levai pour arranger mon ceinturon, lorsque je sentis soudain quelque chose qui tombait le long de ma jambe. Je n'y prêtai pas vraiment attention, parce que c'est fou le nombre de petites bêtes qui copinent avec vous dans la jungle. Puis je sentis quelque chose de chaud et de mouillé autour de mes couilles et je pensai, tiens ! Si je jetais un œil pour voir. Je baissai mon pantalon et mon caleçon, et je vis mon bas-ventre inondé de sang. Putain ! C'était visiblement un saignement de vaisseaux superficiels, aggravé par la pluie et la sueur.

Je m'affolai pour de bon. Pour essayer de comprendre j'enlevai complètement mon pantalon et découvris, sur le sol, à côté de mes bottes, une énorme sangsue, toute gonflée, l'air ravi et grosse comme mon pouce. Je ne sais pas comment elle était entrée dans mes vêtements, mais elle s'était accrochée à ma bite, et, après avoir picolé tout ce qu'elle pouvait, elle avait fini par me lâcher. En mordant, les sangsues vous injectent un produit anticoagulant et anesthésiant. Et vous continuez à saigner sans rien sentir. J'eus la vision instantanée d'autres sangsues le long de ma virilité. Je demandai même à un des types de regarder illico pour vérifier que tout allait bien.

La sangsue était très fière d'elle et tout à fait repue. Je la gardai une dizaine de minutes à côté de moi, me demandant quoi en faire. Je finis par la gratifier d'une bonne dose d'anti-moustiques, qu'elle n'eut pas l'air d'apprécier. Puis la malheureuse rendit l'âme.

Le saignement dura des heures. La morsure me laissa une marque durable, qui ressemblait à une brûlure de cigarette. Ce fut un véritable choc mais les autres types se montrèrent plein d'attentions. Ça ne les empêcha pas de passer le reste de la semaine à me rappeler, d'un ton narquois, que la sangsue était nettement plus grande que le morceau auquel elle s'était permis de goûter.

À la fin du voyage, on nous donna six jours de permission.

14

La première année était une période probatoire. Après la Sélection, on repartait à zéro pour ce qui est du grade, mais on conservait sa solde antérieure jusqu'à l'obtention des qualifications nécessaires dans les Special Forces. Je suis redevenu deuxième classe, avec la solde correspondant à mon ancien grade, sergent dans l'infanterie, et je gagnais ainsi moins qu'un deuxième classe du Special Air Service.

Pour avoir la solde des S.F., il faut acquérir une spécialité de patrouilleur dans les transmissions, les démolitions, les premiers secours ou parler une langue étrangère. La première doit être les transmissions, parce que, c'est bien connu, il faut savoir crier : « Au secours ! » en cas de pépin.

J'avais aussi besoin d'une qualification de base. Par exemple, dans les formations mobiles, savoir conduire toutes sortes de véhicules est une nécessité ; les plongeurs doivent savoir plonger ; les pelotons de montagne doivent pouvoir monter et descendre des pentes ; les parachutistes, enfin, doivent être capables de sauter en chute libre sur une cible définie. Sans cette qualification, pas d'augmentation. C'est un vrai cercle vicieux : on nous envoie en mission, sans nous payer comme il faut, puisqu'on n'a pas encore la « qualification », mais on n'a pas le temps de l'obtenir, parce qu'on est trop occupé à s'en servir.

L'entraînement des commandos antiterroristes devait commencer peu après mon retour de Malaisie. Un des pelotons de l'escadron devait aller en Irlande du Nord tandis que les trois autres constitueraient le commando antiterroriste. Le Septième peloton fut affecté en Irlande.

Je ne pouvais préparer aucune spécialisation à ce moment-là, mais je pouvais obtenir ma qualification d'entrée dans les Special Forces. Ça ne me suffirait pas pour être augmenté mais, au moins, quand les autres types parleraient de « monos », « extracteurs », « suspentes de ralentissement », « ligne de base » ou « fusée éclairante », ça ne serait plus du chinois pour moi.

Pour le grand public, le SAS ce sont des Jeeps qui pétaradent dans le désert, des hommes tout en noir qui descendent en rappel le long de façades d'ambassades, ou des chuteurs tout équipés qui sautent de nuit. Mais comme toutes les qualifications de base, la chute libre n'est finalement qu'un moyen d'aller d'un point à un autre.

Pour obtenir cette qualification, il fallait sauter avec la patrouille, de nuit, avec oxygène, et descendre en groupe, avec un chargement de plus de cinquante kilos. Il fallait suivre un conteneur chargé de son propre équipement ou de matériel à livrer aux pelotons au sol. Pendant tout ce temps la patrouille devait rester groupée. Rater cette première étape aurait un effet boule de neige, sans parler des emmerdes qui suivraient.

C'est pourquoi il y avait de quoi être accro et même des chuteurs top niveau étaient entrés dans le Régiment, après avoir représenté le Royaume-Uni dans des compétitions internationales.

L'entraînement à la chute libre durait environ six semaines. Il me permettrait de sauter à l'aise, et me donnerait une base, qui m'aiderait ensuite à progresser grâce au peloton.

Il se déroulait deux premières semaines en Angleterre, puis pendant deux semaines à Pau, base militaire française dans les Pyrénées, puis à nouveau en Angleterre pour deux semaines. Par mauvais temps, certains entraînements se déroulaient intégralement aux États-Unis, avec des moniteurs de la R.A.F. Au prix que ça coûte, c'est râlant qu'un avion reste cloué au sol à cause du mauvais temps. Nous allions alors chercher le soleil qui permet de travailler.

Ce deuxième passage à Brize Norton fut encore plus agréable que le premier. Nous étions cinq, quatre types des commandos de la marine et moi-même. Nous nous entendions très bien avec les moniteurs, qui, pour la plupart, participaient aux démonstrations des Falcons. Ce qu'ils nous enseignaient était en grande partie dépassé et ils le savaient. Mais le manuel d'instruction était le manuel d'instruction. Ça me faisait tout drôle d'être à nouveau à l'école alors que je croyais en avoir fini avec les prises de tête du premier stage de parachutisme. J'ai compris bien plus tard que les manuels de chute libre étaient caducs avant même d'être imprimés, ou presque. Les techniques sportives changeaient d'une semaine à l'autre et le Régiment les analysait constamment pour adapter l'équipement et les méthodes au contexte militaire.

On commençait par deux jours d'entraînement au sol, pour apprendre à enfiler l'équipement de base. Le premier saut se faisait avec un PB6, à coupole arrondie. Nous passions ensuite au TAP, assez proche du para commander, un parachute sportif. Même celui-ci était une pièce de musée et tout ce qu'il pouvait faire, c'était tourner à gauche, à droite et se laisser porter par le vent.

Le troisième jour, je me retrouvai dans le C130 (l'avion cargo Hercule). Je me dis : quoi qu'il advienne, je ne veux pas avoir l'air d'un con. J'allais sauter, ce qui n'était pas un problème, mais il n'était pas question de merder. Et je repassai mentalement mes exercices.

Les moniteurs nous avaient dit : « Même les super-pros font ça. Pendant que l'avion prend de l'altitude, ils s'exercent mentalement et physiquement et ils simulent le maniement de la poignée de sécurité et l'ouverture du ventral. » Bien sûr, ça ne voulait pas dire qu'ils avaient peur, juste qu'ils pensaient à leur avenir, c'est tout.

Je fermai les yeux et révisai le début du saut : « Une seconde, deux secondes, trois secondes, je jette un œil à la coupole. »

Elle ne s'ouvre pas ? Je détache le dorsal, je tire sur le ventral.

À 2 000 mètres, il commence à faire froid. Mon cerveau me donnait l'impression de se vider par manque d'oxygène. Pour s'entendre parler, il fallait crier parce que le bruit de l'avion nous assourdissait, malgré les casques.

Un moniteur et un stagiaire sautaient chaque fois ensemble. À mon tour, je me dirigeai vers l'arrière de la carlingue. Je me tenais au bord, sur la plante des pieds, regardant vers le bas. Mon moniteur ne me lâchait pas des yeux et m'aidait d'une main à conserver mon équilibre. J'attendais le signal, les yeux rivés aux siens. Un vent violent se déchaîna sur ma combinaison de saut et 4 000 mètres plus bas, c'était l'Oxfordshire.

« Attention ! »

Ça y était. Encore deux ordres, il allait me tirer vers lui dans un léger mouvement de balancier, et puis il allait me pousser, dans le trou.

« Prêt ! »

J'oscillai vers lui.

« Go ! »

Je me jetai en arrière, dans le vide.

Je gardai les yeux fixés sur la porte-arrière et vis le moniteur sauter après moi. Un intervalle d'une seconde entre les sauts représente plus de vingt mètres, et j'avais l'impression qu'il sautait sur moi. Mais, sous l'effet du souffle, un intervalle se creuse.

Pendant les premiers sauts, nous étions censés maintenir un cap et ne devions tourner ni vers la gauche, ni vers la droite, ni faire d'acrobaties.

J'observai la consigne.

Je regardai fixement devant moi. Nous étions censés choisir un point au sol et nous assurer que nous ne nous déplacions pas par rapport à lui, ni vers la gauche, ni vers la droite, ni vers l'avant, ni vers l'arrière. Nous devions juste tenir le cap et tomber à pic jusqu'à ce que l'altimètre indique mille mètres. Alors c'était le moment de tirer sur la poignée. Je me déplaçai lentement vers la gauche et ne corrigeai pas ma trajectoire. L'altimètre indiqua mille mètres et je tirai sur la poignée. Au moment où le parachute s'ouvrit, j'entendis une sorte de grondement, suivi d'un claquement sec. Puis une secousse effrayante et j'eus la sensation de planer sur place.

Je vérifiai d'un coup d'œil la coupole au-dessus de moi. Rien à signaler. Je saisis les suspentes de direction et vérifiai qu'il n'y avait pas d'autres coupoles près de moi.

Je pouvais voir l'autoroute d'accès à Oxford, puis, en m'approchant, les véhicules, les baraques et même des gens marcher dans la zone d'atterrissage. Le silence était total. J'avais la sensation d'être suspendu en l'air, et pourtant le sol se précipita soudain sur moi. Je touchai terre et « roulaiboulai » tout en surveillant la coupole. C'était tout. De là je sautai sans transition dans le camion, qui nous ramena en une demi-heure au terrain d'aviation, où nous attendait le C130.

Les premiers sauts furent maladroits, car nous ne pensions qu'à notre manière de bouger et de nous diriger en l'air. Nous étions vêtus simplement du treillis – juste le parachute, pas d'équipement, pas d'armes, pas de bouteille d'oxygène. Dès que nous pourrions tomber en conservant un cap fixé, nous apprendrions à tourner à gauche et à droite à 360 degrés, puis à faire des acrobaties. Pour nous entraîner à gérer une sortie en déséquilibre, nous dûmes ensuite nous forcer à sauter de travers. Et c'était assez étrange parce que, une semaine plus tôt, et sans entraînement, nous y arrivions parfaitement.

Si nous perdions notre stabilité, nous nous rétablissions en étirant nos membres en étoile. Comme la surface concave d'une soucoupe qui tombe au sol, vous vous équilibrez immédiatement. Rien de tout ça n'était très compliqué – jusqu'à ce qu'on saute avec la vraie tenue.

On nous apprit à préparer notre équipement, et à l'attacher à nos parachutes. Un peu plus tard, en arrivant dans les escadrons, nous comprîmes que cet entraînement n'était pas vraiment réaliste. Entre autres, on nous enseignait à laisser glisser notre équipement, une fois qu'on était sous la coupole, et à le laisser pendre au bout d'une corde de trois mètres. Or ça pouvait endommager du matériel sensible dans nos sacs de combat. Ce qu'on nous apprit plus tard, c'était de le laisser lentement descendre le long de nos jambes jusqu'à ce que les attaches reposent sur nos orteils. Ainsi nous le tenions et à l'atterrissage, nous n'avions plus qu'à le laisser glisser doucement sur le sol avant de nous désharnacher.

Puis on commença à nous briefer sur l'équipement en oxygène. En montant dans l'avion, nous avions déjà notre bouteille sur nous, sans l'utiliser, parce que la bouteille contient une quantité de gaz limitée. On se branchait d'abord sur la console d'alimentation, donc sur le stock de l'avion. C'est en sautant qu'on passait à sa bouteille personnelle. Il y avait toute une série d'exercices à faire, en suivant les instructions qui figuraient sur les panneaux brandis par le sous-off préposé à l'oxygène. Apprendre à se brancher sur une console, puis à s'en décrocher, et passer sur la sienne propre, c'était du sérieux.

Les sauts suivants s'appelaient à « oxygène simulé ». Nous montions dans l'avion, faisions tous les exercices, et sautions avec l'équipement sans les armes. Nous ne faisions aucun saut d'une altitude supérieure à 4 000 mètres, l'altitude maximale pour sauter sans oxygène.

On s'attaqua aux sauts de nuit. Je trouvais cela absolument splendide. Debout sur la porte-arrière, j'admirais les lumières d'Oxford qui clignotaient au-dessous de moi.

L'étape suivante fut de sauter de nuit avec oxygène et tout le barda. En tenue de saut, et de nuit, nous utilisions un système d'ouverture automatique, qui fonctionne à la pression barométrique. Chaque jour il fallait faire un relevé pour connaître la pression à 1 000 mètres, puis effectuer le réglage nécessaire pour que se déclenche l'ouverture automatique à 1 000 mètres. Et le système remplacerait l'ouverture manuelle en cas de « torche », de collision ou de perte de conscience.

Dans l'escadron, des histoires horribles circulaient sur des cas de parachutes en torche, avec de l'équipement lourd. Si l'équipement n'est pas arrimé correctement, ou s'il est mal réparti, il risque pendant le saut de se détacher à cause du vent. Il faut ajuster sa position pour voler correctement. Mettons que vous devez manœuvrer pour accoster quelqu'un en vol, si l'une des courroies n'est pas fixée correctement, ou si l'une des sacoches de côté prend l'air, vous pouvez vous retrouver soulevé sur votre gauche et obligé de compenser avec votre côté droit ; ce qui peut finir dans des positions vraiment bizarres. Mais le danger le plus grave c'est que vous pouvez partir en torche, et une fois commencé, ça ne fait que s'accélérer.

Un type de l'escadron D se mit en torche et la seule manière pour s'en sortir fut d'écarter les suspentes pour redéployer la toile. Il s'en sortit finalement, mais il ressembla à Christopher Lee pendant des mois, parce que tous les vaisseaux sanguins avaient pété dans ses yeux.

On en arriva dans nos exercices à simuler des sauts avec oxygène, sans monter à l'altitude où l'oxygène est nécessaire. Nous sautions de nuit, avec équipement, et en solo. Et nous voilà prêts à partir en France.

La cadence des sauts y était rapide car nous sautions au-dessus même du terrain d'aviation. Au Royaume-Uni, par contre, la zone de saut était loin de Brize Norton, où il fallait ensuite nous ramener, et cette longue rotation n'était pas très rentable. À Pau, nous pouvions sauter, pendant que l'avion se posait, puis il nous rechargeait et c'était reparti pour un tour.

Nous passâmes d'abord aux sauts de jour, par groupes de quatre, nous entraînant à rester ensemble, puis aux sauts de nuit avec équipement. Nous apprîmes à arrimer nos armes, sans risque de les endommager ou de les perdre pendant la chute libre, pour pouvoir les utiliser dès que nous touchions terre.

La règle dans la R.A.F. était de ne pas faire plus de trois sauts par jour, pour ne pas risquer l'hypoxie par des séjours répétés à 4 000 mètres. Le symptôme principal de l'hypoxie est une fatigue brutale, qui peut provoquer des erreurs graves. L'hypoxie n'affecte jamais les parachutistes sportifs, qui se munissent toujours d'une petite bouteille d'oxygène, mais avec la R.A.F., il fallait suivre les règles de la R.A.F.

Nous allâmes ensuite à Luffingham, le centre médical de la R.A.F. On nous fit des radios des poumons et des conférences sur les symptômes et les dégâts de l'hypoxie. On nous expliqua ce qui se produisait si nous avions de mauvaises dents. La moindre bulle d'air dans un plombage se dilate avec l'altitude, et fait exploser la dent. J'ai été témoin de cet accident à deux reprises, et c'est pas beau à voir. Les gaz intestinaux se dilatent aussi pendant la montée dans un avion non pressurisé, et nous pétions sans arrêt. Et, franchement, entre une dent qui explose et les pets, je n'aurais pas hésité longtemps.

Nous passâmes ensuite un certain temps dans une chambre de décompression, faisant exactement l'inverse de ce que font les plongeurs, en étant petit à petit privés d'oxygène. Nous restions assis là, à bavarder et on nous demandait de réciter la table de multiplication par dix, et de dessiner des cochons et des éléphants. Mes éléphants étaient extraordinaires, avec de grands yeux disproportionnés. Puis, à mesure que l'oxygène se raréfiait, ma table de multiplication par dix partait en couilles, et je me sentais lent et léthargique. Dès que j'eus le droit de remettre mon masque et d'aspirer une bouffée, tout rentra dans l'ordre. Sauf l'éléphant, car je ne pus jamais faire mieux que ce monstre aux yeux immenses, quelles que soient les conditions.

Chaque année, dorénavant, nous irions à Luffingham pour conserver notre qualification en chute libre, et ce jusqu'à la fin de notre carrière. Chaque année nous subirions la même conférence, une nouvelle série de radios des poumons, et un examen des oreilles, parce qu'il faut vérifier que la pression ne risque pas d'y faire trop de dégâts.

Le point culminant de l'entraînement fut de sauter tous ensemble de nuit, avec équipement complet, à plus de 8 000 mètres. Nous sautâmes ensemble et atterrîmes ensemble, ce qui nous valut notre qualification en chute libre. Mais il fallut recommencer à zéro une fois dans les escadrons, avec des parachutes à voilure carrée.

C'était débile de ne pas nous former avec l'équipement dont nous devions nous servir. Ce qui est encore plus débile, c'est que j'ai appris beaucoup plus en quelques jours avec mon peloton qu'en six semaines avec la R.A.F. En réalité, on saute toujours avec l'oxygène, les émetteurs et une mitrailleuse attachée à son sac de combat, qui pèse déjà plus de 50 kilos. Parfois vous trimballez des munitions pour l'escadron, ou des obus de mortier, ou la plaque de base du mortier, bref toutes sortes de choses qu'on s'attache de tous les côtés. Il est évidemment impossible de bouger avec tout ce poids, et on ne peut pas faire grand-chose dans l'air. Alors on saute, en s'efforçant de garder le cap et de se maintenir au sein du groupe.

Les membres du peloton aéroporté commençaient à pratiquer le HAHO (saut et ouverture à haute altitude), au lieu de HALO (saut à haute altitude avec ouverture retardée à basse altitude). La chute libre de nuit peut être dangereuse parce qu'elle nécessite que l'avion vole à proximité de l'objectif. Le claquement, sonore et révélateur, d'un parachute qui s'ouvre, peut alerter ceux sur qui vous voulez sauter. Avec cette nouvelle technique, nous pouvions arriver sur l'objectif avec précision, tout en sautant d'un avion volant à haute altitude, à une distance de quatre-vingts kilomètres de l'objectif. Nous sautions d'un avion civil à 12 000 mètres et ouvrions immédiatement nos parachutes. Puis un dispositif électronique, installé sur la coupole à voilure carrée, nous guidait jusqu'à moins de cinquante mètres d'une balise, placée sur un objectif, même par mauvais temps, ou de nuit. Le premier à sauter devait tout de même se diriger avec une carte, une boussole et par satellite.

Dans ce cas, il faut porter un équipement en oxygène spécial et des tenues chauffées, comme celles des astronautes, pour survivre à des températures de moins 40 degrés centigrades. Il faut savoir qu'une descente, au cours de laquelle vous évoluez sur une distance au sol d'environ quatre-vingts kilomètres, peut prendre plus d'une heure.

HAHO remplaça rapidement des infiltrations plus traditionnelles en chute libre. En étant largué à bien des kilomètres de toutes routes civiles reconnues, et ce pour tromper l'ennemi, un peloton de chuteurs peut évoluer jusqu'à son objectif, sans être détecté par les radars. Un commando antiterroriste peut ainsi atterrir à proximité d'un avion détourné et donner l'assaut par surprise. Au lieu de sauter en chute libre, à l'aveuglette, avec le risque de ne pas vraiment savoir où on va, ni où sont les autres, une fois qu'on est à terre, on peut ainsi être guidé en douceur vers un objectif, en se baladant confortablement au bout de son parachute. S'en priver serait de la folie.

Vers la fin de l'entraînement, je reçus une lettre de Debbie. Elle avait emménagé à Hereford, seule. « Je suis seule, écrivait-elle et je passe la plupart de mon temps dans la solitude. » Comme un con, je ne cherchai pas plus loin. Je m'éclatais trop bien sans elle.

15

Mon peloton fut affecté en Irlande, mais il devait au préalable suivre une mise à niveau spécifique.

Selon les missions, cette période dure de quelques jours à six mois. Pour l'Irlande du Nord, la composante principale est l'entraînement au combat rapproché.

D'après l'encadrement,il s'agissait d'abord de bien connaître l'arsenal du Régiment en Irlande, surtout le pistolet qu'on emploie dans les opérations clandestines. L'entraînement qui suivit la Sélection nous en avait donné les rudiments : faire feu et dégainer. Il fallait maintenant parvenir à une parfaite aisance dans son maniement et, pour cela, suivre des heures et des heures d'entraînement.

En même temps que le pistolet, on nous enseignait le combat à mains nues, ou, comme on le surnommait, la « dérouillée japonaise ». Je m'attendais carrément à en sortir ceinture noire, mais ça n'a rien à voir avec le karaté, qui est un sport avec ses techniques et ses règles. Le close-combat consiste à flanquer des mecs par terre aussi vite que possible avec le maximum d'efficacité, pour pouvoir ensuite se tirer de là. En Irlande du Nord, le Régiment n'était pas un belligérant. Sa mission consistait à y mener des opérations secrètes. Et si un problème survient, il n'y a qu'une alternative : maîtriser l'ennemi et s'enfuir, ou le tuer, suivant les circonstances.

L'instructeur nous dit : « Les agressions se produisent principalement dans des lieux fermés ou semi-fermés, des ruelles, des pubs, quand vous roulez dans votre voiture ou quand vous en sortez. »

La première chose, c'est toujours de déterminer si une menace est réelle. C'est génial d'avoir des armes et de savoir se battre, mais, si on ne veut pas se mettre dans un sale pétrin, il faut bien déterminer quand il faut utiliser ce genre d'atouts.

On ne peut pas systématiquement utiliser ses armes pour se protéger, parce que ça peut compromettre une opération en cours depuis des mois, et mettre inutilement d'autres vies en danger. Si on peut s'en sortir avec les mains, les pieds et tout le reste, tant mieux. Sinon, on se sert des pistolets.

L'instructeur continuait : « Tirer sur une cible immobile, à l'exercice, est une chose. Avoir affaire à un adversaire susceptible de se débattre, ou de vous barrer la route, en est une autre, et il ne faut pas oublier que ces cibles-là peuvent répondre à votre tir. »

Mick était responsable du close-combat au Régiment depuis des années. Sec et nerveux, il mesurait environ un mètre quatre-vingts et louchait légèrement. De plus il n'y avait pas plus de six centimètres entre son nez et son menton et il me faisait penser à Polichinelle. Pourtant je me gardais bien de lui en faire la remarque, parce qu'on nous avait raconté qu'il venait d'une famille de Taffs, célèbre pour son agressivité. À plus de 80 ans, son paternel essayait toujours de déclencher des bagarres dans les pubs. À l'école, Mick avait été recruté par l'équipe de gymnastique du Pays de Galles. Ça ne s'était pas fait, parce que son père ne voulait pas payer ses tickets de bus pour qu'il aille s'entraîner. Plus tard, il s'était mis sérieusement aux arts martiaux et avait fait partie de l'équipe du Royaume-Uni. Dans sa jeunesse, Mick était devenu millionnaire grâce à une affaire d'agencement de boutiques. Mais, roulé par son partenaire, il s'était retrouvé dans un H.L.M., à vivre du R.M.I.

On nous mena au camp dans les voitures civiles, qui allaient nous servir pour l'entraînement. Et nous nous retrouvâmes assis dans un long abri en béton, en jeans et Tee-shirts, avec nos cheveux longs, les pistolets à la ceinture. C'était un bâtiment poussiéreux, qui sentait le renfermé. Il y avait des tapis de gym au sol, des punching-balls suspendus aux poutres et des cibles au mur, bref tout ce dont nous avions besoin pour nous tabasser les uns les autres.

« J'ai vingt-sept années d'expérience, dit-il. J'ai consacré les vingt-cinq premières aux arts martiaux et je peux vous dire que ça a été une perte de temps. Mettons que vous avez ma taille et que vous pesez 65 kilos. Si votre adversaire mesure 2 mètres ou presque et pèse 100 kilos, ne comptez pas sur des manchettes et des ciseaux pour vous sortir d'affaire.

Si un colosse de 100 kilos vous fout son poing dans la gueule, vous allez tomber, il n'y a pas à tortiller. Déjà quand vous vous cognez dans une commode, ça fait mal, hein? Alors, imaginez recevoir en pleine poire le poing d'un mec de 100 kilos. Qui que vous soyez, vous allez vous effondrer comme un sac de linge sale. »

Ses cours étaient un mélange de bagarre de rue, de techniques propres aux arts martiaux et d'une utilisation réfléchie de nos armes. Dans une bagarre devant un pub, à Belfast, il ne fallait pas s'attendre à ce que l'adversaire s'incline poliment et respecte les règles. Ce serait une franche mêlée de bras et de jambes, avec coups de tête, morsures et doigts dans les yeux. Bref, il fallait apprendre à se battre comme des cochons. Si on se défendait en Irlande du Nord avec des passes à la Bruce Lee, on mettrait la puce à l'oreille de l'I.R.A. Provisoire, qui se dirait : « On voit que le mec, qui a fait ça, s'y connaît, parce que c'est trop propre et trop précis. Il y a quelque chose qui cloche. » Mais devant des oreilles et des nez en bouillie, ils croiraient à une bonne vieille rixe, une banale échauffourée. Et personne ne soupçonnerait les Forces de Sécurité.

« À la fin de la bagarre, dit Mick, ne restez pas les bras croisés, triomphalement, en attendant les applaudissements. Mettez les bouts dare-dare. »

Comme toujours, il faut agir avec rapidité, agressivité et l'effet de surprise maximum. « Une fois que vous êtes décidés à vous y coller, vous allez cogner aussi fort que possible, avec le maximum d'agressivité et en finir. Une seule hésitation, et c'est vous qui tomberez, et une fois à terre, avec quelqu'un qui a le dessus, c'est plus que difficile de retourner la situation. Si une baraque de 100 kilos vous plaque au sol, en pesant de tout son poids, vous aurez du mal à vous relever. » Il montra Tiny du doigt et dit : « Si celui-ci me tombe dessus, il ne me reste plus qu'à lui mordre le nez et à courir comme un dératé. »

Nous apprîmes à nous servir de nos armes tout en étant acculés contre un mur, dans un coin, dans un ascenseur ou encerclés par un groupe d'individus. Et à les utiliser à peine sorties de l'étui, parce que, dans certains cas, il vaut mieux faire une croix sur la position de tir impeccable qu'on apprend à l'exercice. Il suffit de savoir qu'on est juste assez près pour toucher ce qu'on vise. Ça demande beaucoup d'entraînement, c'est sûr, pour ne pas finir par se tirer dessus. À la fin de la session, nous étions trempés de sueur et dégueulasses. Pour les autres, c'était des révisions, mais moi, je faisais ce genre de trucs pour la première fois et ça me plaisait vraiment.

Nous apprîmes à nous dégager d'un pistolet pointé sur nous à courte distance. Dans les films, des types tiennent un pistolet à trente centimètres de quelqu'un, et ils disent : « Si tu bouges, je tire. » Mais un simple revers de la main suffit pour vous en débarrasser. Vous pouvez alors vous casser, car il ne faut pas plus de 20 centimètres de décalage pour être sorti de la ligne de mire. Dans ce cas, s'ils tirent, ils vous ratent. « Foutez son arme en l'air », dit Mick, « puis utilisez la vitesse et l'agressivité pour le mettre à terre et vous emparer du pistolet. Après, c'est à vous de décider si vous allez tirer ou mettre les voiles ».

Cette phase de l'entraînement comprenait toutes sortes d'exercices de close-combat sur le terrain. Par exemple, quelqu'un arrive derrière vous et dit : « Haut les mains ! » Nous apprîmes à retourner la situation et à prendre le type comme bouclier tout en tirant au pistolet.

Au bout de quelques jours, tout le monde était couvert de bleus et de bosses. L'étape suivante consistait à se battre tout en tirant, dans un lieu fermé, par exemple, où il faudrait tirer sur des gens autour de nous. Dans une rue commerçante, il faudrait pousser des gens hors de notre trajectoire, et manœuvrer pour les éviter. Parfois, il nous faudrait rechercher nos cibles, en maintenant des gens au sol, tout en étant encore en train de tirer.

On peut être bousculé par un groupe de types. Ils ne savent pas exactement qui nous sommes à ce moment-là, mais nous ne voulons pas nous battre, et nous voulons juste nous sortir de là. Tout ça vaut pour une altercation avec des terroristes, pas juste avec deux connards qui sortent d'un pub, en cherchant des noises à n'importe qui. Et c'est dans ces cas-là qu'il faut décider quand dégainer et neutraliser les mecs.

« Les gens qui flippent se font tuer, dit Mick. Décidez chaque fois ce que vous allez faire. Sinon c'est la mort assurée. »

Il nous parla d'un membre du Régiment en mission à Londonderry, dans un lotissement du nom de Shantello. Il était seul, avec son pistolet planqué dans son pantalon. Il marchait et trois terroristes commencèrent à le suivre. Ils ne savaient pas qui c'était, mais il leur était étranger, il était sorti d'une voiture et il marchait dans le quartier, ce qui suffisait à attirer leur attention.

Presqu'au bout de la ruelle, ils le collent tout à coup et le bousculent. En tombant, il part dans un roulé-boulé. « Si on vous bouscule, évitez de tomber sur les genoux. Dès qu'on vous touche, c'est sûr que c'est louche. Essayez de vous écarter en roulant au sol, et placez-vous là où vous pouvez tirer. »

Donc, en roulant sur l'épaule, le type visualise la situation, c'est-à-dire trois types derrière lui, dont deux avec un pistolet. Toujours en roulant, il dégaine son arme et abat deux d'entre eux. Le troisième prend la fuite. Toute l'affaire n'a pas duré trois secondes. Le mélange d'arts martiaux, c'est-à-dire ne pas résister à la poussée, et de pratique du pistolet lui ont sauvé la vie. Et la nuit se termine bien.

« N'oubliez pas ce que ces gens vont vous faire, s'ils vous chopent, dit Mick. Regardez les victimes des Shankhill Butchers. C'est clair, ces gens ne font pas de quartier et ils y vont à la perceuse électrique, à la barre de fer et au bloc de pierre. »

En Irlande du Nord, nous dit-on encore, il y a beaucoup d'armes à feu qui servent à jouer au caïd. Or, ce qui compte, en réalité, c'est l'intention de s'en servir pour de bon. Parfois des types du Régiment ont pu désarmer des mecs qui tenaient un pistolet, mais qui n'avaient pas su quand faire feu.

Nous savions qu'il ne faut pas dégainer sans intention ferme d'utiliser son arme, ni intimer une menace sans volonté de la mettre à exécution.

Mick dit : « Ça ne suffit pas de savoir comment. Il faut aussi savoir quand, parce que la décision d'utiliser un savoir-faire est aussi importante que le savoir-faire en soi. Sinon, dans un coin comme l'Irlande du Nord, vous auriez besoin de vous battre toutes les cinq minutes. Non seulement, vous vous feriez tuer, mais en plus ça compromettrait une éventuelle opération. Parfois, quelqu'un va venir vers vous et vous dire : “ Alors t'es qui, toi, bordel ? ” D'autres vont vous regarder fixement pendant que vous parcourez leur rue. Votre meilleure arme sera d'arborer la plus totale confiance en vous. »

Dès que vous vous baladez dans un quartier en Irlande, vous attirez l'attention de types, qui sortent de chez eux, ou bien ils bavardent, appuyés sur leur voiture, la cigarette au bec et vous passez devant eux. Ils vous regardent de tous leurs yeux et ils disent : « T'es qui, bordel ? ». Ne fixez surtout pas vos pieds avec l'air de penser : « Oh mon dieu, il vaudrait mieux que je me tire d'ici ! ». Même s'ils ne savent pas qui vous êtes, ils vont trouver ça louche. Ne dégainez surtout pas, dit Mick, en récapitulant la leçon, « Vous avez une arme secrète : braillez " va te faire foutre " bien fort, avec l'accent irlandais. Et neuf fois sur dix, ils vous prendront pour l'un des leurs. »

Nosh dit : « C'est facile pour toi ! Tu as déjà un accent à la con. »

Pendant des semaines, on s'entraîna encore aux C.T.R. (recos d'objectif proche), et à la conduite rapide, tout en tirant à partir d'une voiture ou sur les occupants d'une voiture. Et c'était vraiment génial.

16

Une voiture me conduisit de l'aéroport de Belfast à la base. J'eus immédiatement l'impression d'être revenu à Crossmaglen, à ses odeurs d'œufs frits et de talc, et à son ambiance de musique et de cris. Quatre ou cinq chiens manifestement trop nourris traînaient dans le coin.

Tout était nouveau pour moi, mais je devais avant tout me familiariser avec les diverses armes. En Irlande, à cette époque, le Régiment utilisait la gamme Heckler & Koch et le L.M.G. (le vieux fusil Bren, converti en 7.62), ainsi que les mitrailleuses.

Comme pistolet, on utilisait le Browning 9 mm et le Walther PPK, surnommé le « disco gun », parce que, petit et rond de forme, il était facile à dissimuler. En dehors des missions, c'est celui que je glissais dans ma ceinture, au lieu du Browning.

Nous avions, pour la plupart, un M16 ou un 203, un HK53 5.56 mm ou le MP5. À chaque mission correspondait une arme, qui, tout en étant facile à dissimuler, devait apporter la puissance de tir voulue.

Un jour, je bavardais avec Tiny dans l'armurerie. Il fallait vérifier les armes, quotidiennement, et faisant fonction d'armurier ce jour-là, Tiny m'enseignait les ficelles du métier.

« C'est quoi exactement cette histoire de tirer-pour-tuer dont on me parle sans arrêt ? » dis-je. Et je m'attendais plus ou moins à une réponse du genre : « -Faut tous les descendre ! »

« Ça veut rien dire, bordel, dit-il en fait. Sinon, on ne serait plus là, et on serait rentré chez nous parce qu'ils seraient tous morts. On sait où les trouver, tous. Si on nous donnait le feu vert, ils seraient vite éliminés.

– Ça serait radical.

– Mais complètement négatif. C'est le genre de trucs à faire tomber les gouvernements. Ça ne veut pas dire non plus qu'il peut y avoir une politique du " tirer-pour-blesser ". » Tiny continua : « Pour faire ce boulot de merde, il faudrait un fusil à rayon laser. Le public a une perception très fausse de ce qui se passe. Je me rappelle nos déclarations après l'Ambassade. Des commentateurs se sont demandé, à la télé, pourquoi on ne s'était pas contenté de le blesser à la jambe. Tu peux me dire comment on s'arrange pour seulement blesser quelqu'un, merde ? C'est impossible. Tu peux pas dire, à une distance de cent mètres, que tu vas viser les jambes de quelqu'un. Tout ce que tu vois c'est une masse. Et comme il est en train de te tirer dessus, tu vas lui répondre. Ce n'est pas une politique du " tirer-pour-tuer ", c'est juste répondre à une menace. Le problème, c'est que les gens qui font ce genre de commentaires déblatèrent sans savoir ce que c'est que d'être menacé par un pistolet. »

Je compris que, sous la menace d'une arme à feu, j'aurais du mal à viser les jambes. Et, ça serait un coup de chance, pour eux, de ne pas être tués. Ce n'est donc pas une politique du « tirer-pour-tuer », c'est réagir à une menace perçue et tenter de sauver sa peau et celle de gens placés sous notre responsabilité.

Mon compagnon de chambrée, Steve, vétéran de l'Ambassade et des Malouines, avait débuté dans l'Intendance aéroportée, basée à Aldershot. Marié et père de famille, il venait de Gloucester et chaque matin, ses premiers mots étaient : « Ça roule, petit », avec l'accent de là-bas. Steve était légèrement plus petit que moi mais beaucoup plus trapu. Il jouait au rugby dans l'équipe de l'armée et il y avait gagné deux belles rangées de fausses dents sur le devant. Il était l'un de ceux qui avaient lancé la « chemise à la con », et l'un des quatre « passeurs de drogue » revenus avec nous de Hong-Kong, par le vol de British Caledonian. Il partageait la passion de la majorité du peloton pour *Blockbusters* à la télé. Il avait par contre une manie strictement personnelle, et chaque fois qu'il voyait un avion dans le ciel, il disait : « Tu vois cet avion ? Il parcourt en deux gorgées de Gin Tonic une distance qui nous demande une bonne journée de marche. »

Clive, un célibataire, était un ancien du Royal Engineer et il avait également fait l'Ambassade et les Malouines. Plutôt réservé, c'était un fana du cyclisme et de la course à pied. D'ailleurs il avait tout l'équipement de vélo et les Tee-shirts à la con qui s'imposaient. Chaque soir Clive sacrifiait à un rite personnel : une pinte de bière et un cigare. En dépit de sa taille élevée et de son allure dégingandée, il était un excellent coureur de fond. C'était vraiment assommant de le voir foncer malgré son look. Un premier de l'An, les Cidres Bulmer organisèrent une course de dix kilomètres. Clive se pointa avec deux ou trois coureurs de l'escadron A. Je me suis dit que ça serait vraiment bien de le battre pour une fois. Je m'étais beaucoup entraîné et je me sentais vraiment en pleine forme. On est parti, et pendant toute la course, aucun signe de Clive. J'étais aux anges parce que ça voulait dire forcément qu'il était derrière moi. Je me faisais une fête de le chambrer à son arrivée. Quand j'ai fini par le repérer, j'étais dans la dernière descente avant la ligne d'arrivée et lui, il était sur son vélo, tout emmitouflé dans sa doudoune de luxe. Il avait déjà fini la course et il rentrait au camp.

Ken était notre sergent chef, absent durant la mission en Malaisie. Il venait du sud, de l'Intelligence Corps, et c'était un pote de Mick au close-combat. Les deux se connaissaient depuis une éternité, avant même que Mick soit dans l'armée. On racontait qu'un jour, Mick se gelait dans son H.L.M., au Pays de Galles, quand c'était la fin des haricots, et il vit arriver une demi-tonne de charbon. Mick se précipita, en criant que ça devait être une erreur, parce qu'il ne pouvait pas se payer ça. Mais le chauffeur lui montra son bon de livraison, et il vit qu'un certain Ken de Hereford avait tout payé. Mick n'avait jamais oublié cette histoire, et il présentait toujours Ken comme le type qui lui avait sauvé la vie.

Ken était un excellent meneur d'hommes, et toujours très honnête. Il n'avait jamais peur de dire qu'il ne savait pas quelque chose plutôt que de bluffer et il ajoutait : « Est-ce que quelqu'un d'autre a une idée ? » Il était grand, et il avait perdu ses dents de devant dans des compétitions d'arts martiaux, où il représentait la Grande-Bretagne. Quand Ken était en rogne, ça se voyait très facilement, sa bouche s'ouvrait en grand et son dentier sautait sur la table. Il parlait très vite, sur un ton très agressif. Par exemple, si quelqu'un lui demandait de lui prêter son journal une seconde, il répondait : « Je te le prête, si tu te bats ! » et il ne plaisantait qu'à moitié. C'est l'époque où Sade cartonnait au hit-parade et elle le faisait baver. Pour chambrer Ken, nous l'appelions Sadie. Et on se demandait pourquoi on se baladait avec des coquards !

Ken avait emmené son chien, un grand Doberman. Quand il partait en mission, il disait : « Ne lui donnez pas trop à bouffer. Pas plus d'une ration par jour. » Tiny gavait le chien de tonnes de saucisses. Le chien en devenait gaga et, pouvant à peine bouger, il restait étalé au milieu du baraquement. Il était épuisé d'avoir trop bouffé, alors nous le couchions dans le lit de Ken. À son retour, son maître le trouvait profondément endormi dans son lit, pétant comme un fou et engraissé comme un porc.

Fraser était le sergent, adjoint du chef de peloton. Il avait beaucoup baroudé, et c'était utile dans les relations avec d'autres organisations, pour communiquer avec les hélicoptères, par exemple, lorsqu'on les faisait venir. Son boulot c'était d'avoir une image globale. Il faisait partie des instructeurs lors de ma première Sélection. Puis il était retourné à l'escadron et je l'avais croisé en Malaisie.

C'était là tout l'effectif du peloton, à part le Patron. Il était chargé de la coordination avec les autres organisations. Il partit peu de temps après son affectation chez nous, sans qu'on sache s'il était affecté ailleurs, ou promu, ou juste s'il en avait ras-le-bol de trouver sans arrêt des crevettes dans sa trousse de toilette. C'était le genre de blagues qu'on adorait faire et, entre autres, la chambre de Fraser pua pendant des semaines à cause d'un hareng planqué dans son radiateur.

On nous convoqua à la salle de réunion. Nosh râlait encore parce que Solid Shot avait résolu l'énigme dans *Blockbusters*. Nos tasses de thé à la main, nous nous répartîmes les chaises en plastique et les fauteuils. Au mur il y avait des cartes de la province, des cartes d'état-major de différents secteurs, des tableaux noirs et des tableaux magnétiques.

Nosh et Eno nous enfumaient avec leurs clopes. Accompagné du Patron, Ken entra avec des brassées de papier.

« On a peut-être un boulot, dit Ken. Il s'agit d'une menace d'attentat, sur un commandant de l'U.D.R. (Ulster Defence Regiment), juste à côté de Portadown. D'après lui, l'IRA Provisoire veut le descendre. Il est sûr que ça va être sur le chemin de son boulot. Évidemment le T.C.G. (missions et coordination) vérifie ce qu'il raconte. Ils l'interrogent en ce moment pour être sûr qu'il a bien vu ce qu'il a vu et qu'il n'est pas simplement en train de flipper.

Si la mission a lieu, nous envisageons de placer quelqu'un dans la voiture avec lui. Al, qu'est-ce que tu en penses ? Réfléchis et dis-nous. C'est à toi de voir. »

Nous regardâmes tous Monsieur Grincheux. Sans broncher, il répondit : « OK. C'est bon, je marche.

– Nous allons couvrir le gars de l'U.D.R. à partir de minuit demain. Vous irez demain matin reconnaître les lieux. Soyez de retour pour 14 heures. Restez en liaison avec Fraser, il organisera le parcours, vous guidera jusque là bas en échelonnant vos passages dans le bled. J'espère avoir plus de renseignements d'ici 14 heures ainsi que les instructions nécessaires au lancement de l'opération. »

De retour dans nos chambres, Steve dit d'une voix sérieuse : « Si les mecs commencent à les arroser, Al et son pote vont être dans une sacrée merde. Il faut vraiment coller Grincheux au cul ce coup-ci. »

Ken, Fraser et le Patron étudiaient les options possibles. Il y a un certain nombre d'éléments à considérer quand on s'embarque dans une mission de protection rapprochée. Pour commencer, de quelle sorte de menace s'agit-il ? Quelqu'un veut-il vraiment démolir le gars ? Est-ce que ça va être un tir rapproché ? Est-ce que la famille risque d'être menacée ? Quel genre de protection le type veut-il ? Est-ce qu'il veut se couper complètement de sa vie habituelle, ou est-ce qu'il veut continuer à vivre comme s'il n'y avait pas de menace ? Il arrive parfois qu'une personne menacée préfère ne rien changer à son quotidien, surtout si elle a des enfants.

Fraser nous rassembla le lendemain matin et nous voilà partis, à deux par voiture, pour visiter le secteur. Nous parcourûmes le trajet habituel du type, pour aller de son domicile à son lieu de travail, en descendant la colline par Old Dungannon Road. Il n'y avait pas grand chose à voir, juste à nous repérer dans le secteur, en parcourant toutes les rues. Fraser échelonnait nos départs, pour éviter qu'on circule tous en même temps dans le bled.

À 14 heures, nouveau briefing. Ken et le Patron arrivèrent directement du T.C.G. à Armagh. Ken dit : « OK, l'opération tient, ça marche. Le gars n'est pas un connard hystérique, il a les pieds sur terre et il sait ce qu'il a vu. Pour autant que le T.C.G. le sache, les mecs veulent le buter sur le chemin de son boulot, exactement comme il a dit. Alors le plan tient toujours. Al, t'es encore partant ?

– Pas de problème.

– C'est bon à entendre. OK, démarrage de l'opération vers 4 heures du matin. Al va se rendre au domicile du mec et s'organiser pour le trajet jusqu'au boulot. Nous formerons trois groupes. Je veux deux d'entre vous postés au rond-point sur Old Dungannon Road. Ils y seront déposés, puis soutenus, par deux autres d'entre vous, qui resteront ensuite en dehors du secteur. J'ai inscrit les noms au tableau avec les véhicules.

Puis il y aura deux voitures pour seconder Al dans la Saab : ma voiture, la Lancia, indicatif " Bravo ", et la Renault bordeaux, indicatif " India ". Nous serons trois dans ma voiture, dont moi, et vous serez quatre dans la Renault. »

Je regardai au tableau et vis mon nom inscrit comme chauffeur de la Renault.

« Bravo et India vont se déplacer dans le secteur. Nous déposerons Al, qui restera dans la maison. Nous épaulerons Al de l'extérieur. Une heure plus tard environ, je veux que l'indicatif prévu entre en jeu au rond-point, qui me semble être le lieu idéal pour l'attentat, alors qu'après le rond-point, une fois engagé sur Dungannon Road, c'est sans risque jusqu'à son boulot. Le moment dangereux est donc celui où la voiture est obligée de ralentir, au carrefour qui mène chez Henderson. »

Je connaissais ce rond-point. C'est l'intersection entre la M1, Coalisland et Dungannon Road. Le commandant de l'U.D.R.empruntait toujours la vieille route, moins large et moins fréquentée. Le rond-point obligeait à ralentir. Et ensuite on pouvait accélérer.

« Indicatif terrestre, vous serez en uniforme. Vous êtes là pour nous prévenir à l'avance de tout ce que vous voyez. En cas d'intervention effective, vous quitterez la route et vous vous arrangerez pour couper toute retraite aux terroristes. India, vous suivrez Al, dès qu'il démarre avec la Saab. Al commentera pour vous en permanence ce qui se passe. Moi je " flotterai " dans le coin. Vous n'avez rien d'autre à faire que suivre Al. Je compte qu'on nous informera immédiatement de tout vol armé d'un véhicule, et je vais demander la liste de tous ceux volés dernièrement. »

Une fourgonnette ou un camion offre la meilleure position pour tirer sur la Saab. De même, si leur intention est de lui rentrer dedans, ils ont besoin de quelque chose de vraiment costaud, parce que la Saab est un gros engin.

« Il s'agit de rester ouvert, dit Ken, et de coller Al au cul, en vous assurant que vous ne le lâchez pas.

Si rien ne se produit à l'aller, même scénario pour le retour. Pour Al, c'est simple, il conduit à l'aller, puis demi-tour, et il rentre à la maison. Des questions ? »

Eno dit : « Avons-nous une idée du nombre de terroristes impliqués ?

– Aucune. Il faut trois hommes au moins, deux qui tirent, et le troisième qui conduit. L'attentat peut aussi avoir lieu à la sortie de la maison, mais c'est à nous d'empêcher ça. » Il se tourna vers Al et dit : « Si tu veux porter une protection pare-balles, c'est à toi de voir, mon vieux. Tu choisis. En tout cas, démerde-toi pour que le mec de l'U.D.R. en ait une quadruple couche au point qu'il puisse à peine rentrer dans la voiture ! »

Al dit : « Je vais essayer de voir de quoi j'ai l'air. Si ça fait merdique, je l'enlève.

– Tu auras une radio et tu nous commenteras en permanence ce qui passe pendant le trajet. Tu pourras nous entendre, alors si on te dit de quitter ta route, tu te casses vite fait et on prendra la relève. Si la fourgonnette vient par l'avant, à toi de jouer, rentre-lui dedans et on arrivera aussi sec pour s'en occuper. »

Voilà. Il n'y avait pas grand-chose à ajouter. « Repos jusqu'à 2 heures. »

On a beau être surentraînés et bien formés, il y a un moment où les relations interpersonnelles prennent le relais. Là, il fallait qu'Al ait toute confiance en nous. En plus, il devait inspirer le même genre de confiance au type de l'U.D.R., qui devrait garder ses nerfs en cas de pépin. Le boulot de Al était donc deux fois plus dur que le nôtre, puisqu'il devrait réagir d'une part à l'incident, et, d'autre part, dealer avec l'homme qu'il protégeait.

Le peloton examina avec le Patron comment protéger au mieux Al et le commandant, et passa en revue toutes les réactions possibles à toutes les actions de l'IRA Provisoire. Ils pouvaient emboutir la voiture de face, ou bien arriver par-derrière, la dépasser et commencer à tirer sur elle en la doublant. Ils pouvaient aussi forcer le véhicule à s'arrêter et se mettre à tirer sur ses occupants. Ils pouvaient choisir le moment entre la maison et la voiture ou vice-versa.

Ken dit à Al : « Au moment où tu sortiras de la maison, ne t'inquiète pas, nous te couvrirons. Laisse le type de l'U.D.R. faire ses contrôles habituels sur le véhicule, entre dans la voiture et démarre.

– Pas de problème. »

Nous savions tous qu'il y a trois moments de la journée plus exposés aux risques d'attentat : premièrement, au sortir du domicile, deuxièmement, le trajet vers le lieu de travail et troisièmement, au sortir du lieu de travail. Les terroristes étudient attentivement l'emploi du temps de leurs victimes, pour trouver le moment où elles s'exposent le plus. Par exemple, chaque jour entre 8 heures et 8 heures et demie, un type sort de son domicile, embrasse sa femme et ses gosses, entre dans sa voiture et démarre. À moins d'être sur leurs gardes, les gens ne varient pas dans leurs itinéraires et leurs emplois du temps, et un terroriste professionnel choisit toujours les moments les plus prévisibles, comme les kidnappeurs.

Al essaya plusieurs types d'équipement pare-balles, mais aucun ne convenait et il décida de s'en passer. Il avait choisi de ne pas ressembler au bonhomme Michelin, et c'était son droit, parce qu'après tout, c'était sur lui qu'on allait tirer.

À deux heures nous étions prêts. Toutes les armes étaient chargées et rangées dans les voitures. Je pris un HK53, le fusil d'assaut 5.56. Les autres prirent des 9 mm ou des MP5 5.56, qui pouvaient être facilement dissimulés dans les voitures tout en offrant une puissance de tir satisfaisante. Moi, j'avais une arme supplémentaire, la voiture, que je pourrais utiliser pour foncer dans le tas.

Fraser s'installa au central avec un ou deux opérateurs radio. Les deux gars en uniforme prévus pour le rond-point avaient des M16. On fit provision de sandwiches, boissons et pâtés en croûte, parce qu'on savait d'avance que les prochaines 24 heures seraient très longues.

Nous nous retrouvâmes pour une dernière réunion. Nous avions nos 9 mm à la ceinture, des chargeurs, des émetteurs portatifs, des gants de cuir fin et des lunettes industrielles, pour protéger nos yeux et nous permettre de conduire si les fenêtres volaient en éclats.

Ken dit : « Avant d'y aller, des questions ? Non ? Bon, en route. »

Je me mis à la place du chauffeur et plaçai mon HK53 près des pédales, la gueule pointant à côté du changement de vitesse. Je testai l'émetteur : « Allô Bravo, ici India ?

– Allô India, bien reçu ».

La voiture, qui devait déposer les types au rond-point, répondit : « Ici Delta, essai radio.

– Ici Bravo, bien reçu. »

Nous suivions notre route en informant Fraser de notre position. Nous étions les premiers à intervenir. Je dépassai la maison : « Allô Bravo, ici India – sommes à la maison. R.A.S. »

Ken arriva sur le réseau : « Ici Bravo, bien reçu. Déposez votre passager. »

Je m'arrêtai un instant et Al se dirigea d'un air dégagé jusqu'à la porte d'entrée. Elle s'ouvrit et il entra. Ken dit : « Ici Bravo, Al bien arrivé.

– Ici Delta, message reçu.

– Ici India, message reçu. »

Il n'y avait maintenant plus qu'à attendre. Cinq minutes plus tard environ, nous entendîmes Al effectuer des essais avec son émetteur personnel. Nous étions prêts.

Garés dans une ruelle, à environ trois cents mètres de la maison, nous buvions du café et mangions des biscuits. À l'aide de la lunette de vision nocturne, qui était dans la voiture, quelqu'un jetait de temps en temps un œil aux alentours. Rien à signaler. Nous restions assis dans le noir.

Toutes les demi-heures nous entendions Ken sur l'émetteur : « À tous les indicatifs, ici Bravo, essai radio.

– Ici Delta.

– Ici India.

– Ici Bravo, c'est bon. »

Il faisait frisquet. Mes pieds étaient gelés et je me mis à grelotter. Je fermai un peu plus ma veste et sentis sur mon visage le courant d'air venant de la vitre à moitié baissée. Je commençai à ressentir la fatigue. J'avais hâte d'être au matin, pour qu'on puisse passer à l'action et en finir.

Le jour se leva vers 7 h 30, et nous entendîmes Ken sur le réseau : « Ici Bravo, je me déplace. »

Il allait faire une ronde dans le secteur. Nous savions que, pour Al, c'était bientôt l'heure de sortir.

Quelques minutes plus tard, Al dit : « Essai radio.

– Ici Bravo, bien reçu.

– Encore cinq minutes et j'y vais.

– Ici Bravo, bien reçu. »

La Lancia, indicatif Bravo, avait fini sa ronde sans rien remarquer d'anormal. Suivant le plan, Ken devait circuler en tête, et vérifier qu'on pouvait y aller, et Al devait suivre, avec nous comme soutien, en dernier.

« Je quitte la maison, dit Al.

– Ici Bravo, bien reçu. Allô India et Delta, accusez réception. »

Je mis le moteur en marche. Mes passagers ramassèrent leur arme et la placèrent entre leurs jambes, prêts au départ. Finie la rigolade, on passait aux choses sérieuses.

« Je suis à la porte.

– Bravo, bien reçu. À tous les indicatifs, accusez réception.

– Ici Delta, bien reçu.

– Ici India, bien reçu.

– En marche vers voiture.

– Ici Bravo, bien reçu.

– Ouverture des portes du garage.

– Ici Bravo, bien reçu.

– Vérification du véhicule.

– Sommes dans la voiture.

– Ici Bravo, bien reçu.

– Moteur en marche.

– Ici Bravo, bien reçu.

– Attention, attention. Je démarre.

– Ici Bravo, bien reçu. »

À notre tour : « India démarre.

– Ici Bravo, bien reçu. »

Al nous doubla avec sa Saab haut-de-gamme. Je suivais, conservant entre nous la bonne distance, celle qui permettrait d'intervenir dès le début d'une fusillade.

Al commentait sans cesse, décrivant les voitures croisées, donnant leurs numéros d'immatriculation, le nombre d'occupants, ainsi que ce qu'il voyait devant et derrière lui, sa vitesse de croisière, sa position sur la route. J'avais une image mentale exacte de sa situation et de ce qui l'entourait.

Ken émit à partir de son véhicule : « Fourgonnette jaune en mouvement signalée dans le secteur. C'est louche, elle attend trop longtemps au carrefour. Elle est jaune, elle porte une pancarteau nom de Enterprise Ulster. Elle roule vers Old Dungannon Road. Je l'ai perdue. Je ne la vois plus. Répondez tous indicatifs. »

Tous les indicatifs répondirent. C'était parti et nous étions tous survoltés.

Ken avança jusqu'au rond-point et se gara sur le bas côté, pour laisser passer la Saab et ma Renault. Nous cherchions tous la fourgonnette jaune. Ça avait bien l'air d'être les terroristes.

Al, toujours très calme, nous parlait dans son émetteur secret, et aucun observateur éventuel n'aurait pu s'en douter, ce qui demande une certaine habileté.

Même si la fourgonnette suspecte se pointait devant lui, il devrait continuer à conduire tout naturellement vers elle. Pas question de ralentir et de reculer, par exemple, car son comportement alerterait les occupants du véhicule. Il valait mieux coller à la fourgonnette, pas forcément pare-chocs contre pare-chocs, mais presque, car, si des armes apparaissaient à l'arrière de la fourgonnette, il pourrait accélérer et lui rentrer dedans avec les 750 kilos de la Saab. Le choc pouvait peut-être suffire à arrêter la fourgonnette, et ce serait à nous de jouer en sortant de nos voitures et en courant, pour faire feu. Al n'avait qu'un pistolet, et il ne pourrait pas faire grand-chose en face de deux ou trois gars avec des G3, à moins que la collision ne leur ait fait perdre l'équilibre. De plus, s'il emboutissait leur véhicule à fond la caisse, il risquait d'endommager la Saab.

« Une Renault 5 vient vers moi. Elle me croise. Ma vitesse est d'environ 50 kilomètres à l'heure. »

J'adaptai ma propre vitesse pour maintenir la distance entre nous.

« Ici Bravo, message reçu – Vitesse 50-55 kilomètres à l'heure.

– J'approche du Venners Bridge.

– Bien reçu.

– Sommes arrivés au pont, roulons toujours en direction de Henderson.

– Bien reçu ».

Un ton de voix calme sur les ondes induit des réactions calmes, alors que des gueulantes et des cris mettent les nerfs de tout le monde en pelote. Bref, le calme et la tension sont contagieux.

Al avait dépassé le rond-point, où se planquaient nos deux types, pour servir éventuellement de barrage. Nous roulions toujours derrière lui, à la bonne distance pour intervenir, tout en évitant de nous faire remarquer.

Il n'y avait rien à signaler, mais la fourgonnette jaune avait disparu. Al était tout seul, c'était la seule chose que nous savions. Nous avions aussi dépassé le rond-point et étions bien engagés sur Dungannon Road.

Bravo émit : « Arrivé chez Henderson. »

La Saab passa, puis ma voiture. Après le rond-point, les terroristes auraient du mal à agir. Ça me faisait un peu chier de voir que rien ne se passait. Et ce n'était pas la première fois que nous nous emballions pour rien.

Al accéléra et continua sur Old Dungannon Road. Nous le suivions toujours.

Soudain, émis du rond-point, nous entendîmes : « Attention, attention. La fourgonnette revient vers le rond-point ! Ils l'ont manqué, ils l'ont manqué ! Les vitres arrière sont enlevées. C'est parti. Elle se dirige vers vous, Bravo.

– Message reçu, on s'en charge, restez à l'écoute. »

La fourgonnette fonçait vers Ken et son groupe encore de l'autre côté du rond-point. Les terroristes avaient manqué Al et semblaient ne pas se rendre compte qu'il était déjà loin sur Dungannon Road. Ils paniquaient forcément parce qu'un ratage les mettaient dans la merde.

Ken voyait la fourgonnette se diriger vers lui. C'était à lui de s'en occuper et il gueula à son chauffeur : « Rentre-lui dedans ! Vas-y. »

Ken mit sa ceinture de sécurité et tout le monde se cala dans son siège, dans l'attente du choc.

Dans la fourgonnette, un jeune type, sur la banquette avant, faisait feu à travers le pare-brise. Les deux véhicules s'évitèrent par une embardée et la voiture de Ken freina brutalement, dans un grand crissement de pneus.

À la place de la collision, il y eut des coups de feu tirés de la fourgonnette. Le jeune mec continuait à tirer sur la voiture, dans le pare-brise, mais tout le monde s'était baissé en même temps que les deux véhicules s'évitaient de quelques centimètres. En passant, il y eut encore des coups de feu tirés de l'arrière de la fourgonnette.

Les trois types du Régiment sortirent de leur bagnole, en roulant sur eux-mêmes et ouvrirent le feu. Ils n'avaient pas le temps de repartir en voiture dans l'autre sens, pour suivre la fourgonnette. Ils encaissaient les tirs adverses, leur pare-brise arrière était détruit, et ils tiraient maintenant à travers la brèche. Il valait mieux qu'ils s'éloignent du véhicule, parce qu'il allait encaisser le maximum de pruneaux.

Ken cria : « Sortez, sortez. »

Eno, à l'arrière, tirait tous azimuts, attendant son tour de sortir de la voiture.

Imperturbable, il visait à travers la lunette arrière, et lâchait posément de jolies rafales de trois balles. S'il avait eu au bec l'une de ses 20 cigarettes quotidiennes, on l'aurait cru à l'exercice.

Ken avait bien fait de mettre sa ceinture de sécurité, en prévision du choc, parce qu'elle lui sauva la vie tout de même. Lorsqu'il ouvrit sa porte pour sortir, elle le retint sur son siège, juste le temps qu'une rafale touche la porte, à l'endroit exact où il aurait dû se trouver.

Ils étaient sortis tous les trois, et Ken transmettait par radio les instructions au reste du peloton, pendant que les deux autres tiraient encore sur la fourgonnette.

« Contact, contact, contact ! La fourgonnette va droit vers le carrefour. À vous India, répondez.

– Ici India, nous la tenons, restez à l'écoute. »

Dès le message reçu, nous fonçames très vite vers le rond-point. Tout le monde avait mis ses gants et ses lunettes. C'était évident qu'ils allaient commencer à nous tirer dessus à travers les vitres.

Face à nous, Bravo, la voiture de Ken. Les gars se relevèrent et rentrèrent dans la voiture. La fourgonnette jaune s'éloignait à grande vitesse. Ken allait faire demi-tour et nous épauler. J'appuyai à fond sur le champignon.

Nous arrivâmes à proximité de la fourgonnette et ouvrîmes le feu.

Pour tirer, le passager avant appuyait fortement ses jambes au sol et se calait contre le dossier. L'un des hommes à l'arrière se penchait entre lui et le chauffeur, et faisait feu à travers le pare-brise.

Un gars tirait à l'avant, un autre à l'arrière. J'avais un barillet de HK53 juste à côté de mes oreilles. À chaque rafale de l'Armalite 5.56, tout mon corps frissonnait. Une flamme effrayante sortait de sa gueule, chaque fois, et je sentais sa chaleur sur ma peau. Chaque fois, malgré moi, mes yeux se fermaient.

La première rafale avait touché le pare-brise, sans qu'il explose, parce qu'il était en verre « Sécurit ». Cependant je devais me pencher sur la droite pour voir correctement. Nous roulions vers la fourgonnette.

Il y avait du verre partout, mes mains étaient en sang et tout le monde gueulait pour s'entendre à cause du vent qui s'engouffrait dans la voiture.

Malgré la vitesse, j'essayais autant que possible de rouler droit, pour que le tir puisse être ajusté.

« Plus vite, plus vite, on va les perdre. »

Nous suffoquions à cause des émanations de poudre. Le vent s'engouffrait par les trous des vitres. Tout le monde gueulait.

Ken et son gang, à nouveau dans la bagnole en ruines, roulaient vers le lieu de la fusillade.

« Bravo essaie de te rattraper, India. »

Nous commencions à les perdre.

« Ils tournent à gauche, ils tournent à gauche. »

Je le voyais bien mais je dus ralentir pour amorcer mon virage. Bravo était arrivé derrière nous. Nous fonçâmes vers la gauche en passant du mauvais côté de la route, sous l'autoroute. Soudain il y eut un carrefour et plein d'embranchements. Après un virage aigu sur la droite, je criai : « Où sont-ils passés, bordel ! »

Ken vint sur l'antenne. « Prenez la première à droite et je prends la seconde à gauche. Au boulot. »

Nous commencâmes à zizaguer dans de petites rues. Chaque fois que nous croisions une voiture, nous nous arrêtions pour crier : « Avez-vous vu une fourgonnette jaune ?

– Première à droite, rien à signaler.

– Message reçu.

– Prenez la route suivante vers la gauche.

– Message reçu. »

Je savais bien qu'on les avait perdus, mais il fallait faire semblant d'agir et suivre le règlement jusqu'au bout. La fourgonnette pouvait être n'importe où. Al, à mi-chemin de Dungannon, s'était garé sur le bas côté de la route pour nous attendre.

Nous avions réussi à attirer toute la population dans la rue. Et nous leur donnions le spectacle de deux bagnoles tournant en rond, à fond la caisse, toutes vitres pétées, et des armes pointant à toutes les ouvertures.

Ça nous faisait tous sacrément chier. Bravo avait été touché et nous avions riposté, mais sans succès. Heureusement aucun d'entre nous n'était mort. Al et le commandant menacé étaient toujours vivants et il n'y avait pas de blessés. Un vrai succès, c'est une mission réussie sans perte de vie humaine. Même si on peut dire qu'une mission est techniquement réussie, c'est toujours un échec, à mon avis, s'il y a mort d'homme.

Al Slater avait bien fait son boulot ce jour-là. Il savait qu'il était la cible, qu'il devait faire face à la menace tout seul, et en même temps veiller sur l'homme de l'U.D.R. Il savait qu'il devait coller aux attaquants jusqu'à ce que tous les autres puissent le rejoindre et prendre la relève.

« Vous êtes tous des branleurs, nous dit-il ce soir-là. Je ne vois pas où était le problème. Pour moi la balade à Dungannon a été une partie de plaisir. »

Al avait fait preuve de courage et il reçut la Médaille militaire, mais il n'avait fait que son boulot. Ça n'avait rien à voir avec la Reine et la patrie. Il n'avait pas joué au héros. Il s'était simplement dit qu'il devait se démerder et n'avait pas spécialement pensé aux risques de mourir. Sinon, ça se serait passé tout à fait différemment.

Nous prenions tous ce genre d'histoires très au sérieux. Nous en parlions entre nous et nous avions tous eu un Nicky Smith pour nous faire voir la vie à sa juste valeur. Pourtant, nous avions l'air de prendre les choses à la légère. Par exemple, il nous arrivait, c'est vrai, de nous marrer après la mort d'un copain, à la vente aux enchères de son barda, dont le produit est traditionnellement envoyé à ses proches. Mais ce n'est pas de la bravoure. Agir par héroïsme, nous le savions, ne sert qu'à se faire vider du Régiment, parce qu'il n'y a pas de place pour des « héros ». Les types qui jouent aux héros sont imprévisibles et mettent d'autres vies en danger. Laissons donc l'ennemi mourir pour son pays, s'il le souhaite, nous, nous préférons rester en vie pour servir le nôtre.

L'opération n'avait pas réussi, mais ce sont des choses qui arrivent. Ça ne m'a pas gêné longtemps. Pas de problème, la guerre serait longue.

Malheureusement, plus tard dans la journée, nous apprîmes la mort de Frederick Jackson. Victime innocente de la lutte contre le terrorisme, il avait été tué par l'une de nos armes pendant l'engagement.

La fourgonnette fut retrouvée plus tard, abandonnée dans une impasse. Les gars s'étaient tirés à pied, à travers la campagne, avant de s'emparer d'un autre véhicule pour s'enfuir. Dans la fourgonnette, il y avait un fusil de chasse, une radio et des étuis d'arme automatique vides. Ils étaient venus pour tuer, de loin avec l'arme automatique, ou, s'ils en avaient l'opportunité, à vue avec le fusil de chasse.

Nous tirâmes une bonne leçon de l'expérience : il nous avait manqué un gros calibre facile à dissimuler. D'un côté le S.L.R.était trop volumineux pour être utilisé dans une voiture. De l'autre, le 5.56 ne nous donnait pas assez de puissance d'arrêt pour tirer d'une voiture vers une autre. À court terme, en attendant les 7.62 G3 de Heckler & Koch, il suffisait d'acquérir quelques F.N. argentins, à crosse pliante, que le Régiment avait rapportés des Malouines. Ils feraient très bien l'affaire.

Une nuit, chez un autre gars de l'U.D.R., qu'on devait protéger, le silence fut brisé par la voix de Fraser à la radio : « À tous, grouillez-vous, le T.C.G. vous veut à Drumrush Lodge sans délai. Personne ne sait ce qui se passe, mais tout le monde doit y être. Je vous transmettrai les comptes-rendus de situation le cas échéant. Arrivez, immédiatement. »

Frank dit : « Bien reçu. Nous arrivons. »

Nous nous équipâmes et partîmes en fourgonnette.

Frank dit : « Patron, vous lirez la carte, moi je conduis. Andy et Eno, à l'arrière ! »

Le gars de l'U.D.R. nous dit au revoir de la main et ajouta qu'il avait suffisamment de fusils de chasse et de barres de Mars pour se défendre. Nous pouvions partir tranquilles.

Fraser revint à la radio : « Il y a quelques minutes, une femme a téléphoné au commissariat de Kesh, avec le message suivant : la Fermanagh Brigade de l'IRA a placé un certain nombre de bombes incendiaires au Drumrush Lodge parce que cet hôtel a pour clients, je cite, les salopards des Forces de Sécurité. »

Le temps était épouvantable, avec une brume très dense et une visibilité maximale de vingt à trente mètres. De plus, le verglas ralentissait la circulation. Au-dessus des cinquante kilomètres à l'heure, ça dérapait. Il valait mieux ralentir, et ne pas dépasser les quarante kilomètres à l'heure, pour être sûrs d'arriver sans accident et sans perdre, d'un coup, un quart de l'effectif.

Par radio, nous savions que les deux autres voitures étaient arrivées à l'hôtel et commençaient les recherches. On avait repéré dans les parages un véhicule suspect, une fourgonnette bleue, peut-être de marque étrangère.

Eno dit : « Je parie que c'est bidon. » Les gars nous voulaient peut-être dans le coin parce qu'ils organisaient une fête.

Le Patron lisait la carte à la lumière d'une petite lampe de poche : « Par ici, tourne à gauche. »

La voiture dérapa dans le virage. Frank dit : « Pas la peine de foncer. On finira bien par y arriver. »

Puis nous entendîmes : « Attention, nous avons peut-être repéré quelque chose, restez à l'écoute. » On ne dit plus rien, en attendant la suite.

Al, Eddie et Clive étaient dans l'une des voitures et dépassèrent une fourgonnette Toyota bleue garée sur une autre route, juste à côté de Drumrush Lodge. Les passagers de notre véhicule s'étaient baissés pour ne pas être vus. On les entendit à nouveau à l'émetteur : « Le véhicule est garé, tous feux éteints, pas de mouvement, mais la porte est entrouverte. On dirait que quelqu'un descend. »

On entendit Ken à la radio : « Bloquez la route. On se met en planque et on verra bien. »

Son équipe arrivait maintenant à l'autre bout de la route. La fourgonnette était garée et on pouvait espérer que le secteur était cerné. Cependant nous ne savions toujours pas ce qui se passait.

L'équipe de Clive était sortie de sa voiture et Al installa des chaînes à clous qui barrent la route à un conducteur, sauf s'il tient à faire éclater ses pneus.

Ken parlait à Fraser à la radio : « Est-ce que j'ai raté quelque chose en passant ? »

Il voulait savoir s'il y avait une route ou un chemin qu'il n'avait pas vu, entre les deux voitures.

« Non, c'est bon, tout est couvert. »

Ils s'arrêtèrent pour écouter. Le son voyage loin la nuit, et encore plus loin les nuits froides.

Nous glissions aussi vite que possible sur la glace, et j'eus une image d'Eddie, aux aguets dans le brouillard, essayant de percevoir quelque chose autour de la voiture. Il avait la bouche ouverte, pour éviter de s'entendre déglutir, et il écoutait de toutes ses oreilles.

Eddie perçut quelque chose, mais il avait besoin d'une confirmation : « Clive, écoute-moi ça. » Il vint à Eddie et coupa sa radio pour éviter les interférences avec son écouteur.

Quelqu'un marchait le long de la route. Avec ce brouillard givrant, c'était louche.

« Ne bougez plus et mettez vos mains là où je peux les voir ! » Eddie cria. « Forces de Sécurité. »

Le marcheur était à dix mètres environ, et pour Eddie c'était assez près. Il appela juste assez fort pour que le marcheur l'entende, mais pas assez pour donner l'alerte à quelqu'un plus loin.

« C'est bon, ça n'est que moi ! À sa voix, le gars flippait dans les grandes largeurs. À son avis, c'était une simple patrouille de l'armée locale, et il espérait avoir le temps de trouver une explication ou de revenir en arrière.

« Ta gueule, reste tranquille ou je tire. Tu piges ? »

Clive, le HK53 à l'épaule, commença d'avancer.

Le type s'enfuit en courant.

Al alla prendre une fusée éclairante dans le coffre. Il la jeta en l'air et la nuit se transforma en un jour de brouillard.

Clive et Eddie firent feu sur le gars, au moment où il entrait dans un champ, en sautant par dessus un fossé et une barrière. Les lunettes de vision nocturne n'aident pas beaucoup à voir dans le brouillard et ils allaient perdre le type s'ils n'agissaient pas vite.

De Ken nous entendîmes : « Contact, contact, restez en ligne. »

L'excitation nous gagnait. Le Patron dit : « Putain de bordel, c'est parti. Il faut y aller aussi vite que possible. »

Frank dit : « Pas la peine de foncer. On y arrivera. »

Je savais que Frank avait raison mais je me sentais impuissant sur le siège arrière.

L'équipe de Ken n'en savait pas plus que nous, mais elle resta où elle se trouvait, pour ne pas risquer qu'on se tire dessus les uns les autres. Tout le monde attendait que Steve et Clive signalent qu'ils avaient besoin d'aide.

Pendant ce temps, deux membres du gang de l'IRA Provisoire avaient dû entendre la voiture s'arrêter, et s'étaient planqués à cinq mètres maximum de Clive et ses gars. Au moment où Al tira la fusée éclairante, en même temps que Clive et Eddie tiraient sur le fuyard, les deux terroristes en firent autant, sur Al.

De manière fort raisonnable, le gars s'arrêta de courir lorsqu'il se vit dans la lumière de la fusée éclairante. Il avait compris qu'il était dans la merde, parce que Clive et Eddie le tenaient.

« Lève les mains en l'air et retourne-toi vers moi. Maintenant viens vers moi. »

Clive donnait les ordres, mais le gars n'écoutait pas. Il l'entraîna sur la route et le jeta à plat ventre.

« Je vais te fouiller, dit Clive. Si tu bouges, t'es mort, t'as compris ? » Eddie cria à Al d'apporter des menottes pour l'immobiliser jusqu'à l'arrivée des policiers.

Nous les avions presque rejoints et le signalâmes à Ken, en attendant ses instructions. Le secteur était à nouveau plongé dans l'obscurité.

Comme Al n'avait pas réagi, les deux hommes traînèrent le prisonnier à la voiture.

Eddie confia son arme à Clive, pendant qu'il allait au coffre prendre les menottes.

Clive prit l'arme et surveilla le garçon au sol. Il n'y avait pas de bretelle sur l'arme d'Eddie, et Clive dut la garder dans sa main.

C'est alors qu'on entendit tous Eddie à la radio : « À tous les indicatifs, un homme est touché. C'est Al. Nous avons besoin d'un hélico. Envoyez-nous tout de suite un hélicoptère. »

Fraser revint : « Message reçu, confirmez que c'est Al, confirmez que c'est Al, à vous. »

La confirmation était nécessaire pour des histoires de groupe sanguin.

Eddie revint : « Ouais, c'est bien Al. Envoyez l'hélico au plus vite, ça urge. »

Nous entendîmes Ken dire : « Envoyez-le tout de suite, rien à foutre du temps qu'il fait, je veux un hélico tout de suite. »

Sur d'autres fréquences, les radios essayaient d'obtenir un hélicoptère. Mais aucun hélico ne pouvait sortir dans un tel brouillard givrant. Le Patron, de retour au T.C.G., essayait d'envoyer une ambulance.

Fraser revint vers Clive et Eddie, quelques minutes plus tard. « Nous ne pouvons pas avoir d'hélico, parce que le brouillard est trop bas. Nous essayons de vous envoyer une ambulance, ou de trouver une autre solution, restez en ligne, restez en ligne. »

Al était blessé au bras et à la poitrine. Eddie sortit la trousse d'urgence du coffre. Il essaya d'arrêter l'hémorragie et lui fit une première injection.

Ça sentait mauvais : non seulement Al était blessé mais d'autres terroristes se planquaient pas loin dans l'obscurité.

L'équipe de Ken poursuivait les recherches de son côté, et nous du nôtre.

Le gars au sol, qui avait tout entendu, comprit qu'il était vraiment dans la merde et il décida de tenter le tout pour le tout. Il plongea sur Clive en essayant de le dépasser. Clive lâcha alors le HK53 d'Eddie, parce qu'il le gênait, pour se jeter sur le type.

Trop tard. Le type avait filé, et il avait piqué l'arme.

« Il a un HK 53 ! hurla Clive. Il a un HK 53. »

Ils se lancèrent à ses trousses.

Eddie dégaina son pistolet, ils firent feu tous les deux et le type s'écroula. Ils s'avancèrent pour voir s'il était vivant, mais son pouls ne battait plus. Ils retournèrent vers Al. Trop tard. Al Slater était mort.

Ken revint à l'antenne : « Contact. Restez en ligne. »

Frank répliqua : « Nous sommes à deux minutes environ, je boucle le secteur. »

Nous arrêtâmes tout véhicule venant de cette direction. J'étais content d'être en uniforme, parce que ça valait mieux, avec la base de sécurité pas loin, et tout ce bordel.

Nous vîmes des phares remonter la route et installâmes immédiatement un barrage de contrôle.

Frank se dirigea vers la voiture, tout naturellement, pour ne pas éveiller les soupçons : « Bonsoir, puis-je voir votre permis de conduire, s'il vous plaît ? Où allez-vous ? Merci, bonne nuit. »

Ça avait l'air d'un simple barrage de l'armée locale, mais, ce que les occupants de la voiture ne savaient pas, c'est que mon M16 visait le chauffeur à la tête et qu'Eno, avec son LMG, se tenait prêt à intervenir à la moindre menace.

Nous continuâmes les recherches, mais seul un pur coup de chance nous ferait retrouver les fuyards. Pourtant nous devions explorer tout le secteur au plus vite.

À l'antenne, Fraser demanda à l'unité locale de la Force de Réaction Rapide de boucler toute la zone, car il espérait prendre les poseurs de bombes dans la souricière.

À entendre le trafic à la radio, c'était le souk total pour la Force de Réaction Rapide. Certaines des Land Rover avaient dérapé sur la glace et versé dans le fossé. Tout ce qu'ils savaient, c'est qu'il y avait des morts et que des terroristes zonaient tout près. Par conséquent, chaque fois qu'un arbre bougeait, ils le signalaient. Le bouquet, ça serait d'être tué par notre propre Force de Réaction Rapide !

À chaque rafale entendue au loin, nous cherchions à savoir de quoi il s'agissait. Nous voulions réagir. Fraser, chaque fois, nous intimait de nous calmer, parce que ce n'était que la F.R.R. qui tirait sur des ombres. Les types de l'I.R.A. Provisoire étaient encore dans le coin, c'était plus que probable. Mais nous avions de moins en moins de chances de les choper, avec la F.R.R. qui merdait et tout le temps perdu.

Ken était furibard : « Faites passer à la F.R.R. que c'est nous qui bouclons le secteur. Que les gars de la F.R.R. restent où ils sont. Qu'ils ne bougent plus. Défense de tirer, sauf ordre de l'un d'entre nous ou attaque directe. Qu'ils arrêtent les patrouilles et restent dans les véhicules. Qu'ils ne bougent plus du tout, sauf contre-ordre. »

Malgré nos vêtements bien isolants, j'avais les mains et les pieds gelés. Et je n'arrêtais pas de glisser à cause de la glace.

Fraser dit : « La F.R.R. signale du mouvement dans les haies d'arbres près de la rivière. Y a-t-il un de nos indicatifs près de la rivière, à vous. »

Silence.

Frank dit : « On s'en occupe avec Andy.

– Bien reçu. Frank va à la rivière. Ken, accuse réception.

– Ici Ken, message reçu. »

Frank dit : « Andy, tout ce que je te demande c'est d'avancer et de surveiller ces bosquets à la lueur de ta lampe de poche. Je te suis avec la mienne. À nous deux, nous ferons sortir ces types, s'ils y sont. »

J'allumai à nouveau ma torche, respirai profondément et m'avançai précautionneusement.

Le silence était quasi irréel. J'entendais la glace craquer sur l'herbe. À moitié accroupi, j'avais épaulé mon arme et ôté le cran de sûreté. Je levai les pieds vraiment haut à chaque pas, en ne respirant pas trop fort, et j'essayai de faire le minimum de bruit. Bref, je me faisais tout petit. Frank était à cinq mètres derrière moi et il visait juste à ma droite pour prendre en joue tout ce qui se présenterait. Il lui serait plus facile de réagir du fait qu'il était légèrement détaché de moi.

Grâce à la radio, je savais où étaient les autres.

L'ambulance venait d'arriver et son gyrophare bleu clignotait dans le noir. Elle était assez loin de nous mais à chaque tour du gyrophare, nous étions enveloppés de lumière comme des danseurs pris dans le stroboscope d'une boîte de nuit. Je pensais, putain de merde, quelle belle excursion !

J'avançai de deux ou trois pas, m'arrêtai, puis dirigeai ma lampe de bas en haut. Nous refaisions quelques pas, puis nous arrêtions de nouveau quelques secondes, avant de continuer notre marche. Je m'attendais à tout moment à entendre une rafale et à sentir les balles percuter mon corps. Et ça n'était pas bien agréable.

De larges fossés de drainage longeaient les arbustes. Il faisait très noir, la visibilité était nulle, et il y avait pas mal d'agitation et de bruits au loin. Planqués dans le coin, aux abois, il y avait des terroristes qui sortaient d'une fusillade. Ils flippaient sûrement de s'être mis dans un tel pétrin, et ils étaient armés.

Ce n'est qu'une vingtaine de minutes plus tard que j'ai pensé : merde qui c'est qui a tiré la courte paille, hein? C'est Bibi. Moi, j'y passerai et c'est Frank qui les tuera.

On ne trouva rien.

Certains aspects du mystère s'éclaircirent quelques jours plus tard.

Antoin Mac Giolla Bride, ex-soldat d'Irlande du Sud, était fiché comme terroriste, depuis sa première arrestation pour port d'armes en 1979. Son A.S.U. (Unité de Service Actif) avait prévu de déposer une mine, consistant en tonneaux de bière bourrés d'explosifs de faible puissance, dans un conduit à l'entrée de l'hôtel. La bombe était déjà en place au moment du coup de téléphone.

Les poseurs de bombe avaient sûrement entendu passer la voiture d'Al et ils s'étaient planqués. Malheureusement la voiture d'Al s'arrêta à quelques mètres de deux d'entre eux. Et, quand Al lança la fusée éclairante, ils virent sa silhouette et ouvrirent le feu sur lui.

Al fut touché mais réussit à riposter, avant de tomber.

Les deux types s'enfuirent jusqu'aux rives de la Bannagh. L'un d'entre eux tenta une traversée à la nage, car la rivière n'était pas très large à cet endroit, environ six mètres. Mais elle était en crue, et dangereuse à cause de profonds trous d'eau. Arrivé sur l'autre rive, il chercha en vain son compagnon, qui mourut noyé plus en aval.

Dans le peloton, nous étions très liés psychologiquement et la mort d'Al Slater nous déprima tous. Bien qu'il ne soit jamais facile d'accepter la mort de quelqu'un de proche, il n'y a rien d'autre à faire que d'attendre que ça passe. Deux jours plus tard, les plaisanteries fusaient à nouveau.

Nous décidâmes de prendre une vraie biture pour Noël. La peloton invita toutes les différentes personnalités de la police et d'autres organismes, avec lesquelles nous étions en relation.

L'un des policiers, Freddie, avait perdu sa main gauche dans un accident et il avait une prothèse « high tech », qui fonctionnait avec des électrodes, et qui lui permettait de saisir ce qu'il voulait. Malheureusement, une fois de temps en temps, son bras décidait de vivre sa vie, et, à cause d'une espèce de court-circuit dans les électrodes, ses doigts gesticulaient tout seuls, à tort et à travers, comme dans un vieux mélo. Nous trouvions ça génial.

Nous voulions lui acheter un cadeau, mais cela provoqua de nombreuses discussions. On finit par se mettre d'accord sur une plaque du Régiment. Mais Ken trouva que l'idée était nulle et décida de s'en occuper.

Quand Freddie se pointa à la sauterie, cent cinquante personnes environ étaient déjà arrivées.

Ken lui tendit un petit paquet bien enveloppé de papier fantaisie et décoré de rubans.

« Eh bien, Fred, dit-il, nous tenions à te remercier pour ton aide pendant toute l'année écoulée. Voici un petit quelque chose, qui, nous l'espérons, te servira. Plutôt qu'un truc à la con, du genre plaque à mettre au mur, nous t'offrons quelque chose d'utile.

– Merci beaucoup », dit Fred. Et il commença à défaire les rubans et le papier, ce qui lui prit des siècles, parce que Ken en avait mis quatre couches, juste pour l'emmerder. Après une bonne suée à lutter avec les rubans et le scotch, Fred découvrit notre cadeau dans toute sa gloire. C'était une canette d'huile magique, de la marque WD40.

Freddie eut l'air d'apprécier et remonta immédiatement sa manche pour s'en mettre une petite giclée.

C'est moi qui achetai la super veste en toile huilée à la vente aux enchères de Al. Elle m'aurait coûté moins cher neuve, mais c'est la vie.

Personne ne fut plus affecté par la mort d'Al que Frank Collins.

« C'est pas la première fois que je vois mourir un pote, depuis sept ans que je suis dans le Régiment, dit-il, mais là, c'est vraiment un coup dur. »

Cette mort semblait représenter une première épreuve pour sa foi chrétienne. Peu après, Frank quitta le Régiment pour devenir homme de Dieu. Cependant, comme il voulait finir de payer sa baraque avant d'entreprendre ses études théologiques, il se mit quelque temps en free-lance. Son premier boulot le mena au Sri Lanka.

Frank ne tint pas le coup plus de deux semaines. Bien plus tard, à Hereford, il me dit un jour : « On aurait dit qu'ils n'avaient aucune notion du bien et du mal, et ça ne les dérangeait pas du tout d'éliminer les Tamouls. Certains types, que nous avons entraînés, ont commis des atrocités. C'était peut-être bien payé, mais j'ai préféré rentrer direct à la maison. »

Il devint ensuite garde-du-corps, à Athènes, puis il fut embauché par le patron de Burton, Sir Ralph Halpern, et le patron de Harrods, Mohammed Al-Faye. Au bout du compte, c'est-à-dire lorsqu'il eut suffisamment économisé, il présenta la Sélection, version ecclésiastique, et réussit. Après deux années d'études, on lui remit son insigne, et il devint un excellent vicaire, il faut le dire.

Debbie avait un boulot, qui lui plaisait, du moins c'est ce que je supposais. En fait, je n'en savais rien parce que je n'étais jamais là.

Je lui téléphonais aussi souvent que possible. Je lui racontais systématiquement comment j'allais, mais elle, je ne l'écoutais pas vraiment. Je ne savais pas où la situer dans mes priorités. Le Régiment était la seule chose qui comptait pour moi et j'adorais ce que je faisais. Mais j'étais un égoïste et je sacrifiais mon mariage. Tout était ma faute. À chaque retour en permission, je ne pensais qu'à aller en ville pour revoir mes potes. Ils étaient le centre du monde et elle toujours au deuxième plan. Ça devait être insupportable pour elle. J'avais même l'inconscience de parler de gosses, alors que je n'étais même pas assez mûr pour m'occuper de ma femme. Mais je ne m'en rendais pas compte, parce que j'étais un connard intégral. Je ne voulais pas voir que notre mariage allait à vau-l'eau. Je voulais progresser, et je voulais maintenant m'attaquer à une grande spécialisation, les démolitions.

17

« Ce cours dure douze semaines. Il est axé sur le sabotage industriel, les missions stratégiques et les raids sur des objectifs ponctuels, nous dit l'instructeur. Parfois on demande au Régiment de détruire l'infrastructure industrielle d'une nation ennemie, parce qu'une armée, sur le front, ne vaut plus rien si elle n'est pas approvisionnée chaque jour. De plus les raids industriels ont un effet négatif sur le moral des populations, ce qui est excellent pour l'effort de guerre en général. »

Je trouvais tout ça passionnant et je bouillais d'impatience de passer à l'action. Déjà gamin j'étais fasciné de voir à la télé des types faire exploser des cheminées de centrales et des tours s'effondrer sur place. J'avais un peu touché aux démolitions pendant la Sélection et je voulais en savoir plus.

La section « instruction » était responsable des démolitions et des spécialités de patrouilleur. Joe était instructeur en démolitions depuis deux ans, et il possédait vraiment bien son sujet. « Ce que vous allez apprendre avec moi vous servira pour toutes sortes de missions, dit-il, (par exemple pour des raids ponctuels sur un pont, une voie ferrée, une centrale hydroélectrique ou une raffinerie de pétrole, et aussi, à une autre échelle, sur des installations portuaires, des barrages, ou des avions militaires ou civils. »

On nous enseigna à interrompre des lignes de communication terrestre et par ondes ultra-courtes dans des contextes militaires et civils. « Un kilo de plastic à peine peut provoquer de sacrés dégâts, dit Joe. Pas besoin d'envoyer toute une escadrille pour détruire un grand complexe industriel, parce qu'on peut obtenir le même résultat en supprimant son alimentation à la source. »

Une opération clandestine fait appel à toutes les ficelles du métier, y compris l'observation et les mesures de contre-observation.

Pendant les premières semaines, nous apprîmes toutes les règles comme des perroquets, et toutes les formules et, en gros, tout ce qu'il fallait faire et ne pas faire, car on n'emporte pas son manuel en opération. Dès la première heure, Joe nous bourra le crâne, et chaque jour nous avions des interrogations écrites. Nous passions tout notre temps libre à tout apprendre par cœur et pour un universitaire dans mon genre, c'était comme tasser 5 kilos de merde dans une boîte d'un kilo.

On passa en revue tous les explosifs utilisés par l'armée britannique et les autres. On en trouvait certains dans le commerce, et on nous enseigna où et comment se les procurer.

Puis, une fois qu'on savait où les trouver, on nous apprit à les utiliser. Dans le sabotage industriel, on a presque toujours affaire à de l'acier. Par contre, dans les superproductions hollywoodiennes, c'est tout simple : une explosion tonitruante précède une énorme boule de feu et le pont s'écroule. Dans le Régiment, le chic consiste à utiliser le minimum d'explosifs pour provoquer le maximum de dégâts. Rien à voir avec ma manière de faire sauter l'arbre pendant la Sélection. L'intérêt, c'est de transporter, ou de fabriquer sur place, le moins de matériel possible, et donc d'en avoir le moins possible à dissimuler.

Suivant le type de pont, on place les explosifs à des points stratégiques, et le pont s'écroule sous son propre poids. Pour démolir un bâtiment, il suffit de déclencher le premier mouvement et, entraîné par son poids, le bâtiment s'effondre de lui-même.

On nous apprit comment faire sauter n'importe quoi, des lignes de communications, des centrales, des trains, des avions. Il faut que les dégâts soient irréparables, ou, à tout le moins, que les réparations exigent le maximum de temps. La destruction n'a donc pas besoin d'être totale. Parfois, dans une installation, il suffit de placer un explosif en surface d'une machine pour que le cœur en soit atteint, et elle finit par se détruire d'elle-même. On nous enseignait à reconnaître le talon d'Achille d'un équipement, à y pénétrer et à en ressortir.

Souvent les autoroutes et autres structures sont construites en béton, alors on nous enseigna comment le détruire, ce qui nécessite beaucoup d'explosifs. Parfois démolir les travées d'un pont ne suffit pas et les piliers aussi doivent être détruits pour occasionner un maximum de dégâts. En effet, on peut réparer des brèches, et des tronçons entiers d'autoroutes peuvent être remplacés en deux semaines, comme les Californiens le prouvent après chaque tremblement de terre.

Il suffit de couper l'alimentation pour paralyser une grande usine voire une ville moyenne. Évidemment, il y a toutes sortes de contre-mesures, et, en période de guerre, les points-clés sont protégés. Cependant, la plupart du temps, le Régiment n'intervient pas dans un conflit majeur mais plutôt dans les scénarios classiques de type guérilla ou guerre révolutionnaire. Que l'objectif soit protégé n'est qu'une donnée supplémentaire. On peut alors poser des charges qui exploseront, par exemple, un mois plus tard, parce qu'en théorie, une charge peut être programmée pour exploser jusqu'à cinq ans plus tard. De plus il y a différentes manières de télécommander une explosion, et à n'importe quelle distance.

On nous emmena à un pont près d'Hereford. Nous eûmes tous à établir ouvertement un compte rendu de reco. Nous observâmes attentivement le pont, le mesurâmes et rassemblâmes toutes les données nécessaires au C.R. Répartis autour de la structure avec nos mètres et nos appareils photos, il fallait établir la procédure de destruction. Pendant qu'on s'activait tous sur la technique, Bob, l'un des hommes les plus confiants du monde, le genre qui, non seulement, sait où il va mais comment et à quelle heure il y sera, arpentait le parapet, en sifflotant et en comptant à voix haute.

***

Pendant ce cours, nous apprîmes à utiliser notre matériel et à transmettre à d'autres les renseignements recueillis. Ça voulait dire, par exemple, prendre des photos clandestinement et aux infrarouges. Une mission peut nous amener à nous faire passer pour un randonneur ou un homme d'affaires, dans un hôtel avec vue sur les installations qui nous intéressent. Les caméras vidéo et appareils photo, dans ce cas, sont cachés sur nous ou dans nos sacs. Ou nous sommes planqués à quelques kilomètres de là, dans un poste d'observation secret, et nous utilisons de puissants appareils de visée.

Nous devions aussi analyser les systèmes de défense : le nombre de gardes, leur vigilance, ou leurs carences, ainsi que la meilleure manière d'entrer et de sortir, etc. Notre mission peut consister à préparer l'opération pour un autre commando : il faut alors définir pour eux les explosifs nécessaires, les points de rendez-vous et les exfiltrations de l'objectif. Il faut parfois rester dans le secteur, après coup, pour confirmer les dommages et les réévaluer. Tout ça fait partie des démolitions et on est loin de Clint Eastwood sur son cheval, balançant un bâton de dynamite par-dessus un mur.

Nous avons tous été entraînés à intervenir en cas de traumatismes, blessures par armes à feu et fractures. Nous savons panser des blessures, arrêter une hémorragie ou faire une injection intraveineuse. Nous sommes tous capables de maintenir en vie une personne touchée par balles ou par l'explosion d'une bombe. Mais les missions du Régiment exigent une formation plus poussée. Le toubib de la patrouille doit parfois procéder à une intervention chirurgicale sur le terrain, et, en tous cas, il doit savoir diagnostiquer des maladies, prescrire et administrer des médicaments, de sorte qu'une patrouille ne soit pas forcée de revenir en cas de problème majeur, avant la fin de sa mission. Et on évite ainsi d'envoyer un hélicoptère pour rapatrier un blessé, ce qui risque de compromettre l'opération en cours.

Le Régiment poursuit une politique humanitaire dans les pays du Tiers-Monde, où il est cantonné. À Oman, par exemple, dans les années 70, le Régiment consacrait beaucoup de son temps à soigner les Baluch et les Firqat, prescrivant des médicaments et soins et veillant à leur bien-être. Nous disposons des descriptions de cas qui vont de l'assistance à une naissance jusqu'à l'opération chirurgicale sur un villageois, dont la moitié de la tête a été emportée par une explosion. Parfois nous disposons de plus d'équipement médical et de médicaments que certains des hôpitaux de la région. Le problème c'est que, dès que les toubibs soignent des blessures graves et des maladies, ils attirent toutes les verrues et les ongles incarnés de la région.

L'un d'entre eux me raconta : « On s'est occupé de quelques types dans la jungle qui avaient des bobos aux pieds. Du coup, une foule de mecs s'est pointée avec des égratignures et des bleus. Un jour un type nous emmerdait et on a fait comme si on allait lui amputer le pied. On a joué le jeu en préparant la table d'opération avec les scalpels et tout. »

Ils expliquèrent à l'homme qu'il n'y avait pas d'autre manière de traiter un pied à problèmes que de l'enlever complètement. Il n'avait qu'à rester sagement allongé sur la table et, en moins de deux, ce serait réglé. L'égratignure cessa soudain de faire mal et l'individu préféra prendre la fuite. Il répandit la nouvelle alentour et très peu d'autres types osèrent désormais se pointer avec un bobo de ce genre.

Leur cours durait six semaines et commençait par le b.a.-ba, à savoir les perfusions, les piqûres, la prescription et l'administration de traitements divers. Tous les médicaments devaient être identifiés par leur nom générique en latin, ce qui était particulièrement réjouissant.

Puis suivaient quelques semaines de stage à l'Institut Londonien de Médecine Tropicale. Parce que le Régiment est souvent appelé sous les Tropiques, les toubibs doivent connaître les maladies tropicales, leurs modes de prévention et leurs traitements.

***

Je découvris que ces types étaient très attentifs à préserver leur peau, peut-être parce qu'ils avaient une plus grande conscience des dangers. Je n'en revenais pas de voir les gosses de certains types du Régiment aller n'importe où, alors que leurs pères semblaient si protecteurs. Mais ces pères savaient peut-être voir, par expérience, des dangers que les autres ne voyaient pas. Quand une voiture heurte un individu à quarante-cinq kilomètres à l'heure, son corps est projeté en l'air, avant de se fracasser au sol ; on peut parier que le père avait vu ce genre d'accident. Et il en était d'autant plus conscient des dangers au quotidien, bien au delà du contexte militaire.

18

Le scénario se répétait : à peine revenu chez Debbie, je préparais un nouveau départ et le fossé se creusait entre nous.

Elle me dit un jour : « Qu'est-ce qui se passe, Andy ? Chaque fois c'est pareil et, dès ton retour, tu disparais en ville. »

Je répondis : « Ça va s'arranger, c'est juste une période où j'ai plein de trucs à faire. Écoute, je repars bientôt pour trois mois, et ça ira mieux quand je reviendrai. » Visiblement, je n'avais besoin d'aucun conseiller conjugal.

Les trois mois en Oman représentait pour l'escadron au complet un entraînement à la guerre dans le désert. C'était vraiment excitant, parce que le Régiment avait de nombreux liens dans la région et que la plupart des types connaissaient déjà le Moyen Orient. Alors, je me disais qu'après ce voyage, je serais sur la même longueur d'onde.

Le Régiment avait séjourné dans le désert pendant la Seconde Guerre mondiale et opérait en Oman depuis de nombreuses années. Les principes restaient les mêmes : déplacements en véhicules, navigation, tactiques spéciales et savoir-faire sur ce type de terrain. Comme toujours il s'agissait d'utiliser nos armes au maximum de leurs possibilités, d'opérer de nuit, de se déplacer tactiquement le jour. Ce voyage était utile à l'escadron parce qu'en cas de conflit ultérieur dans ces parages, les recrues récentes, comme moi, se seraient déjà familiarisées avec cet environnement.

Les débuts furent décevants. Des grillages, avec tout un arsenal électronique très sophistiqué, encerclaient notre camp de toile, au milieu du désert, et nous n'avions pas le droit de sortir. Seul événement intéressant des trois premiers jours, Tiny, assis dans son sac de couchage un matin au réveil, hurla : « Je m'ennuie. »

***

Il faisait chaud. Pourtant, un type du nom de Gibbo, qui avait fait la guerre d'Oman, et qui avait vécu si longtemps au Moyen Orient qu'il méritait un passeport arabe, portait une doudoune le matin, en se plaignant du froid. Nous étions dans une magnifique plaine désertique, barrée au loin par des montagnes escarpées. Assis aux chiottes une nuit, je levai les yeux vers les étoiles. Pas un seul nuage dans le ciel, d'un noir d'encre, et des centaines de petites lumières scintillantes. C'était absolument stupéfiant.

Petit à petit, les choses s'animèrent. John réserva un Huey et nous eûmes droit à trois ou quatre jours de chute libre, dans des ciels d'un bleu parfait. C'était la première fois que je sautais d'un hélicoptère. À la place de l'afflux d'air qui assourdit et assomme lorsque l'on saute d'un avion, il n'y avait qu'une bizarre sensation d'accélération et de silence, avec, bien sûr, le sifflement du vent à mes oreilles.

Nous commençâmes à sillonner les environs dans les nouvelles Land Rover modèle 110, avec leurs fusils mitrailleurs 50 mm bringuebalant à l'arrière. C'était le modèle qui remplaçait les vieilles « pinkies ». J'étais dans une équipe de mortier. Nosh était N° 1, le tireur, qui installe tous les appareils de visée, Steve N° 2, le pourvoyeur, qui place les obus dans le tube, et j'étais N° 3, c'est-à-dire le gars qui s'occupe des munitions en se bouchant les oreilles. Colin était le chef de pièce.

Nous nous entraînions à quelques kilomètres du camp et nous disposions de centaines et centaines d'obus, soit plus qu'un bataillon n'en utilise en dix ans.

Pour moi, le Régiment et l'escadron étaient encore tout beaux tout nouveaux, mais j'entendais les autres se plaindre. La récrimination principale concernait l'adjudant de compagnie et une histoire de « chou fleur ». Je mis du temps à comprendre qu'ils parlaient de fric, et de la caisse de l'escadron. D'une part, l'adjudant de compagnie distribuait à tout bout de champ des « contributions volontaires », pour grossir la caisse. D'autre part, nous pouvions nous servir en boissons dans le réfrigérateur, qui fonctionnait sur groupe électrogène, et il suffisait de noter son numéro de NAAFI et la mention « un soda » ou « un jus de fruit ». La facture arrivait à la fin de la semaine. Or, on s'était rendu compte que l'adjudant avait tout simplement multiplié les prix par deux.

Les quatre chefs de pièce voyageaient avec nous dans les fourgons et s'installaient généralement avec des parasols publicitaires, des boîtes réfrigérantes et des tonnes de bouffe au milieu des munitions et des mortiers. On nous enseigna à arroser tout un secteur avec une extrême précision, en alternant obus éclairants et explosifs de forte puissance. Ainsi, de nuit, le chef de pièce pouvait suivre l'action. Ça demande une bonne coordination, car les tirs doivent se succéder suivant un certain minutage, un obus sortant du tube au moment où l'autre explose. À la fin des deux semaines nous étions devenus les Guillaume Tell du mortier.

John annonça une grande manœuvre d'escadron avec les 110 et les mortiers, pendant cinq jours, et à balles réelles. Ce serait une marche d'approche. La formation mobile, avec les 110 et des motos, se déplaçait tactiquement sur le terrain. La procédure était en gros la même que celle d'une compagnie de fusiliers faisant feu puis manœuvrant, les tirs en moins. Certains véhicules gagnaient les hauteurs. Ils choisissaient une position d'où ils pouvaient couvrir le groupe suivant qui se déplaçait en contrebas. Le commandant de l'escadron coordonnait les mouvements.

Nous arrivâmes dans un secteur où nous étions à l'abri des regards, avec une très grande superficie de mort-terrain. L'escadron resta sur place et envoya quelques motocyclistes en reco. Ils cherchaient des itinéraires et des points d'attaque potentiels. Et l'ennemi bien sûr. Les véhicules s'arrêtèrent également et des patrouilles s'élancèrent à pied vers les hauteurs. Il s'agissait d'avoir la maîtrise du terrain.

Les équipes de mortier étaient positionnées derrière le commandant de l'escadron, mais, pendant tout ce remue-ménage, assis à l'arrière du fourgon, nous buvions du thé, sauf Nosh, qui préférait se mettre les doigts dans le nez. Les chefs de pièce font partie de l'encadrement et se tiennent en première ligne. En cas d'attaque, ils sont immédiatement à même de nous donner les ordres pour passer à l'action. Pendant la progression, ils procédaient à leur propre analyse tactique et identifiaient les points remarquables du terrain.

Les éléments en première ligne tombèrent pile sur l'ennemi. J'entendis des coups de feu puis à l'émetteur : « Contact, contact, restez à l'écoute. »

Nous sautâmes immédiatement hors des véhicules pour mettre les mortiers en batterie. Nous savions dans quel sens se faisait l'avancée, et où se trouvaient les pelotons. Nous pointâmes les mortiers dans cette direction générale, en attendant des indications précises.

Notre boulot consistait à balancer le maximum d'obus sur l'ennemi pour détruire ses armes, l'empêcher de fuir et en tuer le maximum. Ainsi pour conquérir la position, les autres n'auraient affaire qu'à un minimum de résistance ennemie.

Les véhicules manœuvraient pour orienter leurs puissants fusils mitrailleurs sur les positions ennemies. La fusillade n'engageait pas tout l'effectif et une réserve d'hommes était constituée à l'arrière, en cas de pertes à l'avant. Le commandant de l'escadron donnait ses ordres aux différents pelotons par radio. En fait, c'est toujours le même principe depuis la Charge de la Brigade Légère.

Pendant la fusillade, les soldats manœuvraient pour se rapprocher de l'ennemi, protégés par nos tirs et par le terrain. Certains mouvements se faisaient à pied, d'autres en partie à pied, en partie à bord des véhicules, en fonction du terrain. Bref, c'était à nous de supprimer le tir adverse.

Les mortiers opèrent suivant l'angle du tube et la puissance des obus. Il y a sept types de charges propulsives. Lorsque le chef de pièce commande « charge 3 », cela veut dire qu'il faut trois charges propulsives, qui, avec l'angle du tube, détermineront la portée du tir. Le résultat dépend du type de fusée utilisée qui peut soit déclencher l'explosion au-dessus du sol, à retardement, à l'impact, soit être fumigène.

Le chef de pièce nous informa que l'ennemi était embusqué dans des bâtiments. Il fallait donc des fusées à retardement, qui pénétreraient à l'intérieur du bâtiment avant d'exploser. Le feu se propagerait aux environs, les défenses seraient atteintes, et, avec un peu de chance, l'ennemi serait éliminé par la même occasion.

Sur les hauteurs, le commandant de l'escadron positionnait les troupes, qui devaient attendre, pour passer à l'attaque, que nos tirs suppriment le feu ennemi, ce que nous étions en train de faire.

Les sections d'attaque se mirent en position dite d'assaut final. Nos tirs d'élimination furent « déplacés », c'est-à-dire que nous continuions à tirer mais après avoir déplacé les mortiers, pour éviter d'arroser nos types en marche sur l'objectif. Le commandant de l'escadron coordonnait l'action, en s'appuyant soit sur ce qu'il voyait directement, soit sur les informations qu'il recevait par radio. Pour notre part, nous n'y voyions goutte et nous tirions sur ordre.

Nosh et Steve préparaient le mortier et attendaient des précisions sur la direction et la hauteur du tir. Le chef de pièce, travaillant sur un petit ordinateur, cria : « Action immédiate ! Azimut 164 ! »

Nosh hurla : « Azimut 164. »

Du numéro 2 vint la confirmation : « Azimut 164. »

Le chef de pièce annonça : « Hausse 1228 ! »

Nosh : « Hausse 1228 ! »

Mortier suivant : « Hausse 1228 ! »

Dès que tous les relevés furent faits à vue, Nosh cria : « Numéro un, prêt. »

Puis nous entendîmes : « Numéro deux, prêt ! »

C'était une procédure standard, bien que variant un peu par rapport à d'autres unités de l'armée. J'attendais l'ordre concernant les charges.

« Deux obus, charge 3 ! Attention ! »

Je criai : « Deux obus, charge 3 ! »

Je préparai les obus. Steve s'en empara et attendit l'ordre de les introduire dans le tube.

Tout allait en douceur avec notre tube. Nous avions la hausse et l'azimut, nous savions tout ce qu'il fallait savoir. Nous étions fin prêts.

« Numéro 1, feu ! »

Nous glissâmes deux obus chacun dans le tube pour caler le mortier. Au premier départ, il s'enfonça dans le sol. C'est le moment où nous nous tenions debout sur la plaque pour l'aider à trouver son assiette. Si la plaque de base n'est pas correctement stabilisée, le mortier se déstabilise et les obus ratent leurs cibles.

Nous reçûmes un second ordre de tirer et l'exécutâmes.

Puis le chef de pièce se mit à courir en gueulant.

Je dis : « Qu'est-ce qui lui prend ? »

Nosh dit : « Rien à foutre, mais on ferait peut-être mieux de le suivre. »

Je n'avais aucune idée de ce qui se passait, mais si je le voyais courir, valait mieux que je coure aussi. Puis je compris qu'il courait pour sortir de la trajectoire du mortier. Je regardai en l'air et vis l'obus monter tout droit dans le ciel et disparaître de ma vue. On pouvait parier qu'il retomberait droit sur nous.

Ce fut la ruée générale. Le commandant et les cadres de l'escadron mirent aussi les bouts. Les motos rugissaient. Personne ne savait ce qui se passait mais, clairement, il y avait un problème. Et avec des munitions réelles, il y a intérêt à ne pas rester les deux pieds dans le même sabot.

Nous étions encore en train de courir lorsque les obus tombèrent à environ cent mètres derrière nous, et explosèrent sans toucher personne.

Le chef de pièce dut verser une grasse « contribution volontaire ». De plus, il eut droit à nos plaisanteries durant tout le reste du séjour.

Nous fîmes encore quelques sauts. J'étais vraiment devenu un vrai « bouffeur de glace » : j'arrachais ma combinaison de saut à peine au sol, je mettais des shorts et je me baladais en mangeant des biscuits salés jusqu'au prochain saut.

Puis nous passâmes aux choses sérieuses. Assis sur la piste de décollage, en plein désert, nous attendions un matin le C130, qui devait arriver de Muscat.

Le paysage était très différent du camp de base, et il était très agréable d'atterrir dans les dunes ondulantes et douces. De petits forts et des tours d'observation se dressaient sur le sommet des collines. Les villages faisaient penser aux Croisades, et je baignais dans l'Histoire, en me disant : voilà bien une vie pour moi, on dirait que c'est ce que je cherchais depuis tout ce temps.

John dit : « Nous avons préparé un conteneur. Ce soir tout le peloton sautera à 7 500 mètres. »

Nous étions assis de chaque côté de la porte arrière. Il était six heures du soir et le soleil se couchait.

« Steve, Andy et Mat seront sur le conteneur. »

C'était tout bon. J'avais déjà suivi des conteneurs, mais c'était mon premier saut « avec » un conteneur, en même temps.

Nous étions trois pour un conteneur, placé sur un chariot. À la lumière verte, tout le monde sortirait en s'empilant les uns sur les autres, vraiment très près. Le conteneur partirait juste avant le groupe.

Nous étions assis face aux consoles à oxygène, en tenue complète, nos sacs de combat entre nos pieds, prêts à nous les attacher au cul au moment de sauter. L'avion décolla et vola en cercle au-dessus de la zone de saut, prenant de l'altitude.

Je jetai un œil à l'altimètre fixé sur mon bras. Nous reçûmes l'ordre de nous harnacher. Je poussai le sac de combat dans mon dos et en fixai les mousquetons à mon harnais. Nous attendions l'ordre de nous diriger vers la porte arrière. Au moment de sauter, nous débranchâmes notre tube à oxygène de la console collective et le plaçâmes sur nos bouteilles personnelles. Tous les ordres étaient inscrits sur panneaux, puisque personne ne peut parler sous oxygène. Je regardai la rampe descendre.

Au signal, nous nous déplaçâmes vers l'arrière. Comme une rangée de canards, nous passions lentement d'un pied sur l'autre, alourdis par le parachute, l'équipement en oxygène et notre sac, en tout plus de 70 kilos. La mitrailleuse que je portais ajoutait une dizaine de kilos supplémentaires. Je me tenais sur le côté gauche du conteneur, avec Steve de l'autre côté et Mat à l'arrière. Nous le poussâmes sur son chariot jusqu'à la porte arrière et, à environ 20 cm du bord, des cales l'empêchaient de basculer. Nous nous tînmes là, le maintenant en position. Le reste du peloton se déplaça jusqu'à la porte-arrière. Les gens de devant avaient les orteils sur le bord ; tout le monde s'entassait, tout près les uns des autres, puisque que nous devions tous sortir au même moment. Trois types de l'escadron A nous accompagnaient. Ils venaient de finir un boulot de commando au Moyen Orient et, ayant entendu dire que nous faisions de la chute libre, ils avaient préféré venir avec nous plutôt que de partir en permission.

Steve, penché vers l'avant, était prêt à pousser le conteneur. Nous attendions le signal des deux minutes, qui indique que le compte à rebours a commencé.

Soudain le largueur leva deux doigts et chacun d'entre nous tapa sur l'épaule de celui qui le précédait, et leva deux doigts. Je tapais sur l'épaule de Steve et il acquiesça. Le largueur retenait les deux cales par une cordelette, prêt à la tirer au moment de libérer le conteneur.

Tout le monde était concentré à la porte arrière, les yeux fixés sur les lampes rouges de chaque côté. Quand elles passeraient au vert, tout le monde crierait : « Attention ! prêt ! go ! » aussi fort que possible pour dominer le bruit de l'avion, le vent et le masque à oxygène.

L'avion commença à effectuer des corrections, nous bringuebalant dans tous les sens. Il fallait prendre appui pour ne pas tomber. Le largueur fit le signe de se trancher la gorge suivi d'un cercle dans l'air, pour dire que l'avion n'était plus sur la bonne trajectoire, et qu'il fallait attendre le prochain tour pour refaire une tentative.

Je tapai à nouveau sur l'épaule de Steve et lui fit le signe en travers de la gorge ; il fit un signe de tête. Puis je laissai tomber ma tête et il fit de même. Nous nous raidissions parce que nous savions que l'avion allait virer plusieurs fois à angle aigu.

Le vent s'engouffrait dans la carlingue et il faisait froid. De temps en temps j'apercevais les lumières de villes au loin.

Steve reposa son casque sur le conteneur ; tout le monde était fatigué parce que nous avions tout notre équipement sur le dos et c'était chiant de se tenir les uns les autres, pour garder l'équilibre, chaque fois que l'avion changeait de position. Puis le signal des deux minutes vint à nouveau et tout le monde se reprit, se préparant à sortir.

Je tapai sur l'épaule de Steve mais n'obtins aucune réaction. Je le secouai et rien. Je ne comprenais pas, puis je pensai : merde ! et, plongeant la main par-dessus le conteneur, je m'emparai de sa bouteille d'oxygène pour jeter un œil au réservoir. L'aiguille était sur le rouge.

J'agrippai le largueur, le secouai et commençai à pointer vers le réservoir de ma bouteille tout en montrant Steve. Il parla dans la radio et immédiatement l'avion commença à piquer du nez.

La porte arrière remontait. En quelques secondes tout le monde comprit ce qui se passait. Le sous-officier préposé à l'oxygène arriva à toutes blindes, traîna Steve sur le sol, à son dernier souffle ou presque. Il tira le tube de sa bouteille et le brancha sur la console collective. Il flippait visiblement comme un malade, et les yeux lui sortaient de la tête, parce que les bouteilles d'oxygène étaient sous sa responsabilité.

L'avion sortit de la zone dangereuse en descendant au dessous de 4 000 mètres. C'était raté pour cette fois et on ne sauterait pas. De plus l'avion ne pouvait atterrir dans l'obscurité sur la piste prévue, et nous dûmes passer la nuit dans un hôtel chic de Muscat. Un vrai choc.

L'hôtel avait un restaurant merveilleux avec un patio et des palmiers intérieurs. Un pianiste jouait dans un coin et, sur des nappes bien propres et fraîches, des gens dînaient en costumes, cravates et robes longues. Imaginez l'arrivée du peloton aéroporté en tenue de saut, les cheveux pleins de sueur et ébouriffés après une nuit sous un casque.

Le dîner fut tristounet, jusqu'à ce que Mat dise : « Ne vous inquiétez pas pour Steve, il ne risque pas grand-chose puisqu'il est déjà handicapé mental. »

Il se trouva que Steve avait hérité d'une bouteille défectueuse. Comme il se doit, on se paya sa tête dès le lendemain, et on lui décerna le titre de « branleur de première » pour avoir tenté de se défiler avant un saut.

J'étais fasciné par les coutumes locales, mais je me demandais s'il y avait le moindre rapport entre ce que je voyais et la réalité. Ils buvaient du coca, mâchaient du chewing-gum et roulaient en véhicules tout terrain à air conditionné, mais c'était une autre planète. Nous prenions souvent le thé avec des gens du coin. Le Régiment est un tel brassage d'histoires personnelles, de religions, de classes sociales et de nationalités, que je n'ai jamais vu de groupe moins raciste dans l'armée britannique. C'est sûr qu'il serait impossible de se battre avec des guérillas locales, par exemple, tout en les prenant pour un ramassis de ploucs et de connards ! Neuf fois sur dix, la culture de ces pays est bien plus ancienne que la nôtre, et ils sont plus attachés à leurs racines. Les Occidentaux les considèrent souvent comme de sales attardés du Tiers-Monde, alors que c'est plutôt nous les rigolos. Qu'avons-nous à offrir en échange à ces civilisations plus anciennes et plus sages ? Le Pepsi et les jeans. Et pour ce qui est des croyances, ces peuples ne sont pas comme nous, souples comme des cartes bancaires.

En Oman, à l'occasion d'une des fêtes, appelée *haflas,* on fait rôtir une chèvre entière sur un grand feu. C'est chaque fois un rassemblement fantastique. Les gens arrivent en véhicules tout terrain, en pleine nature : ils déroulent des tapis, et allument un feu. Parfois ils remorquent aussi une petite citerne d'eau. C'est un vrai rituel, ils traitent l'animal très respectueusement, avant de le tuer selon les préceptes de l'Islam.

J'adorais me gaver à ces fêtes, dont tout protocole à l'occidentale était absent : on était là pour s'asseoir ensemble, manger puis repartir. Point.

Un jour nous fîmes une collecte pour acheter de la viande. Chacun d'entre nous mit trois rials et les gars partirent au marché. À la fin de l'après-midi, assis sur les tapis tout en entretenant le feu, nous entendîmes le teuf-teuf familier d'une camionnette Toyota, qui apparut dans un nuage de poussière. Sur le plateau de la camionnette se tenait notre repas du soir, un jeune chameau passablement en colère.

Nous respectâmes le rituel pour débiter la viande et nous en étalâmes une partie à sécher au soleil, pour la consommer plus tard. Le reste fut vite mis à rôtir sur le feu. Une heure plus tard nous mangerions le chameau avec du riz. Nous étions une centaine sous les étoiles, sur une dizaine de tapis. Chacun d'entre nous hérita d'une énorme portion, et nous passâmes la nuit à tchatcher.

Comme toujours à l'étranger, les autochtones voulaient nous faire apprécier leur culture et son raffinement, bien réel sous des apparences rudimentaires. C'était tout un art de presser le riz et de choisir les meilleurs morceaux de viande. La spécialité gastronomique de certains villages reculés, au sud du pays, était la saucisse à base d'entrailles de chèvres. La préparation de la viande était particulièrement intéressante. En résumé, les bonnes femmes mâchaient la viande jusqu'à ce que ça soit mou et gluant. Puis elles crachaient leurs bouchées dans la peau des saucisses, qu'elles tordaient en section, comme les bonnes vieilles saucisses de chez nous. Et elles les faisaient cuire. Un jour, on m'en offrit une, et j'aurais franchement préféré ne pas savoir comment elle avait été préparée. Mais je n'avais pas le choix et je dus la manger.

À la fin du séjour, l'adjudant avait amassé une fortune sur notre dos. Et c'était le moment de tout dépenser. Il nous annonça un barbecue géant au Beach Club de Muscat.

Nous descendîmes à Muscat pour nos derniers jours et invitâmes l'équipe de rugby locale, constituée d'expatriés, à un match amical, que nous remportâmes. À la tombée de la nuit, nous voilà partis pour le Beach Club. Les frigos étaient pleins de bière, cinq ou six énormes barbecues brûlaient déjà, et nous étions bien déterminés à claquer tout l'oseille qu'on nous avait extorqué.

On nous raconta quelques histoires locales. À Seeb, sur la base militaire, un vieil arabe à qui il manquait un œil et une jambe tenait une boutique. Il touchait une retraite de l'armée, mais il tenait le magasin de couvertures pour s'occuper. Le camp était plein de jeunes recrues, qui, chaque week-end, roulaient leurs matelas et partaient en stop pour leurs collines natales, près de Niswa.

Un jour le vieux prit un jeune type en stop. Quelques heures plus tard, la recrue revint au camp, en titubant, et prétendit que le vieux bonhomme l'avait violé.

Un commandant de compagnie britannique fut chargé de régler l'affaire. Il les convoqua tous deux, écouta l'histoire du jeune, puis la version du vieux. Puis il les reconvoqua pour annoncer sa sentence.

Le boutiquier fut envoyé à la prison militaire pour un bon moment.

Puis l'officier se tourna vers le jeune mec et lui dit : « Tu as vu l'état de l'homme qui t'a attaqué : c'est un vieux, une loque, il n'a plus qu'une jambe et un seul œil. Jeune et fort comme tu es, tu n'avais qu'à te défendre plus sérieusement. » Et il le condamna également à six semaines de prison.

Vers la fin de la nuit, l'adjudant de compagnie s'agitait et courait partout. « Freinez sur les boissons, je veux en rapporter au Royaume-Uni. »

Il eut droit pour toute réponse à : « Va te faire foutre. On va tout boire. »

Les choses commencèrent à dégénérer. Les joueurs de rugby civils entamèrent une bagarre avec nos joueurs, et ils en vinrent aux mains un peu partout sur la plage. Puis arrivèrent les infirmières, des Européennes qui travaillaient en ville et que nous avions invitées. Elles descendaient à peine les marches, qui menaient au Beach Club, qu'on entendit des types leur gueuler de se tirer. Ce qu'elles firent illico, dégoûtées, et on les comprend.

Le sergent-major mit fin aux barbecues, ferma les buvettes et tout le monde s'en alla dormir sur la plage. En se réveillant le lendemain matin sur le sable, Tiny dit : « Je m'ennuie. »

L'adjudant rassembla l'escadron et dit : « C'est la dernière fois que nous dégageons avec l'escadron à la fin d'un séjour outre-mer. C'est allé trop loin. »

Certains des plus anciens prirent la parole : « Et à quoi tu t'attendais ? Tu nous pompes un maximum avec tes contributions volontaires et les boissons. Puis tu nous dis que le fric sert pour faire la fête. Et, après, quand on s'éclate, tu essaies de nous en empêcher. »

De retour au Royaume-Uni, on nous donna une permission de week-end, avec rendez-vous à la salle de réunion à 8 heures le mardi matin. On nous dit que le colonel voulait nous parler. Nous nous attendions à des félicitations pour notre boulot.

Arrive le colonel, suivi de l'adjudant et du commandant de l'escadron. « J'ai reçu une lettre que je voudrais vous lire », dit-il. Il nous la lut : elle venait du ministère, qui s'y plaignait de notre comportement bruyant et déplacé au Beach Club de Muscat. Certains des expatriés devaient avoir des relations haut placées.

À la fin de la lettre, le colonel se tourna vers l'adjudant et lui dit : « Vous êtes viré. »

Il se tourna vers l'officier commandant et dit : « Vous avez de la chance et je ne vous vire pas parce que je n'ai personne pour vous remplacer. »

Puis il nous dit : « L'escadron B est sur la sellette. S'il est dissous, vous serez tous dans la merde. » Puis il s'éloigna. Merde, je pensai, un an à peine dans le Régiment, et je suis déjà presque viré.

19

Je racontai toute l'histoire à Debbie en rentrant. Elle s'était bien installée dans notre nouveau logement. Elle avait un boulot à Hereford et elle était très contente d'être revenue en Angleterre. Moi, en revanche, on aurait dit que je ne cherchais qu'à foutre notre mariage en l'air. Je ne voyais pas plus loin que le bout de mon gros pif d'égoïste et la seule chose qui comptait pour moi était de rejoindre les copains célibataires pour faire la fête en ville. Pourtant j'avais tout pour être heureux entre le Régiment et une femme à mes côtés pour en profiter avec moi. Et je foutais tout en l'air.

« C'est dégueulasse, lui dis-je, en lui parlant de la menace du commandant. Je n'en ai peut-être plus pour longtemps.

– Comme c'est intéressant, dit-elle, à des kilomètres de là. Faut que j'aille au travail. »

Je la regardai partir dans sa voiture en me disant qu'elle avait maintenant une vie à elle. Et que mon retour l'emmerdait peut-être plus qu'autre chose. Mais ce n'était pas le moment d'y penser, ou d'essayer d'y voir clair, parce que je devais passer des coups de fil, pour organiser ma soirée.

Le week-end suivant, nous étions invités chez sa sœur, qui habitait au-dessus de l'épicerie maternelle. Pour accéder à l'appartement, il fallait traverser le magasin et monter deux étages. La nuit, la porte était verrouillée par sa sœur, qui gardait les clefs. Je ne me sentis pas bien de la journée. Quelque chose n'allait pas, mais je ne savais pas quoi. Cette nuit-là, au moment d'aller nous coucher, j'entendis sa sœur verrouiller la porte et je me dis soudain que mon malaise venait de me sentir enfermé. Je détestais d'autant plus cette sensation que je n'avais pas les clefs. Et, soudain, il m'a paru évident que le problème ne venait pas d'une porte verrouillée, mais de moi. Mon mariage n'allait nulle part, parce que je ne lui avais jamais donné la moindre chance. Et c'était trop tard pour que je m'y mette. Il valait mieux arrêter tout de suite, sinon je risquais de faire encore plus de dégâts dans la vie de Debbie. Je lui ai dit aussitôt : « Debbie, j'ai quelque chose à te dire : je n'ai pas vraiment envie d'être ici. »

Assise à la coiffeuse, elle me regarda, sourit et dit : « D'accord, nous partirons demain matin. Ce soir il est trop tard.

– Non, non. Tu ne comprends pas. Il faut que je m'en aille. Je veux tout quitter.

– Quoi ! » Le sourire s'évanouit de son visage en même temps qu'elle comprenait le sens de mes paroles. Elle se mit à pleurer. Je me sentais encore plus salaud, mais je pensais que c'était le moment, surtout avant d'avoir des enfants.

Je la quittai sur-le-champ. Je jetai quelques affaires dans un sac, descendis d'un étage et sautai par la fenêtre. Je ne devais plus la revoir qu'une seule fois après cette soirée.

Je m'installai à la caserne et entrepris d'économiser pour acheter une maison. C'était dur, car je n'avais toujours pas la solde des Special Forces. On était peu nombreux à vivre à la caserne : quelques types dans ma situation, ou éloignés de leur famille, et de nouveaux arrivants qui cherchaient un appartement. Un ami me donna une bouilloire. Pour me sentir chez moi, il ne me fallait qu'une boîte de thé en sachets et un quart de lait sur le rebord de la fenêtre. J'avais une Renault 5, qui avait passé l'âge des contrôles techniques obligatoires, et qui n'avait plus de tableau de bord, depuis que je l'avais retiré, un jour, pour réparer un faux contact. Et je ne l'avais toujours pas remonté.

Fin 1985, on m'annonça mon départ. Ça valait mieux dans un sens, parce que je serais loin, et la distance, pour une mentalité immature comme la mienne, efface les problèmes, ou en tout cas le fait croire. Mais j'étais furieux de mon affectation, parce que, d'après ce qu'on m'avait raconté, c'était vraiment le pompon.

Belize, nous dit-on au briefing, est l'ex-colonie du Honduras Britannique. Ce petit pays d'Amérique Centrale, sur la côte Caraïbes, compte 170 000 habitants, en majorité des noirs anglophones, ainsi qu'un nombre grandissant de réfugiés du Salvador, qui parlent espagnol. Son territoire fait à peu près la superficie du Pays de Galles.

Au 18e siècle, les Britanniques, installés à la Jamaïque, décidèrent d'exploiter les forêts du continent. Dès 1840, le territoire fut colonisé. Le Guatemala prétendit alors qu'il avait hérité ce territoire de l'Espagne. Il signa cependant, en 1859, un traité avec la Grande-Bretagne, d'après lequel il reconnaissait la souveraineté britannique et acceptait les frontières établies. Une des clauses stipulait que les deux pays devaient construire une route à travers la jungle, pour relier le Guatemala à la côte. Or cette route ne fut jamais construite. Le Guatemala prétendit, par conséquent, que le traité était caduc. Son gouvernement inséra même dans sa constitution de 1945 une clause, selon laquelle le Honduras Britannique était partie intégrante du territoire guatémaltèque. Soit dit en passant, c'est à peu près ce que les Argentins ont fait avec les Malouines.

Dans les années 60, avec l'indépendance d'autres colonies britanniques dans les Caraïbes, le Guatemala mit la pression, et, en 1963, il massa des troupes à la frontière. En réaction, la Grande-Bretagne envoya des hommes pour contrecarrer une éventuelle tentative d'invasion, et l'armée britannique était restée sur place.

En 1972, le Guatemala massa à nouveau des troupes le long de la frontière, et cette fois la Grande-Bretagne envoya l'*Ark Royal* avec plusieurs milliers d'hommes. Puis, en 1975, après une nouvelle menace, elle installa une escadrille de Harriers de la R.A.F.

Finalement, dans les années 80, le Guatemala accepta de reconnaître Belize, à condition que la fameuse route soit construite. Il y eut des émeutes à Belize et des morts. Le traité ne fut pas ratifié et le Guatemala refusa à nouveau de reconnaître son voisin. La Grande-Bretagne conserva donc une petite garnison à Belize pour décourager d'éventuelles incursions. C'est cette garnison que nous allions rejoindre.

Les cartes d'état-major juxtaposaient de vastes secteurs, les uns avec des lignes de relief très resserrées, des montagnes, les autres avec d'énormes taches vertes, la jungle. Il n'y avait pas de routes à proprement parler et quelques rares pistes. Je ne devais pas tarder à découvrir par moi-même que les égouts de la ville étaient encore à ciel ouvert et que les autochtones n'étaient pas spécialement amicaux. Par exemple, un des gars stationnés précédemment avait eu un bras tranché lors d'une agression.

La présence britannique se limitait à un bataillon d'infanterie avec ses unités de soutien : chasseurs Harrier utilisés pour les sauts, artillerie, etc. Une douzaine de types du Régiment et des commandos de la marine constituaient la Compagnie F. On la rebaptisa vite Section F, à cause d'un feuilleton comique, qui racontait la vie d'une unité de la cavalerie américaine, dans le grand ouest, une jolie bande de tocquards.

J'arrivai en juillet.et je retrouvai des types que je connaissais déjà, Solid Shot, Jock et Johnny Two-Combs, mais ce dernier devait bientôt rentrer en Angleterre.

« Tu vas détester ce bled », me dit-il en guise de bienvenue.

Il avait raison. Au premier coup d'œil, la garnison déclencha notre haine à tous, sans exception. Nous logions dans des cabanes en tôle semi-circulaires, sans air conditionné, ce qui est génial en Amérique Centrale. Nous achetâmes immédiatement des ventilateurs, que nous branchâmes une bonne fois pour toutes. Dans chaque chambrée, le mobilier consistait en deux armoires en métal et deux lits, et c'est tout. Je logeais avec Solid Shot. Le premier soir, allongés sur les lits, nous nous mîmes à refaire le monde et à penser au moyen de faire fortune. À l'extérieur, « Des Doom » martelait « le visage du jour » sur un punching-ball. « Des » avait les bras et la poitrine couverts de tatouages. « Quand j'étais célibataire, disait-il, j'avais une super entrée en matière avec les filles. Je leur disais : si vous ne me trouvez pas intéressant au premier abord, essayez donc de me lire. » Presque arrivé au terme de quatre années dans le Régiment, il avait décidé de passer à autre chose, ce qui fut pris comme un signe de déloyauté. Et on l'expédia à Belize pour la durée de notre affectation. Il était très amer, très perturbé et il passait des journées entières à taper sur un punching-ball, censé représenter les nombreuses têtes « à qui il voulait faire la conversation », comme il disait.

Il y avait une piscine mais nous n'avions pas le droit d'y aller depuis qu'un mec avait chié dedans, un soir. Il protestait ainsi contre les heures d'ouverture, qui favorisaient les « familles », au détriment des célibataires. En dehors du punching-ball, il n'y avait, pour s'entraîner, que des boîtes de conserve modèle collectivité, remplies de ciment. On avait planté une barre de fer dans chacune d'elles pour faire des ersatz d'haltères.

La section F faisait partie de la garnison, avec toutes les conneries que ça implique. Notre baraque dépendait du mess des sergents, mais nous n'avions pas le droit d'y aller, parce qu'il fallait être au moins caporal dans le Régiment. Pourtant nous étions censés payer la cotisation mensuelle.

En conséquence, notre groupe était partagé en deux : ceux qui avaient le droit d'aller au mess et ceux qui ne l'avaient pas et je ne m'attendais pas à ce genre de merdes dans le Régiment. Tiny nous tint compagnie trois semaines, pour tuer le temps entre les relèves. En tant que caporal du Régiment, il avait droit au mess des sergents, mais il préféra la cantine des pauvres, pour un temps. À la fin, nous ne fûmes plus que quatre lépreux à la cantine. Et ce n'était pas plus mal, parce qu'on y servait un curry excellent.

La section F était l'unité de première intervention en cas de crash civil ou militaire dans la jungle. En tant que brigade ambulance, nous aurions à foncer en Puma avec tout l'équipement d'urgence et de premier secours. Il nous faudrait d'abord stabiliser les éventuels blessés puis déblayer le terrain pour d'autres hélicos, et, par exemple, faire sauter des zones d'hélitreuillage ou même créer des aires d'atterrissage grandeur nature.

Parfois le lieu du crash était inaccessible. Autant il est possible d'arriver pile où il faut, si le terrain s'est nivelé sous le poids de l'avion, autant ce n'est pas le cas si l'avion est encore en flammes ou s'il est trop léger pour avoir dégagé les environs. C'est pourquoi on s'entraîne à descendre du Puma dans la jungle en rappel et à faire descendre ainsi tout l'équipement d'urgence nécessaire.

Nous étions toujours quatre de permanence, pendant une ou deux semaines, tandis que les autres patrouillaient. Je détestais le camp presque autant que j'aimais la jungle. Il n'y avait rien d'autre à faire que courir, et l'événement le plus excitant de la journée, c'était le thé avec des toasts à 11 heures du matin.

Je me demandais vraiment ce que j'avais fait pour mériter ça encore cinq mois. Nous avions l'impression d'être des parias. Et j'avais compris pourquoi tout le monde essayait désespérément d'éviter Belize.

Les patrouilles étaient une autre histoire. Il s'agissait en gros de collecter des renseignements pour se préparer à l'invasion des « Guats ». Par groupes de quatre à six, nous étions largués par hélicoptère sur la frontière, ou à proximité, pour passer entre dix jours et deux semaines à différentes activités. J'adorais ça.

L'économie de Belize se limite, semble-t-il, à la culture du pamplemousse et de la marijuana, à la prostitution, au commerce avec l'armée britannique, et aux emplois dans la garnison. J'appris qu'un tiers des revenus de Belize provenait du cannabis. De temps en temps, avec une certaine frénésie, la police fait une descente et met le feu aux champs. Ce qui permet au gouvernement d'affirmer qu'il s'attaque au problème de la drogue. Mais elle ne détruit qu'un vingtième des cultures. Et pourquoi en ferait-elle davantage, puisque la drogue est une source de revenus? Mais nous n'avions rien à voir avec la lutte contre la drogue en Amérique Centrale, et de plus, dans ce secteur du monde, elle fait vraiment partie du paysage.

À environ une heure de notre camp, Gilbert vivait au bord d'une piste. Il était Indien et ses maigres terres nourrissaient une famille pléthorique. Pour joindre les deux bouts, il bossait avec nous et nous accompagnait dans la jungle, où il nous aidait à construire des abris et enseignait les techniques de survie aux équipes d'hélicoptères et aux pilotes de Harrier. Ils apprenaient comment survivre au ralenti en attendant les secours, s'ils ne s'étaient pas tués en s'écrasant. Gilbert nous assistait également dans la formation des nouveaux sous-offs de la garnison aux tactiques de jungle, qu'ils transmettaient ensuite à leurs hommes. Belize étant une position opérationnelle, c'était donc un gros boulot pour le bataillon. Et c'était le bon côté de Belize pour nous, parce que c'était du concret.

La maison de Gilbert, construite en parpaings et en tôle ondulée, était très bruyante. À l'intérieur il n'y avait qu'une seule grande pièce, coupée en deux par un rideau : d'un côté, la chambre des parents, de l'autre, deux lits doubles pour les huit enfants. « L'eau courante » provenait d'un tuyau d'arrosage relié à un tuyau principal et les toilettes étaient un simple trou, à l'extérieur. Gilbert nous offrait toujours un café et quelque chose à grignoter. Et nous lui apportions chaque fois une bouteille de Famous Grouse pour le remercier de son hospitalité. Il vivait depuis toujours dans la jungle, ou pas loin, et il avait sans cesse des nouveautés à nous montrer. Un jour que nous lui rendions visite pour lui parler d'une formation programmée sous peu, de fil en aiguille, on en arriva à la quantité de drogue envoyée de Belize aux États Unis.

Il dit : « Pour les gens d'ici, c'est pas un problème. Si ça se vend, tant mieux, et ils seront plus que contents d'en tirer de l'argent. À une demi-heure d'ici, cette piste devient une très bonne route, sans nids de poules et bien dégagée de chaque côté. C'est un point de ramassage de la drogue. La nuit, la route est balisée par les phares des voitures et sert de piste aux avions, qu'on entend se poser et charger leur cargaison. Qu'est-ce que ça peut bien faire, finalement ? Si l'Amérique veut consommer de la drogue, qu'elle le fasse ! »

Je préférais être loin de ce genre d'histoires. Dans nos sacs de combat nous emportions juste assez de nourriture pour la durée de la patrouille. Nous n'avions qu'un repas principal par jour, habituellement du riz ou des pâtes, en ration déshydratée, à laquelle nous ajoutions de l'eau chaude, et, comme dans toutes les jungles du monde, ce n'est pas l'eau qui manquait.

Comme tenue de rechange, j'emportais une paire de baskets, des chaussettes, un Tee-shirt de camouflage et un short, celui, kaki, des années 50, hérité du service national en Extrême-Orient et qui a l'air de sortir tout droit du feuilleton télé *It ain't half hot mum*. J'avais une couverture de survie pour la nuit, un poncho et un hamac, et c'est tout. Moins j'étais chargé, moins je serais crevé.

Le brêlage consistait en chargeurs de rechange, un TACBE (balise/radio) individuel, de l'eau, une trousse de premier soins et des rations d'urgence. Sur mon brêlage, je portais trois bouteilles d'eau stérilisée, environ trois litres, que je renouvelais sans arrêt. L'eau avait un goût dégueulasse et, forcément, le thé ne valait guère mieux. Suivant les procédures standard en opération, chaque homme portait quinze mètres de sangle en Nylon fort. Nous devions traverser de multiples rivières. Chaque fois, le premier homme attachait un mousqueton à la sangle autour de sa taille puis il nageait comme un fou. Sur l'autre rive, il fixait la sangle et les autres y accrochaient leur équipement pour traverser à leur tour. Le courant, à cause des crues, était impressionnant.

Je transportais en permanence deux seringues de morphine, ma machette, ma montre, ma boussole Silva et ma carte. Un morceau de paracorde tenait ma machette autour de ma taille. J'avais opté pour le modèle khukri utilisé par les Gurkhas, plutôt que pour celui de l'armée britannique, une espèce de coupe-coupe. Ce dernier n'est utile ni contre l'homme ni contre les animaux, et il est juste bon à aplatir le bois sans l'entamer. Les indigènes de la jungle utilisent une machette dont la lame est plus lourde au bout, ce qui lui donne la force nécessaire pour couper. Le Régiment utilise de préférence le vieux modèle des Ibans,ou comme moi un khukri, qui sont tous deux bien lourds au bout et ils tranchent dans les arbres comme une tronçonneuse.

Le paquetage de mission comprend l'émetteur et la trousse médicale. Lorsqu'il fallait installer un poste d'observation à proximité de la frontière, par exemple, nous devions également emporter tout le matériel nécessaire.

L'humidité élevée, associée à la chaleur accablante, impose en théorie une limite précise au poids que chaque homme peut transporter. Il n'aurait pas fallu dépasser quinze kilos, mais tout cela reste vraiment théorique. Nous n'emportions pas la vaisselle en fer blanc du mess, inutile de toute façon. Notre quart en métal et une petite poêle à frire antiadhésive, idéale pour faire cuire le riz, nous suffisaient.

L'arme préférée dans la jungle est le M16 ou le 203. Pas besoin de les nettoyer souvent, donc pas de perte de temps ni d'énergie pour les garder en bon état.

Par principe, un des types ne touchait jamais à son M16. Il disait : « Je sais que ça marche, j'ai toute confiance en cette arme, donc pas besoin de la nettoyer. » Et de fait, quand vous appuyez sur la détente, ça fait « boum » et une balle en sort au bout? Que demande le peuple?

Les nouveaux venus trouvent parfois absurdes certaines pratiques dans la jungle. Mais ils ont tort. Prenez les bandeaux dans les cheveux. Dans l'armée, on porte ce genre d'accessoires pour frimer ou jouer à Rambo. Mais il faut savoir que dans la jungle, on sue tout le temps. Votre visage est couvert de crème de camouflage et d'antimoustiques. Quand ça coule dans vos yeux, non seulement ça pique horriblement, mais ça vous empêche de voir correctement, ce qui n'est pas conseillé si vous êtes éclaireur. Seule solution : les bandeaux dans les cheveux.

Lorsque nous arrivions dans un village près de la frontière, les autochtones se dispersaient dans la nature. Ils avaient trop l'habitude que les « Guats » passent la rivière et leur piquent leurs femmes sous la menace de leurs fusils. Et les villageois n'auraient pas pu nous reconnaître à notre tenue de camouflage, parce qu'on n'en voyait plus les motifs, sous la boue et la transpiration.

« Village », c'était vite dit pour quelques cabanes en bois. Des cochons se vautraient dans des mares de boue, des poulets et des enfants couraient entre les cabanes ou sur l'inévitable terrain de foot. Les gosses se foutaient bien qu'on soit des « Guats » ou des « Brits ». Ils venaient vers nous et ils attendaient des cadeaux. Je les adorais. Nous ne pouvions pas nous comprendre, mais qu'est-ce qu'on se marrait ! Dans certains villages, l'électricité était fournie par un générateur, ce qui était une nouveauté. Autre innovation : les volontaires de l'American Peace Corps en visite. Véritables missionnaires d'aujourd'hui, ces jeunes entre vingt et trente ans importaient des notions d'hygiène et de médecine préventive, pour le mieux être de tous. En tout cas, c'est ce que disait l'American Peace Corps. Le fait est que les indigènes vivaient de la même manière depuis des siècles et que, brutalement, ils devaient faire face à de nouvelles maladies, une nouvelle culture et une nouvelle religion. La ville avait perverti l'âme de ces villages, dont les gosses réclamaient maintenant des jeans et des cigarettes américaines. Et de se tirer de là, dès qu'ils étaient assez grands pour le faire.

À notre arrivée, nous allions d'abord directement saluer le chef du village. Nous lui serrions la main et lui disions des choses comme : « Salut, vieux, alors ça roule ? On pourrait pas utiliser votre cabane ? » Alors il dégoisait pour nous répondre, des blagues probablement. Sa cabane servait souvent de mairie, et nous pouvions facilement y passer la nuit en échange d'un chargeur ou de rations. À partir de cette base, nous passions aux B.A. Les villageois comprenaient vite que nous n'étions pas des « Guats » mais « leurs amis les Anglais ». Dès qu'ils voyaient notre trousse médicale modèle géant, ils se pointaient avec des bébés, ou des mioches enrhumés qui toussaient et des vieillards pleins d'écorchures et de douleurs. Nous disposions de tonnes de médicaments, à utiliser avec précaution, parce qu'ils n'étaient pas encore habitués aux médicaments occidentaux. On sait qu'un type tombe raide avec deux aspirines, s'il n'en a jamais pris. La moitié du temps nous leur donnions un placebo, en l'occurrence une cuillerée d'eau, dont nous affirmions que c'était une concoction magique. Et une gorgée de ce remède aux bébés faisait le bonheur des mères.

Des familles entières, des grands-parents aux nouveau-nés, logent dans les longues cabanes en bois recouvertes d'herbe pour faire le toit. Dans un coin, il y a un réchaud et une feuille de métal utilisée comme grill. C'est là que cuisent les tortillas de maïs, base de leur alimentation. Ils le cultivent dans la jungle, après en avoir fait brûler des secteurs entiers, qu'ils dégagent ensuite patiemment pendant des semaines. D'autres cochons, d'autres poulets et encore des gosses entrent et sortent librement. Entre le feu de bois et les cigarettes, la cabane est toujours remplie de fumée.

Leur vie est incroyablement primitive, mais ça me plaisait d'être admis à la partager un peu. J'adorais retourner dans un village et constater qu'une blessure, que j'avais suturée six semaines plus tôt, était guérie ou qu'une gamine, clouée au lit par le croup, gambadait à nouveau sur le terrain de foot.

Bien sûr, nous avions autre chose à faire que panser les blessures et soigner les maladies. Tout en m'occupant d'eux, je leur posais des questions : avaient-ils vus des « Guats » passer la frontière, par exemple? D'une patrouille à une autre, nous tissions petit à petit des relations entre nous, et nous finissions par nous reconnaître. Ils nous fournissaient des renseignements, mais ils nous donnaient aussi des trucs utiles pour vivre dans la jungle, comme les planques des poissons, par exemple, ou les plantes comestibles.

Nous faisions un gros boulot de liaison avec les Harriers. En cas de déclenchement d'hostilités, nous aurions à lancer des frappes aériennes sur des cibles prédéfinies, de l'autre côté de la frontière : centrales électriques et usines de désalinisation. Pour cela, nous nous rendions sur place, marquions les objectifs, et dirigions les Harriers jusqu'à nous par radio. Nous passions beaucoup de temps à pratiquer la communication radio avec les pilotes, parce que c'est plus compliqué de diriger un avion à travers la voûte de la végétation. Nous utilisions des ballons de repérage, oranges, qui percent le feuillage, restent au-dessus des frondaisons et font office de relais dans la communication radio avec les avions.

Étant le roi des paresseux, j'aimais la vie dans la jungle. On n'y a que deux thèmes de préoccupation : le sec et l'humide. La plupart du temps, nous prenions le thé avec les gens du bled. Mais le gros avantage c'était que je ne dépensais rien. J'étais encore loin d'avoir les fonds suffisants pour prendre un crédit et m'acheter une maison, alors je me servais de ce voyage pour mettre de côté tout ce que je pouvais. J'économisais sur les timbres, par exemple, en n'écrivant à personne en Angleterre. Et il va sans dire que je ne recevais pas de réponses.

Il y avait un endroit délicieux près de Belize City appelé Raoul's Rose Garden (La Roseraie de Raoul). La première fois, je m'attendais à un salon de thé élégant, dans le style colonial, avec un pianiste et des canapés au concombre. En réalité, c'était un bâtiment en parpaings, délabré avec des tables et des chaises bancales et des putes encore plus bancales. Le décor était minable et bien représentatif de l'Amérique Centrale. Les moustiques piquaient plus à l'intérieur qu'à l'extérieur et l'orchestre jouait non-stop des standards latinos. La seule bonne chose au Rose Garden, c'est qu'il était interdit aux troufions. Les jeunes y tentaient toujours leur chance, et dans d'autres bordels, mais ils y chopaient des syphilis épouvantables. Parfois je les voyais revenir, bras dessus, bras dessous, avec une prostituée dont ils étaient tombés amoureux, alors que ces filles ne cherchaient qu'à se faire épouser rapidement pour avoir un passeport pour l'Angleterre et suivre leur militaire à son départ.

Les Royal Marines étaient le bataillon en résidence à l'époque. Chaque matin à 6 heures et demie, le quartier général et les compagnies de soutien faisaient en courant un circuit de trois miles à travers le camp. Une fois, de temps en temps, ces deux cents types à la queue-leu-leu tombaient sur un soldat de l'Intendance ou un technicien du REME, par exemple, en route pour la salle de garde, main dans la main avec une pute. Et la bleusaille les dépassait en courant et en gueulant bien fort une note de 1 à 10 pour la fille.

Un jeune type du ravitaillement épousa une Indienne d'Amérique Centrale. Elle ne dépassait pas un mètre cinquante et elle était somptueuse. Dans son idée, vendre son corps n'était pas de la prostitution, mais une manière de gagner sa vie, c'est tout. Ils se marièrent et elle le suivit au Royaume-Uni. À Catterick, elle passa une année à se faire sauter à tire-larigot par tout ce qui portait un uniforme. Elle les faisait tous baver et, en plus, elle faisait ça pour le fric. Évidemment le mariage vira à l'eau de boudin et elle revint faire carrière chez Raoul, où elle faisait circuler des photos en les commentant : « Là, c'est moi devant la NAAFI à Catterick, et là, c'est moi en train de faire des courses à York. »

Chaque vendredi soir, le mess des sergents de la garnison organisait une fête, une espèce de « portes ouvertes » à toutes les femmes du coin. Elles venaient en troupeaux, mais pas pour la musique ni pour la conversation. C'est la distribution gratuite de poulet-frites à 22 heures qui les attirait. Elles se pomponnaient pour l'occasion et se mettaient sur leur trente-et-un, pour être les plus belles.

Une fois de plus nous étions allongés sur nos lits, à regarder le ventilateur tourner en rond. Un des types avait reçu une lettre de ses gosses, avec un dessin qui les représentait en train de promener le chien. Mais on aurait plutôt dit un homme avec la tête passée dans un nœud coulant. « Je veux ce dessin, dis-je, et je vais le coller au mur, parce que, je vous préviens, c'est exactement ce que je vais faire, si je dois rester encore à Belize. Vous pouvez être sûr que je vais me pendre, bordel ! »

Jock reçut une lettre de sa fiancée. Elle lui disait qu'elle n'était plus aussi pressée de se marier. Il était sacrément déprimé parce que, de si loin, il n'y pouvait rien. Nous décidâmes de faire la fête avec lui. Nous préparâmes du punch avec quelques bouteilles de rhum et une boîte d'ananas en morceaux, et passâmes une heure ou deux dans sa chambre. Nous n'étions pas conviés à la fête, mais nous l'entendions très bien de chez nous, tout en refaisant le monde, une fois de plus. Vers 23 heures 30, nous nous sentions mieux et je proposai soudain d'aller chez Raoul. Nous sortîmes de son lit le caporal qui gérait les véhicules, pour qu'il nous file une Land Rover. À notre arrivée, quelques invités du mess des sergents étaient là aussi, des gradés. Tout débraillés, ils pourchassaient les travailleuses autour des tables.

L'un des gradés essayait d'enseigner à l'orchestre un numéro de Mungo Jerry. La situation dégénéra et la direction, Raoul en l'occurrence, fit appel à la police militaire.

Deux jeunes caporaux débarquèrent pour essayer de nous faire partir. Tout le monde sait que, dans la police militaire, les nouvelles recrues sont d'emblée promues à un grade qui leur donne quelque autorité, et nous prîmes très mal que ces gamins de 19, 20 ans nous disent : « Allez, on se calme. Tous dans la camionnette, nous allons vous reconduire au camp. » C'était peut-être raisonnable, mais qu'ils aillent se faire foutre.

Les sergents étaient trop réglos pour gueuler après un caporal, qui ne faisait que son boulot. Mais, nous, par contre, nous avions décidé de ne pas nous laisser emmener où que ce soit, pour la bonne raison que nous n'avions rien à voir avec la garnison, et que nous ne causions aucun trouble. Il y eut un peu d'agitation et, au bout d'une demi-heure nous cédâmes, et ils nous déposèrent derrière les lignes de la section F. Les mess des sergents et des officiers se touchaient plus ou moins et la section F était entre les deux.

Il faisait incroyablement chaud cette nuit-là. En rentrant, nous otâmes nos vêtements et trainâmes en slips et en tongs. Ma tête tournait. Assis sur les lits nous nous plaignions de tout et de rien. Nous décidâmes finalement de casser la croûte.

Je sortis le réchaud à hexamine sur le pas de la porte, pour préparer une friture de corned-beef. On avait balancé des trucs partout parce qu'on était beurré, et on avait même fini par enlever nos slips.

Malheureusement, au moment où notre barbecue battait son plein, tous les officiers accompagnés de leurs épouses commencèrent à sortir du mess. Les officiers firent instantanément la grimace en voyant ces troufions, à poil, allongés en étoile sur l'herbe, pétant, gueulant, rigolant, et ronds comme des queues de pelles. Le singe giclait dans tous les sens, et, par endroits, l'herbe était en feu.

L'un des officiers vint vers nous et dit : « Je vous conseille de remballer tout ça. »

Sandy répondit : « Ben, moi je vous conseille d'aller vous faire foutre. »

Les officiers partirent fous furieux. Malgré mon état, j'eus l'intuition bizarre qu'on n'avait pas fini d'entendre parler de cette histoire.

À mon réveil, l'endroit était un désastre. Une serviette mouillée sur la tête, je pensai qu'on ferait peut-être bien de tout nettoyer. Armés de seaux et de serpillières, nous mîmes vaguement de l'ordre. Puis nous fûmes convoqués par le type qui dirigeait la section F à ce moment là. C'était l'adjudant de la section B, à Belize pour trois semaines.

« Vous avez encore foutu le bordel, hurla-t-il, et ça ne fait plus rire personne. »

On nous suggéra une contribution volontaire à la caisse de l'escadron. D'habitude, elles allaient de 5 livres à des centaines de livres, suivant le bordel en question, et le contexte. Trois d'entre nous durent payer 300 livres et les deux autres 250. C'était dur pour Sandy et moi, car nous faisions des économies sur tout, entre autres en ramassant les bouts de savon abandonnés sur les lavabos pour reconstituer des barres en les comprimant ; ou en utilisant des lames de rasoir récupérées malgré les risques d'hépatite. Et surtout nous rapportions toutes les bouteilles de coca ou de limonade que nous pouvions trouver, en échange de 2 cents de consigne par bouteille.

Dans la jungle, une simple égratignure peut dégénérer gravement. Les champignons, les parasites et les maladies exotiques se liguent pour empêcher toute cicatrisation. Fat Boy revint d'une patrouille dans un sale état, avec une bilharziose et une infection du foie. On aurait dit un fantôme, et il resta longtemps à l'hôpital.

Je me blessai au genou et, en quelques jours, l'articulation enfla aux dimensions d'un ballon de foot et se couvrit de boutons dégoûtants. Quand je pliais la jambe, le pus suintait et l'articulation craquait sinistrement.

En très peu de temps, il me fut impossible de bouger et on dût me ramener de la jungle par hélicoptère. Il y avait toujours une escorte pour rapatrier les blessés, et j'appris qu'on m'envoyait quelqu'un du Woolwich Hospital pour s'occuper de moi. Le film était tout prêt dans ma tête : un sosie de Bo Derek me tenait la main et rafraîchissait mon front entre ici et Washington, puis jusqu'en Angleterre. Ça finissait par nos fiançailles à l'arrivée à Woolwich.

Je fis mon paquetage et je me tins prêt à partir par le vol du mercredi soir. J'était allongé sur mon lit, lorsqu'on me présenta l'escorte envoyée par Woolwich. Bo Derek avait beaucoup vieilli et perdu ses cheveux. De plus elle s'était laissé envahir par la moustache et une bedaine de buveur de bière. On peut dire aussi que Nigel ne se distinguait pas par son sens de l'humour et il m'avait tout l'air d'appartenir à une secte, du genre de celles qui prophétisent la fin du monde pour un futur proche, ô mes frères.

Je passai deux ou trois jours au Woolwich Hospital, mais rentrai à Hereford à temps pour Noël, sa dinde et son pudding. Quelque temps plus tard, j'appris que mon offre pour une maison à Hereford était acceptée. J'étais enfin un yuppie intégral, propriétaire de surcroît. Et je me dis : encore dix-mille bouteilles de coca et je pourrais m'acheter mes premiers meubles.

20

C'était une maison moderne à deux niveaux, avec deux pièces par étage. Elle était en vente à 25 000 livres, et j'étais ravi parce que, grande victoire, je l'avais fait baisser de 500 livres. L'installation était rudimentaire, mais je n'avais ni le temps ni les moyens d'entamer les moindres travaux. Pour économiser sur mes frais, je ne fis pas installer le gaz, et je faisais bouillir mon eau sur un réchaud à hexamine, posé dans l'évier en inox. La bouilloire venait de ma chambre à la caserne.

Le jour suivant mon emménagement, j'achetai un four à micro-ondes, et je mangeais tout ce que je pouvais y préparer. Je m'achetai une télé, une petite chaîne, et c'est à peu près tout. Bref, c'était la garçonnière type avec des murs nus, une chaise, un lit et un chat en porcelaine, laissé par le propriétaire précédent sur la cheminée.

Le jardin était à l'abandon, et n'ayant ni tondeuse à gazon ni outils, j'en empruntai à un copain qui habitait au coin de la rue. Je faisais ma lessive au camp. Même le dimanche je dînais au boulot, ou bien je descendais au pub pour vider des plateaux de saucisses. Le plus souvent, j'allais en ville dans ma Renault 5 pourrie, pour acheter des plats tout préparés chez le Chinois. J'étais heureux, je faisais partie de la génération Thatcher.

Dans un bar, un soir vers Noël, je liai conversation avec une fille, du nom de Fiona. Nous en arrivâmes à parler de nos domiciles respectifs.

« Je viens d'acheter une maison près de la base, dis-je, en donnant le nom de la rue. Au numéro 4.

– C'est pas vrai ! elle se mit à rire. J'habite au numéro 2, donc tu es mon voisin. »

Elle venait du Hampshire. Elle avait déménagé à Hereford pour vivre avec son compagnon, mais ça n'avait pas duré. Ne voulant pas retourner chez elle, elle s'était installée dans une maison de location et travaillait en ville.

Elle était grande, elle avait de longs cheveux bruns et une grande aisance. Nous passions avec plaisir du temps ensemble et nous commençâmes à sortir ensemble. Je me disais que tout s'arrangeait pour moi : une nouvelle maison, un micro-ondes et une nouvelle copine. Qu'est-ce que je voulais de plus ? Mais nous n'étions pas plus tôt ensemble qu'on m'annonça le départ de l'escadron pour l'Afrique.

L'A.N.C. * était le principal opposant au régime d'apartheid en Afrique du Sud. Décapité un moment par l'arrestation de Nelson Mandela et de ses lieutenants, au début des années 60, il avait repris son dynasmisme après les émeutes de Soweto en 1976. Chaque fois que le gouvernement interdisait un groupe noir d'opposition, l'A.N.C. récoltait de nouvelles adhésions. En 1980, il lança avec succès une vague d'attentats contre des usines.

En décembre 1982, l'armée sud-africaine lança un raid sur le Lesotho et tua 42 membres de l'A.N.C. à Maseru. En mai 1983, une voiture piégée devant le ministère de la Défense, à Pretoria, tua dix-neuf personnes et en blessa plus de deux cents, dont de nombreux civils noirs. Les attentats s'intensifièrent après les émeutes de 1984-86. Et des dizaines d'attaques à travers l'Afrique du Sud firent de nombreuses victimes.

Puis en juin 1985, les forces sud-africaines firent une descente sur Gaborone, la capitale du Botswana. Elles visaient plusieurs maisons où douze membres présumés de l'A.N.C. furent tués dans leur sommeil. Le gouvernement sud-africain prétendit que les guérillas de l'A.N.C. utilisaient le Bots-

* L'African National Congress. *(N.d.T.)*

wana comme base pour leurs attaques en Afrique du sud, entre autres lors de récents attentats, qui avaient tué des fermiers blancs près de la frontière. Le Botswana rejeta ces accusations, prétendant qu'au contraire il s'efforçait d'empêcher toute activité militaire de l'A.N.C. sur son territoire.

Le Botswana demanda l'aide des Britanniques. Le ministre des Affaires Étrangères, Sir Geoffrey Howe, décida d'y envoyer un escadron du Régiment, c'est-à-dire quatre-vingts hommes. Ils étaient chargés de former les soldats du Botswana à la défense de leur pays contre les expéditions de Big Brother. Des soldats sélectionnés dans le B.D.F. (Botswana Defence force) devaient ainsi se familiariser avec les techniques de contre-attaque offensive et seraient à même de neutraliser les raids sud-africains. Nous devions travailler dans le nord du pays, loin de la frontière avec l'Afrique du Sud. En aucune manière nous ne devions affronter le S.A.D.F. (South African Defence Force).

Les U.S.A. avaient voté un programme d'aide militaire au Botswana, d'un montant de dix millions de dollars et devaient fournir, prochainement, à la B.D.F., un certain nombre d'hélicoptères pour muscler sa flotte aérienne. Les U.S.A. formaient de leur côté les forces de sécurité aux techniques de contre-espionnage pour contrer l'infiltration d'agents sud-africains. Notre formation faciliterait pour la B.D.F. la détection de toute contre-infiltration de guérillas par l'A.N.C.

Nous entreprîmes l'organisation et la préparation de la mission. C'était top secret. L'escadron devait s'envoler de Brize Norton pour le Kenya, ce qui n'attirerait pas l'attention, puisque c'est un mouvement de troupes assez courant. De là, par petits groupes, nous devions gagner le Botswana suivant différents itinéraires et ordres de route.

Arrivés au Kenya nous nous séparâmes. Six d'entre nous restèrent quelque temps sur place, et les autres partirent passer quelques jours dans d'autres pays africains, en attendant de s'infiltrer au Botswana par petits groupes pour rejoindre le point de ralliement. Certains des types restant au Kenya partirent en safari, en attendant leur heure. Moi, je traînai avec Ben, nouveau venu écossais dans l'escadron. Nous nous rendîmes dans un restaurant, le Carnivore, réputé pour sa viande, dont on pouvait consommer une quantité illimitée pour l'équivalent de 2 pence. Je bâfrai tant que je pouvais et chopai une intoxication alimentaire qui me cloua deux jours au lit.

Mon groupe de six s'embarqua finalement sur un vol pour le Zaïre. Là nous trainâmes quelque temps, puis nous nous envolâmes pour la Zambie. Le pays grouillait de Russes. Avec leurs cheveux plaqués en arrière, des favoris qui leur mangeaient les trois quarts du visage, leurs costumes démodés et leurs chaussures en plastique, on aurait dit de mauvais imitateurs d'Elvis dans les années 70.

Pour tuer le temps, avant de quitter l'aéroport de Zambie, nous observions les Russes et ils nous observaient. Ils savaient qui nous étions, et nous savions qui ils étaient. Pourtant, officiellement, nous faisions une tournée de rugby à 7. Personne ne nous posa la moindre question et ça valait mieux. À l'époque, on aurait pu m'assommer à coups de ballon de rugby sans que je puisse identifier l'objet. De plus, nous n'étions que six, et l'histoire du rugby à 7 était plutôt tirée par les cheveux.

Un petit avion à hélices finit par nous emmener avec les Russes – trois ou quatre « officiels » – et un groupe de musique pop qui, visiblement, faisait sa tournée de toutes les unités militaires. Le batteur sortait tout droit d'une pochette d'album, celui de Woodstock, avec des pattes d'eph, un bandeau dans les cheveux et un Tee-shirt « Cat Stevens ». À le voir faire des gammes imaginaires sur le magazine qu'il avait posé sur ses genoux, on voyait bien qu'il n'était pas plus batteur que moi j'étais Walter Spanghero.

Nous nous posâmes sur une piste en tôle aménagée au centre du Botswana. Quelques types de l'escadron étaient déjà arrivés et certains d'entre eux soignaient des blessures. Le commandant d'unité et Fraser se pointèrent. Fraser s'était cassé la clavicule et déambulait avec un bras en écharpe. Nous partîmes en voiture pour le rendez-vous, qui, comme c'était prévisible, se tenait dans un hangar d'aviation.

Pendant les jours suivants, les autres arrivèrent d'un peu partout par petits groupes. Ceux qui venaient du Zimbabwe étaient dans un état à peu près correct. Ils avaient tous passé une journée à bronzer. Mais Toby, mieux connu sous le surnom de Slaphead (ou « patinoire à mouches », vu qu'il était chauve depuis l'âge de neuf ans, ou presque), Slaphead, donc, s'était endormi au soleil sur le toit de l'hôtel. Il avait le torse entièrement brûlé, et son visage, surtout le front, pelait déjà.

En attendant, les « bouffeurs de glace » dégottèrent un avion turbo Islander. Nous pouvions y monter à sept en nous serrant et nous partîmes sauter. Nous voulions pratiquer nos techniques d'infiltration dans cette partie du monde, dotée de radars pas trop sophistiqués. Je sautais comme un malade pendant les trois ou quatre jours suivants, me replongeant avec délices dans la chute libre. Nous montions jusqu'à 4 000 mètres, nous sautions, et ainsi de suite. Je m'éclatais, c'est le moins qu'on puisse dire.

Un jour, je devais me « mettre en flotteur ». Du fait de l'étroitesse des portes dans cet avion, tout le monde ne peut pas sauter en même temps. Et, comme nous montions seulement à 4 000 mètres, il fallait sauter à sept en même temps. Pour cela divers « flotteurs » sortent de l'avion, avant le saut, et se cramponnent à l'extérieur à tout ce qui dépasse.

Je devais « flotter » à l'arrière, et, pour sortir, il me fallait placer ma main gauche sur le côté gauche de la porte, caler mon pied gauche contre le coin inférieur du cadre, puis me jeter dehors et m'accrocher avec ma main droite à un morceau du fuselage. Manque de chance, je merdai. Au moment où je me balançai dehors, je perdis pied et commençai à descendre tout droit en chute libre, bien avant le moment prévu. Pour arranger les choses, c'était juste au-dessus d'une ville.

Je n'avais aucun moyen de couvrir suffisamment de distance pour atteindre la zone de poser, mais je tirais au maximum les élévateurs, pour essayer. Avec le vent dans le dos, je faisais environ du 25 nœuds, mais je perdais trop d'altitude. Bientôt, je devrais me retourner face au vent pour atterrir. J'observai le sol, essayant de m'organiser. Sous moi, je ne voyais que des pylônes à haute tension et des voitures qui fonçaient à toute allure sur des routes, et puis des foules de gens qui sortaient des immeubles pour regarder cette petite chose bringuebaler sous une grande coupole bleue.

J'évitai de justesse une ligne à haute tension et atterris pile dans une rue, entre des voitures. C'était vraiment un mauvais atterrissage, parce que je me tapai le cul très fort et fus enveloppé par le parachute. Immédiatement, des centaines de petites mains commencèrent à tirer sur le tissu, en criant et riant joyeusement. Je voyais déjà mon parachute déchiqueté en mille morceaux et je criai la première chose qui me passa par la tête.

« OK d'accord ! »

Une centaine de voix reprit en cœur : « OK d'accord ! OK d'accord ! »

Je pliai mon parachute et m'assis au bord du trottoir pour bavarder avec mes nouveaux amis, en attendant qu'une camionnette vienne me chercher.

« OK d'accord ?

– OK d'accord ! »

Nous étions en pleine conversation, lorsque le véhicule arriva. Pendant des jours après ça, tout l'escadron ne m'adressa plus un mot sans y ajouter systématiquement : « OK d'accord ! »

On nous déposa au camp de base des opérations. Une fois les lits de camp déballés, les matelas pneumatiques gonflés et les sacs de couchage étalés, nous avions reconstitué notre univers. Le camp était implanté dans un groupe de bâtiments décatis. Comme tout en Afrique, les murs se fendaient et le plâtre se détachait par plaques. Nous branchâmes quelques luminaires au générateur pour pouvoir lire. Fiona m'avait offert *Le Roman du Graal* ; j'avais commencé par lire *Holy blood, Holy Grail* pour en savoir assez et emmerder Frank Collins sur des sujets religieux. Mais je finis par me passionner pour l'histoire médiévale et j'entraînais la pauvre Fiona dans la visite d'innombrables églises, forteresses et châteaux du Moyen Age.

La région subissait régulièrement des incursions sud-africaines. Pour résumer, la S.A.D.F. sortait d'Afrique du Sud, virait un petit coup à gauche et remontait vers l'Angola le long de la bande de Caprivi. Notre arrivée attira beaucoup l'attention, parce que personne ne savait si nous étions du lard ou du cochon. Pour les gens du bled, tout blanc avec un fusil était forcément sud-africain.

Dès notre réveil, des centaines et des centaines de villageois s'agglutinaient le long de la clôture. Ils attendaient leurs petits cadeaux. Une fois de temps en temps, je leur donnais les sucreries de nos rations et une boîte de thon ou quelque chose du genre. Ils avaient toujours l'air désespéré et on aurait dit qu'ils allaient mourir de faim. La vérité, c'est qu'on regorgeait de boîtes de conserves bien attirantes, et qu'elles excitaient leur envie.

Puis, à notre grande surprise, un vendeur de glaces se montra un jour avec son camion. Je me serais cru à Blackpool, avec le même carillon pour attirer le client. Il venait de très loin, parce que, sans doute, il avait entendu dire que le Septième Peloton était dans le coin.

Nous consacrâmes la semaine à nous organiser et à tout préparer. On nous présenta un personnage, surnommé « Gilbert l'homme-serpent », qui vint nous briefer sur tous les types de serpents, vénéneux ou non.

« Il y a deux manières de traiter une morsure, nous dit-il. La première c'est de panser la blessure et de chercher un antidote, s'il existe. La seconde est de rester allongé très calmement dans son sac de couchage et d'attendre la mort. »

Nous fîmes cercle autour de lui, tandis qu'il déballait toutes sortes de serpents de leur sac. Soudain il en exhiba un qui avait une tête de brute, et surtout l'air de détester cordialement les hommes en shorts et en tongs. Le serpent glissa des mains de Gilbert et mit les voiles, en crachant son venin dans tous les sens. En une fraction de seconde, les gros durs du S.A.S. se retrouvèrent suspendus aux arbres, accrochés aux véhicules, ou en plein sprint vers la clôture d'enceinte. Il était vraiment très en colère, ce serpent, et, n'ayant pas trouvé d'homme à se mettre sous la dent, il s'attaqua à un fourgon en plantant ses crocs dans les pneus. Je n'ai jamais su comment il a été recapturé et remis dans son sac. Faut dire que de mon refuge, sur le toit du camion de glaces, à cent mètres de là, je ne voyais pas grand-chose.

C'était reparti pour un tour et les indigènes nous emmerdaient dans les grandes largeurs. Comme chaque fois que nous passions quelque part après d'autres occidentaux, les gens s'attendaient à ce qu'on leur donne des trucs. Si on ne le faisait pas, en gros ils nous harcelaient par leurs demandes et leurs comportements. Ils recevaient tant d'aides diverses de tant de sources différentes, qu'ils n'éprouvaient même plus de reconnaissance, comme si c'était un dû. Les nations étrangères ne comprennent pas que la seule aide valable, c'est l'éducation, et qu'il faut enseigner aux autochtones tout ce qui les aidera à être productifs. Au lieu de quoi on leur envoie 600 tonnes de blé, par acquit de conscience. Et c'est ainsi qu'on fabrique des peuples assistés, incapables de redresser leur propre économie.

Un jour, on décida que leur harcèlement avait assez duré. On découpa des petits cubes dans nos blocs de carburant solide, pour les réchauds, qu'on tartina de confiture et on disposa le tout sur des assiettes. Puis, chaque fois qu'ils débarquaient en nombre, on les envoyait se faire foutre avec nos friandises. Ils se jetaient dessus et les avalaient vite fait. Au bout de trois mastications, le goût du carburant les attaquait et ils recrachaient leurs bouchées en s'étouffant à moitié. Et personne ne revenait se servir.

En tant que commandos de chuteurs, et en attendant le moment de nous exercer contre les radars locaux, nous étions vraiment livrés à nous-mêmes. Et il ne nous restait qu'à nous entraîner tout seuls, avec nos armes, mais d'une manière générale, on glandait. En déplacement, comme ici, on sortait les haltères et on suspendait les punching-balls aux arbres. Les types faisaient un tour en courant autour du camp, puis enchaînaient des séries d'exercices avec les « appareils » disponibles. par exemple, à la suite, deux minutes au punching-ball, deux minutes de saut à la corde, deux minutes de repos, puis deux minutes aux haltères, deux minutes de saut à la corde, deux minutes de repos. Après une dizaine de séries, on terminait par une autre course autour du camp.

Les autres pelotons disparurent les uns après les autres pour leurs missions spécifiques. Nous fûmes regroupés avec le Neuvième Peloton dans le massif montagneux du Tsodilo. Pour y aller, il fallut rouler deux ou trois jours dans le désert du Kalahari, à travers de vastes plaines couvertes de broussailles et de poussière.

Le deuxième jour, à un croisement de pistes après des kilomètres de brousse sableuse, une enseigne sur une masure en boue séchée signalait un café. Le propriétaire, un vieux type de plus de quatre-vingts ans, somnolait dans un hamac. À l'intérieur, ni tables ni chaises, et pas d'électricité non plus. Juste une étagère avec quelques bouteilles de Fanta et une pancarte, qui datait d'au moins vingt ans, et qui vantait les mérites des cidres Bulmer, fabriqué à Hereford. Les bouteilles de Fanta étaient chaudes, et il valait mieux s'en abstenir. Par contre, après négociation, le vieux nous vendit sa publicité Bulmer, que nous fixâmes sur le tableau de bord de la 110.

Nous arrivâmes au camp du Neuvième Peloton, le troisième jour, dans l'après-midi. C'était un terrain étrange, totalement plat, entouré de montagnes abruptes. Elles me donnaient le frisson.

« J'ai vu cette région pour le Bac, en cours de géo, dit Tiny. Il y a des milliers de peintures rupestres dans les collines et alentour, des scènes avec des élans et des girafes peintes par des Bushmen qui vivaient dans le désert, il y a des centaines et peut-être des milliers d'années. »

À notre arrivée, une grande partie du peloton était en montagne. Une certaine panique régnait car quelqu'un s'était blessé au dos et devait être rapatrié au camp de base. C'était Toby Slaphead, qui avait réussi à faire les Malouines, l'Irlande du Nord et d'innombrables combats dans le nord, lorsqu'il était policier, sans la moindre blessure. Ici, il a suffi qu'il tombe d'un rocher de cinquante centimètres de haut, pour s'abîmer le dos au point de finir sur une civière.

Il souffrait horriblement et on lui fit une piqûre de morphine.

Tiny gueula : « Pas encore, attends ! » au toubib et courut jusqu'à son sac. Il revint avec son appareil photo et dit : « OK, tu peux y aller. » Le visage de Slaphead se tordit de douleur en entendant que sa photo serait épinglée au mur, dans le foyer de l'escadron B, dès notre retour.

À l'émetteur radio, Eno demandait un hélicoptère en morse. Comme d'habitude il jouait les indifférents. Un jour, la police lui avait annoncé l'assassinat de sa sœur, et il avait répondu : « Ça serait pas mal que j'aille à Londres, j'imagine. » Il n'était pas insensible, mais son calme était imperturbable.

Le temps changeait. Des nuages sombres obscurcissaient le ciel et le vent se levait, avec des odeurs de terre mouillée. Un orage se préparait, et c'était inquiétant, parce qu'il pourrait empêcher un hélico de se poser. L'état de Slaphead était stationnaire, mais il lui fallait vite un bon hôpital.

On lui avait ôté ses bottes neuves, et on les avait posées à côté de sa civière. Comme nous avions la même pointure, j'allai le voir : « Dis-moi si je me trompe, mais tu ne vas plus avoir besoin de tes bottes pendant ce voyage, hein ? »

Slaphead me suggéra de me mettre les bottes quelque part... mais il ne parlait pas de mes pieds.

Ça s'arrangeait petit à petit, parce qu'un hélico était annoncé et Eno restait à la radio en stand-by. Puis il y eut un autre drame. Il restait à peine deux heures avant la tombée de la nuit, et nous étions sans nouvelles de Joe Ferragher et d'Alan, le nouvel officier. Les hommes gobergeaient déjà sur l'incompétence des nouveaux officiers, lorsque l'un d'entre nous fit remarquer soudain une lumière, qui clignotait sur la montagne. Aux jumelles, nous distinguâmes vaguement quelqu'un sur une corniche. Impossible de dire ce qui se passait, mais il était clair que quelque chose n'allait pas.

Eno se remit à la radio, bien enfoncé dans son fauteuil en toile, une cigarette dans une main, le manipulateur de morse dans l'autre. Trois ou quatre types des troupes spécialisées en montagne s'emparèrent de radios et de leur attirail et sautèrent dans une voiture pour aller y voir de plus près.

C'est alors que l'hélico se posa. Il ne pouvait rien faire pour les types sur la montagne, parce qu'il ne pouvait pas s'aventurer si loin.

L'orage menaçait et le vent faisait gonfler les tentes. N'étant pas des spécialistes de la grimpette, nous ne servions pas à grand-chose, attendant de pouvoir donner un coup de main.

Charlie proposa qu'on se fasse un thé et qu'on organise notre campement. Trois heures étaient passées depuis notre arrivée et, avec tout ce ramdam, nous n'avions même pas déballé nos trucs de la voiture.

Par radio, Ivor nous informa qu'il avait rejoint les types sur la montagne.

Il avait besoin de tout le monde. Mesurant environ 1 m 70, sec et nerveux, né quelque part dans le nord, Ivor était un grimpeur né. Il venait d'un régiment de blindés. Il avait fait l'Ambassade et les Malouines, et il n'était pas du genre à mâcher ses mots à la radio.

« Joe est mort, dit-il. Harry et George vont redescendre le Patron. Voilà ce que je vous demande. »

Il voulait que tout le monde grimpe aussi haut que possible pour le réceptionner dans la descente. Nous ne savions pas comment il allait s'y prendre, mais nous partîmes sur-le-champ, comme il l'avait demandé.

L'orage semblait se payer notre tête. Il pleuvait légèrement et l'inquiétude gagnait à mesure que l'heure tournait. L'hélicoptère ne voulait pas partir de nuit et il fallait se grouiller, si on voulait qu'il emmène Joe, car Slaphead passait maintenant en premier.

Il fallut à peu près deux heures à Ivor pour nous rejoindre. Il était dans un piteux état, tout sale, il suait abondamment, il avait les coudes et les genoux en sang, et son visage et ses bras étaient couverts d'hématomes. Ce n'était pas rien de transporter Joe, qui était particulièrement lourd. Il l'avait placé dans une civière de montagne et avait commencé par descendre en rappel. C'était une sacrée démonstration de force de se jeter avec un mort pardessus les surplombs, et il méritait une médaille. Nous portâmes Joe le reste du chemin. Et l'hélico emporta un corps de plus que prévu.

On nous dit qu'une attache avait cédé et que Joe avait rebondi le long de la pente jusqu'à la « sécurité » suivante. Le Patron était descendu à son secours, mais il était trop tard. Cependant, comme un accidenté est un blessé tant que sa mort n'est pas prouvée, le Patron avait fait ce qu'il pouvait pour le rejoindre à tout hasard.

Charlie, qui avait mis la main sur la provision de rhum, dont Joe était responsable, dit : « Il n'en aura plus besoin, là où il est. Ce coup-ci est pour le vieux con. »

Alors nous levâmes un verre à sa santé en espérant que l'officier allait bien, parce qu'il était plutôt secoué. C'est sûr, le plus ancien venait de lui claquer entre les doigts, et ce n'était pas un début formidable, sans compter qu'il devait croire que tout le monde le tenait pour responsable. Mais ce n'était pas le cas. Peut-être que la montagne ne lui convenait pas vraiment. D'ailleurs trois mois plus tard environ, il rejoignit notre peloton. Ou alors était-ce pour les crèmes glacées ?

Un peu plus tard, nous étions assis sous un baobab, étrange sculpture musclée avec des branches comme des racines d'où jaillissent des fleurs blanches en forme d'étoiles. Nous buvions du rhum en parlant des indigènes. « Les Bushmen tiennent le baobab en grand respect, dit Tiny. Ils disent que, si tu cueilles ses fleurs, un lion te mangera. Ces montagnes aussi sont sacrées pour eux. Et on n'a pas le droit de tuer un animal qui y vit. »

Un type du Neuvième Peloton dit : « Hier Joe est sorti avec le 110 et il a tué une antilope pour le dîner. Sa mort n'est sûrement pas une surprise pour les indigènes. »

Dans mon double sac de couchage bien étanche, la nuit suivante, je regardai fixement le halo lumineux de la Voie Lactée, au delà de la lune pleine et brillante, et je me sentis croyant. L'idée de la mort ne me préoccupait pas spécialement. Nous devons tous mourir un jour ou l'autre et j'espère que, pour moi, ce sera rapide et pas trop désagréable, parce que je ne veux pas souffrir. En fait je n'ai aucune conception religieuse de la mort. Mais j'aime penser qu'il y a quelque chose après nous, un autre lieu ou une autre dimension, quelque part où on m'expliquera enfin tout ce que je ne comprends pas, comme le goût de certains bonbons, dont j'étais privé, petit, et tous les autres grands mystères de la vie. À mon avis, c'est le seul bon côté de la mort.

J'ai toujours été persuadé que je mourrais jeune, de toute façon. Depuis ma prime enfance, j'ai cette impression que je vivrai jusqu'à 55 ans environ, et puis hop ! Mais ça ne m'a pas empêché de me laisser embobiner et de prendre un plan d'épargne retraite.

La mort d'un pote m'a toujours bouleversé, mais après quelque temps, on s'y fait. Une mort violente est plus perturbante, mais ce n'est pas la mort en soi qui m'angoisse. Le pire, c'est quand un type meurt, est blessé gravement ou reste handicapé à vie, pour rien, pendant un entraînement par exemple. Ça c'est révoltant. Il y eut beaucoup de noyades, dans la jungle, et le Régiment perd souvent des hommes dans la traversée de rivières. Je me dis qu'on s'entraîne à des trucs qui seront suffisamment dangereux le moment venu, alors pourquoi diable tenter le sort ? Mais ce genre de réflexion ferait perdre tous les avantages d'un entraînement réaliste.

Joe devait quitter l'Afrique du Sud par un vol British Airways, mais dans l'immédiat tous les vols étaient complets. Barry, le magasinier du Q.G., lava à grande eau l'une des longues tables, y installa Joe et fit sa toilette. Puis il vida le congélateur pour y déposer le corps et il organisa une grande bouffe avec toute la nourriture qu'il avait sortie du frigo, pour éviter qu'elle ne se gâte. Après toutes les formalités nécessaires, on plaça Joe dans une voiture pour l'Afrique du Sud, où il fut mis en bière et transporté en Angleterre.

Pendant ce temps, nous avions du pain sur la planche. On affréta de petits avions Islander pour nous transporter jusqu'à la région de l'Okavango, vaste étendue de lacs et de rivières le long de la bande de Caprivi. C'est là que se déroulaient les affrontements avec les forces sud-africaines. Nous devions renforcer le Sixième Peloton, qui y stationnait depuis des semaines.

La moyenne du contact dans cette sorte de brousse, alors que la végétation est plutôt rare, est d'environ cinq mètres. Nous pouvions choisir notre arme en fonction d'une portée si courte – SLR, 203, M16 et fusils à canon lisse. J'avais choisi le 203.

L'arme du B.D.F. était le Galil, la réponse israélienne au AK47, une arme d'une fiabilité exemplaire, simple à utiliser et à nettoyer. On apprenait très vite à s'en servir, et son seul inconvénient était son poids. En fait, elle était trop lourde pour la plupart des soldats qui l'avaient adoptée, dans bien des pays du monde.

Nous avions emporté un équipement minimal, comme toujours, la limite étant le volume de notre sac de combat. Comme dans la jungle, il nous fallait deux tenues, une sèche, une humide. J'ajoutai, en guise de poncho, une toile d'abri, de fabrication australienne, qui se pliait sans tenir de place, un hamac et une doublure de poncho américaine, de l'excellent matériel semblable à un duvet de Nylon très fin. Le reste des bagages consistait en nourriture, eau, des munitions et une petite trousse médicale d'urgence.

Les deux pelotons devaient s'entraîner ensemble à l'attaque d'un camp dans les marécages. Notre base se situait dans un élevage d'alligators, au bout du monde.

Pendant quelques jours, des types du Sixième Peloton se chargèrent des recos, installèrent des postes d'observation et revinrent avec tous les renseignements.

Nous étions installés sur une petite langue de terre dans les marais, envahis par les papyrus. Au fil des ans, les hippopotames, qui visitaient ces îlots, avaient eu l'obligeance de dégager des semblants de rampes parfaites pour nos Geminis. Nous pouvions donc traîner les canots pneumatiques sur la langue de sable et nous planquer avec tout notre équipement dans les roseaux, puis opérer à partir de là. Nous étions parfaitement invisibles.

Tous en tenue de camouflage, avec brêlage et armes, nous montâmes dans les canots et partîmes dans l'obscurité.

Un des canots nous devançait en éclaireur, avec deux personnes à son bord, le navigateur et le chauffeur, qui tenait la barre. Ce dernier était Solid Shot, tout à son affaire, puisqu'il venait de la Section Navale. Sans forcer le moteur, il le guidait à travers les roseaux et les obstacles. Les moteurs faisaient très peu de bruit, ce qui m'étonna.

Il y avait aussi le Patron de la Section Navale, l'officier qui avait réussi la Sélection en même temps que moi. Il venait d'une unité blindée de reconnaissance. C'était un type fort sympathique avec un humour décapant. Il contrôlait la navigation avec Solid Shot, un de ses futurs collègues. En effet, à notre retour Solid Shot devait être nommé capitaine. Il n'était pas si nul, après tout, et nous étions tous heureux pour lui.

Nous avancions à peine plus vite qu'au ralenti. Le moteur Yamaha est remarquablement silencieux, si vous prenez votre temps, sans l'emballer. À proximité de l'objectif, nous coupâmes les moteurs et avançâmes à la pagaie.

Sandy et moi-même étions à l'avant du second canot. Avec ses cheveux blonds qui débordaient d'un très grand chapeau de brousse, on aurait dit qu'il avait un pot de fleurs renversé sur la tête. Nous étions chargés de couvrir le premier canot, à peine visible devant nous dans l'obscurité. Il fallait beaucoup de distance entre nous, en cas de contact, mais nous ne devions pas le perdre de vue, sinon ça finirait par un sac de nœuds.

Nous voguions tranquillement, sans un bruit. Soudain, du canot de tête, nous arriva comme une explosion, suivie d'une autre, et d'une autre encore. Puis l'eau, violemment agitée, se couvrit d'écume blanche.

Le Gemini de tête s'arrêta. Nous aussi. Les deux pelotons au complet flottaient à présent, doucement portés par le courant. Nous parvint alors un son qui ressemblait au rugissement d'un moteur à vapeur.

Le son se répéta, plus près, un hurlement profond et furieux. Il était clair qu'on allait se faire jeter.

Un puissant « putain de bordel de merde ! » nous parvint ensuite du premier canot. Au même moment, une tête et des épaules massives sortirent à reculons de l'eau, et des dents puissantes se plantèrent dans le caoutchouc du canot. Heureusement, les pneumatiques sont assemblés par sections, et, en cas de crevaison, une seule section se dégonfle.

Puis il y eut le bruit impressionnant d'une eau qui déferle. Je me crevais les yeux à essayer de percevoir la menace dans le noir. Une tête hideuse fit irruption vers nous, dans une explosion d'écume et de mâchoires de la taille d'une Mini-Minor.

Sandy dit : « Putain de merde. » Tout l'équipage du canot pagaya si vite qu'on aurait pu traîner derrière nous un champion de ski nautique. J'étais trempé. Et je n'aurais pas pu dire si c'était l'eau du marécage, l'effort physique ou la terreur pure.

Les hippopotames qui s'ébrouaient et s'agitaient faisaient un tel vacarme que toute l'opération était compromise, ce qui nous obligea à rebrousser chemin et à suivre un autre itinéraire. Nous disposions par conséquent de bien moins de temps pour boucler la mission, car il fallait atteindre l'objectif, en ressortir puis revenir à notre cache, avant le lever du jour.

On finit par atteindre la zone prévue pour l'attaque. Les types du canot de tête sautèrent sur d'autres canots et nous traînâmes l'embarcation mutilée derrière nous. C'était la première fois que je participais à une attaque où les gens ne pouvaient pas s'arrêter de rire. Nous nagions en plein ridicule : deux des meilleurs commandos du monde, fonçant sur les cours d'eau de l'Okavango, armés jusqu'aux dents, en route pour un raid, arrêtés net par un hippopotame qui avait le blues.

Nous passâmes encore quelques semaines très intéressantes au Botswana, pendant lesquelles j'appris comment dire, en afrikaaner : « Cassons-nous vite fait, bordel ! » et en botswanais : « Regardez-moi courir ce Springbok ! »

Pour finir, nous organisâmes un grand barbecue au camp de base. C'était autant pour Joe que pour tout le reste. Comme d'habitude, ça dégénéra au cours de la nuit et quelqu'un jeta une grenade d'entraînement par-dessus le toit, puis une autre. Comme les incursions des S.A.D.F. faisaient encore chier les Botswanais, les explosions ne firent pas très bon effet.

L'adjudant de compagnie cria : « Suffit, le prochain qui tire est renvoyé à son unité d'origine. »

Deux minutes plus tard, une autre grenade explosa.

L'adjudant chercha le type dans tous les coins, mais sans succès. Quelques-uns d'entre nous avaient pu voir qui c'était, mais nous ne pipâmes mot.

Le lendemain matin, l'officier commandant l'escadron nous rassembla tous. « Vous avez jusqu'à midi pour vous dénoncer, dit-il. Sinon suppression de permissions et vous serez muté à la sécurité avec les Botswanais. »

Nous savions tous qui avait fait le coup, mais personne ne dit rien.

L'officier finit par ces mots : « C'est à lui de décider s'il est un homme ou une souris. »

La Souris du Botswana était née. Les punitions nous faisaient chier parce qu'elles étaient dues à un comportement irresponsable. Ce type nous faisait encore plus chier. Il méritait bel et bien d'être renvoyé dans son unité d'origine. Mais nous avions un bizarre sens de la loyauté, probablement à tort. Lui cependant, il flippait dans les grandes largeurs, et à juste titre.

Personne ne dévoila jamais l'identité de la souris. Dans tous les groupes, il y a toujours quelqu'un que personne n'aime, ou avec qui personne ne veut travailler. À notre retour à Hereford, à côté des photos de Slaphead au mur du foyer, nous épinglâmes plusieurs caricatures de la souris, qui continua à récolter ce qu'elle avait semé.

21

Pendant six à neuf mois, un escadron entier du S.A.S. « fait équipe » au Royaume Uni, en stand-by permanent. Après une mise à niveau spécifique de quatre à six semaines, dont une période d'entraînement avec l'escadron encore en place, il prend la relève. Parfois, dix-huit mois à peine séparent deux périodes « de garde » et, pourtant, il y a toujours quelque chose de neuf à apprendre.

Cette « équipe » consiste en deux sous-groupes, les rouges et les bleus, chacun constitué d'un peloton d'assaut et d'un peloton de tireurs embusqués. Ces deux groupes peuvent donc faire face à deux incidentsà la fois. De plus, des plans d'urgence prévoient d'autres escadrons en renfort, s'il y a plus de deux incidents à couvrir.

Les types en noir qui sautent des hélicoptères et enfoncent les portes, sont les groupes d'assaut. Ils fonctionnent en général par quatre, mais ce nombre peut varier selon les missions. Le Mode Of Entry team (l'équipe des « ouvreurs ») en fait partie et fabrique les charges d'explosifs pour le reste du groupe.

Il y a par ailleurs le dispositif de transmissions, qui s'occupe du matériel proprement dit, et organise la communication de n'importe où dans le monde, puisqu'il y a aussi des missions à l'étranger. Comme certains d'entre eux sont appelés à attaquer les objectifs avec nous, ils suivent le même entraînement.

Le toubib dispose d'une impressionnante trousse de premiers soins. Comme on ne peut interrompre une opération en cours lorsqu'un homme est blessé, le toubib intervient, en faisant les injections nécessaires et en gérant le traumatisme.

Les tireurs embusqués sont les acteurs les plus importants d'un raid avant que l'attaque ne soit lancée. Planqués à proximité de l'objectif, ils transmettent des informations en temps réel. Bien entendu, ils sont aussi formés à l'assaut.

L'état-major d'un escadron comprend le chef d'escadron, un commandant, et l'adjudant de compagnie, un sous-off. Ils forment le commandement et chapeautent les bleus et les rouges.

Il n'est pas plus difficile pour nous que pour un médecin d'être en stand-by permanent. On est de garde et c'est la vie. Notre récepteur de poche ne nous quitte jamais.

Le Septième Peloton faisait toujours partie des rouges et c'était génial parce que les bleus avaient leur local juste à côté de l'état-major de l'escadron. En cas de boulot à la con, le chef allait toujours frapper chez eux, plutôt que chez nous, et à cinquante mètres de là nous nous la coulions douce.

Le 5 septembre 1972, à Munich, huit membres du groupe terroriste palestinien Septembre Noir firent irruption dans une salle, où se trouvaient onze athlètes israéliens. Ils en abattirent deux et prirent les autres en otages. Ils exigeaient la libération de prisonniers de l'O. L. P. en Israël, de membres de la Fraction Armée Rouge incarcérés en Allemagne de l'Ouest, ainsi qu'un avion pour Le Caire.

Le gouvernement ouest-allemand, qui ne disposait pas d'unités antiterroristes spécialement entraînées, céda à leurs exigences après vingt-quatre heures de négociation. Deux hélicoptères emmenèrent les terroristes et leurs otages à une base militaire. Mais, au moment où ils s'apprêtaient à embarquer dans l'avion, des tireurs embusqués de l'armée ouvrirent le feu. La visibilité était mauvaise et les tireurs positionnés trop loin. Les terroristes eurent le temps de faire sauter les deux hélicoptères, où neuf Israéliens trouvèrent la mort.

Pour éviter ce genre de gâchis au Royaume Uni, le gouvernement britannique institua, dans le cadre du Régiment, la Counter Revolutionnary Warfare (une unité de guerre contre-révolutionnaire), dont tous les membres furent formés aux techniques antiterroristes entre autres.

Cette unité succédait aux Counter Terrorist Teams (équipes antiterroristes), tout en bénéficiant d'équipements, de méthodes d'entraînements et de locaux nouveaux. Dans nos périodes d'entraînement, elle organisait régulièrement des activités spécifiques, par exemple des visites du métro à Londres, d'un aéroport, ou d'autres lieux de rencontre potentiels entre chefs d'États. Lorsque rien n'était prévu, nous organisions nos propres travaux pratiques.

Et un membre de l'équipe nous concoctait un programme à la place du Patron. « Bon, Harry B, à toi de nous organiser la journée dans la « close quarter battle house » (le local affecté à l'entraînement au combat de proximité). Le Patron travaillait alors à nos côtés.

Les tireurs allaient au champ de tir ou s'entraînaient avec le groupe d'assaut. J'adorais les champs de tir, surtout l'été. Nous utilisions le PM, un fusil 7.62 et des munitions Lapua, fabriquées en Finlande. Nos cibles représentaient des têtes, que nous appelions « têtes de Boches ». Il faut toujours viser la tête. Premièrement, à moins d'être complètement débiles, des terroristes se protègent dans la mesure du possible par des gilets pare-balles. Deuxièmement, étant donné qu'ils sont parfois drogués, et donc gonflés à bloc, ils peuvent être vraiment déterminés, et ils continueront d'avancer ou se mettront à tuer les otages. En revanche, on n'a jamais vu quelqu'un rester debout après avoir été touché à la tête.

Sur la cible en forme de tête, un cercle est dessiné à l'endroit du nez. Nous commencions toujours la session par une seule balle, tirée à deux cents mètres, qui était le tir de mise en confiance. Qu'on tire debout ou couché, il faut toucher le cercle, en plein centre. Savoir qu'une arme ne se dérègle pas même après avoir été emballée et trimballée, augmente notre assurance. De plus, lors d'une intervention, il n'y a pas moyen de la tester avant de tirer, et il vaut mieux savoir à quoi s'attendre.

Puis on s'entraînait un maximum sur des cibles animées, en tirant jusqu'à six cents mètres, ainsi qu'à la pratique des postes d'observation et du tir urbain.

À Sterling Lines, certains changements suivirent cette nouvelle mission antiterroriste. Entre autres, on construisit cette C.Q.B.H., le local d'entraînement au combat rapproché, qu'on baptisa « l'abattoir ». On s'y entraînait à balles réelles au sauvetage d'otages, aux pénétrations clandestines, et autres, depuis l'assaut à quatre jusqu'à l'équipe au complet, avec véhicules et hélicoptères. C'était un bâtiment de plain-pied, coupé en deux par un corridor central. De chaque côté, il y avait des pièces, grandes, petites, communicantes ou non, avec des cloisons mobiles et tout un assortiment de mobilier. Pour chaque exercice, quelqu'un était chargé d'organiser la pièce comme il l'entendait avant de s'y barricader.

Les murs étaient imprégnés d'une odeur de plomb et de poudre, que les hottes aspirantes n'arrivaient pas à éliminer, en raison de la quantité de munitions utilisées. Même avec toutes les lumières allumées dans une pièce, il y faisait passablement sombre. Certaines des pièces étaient munies de vitres à l'épreuve des balles, et de petits hublots permettaient de regarder de l'extérieur ou de filmer en vidéo.

Vint mon tour d'organiser une journée dans le bâtiment en question. Mon groupe était composé de Dave, Fat Boy, d'un nouveau, Tim qui venait de passer la Sélection et de moi.

« On va faire un sauvetage éclair à trois, dis-je. Fat Boy, tu vas arranger la pièce – te fatigue pas trop, hein ? »

Il déplaça les meubles, installa les barricades que nous devions détruire, et modifia l'éclairage, pour que nous ne sachions pas à quoi nous attendre à notre entrée. Puis il s'assit à l'intérieur pour jouer le rôle de l'otage, entouré de « têtes de Boches » représentant les terroristes.

Nous avançâmes vers la porte, et c'est toujours un passage difficile. Il faut éviter de faire le moindre bruit qui risque de nous compromettre, parce que le succès de ce genre d'opération repose sur l'effet de surprise et la rapidité. À la porte, Dave et Tim placèrent une charge d'explosifs et nous restâmes juste à côté de la porte, pour entrer en action dès l'explosion, toujours en vue d'un effet de surprise maximum. C'est possible parce que l'entraînement nous a petit à petit habitués à supporter le vacarme d'une explosion toute proche.

Collés à côté l'un de l'autre, notre arme reposant sur l'épaule du plus proche, nous étions prêts à faire irruption dans la pièce.

Dans le silence complet, le masque à gaz amplifie horriblement le moindre bruit. Mes inspirations et expirations me paraissaient assourdissantes, et j'essayais de ralentir et de régler ma respiration pour faire moins de bruit.

Je m'assurai que ma lampe torche fonctionnait, que mon pistolet ne risquait pas de tomber et que les armes ne s'entrechoquaient pas. Cette fois ci, j'étais le n° 1. Après ces vérifications, je me mis en position et enlevai le cran de sûreté. Dès l'ouverture de la porte, je pourrais voir à l'intérieur et tirer. L'arme à l'épaule, prêt à y aller, je sentais Tim et Dave tout près derrière moi.

Avec un masque sur le visage, on a une bonne vision frontale et périphérique, et j'étais entièrement concentré vers l'avant, n'entendant que ma respiration.

La sueur commençait à inonder mon visage.

De la radio nous parvint un ordre : « À tous les indicatifs, à mon commandement. Attention, prêts, go ! »

Au signal « prêts », Tim fit sauter la porte. Je me précipitai immédiatement à l'intérieur pour affronter la première menace. Dans ce genre de situations, l'entraînement et l'expérience servent plus que la théorie. Les terroristes ne jouent pas avec nous mais contre nous et il n'y a aucune raison qu'ils se trouvent, assis ou debout, pile où ça nous arrange. Parfois, une fois la porte enfoncée, il faut aller à gauche, ou à droite, ou faire sauter une barricade pour atteindre l'objectif. Et l'obscurité est un autre facteur limitatif.

Pas plus de trente centimètres derrière moi venait Dave, le n° 2, censé réagir à deux données différentes, moi et les terroristes.

En entrant nous tirâmes sur les têtes, Dave en automatique, moi par salves rapides et isolées. C'est une question de choix personnel.

Nous tirions sans cesser de nous déplacer. Dans la réalité il faut tuer la cible. Quand il s'agit d'un exercice, et donc pas d'adversaires réels, j'évalue la mort de l'ennemi au nombre de trous dans la cible. Pour chaque exercice, un homme tirait en moyenne 25 rafales, et il est vraisemblable qu'une opération véritable n'en nécessiterait pas autant.

Je continuai à tirer en marchant droit sur la cible, les deux yeux ouverts pour bien visualiser ce qui se passait autour de moi. La dernière chose que verrait le terroriste serait l'éclat de ma lampe torche dans ses yeux.

Une fois dans la pièce, Dave ferait feu en se déplaçant, puisqu'il devrait en même temps protéger l'otage et couvrir Tim. Armé seulement de son pistolet, il criait à l'otage à travers son masque : « Debout, debout ! ». Il le souleva en agrippant tout ce qu'il pouvait saisir, le col, les cheveux, la tête, n'importe quoi. Puis il le traîna très vigoureusement hors de la pièce. Pas question de cafouiller. Ce genre d'opération se joue en quelques secondes, sinon c'est raté. Et seuls des mois, et même des années d'entraînement garantissent cette rapidité.

Nous revînmes tous quatre dans la pièce pour le debriefing.

« Un vrai sac de nœuds ! » dit Fat Boy, qui se recoiffait de la main, après les mauvais traitements infligés par Tim. « Andy, tu t'es acharné sur une cible que j'avais placée, exprès, bien en évidence, pour t'attirer. En fait, tu avais une menace réelle et immédiate sur ta droite, et tu aurais dû la voir tout de suite. T'as merdé. Recommence. »

J'étais ravi de refaire l'exercice. Dans la réalité, une telle bévue m'aurait probablement coûté la vie.

Nous suivîmes le même scénario en échangeant nos rôles. Chaque fois il y avait quelqu'un dans la pièce et trois hommes à l'extérieur. Un debriefing suivait chaque exercice. Parfois on faisait une vidéo témoin pour éviter toute mauvaise excuse. Et puis on buvait du thé, qui avait un goût de plomb, après les 5 000 et quelques rafales tirées chaque jour dans le bâtiment. De plus les émanations de plomb imprègnent le nez et la gorge pour la journée.

Un des scénarios prévoyait que notre arme s'enrayait. Imaginez vous un peu face à un terroriste à cinq mètres de vous, qui vous met en joue. Au moment où vous allez tirer sur lui, rien ne se passe. Ne perdez pas de temps à réfléchir, ne le quittez pas des yeux et dégainez votre pistolet. Et il y a intérêt à être rapide, sinon vous êtes mort.

En étant l'otage à tour de rôle, nous pouvions donner un témoignage honnête de l'exercice, vu sous un autre angle. De plus, ça renforçait la confiance entre nous, et, sans elle, il serait impossible de rester assis, parfois dans le noir, avec les MP5 tirant de tous les côtés avec de vraies balles. D'ailleurs, quand on pense à la quantité de munitions tirées chaque jour, plus que dans toute l'armée britannique réunie, il y a proportionnellement bien peu d'accidents. Malgré tout, il faut qu'un exercice soit aussi réaliste que possible.

On finit par avoir une confiance aveugle les uns envers les autres et ça donne lieu à des anecdotes gratinées. Dans l'escadron B, un type du nom de Mel, à cette époque dans le CRW, en arriva à se tenir exprès entre deux cibles dans une pièce obscure, pendant que les copains tiraient dessus, au pistolet, à la seule lumière de leur lampe de poche.

Mel était sans doute un peu givré. Un jour, il voulut nous faire essayer un nouveau genre de vêtement pare-balles. Mais nous doutions de son efficacité. Il finit par dire : « Écoutez, je vais vous prouver que ça marche. » Il l'enfila, arma un fusil à canon lisse avec de vraies cartouches et demanda à l'un d'entre nous de tirer sur lui. Le coup partit et il s'effondra, mais il n'était pas blessé, et pas peu fier d'avoir prouvé qu'il avait raison. Dans une autre équipe, un jour, nous examinions de nouveaux casques en Kevlar. Mel était convaincu de l'efficacité du matériel, mais nous étions sceptiques : « Que le casque soit plus lourd et inconfortable, passe encore, mais est-ce qu'on est sûr qu'il encaisse les balles ? »

Mel mit le casque et dit à Mick, le champion de close-combat : « Écoute, le Kevlar, c'est formidable. Tire-moi dans la tête avec un 9 mm. »

Mick dit : « Va te faire foutre, et fais pas le con. Va plutôt boire un coup. »

En l'absence de tireur volontaire, il n'y eut pas d'essai. Trois jours plus tard, le Régiment reçut une lettre du fabricant lui demandant notre avis sur le poids et la forme du casque. Apparemment, il nous avait envoyé un modèle factice sans un gramme de Kevlar. Nous nous sommes dit que, de toute façon, une balle dans la tête de Mel n'aurait pas pu aggraver son cas.

Nous faisions aussi des exercices avec un blessé. Si un de nos types était touché, il n'y avait pas autre chose à faire que de se rendre maître au plus vite de la pièce ou de la zone en question. C'était trop risqué de s'arrêter pour s'occuper de lui. Il fallait donc poursuivre notre attaque, tout en prenant en charge les fonctions du type hors service.

Nous envisagions toutes les éventualités, et nous nous entraînions sans relâche, obstinément, continuellement. Il existe tant de sortes de lieux, de la tour d'immeuble aux caravanes, et tant de scénarios de prises d'otages. Pénétrer dans un avion par exemple n'a rien à voir avec le fait de pénétrer dans une ambassade ; et fouiller un navire avec fouiller un hôtel. À commencer par les munitions. Essayez de tirer des balles à chemise d'acier dans un bateau, elles ricocheront tous azimuts sur la structure métallique, parce que, dans ce cas, il faut des balles qui se fragmentent à l'impact contre du métal.

Nous étudiâmes aussi toutes sortes de véhicules, de l'autocar au jumbo jet. Nous nous entraînions à approcher un avion, puis à y pénétrer sans se faire repérer. Un commando antiterroriste doit tout connaître d'un avion, ses systèmes de pressurisation et de dépressurisation ainsi que les moyens d'en perturber le fonctionnement, et la mise en service des toboggans d'évacuation.

Nous avions sans arrêt de nouvelles idées. Quelqu'un lança un jour, comme une blague : « Et si on essayait de grimper par l'arrière et de culbuter dans le cockpit ? »

Aussitôt dit, aussitôt fait.

À chaque relève, nous faisions un pas en avant. Les techniques évoluent en permanence, parce qu'on ne s'attaque jamais aux mêmes objectifs. De plus la technologie évolue constamment.

Parallèlement aux exercices séparés des groupes d'assaut et de tir, il y avait aussi, pour l'équipe au complet, des entraînements aux différentes « options ». L'une d'entre elles s'appelle la Immediate Action (l'intervention immédiate), et c'est un plan dont le deuxième adjoint est chargé. Tout en glanant tous les renseignements disponibles, il doit être capable de donner, en une demi-heure, des instructions à l'une des équipes, pendant que le commandant du dispositif prépare les options dites méthodiques.

L'intervention immédiate est continuellement réactualisée et elle s'adapte au fur et à mesure des renseignements obtenus. Dans le cas d'un drame où des terroristes se mettraient à massacrer tous leurs otages, par exemple, elle serait déclenchée dans l'état de préparation où elle se trouverait à ce moment-là.

L'une des équipes est toujours en stand-by sur une éventuelle intervention immédiate ; en quelques secondes elle peut se rassembler, et être prête à partir. Des hélicoptères et des Range Rover transportent l'équipe sur l'objectif au plus vite.

Lorsque nous organisions nos propres journées, nous tâchions d'en avoir fini en milieu d'après-midi. Nous ne prenions pas de pause avant d'avoir mené à bien le programme du jour. Puis nous revenions au hangar de l'équipe, pour nettoyer les armes, boire encore du thé, nous assurer que tout était prêt en cas d'alerte et nous fermions boutique. Certains allaient alors s'entraîner seuls, d'autres rentraient chez eux bricoler. D'autres encore descendaient boire une bière en ville, tout en discutant de nos chances au foot le samedi suivant.

L'équipe était aussi susceptible d'être envoyée en un rien de temps en Irlande pour y renforcer nos troupes. Ça nous baladait pendant quelques jours ou quelques semaines.

Parfois les places étaient comptées, et c'était aux premiers arrivés de partir. Je me rappelle un rassemblement un samedi matin. Je sautais dans ma vieille Renault et fonçais jusqu'au boulot, le pied au plancher, à la vitesse vertigineuse de 80 kilomètres à l'heure, en ligne droite.

Je savais qu'en moins d'une heure et demie le Puma nous transporterait jusqu'au point de ralliement en Irlande du Nord. Mais il fallait d'abord que j'arrive au camp. Près du pont principal sur la rivière Wye, mon aile gauche accroche une autre voiture. L'autre chauffeur insiste pour remplir toute la paperasse et je ne peux vraiment ni me tailler ni lui dire qui j'étais. Au moment exact où nous finissons d'échanger nos coordonnées, je vois le Puma décoller.

À Stirling Lines, « l'abattoir » figurait sur la liste des attractions touristiques et les personnalités de passage avaient généralement droit à une démonstration de puissance de feu et de techniques de pénétration en force. Le Régiment utilise ces démonstrations afin que la police et d'autres organisations découvrent le type de services qu'il peut offrir.

Parfois c'était une vraie corvée. Faut ce qu'il faut, mais on était un commando antiterroriste et pas là pour la parade.

On en avait de plus en plus marre. À la place de l'exercice, pendant des mois, on faisait les chiens savants pour le ban et l'arrière-ban des agents des douanes et des contributions, là, passe encore. Mais pour des joueurs de rugby, des docteurs ou des infirmiers, ça n'allait plus du tout. Même les poseurs de moquette au mess eurent droit à une séance en matinée. On fit courir la blague que c'était pour permettre à quelqu'un de refaire son salon gratuitement en échange. En fin de compte tout le monde à Hereford hérita d'une démonstration, sauf le Cercle Féminin.

Les invités posaient des questions vraiment tartes.

« Combien coûtent vos gants ? me demanda un jour quelqu'un.

– 114 livres », répondis-je au pif, en ajoutant « à quelques shillings près. »

On finit par se faire des farces pour éviter l'ennui. La plus réussie eut lieu lors d'une exposition sur palettes. Tous les véhicules étaient sortis du hangar et on avait exposé les armes et l'équipement dans l'espace ainsi libéré. Et un membre de chaque groupe faisait alors un topo sur l'équipement et son rôle.

C'est moi qui devais parler des assauts et j'avais organisé toute ma palette. Pour cela, j'avais disposé tout l'équipement, vêtements pare-balles, harnais de rappel et tout, ainsi que les armes indispensables, et Fat Boy, en grande tenue, illustrait mon baratin.

C'était assez impressionnant avec tout ce public. Fat Boy sortit son pistolet, puis son fusil, et toutes sortes de couteaux.

Plus tôt dans la journée j'avais visité la palette réservée aux tireurs, pendant leur absence, et j'avais mis une balle de tennis dans leur étalage. Ça serait drôle de voir comment Eno se sortirait de ce mauvais pas, lorsqu'il aborderait les différentes munitions. À mon retour, je n'ai pas vu qu'on m'avait rendu la pareille.

Je continuai mon laïus et vis soudain une vieille botte au milieu de mon étalage. Autour des autres palettes, tout le monde se tordait de rire. Les chefs me jetaient des regards noirs, pas impressionnés pour deux sous.

Au moment d'en arriver aux armes, je repérai dans l'étalage un pistolet à eau en plastique. Et je n'y pouvais rien, bordel. Heureusement personne n'a demandé à quoi il servait. J'aurais été obligé de le ramasser et de dire : « Ça sert à tuer les gens » puis de le prouver en leur envoyant une giclée d'eau.

La visite du prince héritier, de la princesse de Galles et de la duchesse d'York fut particulièrement mémorable. Ils étaient là pour faire connaissance avec le Régiment. Si un jour ça se gâtait pour eux, ils ne seraient pas surpris de nous voir débarquer à fond la caisse pour les secourir. Mais en fait c'était sympa, et ce fut une bonne journée pour nous, et pour eux. Pas d'interviews pour les stresser, pas de mains à serrer, pas de fleurs à ramasser, et pas d'entretien avec un commentateur vedette de la télé.

On décida de leur montrer une infiltration dans un bâtiment pour rejoindre des otages, le tout dans l'obscurité complète.

Assis dans l'une des grandes pièces de « l'abattoir », ils écoutaient des explications sur les exercices : « Comme vous voyez, nous pouvons graduer les lumières, du plein feu à l'obscurité totale. »

Et on coupa les lumières.

« Il arrive qu'un commando doive intervenir dans l'obscurité totale parce qu'il n'y a pas d'électricité du tout ou parce que les terroristes la contrôlent. »

Nous entrâmes avec nos lunettes de vision nocturne, qui transforment ce qu'on voit en négatif verdâtre et perturbent bizarrement les perspectives. Vous croyez saisir quelque chose, alors qu'en fait vous en êtes encore à trois centimètres. Il faut donc constamment s'entraîner. En montant une marche, il faut exagérer son mouvement pour ne pas trébucher. Pour marcher, il faut d'abord poser légèrement un talon, puis dérouler son pied en s'appuyant sur le côté extérieur du pied, ensuite seulement poser en douceur tout le pied au sol, et ainsi de suite.

Parfois je n'entendais même pas ce que je faisais. J'essayais de respirer superficiellement mais même le tout petit bruit fait par les lunettes de vision nocturne, un faible grésillement, semblait effrayant, parce qu'il était si proche.

Tout doucement, délicatement, en prenant tout notre temps, nous avançâmes lentement vers la table où ils étaient assis. Je pensais tout le temps, nous sommes les as des as, qu'est-ce qui se passe si on merde?

Lorsqu'on remit la lumière, dressé au-dessus des visiteurs royaux, il y avait un groupe d'assaut en tenue complète avec des MP5SD, qui essayait de respirer lentement, l'air de ne pas y toucher. On peut dire que ça leur a beaucoup plu.

Des simulations de sièges furent mises en scène, pour que nos invités royaux répètent leur rôle dans une éventuelle attaque terroriste. Les exercices étant très réalistes, ils ne se déroulaient pas toujours comme prévu. On simula l'assaut d'un bâtiment. Le groupe royal participa à l'attaque dans les Range Rover et ils regardaient les autres glisser très vite d'un hélicoptère sur un toit le long d'une corde. Les Agustas s'approchaient du toit et il y avait de nombreux échanges de coups de feu, puisque c'était un assaut massif sur une ambassade. Soudain, au moment où l'hélicoptère allait s'éloigner, un type en noir dégringola d'une hauteur de quatre mètres cinquante, et son corps disparut immédiatement derrière la balustrade du toit, qui faisait 90 centimètres de haut.

Le Prince Charles s'exclama : « Mon Dieu, un homme est mort. »

Presqu'aussitôt, ce qui aurait dû être un cadavre sauta sur ses pieds, s'épousseta et continua sa tâche. Tout le monde était stupéfait.

Plus tard, le même jour, le Régiment lança une mode. Diana était dans une pièce où des grenades aveuglantes explosaient. Elles sont très bruyantes et conçues pour vous désorienter. En fait, elles vous donnent envie de vous rouler en boule, en attendant que votre maman vienne vous sortir de là. Au moment de la déflagration, Diana se tourna et fut touchée à la tête par un fragment de fusée. Dans la forte odeur de cheveux et de laque brûlés qui s'ensuivit, notre future pension de retraite sembla fondre comme neige au soleil.

Ses cheveux, très brûlés, furent les seuls dégâts durables. Quelque temps plus tard, la presse et les observateurs de la famille royale remarquèrent que Diana venait d'adopter une coupe plus courte. Il ne pouvait y avoir de retombée, car ils avaient renoncé aux poursuites et on avait affiché le papier dans le foyer de l'escadron B : « Aucun membre de l'escadron B ne pourra être condamné à la Tour de Londres à cause d'une démonstration ratée. »

Personne, surtout dans le Régiment, ne pouvait croire à ce qui était arrivé au type tombé de l'hélicoptère. Et plus tard, au club, on nous dévoila la véritable histoire de ce Superman. À part les types dans l'hélico, personne ne savait qu'il s'était caché derrière la balustrade. Et au moment voulu, ils avaient tout bêtement balancé un mannequin habillé en noir.

En plus des exercices sur l'objectif, nous nous entraînions aussi pour la diffusion de l'alerte et les mouvements vers le lieu de l'incident. En particulier, nous pratiquions fréquemment des exercices à l'usage de différents organismes et personnalités susceptibles d'être impliqués dans une prise d'otages, quelle qu'elle soit.

Madame Thatcher était depuis longtemps une fana du Régiment. Pendant le siège de l'Ambassade, non seulement elle avait empêché le gouvernement de céder aux exigences des terroristes, mais elle avait personnellement fait appel à l'équipe pour y mettre fin.

Elle venait tellement souvent à Hereford qu'on aurait pu lui aménager une chambre. J'avais du respect pour son bon sens, et nos blagues la faisaient rire. Elle était peut-être la seule personne que j'aie vu sur la base avec un sac à main, mais en cas de crise, elle encaissait comme un homme. Un jour, dans « l'abattoir », nous fîmes irruption et tirâmes à balles réelles sur des cibles placées de chaque côté d'elle. L'un de ses aides de camp se recroquevilla au sol. Maggie le regarda et lui jeta : « Levez-vous donc, imbécile. »

On travaillait souvent en liaison avec différentes unités de la police. Par exemple, il y avait des exercices de grande envergure qui impliquaient la participation de tout le monde, du premier ministre jusqu'au bas de l'échelle, parce qu'il fallait tester tout le monde. Les soldats, ces mineurs de fond, ne doivent pas être les seuls à pratiquer leurs techniques, même s'ils coopèrent avec d'autres organisations. Il faut aussi que tout là haut, à l'échelon ministériel, on s'entraîne pendant les exercices, parce que c'est là qu'arrivent les informations et que se font les décisions.

Alors il y avait des exercices où l'État-Major s'installait dans un abri sous Whitehall et prenait le commandement des opérations. L'idée derrière tout ça était de mettre autant de pression que possible sur Madame Thatcher, son équipe, et tout le monde en descendant la chaîne.

Un ou deux ans plus tôt, il y avait eu un grand exercice aux États Unis, et quelques membres du Régiment furent invités en tant qu'observateurs. L'incident, d'importance nationale, impliquait le Conseil de Sécurité, c'est-à-dire le comité présidentiel chargé de la décision d'engager les troupes. Seul problème, le Conseil de Sécurité n'était pas là pour se joindre à l'exercice. Lors du debriefing, l'un des types du Régiment se leva pour dire : « L'exercice était excellent, toutes les différentes organisations ont bien travaillé ensemble et tous les petits problèmes ont été aplanis. Mais où était le Président ? » C'était au Président et à ses conseillers de prendre les décisions et ils auraient dû être confrontés à la même situation que les autres et en même temps.

Au Royaume-Uni, nos exercices mobilisaient tout le gouvernement, à commencer par le Premier Ministre, qui devait faire face à une situation X en même temps que nous, puis prendre les décisions qui s'imposaient. C'était un effort concerté vers un but commun, c'est-à-dire une reddition négociée et pas simplement le S.A.S. qui se pointe pour la bataille. Nous ne tenions pas particulièrement à placer des charges d'explosifs sur des bâtiments, et à nous ruer comme des fous en tirant sur tout ce qui bouge, ou pire encore, à nous faire tirer dessus. C'est dangereux et pas spécialement jouissif de risquer sa peau. Cependant, s'il faut le faire, d'accord, c'est réglo, on y va les gars. Et si les dirigeants du pays ont suivi le même entraînement que nous, alors nous savons qu'ils ont l'expérience adaptée aux décisions qu'ils doivent prendre, et ça fait plaisir.

Pendant une de nos gardes, j'étais dans l'équipe en alerte à trente minutes. Je faisais des courses en ville, lorsque je reçus un appel sur mon récepteur de poche. Je sautai sur ma Yamaha 250 cm^3 et, cette fois, j'y allais mollo en traversant le pont. Au moment où j'arrivai, des fourgons quittaient le hangar, dont toutes les portes étaient ouvertes, pour s'approvisionner en munitions à la réserve. L'agitation était à son comble, tandis que les gars chargeaient les fourgons de leurs paquetages, avec tout le nécessaire pour l'assaut.

Tout était disposé à l'arrière des fourgons, prêts à partir d'un moment à l'autre. Une fois le chargement terminé, nous allâmes à la salle de réunion, pour le briefing. Nous grignotions nos gâteaux salés, sauf Slaphead, qui gardait sa ration de la semaine pour ses gosses. Pour une raison qui m'échappe, ces gâteaux ont toujours des parfums effrayants, cocktail de crevettes par exemple. L'armée a peut-être un deal avec le fabricant. Ou bien le chef cuistot a le sens de l'humour.

L'adjudant de compagnie entra en disant : « Il y a environ une heure, il y a eu un appel en provenance d'Irlande et demandant quatre hommes, y compris le commandant en second. Nous venons d'avoir une nouvelle alerte, Andy. Je veux que tu sois le deuxième adjoint sur ce coup. »

Il nous briefa.

« La Commission du commerce israélien a organisé une rencontre au point 632456 de la carte 135. Ce matin, des membres du Djihad Islamique ont pénétré dans le bâtiment et ont pris des otages. Nous sommes en état d'alerte et attendons le signal du départ. Le commandant et l'État-Major se sont déjà envolés en 109 (hélicoptère Agusta). Dans l'autre 109, Steve attend le commandant en second et le commandant des tireurs. Nous guettons le signal. »

En route vers le terrain d'aviation, je me sentais un peu angoissé. Sans ce concours de circonstances inhabituel, j'aurais attendu au moins jusqu'au prochain tour pour être nommé n° 3 d'une opération. C'était un honneur, mais je me sentais tout intimidé parce que je ne voulais surtout pas échouer.

La seconde équipe d'agents du renseignement nous attendait à côté du 109. Ils étaient systématiquement intégrés à toutes les opérations depuis le siège du Prince's Gate, où avait été démontré l'intérêt vital d'un service de renseignement efficace et précis. Avant l'assaut, on avait chargé des spécialistes du MI5 de percer des trous dans certains murs et d'y introduire des micros et des caméras miniatures parce qu'on comptait obtenir ainsi une image détaillée des personnes et de leurs positions à l'intérieur du bâtiment. Mais les renseignements sur la construction du bâtiment étaient nuls et les murs se révélèrent trop épais pour les sondes. Ce qui fait que, malgré un modèle réduit du bâtiment, personne ne savait exactement où se tenaient les terroristes.

Depuis lors, le Régiment avait accumulé une gigantesque banque de données sur ordinateur. Elle donnait accès à des informations essentielles, telles que l'épaisseur des murs et des portes dans des bâtiments potentiellement visés par des actes terroristes, ainsi que les plans de tous les avions militaires et civils. Nous emportions toujours l'ordinateur, un portable, pour accéder à ces renseignements où que nous soyons. En cliquant sur l'icône d'un hôtel donné, par exemple, nous obtenions à l'écran l'image en 3D de l'intérieur du bâtiment. Les informations sur le nombre de personnes présentes dans l'immeuble et leur position étaient ensuite intégrées, au fur et à mesure qu'elles nous parvenaient. On pouvait soumettre à l'ordinateur les méthodes de pénétration possibles, et il en déduisait la meilleure manière de se déplacer dans le bâtiment. Lorsque la banque de données ne contenait pas les plans de l'immeuble, nous pouvions entrer d'autres détails, la construction des murs extérieurs, le nombre de fenêtres et la situation de différentes pièces. Alors, d'une part l'ordinateur « dessinait » l'intérieur du bâtiment, d'autre part il indiquait ses risques d'erreur, modifiant son « dessin » et le taux de probabilité, à mesure que des renseignements supplémentaires nous parvenaient. Les agents spéciaux détenaient toutes les cartes, tous les plans et toutes les photos de tous les bâtiments du monde, sur mer, sur terre et dans les airs, ou ça en avait tout l'air.

J'aimais toujours me balader en hélicoptère avec Steve, jusqu'au moment où il se mettait à parler de squash. Il était fou de ce sport et, pire, il était doué. Le squash était très populaire dans le Régiment, et à l'heure du déjeuner, les courts étaient aussi peuplés que ceux des grands tournois internationaux.

Nous arrivâmes au lieu de l'incident juste en dehors de Liverpool, un grand parc privé avec un château carré. D'en haut, je pouvais voir des plans d'eau et des pelouses bien entretenues.

Nous atterrîmes à côté de l'autre 109. L'un des agents du renseignement nous attendait pour nous mener au point de rassemblement.

« C'est pas exactement ce que nous voulons, mais faudra faire avec », dit-il.

En chemin, nous dépassâmes des dizaines de patrouilles de police, de pompiers et d'ambulances. Le point de rassemblement se situait dans deux grandes pièces d'une vieille annexe. On y avait installé notre P.C. pour l'intervention. Les pièces étaient plus ou moins à l'abandon : avec des sols en béton et des toiles d'araignée dans les failles des murs. Il y traînait une odeur d'humidité, de moisi et de pisse de chat, mais au moins il y avait l'électricité. Dans un coin il y avait deux ou trois chiottes avec des chasses d'eau haut placées et des chaînes en métal rouillé. Les deux pièces faisaient bien vingt mètres par vingt-cinq mètres. Le bâtiment avait deux portes et était coupé en deux par un mur central.

Je partis à la recherche de Jack, le commandant de l'escadron, qui était facile à repérer, très grand, très large et avec un nez plus grand que celui du Général de Gaulle.

« C'est ici qu'on se réunira pour recevoir et donner des instructions, dit-il. À côté, ce sera la zone administrative. Les véhicules pour l'intervention immédiate se garent sur le dur, là, à droite, tous les autres là-bas sur l'herbe. »

Et aucun véhicule étranger à l'opération ne pourrait se garer près des nôtres, pour éviter tout encombrement.

Dans la zone d'instructions, les types du renseignement et les éléments avancés des transmissions faisaient le point. Sur des tables de 1 m 80 mises bout à bout, des tableaux afficheraient bientôt les photos de l'objectif, des Rayons X (les terroristes) et des Yankees (les otages).

Des plans du bâtiment étaient épinglés au fur et à mesure que la police transmettait les renseignements. Les pilotes, Steve et Jerry, attendant leur équipe de soutien, prirent sagement un thé en parlant de squash.

« Allons au P.C. de l'opération pour demander la permission d'aller jusqu'à l'objectif », dis-je.

Je marchais jusqu'au bâtiment principal. Le commandant de l'escadron et Bob, le commandant de l'équipe des tireurs m'accompagnait. Bob était le premier membre du Régiment que j'avais rencontré, à Crossmaglen. Depuis, promu au grade de sergent, il était devenu l'adjoint du chef de peloton.

Le château rénové avait été transformé en un centre de conférence tout comme l'objectif, à un kilomètre de là. C'était luxueux, avec des moquettes épaisses, des meubles en bois et en cuir magnifiques, et un élégant escalier central. La scène me faisait penser à un tournage de film : tout le mobilier chic déplacé sur les côtés, des fils fixés sur le sol et le long des escaliers avec du gros ruban adhésif, des sonneries de téléphone, des policiers, hommes et femmes qui couraient dans tous les sens, et, comme nous, des civils avec leur laissez-passer sur leur veste.

Chaque secteur avait son propre cordon de sécurité. Pour aller de notre point de rassemblement à une autre zone, nous devions passer un contrôle de police. Lestypes du renseignement nous avaient épinglé des laissez-passer sur le torse. Pour d'autres zones du bâtiment principal, il nous fallait d'autres autorisations. C'était le chaos et on était tous remonté à bloc.

Le commandant d'unité nous présenta une femme officier de police comme l'un des patrons du dispositif. Elle appela le P.C. pour les prévenir que nous nous dirigions vers eux.

Je retournais à la zone de briefing avec Bob et Jack. Les deux pilotes avaient fini de parler de squash et ils regardaient une photo aérienne qui venait d'arriver. Steve sortit sa pipe pour nous tuer tous à petits feux. Il la laissait couramment s'éteindre, puis la rallumait avec force nuages de fumée.

Le commandant de l'escadron et moi reçûmes un émetteur chacun et nous fîmes un rapide essai son l'un avec l'autre : « Un deux, un deux », tout en nous déplaçant vers le cordon intérieur. Tous nos émetteurs, ainsi que l'ensemble de notre réseau, étaient protégés, afin d'assurer la sécurité de nos communications.

Pendant ce trajet, on nous arrêta au moins trois fois pour contrôler nos identités. Nous voulions approcher l'objectif au maximum. Le commandant étudiait toutes les options méthodiques, le mode de pénétration des équipes et le déroulement de l'opération une fois l'objectif atteint. Pour ces phases successives, nous avions l'avantage sur les terroristes.

Bob cherchait où embusquer au mieux ses tireurs. Ils devaient être aussi loin que possible pour être bien cachés, mais suffisamment près pour être le plus précis possible. Moi, je cherchais la meilleure entrée pour le commando et comment parvenir à contrôler l'objectif dans les trente minutes suivant leur arrivée. C'était le boulot du 2e adjoint.

Le P.C. était un groupe de cabines préfabriquées de la police, grises, avec, tout autour, une ligne de damiers noir et blanc à mi hauteur. Il avait plu et nos chaussures étaient pleines de boue. J'essayai d'en gratter le maximum en entrant. L'intérieur de la cabine était plutôt spartiate et glacial, malgré un convecteur électrique. Visiblement, ce n'est pas là qu'on gaspillait l'argent du contribuable. Ça sentait le café, les cigarettes et la poussière qui brûle au démarrage d'un chauffage électrique. Les fenêtres étaient pleines de buée et, de temps en temps, quelqu'un les essuyait pour regarder à l'extérieur. Dès que l'on se déplaçait, la cabine tanguait légèrement parce qu'elle n'avait pas été calée.

À l'intérieur, il y avait les négociateurs et toute la police du monde. On nous orienta en gros, croquis à l'appui, et une escorte nous mena jusqu'au plus proche tireur embusqué de la police.

Le gars était furax. Malgré le froid et l'humidité, il n'avait qu'un tapis de sol pour s'isoler de la boue.

« Ça fait une heure que j'attends d'être relevé.

– Tu as vu quelque chose ?

– Que dalle. Les rideaux sont fermés depuis notre arrivée et il n'y a pas eu le moindre mouvement. »

Je dis : « Si les rideaux sont les mêmes qu'au château, nous ne verrons pas grand-chose ce soir. »

Pendant une heure en gros, nous nous déplaçâmes autant que possible autour du bâtiment. À travers mes jumelles je l'observai attentivement. C'était un grand bâtiment carré de style classique, aux lignes bien découpées, comme le château principal. Sur la façade il y avait, au rez-de-chaussée, de grandes portes à deux battants et des fenêtres de chaque côté. Il y avait trois fenêtres à chacun des deux étages supérieurs. Le toit était plat, bordé par une balustrade de soixante centimètres de haut, et je pouvais voir deux grandes verrières. Une allée de gravier menait au bâtiment, puis se divisait pour le contourner vers les dépendances et les garages.

Pour être prêt, il me fallait un échange rapide avec Steve et le type du renseignement. Je m'en retournai en pataugeant dans la boue et en regrettant de n'avoir pas apporté mes bottes en caoutchouc.

Me tenant où les tireurs allaient se positionner, j'avais une vue d'ensemble et j'élaborai rapidement la mise en œuvre d'une éventuelle intervention immédiate. La distance entre la zone de rassemblement et l'objectif impliquait d'être motorisé. Fallait-il ensuite courir jusqu'à l'objectif ? Impossible, c'était trop à découvert. À part quelques bosquets et quelques haies clairsemées dans le vaste parc, le couvert le plus proche était une rangée de constructions au début de l'allée. C'était trop loin pour courir, trop risqué pour les hommes et l'opération. Il n'y avait qu'un seul choix possible : être motorisé par air, ou par terre, ou les deux.

Les deux 109 pouvaient transporter six types chacun, c'est-à-dire une partie seulement de l'effectif. Je voulais toucher le bâtiment au même moment en autant de points possibles pour que personne n'ait le temps de réagir à l'intérieur. Il fallait donc agir avec les véhicules et les hélicos, avec les renseignements du moment.

Les premiers fourgons, qui avaient foncé comme des bolides sur la M6, arrivaient, et on indiqua aux types où disposer leur barda puis on les envoya à la zone de rassemblement. Bientôt une longue rangée de couvertures mises bout à bout exhiba tout l'équipement sorti des fourgons : les MP5SD et les barres à mine, les haches, les pinces, les marteaux, les boucliers, les demi-boucliers, les protections intégrales, les échelles en kit. Seul le fourgon des « ouvreurs » était encore plein d'explosifs, de morceaux de bois et de polystyrène pour fabriquer les charges.

Les types savaient où était la zone de rassemblement, où ils devaient dormir. Il ne leur restait plus qu'à repérer les chiottes et où boire un coup.

La zone d'instructions s'anima avec l'arrivée de l'équipe. Partout on branchait des fils, on testait des émetteurs et des téléphones. Assis sur un tableau magnétique, j'attribuai des indicatifs d'appel aux véhicules en leur expliquant leur trajet et le déroulement de l'opération. C'était plus facile pour moi de mettre par écrit le maximum d'instructions avant de les énoncer formellement, suivant la procédure, et je trouvais que ça donnait à tout le monde une petite idée préalable.

Pendant que j'écrivais, les types entraient et s'appuyaient sur mon épaule :

« Combien faut-il de véhicules ?

– Deux Range Rover et deux cordes lisses. »

Bob mena ses deux premiers tireurs embusqués sur le terrain. Il leur indiqua les positions, d'où ils nous enverraient leurs observations. Contrairement à ceux de la police nos tireurs embusqués avaient vraiment du bon matos. Rien à voir avec leur combinaison et leur tapis de sol. Nous avions des combinaisons de camouflage en GoreTex, avec une doublure intégrale en duvet incroyablement confortable. Avec un simple survêt sous cette tenue, ils pouvaient rester à plat ventre dans la merde toute une journée si nécessaire. Petit inconvénient, c'était volumineux et de dos on aurait dit des bonshommes Michelin. Mais ils y étaient bien au chaud. Un plaisir par ce temps gris et nuageux, triste et glacé, un vrai temps d'hiver.

Après ma discussion avec Steve et l'agent spécial, j'étais prêt à remplir mon tableau et à me mettre moi-même en tenue.

L'équipe attendait l'heure des instructions formelles. Mais nous savions à quoi nous attendre.

Parallèlement, l'équipe des « ouvreurs » étudiait les renseignements fournis par la police. Elle consultait aussi les opérateurs radios, jetant un œil sur les mesures et les plans dont ils disposaient. Puis ils se mirent à la fabrication des charges destinées à faire sauter les fenêtres, qui avaient des encadrements en plastique et un double vitrage.

L'effervescence avait gagné tout le secteur, et chacun était occupé à ses petites affaires. Les types entraient et sortaient, encore en jeans, pour organiser l'équipement. Les radios, assis sur leur matériel, bavardaient, en jeans et vêtements de travail.

En opération, l'équipe d'assaut porte trois couches de vêtements : des sous-vêtements ignifugés, comme les coureurs automobile, une combinaison NBC (nucléaire, biologique et chimique) pour se protéger contre les gaz utilisés, puis une combinaison de dessus noire, également ignifugée. Puis viennent des rangers souples et hautes, qui sont aussi géniales pour la chute libre. Je passai mon ceinturon, avec l'étui de mon Sig 9 mm, également attaché à mi-hauteur de ma cuisse droite. Pour m'en emparer, je n'avais qu'à baisser le bras, ce qui mettait ma main à hauteur de la crosse. À mi-hauteur de la cuisse gauche j'attachai les chargeurs du MP5 et du Sig.

J'étais déjà en sueur et le pare-balles intégral que j'enfilai ensuite n'arrangea rien. À mon tour de ressembler à un bonhomme Michelin. Pour couronner le tout il y avait le gilet d'opérations, qui contenait mon émetteur, l'écouteur et le laryngophone (certains types préfèrent un micro dans leur masque, mais pas moi), des explosifs, des pansements d'urgence, un couteau, une hache, des grenades aveuglantes ainsi que tout le petit matériel spécifique à une mission donnée.

Je portais un MP5 Heckler & Koch, de forte puissance qui est une arme de 9 mm semi-automatique ou automatique. C'est devenu l'arme la plus utilisée pour l'assaut, parce qu'elle a une culasse qui se verrouille et on peut avoir une balle engagée, avec la partie mobile à l'avant, ce qui est proche d'un fusil à chargement automatique ou de l'Armalite. Alors que la plupart des pistolets mitrailleurs fonctionnent sur le principe de l'emprunt des gaz et la culasse mobile est amenée vers l'avant pour tirer, puis repoussée en arrière, et elle y reste jusqu'à ce qu'on apppuie à nouveau sur la détente. Les Heckler & Koch sont plus fiables et ont une excellente cadence de tir. Et surtout ils sont de fabrication britannique puisqu'Heckler & Koch est une branche de British Aerospace.

Autre avantage du MP5, il peut tirer des rafales de trois balles, et pas plus, chaque fois que vous pressez la détente. Relâchez la détente, repressez-la, il ne tire que trois balles. Et c'est bien connu que les trois à cinq premières balles sont les plus efficaces avec n'importe quelle arme automatique.

La ligne de mire éclairante fixée sur le MP5 nous permettait d'utiliser son rayon pour viser, ainsi que pour voir dans l'obscurité ou la fumée. J'utilisais la mienne même en plein jour, parce qu'elle aide vraiment à mieux viser. Il y a un système de vis et d'écrous pour vous permettre de fixer différemment la source lumineuse tout autour de l'arme; lorsque vous réglez cet éclairage sur une cible à tant de mètres, vous savez à quelle hauteur vos balles vont aller par rapport au faisceau de lumière. Dans une pièce obscure, les Maglites ont aussi un bon effet aveuglant sur les mecs que vous attaquez.

J'avais toujours un chargeur prêt, en plus de celui déjà dans l'arme, dans un petit compartimentsur le côté. Ainsi, en cas d'urgence, je n'avais pas à me précipiter sur mon brêlage principal. Nous portions l'arme en bandoulière sur le devant, ce qui permet d'escalader des bâtiments, de sauter hors ou dans des véhicules, en gros de faire tout ce qu'on a à faire, sans s'embarrasser de son arme. L'assaut est une des rares occasions de porter l'arme à la bretelle dans le Régiment.

J'attendais le dernier moment pour enfiler les gants en chevreau et le masque à gaz, qui en rajouteraient aux dégoulinades de sueur, tout en complétant mon look Schwartzenegger dans Terminator. Avec un peu de chance, c'est moi qui hériterais de la « Barclaycard », un fusil à pompe à canon scié et sans crosse, qui sert à faire sauter des portes. Une seule balle Hatton suffit pour faire sauter une porte sans causer de dommages à l'intérieur. Son nom lui vient du slogan de Barclay pour sa carte de crédit : « Une carte Barclay vous ouvre toutes les portes. » Au début, on le transportait dans son étui mais il s'avéra trop encombrant et, la plupart du temps, on lui met juste un sandow et on le laisse pendre au côté.

Vint le moment de donner mes instructions au groupe. La salle de réunion avait été meublée de chaises militaires pliantes en toile, déchargées des fourgons. Certains types étaient debout, d'autres assis, d'autres entraient et sortaient, et la radio diffusait des conversations en fond sonore.

Ils firent cercle autour du tableau pour entendre mes instructions concernant une éventuelle intervention immédiate, un gobelet en carton blanc dans une main et un petit pain ramollidans l'autre. Devant nous étaient étalées des coupes du bâtiment vu sous tous les angles, des photos aériennes et des plans au sol.

Ce n'était pas le moment d'exprimer des opinions personnelles et ce n'était pas le lieu pour ça. On n'était pas au parlement chinois.

Je dis : « Voici les instructions à exécuter sans délai, au cas où une intervention immédiate serait décidée.

Terrain. Le bâtiment a trois niveaux. Sur la façade, l'entrée principale a deux battants, vitrés, avec un encadrement en plastique. Les portes étant masquées par des bouts de tissu, on ne peut rien voir. De chaque côté de l'entrée, au rez-de-chaussée, il y a une fenêtre, et une fenêtre dans son alignement à chaque étage ; elles ont toutes un double vitrage et un encadrement en plastique. Tous les rideaux sont fermés. L'entrée principale mène à un escalier central avec deux volées de marches par niveau. Sur le toit il y a des verrières qui donnent sur le corridor central de l'étage supérieur. Vous regarderez les plans après les instructions et vous vous familiariserez avec l'extérieur, mais c'est la façade qui nous intéresse pour l'instant.

Situation. Il y a six heures maintenant des membres du Djihad Islamique ont pris le contrôle du bâtiment, où se tenait une conférence sur le commerce international organisée par Israël. Ils exigent la libération de cinq membres de leur groupe emprisonnés à Parkhurst pour tentative d'attentat contre l'ambassade israélienne. On peut s'attendre à un maximum de six Rayons X et approximativement 27 Yankees.

Nous ne disposons encore ni de photographies ni de renseignements sur qui que ce soit, sauf sur l'un des Rayons X. Nous l'appellerons Rayon X n° 1 et c'est une femme. À sa voix elle est âgée de vingt à trente ans et elle a un fort accent du nord de la Palestine. Son anglais/américain est correct. Toutes nos informations montrent que le groupe des terroristes a séparé les Yankees pour les répartir un peu partout dans le bâtiment. Nous n'avons pas vu leurs armes, mais on peut raisonnablement supposer qu'elles sont automatiques.

Temps dont nous disposons. Les négociations ont commencé à 10 heures ce matin. Le premier ultimatum arrive à son terme dans 45 minutes, à 16 heures. Ils veulent communiquer avec un des prisonniers de Parkhurst. »

J'énonçai alors la définition précise de la mission, qu'on doit toujours répéter deux fois : « Mission. Sauver les otages, sauver les otages.

Exécution. Groupe d'assaut. Rouge 1 et 1 Alpha, vous glissez sur le toit par corde lisse et faites une entrée fracassante à travers la verrière. Vous limitez votre intervention à l'étage supérieur. Je veux un homme sur le premier palier qui fasse la jonction avec 2 et 2 Alpha. Steve, par quel côté allez-vous approcher tous deux ?

– Par le nord-ouest, le long des arbres, puis en volant bas au-dessus du parc.

– Bon. Il faut 20 secondes aux fourgons pour être sur l'objectif – donnez-nous 30 secondes et on y est en même temps.

Rouge 2 et 2 Alpha, vous faites une entrée fracassante par les deux fenêtres de l'étage intermédiaire. 2, à la fenêtre de gauche, au signal de Tango 1 (la Range Rover). 2 Alpha à droite, au signal de Tango 2. Votre limite d'intervention est l'étage intermédiaire. Je veux que des hommes en relais rejoignent 1 Alpha et se déplacent jusqu'au premier palier pour y retrouver 3 et 3 Alpha.

Rouge 3, c'est moi, et 3 Alpha font irruption par la porte d'entrée. 3 va à gauche au signal de Tango 1 et 3 Alpha va à droite au signal de Tango 2. Notre limite d'intervention est le rez-de-chaussée. Je veux un homme de liaison pour retrouver 2.

Le groupe de tireurs embusqués. Sierra 1 et Sierra 2, vous couvrez les différents indicatifs et les Land Rover dans leur déplacement du cordon à l'objectif.

Sierra 3 et Sierra 4, vous avancez à partir du cordon intérieur, prêts à intervenir, et vous couvrez les deux côtés et l'arrière avec des G3.

Réception des otages. Vous serez dans l'entrée du bâtiment. Une fois que nous sommes à l'intérieur, vous avancez.

Officier responsable des munitions et toubib. Vous serez appelés à l'avant si besoin est. L'indicatif 3 vous retrouvera à l'entrée principale.

Tango 1 et Tango 2. Vous roulez à fond la caisse à partir de la ligne de départ ici, dis-je en pointant sur la carte. Vous dépassez le coin et vous foncez tout droit vers le bâtiment. La distance approximative est de cent cinquante mètres. Une fois sur l'objectif, vous couvrez les équipes qui y pénètrent. Vous êtes là pour éventuellement remplacer les blessés. Sinon, vous vous joignez au groupe de réception des otages. Si nous devons revoir nos délais à la baisse, je vous ferai avancer pour que assistiez à l'intervention. Questions ? »

Il n'y en avait pas.

« Synchronisation. Après les instructions, les équipes regardent les plans et se repèrent. L'intervention immédiate est prévue pour 15 h 35. Le premier ultimatum expire à 16 heures.

Groupe de véhicules. À 15 h 50 tout le monde doit être dans les fourgons, prêt à entrer en action, sauf les masques à gaz. Nous avançons alors lentement vers la ligne de départ. Tango 1 roule devant et je lui ouvre la route. Nous sommes en état d'alerte sur la ligne de départ à 15 h 55.

Les hélicoptères. À 15 h 55, vous êtes à bord, rotors en marche. Steve, sauf contrordre, vous arrêtez tout à 16 h 10. Des questions ? Non ? OK. C'est tout. »

Les trucs formels étant réglés, je parlais alors à tout le monde en revoyant les plans du bâtiment.

« Dave, pour l'irruption en force, je serai Numéro 1, Tim 2, Fat Boy 3 et toi, Dave, 4. Une fois dégagé le hall d'entrée nous allons vers la gauche et prenons la grande pièce, et puis celle-ci à côté de la cage d'escalier. Une fois tout dégagé, Tim, tu rejoins Alpha 3 en bas des escaliers, puis vous gagnez le premier palier et y trouvez 2. Des questions ? Bon, réglons les détails et allons-y. »

Il n'y avait rien à ajouter, tout le monde était au parfum.

En sortant de la salle de briefing, nous nous dirigeâmes vers les deux Range Rover, Tango 1 et Tango 2, qui allaient nous conduire à l'objectif.

« Allô Alpha, ici 3 dis-je à l'émetteur. Tango 1 et Tango 2 en route pour la ligne de départ. À vous.

– Ici Alpha, bien reçu, en route vers la ligne de départ. »

« Alpha » était l'indicatif d'appel générique désignant tous nos éléments. Il était installé dans la zone de briefing et géré par l'opérateur radio. « Alpha 1 » était le commandant.

Les types s'accrochaient où ils pouvaient sur la carrosserie. Don le chauffeur ne voyait que les deux paires de jambes en noir de mon équipe, le groupe qui allait prendre le premier étage. En avançant vers la ligne de départ, accompagnés par la police, on entendait les rotors des Agusta monter en régime.

La Range Rover s'arrêta comme prévu au bout de l'allée. J'en sortis et observai les types qui mettaient leur masque à gaz et vérifiaient leur arme, tirant légèrement la culasse mobile en arrière pour s'assurer qu'une balle était bien engagée.

Les deux chauffeurs atteignirent rapidement l'angle des bâtiments et se jetèrent à plat ventre. Le premier lança un coup œil au-delà de l'angle, juste le temps de balayer l'allée du regard et de visualiser la distance à parcourir. Dès que le chauffeur de Tango 1 eut jeté un coup d'œil, il se dégagea et laissa la place au second chauffeur.

« Allô Alpha ici 3, 2 et 3 en position d'intervenir, à vous.

– Ici Alpha, bien reçu, 1 accusez réception du message.

– 1 en position d'intervenir, fin du message », dit le pilote.

En fond sonore de son message, les rotors tournaient.

À l'écoute de son émetteur, le commandant d'unité expliquait nos actions au chef de la police. Il confirma que tout était en place pour l'intervention immédiate. Si les Rayons X commençaient à tuer les Yankees, c'est la police qui déciderait de notre intervention. La décision ne nous appartenait pas car nous n'étions là qu'en tant que soutien de l'armée aux forces civiles.

Toutes les équipes attendaient l'heure d'expiration de l'ultimatum, dans les fourgons et les hélicoptères, l'oreille collée à l'émetteur. Moteurs et rotors tournaient.

Nous n'étions pas loin de la fin. Les tireurs embusqués observaient et écoutaient avec attention.

« Allô, Alpha, ici Sierra 1. J'entends des cris et je vois du mouvement sur Blanc 1 1 », dit l'un des tireurs embusqués.

À chaque ouverture, fenêtre ou porte, correspondait un code fait d'une couleur et de chiffres. Nous savions donc qu'il faisait référence à la fenêtre du rez-de-chaussée à gauche.

« Ici, Alpha, bien reçu, cris et mouvement sur Blanc 1 1. »

Toute l'équipe entendait la même chose sur l'émetteur.

« Allô, Alpha, ici Sierra 1, Blanc 1 1 s'ouvre... une minute... je vois un Rayon X, c'est peut-être un homme, il a un masque de ski noir et une veste de treillis verte, il porte un AK... minute... il crie et montre la zone de contrôle, fin du message, à vous.

– Ici, Alpha, message reçu, à vous. Tango 1, accusez réception du message.

– Ici Tango 1.

– Tango 2?

– Ici Tango 2.

– Rouge 1?

– Ici 1, message reçu », dit Steve. Les rotors tournaient toujours. « Alpha 1 ?

– Ici Alpha 1, message reçu. »

C'était notre dernière chance de tout vérifier. Mon pistolet tient-il correctement ? Le rabat de l'étui est-il bien refermé pour l'empêcher de tomber ? Les chargeurs sont-ils bien accrochés ?

Les types chargés des explosifs pour les portes et les fenêtres les vérifiaient, en commençant par le clapet : est-il placé correctement ? Est-ce que tout est prêt à fonctionner comme prévu ? Le détonateur et le cordon détonnant sont-ils bien placés ? La charge est-elle complète ?

Ai-je bien placé le masque à gaz ? Est-ce que la jointure avec la combinaison est bien étanche ? Il ne faut pas que le gaz risque de passer par là, ça fait diablement mal. Il n'affecte pas seulement la respiration et les yeux et s'il atteint la peau, ça pique horriblement. Est-ce que j'ai bien mis mes gants ? Ils doivent parfaitement adhérer aux mains, sans plis ni poches, sinon je peux avoir un problème en dégainant ou en manipulant mon MP5 ou mon pistolet.

Tout était bien en place et je me tenais au véhicule, en attendant le signal de l'attaque.

Nous entendîmes : « Allô 1 et Alpha 1, dirigez vous vers votre zone de rassemblement, fin du message.

– Ici 1 et Alpha 1, bien reçu, fin du message. »

Les hélicoptères prenaient progressivement de l'altitude. Dans le P.C. avancé, le patron des policiers devait s'inquiéter un peu. Encore responsable des opérations, il disait : « Faites monter les hélicos, ça fera gagner du temps. Dès qu'ils seront dans la zone de concentration, nous commencerons à envoyer les autres. »

Au même moment les tireurs embusqués parlaient dans les émetteurs.

« Allô, Alpha, ici Sierra 1. Encore des cris. Encore plus d'agitation. On dirait que ça s'agite maintenant sur 2 2, la fenêtre au-dessus. Je ne vois personne, juste du mouvement. Je vois la fenêtre et les rideaux qui bougent. Il y a un visage à la fenêtre. Je ne peux l'identifier, à vous, terminé.

– D'accord, message reçu. »

Les mecs sortaient les grenades aveuglantes de leur gilet d'opération. Nous les lancerions au moment de pénétrer dans le bâtiment, pour faire diversion et provoquer le maximum de confusion. Nous voulions désorienter ces types et leur faire peur.

Tous les moteurs tournaient, dans l'attente du « go ». Et il y avait de plus en plus de hurlements et de cris d'après les informations des tireurs embusqués.

Je savais que les négociateurs faisaient de leur mieux et continuaient de discuter avec les terroristes. Je les imaginais, parlant dans l'émetteur, et communiquant parallèlement en langage des signes avec les personnes présentes autour d'eux dans la cellulle de crise.

Dans les Range Rover, c'était tranquille, il n'y avait qu'à rester assis à 20 secondes de distance, hors de vue à ne rien faire. Nous ne parlions même pas puisque nous avions mis les masques à gaz.

Je me calai dans mon siège et laissai reposer ma tête sur ma poitrine, écoutant ce qui se passait. Je préférais me détendre pour ne pas gaspiller mon énergie. J'avais mon arme en bandoulière, j'étais bardé d'un équipement super lourd, alors pas la peine de s'exciter. Nous n'entendions pas la conversation des négociateurs. C'est évident qu'ils essayaient de calmer le jeu. L'État-Major, de toute façon, ne laisserait jamais les terroristes parler à leurs types à Parkhurst.

« Allô, Alpha, ici Sierra 1, Rayon X de retour dans Blanc 1 1, fenêtre fermée, rideaux tirés.

– Ici Alpha. »

L'heure limite était passée. Les négociateurs faisaient leur boulot et le patron de la police pouvait être content : la menace de tuer deux otages à 15 heures n'avait pas été exécutée.

« À tous indicatifs d'appel, ici Alpha 1. La décision d'intervention immédiate est suspendue. Accusez réception. »

Nous accusâmes tous réception auprès du Patron puis enlevâmes nos masques avant de désarmer nos armes, manipulation qui consiste à les décharger puis à les réapprovisionner, sans mettre une balle dans la chambre.

L'escorte de police nous raccompagna et nous observâmes les équipes d'hélico qui se dirigeaient vers la salle de briefing.

L'endroit avait bien changé. Toutes les données étaient affichées et l'équipement radio installé. Il y avait des photos et des plans supplémentaires, sans compter les renseignements sur le système électrique, les canalisations, les systèmes de ventilation, bref, le maximum d'infos.

On avait aussi affiché quelques photos de l'un des terroristes, prises par les équipes techniques du ministère de l'Intérieur. Et on avait identifié un second terroriste, Rayon X n° 2, dont une photo était affichée.

Rien qui fasse « high tech » dans le paysage, juste des tableaux avec des trucs fixés par des punaises, du gros ruban adhésif, des tableaux magnétiques pour fixer de petits bouts de papier avec des aimants. Le système était très souple parce qu'il fallait pouvoir prendre et replacer un document facilement.

Nous nous dirigions vers la salle de briefing, chacun portant un gobelet de thé à la main ; l'équipe des bleus nous y attendait et les agents spéciaux devaient nous donner les dernières informations.

« Voici le point : les négociateurs essaient d'échanger trois des otages contre de la nourriture. Il s'agit d'un employé de 65 ans, le jardinier, et de ses deux petits-enfants, âgés de six et neuf ans. Nous attendons des photos de certains Yankees et, dès réception, je les placerai sur le tableau, accompagnées, si possible, d'une description.

Comme vous le savez, nous avons identifié un deuxième Rayon X. C'est un homme, il fait environ 1 m 85 et 95 kilos. Il n'y a pas de nouvelle heure limite et pas d'autres infos que celles sur les tableaux. Des questions ? »

Le commandant de l'escadron prit alors la parole.

« L'équipe rouge restera en stand-by pour une éventuelle intervention immédiate jusqu'à 6 heures demain matin. Les instructions pour l'équipe de relève seront données à 5 h 30. Des questions ?

– Qu'est-ce qui est prévu pour les repas ? », demanda Fat Boy.

Je souris en pensant qu'on ne le changerait pas.

Tout le monde regarda le sous-off chargé du ravitaillement.

« Des coffrets-repas sont prévus à 19 heures, vous mangerez pendant que la police montera la garde. Dès que j'en sais plus, je l'affiche au tableau. Je m'assurerai que les distributeurs de thé sont remplis. Économisez les gobelets en carton si possible en utilisant vos quarts. »

Nous sortîmes de la pièce l'un après l'autre, jetant nos gobelets en carton dans les sacs-poubelles noires que le sous-off du ravitaillement et son adjoint avaient disposées partout.

En fond sonore, des sonneries de téléphone et, amplifiés par des haut-parleurs, les tireurs embusqués qui nous informaient minute par minute. Il y avait un brouhaha général de conversations entre les types, au téléphone, à la radio, ainsi que l'écho d'autres types en train d'installer un peu partout du matériel supplémentaire. Il ne faisait pas plus chaud à l'intérieur du bâtiment, malgré quelques radiateurs qu'on venait d'installer et qui diffusaient mal la chaleur. Ma respiration faisait encore de la buée.

Le service administratif, à côté, avait changé aussi. Les rouges avaient déplié les lits de camp, le long desquels ils se débarrassaient des vêtements pare-balles et des ceinturons. Puis ils tirèrent livres et baladeurs de leurs sacs. En tant que membres du groupe d'intervention immédiate, nous restâmes en tenue, sans les MP5 et les masques à gaz. Je pris un lit de camp et déroulai mon sac de couchage. Mais il était trop tôt pour dormir.

J'allai dans le couloir entre les deux pièces. Quelques types de l'équipe des bleus bavardaient avec deux policiers ; ils faisaient partie du cordon de sécurité qui nous gardait dans cette zone.

« C'est génial pour les heures supplémentaires », disait l'un des policiers. Il commença à parler de la grève des mineurs. « Il y avait un contingent qui s'était fait imprimer des Tee-shirts avec la mention A.S.P.O.M. (c'est Arthur Scargill qui rembourse nos crédits). »

Je retournai à la salle de briefing voir s'il y avait du nouveau. Le commandant de l'escadron était en communication radio avec Sierra 2. Bien planqué dans son poste d'observation, il observait la façade et le côté droit du bâtiment.

« Votre position vous permet-elle de balancer des gaz dans Blanc 2 3, à vous ? »

Sierra 2 demanda un délai de réflexion avant de donner sa réponse, parce qu'il voulait jeter un œil à nouveau.

« À Alpha 1, ici Sierra 2. Ouais, je peux faire ça, à condition de me déplacer de vingt mètres sur la gauche au préalable, à vous.

– Bien reçu, terminé. À Sierra 2, le terrain est-il découvert entre vous et l'escalier de secours à l'arrière, à vous ?

– Ici Sierra 1, le mort-terrain s'arrête à soixante mètres de l'escalier de secours. Mais je n'y suis pas encore allé, à vous.

– Ici Alpha 1, message reçu. Je vous envoie quelqu'un pour jeter un œil. Terminé. »

Il planifiait un certain nombre d'options méthodiques de jour, de nuit, avec passage à l'attaque ouvert ou secret. Ces options devaient être prêtes pour le moment où l'État-Major dirait que ça suffit ; ou si la situation se détériorait au point que la police passe la main. L'organisation d'une attaque méthodique pouvait aller jusqu'à fabriquer une maquette sophistiquée, ou représenter tout le secteur par des dizaines de plans fixés avec du ruban adhésif par terre, parce qu'il fallait tout visualiser et tout discuter. À ses côtés, se trouvaient les deux commandants en second pour chaque équipe et leurs officiers, qui participaient tous à l'organisation. Les commandants en second d'équipe, sous-officiers anciens, étaient là pour partager leur expérience et les officiers d'équipe étaient là pour leur pomper toute l'information possible. En gros, ils étaient à l'école, tout autant qu'ils faisaient partie d'un escadron opérationnel. Un jour, l'un d'entre eux aurait la casquette de chef d'escadron, ce qui est une responsabilité effrayante.

Le Régiment n'avait pas besoin de chefs de peloton et, dans le Septième Peloton, nous n'en avons pas eu pendant des années. Un peloton fonctionne tout seul sous les seuls ordres de son sous-off le plus ancien et le plus gradé. En revanche, ce dont nous avions besoin c'était des chefs d'escadron, et d'un élément d'État-Major pour l'escadron. Avec des forces disséminées à travers le monde, il fallait quelqu'un pour coordonner tout ça. L'un des chefs de peloton deviendrait un jour le chef d'escadron. Alors c'était dans notre intérêt à tous de les entraîner comme il faut. Pour eux, c'était une autre forme de Sélection. Ils étaient affectés trois ans au Régiment, et s'ils faisaient l'affaire, on pourrait les inviter à revenir, pour commander un escadron. Par contre, s'ils merdaient, ce ne serait pas leur faute mais celle du chef du peloton ou du peloton tout entier. C'était à nous de leur faire passer de sales quarts d'heure. Nous faisions ça très bien. En réalité on n'était pas très loin de l'entraînement des recrues à Winchester. Un mauvais résultat était mauvais pour nous, pas pour la recrue.

C'était en fait le sous-off le plus gradé, le plus ancien de l'équipe, qui faisait tourner la baraque. Il s'occupait de l'emploi du temps journalier et de toute l'administration. Et il dépendait aussi de lui que l'officier soit au courant de la situation. Nous, en tant qu'équipe, nous avions aussi des trucs à lui apprendre.

Je commençai à trouver le temps long et retournai à mon sac de couchage pour lire mon bouquin sur *La Féodalité en Angleterre*.

Puis vint l'heure de la bouffe. Comme prévu, c'était du rata de première, une grande potée de viande, pommes de terre et légumes. Parfois on nous distribuait des assiettes en carton, mais nous préférions souvent apporter nos assiettes qui étaient plus grandes, pour manger plus. En guise de dessert, nous avions droit à six tranches de pain chacun et un petit pain aux raisins tout collant.

L'un des radios entra pendant le repas.

« Les deux équipes dans la salle de briefing à 19 h 30 pour un nouveau point. Merci. »

Ces opérateurs radio étaient parfois les plus anciens caporaux et sergents du monde. Ils ne voulaient pas quitter l'escadron 264, et ils laissaient passer toute chance de promotion, qui risquait de les éloigner d'Hereford.

Nous nous assîmes devant les agents du renseignement, en finissant de manger notre dessert.

« Nous n'avons vu que Rayon X n° 2. Et c'est la femme qui continue les négociations. »

Nous pouvions l'entendre dans les hauts parleurs.

« Plus fort ! » cria quelqu'un à l'arrière du groupe.

Ses paroles emplirent la pièce : « Si vous ne diffusez pas notre déclaration au journal de 21 heures sur la B.B.C. et à 22 heures sur I.T.N., nous commencerons à tuer des otages. Nous avons prouvé que nous ne sommes pas des sauvages en vous rendant le vieux et les enfants.

– Je veux vous aider, dit l'un des négociateurs. Personne ne veut un bain de sang, ni vous, ni nous, hein ? Je ne peux rien vous promettre, mais je vous assure que je fais tout ce que je peux pour vous aider. Tout ce que j'ai promis jusque là a été tenu. Nous devons travailler ensemble... Il faut que vous compreniez que j'ai besoin de temps.

– Vous n'écoutez pas, c'est évident. Nous commencerons à tuer des otages si les déclarations ne sont... »

Quelqu'un baissa le volume.

L'agent spécial poursuivit : « Vous avez entendu : le vieil homme et les deux enfants viennent d'être relâchés. Le vieux est encore sous le choc et il ne peut nous donner aucun renseignement utile, mais il pense qu'ils sont quatre ou cinq, et qu'il n'y a qu'une seule femme. »

L'un des opérateurs cria : « Alerte pour l'intervention immédiate ! »

Nous courûmes aux véhicules et branchâmes les émetteurs. Les armes étaient prêtes et nous mîmes les masques à gaz pendant le trajet à toutes blindes vers la ligne de départ. Les responsables des explosifs vérifièrent que tout était en ordre, et branchèrent le système Claymore, qui déclenche la charge.

« À Alpha, ici Tango 1 et 2 sur la ligne de départ, à vous.

– Bien reçu, terminé. À Numéro 1, ici Alpha, à vous.

– Ici, Numéro 1, les rotors en marche et en alerte, à vous.

– Bien reçu, terminé. »

Nous entendions les tireurs embusqués sur l'émetteur : « Encore du mouvement sur Blanc 2 1 et Blanc 1 1. Il y a des cris en provenance du rez-de-chaussée, je ne peux dire de quelle pièce.

– Accusez réception Sierra 2. »

J'entendis deux rafales d'arme automatique et je compris qu'il ne faudrait pas longtemps avant de passer à l'action.

« À 1 et 1 Alpha, ici Alpha 1. Dirigez-vous vers votre zone de rassemblement.

– Ici 1, bien reçu. »

Sans les voir, nous savions que les deux hélicos se trouvaient là où les terroristes ne les entendaient pas, et qu'ils attendaient l'ordre de rejoindre l'objectif. Il faisait sombre et toutes les lumières étaient éteintes. Steve et Jerry utilisaient leurs lunettes de vision nocturne.

Le commissaire principal attendait de s'assurer qu'il y ait des morts, parce que le bruit des tirs ne suffisait pas.

En guise de confirmation, un corps fut balancé par la porte principale. Et cet acte fut accompagné de la menace d'un nouveau mort, cinq minutes plus tard, si on refusait plus longtemps de diffuser leur déclaration à la télé.

Le policier parla au ministère et la décision fut prise.

Le commandant d'escadron prit la parole sur le réseau : « À toutes les stations, ici Alpha 1 pour un essai radio, à vous. »

Nous répondîmes tous.

« À toutes les stations, à mon commandement, à mon commandement. Indicatifs 1 et 1 Alpha, approchez-vous de l'objectif.

– 1 et 1 Alpha, bien reçu, terminé. »

C'était parti.

Les hélicos volaient très bas près des arbres, toujours avec leurs lunettes de vision nocturnes. Leurs deux portes de côté étaient ouvertes. Chaque hélicoptère avait quatre hommes à bord. Le N° 1 était prêt à descendre par la corde lisse. L'hélicoptère était lancé et lui, le masque sur le visage, observait le bâtiment qui s'approchait. Il avait les deux mains sur une corde lisse d'un bon quinze centimètres de diamètre. Elle s'enroulait de manière lâche au sol à côté de son pied droit, et il était prêt à l'expédier dehors d'un coup de pied. Il se tenait par les deux mains et aussi, solidement, par les deux côtés de ses bottes d'assaut, et il se préparait à glisser, comme un pompier le long d'une rampe de feu.

« Il reste trente secondes, trente secondes. »

C'était la dernière chance de tout annuler. Le commandant d'unité regarda le policier pour avoir confirmation.

« À toutes les stations, à mon commandement. Attention, prêt... Go, go, go ! »

Les véhicules démarrèrent en trombe et les équipes se cramponnèrent comme des malades. En tournant l'angle, nous aperçûmes le bâtiment et Tango 2 se mit à notre niveau. J'entendis les hélicos s'approcher. Ils se dirigeaient vers l'objectif en volant très bas, en fait plus bas que le bâtiment lui même.

Soudain un bras, rapetissé par la distance, sortit de chaque côté du véhicule en tenant la corde lisse. L'hélicoptère se mit en vol stationnaire au-dessus de l'objectif et le N° 1 balança la corde. Le N° 1 sortit à sa suite et glissa le long de la corde avant même qu'elle heurte le toit.

Je regardai en l'air. Ils lâchèrent des fusées éclairantes à moins de trois mètres du toit. Quelques grenades aveuglantes explosèrent. Mais les pilotes avaient repoussé à temps leurs lunettes à infrarouges, qui sont fixées à leur casque et peuvent pivoter vers le haut d'un geste de la main, pour éviter d'être aveuglés.

Les hélicoptères, qui s'efforçaient de rester dans la zone éclairée, se mirent à se balancer sur environ un mètre d'amplitude dans un vol stationnaire. Les mecs dégringolèrent à toute vitesse le long de la corde. Le N° 3 de chaque équipe avait un sacré boulot : c'est lui qui, en plus de son équipement, descendait une charge rectangulaire sur son épaule. Il devait veiller à ne pas arracher le détonateur ou les fils.

Au même moment, tous les quatre furent ensemble sur la corde. En glissant, ils regardaient alentour et au sol, ils surveillaient surtout les verrières de peur que quelqu'un en sorte pour leur tirer dessus. Dès qu'un homme touchait le toit, il dégageait.

En quelques secondes, les hélicos disparurent.

Quelqu'un passa la tête par la fenêtre gauche du dernier étage. Nous savions qu'elle était dans la ligne de mire de Sierra 1, et qu'il n'y avait pas de raison de s'inquiéter, puisque c'était de son ressort. Il ne dit rien à la radio, mais sortit simplement son viseur télescopique, tout en couvrant l'assaut qui se poursuivait. S'il s'avérait que l'apparition à la fenêtre représentait une menace, elle ne tarderait pas à disparaître grâce à une balle de Lapua 7.62 bien placée en pleine tête.

En stand-by, les deux autres tireurs embusqués de l'arrière, Sierra 3 et 4, s'avancèrent en courant avec leurs G3, choisissant des positions d'où ils couvraient deux côtés du bâtiment en même temps. Ils n'avaient pas besoin de viseur télescopique parce qu'ils étaient très près et leurs G3 avaient des viseurs métalliques normaux. Couvrant tout l'extérieur, ils pouvaient cueillir quiconque sortait en courant. En admettant que les Rayons X réussissent à éviter les tireurs embusqués, ils tomberaient de toute façon dans les bras de la police. Mais ce cas n'était même pas envisagé, car suivant la formule d'un type de l'escadron B : « Personne ne court plus vite que Messieurs Heckler & Koch. »

Les Range Rover s'arrêtèrent, en même temps que des grenades aveuglantes explosaient.

Nous sautâmes des véhicules et courûmes vers les portes d'entrée. Elles étaient verrouillées et toujours occultées par les rideaux. Dave fixa sur la porte avec du ruban adhésif double face, une charge d'explosifs, qui suffirait à l'enfoncer vers l'intérieur.

Collés contre le mur, nous regardions vers le haut, tout en pointant nos armes sur les fenêtres. Que personne ne s'avise d'y passer la tête, avec de mauvaises intentions, parce qu'il ne profiterait pas longtemps de la vue.

En reculant, Dave parcourut de la main le cordon détonateur jusqu'au détonateur, et au fil de mise à feu, la toute dernière vérification. Il pourrait encore nous annoncer « à la poubelle » s'il y avait un problème. Et alors nous n'aurions plus qu'à y aller à la hache, exactement comme Tiny à l'Ambassade. Dave faisait vite, mais il prenait le temps de s'assurer que la charge était complète. Il voulait absolument éviter d'appuyer sur le clapet de mise à feu et de faire chou blanc.

Les deux équipes étaient prêtes. Dave passa devant Tim, le N° 2, qui était prêt avec une autre grenade aveuglante.

Je braquai mon arme, prêt à entrer. En retirant le cran de sûreté, je criai : « Go ! »

Notre charge et celle de l'équipe du premier étage explosèrent en même temps. J'avançai. La fumée du flashbang * s'épaissit et me précéda. Je

* Grenade aveuglante. *(N.d.T.)*

n'avais qu'à la suivre pour entrer, parce que ça valait mieux que d'attendre qu'elle se dissipe.

Le hall d'entrée, obscur, se remplit de fumée. Une autre grenade aveuglante explosa et je ressentis la déflagration dans tout le corps, en même temps qu'une forte pression sur mes tympans. L'éclair m'aveugla mais je devais avancer malgré tout. Et puis nous nous étions amplement entraînés à ce genre de situation. D'ailleurs mes mains portaient encore les traces de brûlures provoquées par un éclat de grenade.

Tout le bâtiment vibra à cause de la secousse et fulgura d'éclairs aveuglants.

À ma droite, je pouvais voir l'autre équipe avancer. Sans regarder, je savais que mon groupe se dirigeait vers cette première porte.

Le hall d'entrée était dégagé.

Je me tournai et vis que j'étais le N° 2 à la porte. Les deux derniers de mon groupe étaient allés droit sur elle et m'attendaient. J'entendis des grenades et des coups de feu tirés dans les étages.

J'y courus, sortis un flashbang et me plaçai juste derrière le premier homme. Je le plaçai par-dessus son épaule pour qu'il sache que nous étions au complet.

Le N° 3, en face de nous, enfonça la porte d'un coup de pied. Lorsque l'ouverture de la porte atteignit dix centimètres, la grenade aveuglante fut lancée à l'intérieur, et nous fonçâmes dans son sillage.

Aucun de nous ne pensait à ce que nous trouverions de l'autre côté, parce que nous sommes tellement rodés. De plus, tout va trop vite pour qu'on pense au danger ou aux risques que ça tourne mal.

Les lumières étaient allumées et le bruit et les éclairs remplissaient leur office. Dave alla vers la gauche. En entrant, j'entrevis un groupe ratatiné dans un coin mais je ne remarquai aucun masque ni aucune arme.

J'entendis un MP5 tirer un coup. Quelqu'un dans le groupe sortit un AK et l'éleva au-dessus de sa tête.

Je dirigeai ma lampe torche vers sa tête et l'inondai d'un bref flot de lumière.

Les Yankees hurlaient et pleuraient. Il fallait les maîtriser.

Tim, qui nous couvrait tous deux depuis l'irruption dans la pièce, hurla : « Tout le monde à terre, à terre », puis il pointa son arme sur les Yankees pour leur faire comprendre qu'il ne plaisantait pas. Et aussi parce qu'il pouvait y avoir des terroristes cachés parmi eux.

Il poussa au sol ceux qu'il fallait « aider », car ce n'était vraiment pas le moment de faire dans la sensiblerie ni dans les bonnes manières.

Dave avança en même temps pour fouiller la pièce. Il dut déplacer un sofa et laissa glisser son arme en bandoulière, tout en dégainant son pistolet.

Au même moment Tim hurla : « Où sont les terroristes, y a-t-il encore des terroristes ? »

Une fois la pièce bien fouillée, nous procédâmes vers la suivante. En sortant, je vis Tim jeter les types à terre en criant : « Restez ici, ne bougez plus ! »

Les autres équipes continuaient leur boulot. Je dépassai en courant notre N° 4 qui couvrait le hall d'entrée. Il s'était mis dans un coin d'où il dominait tout le secteur et la cage d'escalier.

En arrivant à la porte je devins N° 1. Le bas de mon masque était rempli de sueur et je respirais si fort, avec tout le « blindage » que j'avais sur le dos, que le diaphragme du masque cliquetait bruyamment à chaque ouverture et fermeture. Tim arriva derrière moi et poussa une grenade aveuglante sous mon nez. Le N° 3 arriva à sa suite, nous étions au complet pour entrer.

La pièce était vide.

Des autres pièces nous parvenaient les cris des Yankees qu'on maîtrisait. Ma respiration était laborieuse, et j'écoutais à la radio deux groupes parler en même temps. Des ordres fusaient à travers les masques à gaz et des signaux à main flashaient d'un homme à l'autre. On entendait tirer partout dans le bâtiment, des grenades explosaient, il y avait de la fumée et des gens dans tous les coins.

Je me sentais claustrophobe sous mon masque à gaz. Je ruisselais de sueur, tout en essayant de faire mon boulot, la tête prise par dix choses à la fois.

Nous avions encore un problème à résoudre. Nous ne savions pas si des Rayons X s'étaient cachés parmi les Yankees. De plus les Yankees en protégeaient peut-être certains volontairement. Certaines victimes développent parfois le Syndrome de Stockholm, les rendant solidaires, paradoxalement, de ceux qui les ont pris en otage. C'est pourquoi il fallait les couvrir de nos armes jusqu'à ce qu'on ait tiré ça au clair.

Tim monta les escaliers, couvert par un membre de l'autre équipe. Il avançait très lentement, son pistolet sorti, prêt à tirer. Il s'assura que l'escalier était dégagé, et qu'il n'y avait pas le moindre risque d'erreur sur l'homme qu'il devait rejoindre. Ils établirent leur liaison et je parlai à la radio.

Pas plus de deux minutes s'étaient écoulées depuis le lancement de l'assaut. Il n'y avait plus de coups de feu, mais les cris continuaient. La fumée se répandait partout. Tous les indicatifs transmettaient que leurs zones étaient dégagées, et dressaient l'état des pertes.

Fat Boy dit : « Une femme est blessée. »

Je regardai et vis une des Yankees se tenir la jambe.

Je repris la parole à la radio : « Ici 3, nous avons une Yankee blessée, envoyez le toubib, à vous.

– Message reçu, 3. Le toubib arrive. Terminé. »

Dave alla le chercher à la porte pour le mener à la blessée, tandis que je donnais, à la radio, mon premier compte rendu de situation.

Toute la façade était maintenant inondée de lumière et les types chargés de la réception des otages étaient prêts à faire leur boulot.

« À tous les indicatifs, évacuez les Yankees, évacuez les Yankees. »

Tous ces gens poussés vers la sortie faisaient penser à une marée humaine. On ne leur laissait pas le temps de penser, il fallait qu'ils aient peur. Alors on gueulait en les poussant dans les bras de ceux qui étaient chargés de les réceptionner. On les faisait lever et on les poussait, en gueulant : « Debout, debout, en avant, en avant. »

Plaqués au sol, avec des menottes, ils n'auraient pas été plus mal traités s'ils avaient été des terroristes confirmés.

« Défense de bouger, défense de parler. »

Nos pistolets les couvraient.

L'adjudant de compagnie arriva avec une lampe de poche, agrippa chacun d'entre eux par les cheveux, tira leur tête en arrière et dirigea le faisceau puissant dans leurs yeux.

« Nom ? »

Quand il fut convaincu que personne ne mentait, ils furent véhiculés jusqu'au cordon de police.

« Allô Alpha 1, ici 2. Nous avons trouvé un engin suspect, on dirait un explosif improvisé. Il est marqué et nous l'évacuons. À vous. »

Ils l'équipèrent d'une petite lampe clignotante jaune. On fait de même pour une personne blessée, parce qu'on voit mieux une lumière jaune à travers la fumée qu'une blanche.

Quelqu'un d'autre recevait des instructions de C.R.W.

« Ici Alpha 1, message reçu. Rendez-vous avec l'officier responsable des munitions. À tous les indicatifs, évacuez le bâtiment, à vous. »

Nous accusâmes tous réception, ravis d'être évacués. Il fallait retourner à la cellulle administrative, pour un rapide debriefing, et puis ce serait à nouveau la course folle vers Hereford. Qui est venu en hélico rentre en hélico, c'est la règle. Pour moi c'était parfait, à part que j'étais obligé d'écouter Steve jacasser sur sa dernière partie de squash.

L'exercice s'était bien passé. On s'était bien débrouillé, comme il se doit. Chaque jour sur les champs de tir, donnant l'assaut à des bâtiments, fonçant à travers « l'abattoir », coursant partout avec les véhicules, escaladant ou dégringolant des échelles, on s'entraînait tellement qu'on aurait pu tout faire les yeux bandés. La seule chose qui ne s'améliore pas avec l'entraînement, c'est la marque circulaire autour du visage, là où le masque à gaz appuie.

Les types qui tenaient le rôle des Rayons X venaient du C.R.W., mais la femme, elle, travaillait au ministère de l'Intérieur. Ils avaient suivi un plan qu'ils étaient seuls à connaître, tout en sachant que la trame du plan pouvait changer à tout moment, selon notre action à nous et celle des autres organisations impliquées. Si quoi que ce soit attirait leur attention, ils devaient réagir différemment.

Il faut, entre autres, savoir comment se comportent les terroristes pour apprendre à les combattre, et les types du Régiment, particulièrement le C.R.W., sont probablement les meilleurs pros du monde. Avec notre savoir faire et nos connaissances, c'est sûr qu'en quelques mois au plus, nous ferions tomber n'importe quel gouvernement.

22

Je m'entendais de mieux en mieux avec Fiona. Un jour, nous évoquions le sujet romantique des factures d'électricité, et je dis : « C'est complètement idiot. On devrait vivre ensemble. De toute façon, tu es pratiquement toujours chez moi. Si tu t'installais ici ?

– D'accord, répondit-elle, mais seulement si tu acceptes de tout partager.

– J'achète la machine à laver et toi l'aspirateur ? »

Je trouvai ça très bien et, comme on ferait équipe, on aurait au moins l'occasion de passer un peu plus de temps ensemble. On en a profité au maximum.

Petit à petit, la maison prit forme. C'était un joli petit logement dans un quartier chic. Nous l'avons aménagé à notre goût. Nous avons posé des portes neuves et partagé les frais d'installation du chauffage central. J'étais convaincu que je ne déménagerais plus jamais. Il n'y avait en effet aucune raison d'aller vivre ailleurs. J'avais enfin l'impression d'avoir un foyer.

En juin 1986, je rentrai chez moi au terme d'une de ces matinées courtes qui commençaient à huit heures et se terminaient à neuf heures trente. Je tentai de rafistoler l'échappement de la Renault 5 parce que le collier n'arrêtait pas de tomber et que je n'avais pas la moindre intention de dépenser 15 livres pour le faire changer.

Après avoir passé tout l'après-midi à bricoler, je rentrai et m'installai confortablement devant la télé. Fiona était sortie parce qu'elle avait rendez-vous chez le médecin. Elle revint, s'arrêta sur le seuil et annonça :

« Il faut que je te dise quelque chose. Andy, je suis enceinte. »

J'eus l'impression que Mike Tyson venait de me flanquer une droite.

« C'est vraiment chouette. Qu'est-ce que tu en dis ?

– Je ne sais pas. Je me demande si c'est bon ou mauvais. Tu crois que c'est une bonne idée d'avoir un enfant ? Je suis pour si tu l'es.

– OK, on y va, on aura un enfant. »

Était-ce vraiment le bon moment ? Peut-on jamais savoir ? C'était inquiétant mais agréable, cette merveilleuse sensation d'avoir créé quelque chose d'important. Je suis donc devenu futur père.

Durant sa grossesse, Fiona connut une mauvaise passe et l'anémie la fatigua beaucoup. Le matin, elle se levait, traînait, puis était obligée de se recoucher. Heureusement, comme je faisais partie du groupe antiterroriste, je pouvais rentrer dès que j'avais un moment, lui faire du thé et tout simplement rester près d'elle. Si j'avais dû partir, elle en aurait souffert et il aurait fallu que quelqu'un vienne s'occuper d'elle.

L'argent manquait. J'avais atteint les sommets vertigineux de soldat de première classe, mais je touchais toujours un salaire de deuxième classe. Il fallait que je passe à l'étape suivante car les caporaux sont beaucoup mieux payés. Avec un peu de chance, tout cela serait réglé à la naissance du bébé. En tout cas, rien ne pouvait atténuer la satisfaction d'avoir un foyer et, bientôt, un enfant.

Aux environs de Noël, Fiona en était à son septième mois et j'appris que je partirais en opération avec le groupe, en février. Quand je regardai les dates de plus près, je m'aperçus que ce serait la veille du jour où elle accoucherait.

– Pas de problème, dit-elle. On va trouver des remèdes de bonne femme, ou sauter sur place dans le carré de rhubarbe, ce genre de truc, pour faire venir le bébé un jour plus tôt. Il sera peut-être en avance de toute façon. Croisons les doigts.

Cela me contrariait beaucoup parce que je voulais vraiment être là. Il ne m'était jamais rien arrivé d'aussi merveilleux. Mais la mission du groupe ne serait pas annulée sous prétexte que le première classe McNab allait avoir un enfant.

J'épluchai les revues à la recherche de « traitements » éventuels.

« Va falloir que tu te débrouilles pour que ça soit la veille, dis-je à Fiona en lui donnant la dernière potion préconisée par mes lectures – un truc du genre Worcester sauce et jus d'ananas. Faut que tu parles sérieusement à ce bébé, que tu lui expliques la situation. »

John McCarthy fut enlevé à Beyrouth en avril 1986. En janvier 1987, ce fut le tour de Terry Waite. La presse ne tarda pas à imaginer le rôle que le Régiment jouerait probablement dans leur libération. Le 28 janvier 1987, à peu près une semaine après la disparition de Waite, nous étions réunis, comme d'habitude, dans la salle de permanence. Une mauvaise journée, venteuse et pluvieuse. Les gars avaient apporté leur sacoche, comme toujours, pleine de journaux et de revues, au cas où on se serait rasé. On se les passa, on but du thé, on bavarda.

Gaz lisait le journal et il dit :

« Merde, regardez, j'étais pas au courant.

Le *Daily Express* annonçait à la une : Le SAS fouille Beyrouth à la recherche de Waite.

– Dommage qu'on ait cet autre boulot, poursuivit Gaz. On aurait pu aller se faire bronzer là-bas. »

Cela n'intéressait personne. On se fichait de ce qui ne nous concernait pas directement.

Je dis à Gaz :

« C'est logique qu'il se soit fait enlever. À mon avis, il y a pas un bookmaker qui aurait parié qu'il ne rejoindrait pas McCarthy.

– Je sais, répondit Gaz. Et, maintenant, on va demander à un pauvre connard de risquer sa peau pour le sortir de là. »

Comme Fiona avait eu une grossesse très difficile, elle dut entrer à l'hôpital trois jours avant la date prévue de l'accouchement. J'allais la voir aussi souvent que possible et, chaque fois que l'occasion se présentait, je tentais de convaincre les infirmières de le provoquer.

« Ne vous faites pas de souci, disaient-elles, on va trouver une solution. »

À la caserne, j'expliquai la situation à l'adjudant.

« Jusqu'à quelle heure puis-je attendre, mardi, avant de partir ? » demandai-je.

L'adjudant se tourna vers le secrétaire et dit :

« Danny, comment marche ce boulot ? À quelle heure partent-ils ? »

Danny fouilla dans ses papiers et répondit :

« S'il met la gomme, il sera à Heathrow à temps en partant d'ici à une heure et demie.

– Et voilà, fit l'adjudant. Une heure et demie. »

Au moment où j'allais sortir, il ajouta :

« Andy, débrouille-toi pour y être. Pas de conneries. »

J'étais de plus en plus contrarié parce que je voulais vraiment être présent lors de la naissance du bébé.

Les parents de Fiona venaient d'arriver du Hampshire et resteraient chez nous pendant mon absence. Sa mère dit :

« Ne t'en fais pas. Si le travail commence maintenant, tu resteras jusqu'à une heure et je te remplacerai. »

Je regagnai la caserne afin de me préparer. Il me fallut courir partout pour trouver un autre membre du groupe. Johnny Two-Combs en faisait partie, mais je ne pus mettre la main sur lui. Au gymnase, je tombai sur Fat Boy et Paul Hill, qui faisaient de la musculation en se balançant des vannes.

« Mon matériel est prêt. Il est dans le bâtiment. Quand vous partirez, vous pourrez le mettre dans le camion ? leur dis-je.

– Pas de problème. »

Je repris la voiture, rentrai chez moi et passai la nuit près du téléphone.

Au matin, l'appareil sonna au moment où je me mettais sous la douche.

« Le travail a débuté, annonça le père de Fiona. Pour le moment, rien ne presse. Viens dans une heure. »

J'arrivai à l'hôpital dix minutes plus tard.

Les contractions commencèrent et on la transporta dans une autre pièce. Elle était terrifiée et moi aussi. Puis elle dit :

« Si le bébé n'est pas arrivé avant ton départ, ce n'est pas un problème, mais j'aimerais vraiment que tu sois là. »

Pour la première fois de ma vie, je songeai : « Je n'ai pas envie de partir. Demain, peut-être même dans quelques heures mais, pour le moment, je n'ai pas envie de partir. » Je voulais absolument voir cet enfant que j'avais engendré. J'éprouvais, vis-à-vis de ce bébé que je n'avais jamais vu, une affection et un attachement sans bornes.

À neuf heures, une infirmière vint nous avertir qu'on me demandait au téléphone. Merde ! Nous nous regardâmes, Fiona et moi. Nous crûmes l'un et l'autre qu'on avait besoin de moi immédiatement.

Je pris le combiné et c'était Paul.

« Il y a du changement », annonça-t-il.

Je me tassai sur moi-même.

Il se mit à rire.

« Je t'ai eu ! Je voulais seulement te dire qu'on a décidé qu'on pourrait aussi bien partir tous ensemble à une heure et demie. »

Le travail continua, les contractions se firent de plus en plus fortes et, vers midi, les douleurs commencèrent. Malgré la péridurale, elle jurait, hurlait et me traitait de tous les noms. Je me sentais inutile. Je ne pouvais rien faire, à part lui tenir la main. Tantôt elle voulait que je le fasse, et tantôt pas.

Elle criait beaucoup. Je me sentais coupable parce qu'elle souffrait, et plus coupable encore parce que je savais que je devais partir.

Futur père toujours attentionné, je dis :

« Écoute, tu aurais intérêt à t'y mettre. Je m'en vais dans une demi-heure.

– Je sais ! je sais ! je sais ! »

À une heure et quart, sa mère passa la tête dans la pièce. J'embrassai Fiona sur le front.

« Il faut que j'y aille, dis-je.

– Je sais, salaud !

– À un de ces jours. »

Je sautai en voiture et fonçai à la caserne. Tout le monde attendait près du pavillon d'entrée.

« Alors ?

– Que dalle. »

Nous filâmes à Heathrow à la vitesse de la lumière et, installé sur la banquette arrière, furax, je ne pris pas part à la conversation.

À peine arrivé, je téléphonai à l'hôpital. Rien. J'enregistrai mes bagages et appelai à nouveau.

« C'est fini ?

– Qui êtes-vous ?

– Le père.

– D'accord, ne quittez pas. »

J'attendis une éternité.

« Toujours rien. »

J'allai prendre un autre café.

Je téléphonai à nouveau. Toujours rien. C'était l'heure d'embarquer. Nouvel appel. Rien.

Tandis que nous attendions au contrôle des cartes d'embarquement, je fis une dernière tentative.

« C'est encore McNab.

– Ne quittez pas, ne quittez pas, je crois que sa mère veut vous parler. »

Elle posa le combiné et je l'entendis courir dans le couloir.

Essoufflée, la mère de Fiona prit l'appareil.

« Ça y est ! Il y a quelques minutes !

– Il y a tout ce qu'il faut ?

– Oui.

– Qu'est-ce que c'est ?

– Une fille. Elle est belle. Je ne sais pas encore combien elle pèse, mais tout va bien. »

Une fille !

Je savais qu'elle s'appellerait Kate. C'était notre choix. Ce fut un choc. Je ne sautai pas de joie. Je restai paralysé et songeai simplement : Je suis père, à présent. Et sans doute la salle d'embarquement était-elle très enfumée, ce jour-là, parce que j'avais les yeux humides quand je raccrochai le combiné.

Je rejoignis les autres dans l'appareil et Paul demanda :

« Ça y est ?

– Ouais. C'est une fille.

– Félicitations, mon pote. »

Il me serra la main, tout sourire, et ajouta :

« C'est génial, pas vrai ? »

Même Paul, qui passait sa vie à papillonner d'un plaisir à l'autre, savait de ce que cela signifiait. Il éprouvait, pour sa fille, une passion que je n'avais jamais pu comprendre, tant elle semblait étrange de sa part. Sa fille ne quittait jamais ses pensées, alors que ce type semblait ne rien prendre au sérieux, à part le plaisir et le travail, auxquels il se consacrait entièrement. À ce moment-là, je compris. Je sus exactement ce qu'il ressentait.

Un des avantages des boulots de groupe est qu'on voyage en classe club, si bien que nous avons arrosé la bonne nouvelle au champagne. Le vol était long et nous nous sommes tranquillement saoulés.

Pendant des semaines, j'attendais des nouvelles. Le courrier était rassemblé à Hereford, puis envoyé dans une ambassade, dans un consulat, ou au service pour le compte duquel nous travaillions, dans le pays ou nous nous trouvions. Il mettait longtemps à nous parvenir et j'aurais fait n'importe quoi pour une photo. Finalement, deux lettres arrivèrent. Je sentis qu'elles contenaient des photos. J'ouvris les enveloppes et les gars se réunirent autour de moi.

Two-Combs les regarda par-dessus mon épaule et dit :

« Elle est mignonne, pas vrai ?

– Connerie, répondis-je. Elle est toute grasse et couverte de morve. Mais oui, elle est mignonne. »

Ce fut vraiment un boulot merdique. Des semaines entières, je restai planqué à flanc de montagne, regrettant de ne pas être à Hereford. Mais, au moins, je me retrouvais dans une partie du monde que je ne connaissais pas.

Quand je rentrai, fin mai 1987, j'avais perdu quinze kilos. Je souffrais de dysenterie, mais je n'étais pas aussi mal en point que Two-Combs, qui présentait les symptômes de la typhoïde. Deux jours plus tard, on s'aperçut que c'était en fait une péritonite.

Nous regagnâmes la caserne et déchargeâmes le matériel. Fat Boy téléphona à sa femme afin qu'elle vienne nous chercher, et dit qu'ils me déposeraient chez moi.

Lorsque nous arrivâmes devant la maison, je vis le rideau bouger et, quelques instants plus tard, Fiona sortit, un paquet dans les bras.

J'embrassai Fiona et pris le bébé qui, chaudement couvert, dormait. Je soulevai le châle et découvris son visage. Je paniquai parce que ses lèvres semblaient difformes. Mais c'était le plus beau bébé difforme du monde.

« Qu'est-ce qu'elle a ? demandai-je. Elle va bien ?

– Elle suce sa lèvre, c'est tout, répondit Fiona. Ne t'inquiète pas, elle est parfaite. »

M. et Mme Fat Boy approchèrent, gloussant comme des poules. Ils étaient aussi émerveillés que moi et je pense que ça leur a donné des idées car, dans les années qui suivirent, ils firent des enfants comme des forcenés.

Je trouvai formidable de pouvoir me consacrer un peu à Kate. Je passai des heures à regarder ses petits poings serrés et songeai continuellement : C'est moi qui l'ai faite ! Je détestais qu'elle dorme et j'espérais sans cesse qu'elle se réveillerait.

On nous proposa, à Eno et à moi, une mutation de deux ans au « Det », unité de renseignement opérant en Irlande du Nord. J'appartenais au groupe MDP (*mode de pénétration)*, à l'époque, et Eno à celui des tireurs d'élite.

Nous passions une matinée tranquille dans la salle de permanence, faisant l'inventaire du matériel, décrassant et nettoyant les armes. Le secrétaire vint nous annoncer :

« Andy et Eno, le commandant d'unité veut vous voir.

– On a fait une connerie ? demandai-je.

– Je ne crois pas. »

Eno ne se départit ni de sa nonchalance, ni de son insouciance coutumières.

Le patron était derrière son bureau.

« Bon, fit-il, qu'est-ce que vous diriez si je vous demandais : Est-ce que vous avez envie de passer deux ans en Irlande avec le Det ?

Nous répondîmes en chœur :

– Pas question. »

Le Det avait un jour envoyé un gars du Régiment en planque à Dungannon, le chargeant de surveiller les clients d'une officine de paris. Des gamins le repérèrent et le type s'en tira, mais le Det voulut le renvoyer au même endroit, le lendemain, avec la même mission. On entendit l'officier du Det dire :

« En fait, peu importe qu'il se fasse repérer, puisque ce n'est pas un des nôtres. »

John, responsable des hommes de troupe, l'apprit et régla le problème avec la persuasion dont il était coutumier.

Apparemment, on demandait à présent à deux membres de chaque Bataillon s'ils étaient intéressés. Presque tous refusèrent si bien que, en désespoir de cause, le commandant d'unité réunit tous les Bataillons et dit :

« Il faut que vous acceptiez de participer au Det. Nous devons nous réapproprier les talents qui sont les leurs et que nous avons développé au départ.

D'une manière ou d'une autre, il nous faut nous remettre à niveau. Un soldat performant doit savoir ça, et nous avons besoin de soldats performants. »

C'était un homme très entêté. On l'aimait ou on le détestait, il n'y avait pas de demi-mesure.

Quelques jours plus tard, le commandant d'unité nous convoqua à nouveau.

« Vous avez deux solutions, dit-il, soit vous allez deux ans en Irlande, soit vous n'allez nulle part. Vous avez volontairement rejoint le Régiment et vous avez volontairement accepté de participer aux opérations. C'en est une. Si vous refusez d'aller en opération, vous quittez le Régiment. »

Dans ces conditions, il ne nous restait plus que le Det.

Autrefois, en Irlande du Nord, le MI5 et le MI6 se partageaient les responsabilités et les renseignements ne valaient pas un clou. Par conséquent, en 1972, l'armée créa son unité secrète de collecte d'informations, qui reçut le nom de code de « 14th Intelligence Unit » ou, en abrégé, « 14th Int ». Le personnel, recruté dans les régiments ordinaires de l'armée, suivait un stage de plusieurs semaines consacré aux techniques élémentaires de surveillance, aux transmissions et à la gestion des informateurs.

Le programme de sélection du 14th Int, que nous surnommions Det, mettait l'accent sur la faculté d'adaptation et la résistance psychologique. La puissance physique, indispensable au sein du Régiment, ne servait pas à grand-chose. Ce programme visait en effet à sélectionner des hommes – généralement des officiers et des sous-officiers entre vingt et trente ans, appartenant aux trois armes – capables d'effectuer de longues surveillances, parfois à quelques mètres de terroristes armés.

Selon moi, à cette époque, les responsables du Det tentaient d'élargir le rôle de leur organisation au delà de l'Irlande du Nord. Ils prétendaient qu'ils pourraient faire à notre place toutes les reconnaissances de proximité dans les zones dangereuses de par le monde, mais c'était complètement ridicule. Car, d'une part, leur expérience se limitait à l'Irlande du Nord et, d'autre part, ils ignoraient de quoi nos mortiers, nos hélicoptères et nos hommes avaient besoin. Pas étonnant qu'on les ait surnommés les « Walts ».

Le Régiment décida que le Det serait désormais un passage obligatoire d'une carrière militaire normale. Il fallait remplir certaines conditions, mais nous ne voulions même pas subir les tests, Eno et moi. Il y avait chez nous beaucoup d'hostilité, envers le Det. On en était à « eux » et « nous ».

Nous partîmes en voiture, à quatre : Eno, un nommé Mac, du Bataillon D, Bob P., du Bataillon G, et moi. Nous avions tous envie d'être ailleurs et l'impression qu'on nous avait forcé la main.

La première personne sur qui je tombai fut Tiny.

« Je fais partie des instructeurs, ricana-t-il. Faut que vous m'appeliez " Chef ".

– Ça, tu peux te le mettre où je le pense, Chef, répliqua Eno. »

Nous connaissions tous les instructeurs, tous les cuisiniers, tous ceux qui travaillaient là.

« Ces six mois seront très intensifs, annonça l'instructeur en chef. Il n'y a pas de permissions. Vous ne quitterez ce centre que pour vous mettre au travail. On vous expliquera pourquoi plus tard. »

Nous apprîmes les techniques de filature et de contre-filature ; comment communiquer le maximum d'informations sur le réseau radio, en un minimum de mots. Le cours de combat à courte distance se résumait au maniement du pistolet si bien que, pour nous, ce fut formidable parce qu'il n'y avait ni tension ni pression. Nous passions la journée au stand, puis pratiquions les techniques de filatures et de reconnaissance de proximité dans les usines et les maisons. C'était parfois comique parce que des gars restaient coincés dans une fenêtre et éclataient de rire.

Tout le monde se vit attribuer une identité d'emprunt comportant les mêmes initiales, le même prénom, et un nom proche du patronyme réel, afin qu'elle soit plus facile à retenir. Lorsque nous travaillions sous une fausse identité, nous avions toujours des trucs pour ne pas oublier ce que nous faisions : signer avec un stylo d'une couleur inhabituelle, ou alors avec celui que nous mettions dans la poche intérieure droite, et non dans la gauche.

On nous apprenait à pénétrer dans les maisons afin d'y chercher du matériel, à suivre un homme et sa famille pendant des semaines, afin de connaître leurs habitudes, leurs déplacements, leurs relations, en vue de déterminer le moment où nous pourrions pénétrer chez lui. Va-t-il au club tous les samedis soirs avec sa femme et ses mômes ? S'il rentre en moyenne aux environs de minuit, on sait qu'on peut agir entre vingt heures et minuit. Mais ça ne suffit pas. En juillet, la nuit ne tombe qu'à vingt-deux heures trente. Dans ce cas, on est parfois obligé d'attendre quelques mois ou bien qu'il s'absente pour le week-end.

La filature ne devait jamais être interrompue parce qu'il fallait être sûr, lorsqu'il allait au club avec sa femme et ses mômes, que sa femme ne repartait pas plus tôt afin de coucher les enfants. Il fallait que nous sachions comment réagir si quelqu'un rentrait inopinément pendant que nous étions sur les lieux. Cela prit des semaines de préparation.

C'est à cette période que je suis devenu familier avec toutes sortes d'appareils photographiques, y compris le matériel à infrarouge qui nous permettrait de photographier les numéros de série des armes ainsi que les documents – et de faire des clichés de photographies. Rien à voir avec l'époque où je fréquentais les boutiques de camping de Peckham.

Entrer chez les gens m'excitait ; j'aimais ressentir cette tension qu'engendrait l'action dans l'urgence où rien n'était laissé au hasard. La moindre négligence risquait d'entraîner mort d'hommes. Au terme du stage, j'avais acquis de nouvelles techniques de planification et de préparation, ainsi que des compétences dans les domaines de la surveillance, de l'action technologique et de la reconnaissance de proximité en milieu urbain. Je m'aperçus que j'avais de la chance et j'étais impatient de passer à la pratique, en Irlande du Nord.

Juste avant mon départ, j'eus une conversation avec Fiona.

« J'ai cinq jours de permission, dis-je. Tu veux qu'on se marie ?

– Pourquoi pas ? »

Et pourquoi pas ? Nous formions une famille. Nous avions à nouveau déménagé et habitions un lotissement neuf situé à la périphérie de Hereford, si bien que tout semblait parfait.

Dave, chef de patrouille originaire de Keady, que j'avais rencontré à l'époque où j'étais dans les Green Jackets, fut mon témoin. Il remplit sa mission et, pendant le reste de la journée, tenta de séduire l'autre témoin, une amie de Fiona. Kate était la demoiselle d'honneur.

Puis ce fut le premier Noël de Kate. Nous allâmes chez des amis, qui avaient une maison sur la côte sud. Kate ne dormait pas très bien et j'en étais ravi. À minuit, je sortis le landau, couvris bien la petite et nous nous promenâmes sur le chemin côtier jusqu'à six heures du matin. Elle s'endormit au bout d'une demi-heure et, tout en marchant, je regardai son joli visage et gloussai comme une poule. À notre retour, elle se réveilla, si bien que je la mis dans la voiture et que nous allâmes faire un tour. Je regardais souvent par-dessus mon épaule afin de m'assurer qu'elle ne risquait rien. Elle avait des yeux bleus magnifiques, très grands, qui me fixaient, entre les écharpes et le bonnet. Ce fut un moment unique. Au cours des deux années qui suivirent, je ne la vis en tout que douze semaines.

Le *jarking*, connu aussi sous le nom d' " action technologique ", consiste à cacher des émetteurs miniatures dans les armes. Cette technique date de la fin des années soixante-dix et fournit une option supplémentaire aux forces de sécurité lorsqu'elles trouvent une cache d'armes. L'appareil se déclenche lorsqu'on déplace l'arme et permet ainsi de suivre les déplacements du terroriste.

Je faisais partie du Det et je m'y plaisais beaucoup. Nous étions affectés, Eno et moi, au même service, qui travaillait à Derry et dans la région. Tous les soir, à dix-huit heures trente, il y avait « prière ». Tous les agents rentraient et nous faisions le point sur les problèmes administratifs et opérationnels.

C'était la période de Pâques. Nous avions un bar, installé dans un baraquement, où des centaines de boîtes de bières s'entassaient selon un système basé sur à la confiance. Tout le monde se faisait engueuler, à cause d'une fête qui s'était déroulée le week end précédent. Le Det était réputé pour son comportement scandaleux au bar, à un point tel que les fenêtres étaient amovibles en prévision des fêtes. Au bar, tous les nouveaux venus étaient accueillis par un étrange rituel. Chacun gardait ses boîtes vides, puis le commandant d'unité du Det entrait et disait :

« Bienvenue au Det. Pour célébrer l'occasion, je t'offre une pinte de Guiness. »

Il fallait alors la boire sous un déluge de boîtes vides lancées par les autres. La fête en question était, à l'origine, une cérémonie de bienvenue à l'intention de deux gars des transmissions, qui venaient d'arriver, mais elle avait complètement dérapé. Un des deux gars avait les cheveux coupés à la Duran Duran et était très fier de sa coiffure. Les autres l'immobilisèrent et entreprirent de lui couper les cheveux, mais il se dégagea et se mit à cogner. Les autres allèrent chercher deux planches de bois et en firent une croix. Ils l'attachèrent dessus, le suspendirent et le laissèrent comme ça.

Nous mettions en pratique toutes les techniques apprises pendant le stage. Nous fouillions des maisons, des bureaux, des boutiques, afin de nous procurer des informations. Dans les quartiers résidentiels, tels que Bogside,

Shantello ou Creggan, entrer dans les maisons était risqué, si bien qu'un boulot de trente secondes nécessitait parfois des jours ou des semaines de préparation.

Au bout du compte, inévitablement, l'IRA découvrait que les armes étaient trafiquées. Les terroristes n'étaient pas idiots et avaient toutes sortes de détecteurs. Entre eux et nous, c'était un jeu. Ils savaient que les armes étaient trafiquées, ils savaient qu'il y avait des micros dans leurs locaux. Ils recouraient à des contre-mesures que nous tentions à notre tour de déjouer. Il nous arrivait aussi de remplacer les produits destinés à la fabrication d'explosifs, que nous trouvions dans les planques.

Dans un livre, un romancier raconta que, lors des funérailles de membres de l'IRA, les services de renseignement mettaient des micros dans les cercueils, afin de pouvoir entendre ce qui se disait, si bien que, peu après la parution du bouquin, l'IRA prit l'habitude de passer les cercueils et les cadavres au détecteur.

Nous étions à l'été 1988 et Fiona cherchait une nouvelle maison. Les prix devenaient dingues, incontrôlables. La vente de notre maison nous rapporta une vraie fortune.

« Maintenant, on va acheter la plus grande maison possible et on va la retaper », dis-je.

Elle la trouva, en mon absence, dans un village situé à une dizaine de kilomètres de Hereford. La maison était grande mais avait besoin d'être remise en état. Je trouvai ça passionnant. Je revins pour cinq jours de permission et, dès mon arrivée, nous emménageâmes. À la boutique de location, nous nous sommes procuré tout ce qu'il nous fallait, du rabot à la tronçonneuse, en prévision de cinq jours de travail acharné. Dès l'aube, nous attaquions l'extérieur et, dès la tombée de la nuit, nous passions à l'intérieur. Je peignis la porte du garage un matin à 4 h 30 et arrachai le papier de la salle de séjour à 22 h. J'adorais ça. C'était la vie de famille. J'avais à présent une maison indépendante de trois chambres, avec un garage et des arbres dans le jardin. Enfant, je n'avais connu que les logements sociaux et le pavillon de ma tante et, à présent, quand je regardais cette merveilleuse maison, je pouvais me dire qu'elle était à moi. J'avais une femme, une fille, une belle vie dans un village, et tout était parfait. Je voyais l'avenir en rose. Kate ne marchait pas encore et il suffisait qu'elle soit sur mes genoux pour que je me sente bien. Elle avait mes yeux et je ne me lassais pas de les regarder.

Nous surveillions un atelier de fabrication de bombes situé dans une vieille maison victorienne en cours de rénovation, vide, et dont les fenêtres étaient peintes en blanc. Ayant visité l'endroit la veille au soir, Dave 1 et moi savions que c'était un atelier. Nous étions entrés dans la maison, le pistolet à la main. Le sol de la cuisine était en béton nu. Un moulin à café industriel en occupait le centre, si bien qu'il aurait aussi bien pu y avoir une pancarte indiquant : « usine de bombes ». Tôt ou tard, ils y mélangeraient les produits chimiques. Désormais, il nous faudrait donc rester « sur l'objectif », surveillant les allées et venues aux abords de la maison. Les explosifs déflagrants * ne se conservent pas longtemps s'ils restent exposés à l'air. C'est pourquoi, après avoir fabriqué une bombe, ils tentaient de l'utiliser le plus rapidement possible, de sorte qu'il fallait que nous soyons là pour les en empêcher.

« Deux hommes : blouson vert et jeans bleus, blouson marron, jeans noir, et chauve.

– Ils sont entrés, terminé.

– Ici Alpha. Bien reçu. »

La planque dura des heures et il nous fallut passer à pied devant l'objectif, dans l'espoir de distinguer ce qui se passait. Avaient-ils terminé ? Étaient-ils toujours au travail ?

« Ici Delta. Je quitte mon véhicule. »

Alpha répondit :

« Delta est à pied. »

Je descendis de voiture. Je portais des jeans, des chaussures de sport ordinaires et mon blouson bleu d'aviateur. J'étais coiffé comme un footballeur de dix-huit ans : cheveux longs sur le haut du crâne, court sur les côtés. Ils étaient gras et je donnais l'impression de sortir du lit et d'aller pointer au chômage. Ma voiture, vieille et en sale état, était assortie à son propriétaire.

Nous étions à Derry, entre Bogside et Creggan. Tout était gris et froid, et on voyait les alignements des cités ouvrières, à flanc de colline, en direction de Creggan. On était en hiver et l'air sentait la fumée de tourbe.

Alpha, qui dirigeait le groupe sur le terrain, voulait que quelqu'un passe dans la ruelle situé entre l'arrière de deux rangées de pavillons mitoyens. J'étais à proximité et je n'étais pas encore passé devant la maison.

* Mélange chimique qui s'enflamme en explosant.

« Ici Delta, j'y vais, dis-je dans mon micro.

– Ici Alpha, bien reçu. »

En m'approchant de la ruelle, j'aperçus deux gars au coin. Ils me ressemblaient plus ou moins, hormis leur cigarette et leur journal plié dans la poche revolver. Ils étaient assis sur un mur bas, à l'entrée de la ruelle. Était-ce des guetteurs? Je n'en savais rien.

Il faisait froid et humide. Tant mieux, car je pouvais mettre mes mains dans mes poches, baisser la tête et marcher comme si j'étais pressé.

Je tournai à droite dans la ruelle, jetai un coup d'œil devant moi et ne vis rien. Je marchai sans hésiter ni regarder derrière moi, fixant le sol, comme si j'étais plongé dans une rêverie. Je jouais le rôle du parfait minable. Mon Browning 9 mm était glissé sous la ceinture de mes jeans et j'avais plein de munitions. S'ils m'adressaient la parole, il faudrait que je m'arrange pour éviter de répondre.

« Ici Alpha. À toi, Delta. »

Les autres voulaient savoir ce qui se passait.

Je ne pouvais pas répondre parce que les deux gars auraient entendu. J'appuyai deux fois sur le bouton d'émission, transmettant ainsi deux bips.

« Ici Alpha. Bien reçu. »

Tout le monde savait que tout allait bien.

La porte de derrière était fermée, mais j'entendis faiblement le bourdonnement du moulin à café et compris de ce fait qu'ils n'avaient pas fini de fabriquer la bombe.

Il y avait des passants, de sorte que je ne pouvais toujours pas parler, mais j'entendais tous ceux qui intervenaient sur le réseau radio.

« Alpha, ici Novembre, je bouge. »

Eno allait quelque part.

« Ici Alpha. Bien reçu. Delta, à toi.

– Bip. Bip.

– Bien reçu. Es-tu passé devant la maison?

– Bip. Bip.

– Le moulin à café marche toujours?

– Bip. Bip. »

J'entrai dans la boutique du carrefour, où j'achetai un demi-litre de lait et *Sporting Life*. Il me fallait à présent passer devant la façade et voir si je pouvais distinguer quelque chose à l'intérieur.

« Alpha, ici Lima, j'ai Delta en visuel. Il retourne à sa voiture.
– Ici Alpha. Bien reçu. »

Rick m'avait vu et tenait les autres informés de ce qui se passait. Au Det depuis de nombreuses années, c'était un excellent agent. Comme il n'était pas du genre à cacher ses opinions, il s'engueulait souvent avec les gros bonnets, mais ce qu'il disait était toujours sensé.

« Delta est rentré au bercail (*dans sa voiture*).
– Ici Alpha. Bien reçu. »

Une fois dans la voiture, je démarrai.

Pendant deux heures, il ne se passa rien. Je participais toujours à l'opération de surveillance, mais je n'étais plus au contact de l'objectif. Cela ne signifiait pas que je pouvais me laisser aller. Il y avait encore du boulot. Il fallait que j'ouvre l'œil sur ce qui passait autour de moi. Je devais repérer qui était dans la zone, afin de pouvoir en informer les autres, mais il me fallait aussi flairer l'ambiance qui régnait dans le quartier. Était-elle différente, aujourd'hui ? Et, dans ce cas, pourquoi ?

Ce n'était pas le genre de quartier que recommandent les offices du tourisme. Ce travail n'avait rien de passif. Quelques mois plus tôt, un agent avait été abattu près de l'endroit où je me trouvais. Il était exactement dans la même situation que moi, garé et attendant qu'on lui donne du boulot. Les terroristes le repérèrent, flairèrent un truc pas net, sortirent leurs armes et lui firent sauter la tête.

J'étais garé dans une file de voiture, devant une rangée de maison victoriennes mitoyennes. J'avais ouvert mon journal et je mangeais un sandwich. Devant moi, à une centaine de mètres, la rue où se trouvait la cible croisait celle où je me trouvais.

Sur le réseau radio, Alpha organisait les opérations afin de s'assurer que la surveillance était efficace, quand un éclair bleu passa soudain devant moi. Un véhicule avec deux hommes. L'un d'entre eux jeta un coup d'œil dans la rue. Il devait se méfier de quelque chose.

Je tentai d'intervenir sur le réseau.

« Stand-by, Stand-by. Charlie-Un roule. Je répète : Charlie-Un roule. »

Je ne pus me faire entendre car Alpha était toujours sur le réseau. Il ne me restait plus qu'à « prendre ».

« Ici Delta. Je bouge. »

Je continuai de parler sur le réseau radio, fonçant en direction de la voiture. La surveillance risquait d'être repérée, mais cela ne m'inquiétait pas. Peu importait que tout soit désorganisé, derrière moi, du moment que les occupants de la voiture ne remarquaient rien. L'essentiel était de ne pas perdre la bombe. Si cela se produisait, il y aurait beaucoup de morts. Parvenu à un croisement, je jetai un coup d'œil à gauche, mais ne vis rien. Je pris à droite, descendis sur Bogside. Je franchis deux carrefours sans cesser de donner des indications.

« Stand-by, stand-by. Charlie-Un mobile. Se dirige sur Bogside. »

Je pus enfin accéder au réseau.

« C'est bien Bogside, toujours tout droit, toujours tout droit. Il va vers Little Diamond (*un quartier de Bogside*).

– Lima est mobile. Lima tente de te rejoindre. »

Rick se dirigeait vers moi le pied au plancher.

Je repérai la voiture au moment où elle entrait dans Bogside et m'en rapprochai.

« Probablement deux hommes, Sierra 60-65. Ils roulent vite !

– Ici Alpha. Bien reçu.

– Ici Novembre. Bien reçu. »

Le reste de l'équipe fonçait sur les lieux. Perdre le contact avec les poseurs de bombes pouvait être fatal.

Le passager se retourna et me dévisagea. Je m'efforçai de n'avoir l'air de rien. Nous nous regardâmes brièvement dans les yeux, puis je tournai la tête. Il fallait que la bombe arrive à destination, que nous repérions la nouvelle planque, que nous nous emparions de l'engin et que nous mettions un terme à leur projet. Les arrêter ne servirait à rien car nous ne pourrions pas reconstituer l'ensemble de l'opération.

Tout dépendait de lui, à présent, et il me fixait toujours.

« Confirmation, deux hommes, et très méfiants. »

Nous n'entreprendrions rien pour le moment, pour qu'ils nous conduisent à leur planque. Mais, s'ils avaient l'intention de poser la bombe, nous serions là. Il ne fallait pas qu'on la perde, voilà tout.

Je maîtrisais maintenant les techniques qui permettent de donner des indications sur le réseau, de raconter aux gars ce qui se passait, sans bouger les lèvres, tout en m'arrangeant pour éviter le regard des occupants de la voiture sans pour autant les perdre de vue.

« Ils tournent à gauche. Stop ! stop ! stop ! »

Ils dépassèrent Bogside et prirent à gauche en direction de Little Diamond.

« Confirmation : à gauche vers Little Diamond. Ils prennent la première à gauche. »

Je connaissais parfaitement la ville. Je connaissais l'adresse de tous les terroristes, je connaissais leurs enfants et les écoles qu'ils fréquentaient. Donc, je savais que c'était une impasse.

« Stop ! stop ! stop Je confirme : Stop ! stop ! stop ! »

Je passai près de leur voiture et continuai en direction des terrains vagues de Rosville flats, zone des fusillades de Bloody Sunday *, où il y avait un parking. Il me fallait descendre aussitôt de voiture, afin de les avoir rejoints dès qu'ils se seraient garés.

« Lima est à pied. »

Rick était juste derrière moi et avait arrêté sa voiture dès que les terroristes étaient entrés dans Bogside. Je le vis s'engager dans l'impasse. Il fallait qu'il en ait, des couilles, car il ne savait pas ce qu'il allait trouver. Étaient-ils armés ? La bombe était-elle prête et la transféraient-ils dans une autre bagnole ? Allaient-ils armer la bombe et la lancer sur leur objectif ?

En arrivant sur la place centrale du quartier, je vis un vieux camion transformé, qui tenait lieu de boutique. Des enfants couraient, les femmes étaient sur les balcons. Quelques rares voitures étaient garées. Il n'y avait nul part où aller, mais nous devions donner l'impression d'aller quelque part. Savoir que la bombe se trouvait à Bogside ne suffisait pas, parce que c'était un labyrinthe de ruelles. Une fois savoir exactement où elle était et qui la détenait.

Rick passa devant la boutique puis vit la voiture. Je le suivis, en soutien, au cas où il y aurait eu des guetteurs ou un piège.

Il dit :

« Standby, stand-by. Ils déchargent Charlie-Un. Je répète, ils déchargent Charlie-Un. »

Je dis :

« Delta en soutien. Delta te soutient, Lima.

– Ils le transfèrent en haut à gauche. Ils le transfèrent dans l'appartement du haut à gauche. C'est confirmé. C'est confirmé. »

Rick suivait la ruelle. Quand il se fut éloigné, il put parler plus librement.

---

* 21 novembre 1919. L'IRA abattit des représentants du gouvernement britannique. Les paramilitaires protestants tirèrent ensuite dans la foule, sous prétexte que les Républicains s'y cachaient. Bilan général : 26 morts et 60 blessés.

« Alpha, ici Lima. Ils ont déchargé l'engin et l'ont transféré dans l'appartement situé en haut à gauche. Il est passé entre les mains de trois personnes et il y avait deux guetteurs. L'immeuble semble abandonné. Les fenêtres sont fermées par des planches.

– Ici Alpha. Bien reçu. »

J'entendis alors les autres voitures qui, dans la zone, guettaient l'arrivée éventuelle d'autres terroristes. Leurs occupants surveillaient l'entrée de la place, parce que les terroristes risquaient d'y amener la bombe, de l'armer, de la mettre dans une autre bagnole et de foutre le camp. Il fallait désormais que la bombe soit continuellement sous contrôle. Il ne fallait pas qu'elle bouge. Pas facile, à Bogside, mais nous y arrivâmes.

On décida de faire saisir la bombe et, dans ce but, on demanda à la police de faire une descente dans le quartier. L'incident ne fut que brièvement rapporté dans les journaux locaux et nationaux. Ce ne fut qu'une « saisie » parmi d'autres. L'IRA Provisoire l'attribua à un « indic », mais ce n'était absolument pas le cas. C'était le fruit des longues heures que le Det consacrait à la recherche d'informations et à la surveillance. Pour ce faire, il fallait fréquenter ces quartiers durs et côtoyer les objectifs. Si la bombe avait explosé, elle aurait pu tuer des dizaines de personnes.

Ce type d'incident justifiait à mes yeux ma présence au sein du Det. Je fus à même de constater que ses membres étaient de vrais pros.

J'étais à présent caporal et l'avenir semblait prometteur. Eno et moi étions tous les deux chefs de groupe au sein du Det, et nous envisagions même un deuxième séjour. Le commandant d'unité avait déclaré, quand il nous avait forcé la main :

« Nous avons besoin de soldats performants, capables de fonctionner des deux côtés de la barrière. Travailler au sein du Det est la seule façon d'acquérir une expérience opérationnelle de ce qui se passe de l'autre côté. »

On se fichait de lui, à l'époque. Mais j'avais fini par comprendre qu'il avait raison. Le Régiment disposait ainsi des soldats les mieux entraînés et les plus expérimentés du monde, capables de manœuvrer une mitrailleuse dans un trou de tirailleur ou de fréquenter un environnement étranger puis de s'y intégrer afin d'obtenir des informations, et j'étais très fier d'avoir participé à ce travail.

Un jour, Eno, Brendan, Dave 2 et moi suivions deux gars qui allaient de

Bogside à Creggan. Ils transportaient des fusils d'assaut et des radios dans des sacs poubelle en plastique noir.

Nous les filions depuis trois heures. Nous les avions pris en charge à Bogside, à la sortie d'une planque où nous savions qu'il y avait des armes. Le Bogside est un labyrinthe d'immeubles et de pavillons en béton et verre, dans le style des années soixante, que des ruelles et des impasses relient entre eux. Le quartier était complètement délabré. Des chiens, hostiles, aboyaient. Des gamins à vélo criaient et d'autres lançaient des ballons contre les murs. Des femmes s'engueulaient sur les paliers. Assis sur les escaliers, des chômeurs bavardaient en fumant. On était en novembre et, au milieu de l'après-midi déjà, il faisait un froid de canard.

Nous voulions savoir où allaient les armes. Nous filâmes les types de Bogside à Creggan, où ils disparurent derrière un groupe de trois maisons.

Situé sur le coteau opposé, de l'autre côté de la vallée, Creggan domine les remparts qui entourent le vieux Derry. Contrairement à Bogside, le quartier se compose de longues rangées de maisons mitoyennes en brique brune, réparties autour d'une pelouse centrale. Lorsque nous y arrivâmes, la nuit tombait et je voyais mon souffle. Je portais un vieil anorak de l'armée allemande, des jeans et des chaussures de sport. Mes cheveux étaient longs et gras et j'avais une barbe de plusieurs jours, si bien que je me fondais dans le décor. Un bon gros automatique était glissé sous ma ceinture.

Ces quartiers avaient connu de nombreuses frictions. Je ris intérieurement lorsque je me souvins de l'expression « surveillance passive ». Je songeai : « Merde, se trouver à Bogside et suivre deux types qui livrent des armes à Creggan pour voir ce qu'ils vont en faire, qu'est-ce qu'il y a de passif là-dedans ? »

Désormais, nous contrôlions les armes. Si on les déplaçait, il faudrait que nous en soyons informés et que nous puissions les suivre, où qu'elles aillent. Si elles restaient sur place, notre tâche consisterait à aller les chercher dans la cave à charbon et à les piéger. D'une façon ou d'une autre, nous les contrôlerions. Le problème consistait à rester de longues heures à Creggan. Des jeunes enfants aux vieilles grand-mères, tous les habitants de ces quartiers étaient très méfiants. L'atmosphère était toujours extrêmement tendue. Deux semaines auparavant, un soldat avait été abattu d'une balle dans la tête et les « locaux » avait trouvé cela formidable.

Eno se posterait dans le noir, à une quinzaine de mètres des armes. S'il fallait qu'il reste sans bouger jusqu'à minuit, il le ferait. Brendan était plus loin, dans une voiture, et soutiendrait Eno en cas de nécessité. Nous traînions dans le coin, Dave 2 et moi, moi au volant d'une vieille Volkswagen GT, prêts à réagir.

Nous avions du mal à comprendre ce que se passait exactement autour de nous. Nous voyions des choses mais leur signification nous échappait. En effet, nous n'assistions qu'à une partie des événements.

Plus tard, nous fûmes obligés de décrocher et une autre équipe nous releva, parce que nous étions dans le quartier depuis trop longtemps et risquions de nous faire repérer. Quand nous eûmes regagné la salle de conférence, le patron dit :

« On ne va pas piéger les armes. On va les saisir cette nuit. »

À ce moment-là, l'autre équipe surveillait les armes. Le RUC * fit une descente, fouilla de nombreuses maisons, trouva les armes et cela mit un terme à l'affaire.

Certains gars s'impliquaient tellement dans le boulot qu'ils ne voulaient plus quitter le Det. Il y en avait qui effectuaient une troisième ou une quatrième période et ne pouvaient plus s'en passer. On rencontrait aussi des types qui ne faisaient plus la différence entre la vraie vie et le boulot. Je m'aperçus que j'étais de plus en plus impliqué. Il était passionnant d'aller à Bogside le samedi à onze heures du soir, de regarder des terroristes connus sortir du pub et aller au restaurant. Même quand on ne travaillait pas, on allait « en repérage », marchant dans les rues, apprenant à mieux connaître les lieux et les gens. Au bout d'un certain temps, on était tellement à l'aise dans ces quartiers durs qu'on savait instinctivement quand il se préparait quelque chose.

Il se passait parfois des choses tellement bizarres, pendant les opérations, que j'avais l'impression de rêver. Nous apprîmes, pendant les jours suivants, que des types voleraient les bus du dépôt, à l'heure de la fermeture des pubs, puis les mettraient en travers de la chaussée et les incendieraient afin de constituer une barricade. Nous mîmes plusieurs opérations en place de sorte que l'unité de support du RUC puisse débarquer en vitesse et se mettre au boulot. En outre, si la police ne pouvait accéder sur les lieux, nous serions le dernier recours.

* *Royal Ulster Constabulary*, police officielle d'Ulster *(N.d.T.)*.

Nous nous répartîmes en trois groupes de deux et prîmes position de façon à pouvoir suivre les opérations. Eno et moi, nous avions chacun un MP5 et un pistolet 9mm. Afin d'être aussi près que possible, nous décidâmes de ramper, dans le terrain vague qui bordait l'aire bétonnée sur laquelle se trouvaient les bus, jusqu'à la limite de l'enclos lui-même. Si nous étions repérés, nous nous ferions passer pour des ivrognes, si bien que nous emportâmes des boîtes de bière. Nous nous assîmes et sirotâmes sans quitter la cible des yeux.

Tous les fêtards sortirent des pubs et montèrent dans les autocars de la ligne de Strabane. Il y avait une file de taxis à proximité. Un vendredi soir typique. Les gars, complètement bourrés, tentaient de baratiner des boudins qui empestaient le parfum à bon marché et aimaient mieux s'empiffrer de pizza que se faire sauter.

Notre attention fut ensuite attirée par deux femmes qui s'interpellaient, riaient et fumaient. Elles se dirigèrent vers nous, pouffèrent en disant qu'elles avaient envie de pisser.

Dans la radio, nous annonçâmes :

« Standby. Deux femmes se dirigent vers nous. Ne bougez pas. »

Et, tout d'un coup, elles s'arrêtèrent carrément près des buissons derrière lesquels nous étions cachés. Puis, sans cesser de blaguer et de gueuler, elles s'accroupirent et ouvrirent les vannes.

J'eus la responsabilité d'une opération sur la rive du Loch Neagh. L'agglomération la plus proche était Glenavy, sur la rive opposée.

L'officier responsable nous convoqua et exposa la situation.

« Voilà la région, dit-il, un doigt posé sur la carte. Par ici, sur la rive du lac et dans les champs qui s'étendent autour, il y a une planque énorme. Apparemment, il y a des fusils, des radios, tout un merdier, probablement de quoi équiper tout un groupe. On ira sur les lieux toutes les nuits jusqu'à ce qu'on la trouve. Pour le moment, il faut préparer et organiser une reconnaissance à proximité pour ce soir. »

Je pris les Hasselblad, sautai dans le Gazelle et, quelques minutes plus tard, nous survolions le Loch Neagh. Pendant le vol je pris des photos.

Nous étudiâmes les clichés pendant des heures, dans l'espoir de localiser des points de repère ou des endroits naturellement susceptibles de tenir lieu de planque. Il pouvait s'agir du coin d'un champ ou du troisième poteau télégraphique, près duquel se dressait un rocher.

C'était décourageant. La zone couvrait un kilomètre carré de rive et de champs entourés de haies. On était en été, ce qui compliquait les choses : les nuits étaient courtes et nous ne disposions que de six heures pour gagner la zone, et rentrer, le tout sans laisser de traces. Les cultures étaient en effet presque mûres et les écraser aurait trahi notre passage. Il faudrait ensuite recommencer la nuit suivante, puis celle d'après.

L'officier responsable s'appelait Pete. Il évoquait un père de famille raisonnable, heureux propriétaire d'une Mini Metro, habitué du pub de son quartier, portant des chaussures Clarks, des pantalons de chez Tesco et des pull à col en V – l'opposé de ma conception de l'emmerdeur.

« Vu l'allure des choses, j'ai l'impression que tu vas passer un mois là-bas. Dis-moi ce que tu veux avant seize heures, pour que je puisse m'organiser. »

Je m'assis et examinai les solutions. Comme l'endroit était très isolé, nous ne pouvions pas nous faire déposer par des véhicules. Il fallait soit que Scotty de Star Trek nous téléporte, soit arriver par le lac. La seule façon d'accéder sur les lieux par le lac était un bateau et seul le Régiment était capable de mener ce type d'opération à bien.

« Vous n'allez pas me croire, dis-je à Pete. Je veux deux bateaux et quelques gars. »

Il leva les yeux aux ciel et s'en alla. Deux heures plus tard, il annonça :

« C'est d'accord. Un Chinook arrive avec le groupe Eau du Bataillon A. Ils attendront tes instructions. »

Je fus satisfait.

« Il me faut aussi six gars.

– D'accord, il y a toi et Dave 2, et je vais en mettre quatre autres là-dessus. Un Wessex va venir vous chercher et vous conduire là où le Bataillon A vous attend. Ta force d'action rapide répond à deux indicatifs du QG de l'unité de support. »

Au bout du compte, plus de cent personnes participèrent à l'opération, et il fallut en outre envoyer le Bataillon A en reconnaissance aérienne.

« C'est la première fois qu'on fait une reconnaissance aussi dingue, dit Pete. Tu as intérêt à trouver ! »

Quand notre Wessex atterrit, la base des forces de sécurité bourdonnait d'activité. Le QG de l'unité de support était arrivé. Comme nous avions eu des démêlés avec la force de réaction rapide de l'armée, le Régiment et le

Det recouraient systématiquement au QG de l'unité de support. Nous entretenions d'excellents rapports avec les membres de son personnel : nous étions allés chez eux à plusieurs reprises et les connaissions bien. De toute manière, dans ce type de boulot, on voyait toujours plus ou moins les mêmes têtes.

Les gars du Bataillon A faisaient partie du groupe. Ils avaient pris leur équipement noir, les bateaux, et d'embarquer à bord du Chinook. Quand j'arrivai, ils gonflaient les bateaux, vérifiaient les moteurs et enfilaient leurs combinaisons sèches. Ils ne savaient absolument pas ce qui se passait. On s'était contenté de leur dire qu'ils devaient se préparer à partir.

Les membres de l'unité de support déchargeaient leur matériel dans les locaux mis à leur disposition. Ils attendaient que Dave et moi leur donnent le signal de départ pour foncer dans leurs Sierra 4x4 blindées pour venir à notre secours. Ils comptaient passer deux semaines sur les lieux et la perspective des heures supplémentaires les réjouissait.

Je réunis tout le monde et expliquai comment ça marcherait.

« On partira dans deux Gemini. Quand on arrivera au point de largage, un nageur de combat ira jusqu'à la rive afin de s'assurer qu'on peut débarquer en toute sécurité.

Quand on aura débarqué, le Bataillon A restera sur place, avec Rick et Eno. Dave 2 et moi, on ira en reconnaissance à proximité. Autant que possible, on suivra cette ligne de haies, puis on prendra plein nord.

Vous voyez que j'ai indiqué des points de contrôle sur la carte. Quand je les atteindrai, je prendrai contact par radio, pour que vous sachiez où je suis. Si on trouve une planque, je demanderai à Rick et Eno de venir se charger de l'action technique, mais tout dépendra du moment. Sinon, l'heure de décrochage ne change pas et on reviendra la nuit suivante. Facile ! »

Ça ressemblait davantage à un groupe de combat qu'à un groupe de reconnaissance. Nous avions deux bateaux et les gars du Bataillon A enfilaient déjà leur combinaison de plongée, prêts à se jeter à l'eau. Deux types du Det avaient également pris place à bord, en uniforme et sac de combat au dos, le G3 à la main. Nous étions tous serrés les uns contre les autres et prêts à l'action.

Nous constatâmes vite que de nombreux civils pêchaient dans le Loch, un peu plus loin. Au départ, j'avais l'intention de descendre la rivière qui se jette dans le lac, de sorte que nous aurions fait un bout de chemin au moment où la nuit tomberait. Mais, dans ces conditions, nous fûmes bloqués et obligés d'attendre que les pêcheurs soient rentrés chez eux.

À la tombée de la nuit nous descendîmes la rivière à la pagaie et, une fois arrivés sur le lac, lançâmes les moteurs. Les Gemini tanguaient au gré des vagues, les équipages portant des lunettes de vision nocturne afin de pouvoir nous conduire au point de largage. L'obscurité était totale et j'eus l'impression d'être en mer. Finalement, les moteurs se turent et les gars se mirent à pagayer. Deux types armés, en combinaison de plongée et palmes, se jetèrent à l'eau et disparurent.

Les signaux de leur torche rouge nous indiquèrent qu'ils avaient effectué un repérage sur la plage. Nous gagnâmes la rive à la pagaie et amarrâmes les bateaux. Nous prîmes nos sacs de combat et partîmes, emportant le matériel photo et de grosses radios, afin de pouvoir communiquer avec le reste du groupe. J'estimais que nous n'avions aucune chance de trouver dès la première nuit, mais qu'il serait au moins possible de repérer les lieux, et que nous pourrions ensuite revenir autant de fois que nécessaire afin de quadriller le secteur.

Vers minuit, nous suivions une haie. Devant nous, au coin d'un champ, nous aperçûmes une construction qui avait sans doute servi, autrefois, d'atelier ou de grange. Les extrémités étaient arrondies, en parpaings, et le toit en tôle ondulée. Le revêtement métallique des murs était rouillé, percé et, en de nombreux endroits, tombait en morceaux. Le sol était parsemé de planches, de briques cassées et de bouteilles pleines de boue. À droite, un tracteur des années cinquante, sans pneus, rouillait. Il y avait des déchets partout : pots de peinture vides, vieux tapis moisis, sacs d'engrais en plastique et tas de gravats. Une cinquantaine de mètres plus loin, se dressaient quatre ou cinq maisons mitoyennes traditionnelles, probablement construites à l'époque où il y avait encore des ouvriers agricoles. Peut-être leurs occupants travaillaient-ils toujours la terre mais, de toute évidence, ils n'étaient pas propres.

Lorsque nous approchâmes, la disposition des bâtiments nous apparut plus clairement. Il faudrait manifestement les fouiller, mais cela prendrait toute la nuit. Puis je remarquai que l'épave du tracteur cachait quelque chose. Des tubes de drainage en plastique, de fort diamètre et d'un mètre vingt de long, comportant une extrémité mâle et une extrémité femelle, étaient empilés contre le bâtiment. Il y en avait trois en bas et deux dessus, mais le plus étrange était que les extrémités touchant le mur étaient couvertes de journaux. À l'autre bout des tubes, qui aurait dû rester ouverts, un petit tas de briques avait été empilé sur lequel on avait posé des tôles ondulées, qui juraient avec le reste, parce qu'elles paraissaient neuves. Je considérai le tas et songeai : « Non, c'est beaucoup trop évident... c'est un point de repère, continuons la patrouille et voyons s'il y a d'autres possibilités. » Fouiller cet endroit risquait en effet de prendre toute la nuit et, s'il s'avérait que ce n'était pas la planque, nous aurions gâché un temps précieux. Nous poursuivîmes notre chemin et jetâmes un coup d'œil dans une buse située sous un chemin de terre. Nous visitâmes une décharge dans l'espoir d'y trouver de gros bidons. C'était emmerdant parce qu'il fallait agir lentement. Nous devions nous assurer que nous ne laissions pas de traces.

Dave 2 dit :

« Écoute, retournons jeter un coup d'œil sur ce bâtiment, on ne sait jamais. »

L'endroit était entouré de hautes herbes. On avait marché sur certaines d'entre elles, à droite, mais cela ne signifiait rien. Nous fîmes le tour, nous accroupîmes et examinâmes les lieux. Nous regardâmes attentivement pendant cinq ou dix minutes, afin de nous assurer que nous saurions exactement comment l'endroit se présentait. J'en fis des clichés à l'infrarouge.

Puis nous entreprîmes de retirer les tôles ondulées. Ce fut très emmerdant car nous risquions de faire du bruit dans la mesure où les tôles, quand nous les déplacions, frottaient les unes contre les autres. Elles étaient en outre légèrement enfoncées dans le sol, de sorte qu'il fallait les dégager, les soulever puis les retirer, de façon à éviter de déplacer la terre. Après les avoir libérées, Dave 2 me les passait et je les posais sur le sol dans l'ordre, afin de connaître l'emplacement exact de chacune.

Dès que nous eûmes enlevé quelques briques et qu'il fut possible de voir l'intérieur des tubes, Dave 2 l'éclaira avec le minuscule faisceau de sa torche Maglite. Il ne vit rien. Nous retirâmes d'autres briques, une par une. C'était comme une opération chirurgicale, parce que je les disposais dans un ordre spécifique, afin d'être certain que nous les remettrions exactement telles qu'elles étaient au départ.

Dave prenait son temps, examinait chaque brique avant de la retirer. Il enleva une brique – rien. Une autre – rien. Puis, soudain, il recula et, le pouce levé, souffla :

« Bingo ! »

C'était un mot que tout le monde aimait entendre, sur le réseau radio.

« Je ne sais pas ce qu'il y a dedans, ajouta-t-il, mais c'est bien une planque. »

Je sortis la radio et pris contact avec les bateaux.

« Allô, Lima, ici Alpha. Terminé. »

Je n'obtins pas de réponse. Je fis une nouvelle tentative. La planque devait se trouver dans un angle mort. Je savais que, sans transmissions, les gars paniquaient parce qu'ils ne savaient pas où nous étions et ne pourraient pas, de ce fait, venir rapidement nous soutenir en cas d'accrochage. Il était une heure et demie. Je restai quelques instants immobile, furibard parce que nous n'avions plus de transmissions, et calculai qu'il ne serait pas possible d'aller chercher les gars, de piéger les armes et de remettre la planque en état avant le lever du jour. Cela signifiait qu'il nous faudrait rester sur l'objectif, Dave 2 et moi, tandis que les autres rentreraient et reviendraient la nuit suivante.

Nous entreprîmes de remettre les briques et les tôles en place. Ouvrir la planque, en vérifiant à chaque étape qu'elle n'était pas piégée, nous avait pris une heure, et la reconstituer nous prit le même temps.

« J'ai vu des fusils enveloppés dans des sacs en plastique noir et, derrière, d'autres trucs. Je sais pas ce que c'est, dit-il. »

Nous regagnâmes les bateaux et j'exposai la situation.

« Dave 2 et moi, on va dormir sur la rive, dis-je. On va pas surveiller la planque, parce que ça sert à rien et qu'elle est trop exposée. Mais il faut absolument qu'on puisse y retourner dès la tombée de la nuit parce que ça nous donnera les deux heures nécessaires à l'action technologique. On déchargera le matériel dès que vous nous aurez rejoints. »

Nous passâmes la journée du lendemain à l'ombre, regardant les bateaux de pêche et de plaisance qui allaient et venaient sur le lac. L'un d'entre nous montait la garde tandis que l'autre dormait.

Deux heures avant la tombée de la nuit, nous contactâmes les gars par radio afin de nous assurer que tout était en ordre et qu'ils seraient prêts à partir dès qu'il ferait noir.

Au début de la nuit, nous gagnâmes la planque. Quand nous commençâmes à l'ouvrir, les fenêtres des maisons étaient encore éclairées. Nous étions si près que j'entendis une chasse d'eau.

C'était une véritable caverne d'Ali Baba, pleine d'AK47, de carabines, de petites radios et de munitions emballées dans des bonnets de ski.

Il ne nous restait plus qu'à attendre Rick et Eno. Le temps passa lentement et, en raison de l'angle mort, nous n'avions toujours pas de radio, même quand nous changions de place. Il était presque une heure. Je m'inquiétai. Il ferait jour aux environs de quatre heures. À deux heures, il ne s'était toujours rien passé. Nous décidâmes de remettre la planque en état et de décrocher à trois heures au plus tard. C'était inquiétant. C'était notre deuxième visite et, cette fois, nous avions déballé les armes. Je ne voulais pas être obligé de remettre la planque en état précipitamment, si Rick et Eno ne venaient pas. Vers deux heures vingt, nous n'avions même plus besoin de lunette de vision nocturne pour voir les gars gravir la colline.

« Ce putain de moteur nous a lâchés en plein milieu ! expliqua Rick. On a pagayé comme des dingues pendant deux heures. »

Eno s'était déjà mis au boulot. En raison de sa précision et de son adresse, traits agaçants de sa personnalité, ce type de travail lui convenait parfaitement.

Faut qu'on se magne, dis-je. Il va bientôt faire jour.

– J'ai les clichés que tu as pris la nuit dernière. Tu devrais jeter un coup d'œil dessus, il fait assez clair. »

Nous les regardâmes, Dave 2 et moi, pendant qu'ils terminaient. Il faisait presque jour quand nous entreprîmes de remettre les choses en place. Les coqs chantaient. Quand nous regagnâmes le Gemini privé de moteur, c'était l'heure du petit déjeuner et il nous fallut rejoindre le bateau envoyé à notre rencontre en plein jour, à la pagaie.

Mon détachement au Det arriva à son terme fin 1988. Quand je rentrai, tout était différent entre Fiona et moi. Je ne savais pas à quoi cela tenait, peut-être au fait que nous avions été longtemps séparés, en tout cas nous n'étions plus aussi proches l'un de l'autre. En réalité, je ne rentrais pas pour retrouver Fiona et Kate, mais plutôt pour être près de Kate, et ce n'était pas la bonne façon de voir les choses.

Peu avant Noël, je dus m'absenter à nouveau et ce fut comme si je n'étais jamais rentré chez moi. Kate, fruit de la relation, me manquait davantage que la relation elle-même. Nous ne nous disputions pas, Fiona et moi, mais il nous arrivait de discuter sérieusement de la direction que nous prenions. Nous savions l'un et l'autre qu'il y avait des problèmes, mais nous savions aussi l'un et l'autre que nous parviendrions sans doute à les résoudre. Cependant, l'ordre de mes priorités était le travail, Kate, Fiona, et elle le sentait probablement.

Eno eut également de graves difficultés conjugales et son mariage finit par une séparation. Peut-être était-ce la même chose dans la police ou les pompiers, mais les membres du Régiment semblaient continuellement divorcer, se remarier et redivorcer, et toujours pour la même raison. Il fallait que les gars fassent preuve d'un dévouement énorme pour arriver là où ils étaient, puis pour y rester, et les conflits étaient de ce fait pratiquement inévitables.

23

Nous étions quatre, dans le Portakabin, et nous écoutions les explications de l'Ordure Verte. Le soleil brillait, dehors, mais il ne faisait pas tellement chaud, compte tenu de l'endroit où nous étions. Tout autour de nous, aux murs, il y avait des cartes, des tableaux blancs et des plaques de liège sur lesquelles on avait punaisé des documents.

En conclusion, le type des renseignements dit :

« Bon, voilà. Je sais que vous ne poserez pas de questions parce que vous perdriez votre temps. Je ne peux pas y répondre.

– En résumé, on va faire quelque chose, mais on sait ni quoi, ni quand, ni où, ni comment. On reste là et on se gratte le cul, c'est ça ?

– Ouais, c'est à peu près ça. Jetez un coup d'œil sur les informations affichées et on en rediscutera demain. Les gars du Bataillon G, que vous relevez, sont au stand de tir. Ils rentreront demain. »

Nous jetâmes un rapide coup d'œil sur les photos de la ville et des personnalités, mais les visages nous étaient familiers et, pour le moment, nous avions surtout envie de prendre le soleil.

Nous sortîmes en jeans, Tee-shirt et chaussures de sport. Le soleil était éblouissant. Sur la piste, il y avait des Chinook et des Puma autour desquels traînaient des équipages de l'armée de l'air.

James, un membre du groupe, dit :

« Il fait pas assez chaud pour prendre un bain de soleil mais, pour courir, c'est bien.

– Où ? demandai-je, jetant un coup d'œil sur la clôture de fil de fer barbelé qui entourait les lieux. Avec ça, pas question que les animaux s'enfuient.

– Cent cinquante-deux fois le tour du Portakabin, alors, proposa James. Allez, venez, il y a rien d'autre à faire. »

Nous regagnâmes la chambrée, constituée d'un autre ensemble de Portakabins. Nous avions balancé le matériel sur les lits dès notre arrivée, une heure plus tôt, et nous étions allés directement à la salle de briefing. J'avais un Parabag en Nylon et un sac de combat qui contenaient tout mon équipement, dont l'élément le plus important était mon Walkman, ainsi que les cassettes sur lesquelles j'avais moi-même réalisé des compilations de Madness, de Sham 69, de « Jerusalem », de *Chariots of Fire* et d'un peu d'Elgar. Je l'ouvris et en déversai le contenu sur le lit. Mon sac de couchage et ma tenue de sport en sortirent.

Tandis que nous courions le long de la clôture, James et moi passâmes devant des pilotes, qui étaient occupés à manger des glaces.

Quand nous tournâmes au coin, je n'en crus pas mes yeux.

Sur le tarmac, à une centaine de mètres de nous, se trouvait une machine dont je connaissais l'existence mais que je n'avais jamais vue : un avion espion de l'US Air Force, tout en angles bizarres, à l'allure très agressive. Je ne sais pas pourquoi, mais le boulot que nous allions faire m'inquiéta moins.

Le soir, on bouffa et on rangea le matériel. On nous avait demandé d'emporter plusieurs tenues civiles, ainsi que deux types de gilet pare-balles – celui qu'on porte sur les vêtements et celui qu'on porte dessous – en prévision des diverses options. En tout, nous avions des M16, deux fusils à lunette, des MP5, des MP5K, des MB5SD et des pistolets Welrod à silencieux. Divers types d'explosifs, permettant de faire sauter aussi bien un mur qu'une porte, se trouvaient sur place. Nous avions aussi du matériel d'assistance à la vision, dont des lunettes de vision nocturne, qui pourraient se révéler nécessaires au moment de l'opération, ainsi qu'une torche à infrarouge qui, montée sur notre arme, nous permettrait de nous déplacer sans être vus. Nous ne savions toujours pas si nous porterions des jeans, un gilet pare-balles sous nos vêtements et des chaussures de sport, ou bien un uniforme vert ou encore la tenue noire des unités antiterroristes.

Le Parabag contenait en outre une sacoche contenant du plasma de synthèse et du « matériel de perfusion ». Il faudrait traiter et stabiliser les éventuels blessés par balle jusqu'à notre retour.

Au milieu de la matinée suivante, deux bagnoles arrivèrent et les gars du bataillon G en descendirent. Ils rentraient du stand, où ils avaient fait du tir de nuit. Parmi eux, il y avait Tony, que je connaissais bien.

« Je suis foutrement content de vous voir, dit-il.

– C'est un bon boulot, si je comprends bien.

– Un vrai merdier. Personne sait ce qui se passe. On en a encore pour deux jours, apparemment, et puis vous prendrez le relais.

– Tu sais rien, alors ?

– Tout ce que je sais, c'est qu'on est ici. »

Nous ne savions que ce que le gars des Renseignements nous avait dit. John McCarthy et Terry Waite étaient détenus en otages à Beyrouth, de même qu'un Irlandais, Brian Keenan, et d'innombrables Américains. Tous les services secrets du monde occidental tentaient de les localiser. S'ils les trouvaient, y compris les Yankees, nous irions les libérer.

Je demandai à Tony s'il était déjà allé là-bas.

« Ouais. Il y a pas plus chiant. Il y a des gars à l'ambassade ou au consulat. Ils repèrent les zones d'héliportage et font la liaison entre l'ambassade et nous. Quand il y a des informations, ils nous mettent au parfum.

– Est-ce qu'il y en a eues ?

– Que dalle. Pour le moment, on cavale partout comme des dingues. C'est le cirque habituel. Je te parie n'importe quoi que ça sera annulé la semaine prochaine. Le seul truc positif, c'est qu'il y a sûrement quelque chose qui se prépare, sinon on nous aurait pas envoyés ici.

– C'est comment, là-bas ?

– Comme ce qu'on voit aux infos. Des immeubles éventrés, des tas de gravats, plein de vieilles Mercedes. Franchement, j'ai pas fait tellement attention. Ce boulot, j'y croirai quand je le verrai. Je démarrerai quand ils les auront trouvés et qu'ils voudront qu'on y aille. Après tout, ça revient à prendre une maison d'assaut, comme d'habitude. Le seul bon côté, jusqu'ici, c'est qu'on a eu des lunettes de soleil à l'œil. »

Il sortit des Ray Ban et les mit.

« Elles sont chouettes, pas vrai ?

– À l'œil ? Comment ça se fait ?

– On s'entraînait à l'assaut, sur le champ de tir, et on arrivait en Chinook. En théorie, l'hélico irait près de l'immeuble, la porte descendrait pendant qu'il se poserait, et on débarquerait, au pas de course ou dans des véhicules d'attaque légers. Il fait noir, dans le Chinook, évidemment. On est douze, là-dedans, avec le brêlage de combat et le gilet pare-balles, armés de MP5, de G3 et ainsi de suite, de quoi démarrer la Troisième Guerre mondiale.

La porte descend, on se met à cavaler, et mais, merde, on a le soleil dans les yeux. On est ébloui. On voit que dalle. C'était un exercice à munitions réelles et, tout ce qu'on entendait, c'est : « Stop ! Stop ! » Sean pétait les plombs. « Stop ! Désarmez ! » On a désarmé et il a continué : « Qu'est-ce que c'est que ce bordel ? Nom de Dieu, et vous vous prenez pour des soldats du Special Air Service ? » « Mais, merde, on voit rien ! » On avait raté toutes les cibles. Alors le pilote débarque, la gueule enfarinée, et il dit : « Vous sortiez de l'hélico, et il fait noir à l'intérieur, pas vrai, connards ? » Au bout du compte, on nous a donné des lunettes d'aviateur. Mais on a râlé.

– Pourquoi ?

– Des Ray Ban ! On voulait des Oakley Blade ! »

Les propos de Tony étaient typiques de l'attitude blasée des gars dans de nombreux boulots. Nous allions prendre un immeuble d'assaut à Beyrouth et décrocher la timbale. Et alors ? Il était inutile de s'agiter et de s'inquiéter tant qu'on ne saurait pas ce qui se passait, où étaient les otages et s'ils étaient encore en vie. Ça n'était même pas confirmé. Donc, personne ne s'excitait, personne ne cavalait d'un endroit à l'autre en criant : « Faut qu'on y arrive, faut qu'on sauve les otages ». Quand il faudrait y aller, on irait.

Les principes étaient exactement les mêmes que lors de la prise d'assaut d'autres immeubles. Seul l'endroit était différent et se trouvait dans un environnement hostile. Encore une fois : et alors ? On avait des armes, on avait la compétence et la volonté, on avait des gilets pares balles et des hélicos... que pouvions-nous demander de plus ?

Le Bataillon G disparut pendant le reste de la journée. Sean nous réunit et dit :

« On va organiser un système de relèves. Vous, le Bataillon B, vous serez en alerte pendant deux jours, et puis on enverra quatre gars du Bataillon G, et ainsi de suite, pour que la présence sur le terrain soit ininterrompue. Les conditions sont les mêmes que d'habitude. Vous êtes en isolement et vous ne bougez pas d'ici. Le courrier arrive et part tous les jours. Vous pouvez téléphoner et faire un tour au marché chaque matin pour acheter du savon ou d'autres conneries.

– Et les pilotes, ils sont où ?

– Les pilotes sont installés dans un hôtel du centre ville.

– Formidable ! » râlai-je.

C'était toujours pareil. Nous étions en isolement mais les pilotes, qui en savaient autant que nous, avaient droit à l'hôtel ou au mess.

Je me tournai vers James et ajoutai :

« Prière de ne pas nourrir les animaux. »

Il n'y eut rien d'autre à faire de toute la journée. Il y avait un petit gymnase, mais nous en eûmes bientôt ras le bol. Assis sur mon lit, j'écoutai mon Walkman, je lus le journal, puis j'écrivis à Fiona. « L'assurance va sûrement rembourser, dis-je. Choisis la couleur que tu préfères. » Nous avions renversé de la peinture sur le lino de la cuisine et je n'avais trouvé le temps de remplir la déclaration de sinistre que la veille de mon départ. « PS : Je réparerai la fuite du toit, promis. » Chaque fois que je me préparais à entreprendre cette réparation, il fallait que je m'en aille. C'était devenu un gag.

Le lendemain matin, tout le monde fut réuni dans la salle de briefing. Tony apprit avec joie qu'il ne partait pas, que son groupe de quatre restait et qu'un autre, appartenant aussi au Bataillon G, s'en allait. C'était marrant car nous reprenions apparemment toujours les opérations commencées par le Bataillon G. Cependant, c'était l'occasion de se foutre de leur gueule, de leur dire qu'ils étaient si incompétents qu'il fallait les remplacer.

On avait installé un poste de télévision et un magnétoscope dans un coin, sur une table. L'Ordure Verte se leva et dit :

« Voici des images vidéo des quartiers de Beyrouth où ces gens sont peut-être détenus. Rien n'est confirmé, mais il s'agit en gros de ces zones, si bien que ça vous permettra de vous orienter un peu.

Il passa la bande, réalisée par les gars qui se trouvaient sur le terrain, à

Beyrouth. Ils avaient visité les quartiers en question en voiture ou à pied. Ils avaient discrètement pris des photos et tourné des vidéos, insistant sur les zones possibles d'héliportage dans les quartiers en question et aux alentours, ainsi que sur les dispositifs de sécurité, aussi bien en ce qui concernait les immeubles eux-mêmes que la présence éventuelle de gardiens. Ils avaient même étudié la circulation dans les rues concernées. Était-elle intense ou fluide ? Y avait-il des rues transversales ? Y avait-il un bon itinéraire permettant d'arriver sur les lieux et de les quitter ? Ils avaient installé une caméra dans une camionnette et roulé dans ces quartiers. La ville était en sale état. L'image tressautait, montrant de temps en temps un coin de pare-brise sale. On aurait dit un reportage de *World In Action*.

Travailler secrètement dans un environnement urbain exige une grande compétence. On tente de se comporter en citoyen normal alors qu'en réalité, on obéit à un ordre du jour secret. Les moyens d'y parvenir varient en fonction de la prospérité et des traditions du pays où l'on opère. Les grandes villes, telles que Le Caire ou Bangkok, sont des endroits anonymes où les gens de passage sont nombreux et les transports en commun bien organisés. Les citadins s'occupent de leurs affaires et, à partir du moment où on adopte une tenue et un comportement qui n'attirent pas l'attention, on peut aller et venir tranquillement. Dans une ville comme Beyrouth, cependant, où les réseaux familiaux sont puissants, les allégeances locales vivaces et le régime politique répressif, il est beaucoup plus difficile de se déplacer. Or, bouger est important parce qu'il est plus facile d'éviter les questions quand on n'est pas immobile.

Simon, le gars de l'unité de renseignement, parlait arabe et avait pratiquement toujours travaillé au Moyen Orient. Il avait effectué un passage au sein des forces de sécurité du Sultanat d'Oman, en tant que collecteur de renseignements, et un séjour à Beyrouth même quand les Britanniques avaient fourni des soldats au contingent des Nations Unies. Désormais officier, il appartenait au Régiment depuis de nombreuses années.

« Maintenant, il faut que vous sachiez une chose, dit-il : C'est un tel labyrinthe et il y a tellement de factions différentes que si l'opération tourne mal, que vous ne vous faites pas tuer et que vous survivez, je peux vous promettre que vous deviendrez le meilleur pote de Terry Waite. Plus vous arriverez vite, plus vous filerez vite, et mieux ça sera. »

Je me demandai ce qui se passerait si j'étais pris en otage. Je savais que les premiers temps seraient difficiles, qu'on me tabasserait, mais, ensuite, je partagerais le pot de chambre de ce vieux Tel. À ce stade, je ne m'inquiétais pas vraiment car, dès l'instant où je connaîtrais exactement l'endroit où l'opération se déroulerait, je veillerais à apprendre par cœur l'emplacement des ambassades et des consulats, de l'université américaine de Beyrouth, ainsi que des quartiers où habitaient les journalistes. Mais, songeai-je, il n'est pas question que je me fasse capturer. J'aurai un fusil d'assaut, des tas de munitions, et l'opération prendra un quart d'heure. Pas question qu'un connard m'empêche de regagner l'hélico.

James demanda :

« Alors, quand va-t-on jeter un coup d'œil sur Beyrouth ?

– On est en train d'organiser ça avec les ambassades. Les gars qui sont là-bas vont se charger de tout et vous orienter rapidement. L'hélicoptère va faire des vols d'entraînement dans les jours qui viennent. Dès qu'ils seront programmés, on vous mettra à bord et en avant !

Les gars des ambassades tentent de transformer un court de tennis en terrain d'atterrissage. Une puissance amie veut faire quitter la zone au personnel de son ambassade, pour des raisons financières, mais, politiquement, elle ne peut pas se permettre qu'on sache qu'elle se retire. En utilisant le parc et le court de tennis de l'ambassade comme terrain d'atterrissage pour hélicoptère, on fait d'une pierre deux coups. On dispose d'une méthode d'infiltration et d'exfiltration et, en échange, on ramène leur personnel avec nous. Ensuite, ils pourront dire qu'ils ont été obligés de partir parce qu'ils avaient aidé les Britanniques.

C'est facile et rapide d'y accéder en hélico, ce qui permettra manifestement d'atteindre plus aisément le centre de la ville. Mais on sera peut être obligé d'y aller clandestinement, on ne sait pas encore vraiment. »

Sean se leva et dit :

« Si vous voulez vous barrer, les gars du Bataillon G, vous gênez pas. »

Puis il nous exposa le reste :

« Pour le moment, il y a trois options principales. Quand les services de renseignement confirmeront la position des otages – à supposer qu'ils soient toujours en vie – on recevra l'autorisation d'y aller. Selon l'endroit et le nombre d'hommes nécessaires, il faudra peut-être faire appel aux gars du Bataillon de réserve. Cependant, et c'est là que vous intervenez : vous êtes sur place et vous assurez la continuité, si bien que vous pourrez les guider.

Pour le moment, on envisage d'y aller direct et de foncer dans le tas. On utilisera des Puma ou des Chinook, selon la localisation de l'objectif et les possibilités d'atterrissage. Après, on fonce direct, on récupère les otages, on retourne à l'appareil et on rentre. La partie la plus importante, de votre point de vue, n'est pas d'arriver sur place et de les récupérer, parce que je sais que vous êtes capables de le faire, c'est la nécessité de les soigner dans l'appareil s'ils sont mal en point, ou blessés. Vous emporterez la trousse médicale sur l'objectif, parce qu'on ne sait absolument pas dans quel état ils sont. Vous serez peut-être obligés de les foutre sur une civière.

Il y a le problème du ravitaillement en carburant. On est en train de mettre ça au point. On espère pouvoir utiliser le Chinook parce qu'il y a des réservoirs supplémentaires à bord. Si on est obligé de prendre des Puma, il faudra peut-être se ravitailler à Beyrouth. Mais, encore une fois, on est en train d'organiser ça. Il est aussi possible que les Américains nous ravitaillent en mer.

Donc, la première option, la meilleure, est une attaque classique, violente et rapide : foncer, libérer, décrocher. Mais, tant qu'on ne saura pas où ils sont, elle reste en attente.

La deuxième option consiste également à aller là-bas en hélico – il y a normalement des allées et venues d'hélicoptères, donc ça ne pose pas de problème –, d'atterrir et de progresser clandestinement avec des véhicules.

Pour le moment, on envisage que les gars qui sont déjà sur place vous conduisent sur l'objectif. En fait, on n'a même pas besoin de savoir où on va. C'est une option en uniforme. Les camionnettes s'arrêtent devant l'objectif, on fonce et on fait le boulot. Puis retour aux camionnettes et à la zone de sécurité la plus proche, d'où on organise l'évacuation par hélicos. Pour le moment, ce n'est pas notre problème et ça ne nous intéresse pas. Tout ce qu'il nous faut savoir, c'est la localisation de l'objectif, afin de pouvoir l'attaquer et libérer les otages.

La troisième option, c'est l'infiltration et l'exfiltration clandestines. Comment on s'y prendra, je ne sais pas. On pourrait peut-être y aller par bateau et les gars de l'ambassade viendraient nous chercher, pourquoi pas ? »

James dit :

« Ce que j'aime par-dessus tout, c'est prendre le relais d'un boulot bien organisé. Bravo, le Bataillon G.

– Bon, c'est tout ce qu'on sait, répondit Sean. La seule chose dont on est sûr, c'est qu'on nous a envoyés ici. Il y a peut-être un boulot à faire à Beyrouth, ou peut-être pas, mais, s'il y en a un, il consiste à libérer les otages. Vous quatre, poursuivit-il, nous montrant du doigt, prenez vos armes, allez au stand de tir, réglez-les et vérifiez-les. Ensuite, vous irez voir Tony, qui vous dira quels sont les gars du Bataillon G qui partent, pour qu'ils puissent vous remettre le matériel médical et les explosifs. »

Toujours en jeans et chaussures de sport, nous gagnâmes le stand de tir en voiture. Nous réglâmes les G3, les 203, les MP5 et vérifiâmes les chargeurs. Nous savions que nos armes étaient réglées, mais il nous fallait tout de même les vérifier.

Nous nettoyâmes les armes, puis allâmes chercher le matériel que devait nous remettre le Bataillon G. Nous vérifiâmes tous les sacs de plasma de synthèse, tout le matériel de perfusion, les civières pliantes en Nylon, les pansements, les bouteilles d'oxygène. Nous avions aussi de petites lampes de mineur, qui se fixent sur le front lorsqu'on soigne quelqu'un de nuit, et des pantalons antichoc gonflables, excellent matériel américain, que l'on place autour de la partie inférieure du corps, et qu'on gonfle, ce qui permet de réduire l'écoulement du sang et de maintenir les liquides vitaux dans la partie supérieure du corps. En effet, l'objectif principal du traitement des traumatismes consiste à stopper la perte de sang et à remplacer les fluides, ce qui a pour effet de maintenir le blessé en vie. Si les gens hurlent, c'est qu'ils sont vivants.

Les gars du Bataillon G étaient bien contents de partir. Au moment où ils montaient dans l'avion, ils crurent qu'ils avaient réussi à garder leurs Ray Ban. Mais Sean jaillit de nulle part et dit :

« N'oubliez pas de rendre les lunettes. Elles appartiennent au Bataillon. »

Pendant les jours qui suivirent, nous continuâmes de nous raser. Quand nous ne mangions pas, nous courions ou nous nous entraînions. Il nous fallait nous préparer à faire face à toutes les options, parce que nous ne savions toujours pas comment nous irions sur place. Et, à ce moment-là, nous ne savions même pas exactement où étaient détenus les otages et comment se présentaient les immeubles.

Tout s'organisait. Nous n'aurions qu'à sauter dans l'appareil, aller sur place et mettre en application l'option qui aurait été adoptée. L'objectif ne changeait jamais et consistait à libérer les otages le plus rapidement possible, puis à décrocher. Nous ignorions totalement dans quel état ils seraient. Peut-être auraient-ils besoin d'être stabilisés, peut-être seraient-ils très mal en point : drogués, totalement épuisés et incapables de marcher. Il faudrait donc qu'on emporte tout le matériel, y compris des cisailles au cas où ils seraient enchaînés.

Des clichés traités par ordinateur permettaient de se faire une idée de ce qu'ils étaient devenus : avec barbe, sans barbe, amaigris, les cheveux plus clairsemés ou grisonnants, parfois avec des cicatrices sur le visage ou des lunettes.

Nous devrions pénétrer rapidement dans un environnement hostile, si bien que tout reposerait sur la vitesse, l'agressivité et l'effet de surprise. Le temps que la partie adverse réagisse, nous serions partis. Dix minutes de travail exigent parfois dix semaines de préparation. Nous nous entraînions sans relâche, mais dès que nous aurions l'autorisation d'y aller, nous serions prêts.

Un de nos entraînements consista à nous rendre sur place en hélicoptère, puis à prendre des véhicules qui nous déposaient séparément à proximité de l'endroit, que nous gagnions ensuite à pied de façon à arriver tous en même temps. Nous avions fait ça des centaines de fois, en Irlande. Tout le monde débarque tranquillement à pied et *Boum* ! L'opération cesse d'être clandestine au moment où tous nos gars sont dans la zone. On fonce alors sur l'objectif, on entre en force, puis on décroche en voiture ou en hélicoptère.

Nous préparâmes également une infiltration par bateau. Quelqu'un nous attendait sur place, nous mettait dans des véhicules et nous déposait à proximité de l'objectif. Dans le même temps, un hélicoptère restait en attente. Dès l'instant où l'opération proprement dite commençait, l'hélico entrait dans la danse. Soit il venait carrément nous chercher, soit il attendait à l'ambassade, qu'on rejoignait à bord de véhicules.

Dans une autre version, l'hélico nous déposait carrément sur les lieux. Au préalable les gens qui se trouvaient sur le terrain auraient balisé la zone. Nous descendrions avec des cordes, pénétrerions dans l'immeuble et, pendant ce temps, soit l'hélicoptère resterait en stationnaire, soit il irait se poser. Les gars qui seraient sur le terrain couvriraient l'appareil. Cette partie du plan est en réalité le début de l'exfiltration.

Au bout du compte, nous décidâmes que nous irions jusqu'à l'ambassade par hélicoptère, et que nous gagnerions l'objectif à bord de véhicules par la suite. Nous entrerions, libérerions McCarthy, Waite et tous ceux qui auraient envie d'un billet gratuit pour ailleurs, puis nous retournerions à l'ambassade avec les véhicules. Dès que le premier hélico aurait décollé, le deuxième, resté en attente, se poserait. La priorité consisterait à faire monter les otages et le personnel civil éventuellement présent dans le premier appareil. Les membres du commando prendraient le suivant.

Nous irions en uniforme, avec un gilet pare-balles, et nous porterions un manteau, par-dessus, pendant l'infiltration clandestine. Nous gagnerions l'immeuble en voiture et utiliserions des explosifs pour y pénétrer. Il nous faudrait des informations sur les portes, parce que nous ne savions pas ce qu'il y avait de l'autre côté. Nous ne voulions pas tuer les gens qu'on devait sauver. Les charges seraient prêtes. Nous arriverions par trois itinéraires différents et chacun aurait un système de transmission personnel, sur une fréquence.

Ensuite, comme c'était souvent le cas, il ne resta plus qu'à se reposer entre deux moments d'agitation, à vérifier et revérifier – puis qu'à regarder la télé.

Finalement, Sean annonça :

« Bon, ils vont là-bas demain soir. Il faut que le pilote mette au point son approche sous lunettes de vision nocturne. Donc, si la balade vous intéresse, vous pouvez y aller. Il faut que vous soyez en uniforme, sans armes. Prenez une carte d'identité, et vos plaques d'identification. »

Nous rejoignîmes l'équipage près du Puma.

« Comment ça va ? demandai-je.

– On se rase, comme d'habitude, répondit un des types. Ces hôtels de luxe se ressemblent tous.

– Enculé !

– Bon, on va y aller dans trois quarts d'heure. Tout ce qu'on doit faire, c'est tester l'approche sous lunettes de vision nocturne et chronométrer le trajet. On se posera sur une nouvelle zone d'héliportage. »

Ils portaient une combinaison de vol et un gilet de sauvetage, auxquels étaient suspendus des stylos et des bouts de papier. Nous enfilâmes les gilets de sauvetage et nous nous installâmes à l'arrière.

Le vol fut sans incident. Il n'y avait rien à voir, tandis que nous survolions la Méditerranée. Puis, lorsque nous arrivâmes sur Beyrouth, je regardai par le hublot. Je constatai, déçu, que c'était une ville banale du Moyen Orient.

Les fenêtres des immeubles étaient éclairées, les phares des voitures formaient des courbes lumineuses dans les zones sombres. À l'œil nu, nous ne pouvions pas voir l'éclair infrarouge du « vers luisant » qui guidait le pilote jusqu'au centre de la ville.

Le régime du rotor diminua et nous perdîmes de l'altitude. Quelques minutes plus tard, nous nous posâmes et le rotor continua de tourner tandis que le chef de cabine ouvrait la porte et que deux gars du Bataillon G nous rejoignaient en courant. Chargés des liaisons, ils avaient pour tâche de marquer la zone d'héliportage et d'y guider l'appareil. Le chef de cabine fit signe à deux autres gars d'approcher. Ils appartenaient aussi au Bataillon G et c'était la sacoche de courrier, que nous avions apportée, qui les intéressait. Ils s'en emparèrent et s'éloignèrent, courbés, dans la nuit. Les phares d'un véhicule s'allumèrent, puis s'éloignèrent. Presque au même moment, l'hélico décolla. Nous survolâmes la ville puis gagnâmes la zone de ravitaillement.

Je me tournai vers James et dis :

« Euh, alors, comme ça, on est allé à Beyrouth ?

– Peu importe, répondit-il, au moins, on sait combien de temps ça prend. »

Le lendemain matin, tout le monde se foutait de notre gueule.

« Alors, comment va Terry ? Vous avez un message pour l'archevêque ? »

Il y avait des gars qui avaient pitié des otages et d'autres qui s'en fichaient carrément.

« De toute façon, merde, qu'est-ce qu'il est allé foutre là-bas, Waite ? Pas besoin d'être neurochirurgien pour savoir qu'il risquait de se faire enlever. »

Puis, un matin, vers quatre heures, le type des transmissions qui était de permanence dans la salle radio, débarqua à toute vitesse. Il alluma toutes les lampes et cria :

– On est en stand-by ! Ça marche ! Faut que vous alliez tout de suite en salle de briefing ! »

Bonne nouvelle.

Nous enfilâmes nos vêtements et gagnâmes la salle de briefing. Simon, qui s'y trouvait, nous accueillit par ces mots :

« Ça marche. Départ à huit heures. »

Il portait un short de sport, des tongs, un Tee-shirt trop grand et ses lunettes étaient de travers parce qu'il n'avait pas arrêté de cavaler à droite et à gauche.

« Ils les ont localisés. On attend simplement la confirmation. Elle est en route. »

Sean se leva et dit :

« Écoutez-moi bien. Ce qu'on va faire, c'est entrer en force et libérer les otages. L'équipage de l'hélico est en route. Dès qu'on saura où ça se passe, on analysera la situation. On n'a pas le temps de fignoler. Si on peut aller jusqu'à l'objectif avec les hélicos, on attaquera direct.

Avant de commencer, il faut que je vous précise les limites de l'engagement. Ne tirez que sur les gens qui vous tirent dessus ou qui mettent la vie de quelqu'un en danger. Il faut pas que ça soit OK Corral, pigé ? Vous entrez, vous faites le boulot et vous retournez à l'hélico. La mission consiste à libérer les otages. Dès qu'on saura où ils sont, on mettra rapidement une série d'ordres au point. On nous a dit qu'il faut que ça soit fait aujourd'hui. Bon, préparez-vous. Ça sera une option en uniforme.

Il n'y eut ni précipitation ni tension. Nous nous entraînions depuis des semaines et nous voulions simplement en finir. J'enfilai ma tenue de camouflage et mis les Rangers légers que j'utilisais au sein du groupe antiterroriste. On ne crapahuterait pas sur de longues distances et, en fait, on ne passerait qu'une demi-heure sur le terrain. J'enfilai mon brêlage de combat, qui comportait dix chargeurs de 7.62. Je pris un G3 à crosse télescopique parce que sa puissance de feu dépasse celle de toutes les autres armes. Dans mon sac, je mis un MP5. Il fallait tout prévoir, au cas où la situation évoluerait pendant le trajet.

Je pris aussi une sacoche contenant deux litres de plasma de synthèse et le matériel de perfusion correspondant. La place restante fut occupée par des pansements et une civière pliante.

Au cou, je portais mes plaques et ma carte d'identification, que j'avais percée avec une cigarette afin de pouvoir y passer une ficelle, et deux seringuettes de morphine. Il était peu probable qu'elles servent, parce qu'il ne faut pas utiliser la morphine en cas de blessure par balle à la poitrine, au ventre ou à la tête. De toute façon, nous serions rentrés boire le thé et commander nos achats hors taxes avant qu'elles se révèlent nécessaires.

Nous regagnâmes la salle de conférence.

« On attend toujours, dit Sean. »

Les équipages des hélicos étaient arrivés et les rotors tournaient. Les pilotes débarquèrent, en combinaison de vol, le pistolet glissé sous le harnais, couverts de cartes en tissu, de morceaux de papier et de radios.

Nous attendîmes. Au bout de dix minutes, quelqu'un dit :

« On va faire du thé. »

Sean répondit :

« C'est ça, dégagez. Mais je veux pas vous trouver ailleurs qu'aux cuisines, dans vos quartiers ou ici. »

Les gars des transmissions dirent :

« On va tester les radios, en attendant la confirmation. »

Nous vérifiâmes que nos liaisons radio avec l'hélicoptère fonctionnaient. L'appareil servirait de relais. Au sol, nous aurions seulement besoin de communiquer entre nous, et nous porterions une oreillette.

Assis, la tasse de thé à la main, nous attendîmes. Il était six heures. Le départ était prévu à huit. Sean nous autorisa à aller aux cuisines. Des gars regagnèrent les quartiers, prirent une douche, se brossèrent les dents.

Puis Sean annonça :

« Arrêtez les frais. C'est annulé. »

Et merde ! Si près et, pourtant, si loin.

Nous laissâmes le matériel dans la salle d'opérations, courûmes, regardâmes la télé, lûmes les journaux. Dans l'après-midi, il y eut une nouvelle réunion. On nous dit :

« C'est terminé. On arrête les frais. Ne nous demandez pas pourquoi parce qu'on ne le sait pas. »

Nous emballâmes notre matériel personnel et rendîmes le reste au magasin. Nous avions deux jours de congé. Donc le plus important, comme le temps s'était réchauffé, était de trouver des bagnoles et d'aller à la plage.

Au bout du compte, nous n'étions pas tellement contrariés. C'était encore un boulot pour lequel on s'était emmerdés à s'entraîner pour rien.

Peu après, le *Times* publia un article accusant le gouvernement d'avoir « laissé passer l'occasion de libérer les otages ». Un porte-parole du ministère des Affaires Étrangères, cité par le journal, avait dit : « Nous avons très sérieusement étudié toutes les solutions qui s'offraient à nous. Malheureusement, pour diverses raisons, toutes se sont enlisées dans les sables ».

Bon, on n'a jamais su ce qu'étaient les sables, mais on avait au moins essayé et, par dessus le marché, on s'était fait bronzer.

24

La salle de conférence de Hereford était pleine quand Bert, de l'unité des renseignements, exposa la situation générale au Bataillon B.

« Vous savez que le Régiment a participé à de nombreuses opérations de lutte contre la drogue. Nous avons travaillé avec plusieurs services américains, tels que le DEA, dont le personnel a visité Hereford en de nombreuses occasions. Des membres du régiment ont assisté les gardes côtes américains lors de patrouilles antidrogue. Sur le plan intérieur, le Régiment a participé à des opérations de répression à Londres, principalement en vue d'empêcher l'IRA de se financer grâce au trafic de drogue.

Les États-Unis sont toujours les principaux consommateurs de stupéfiants, mais l'Europe les rattrape rapidement. Les grandes villes sont devenues d'importants centres de distribution et on redoute une grave épidémie. Il a été décidé, au plus haut niveau, que plusieurs organismes britanniques prendraient part à la lutte, et vous en faites partie. »

Bert déroula une carte murale de l'Amérique centrale et du sud, montra une région du doigt et reprit :

« Donc, messieurs, je vous assigne un terrain d'opérations tellement secret que si on vous surprend à l'évoquer, même dans le camp, on vous renverra sur-le-champ dans votre unité d'origine. »

Il s'autorisa ensuite un sourire entendu et ajouta :

« Donc, pour que vous en preniez dès à présent l'habitude, j'appellerai cet endroit " un pays d'Amérique Latine ". »

Le visage à nouveau sérieux, il poursuivit :

« Ça ne sera pas facile. Notre " pays d'Amérique Latine " est un des plus violents du monde, hormis ceux qui sont effectivement en guerre. Il y a eu plus de 20 000 meurtres l'année dernière, et au moins 3 000 assassinats liés à la drogue dans une seule et unique ville. En fait, actuellement, le meurtre est la cause de mortalité la plus répandue chez les hommes de dix-huit à soixante ans.

Le trafic de drogue latino-américain, qui n'était au début des années soixante-dix qu'une activité artisanale, s'est transformé depuis en une entreprise dont le chiffre d'affaires se calcule en milliards de dollars, et qui dispose de ses réseaux de distribution propres, ainsi que d'armées de " narcoguerrileros " chargés d'assurer sa sécurité. Les grands méchants sont les cartels, associations de producteurs et de passeurs qui ont uni leurs forces pour se partager le marché et intimider les autorités. Grâce à leurs énormes bénéfices, ils ont acquis du pouvoir. Ils ont abattu des hommes politiques, des juges et des officiers supérieurs sans être inquiétés. Des mesures ont été prises, mais ça revient à vouloir arrêter un torrent à mains nues.

Il faut tout faire pour combattre le trafic de drogue sur son propre terrain. Si nous parvenons à l'enrayer à la source, et à empêcher le développement de la production, nous en ressentions les effets au Royaume-Uni. »

Bert distribua des photocopies d'un rapport des services de renseignement montrant que, selon le Département d'État américain, trois pays d'Amérique Latine avaient produit à eux seuls, en 1988, une quantité de feuilles de coca permettant d'obtenir 360 tonnes de cocaïne pure. À 14 000 dollars le kilo de drogue, contenant seulement un tiers de produit pur, la cocaïne à elle seule rapportait 15 milliards de dollars aux fournisseurs. Et c'était sans compter les énormes quantités de marijuana qu'ils récoltaient et conditionnaient. Cependant, comme les cartels contrôlaient également la distribution et la vente au détail, leurs bénéfices étaient en réalité beaucoup plus élevés. On estimait que le prix de revient était multiplié par 12 000 quand la drogue arrivait au niveau du consommateur.

« En ce qui concerne la cocaïne, poursuivit Bert, il faut 200 kilos de feuilles pour obtenir un kilo de pâte. Il est nécessaire de transformer les feuilles en pâte dans le pays d'origine, parce que le poids et le volume des feuilles rend leur transport difficile. »

Les plantations étaient éparpillées dans les vallées et il y avait des centaines de points de collecte où les feuilles étaient traitées. On acheminait ensuite la pâte de coca sur des aérodromes cachés dans la jungle et, de là, dans des usines de traitement, où on la transformait d'abord en cocaïne de base (il faut 2,5 kilos de pâte pour produire 1 kilo de base), puis en hydrochloride de cocaïne – la cocaïne pure.

Pour diriger la filière de production de drogue, les cartels importaient des techniciens compétents, dont beaucoup étaient européens, ainsi que le matériel et les produits nécessaires. Ils contrôlaient également le transport et avaient leurs réseaux de distribution propres aux États Unis et en Europe.

Bert ajouta :

« Au cours de ces deux dernières années, à New York, le nombre de drogués a plus que triplé, passant de 182 000 à 600 000, sans parler de la génération montante d'héroïnomanes. En ce qui concerne un seul des problèmes auxquels nous sommes confrontés – la cocaïne – une saisie récente permet de se faire une idée de l'ampleur du boulot à accomplir. En septembre, la police de Los Angeles a mis la main sur la plus grosse cargaison jamais saisie : 20 tonnes. Il y en avait, au prix de gros, pour 2 milliards de dollars, pourtant cette saisie est restée sans effet sur les prix. En d'autres termes, l'offre est restée supérieure à la demande.

Notre " pays d'Amérique Latine " n'est pas un énorme producteur. Cependant, au lieu de tenter de persuader des gouvernements de défolier des millions d'hectares de marijuana et de coca, il semble logique d'attaquer le plus près possible de la source, au niveau des usines de traitement.

Il ne faut pas que le Royaume-Uni se trouve confronté à ce type de problème. C'est une frappe proactive, une première frappe. Si nous réussissons, nous réduirons l'approvisionnement du Royaume-Uni en drogue. »

Le Bataillon G était déjà déployé sur le terrain. Ça ne me gênait pas d'y aller quelques mois après lui car prendre le relais comporte de nombreux avantages, les prédécesseurs ayant essuyé les plâtres, constaté et résolu certains problèmes.

Le Bataillon B se prépara donc à prendre le relais. La première priorité consistait à acquérir un niveau de langue convenable. Notre travail serait manifestement plus aisé si nous pouvions communiquer directement, sans l'assistance d'un intermédiaire. En effet, il arrive que l'interprète comprenne mal ce qu'on dit et il est impossible de vérifier la traduction.

J'eus l'impression de vivre dans le labo de langue. Autour de moi, furieux, le casque sur les oreilles, les gars criaient « merde », puis allaient se faire du thé ou laissaient tomber jusqu'au lendemain. En ce qui me concerne, j'allais courir quand la grammaire me portait sur les nerfs. Je me fichais un peu de l'exactitude et cherchais simplement à maîtriser les verbes. Je m'étais aperçu, quand j'avais appris le swahili, qu'on peut toujours se débrouiller quand on les connaît. En fait, l'espagnol n'est pas très difficile et, au bout de quelques semaines, je pouvais discuter sans problèmes du prix des tomates et des horaires des trains.

Il y avait des gars qui s'en sortaient très bien et l'un d'entre eux, notamment, semblait avoir un accent parfait. Je songeai : Formidable, si on a une permission, je sortirai avec lui. Je changeai d'avis quand je l'entendis baratiner une jeune fille au pair.

Nous préparions en outre cette opération comme toutes les autres, en veillant à ce que les armes et le matériel soient en état de marche. Bert nous apporta des précisions sur le pays et sur les acteurs principaux.

Les gars des Renseignements se procurèrent les journaux et les revues locaux. Des types étaient mariés avec des espagnoles, qui vinrent bavarder avec nous. Il s'agissait de saisir l'ambiance du pays et nous prîmes cela très au sérieux, à tel point qu'on raconta, à un moment donné, que les gars du Bataillon B prenaient des leçons de tango. Cela tenait à la réputation des divers bataillons, et au fait que le Bataillon B était considéré comme celui des fêtards chroniques.

Plusieurs membres du Bataillon G nous accompagneraient, afin que la continuité sur le terrain soit assurée. Ils nous exposèrent la situation, confirmant ce qu'on nous avait enseigné, mais donnant aussi leur version des faits et proposant des améliorations.

Notre boulot se déroulerait en deux phases. En premier lieu, nous prendrions la direction de la police paramilitaire et estimerions son niveau de formation. Ensuite, nous entraînerions ses membres sur cette base, leur enseignant toutes les compétences fondamentales dont ils auraient besoin, notamment la progression tactique, la mise en place de postes d'observation et la reconnaissance de proximité. L'objectif consistait à leur montrer comment trouver l'usine de traitement de la cocaïne, rester dans ses environs et transmettre les informations. Ça ne serait pas une tâche facile.

« Les usines sont souvent en pleine jungle, dit Tony, du Bataillon G. Des locaux formidables, bien gardés et toujours en alerte. Il y a un système de tunnels et d'itinéraires de repli en cas d'attaque. Quand ils entendent l'appareil qui transporte le groupe d'assaut héliporté, ils filent, dans les tunnels qui conduisent à d'autres planques, ou par des itinéraires de repli. »

Nous entrerions clandestinement dans le " pays d'Amérique latine ". Pas exactement comme des espions, mais le Régiment savait par expérience que ce type de voyage risque moins de mal tourner quand on ne l'annonce pas.

Notre C130 gagna tout d'abord Saint-Jean de Terre Neuve, où nous devions passer la nuit. L'intérieur de l'Hercule est spartiate, meublé uniquement de sièges en Nylon et de filets à bagages, et le nôtre était en outre bourré de matériel. Je suspendis mon hamac à l'armature de l'appareil, puis je m'y allongeai avec mon Walkman et un livre. Quand tous nos hamacs furent installés, l'intérieur de l'avion évoqua une caverne pleine de cocons en attente de métamorphose. Slaphead piqua la meilleure place, à la queue, où on peut installer confortablement son hamac et son matériel. Le seul inconvénient est la proximité des toilettes, simple bidon rempli de produits chimiques. La puanteur est effrayante.

Nous débarquâmes en vêtements d'été et constatâmes que c'était l'hiver à Saint-Jean. Nous gagnâmes l'hôtel par moins vingt.

« Faut qu'on aille en ville, dit Slaphead, faut qu'on s'en jette quelques-uns. »

Pendant notre course folle jusqu'à l'hôtel, le crâne chauve de Slaphead avait gelé et ma moustache s'était couverte de givre. Quand nous arrivâmes dans le quartier des bistrots, tout le monde était bleu.

Slaphead gagna le bar, regarda attentivement les bouteilles de whisky et dit :

« Un chocolat chaud, s'il-vous-plaît. »

Le lendemain matin, nous décollâmes à nouveau et nous posâmes finalement, de nuit, sur un aérodrome militaire. Nous volions tous feux éteints, l'équipage portant des lunettes de vision nocturne. Tandis que nous roulions sur la piste, j'aperçus une trentaine d'appareils immobiles sur l'herbe : de petits jets, des bimoteurs, de vieux Junker 88 et quelques Dakota.

« Ce sont des avions confisqués aux trafiquants de drogue, expliqua Tony. À présent, ils rouillent ici. »

Malgré les cours de Bert, nous imaginions tous un pays agréablement chaud – la douceur du climat sud-américain et tout ça. En réalité, nous étions sur un haut plateau et la température n'avait rien de tropical. Quand nous sortîmes dans la nuit glacée, le commandant d'unité du Bataillon B et l'adjudant, qui étaient arrivés une semaine auparavant avec un petit groupe d'État-Major, nous attendaient, gelés dans leurs vestes de cuir de chez Gucci.

Les véhicules chargés de conduire la moitié du Bataillon et son matériel au camp étaient là.

« C'est à une vingtaine de minutes, dit l'adjudant, quand il n'y a pas de circulation.

– Et quand il y en a ? demanda Slaphead.

– Trois heures. »

Il y en avait. Malgré tout, nous eûmes de la chance. Le camp de l'autre moitié du Bataillon B se trouvait à quatre heures de route – « quand il n'y a pas de circulation ».

À l'aube, nous arrivâmes à la caserne de police où nous serions installés. Quand nous y entrâmes, l'endroit parut plutôt agréable. Le camp des paramilitaires semblait bien entretenu et très propre, avec de grands bâtiments apparemment vieux mais en bon état. Puis nous tournâmes à gauche et débarquâmes devant une masure de la taille d'une salle de séjour moyenne. À l'intérieur, il y avait des couchettes superposées, une table et une salle de douche. Il n'y avait pas d'endroit où stocker le matériel. J'eus l'impression d'être dans un sous-marin.

« On a été obligé d'entreposer le matériel dans les douches, annonçai-je à Gaz.

– C'est aussi bien, répliqua-t-il. De toute façon, il n'y a pas d'eau. »

Nous ne tardâmes pas à constater que les toilettes ne fonctionnaient pas davantage, si bien que nous y fourrâmes les sacs de combat et nos affaires. Je jetai mon sac de couchage sur le lit le plus proche, et me voilà installé.

Dans la matinée, nous fîmes un tour dans la caserne en compagnie de Tony, qui avait participé à ma deuxième Sélection, mais avait échoué. Il avait fait une nouvelle tentative tout de suite après, et réussi.

L'unité paramilitaire ne me surprit pas du tout. L'équipement des hommes était essentiellement américain, mais je remarquai également du matériel européen. Tout aussi disparate, leur armement comportait des M16 américains, des Galil israéliens et des AK russes. Cependant, les sections que nous devions former n'avaient que des Galil, qui sont en fait des AK47 dont le canon et la garniture sont différents.

« Une arme excellente, dit Tony, qui s'arrêta et serra la main des gens qu'il connaissait. Malheureusement, ils ne savent pas encore s'en servir. »

Les gars étaient bien habillés et tout semblait parfaitement organisé. Il me les présenta et ils me parurent tous très ouverts et sociables.

« La caserne a l'air chouette de l'extérieur, dit Tony mais en fait, dès qu'on gratte la surface, c'est un tas de merde. Leurs conditions de logement ne sont pas très bonnes, meilleures que les nôtres, mais pas bonnes. La bouffe est absolument dégueulasse, même selon leur critères. »

Je me demandais s'il fallait le croire, puis nous passâmes devant le réfectoire au moment où deux gars, qui venaient de prendre leur petit déjeuner, sortaient et vomissaient. Le bâtiment empestait comme les chiottes d'un abattoir.

« Ces gars sont la *crème de la crème* *, pourtant ils ne sont pas particulièrement bien traités, poursuivit-il. Mais si tu es un paysan avec que dalle, six mômes et un âne, tu as intérêt à entrer dans le système. Au moins, tu es payé et, théoriquement, on s'occupe de ta famille.

Après avoir vu les gars vomir devant la cantine, je décidai de m'en tenir à ce que nous avions apporté. Comme toujours, nous avions une cargaison de thon en boîte, de pâtes et de sauce au curry.

Billy, qui appartenait au Bataillon G, et qui était l'Écossais blond frisé le plus petit et le plus teigneux du monde, occupait la couchette située sous la mienne. Au matin, dès son réveil, il ouvrit son sac de couchage, posa son petit réchaud à pétrole par terre et l'alluma. Il se fit du chocolat chaud, puis prépara son porridge.

Penché au bord de ma couchette, je demandai gentiment :

« Ah bien, et qu'est-ce qu'on mange ?

---

* En français dans le texte. *(N.d.T.)*

– Tu devrais pas avoir faim, espèce de salaud, répliqua-t-il, tu as pété toute la nuit.

– Désolé, fis-je, c'est le décalage horaire. »

Je me levai, m'assis près de lui, puis le fixai avec le sourire jusqu'au moment où il me donna une tasse de chocolat chaud et du porridge. Au fil des jours, sa contrariété s'accentua parce que je ne m'occupais jamais du petit déjeuner, ce qui correspondait parfaitement à mes intentions. Finalement, m'accusant d'être un sale fainéant, il s'empara du réchaud dans l'intention de me le lancer à la tête, mais il oublia qu'il venait de s'en servir. Il y eut un grésillement, une odeur de cochon brûlé, et l'empreinte du réchaud sur sa main. Je la trouvai très jolie.

Comme la salle des douches avait été transformée en dépôt de matériel, nous devions nous laver aux robinets extérieurs. L'eau était glacée.

Le temps était un peu frisquet le matin, mais formidable lorsque le soleil montait dans le ciel. Nous étions en altitude et on nous avait averti que nous risquions d'être essoufflés pendant quelques jours, tant que nous ne serions pas acclimatés. Personne n'en tint compte, bien entendu, et nous allâmes courir dans les collines. Au retour, nous étions en sale état et Billy adora. Pour lui, tout était compétition et il avait l'habitude de crier :

« Bataillon B, tas de merdeux ! »

Les hommes que nous devions former arrivèrent. Ils étaient une quarantaine, qui roulaient des mécaniques comme des videurs de boîte de nuit. L'Américain du sud est très macho et il nous faudrait trouver le moyen de transformer ce machisme en quelque chose d'efficace.

Assis, adossés à notre masure, nous les regardâmes se rassembler. Billy éclata de rire et dit :

« S'ils gonflent encore un peu la poitrine, ils vont éclater. J'adore ça – regarde bien ! »

Puis il se leva, se dirigea vers eux et se mit à leur hurler des ordres. Après leur démonstration de virilité, ils se trouvèrent obligés d'obéir à un nain qui vociférait à la hauteur de leurs rotules.

Chaque fois que je rencontrais des soldats dont je devais partager le quotidien, leur attitude disait pratiquement toujours : « On n'a pas besoin de toi, on est des durs ». De plus, leurs supérieurs nous acceptaient mal car nous sapions leur autorité. Il nous faudrait les traiter avec beaucoup de tact, éviter de les dominer et de jouer au petit chef, parce que nous n'obtiendrions pas de résultats. Il nous faudrait agir respectueusement vis-à-vis de leurs chefs, même au niveau le plus bas, afin qu'ils ne se tournent pas contre nous, mais il nous faudrait en même temps tenir compte du fait que la familiarité entraîne le mépris. L'un dans l'autre, cependant, nous veillerions simplement à rester ouverts et accessibles. Toutes les situations permettent d'acquérir une expérience et nous espérions apprendre autant grâce à eux qu'ils apprendraient grâce à nous.

Les paramilitaires étaient incroyables. C'étaient les champions du monde du ceinturon et du brêlage, avec des poignards qui pendouillaient partout et des revolvers à six coups sur les hanches.

Nous nous regardâmes, Gaz et moi. Nous ne pouvions pas dire : « Tout ça, c'est des conneries, débarrassez-vous de ci, débarrassez-vous de ça », parce que ça n'aurait pas marché. Ils se seraient braqués et nous n'aurions pas obtenu ce que nous voulions. C'est pourquoi, au début, nous ne leur fîmes aucune remarque.

Chacun d'entre nous se vit confier dix hommes et fut chargé de leur enseigner les bases, puis de les former. La première tâche consistait à leur fournir du matériel. Chacun d'entre eux reçut un sac de combat, un sac de couchage, un sac intérieur, un sur-sac étanche et une boussole. On aurait cru qu'on leur donnait les bijoux de la couronne. Pour eux, une boussole, c'était de l'or. Même au niveau des officiers, personne ne savait se servir d'une boussole ou lire une carte, si bien que ces gars jouirent immédiatement d'un prestige supérieur à celui des autres : c'était le groupe équipé de boussoles. Personne ne savait quoi en faire, mais peu importait.

Avant de leur enseigner la tactique, il fallut leur apprendre à tirer convenablement. De leur point de vue, se servir d'une arme consistait à vider le chargeur sur automatique en faisant le plus de bruit possible. C'était totalement inefficace. Inévitablement, l'arme montait et ils manquaient les cibles.

« Très bien, fis-je avec un large sourire. Maintenant, est-ce que je peux vous montrer deux ou trois trucs que je viens d'apprendre ? »

La première leçon consista à leur enseigner à économiser les munitions.

« N'oubliez jamais que chaque balle compte, dis-je. Si vous changez de chargeur toutes les cinq secondes, vos munitions ne vont pas durer longtemps. Si vous voulez pas vous faire trouer la peau, faites gaffe à vos munitions. »

Nous reprîmes leur formation à partir des principes de base, leur apprenant à tirer, calmes et maîtres d'eux-mêmes, en position couchée. Quand ils dominèrent cette technique, nous passâmes aux positions à genoux et debout. Nous les formâmes au stand de tir, sans les mettre sous pression, dans une ambiance détendue, sans crier ni les engueuler, cherchant seulement à obtenir de bons résultats.

Les performances des gars s'améliorèrent rapidement et les autres policiers furent jaloux, surtout leurs supérieurs. En effet, ils ne savaient pas se servir correctement de leurs armes et, souvent, la graisse dans laquelle ils avaient été emballés couvrait encore leurs Galil et leurs M16.

Un jour, j'étais au stand de tir avec les gars. Un adjudant, qui appartenait à un autre groupe, débarqua et dit :

« Mon arme marche pas. Elle tire pas juste. Faut que tu la répares. »

Nous n'avions rien à voir là-dedans, mais je sortis ma pince, réglai la hausse et le guidon. Je vérifiai, puis je dis :

« Ouais, c'est beaucoup mieux. Jette un coup d'œil. Qu'est-ce que tu en penses ? »

Il épaula, visa, et eut un large sourire. Il pensait manifestement qu'il était prêt à partir en guerre.

Comme dans le cas des recrues de Winchester, il n'y a pas de mauvais soldats, il n'y a que de mauvais instructeurs lorsqu'on dispose d'un matériel convenable. Ils furent bientôt capables, quand ils tiraient, de toucher ce qu'ils visaient. Leurs performances dans une situation périlleuse étaient un autre problème, dont notre vie risquait de dépendre par la suite.

Nous incorporâmes donc des exercices à balles réelles. Comme, dans la jungle, les contacts se déroulent généralement à cinq mètres de distance, il fallait leur apprendre à identifier la cible, puis à tirer vite et juste. Nous allâmes dans les collines et les mîmes en situation. Un par un, tout d'abord, nous les fîmes avancer, identifier la cible, tirer vite pour tuer, puis se replier. Ensuite, ils firent le même exercice par groupes de deux, tirant et manœuvrant. Cela me rappela la Sélection.

Nous déjeunions ensemble et nous en profitions pour bavarder, tenter de comprendre comment ils vivaient. Nous évoquâmes la situation du pays, où les cartels régentaient tout, et le fait que tous les agriculteurs travaillaient pour eux.

« Si tu es fermier, expliqua un des gars que nous appelions Un-des-trois-José, et que l'État te dit qu'il va te donner quatre dollars par hectare pour cultiver du blé, et rien d'autre, pas de système de santé, juste un tout petit peu d'enseignement, et que tu vis dans une cabane en tôle au milieu de la jungle, et si le cartel vient te dire : “ Tu travailles pour nous et on va te donner quatorze dollars par hectare, mais on va aussi construire un terrain de football, on te fournira des soins médicaux et on éduquera tes enfants ”, qu'est-ce que tu fais ? Tu cultives de la coca, évidemment, tu te fiches de ce qui arrive aux gringos. Le fermier se dit simplement : “ Où ça va ? ” Ça va en Amérique. Je hais les Américains, alors je me venge. Je les emmerde, les drogués, c'est leur problème. »

Les policiers savaient qu'ils perdaient la guerre, mais ils étaient presque tous entrés dans la police pour la même raison : la sécurité de l'emploi. Ils avaient une famille à nourrir et l'approvisionnement des Américains en cocaïne était le cadet de leurs soucis. Tout ce qu'ils savaient, c'était que lutter contre le trafic leur permettait de gagner de l'argent et de faire vivre leur famille.

La population était du côté des cartels, et à juste titre. Si j'avais été agriculteur, j'aurais travaillé pour eux. Toute leur culture tournait autour du commerce de la drogue. La marijuana et la coca faisaient partie du quotidien. Elles étaient si abondantes qu'elles poussaient même au bord des routes. En réalité, les policiers eux-mêmes enroulaient une feuille de coca autour d'un morceau de sucre et chiquaient. Ils croyaient que c'était bon pour la virilité. Ils étaient convaincus que ça leur donnait la force et la lucidité indispensables à la lutte contre les cartels et personne ne semblait trouver ça contradictoire.

« Toute la culture est basée sur la violence, disaient-ils. Dans les villes, la police arrache les gamins des rues des égouts où ils vivent et les tue. »

La nuit, apparemment, les coups de feu faisaient partie des bruits ordinaires des villes.

« Un mois avant votre arrivée, un autobus est tombé dans un ravin en pleine jungle. Quand les secours ont débarqué, tous les villageois du coin se livraient au pillage du véhicules. Beaucoup de passagers étaient vivants, mais blessés. Les villageois ne s'occupaient pas d'eux. Ils préféraient voler les montres, les bagues et les portefeuilles des morts.

– C'est vrai, renchérit Un-des-trois-José, les policiers ont été obligés de tirer pour chasser les villageois. Et, aussitôt après, ils se sont mis à faire exactement pareil.

– La vie ne compte pas, dit un autre type. La vie, ici, tourne autour de la mort. »

Nous avions deux interprètes chargés des problèmes techniques. Bruce appartenait au Bataillon B et n'avait qu'un bras, une explosion ayant arraché l'autre. Le Régiment ne se sépare pas de ses blessés. Nous avions des gars qui n'avaient plus qu'un bras, un œil, une jambe. Deux types du Bataillon B n'avaient en tout que six doigts. Au foyer, il y avait une photo formidable où on les voyait, pendant un stage d'alpinisme, tenter de nouer des cordes malgré leurs trois doigts chacun. D'autres avaient perdu une jambe, ou souffraient des séquelles de blessures par balle. Un des types qui, lors de chaque sélection, cavalait d'un point de contrôle à l'autre dans les collines, n'avait qu'un bras et un œil.

Ce sont là les aléas de la vie. Les gens qui mènent une existence difficile, qui participent à de nombreuses opérations, sont inévitablement victimes d'accidents ou de blessures, ou bien contractent des maladies qui les handicapent par la suite. Le Régiment les garde pour une raison simple : pourquoi mettre à la retraite un homme dont les compétences et l'expérience peuvent se révéler utiles dans le cadre de la formation ?

Nous commençâmes l'examen des tactiques qui nous seraient nécessaires pour attaquer une usine de traitement de la cocaïne. À ce stade, nous ne savions pas exactement ce qu'il nous faudrait attaquer et nous y allâmes un peu au pifomètre. À la base, il y avait leur équipement qui se résumait à leur brêlage de combat, leur arme et leur uniforme. Puis nous travaillâmes sur les déplacements et la vie sur le terrain. La discrétion leur posait un problème. Ils aimaient allumer de grands feux, la nuit, pour se tenir chaud et se remonter le moral, si bien qu'ils ne comprirent pas immédiatement que frissonner dans un sac de couchage et manger froid constituaient des avantages tactiques. C'est à ce moment-là qu'intervint le lien d'amitié. Nous nous soumîmes à ce régime et ils nous imitèrent.

Nous passâmes des jours et des jours sur le terrain, nous nous entraînâmes à progresser tactiquement dans la jungle et dans la savane. Ils apprirent à s'arrêter avant la nuit, à s'installer dans une cache et à attendre un assaut éventuel, puis à faire de même à l'aube, avant de se remettre en route. Au bout d'un moment, ils y prirent en fait plaisir. C'était différent, c'était viril, et tout le monde voulait participer.

Pendant des semaines, nous leur enseignâmes les techniques d'observation qui permettent de surveiller un objectif sans se faire repérer. Ils devaient rester cachés pendant deux ou trois jours, puis raconter ce qu'ils avaient vu, et ils s'en tirèrent très bien.

Nous leur apprîmes également les techniques de reconnaissance à proximité, qui permettent d'approcher clandestinement, de réunir le plus d'informations possible sur l'objectif, puis de le surveiller et, le moment venu, de l'attaquer. La destruction de l'éther, des produits chimiques et du matériel était importante, mais les techniciens qui effectuaient le traitement constituaient les objectifs principaux. En effet, les cartels devraient les remplacer, quand ils seraient sur la touche, et nous partions du principe que l'offre n'était pas illimitée.

Les cours de lecture de cartes furent désopilants. Il y a une idée reçue selon laquelle les indigènes savent instinctivement se diriger dans la jungle. En réalité, neuf fois sur dix, quand ils n'ont pas de carte, ils sont tout aussi paumés que le commun des mortels, et se contentent de ne pas s'écarter des hauteurs, des pistes et des cours d'eau. Mon expérience du Moyen Orient, de l'Extrême Orient et de l'Afrique m'a appris que les habitants de la région connaissent toujours l'itinéraire le plus facile, et qu'il s'agit en réalité de celui des animaux, qui empruntent toujours le chemin le plus aisé. Quand on les écarte de cet itinéraire, ils se grattent la tête. Pour traverser des centaines de kilomètres de savane, ils ne tiennent pas un cap, ils suivent les troupeaux. Si les animaux se perdaient, ils se perdraient eux aussi.

Nous réunissions notre cinquantaine de gars à la cantine, après le petit déjeuner, parce que c'était la pièce la plus vaste de la caserne et qu'ils pouvaient prendre place autour des cartes déployées sur les tables. Je détestais ces cours parce que l'endroit était dégueulasse.

Gaz leur apprit à lire les cartes.

« Ceci est une boussole, dit-il. Pour s'orienter, on fait comme ça. »

Nous allions d'une table à l'autre, vérifiant et rectifiant en cas de nécessité. C'était le bordel. Il nous fallait traduire aux soldats ce qui se passait, puis ils posaient des questions auxquelles il fallait répondre. Ça n'en finissait pas. Au bout du compte, nous étions pris de fou-rire et ils s'y mettaient aussi. Gaz se foutait en boule et hurlait :

« On arrête. On reprend dans une demi-heure. »

Puis il se calmait, après nous avoir engueulés parce que nous ne le prenions pas au sérieux.

Il fallut leur apprendre à observer la topographie et à interpréter la carte, de façon à pouvoir dire : « Bon, on a trouvé une usine de traitement, maintenant il faut indiquer aux autres où elle se trouve ». Même dans l'armée britannique, apprendre aux soldats à lire la carte est très difficile. En effet, ce n'est pas une science, c'est un art, et la seule façon de l'acquérir consiste à pratiquer sur le terrain.

Quand ils surent utiliser la boussole, ce fut terminé. De leur point de vue, c'était le meilleur cours de leur vie. Les officiers vinrent nous demander :

« Est-ce que je pourrais avoir une boussole ? »

Mais ce n'était pas pour l'utiliser, évidemment, c'était seulement pour l'épingler sur leur uniforme et plastronner.

Ces types devaient combattre dans une guerre « en temps réel », et il fallait qu'ils sachent à quoi ça ressemblait. Mais, surtout, nous nous entraînions dans des zones où se dérouleraient les opérations de sorte que, en cas de pépin, nous avions des balles réelles. Au début, ça ne leur plut pas tellement parce qu'ils avaient peur de se tirer dessus accidentellement. Mais, au bout d'un moment, ils s'y firent et roulèrent des mécaniques dans la caserne.

« Ils se croient capables de descendre n'importe quel connard, dis-je.

– On va leur remettre les pieds sur terre, répondit Gaz. »

Il alla chercher du plastic, que nous disposâmes sur le périmètre de la zone d'entraînement. Nous fîmes coucher les gars, prêts à avancer, comme sur une ligne de départ. Quelques-uns d'entre eux rigolaient et psalmodiaient :

« Rambo ! Rambo ! »

Au moment où ils se redressèrent et avancèrent, nous déclenchâmes les explosifs. Ce fut un déluge de saloperies. Ils perçurent le souffle des explosions, puis des pierres et des morceaux de bois s'abattirent sur eux. Ils se jetèrent au sol et regardèrent autour d'eux d'un air embarrassé. Ils avaient eu ce qu'ils méritaient. Certains d'entre eux semblaient au bord des larmes. Du coup, ils cessèrent de se prendre pour Stallone.

Il nous fallait mettre un terme à ces conneries parce que, dès que l'un d'entre eux se ferait tuer – et plusieurs d'entre eux se feraient probablement tuer – ils seraient salement choqués.

Toutes les deux semaines, ils avaient deux jours de permission et ils nous invitaient chez eux. Nous nous défilions aussi diplomatiquement que possible, parce que nous ne tenions pas à ce que s'installe une trop grande familiarité. Nous souhaitions entretenir avec eux des relations solides, mais sans brûler les étapes afin de ne pas gêner la formation. En outre, nous avions envie d'aller en ville, de succomber à une frénésie d'achats, bref de prendre du bon temps.

À cette époque, nous les avions persuadés de renoncer à leurs dagues et à leurs revolvers à six coups, en leur expliquant que tous les trucs qu'ils suspendaient à leur ceinturon s'accrocheraient dans les buissons et laisseraient des traces. Ils avaient, au bout du compte, une allure plutôt professionnelle.

Tactiquement, ils étaient au point et attaquaient divers objectifs en situation, se préparant à toutes les éventualités. Nous entreprîmes alors de mettre sur pied une unité de reconnaissance, d'observation et d'assaut. Son travail consisterait à localiser les objectifs, à déterminer leur position sur la carte, puis à obtenir toutes les informations possibles. Ensuite, elle attaquerait, appuyée par des renforts, ou bien établirait un poste d'observation et réunirait des informations supplémentaires.

Ce travail exige des gens naturellement discrets, et ne convient ni aux actifs ni aux excités. Il faut que les gars soient capables de rester longtemps dans une position inconfortable, sans exercer d'autre activité que l'observation. Il faut, sur les lieux, deux, trois, parfois quatre hommes, capables de recueillir un maximum d'informations et de les transmettre par radio à la base avancée, qui peut alors projeter et préparer. L'idéal consiste à donner l'assaut lorsque le personnel spécialisé est présent et que le matériel est sur place. On peut ainsi capturer les individus, saisir le matériel, puis fermer l'installation.

Les membres du groupe d'observation seraient susceptibles de passer jusqu'à deux ou trois semaines sur place, clandestinement, chiant dans des sacs en plastique, pissant dans des bidons en plastique, pratiquement sans bouger et soumis à une forte pression, parce qu'ils seraient tout près de l'objectif.

Nous tentions également de repérer les chefs naturels. Il y avait les chefs officiels, détenteurs d'un grade, mais ils ne correspondaient pas forcément à ce que nous cherchions. On obtient une promotion pour toutes sortes de raisons, dont l'aptitude à gérer des hommes et à les commander ne fait pas inéluctablement partie.

Déceler les chefs naturels se révéla difficile du fait que le système était très hiérarchisé. Il fallut déployer des trésors de diplomatie et donner plutôt des responsabilités que des galons aux chefs potentiels. Distinguer les types les plus capables augmentait nos chances d'obtenir le résultat que nous recherchions, à savoir remplir notre mission. Et comme il était fort probable que nous les accompagnerions en opération, nous aurions en outre de plus grandes chances d'en sortir vivants. Un-des-trois-José était le meilleur homme de mon groupe.

Chaque fois que l'occasion s'en présentait, nous allions en ville. C'était une métropole très moderne, cosmopolite, avec d'imposants immeubles de bureaux, de grands centres commerciaux et des hôtels confortables. Mais le gouffre entre les riches et les pauvres était criant. Des gratte-ciel ultramodernes côtoyaient des bidonvilles misérables. Les grosses Mercedes roulaient sur des chaussées défoncées parce que les égouts, où les gamins trouvaient refuge, s'effondraient.

La ville était en outre incroyablement sale et bruyante. Les habitants jetaient les ordures n'importe où et, dans les rues, dans les restaurants ainsi que dans les autobus, la musique était assourdissante. Elle semblait en effet faire partie intégrante du décor et culminait, la nuit, dans les discothèques, les *tabernas* et les soirées privées. La télé ne valait pas mieux. Les postes d'Amérique latine présentaient deux caractéristiques : ils fonctionnaient jusqu'au milieu de la nuit et le volume sonore ne comportait que deux réglages : très fort et assourdissant.

Enfin, la circulation. Il y a de vieux VCI plus silencieux que les cercueils roulants qu'on croisait. Les embouteillages étaient fréquents et la règle, lorsqu'on y était coincé, consistait à klaxonner jusqu'au moment où on pouvait à nouveau avancer. Quand ils n'étaient pas prisonniers des embouteillages, les automobilistes semblaient juger indispensable d'emballer continuellement le moteur de leur véhicule. J'avais vu des autocars rouler à toute vitesse sur les routes de montagne mais, en ville, ils roulaient plus vite encore. Il y avait un nombre stupéfiant de taxis, de la Ford datant de l'époque de JFK jusqu'à la Mazda neuve. Il y avait des feux partout, et pourtant, qu'on traverse la chaussée au rouge ou au vert, on risquait tout autant de se faire écraser. Je m'aperçus qu'il était plus prudent de bien regarder à droite et à gauche, puis de traverser en courant, même dans les rues en sens unique.

Comme nous vivions à Dodge City, nous ne pouvions sortir sans arme. Je prenais mon petit déjeuner à l'hôtel, un matin, quand deux Européens débarquèrent. Normalement, je ne leur aurais adressé qu'un regard indifférent mais, cette fois, je me suis mis sur mes gardes. Leurs visages ne m'étaient pas inconnus. Il s'agissait en fait de deux anciens membres du Bataillon G. Parfois, lorsqu'on est sur un boulot dans l'une ou l'autre partie du monde, on rencontre des gars qu'on connaît. On ne s'adresse pas la parole, on s'ignore, parce qu'on ne sait pas ce que fait l'autre et qu'on n'est pas censé savoir qui il est, et vice versa. Il y a toujours un temps d'arrêt ridicule avant la prise de contact.

Finalement, au terme de ce rituel, ils vinrent s'asseoir à ma table.

« Ça va ?

– Pas trop mal. »

Le rituel veut également qu'on n'entre pas tout de suite dans le vif du sujet. Les gars hésitent souvent à évoquer leurs activités.

Nous bavardâmes de choses et d'autres et, après nous être foutus de la gueule de tous les gens que nous connaissions, nous parlâmes de Hereford.

Au bout d'un moment, j'abordai le sujet, certain qu'ils allaient répondre : « Va te faire foutre, sale fouineur ».

« Alors, qu'est-ce que vous faites ici ?

– On a un boulot de protection rapprochée, dans le nord. Tu es toujours dans le Régiment ou tu travailles ? »

Aussitôt, je compris que, si j'avais des doutes sur eux, ils en avaient sur moi. Je décidai de les faire marcher.

« Ouais, je suis ici depuis quelques semaines, sur un boulot de formation. Ça paie bien, mais les gens sont emmerdants.

– Combien que tu gagnes ? On pourrait peut-être bosser avec toi ?

– La même chose qu'un caporal dans le Régiment. »

Leur boulot à eux consistait à protéger des gens contre les cartels.

Je me demandai s'il était vrai que d'anciens membres du Régiment travaillaient pour les cartels, gagnant des sommes faramineuses et se disant que si les gens voulaient se droguer, c'était tant pis pour eux. On racontait que de nombreux Américains et Canadiens travaillaient pour les barons de la drogue. Les Yankees conseillaient, formaient et organisaient, leur spécialité étant l'aspect financier du trafic. Les cartels étaient extraordinairement riches et travailler pour eux permettait sûrement de se mettre à l'abri du besoin. Mais, même s'il était très lucratif, ce boulot n'était pas pour moi.

Nous décidâmes de nous revoir la semaine suivante mais, le moment venu, les événements m'en empêchèrent.

25

La situation était malsaine. Nous étions sur le théâtre des opérations depuis un bon moment et, chaque fois que nous attaquions une usine de traitement, nous constations que nous avions capturé la *Marie Céleste*. La sécurité était d'un laxisme terrifiant. La corruption faisait apparemment partie des mœurs et il arrivait que les hélicoptères survolent les usines, afin de les alerter..., avant que les unités ne donnent l'assaut. J'avais l'impression de livrer une bataille perdue d'avance.

Mais, un jour, Gaz nous réunit dans notre masure et dit :

« Bon, on change de méthode. On va chercher une usine à l'ouest de notre position. On vous conduira sur les lieux clandestinement. Vous trouverez l'endroit, vous le repérerez, et on ne demandera les hélicoptères qu'à ce moment-là. De plus, vous ne serez en contact qu'avec moi, sur le réseau du QG. »

Nous regardâmes la carte dépliée sur la table.

« On sait qu'il y a une usine dans cette région, poursuivit-il, montrant une zone d'environ seize kilomètres carrés. On va y envoyer quatre groupes en repérage, ce qui fait quatre kilomètres carrés par groupe. Ce sont les groupes de Tony, d'Andy, de Rod et de Terry. Si on trouve l'usine, on l'attaque parce que tout ça commence à faire chier.

Quand vous aurez localisé l'objectif, vous effectuerez une reconnaissance à proximité. Il me faut des photographies, des images vidéo, et je vous demande de me communiquer le plus de renseignements possible sur le réseau radio. Ensuite, je me chargerai des hélicos. Tout cela est strictement confidentiel et les gars ne doivent être mis au courant qu'au moment où nous lancerons l'opération. Une fois sur le terrain, on leur donnera des instructions. Les hélicos seront en stand-by, mais ils ne sauront pas où ils vont. Il n'y aura que nous et les gros bonnets du QG à savoir ce qui se passe. »

Nous n'avions pas de questions à poser et, comme moi, les autres étaient sûrement ravis de constater que nous sortions de la routine et que les choses prenaient un aspect positif.

« Reste plus qu'à trouver », dit Rod.

Tandis que je mangeais, assis sur les marches de la masure, Wayne, qui avait persuadé un policier de lui prêter son cheval, passa devant moi à toute vitesse, sur un animal qui avait manifestement perdu la boule. Wayne était grand, brun, séduisant, drôle et intelligent – tout ce que je n'aime pas chez les autres. Il avait été élevé parmi les chevaux et c'était sans doute pour cette raison qu'il détestait tout ce qui se rapportait à eux, hormis les monter. Cavalier et monture disparurent derrière les bâtiments et quand je les revis, une heure plus tard, Wayne était couvert d'écorchures, de bleus et d'égratignures.

« Je pige pas, dit-il. Il y a plein de canassons dans ce pays et faut que je tombe sur celui qui vient de sniffer un seau de poudre blanche. »

Chaque groupe de reconnaissance, composé de quatre hommes et de l'un d'entre nous, fouillerait donc une zone de quatre kilomètres carrés. Nous resterions au maximum dix jours sur le terrain et l'objectif, comme toujours, ne consisterait pas à tuer les occupants de l'usine de traitement de la cocaïne, mais à les arrêter – notamment les chimistes européens – puis à détruire le matériel.

Le lendemain matin, après l'appel, Gaz annonça à nos élèves :

« Nous partons en exercice. Nous serons absents une quinzaine de jours. Rassemblez votre matériel et soyez prêts à midi. »

Nous gagnâmes une zone, située à une heure de voiture, où nous organisions souvent des exercices. Gaz dit aux gars de se détendre, de faire du café, puis il annonça :

« Ce n'est pas un exercice. Nous allons en opération. Nos échecs sont dus à la présence d'informateurs au sein du système. Vous allez partir immédiatement à la recherche d'une usine de traitement située à l'ouest.

Vous devez veiller à faire de votre mieux. Vous vous êtes beaucoup entraînés et vous êtes bien payés. Nous comptons sur vous pour réussir. Nous savons que vous en êtes capable, nous savons que vous êtes bons et nous serons avec vous jusqu'au bout. Il est probable que nous localiserons l'objectif. Imaginez le prestige, quand vous aurez réussi ! Il vous suffit de faire tout ce que nous vous demanderons, et tout se passera bien. Maintenant, on y va. Plus vous ferez vite, plus vous rentrerez tôt chez vous. »

Nous réunîmes nos groupes autour des bagnoles et donnâmes nos instructions. J'entendais les murmures des autres groupes. Wayne et Gaz préparaient les rations.

Je rassemblais à mes quatre gars.

Leurs visages se firent soucieux, peut-être parce qu'ils s'imaginaient réglant à nouveau la circulation à un carrefour.

L'opération n'avait rien à voir avec celles que nous réalisions habituellement. En général, l'hélicoptère débarquait sur l'objectif et tout était fini quelques heures plus tard. Nous nous engagions à présent dans une opération de longue durée et c'était une autre paire de manches.

« Gagner la zone risque de prendre plusieurs jours, leur dis-je pour les rassurer, mais ça vaudra le coup. On ne se pressera pas, on a à manger, on sait ce qu'on fait. Il n'y aura pas de problèmes. »

Je leur fournis toutes les informations nécessaires : une carte à petite échelle, des croquis, la zone en général puis, lors de la préparation détaillée, une carte à grande échelle. Il ne fallait pas perdre de vue le fait qu'ils n'étaient pas des soldats professionnels.

Au terme de chacune des phases d'instruction, je veillai à m'interrompre et à demander :

« Est-ce qu'il y a des questions ? »

Je leur dis de ne pas hésiter à m'interroger, même pour poser des questions idiotes. Il fallait absolument éviter de se foutre de leur gueule, quand ils demandaient des trucs complètement cons, et ne pas permettre aux autres de se moquer d'eux.

Je commençai par exposer les facteurs politiques et militaires, veillant à montrer qu'ils devaient tout mettre en œuvre pour que le trafic cesse. Puis je passai au terrain, commençant par la région en général et indiquant toutes les positions ennemies connues, tous les anciens sites de traitement et toutes nos positions.

Nous n'avions pas encore d'objectif, mais je donnai des indications sur le terrain, les conditions climatiques, les difficultés de progression prévisibles, les habitants, les noms des villes et des villages, l'orientation des principaux cours d'eau. Au moindre problème, s'ils se retrouvaient seuls, ils sauraient qu'il y avait une ville en aval de tel cours d'eau. Pendant mon exposé, ils vérifièrent sur leurs cartes.

Puis je leur dis tout ce qu'ils devaient savoir sur l'ennemi afin de pouvoir accomplir la mission, y compris le fait que les barons locaux étaient très puissants et qu'ils se défendraient sûrement si nous les attaquions. Je décrivis les armes qu'ils employaient et les vêtements qu'ils portaient.

« Maintenant, poursuivis-je, passons aux forces amies : trois autres groupes patrouilleront dans le même secteur que nous. »

Sur la carte détaillée, je leur montrai quelles seraient en gros les positions des autres groupes.

J'en vins ensuite à la mission.

« La mission consiste à localiser et à identifier une usine de traitement de cocaïne dans ce périmètre de quatre kilomètres carrés », dis-je.

Je passai en revue, ensuite, les détails de l'exécution, que j'avais divisée en deux phases.

« La première phase est l'infiltration. Nous utiliserons un véhicule. Comme vous le savez, la drogue traitée doit être évacuée par avion ou par camion. On trouve généralement une route dans un rayon de vingt ou trente kilomètres autour de ces usines. Grâce aux véhicules, nous conservons le contrôle de la sécurité. Il faudra peut-être trois ou quatre jours pour fouiller toute la zone, mais c'est pour ça qu'on nous paie. »

Il nous faudrait progresser tactiquement.

« Il y aura un éclaireur et je me chargerai de lire la carte, sous le contrôle du chef local du groupe. Je désignerai parmi vous un responsable du calcul de la distance parcourue, et un vérificateur. Si la forêt est dense, nous patrouillerons probablement de jour et laisserons tomber au crépuscule. Si le terrain nous permet de patrouiller de nuit, tant mieux, nous le ferons aussi.

Mais, compte tenu de la nature de la végétation, je n'envisage pas cette possibilité. »

Nous comprenions bien les gars, et ils nous comprenaient. Nous nous respections mutuellement et nous étions presque amis. Quand nous leur demandions quelque chose, nous attendions d'eux qu'ils le fassent – et ils le faisaient. Ils ne discutaient plus nos instructions, parce qu'ils nous faisaient confiance.

Suivant notre exemple, ils avaient depuis longtemps renoncé à la bandoulière de leurs 7.62 Galil. Ils avaient en outre retiré ou collé les attaches pivotantes qui, conçues pour êtres mobiles, sont de ce fait bruyantes. Chaque homme avait quatre ou cinq mètres de corde de parachute, afin de pouvoir attacher solidement son arme, au cas où il faudrait traverser un cours d'eau. Afin de faciliter la navigation, j'avais collé une boussole Silva sur la crosse de mon arme, ayant pris soin de couvrir la grosse aiguille afin que sa luminosité ne puisse pas permettre de me repérer dans la jungle. Si j'occupais la position d'éclaireur, je connaissais approximativement la direction dans laquelle je voulais progresser et la boussole autorisait une vérification immédiate. En tant que chef de groupe, positionné derrière l'éclaireur, je pouvais en outre rectifier immédiatement le cap, en cas de nécessité.

Quand on leur avait distribué des chargeurs, ils avaient entrepris de les coller les uns aux autres parce qu'ils avaient vu les films d'Oliver Stone et trouvaient que ça faisait viril. Nous nous efforçâmes de les en dissuader. Le 7.62 est un gros calibre et un chargeur de vingt cartouches est un objet peu maniable. Il y avait des gars qui, allongés par terre, étaient tout juste capables de lever leur fusil et le poids de deux chargeurs constituait un handicap supplémentaire.

Tous les gars du Régiment emportèrent un Browning 9 mm. Les armes de poing des autres membres des groupes étaient bizarres et inattendues. Il y avait des revolvers de cow-boy et des Colt 45. Ils ne savaient probablement pas eux-mêmes ce qu'ils pourraient en faire.

Nous avions une grande quantité de plastic, en prévision de la destruction de l'usine de traitement, et nous avions pris également de quoi incendier les cultures que nous rencontrerions éventuellement – essentiellement du PE4 et du C4 américain, ainsi que tout ce qui va avec, notamment le cordon détonateur et les détonateurs, de même que des Claymore destinées à notre protection.

Quand nous aurions localisé l'usine de traitement, nous effectuerions une reconnaissance à proximité. Dans le domaine de la reconnaissance, un cliché vaut mille mots, surtout quand on travaille avec des hommes qui parlent une autre langue. De ce fait, nous emportions aussi des appareils photos, des caméras vidéo et un laboratoire de campagne permettant de réaliser des négatifs. J'avais un Nikon avec un zoom et un objectif de 28 mm pour les clichés à l'infrarouge, ainsi qu'un Canon sans réglage, également équipé d'un filtre à infrarouge pour les photos de nuit. Les caméras vidéo sont très utiles dans le cadre des reconnaissances, et nous avions un petit magnétoscope Sony, avec son moniteur, lesquels nous permettraient de fournir des indications visuelles aux autres groupes, qui sauraient ainsi ce qu'ils devraient rechercher lorsqu'ils seraient sur le terrain. La caméra vidéo avait un système de mise au point manuel car les systèmes automatiques font le point sur l'objet le plus proche qui, dans la jungle, est le plus souvent une feuille.

Nous prîmes aussi des appareils d'assistance à la vision nocturne, que nous pouvions employer directement ou monter sur les armes. En outre, il fallut protéger le matériel afin qu'il reste au sec.

Ce que nous n'emportions pas était presque aussi important que ce que nous prenions. En effet, il fallait que nous soyons stériles, hormis les documents indispensables. Les gars avaient leur carte de policier, mais ni adresse ni photos de leur femme et de leurs enfants. Tous connaissaient les statistiques. Tous avaient eu un parent, un ami ou un collègue abattu dans la rue.

Nous partîmes dans l'après-midi, en un convoi de quatre bétaillères, et roulâmes toute la nuit. Tout le monde était préoccupé et les bavardages furent rares. De temps en temps, une cigarette rougeoyait dans le noir. Des souvenirs de la Sélection me vinrent à l'esprit, notamment les longs trajets jusqu'à Elan Valley. Je profitai de l'occasion pour me reposer parce que je savais que les semaines à venir seraient très éprouvantes.

Pendant presque toute la journée du lendemain, nous traversâmes villes et villages, les routes devenant de plus en plus défoncées. Quelques heures avant le coucher du soleil, nous nous arrêtâmes pour prendre un café. Gaz nous annonça :

« On va se séparer dans trois kilomètres. Je guiderai deux groupes et Wayne se chargera des deux autres. En cas d'accrochage, préviens par radio parce que les hélicoptères sont en stand-by. Déconne pas, contente-toi d'avertir par radio et de décrocher. Salut. »

Nous remontâmes dans les camions. J'étais dans le véhicule de Wayne, qui roulait en tête. La route était goudronnée, mais pleine de trous. La suspension se déglinguait et nous étions salement secoués, à l'arrière, si bien que tout le monde finit par se lever, dans l'espoir d'atténuer les chocs.

La nuit tombait. Le véhicule s'arrêta et le moteur fut coupé. Dans le silence, les bruits de la savane se firent entendre. Wayne descendit et annonça :

« C'est d'ici que vous partez. »

Je fis descendre les gars du camion. J'eus l'impression qu'ils n'avaient pas envie de mettre pied à terre, mais qu'ils savaient que le boulot devait être fait. Une nouvelle fois, je songeai vaguement à la Sélection.

« Il ne se passera rien cette nuit, dis-je. Tout ce qu'on a à faire, c'est de crapahuter jusqu'à notre zone. »

Tout se déroula au ralenti. Nous chargeâmes nos sacs de combat sur le dos, vérifiâmes que tout était en ordre, puis prîmes le chemin d'un rideau d'arbres qui se trouvait à environ cinq cents mètres. Nous marchions depuis quelques minutes quand les véhicules démarrèrent, puis s'en allèrent. Ensuite, ce fut le silence. Je regardai les phares s'éloigner sur la route, puis disparaître.

J'entendais ma respiration. J'étais resté totalement inactif pendant vingt-quatre heures et je retrouvais mon souffle.

Il faisait très chaud et humide. Nous étions toujours dans la savane, mais les bruits de la jungle peuplaient la nuit. J'entendis les criquets. Il y avait une faible brise. Le ciel était relativement nuageux, mais on voyait les étoiles.

Je me sentais très bien. Nous avions à manger et à boire et nous allions roupiller. En fait, je n'étais pas fâché de pouvoir passer quelques heures dans mon hamac.

Au matin, comme nous ne risquions rien, j'autorisai les gars à boire et bouffer chaud.

Un des membres du groupe s'appelait Rodriguez. Grand, brun, il avait vingt-deux ans et était un peu efféminé. Il avait les cils exceptionnellement longs, des traits très fins et nets, des mains de pianiste et les ongles toujours très soignés. Il s'exprimait d'une voix douce et donnait toujours l'impression de s'excuser. Il était, cependant, très compétent et je voulais qu'il soit notre éclaireur.

« Rodriguez, dis-je, je veux que tu suives cette direction. On va avancer et, dans une heure, on s'arrêtera et on boira quelque chose. Ouvre les yeux et garde le cap, parce qu'il faut pas qu'on se perde. Tu comprends ? On compte sur toi.

– *Si*, fit-il avec un sourire. *Si*, désolé, pas de problème. »

L'éclaireur précédait la colonne, afin de pouvoir donner l'alerte en cas de difficulté, mais sans s'en éloigner exagérément, si bien qu'il m'était possible de lui donner de temps en temps des indications. En fait, il dirigeait la progression du groupe. S'il voulait que nous nous arrêtions, il nous le ferait savoir. S'il s'arrêtait net, j'en ferais de même et tout le monde nous imiterait. Il était nos yeux.

Au bout d'une heure, Rodriguez s'arrêta dans une dépression, au pied d'un arbre imposant. Des oiseaux chantaient dans les branchages et la végétation bruissait au passage des animaux sauvages. Nous parlions à voix basse.

« C'est la dernière fois qu'on boit chaud, dis-je. Ne dites à personne que je vous ai autorisé à le faire. »

L'idée que nous partagions un secret leur fit plaisir.

Je les dévisageai et poursuivis :

« On s'y met et on fait le boulot. Personne ne me laisse tomber. Ça vous pose un problème ?

– Non, pas de problème. »

Rodriguez voulut prendre à nouveau la tête de la colonne et je le laissai faire. Théoriquement, il faut changer d'éclaireur toutes les deux heures, parce que c'est une tâche éprouvante. Ouvrir un passage à la machette aurait fait du bruit et laissé des traces, si bien que l'éclaireur devait simplement écarter la végétation de façon à pouvoir progresser. Il guettait les mouvements, en quête du moindre indice : empreintes de pas dans la boue ou feuilles éventuellement retournées. Les feuilles de fougères, notamment, ne se mettent pas naturellement à l'envers et reprennent rapidement leur position normale, afin de pouvoir profiter de la lumière. De ce fait, lorsqu'elles étaient à l'envers, elles avaient forcément été retournées par quelqu'un, et cela signifiait qu'on était très récemment passé par là.

L'éclaireur tentait également de déceler les pièges destinés aux animaux.

Les indigènes indiquent leur présence et nous n'avions pas la moindre envie de nous retrouver dans un filet suspendu à un arbre. Il guettait aussi tous les indices susceptibles de trahir la présence d'une usine de traitement de la cocaïne. Il pouvait s'agir de traces de pas allant toutes dans la même direction, de bruits ou d'odeurs. Si nous rencontrions des gens, nous ne les affronterions pas, l'objectif consistant à les éviter, à déterminer quelle direction ils prenaient et à les suivre.

Il nous fallut presque une demi-journée pour gagner notre zone de quatre kilomètres carrés. Nous étions alors trempés de sueur. Il n'avait pas plu et j'espérais que, si ça se produisait, ce serait avant le crépuscule pour que nous ne soyons pas obligés de nous installer sous la pluie. Puis nous commençâmes nos recherches, la méthode variant en fonction du terrain. Tantôt nous suivions le périmètre des carrés du quadrillage, tantôt nous rayonnions à partir de points de repère. Toutes les heures, nous nous accordions cinq minutes de repos. Cela nous donnait le temps de rentrer la chemise dans le pantalon, de remonter le pantalon, de boire un coup et de remplir les gourdes. Chaque fois que nous trouvions de l'eau, nous faisions des réserves. Si les gourdes n'étaient pas vides, nous buvions le plus possible. Il y avait des gars qui mettaient du citron en poudre dans une de leurs gourdes et de l'eau dans l'autre. Les deux miennes ne contenaient que de l'eau.

Au début de l'après-midi, les gars étaient vigilants mais, plus tard, la fatigue se fit sentir, fatigue psychologique due à la tension, fatigue physique du fait qu'il fallait porter le sac de combat dans la chaleur. Elle était visible sur les visages.

Une heure avant le crépuscule, il s'avéra nécessaire de chercher une cache, mais nous devions tout d'abord nous assurer que nous n'étions pas suivis. Gonzalo – « Gonz » – était en position d'éclaireur. Je lui fis signe de s'arrêter et le rejoignis.

« On va chercher une cache », lui dis-je à l'oreille.

Un large sourire éclaira son visage. Il avait des dents énormes, noircies par le tabac, parce qu'il chiquait.

« Suis-moi », dis-je, et il obéit.

Gonz avait vingt-trois ou vingt-quatre ans. Son visage était très juvénile, joufflu comme celui d'un enfant, et il souriait toujours. Parfois, je me demandais s'il était stupide ou tout simplement heureux de vivre. C'était un sourire vaguement espiègle. Je n'ai jamais vraiment compris ce qui se passait dans sa tête, mais j'espérais qu'il était moins bête qu'il n'en avait l'air.

Nous revînmes sur nos pas et prîmes position en embuscade sur notre propre piste car, dans la jungle, même lorsqu'on fait très attention, on laisse toujours des traces. Puis, quand nous fûmes convaincus que nous n'étions pas suivis, trois gars restèrent près des sacs de combat et je me mis en quête d'une cache en compagnie de Gonzalo. La priorité étant la discrétion, peu importait que l'endroit ne soit pas facile à défendre.

Les autres avaient compris ce qui se passait et se réjouissaient à l'idée de pouvoir roupiller.

À l'endroit choisi, nous posâmes nos sacs de combat et nous mîmes en position de défense jusqu'à la tombée de la nuit. Toutefois, auparavant, nous nous aspergeâmes de repellant contre les moustiques. Les insectes bourdonnaient continuellement autour de ma tête. Immobile dans la jungle, on voit et on entend toutes sortes de choses qui passent inaperçues en temps normal. On croit progresser clandestinement, mais on est repéré par la faune et, quand on arrive quelque part, elle est partie. Mais, immobile, j'entendais tout ce qui m'entourait. Hormis les moustiques, il était plutôt agréable de se sentir plus ou moins étreint par la jungle.

À la tombée de la nuit, nous installâmes les hamacs et les ponchos. Parler était inutile car chacun savait ce qu'il avait à faire. Tandis que deux d'entre nous s'installaient, les trois autres regardaient et écoutaient.

J'enfilai mes vêtements secs, m'allongeai dans mon hamac et m'endormis en écoutant le bruissement de la pluie, qui se mit à tomber vers minuit.

Une heure avant l'aube, nous rangeâmes notre matériel et partîmes dès qu'il fit assez clair.

Nous progressâmes pendant environ deux heures, puis nous nous arrêtâmes afin d'envoyer notre rapport de situation à la base opérationnelle avancée. Nous devions indiquer notre position, les éventuelles positions et activités ennemies, nos propres activités et nos intentions, lesquelles étaient, dans ce cas « poursuite de la progression ». Au QG, les gars nous situeraient sur la carte et, si nous avions des emmerdements, ils sauraient au moins où nous étions à huit heures.

Pendant les jours qui suivirent, ce fut la routine : progresser, changer d'éclaireur, changer de responsables du calcul de la distance.

À une ou deux reprises, nous nous perdîmes. Nous nous arrêtâmes, quittâmes la piste, nous mîmes en position de défense et sortîmes la carte.

« Où étions-nous la dernière fois qu'on a fait un point fiable ? » demandai-je à Gonz.

Nous déduisîmes méthodiquement notre position à partir de cette base. Tourner en rond comme des dingues, courir après des ombres, ne servait à rien. J'envoyai deux gars en reconnaissance afin de confirmer que le point de repère suivant se trouvait cinq cents mètres plus loin. Il était probable qu'ils m'annonceraient, à leur retour :

« Oui, il y a une rivière qui coule de gauche à droite. »

La troisième fois, j'envoyai Gonz et Un-des-trois-José en reconnaissance.

« Descendez par là sur quatre cents mètres au maximum. Quand vous serez sur la pente qui aboutit à la dépression, vous devriez constater qu'on est sur le point le plus élevé. Regardez autour de vous et il ne devrait pas y avoir d'éminence plus haute. Si c'est pas le cas, on a *una problema*. Et il devrait y avoir une rivière coulant de gauche à droite trois cents mètres plus loin. »

Ils partirent, Gonz avec son éternel sourire noir. Ils revinrent beaucoup plus vite que prévu et Gonz ne souriait plus.

La bouche contre mon oreille, il dit :

« On est descendu. On est sur le point le plus élevé, mais il y a du mouvement devant. On a entendu un choc métallique et des cris. »

Je rassemblai tout le monde et dis :

« Il y a quelque chose dans la dépression. On ne sait pas ce que c'est. On va donc avancer prudemment. Gonz va nous conduire à l'endroit où il a entendu du bruit, et on va s'arrêter puis aviser. Tout le monde est prêt ? Prenez votre temps, il n'y a pas de raison de s'énerver. »

La tension monta. Nous descendîmes très, très lentement. Gonz me précédait, les autres me suivaient. Je n'entendis rien.

Gonz s'arrêta et tendit le bras.

Je lui fis signe de venir avec moi et indiquai aux autres qu'ils devaient garder les sacs de combat.

« S'il y a des problèmes, vous entendrez. Si on n'est pas rentré à la tombée de la nuit, attendez jusqu'à demain midi, puis contournez le bruit, gagnez la rivière, tournez à droite et marchez jusqu'à la route. On se débrouillera. Laissez nos sacs de combat. »

Nous progressâmes dans la végétation, avec seulement nos armes et notre brêlage. Nous approcherions jusqu'à ce que nous ayons obtenu une confirmation. Inutile de sauter de joie, après un rapide coup d'œil, en croyant que nous avions trouvé.

Je progressai lentement dans la jungle, derrière Gonzalo. Je surveillais les environs. Il regardait droit devant lui, tentait de retrouver l'endroit où il avait entendu du bruit. De temps en temps, il se retournait, afin de se rassurer, et il ne souriait plus.

À environ deux cents mètres de l'endroit où nous avions laissé les sacs de combat, il s'arrêta et leva la main. En tant que conseiller technique, j'aurais dû l'envoyer en reconnaissance à proximité, mais je devais m'assurer que le travail serait bien fait et que nous en sortirions tous vivants. Par signes, je lui indiquai qu'il devait rester là et me couvrir, tandis que j'irais jeter un coup d'œil.

Je me mis à plat ventre et rampai très lentement. Je progressai de quelques dizaines de centimètres, m'arrêtai, écoutai, regardai autour de moi, recommençai. Vingt minutes plus tard, je n'en crus pas mes yeux.

Au delà d'environ deux mètres de taillis, s'étendait un petit complexe industriel. Il y avait trois ou quatre bâtiments. L'un d'entre eux, long et bas, était le prototype des usines de traitement de la cocaïne. À l'intérieur, on disposait la pâte de coca sur de longues tables. Il y avait deux autres bâtiments d'un seul niveau, mais nettement plus hauts. Ils étaient couverts de tôle ondulée et on avait tenté de les camoufler avec des feuilles et des branches.

Une voix cria une question. La réponse, en espagnol, fut presque complètement couverte par le bruit du groupe électrogène, mais elle avait un fort accent, presque afrikaans.

Un vieux type passa entre deux bâtiments. Il n'était pas armé.

Pendant une demi-heure, je regardai et écoutai, songeant que nous avions eu beaucoup de chance. C'était la première fois que je voyais une usine de traitement en fonctionnement et il ne fallait pas que je déconne. Je ne voyais pas grand chose, de l'endroit où je me trouvais, mais j'entendais des voix et des portes claquer. Les moustiques appréciaient beaucoup la situation. Quand ils se posaient sur mon visage, je mettais plusieurs secondes à lever la main pour les chasser. Je renonçai à changer de place et à m'agenouiller, afin d'avoir un meilleur point de vue. C'était inutile à ce stade, car il me suffisait de confirmer qu'il s'agissait bien d'une usine de traitement.

Je rejoignis Gonz. Je lui dis à l'oreille :

« Bingo ! »

Il découvrit ses grosses dents noircies, mais je compris qu'il pensait : « Oh ! merde, on en a trouvé une ! »

Nous rejoignîmes le reste du groupe. Je rassemblai tout le monde et annonçai la nouvelle.

Je leur rapportai exactement ce que j'avais vu et entendu. Ils parurent vaguement incrédules, éprouvant un mélange de joie et d'appréhension.

Nous quittâmes la zone, réduisant ainsi les risques de nous faire repérer. Puis je leur dis :

« J'irai demain matin avec Un-des-trois-José. Vous, vous garderez le matériel au rendez-vous final, qui se trouve à l'endroit où on a laissé les sacs de combat tout à l'heure. Ça peut prendre jusqu'à deux jours. Si on ne revient pas, vous devrez rester deux jours sur place. Au matin du troisième jour, si on n'est toujours pas rentrés vous descendrez jusqu'à la rivière, vous prendrez à droite et vous irez jusqu'à la route. Si vous entendez des coups de feu, vous venez à notre secours, pigé ? »

Le quatrième membre du groupe, surnommé El Nino, avait environ dix-neuf ans. Maigre, il faisait à peu près un mètre soixante-dix. Il avait du mal à regarder les gens en face, lorsqu'il parlait, et fixait un point situé au-dessus ou à côté de leur visage. Peut-être était-il gêné parce qu'il avait les joues et le front couverts de boutons. Il ne comprenait rien de ce qui se passait. On lui confiait aussi peu de responsabilités que possible. En réalité, il était simplement inexpérimenté et anxieux. Ce qu'on faisait l'emmerdait et il aurait préféré être chez lui, auprès de sa maman. Cependant, il jouait toujours les machos devant les autres, qui se foutaient sans arrêt de sa gueule. Il avait l'air très soucieux, mais satisfait d'appartenir au groupe du rendez-vous final.

« N'installez pas vos ponchos, au rendez-vous final, dis-je. Contentez-vous de rester près des sacs de combat. La journée va être longue. Ça durera peut-être même deux jours. Veillez sur le matériel et vous veillerez sur nous. »

Je sortis la radio et transmis un rapport de situation au QG. Il fut bref, parce que je voulais en finir avant la nuit.

Je savais que le QG du Bataillon déciderait soit d'informer les autres groupes au moment où ils transmettraient leur rapport de situation, soit d'attendre que la présence de l'objectif soit confirmée. S'il demandait aux autres groupes d'attendre, il perdrait du temps. Ce n'était pas notre problème et nous commençâmes la préparation de la reconnaissance à proximité.

Il faudrait donner un ensemble d'ordres couvrant toutes les éventualités : comment nous irions sur les lieux, ce que nous ferions une fois arrivés, comment nous réagirions si l'ennemi ouvrait le feu. Que ferions-nous si le groupe du rendez-vous final était attaqué ? Dans combien de temps le rendez-vous final serait-il remplacé par un autre ? Comment réagirions-nous si l'un d'entre nous était capturé au cours d'un engagement ?

La préparation serait effectuée dans la zone où nous nous trouvions, puis nous gagnerions le rendez-vous final, d'où les deux hommes du groupe de reconnaissance à proximité partiraient. Il nous faudrait veiller à rentrer une heure avant la tombée de la nuit, puis nous décrocherions et trouverions une autre cache. Au rendez-vous final, les gars n'installeraient pas les ponchos et se contenteraient de placer des Claymore, de s'asseoir le dos aux sacs de combat, avec tout leur équipement, dormant et montant la garde alternativement, ce qui ne serait pas marrant.

Il n'était plus question de formation, à présent. En théorie, le groupe aurait dû effectuer la reconnaissance à proximité et éventuellement donner l'assaut, mais nous n'avions qu'une seule chance et nous ne devions pas la laisser passer.

Nous étions à environ cinq cents mètres de l'usine et nous passerions la nuit là. Un-des-trois-José ne roupillait pas, aucun doute là-dessus. Il se tourna et se retourna pendant toute la nuit, la perspective du lendemain le faisant manifestement flipper. Les autres étaient également soucieux. Ils semblaient presque égarés, désespérés, et ils auraient de toute évidence préféré que les renforts soient déjà là.

J'étais préoccupé, moi aussi. Je ne savais pas ce qui nous attendait. Je savais simplement qu'on serait dans la merde si on se faisait repérer. Couché, couvert de crème de camouflage et de repellant contre les moustiques, je songeai à Kate. Je tentai de calculer le décalage horaire et me demandai ce qu'elle faisait. Je conclus qu'elle venait de terminer son petit déjeuner et partait pour l'école maternelle. Je n'avais qu'une envie : en finir le plus vite possible afin de pouvoir retourner en ville et me payer du bon temps sur la plage en compagnie des anciens du Bataillon G. Je savais que, de toute façon, je ne tarderais pas à me retrouver dans la jungle.

Nous avions bombé notre matériel à la peinture noire afin de l'empêcher de briller.

Nous nous enduisîmes de crème de camouflage. Qu'on soit Noir, Asiatique ou Blanc, la peau est une surface réfléchissante. Au début d'une patrouille dans la jungle, la crème de camouflage ne tient pas bien, à cause de la sueur. Cependant, au bout de quelques jours, grâce à la repousse des poils de la barbe, elle se fixe et s'incruste dans les rides du front.

Il ne s'agissait pas d'en mettre simplement quelques taches sur les joues, à l'instar des guerriers indiens. Nous nous en passâmes sur tout le visage, sur et derrière les oreilles, sur le cou et en V sur la poitrine, sur la nuque jusqu'au-dessous de la ligne du col, sur les mains et les poignets. Je portais une chemise à manches longues, à cause des bestioles qui pullulent dans la jungle, mais j'en passai tout de même sur mes avant-bras parce qu'il me faudrait bouger et que, de ce fait, les manches remonteraient.

La façon d'appliquer la crème est un bon indice de la qualité d'un soldat professionnel. Les couleurs magiques – vert foncé, marron et vert clair – disposées en motifs bizarres et élégants n'étaient pas utiles. Il ne s'agissait pas de camouflage, nous voulions simplement supprimer les reflets et brouiller nos traits.

Ensuite, nous vérifiâmes mutuellement que la crème était convenablement appliquée.

Nous partîmes pour le rendez-vous final vers sept heures. Rodriguez marchait en éclaireur et, cette fois, il prenait vraiment son temps. Il s'arrêtait toutes les cinq minutes, regardait et écoutait.

Nous arrivâmes à destination au terme de deux heures de progression très prudente. Nous posâmes nos sacs de combat, nous nous assîmes dessus, puis attendîmes cinq minutes que tout le monde se soit installé et ait cessé de souffler. Je sortis de mon sac la sacoche qui contenait le matériel photographique. Je vérifiai une nouvelle fois notre équipement, afin de m'assurer que tout était solidement fixé, que rien ne brinquebalait. Je m'assurai également qu'Un-des-trois-José savait où se trouvait ma trousse de premier secours. Je jetai un coup d'œil discret sur son uniforme et son équipement, afin de vérifier qu'il avait bien fermé tous ses boutons et qu'il n'emportait que l'indispensable.

« Nous sommes au rendez-vous final », commençai-je.

Je confirmai ensuite à notre patrouille, les rendez-vous d'urgence, les directions que nous prendrions à l'aller et au retour, l'heure limite à laquelle nous devrions être revenus. Puis il fallut partir.

Je me tournai vers Un-des-trois-José. Je savais que, si j'étais capturé, l'ennemi passerait ses nerfs sur moi et me garderait probablement en otage afin d'obtenir une rançon. Mais, de son point de vue, la perspective était beaucoup plus sombre et il suait à grosses gouttes. Les policiers prenaient des coups sans arrêt. Des dizaines d'entre eux avaient été assassinés avant d'avoir pu mener leur entraînement à bien. En matière de représailles, les cartels employaient tous les moyens et ne regardaient pas à la dépense. Le policier capturé savait que sa mort serait lente et douloureuse. On en retrouvait, au bord des routes, qui avaient été torturés à la tronçonneuse ou au marteau.

Rodriguez tint absolument à revenir sur tous les points.

« On reste ici deux jours ? Le troisième jour, on va jusqu'à la rivière ? Est-ce que c'est ça ? Désolé de demander. »

Lors du premier briefing, j'avais insisté sur l'importance de la mission, afin qu'ils aient l'impression d'être exceptionnels. Je rejoignis Un-des-trois-José et lui dis à l'oreille :

« Tu es le Numéro Un, le meilleur. »

J'espérais que cela atténuerait son anxiété. Il se força à sourire mais le résultat fut plus proche de la grimace.

Nous progressâmes très lentement, parce que nous n'avions pas de raison de nous presser. Il faisait chaud et humide, si bien que le repellant contre les moustiques me coulait dans les yeux. Mes pieds et mes rangers étaient trempés.

Dans la jungle, la reconnaissance à proximité est très impressionnante. Nous serions en plein sur l'objectif. Si, depuis le périmètre, nous ne pouvions pas voir ce que nous avions besoin de voir, il faudrait avancer encore et encore jusqu'au moment où nous aurions vu. La moitié de l'information ne servirait à rien et nous contraindrait simplement à recommencer.

La reconnaissance à proximité me fait toujours penser à ces jouets électriques qui avancent jusqu'au moment où ils rencontrent un obstacle. Ils font demi-tour, repartent de l'avant, puis le heurtent à nouveau. Nous commencerions par faire le tour des installations afin de repérer les accès et les rondes éventuelles. Si nous rencontrions des sentinelles, nous noterions la façon dont elles étaient vêtues et la nature de leurs armes. Nous tenterions de déterminer si elles étaient vigilantes ou bien détendues et insouciantes, si elles étaient jeunes ou âgées.

Il faudrait établir si les accès étaient fréquentés et si on y décelait des empreintes récentes. Peut-être ces indices permettraient-ils de déterminer combien de personnes les empruntaient.

En faisant le tour de l'objectif, nous tenterions de repérer les moyens d'y pénétrer et d'identifier les bruits que nous percevrions. S'il y avait une clôture, il faudrait voir si elle était en bois ou en fil barbelé.

Dans le cas où l'objectif se trouverait dans une petite vallée, il faudrait déterminer s'il était camouflé et combien d'hommes s'y trouvaient, s'il y avait des transmissions, que trahit la présence d'antennes, des véhicules et des avions.

À plat ventre à une douzaine de mètres de l'objectif, il me faudrait observer et apporter des réponses à de nombreuses questions. Y a-t-il des éminences? Y a-t-il des endroits où les groupes de soutien peuvent prendre position? Comme il ne serait pas forcément décidé d'attaquer immédiatement, et qu'on jugerait peut-être préférable de surveiller l'objectif pendant plusieurs semaines, existait-il un endroit propice à l'installation d'un poste d'observation? Dans l'hypothèse d'une attaque, quel serait le meilleur point de départ? Où pourrions-nous poster les groupes d'assaut? Quelles sont les zones principales de traitement de la cocaïne? Où se trouvent les logements?

Parvenus à quinze mètres de la limite de l'installation, nous nous arrêtâmes. Très lentement, je me baissai et quittai mon brêlage. Je le donnai à Un-des-trois-José, ainsi que mon fusil, puis je le désignai du doigt et lui montrai le sol, afin de lui faire comprendre qu'il ne devait pas bouger. Je fis marcher deux doigts pour lui indiquer que j'allais jeter un coup d'œil. Je fis passer l'appareil photo sur mon dos, me mis à plat ventre et avançai.

Quelque part, un groupe électrogène ronronnait. J'entendis des bribes de conversations et une musique à base de flûte de pan, diffusée par une radio. Lorsqu'on ouvrait des portes, la musique se faisait plus distincte.

J'avais le souffle court car ramper est éprouvant. Pour me défendre, tandis que je progressais en direction du périmètre, je n'avais que mon pistolet. Je posai les mains à plat par terre, pris appui sur les coudes, puis poussai mon corps en avant avec la pointe des pieds. J'avançai de quarante centimètres dans le taillis. Je m'arrêtai, levai la tête, regardai et écoutai. J'entendis ma respiration, qui me sembla cent fois plus forte que les bruits qui m'entouraient. Le craquement des feuilles parut plus bruyant que d'habitude car, dans mon esprit, tout était multiplié par dix. J'avançai à nouveau. Il me fallut presque une heure pour arriver à destination. J'étais à présent tout près de l'usine de traitement et c'étaient principalement les mouvements qui risquaient de me faire repérer. Si un gardien percevait un mouvement, même à la périphérie de son champ visuel, il serait immédiatement sur ses gardes. Je m'arrêtai, regardai, progressai, cherchant continuellement à repérer les systèmes d'alarme : fils, tapis-contact, rayons infrarouges ou même, technique plus perfectionnée encore, boîtes de conserve vides. J'étais à présent pratiquement sur l'objectif. C'était le moment de photographier les occupants de l'usine, notamment les Européens et les Gringos. Si l'affaire tournait en eau de boudin, nous aurions au moins la preuve d'une présence étrangère, et sans doute la police pourrait-elle en tirer profit.

Le soleil brillait, ce qui rendait l'objectif plus visible et me dissimulait plus efficacement, puisque j'étais dans l'ombre de la forêt. Il y avait plusieurs bâtiments d'environ neuf mètres sur six. Ils étaient en planches, couverts de tôle ondulée, grossièrement camouflés avec des branchages et des feuilles. Le métal était terne et rouillé, ce qui indiquait que l'installation existait depuis quelque temps. Tantôt il y avait des espaces entre les planches, tantôt elles étaient jointives. Toutes les fenêtres des bâtiments étaient équipées de moustiquaires. Les bâtiments comportaient en outre une porte pleine et une contre-porte grillagée, protection contre les moustiques qui semblait inefficace compte tenu des espaces entre les planches.

J'entendais de temps en temps du bruit – musique, tintements métalliques, cris – et j'en déduisais que les occupants des lieux n'étaient pas très nombreux. Très lentement, j'amenai la sacoche de mon appareil photo devant. Si nous attaquions l'installation, il faudrait que les gars aient une idée précise de l'objectif et de sa disposition. J'espérais pouvoir prendre de nombreux clichés, à mesure que je progresserais à la périphérie de l'usine de traitement.

Je sortis l'appareil. Le reflet du soleil sur l'objectif constituait le risque principal, si bien que je l'avais enroulé dans un morceau de moustiquaire. Cela n'affecterait pas les clichés. Je posai lentement l'appareil par terre, visai et appuyai sur le déclencheur. Rien. Du pouce, je tentai de manœuvrer le levier d'armement, mais il était coincé. Ce n'était pas le moment de bricoler l'appareil. Je le posai près de moi et continuai de regarder. C'était emmerdant. Je me reprochai de ne pas avoir apporté la caméra vidéo. Je voulais économiser les piles, au cas où il nous aurait fallu installer un poste d'observation.

Immobile, je regardai et j'écoutai. Il y avait quatre bâtiments principaux. À ma gauche se trouvait la longue construction, dont je voyais approximativement le tiers. Je supposais qu'il s'agissait de l'usine de traitement proprement dite. À sa droite, se dressaient deux autres bâtiments, l'un d'entre eux abritant manifestement la cantine et les bureaux. La porte s'ouvrit et un type de cinquante ou soixante ans, en maillot de football, short et chaussures de sport, sortit, la clope au bec. Il transportait des marmites et des casseroles, qu'il laissa tout bonnement tomber par terre. Il y avait des tas d'ordures ménagères à proximité de la porte.

Je percevais en outre le ronronnement d'un groupe électrogène, qui devait se trouver de l'autre côté de la cantine. J'entendais toujours des cris, de temps en temps, mais je n'avais encore vu que le vieux type. Il fallait que je sache comment la sécurité était assurée, de combien d'hommes elle se composait et de quelles armes ils disposaient.

Au bout d'une heure, je m'en allai. Soit il était trop tôt, soit il ne se passait pas grand-chose. Je rejoignis Un-des-trois-José. Assis, il souriait. Je lui montrai l'appareil photo et passai le pouce devant ma gorge. J'enfilai mon brêlage puis lui indiquai la direction que nous prendrions, à savoir le sens inverse des aiguilles d'une montre.

Il nous fallut vingt minutes pour parcourir trente mètres et rejoindre le périmètre de l'usine de traitement. Nous nous arrêtâmes. Je lui fis signe de ne pas bouger et j'avançai. Cette fois, j'étais en face des quartiers d'habitation et je vis presque immédiatement un Blanc. Il était de petite taille, environ un mètre soixante-cinq, avait une quarantaine d'année et vidait une cuvette d'eau. Il ne portait qu'un short, des rangers et des lunettes de soleil. Ses cheveux étaient mouillés, coiffés en arrière et je supposai qu'il venait de se laver. Ses bras étaient très bronzés, jusqu'à la limite du Tee-shirt, et il portait un gros collier blanc au cou. Il avait une barbe d'une semaine et ne semblait pas en pleine forme. Il glissa une clope entre ses lèvres, l'alluma, puis rentra dans le bâtiment. J'étais satisfait parce qu'il y avait au moins un Européen. Je regrettai que l'appareil photo soit en panne et fus certain que Gaz allait m'engueuler.

J'étais là depuis trois quarts d'heure quand deux nouveaux personnages apparurent. L'un d'entre eux avait un fusil automatique G3 d'un modèle très ancien, à canon long et crosse pleine. L'autre n'était pas armé. Ils sortirent des quartiers d'habitation et prirent le chemin de l'usine de traitement, que je ne voyais pas. Très détendus, manifestement très sûrs d'eux, ils fumaient, blaguaient et riaient.

Cela faisait trois individus, sans compter le vieux type de la cantine. Je restai. Je n'écrasai pas les moustiques qui se posaient sur mon visage, je me contentai de regarder et d'écouter, de n'oublier aucun détail. J'avais le visage couvert de boutons, mais je ne m'en souciais plus. J'avais croisé les mains devant moi et posé le menton dessus.

Afin de mieux entendre, j'ouvris légèrement la bouche, ce qui a pour effet d'atténuer le bruit de la déglutition.

Je tentai d'élaborer une image mentale de la disposition de l'installation. J'avais pour le moment, environ vingt pour cent de l'information, et il me fallait la compléter dans toute la mesure du possible.

Je voyais, alors, où se trouvait le groupe électrogène. Il était entre les deux bâtiments. Il y avait des antennes sur les toits, ainsi qu'une parabole, qui pouvait servir soit à la télévision, soit aux transmissions. Il y avait aussi une haute antenne normale.

J'entendais de la musique et les bruits de la vie quotidienne : tintements de vaisselle, rires. Des hommes parlaient hollandais ou flamand – je ne suis pas un spécialiste. De toute façon, peu importait puisque je savais qu'il y avait des Européens sur les lieux.

J'étais alors bien concentré. J'avais une image mentale précise de cette partie des installations. Je savais où se trouvaient les portes et comment elles s'ouvraient. Les constructions étaient de bonne qualité et anciennes. La terre était nue et tassée, sur les trajets que les occupants empruntaient.

Les choses commencèrent à s'animer un peu. Un deuxième groupe électrogène démarra près du bâtiment où la drogue était traitée. Je décidai de rester une demi-heure supplémentaire. L'Européen sortit, vêtu d'un Tee-shirt crasseux, et prit la direction de l'usine de traitement. Puis deux autres individus apparurent – également des Blancs. Ils restèrent silencieux. L'un d'entre eux, qui venait manifestement de se réveiller, se passa la main dans les cheveux. Il avait la quarantaine, lui aussi, mais il était beaucoup plus grand que les autres. Il portait un pantalon de treillis américain et un Tee-shirt sale. Ses longs cheveux blond foncé étaient gras ou mouillés. L'autre le précédait et s'accordait une cigarette. Agé de vingt-cinq ou trente ans, il était beaucoup plus élégant et avait une sacoche en cuir à la main. Quelque chose se préparait.

J'étais à présent sûr qu'il y avait six personnes sur les lieux, mais il y en avait certainement d'autres, dans les quartiers d'habitation, et il fallait savoir combien. Je n'avais vu, jusqu'ici, qu'un G3 et il fallait déterminer de combien d'armes ils disposaient.

Au bout d'une demi-heure, il ne s'était rien passé. J'entendais toujours la musique et les tintements des gamelles du cuisinier, mais l'activité semblait se concentrer de l'autre côté. Je renonçai. Cette fois, Un-des-trois-José parut vraiment content de me voir, car il devait avoir l'impression d'être assis là depuis des heures et ne savait pas ce qui se passait. Je lui fis signe de ne pas bouger et m'éloignai.

Je suivis approximativement le périmètre de l'installation. Cherchant une nouvelle possibilité d'approche, je progressais à quatre pattes. Je ne voyais rien, mais j'entendais toujours. Je descendis alors vers la rivière, point de repère que les gars envoyés en reconnaissance étaient à l'origine chargés de localiser. Entre le cours d'eau et le camp, je tombai sur une piste, où des empreintes de pneus étaient visibles. De l'autre côté de la piste, il y avait deux bateaux pneumatiques à moteur extérieur. On les avait tirés sur la rive et cachés dans les taillis. Les empreintes de pneus demeurèrent inexplicables. Sans doute s'agissait-il d'un véhicule de transport apporté par bateau.

Il me fallait à présent gagner le côté opposé de l'usine de traitement, afin de comprendre ce qui se passait et d'en recenser les occupants. De toute évidence, ils ne seraient pas très nombreux car les quartiers d'habitation n'étaient pas grands. Je rejoignis Un-des-trois-José et lui dis qu'on allait de l'autre côté.

Impossible d'avancer rapidement. Chaque fois que nous entendions du bruit, nous nous arrêtions et guettions. Nous ne repartions que lorsque le silence était revenu, restant assez loin de l'installation pour éviter d'être vus, mais assez près pour entendre ce qui s'y passait.

Dès que nous fûmes arrivés de l'autre côté, je m'arrêtai, quittai mon brêlage et approchai. Il se passait manifestement quelque chose.

Les opérations étaient apparemment sur le point de débuter dans ce qui me semblait être la zone de traitement proprement dite. Quand je fus plus près, j'aperçus le bâtiment lui-même, dont la hauteur était à peu près égale aux deux tiers de celle des autres, et qui n'était en fait qu'un toit posé sur des poteaux entre lesquels se dressait un mur d'à peu près un tiers de la hauteur totale. À l'intérieur, dans l'ombre, des gens allaient et venaient. Ce n'était pas une ruche, mais d'autres groupes électrogènes fonctionnaient certainement. Des ondes de chaleur étaient visibles, au-dessus du sol, dans les espaces séparant les bâtiments.

Une autre construction se dressait à gauche de celle où le traitement était réalisé. Je supposai qu'il s'agissait d'une réserve. Je pus distinguer également une moto à trois roues avec une remorque.

J'attendis encore dix minutes, respirai profondément, puis me remis à avancer. Il faisait à présent très chaud. Le soleil était haut et je me trouvais à la limite de la forêt. Le soleil me brûlait la nuque et le dos. Cela m'inquiéta un peu car, si le tissu de ma tenue séchait, la vapeur qu'il dégagerait risquait de me faire repérer.

J'empestais. La face inférieure de mon corps était trempée et j'étais couvert de boue et de brindilles. J'avais continuellement envie de me gratter et de frotter les piqûres de moustique qui couvraient apparemment toutes les surfaces de peau exposée. Mais il fallait que je me contente de bouger les yeux.

J'avais le souffle court. Je n'avais aucune envie d'approcher davantage, mais il le fallait bien. Nous avions besoin d'informations et, si nous n'en obtenions pas ce jour-là nous serions obligés de revenir le lendemain.

La première chose que je vis, ensuite, fut une arme. C'était un M16 d'un modèle ancien, à crosse triangulaire, appuyé contre la moto à trois roues. Cela signifiait que les occupants des lieux n'étaient pas inquiets, qu'ils se sentaient en sécurité.

Je ne savais toujours pas combien ils étaient. Certains d'entre eux se trouvaient probablement toujours dans les bâtiments. De l'endroit où j'étais, je ne voyais que l'unité de traitement, tandis que les quartiers d'habitation étaient cachés. J'avais déconné. J'aurais dû rester de l'autre côté afin de pouvoir surveiller les années et venues.

J'étais furieux contre moi-même. Je ne voulais vraiment pas rester plus longtemps que nécessaire. Que pouvaient bien penser les gars restés au rendez-vous final ? Assis, immobiles, sans rien faire, ils devaient être malades de frustration. Je le savais, parce que j'avais souvent été dans cette situation. J'espérai qu'ils auraient assez confiance pour attendre.

Finalement, quelque chose bougea. Un gars gagna la moto à trois roues et l'enfourcha. Il alluma une cigarette et, confortablement installé sur le siège, prit le soleil. Il portait des lunettes noires, des jeans roulés jusqu'au milieu des mollets, des chaussures de sport, mais pas de chaussettes. Une chemise en toile de jeans était négligemment glissée sous la ceinture de son pantalon. Ça faisait un narcotrafiquant de plus.

Il cria quelque chose à quelqu'un, puis disparut derrière le bâtiment. Il revint quelques instants plus tard et se dirigea vers moi. Il ne prit pas son arme, mais je flippai. Il fallait éviter à tout prix de croiser son regard, si bien que je fixai ses pieds. Le menton posé sur les mains, je restai immobile, respirant lentement et profondément. Je songeai qu'il me verrait s'il approchait encore. Que fallait-il faire ? Le descendre et fuir ? Ou bien lui sauter dessus, le neutraliser et le ligoter pour l'empêcher de donner l'alerte ? J'hésitais. Je décidai d'y aller au pif. De toute évidence, ce n'était pas une bonne journée.

J'étais sûr qu'il ne m'avait pas vu car, autrement, il aurait pris son arme. Il ne semblait pas méfiant et se contentait de marcher. Mais, plus on est proche des gens, plus on risque de se faire repérer. Il vint si près que je n'aurais pas été surpris s'il avait donné l'alerte. Soudain, il tourna sur ma gauche. « Merde, songeai-je, s'il va se balader dans la jungle, il va tomber sur Un-des-trois-José. » Il y avait sûrement des chiottes, dont l'évacuation aboutissait vraisemblablement dans la rivière. Qu'est-ce qu'il foutait ?

Il passa à moins de deux mètres de mon visage. Je baissai la tête, fermai les yeux et restai aussi immobile que possible.

Je l'entendis gratter la terre avec sa chaussure, puis il cria quelque chose à quelqu'un. Je fixais le sol, contrôlant ma respiration. J'avais envie de dégainer lentement mon pistolet. Mais il était dans un étui d'aisselle et, pour l'atteindre, il faudrait que je passe le bras sous moi, ce qui ferait du bruit. S'il me voyait, je serais obligé de me retourner tout en dégainant. Je répétai mentalement l'opération. La sécurité était mise, le chien était armé. Il me suffirait de sortir l'arme, de dégager la sécurité et de tirer. Je me retournerais et lèverais un pied parce que, s'il me sautait dessus, je pourrais le repousser puis l'abattre. Ensuite, je filerais – et j'aurais peut-être la chance de ne pas me faire descendre par Un-des-trois-José.

Il continua dans la direction qu'il avait prise. Deux minutes plus tard, il réapparut avec une petite caisse en carton. Il devait y avoir une autre réserve, que je n'avais pas vue. Y avait-il d'autres types, à cet endroit ?

S'agissait-il simplement d'une réserve? Pourquoi avaient-ils installé une réserve aussi loin?

Il regagna la moto à trois roues et laissa tomber la caisse par terre. Elle s'ouvrit, libérant des boîtes de conserve. Il en ramassa une, la perça et la porta à ses lèvres. Pourtant, il ne s'agissait pas de boîtes semblables à celles qui contiennent des boissons. Celle-ci était petite et plate, un peu comme une boîte de thon. Puis je compris : c'était du lait condensé.

Une heure plus tard, je décidai de m'en aller. Je ne voyais pas grand-chose et il faisait très chaud. Les gens ne bougeaient pas. Je ne connaissais pas la technique du traitement de la cocaïne. Je savais seulement que j'avais vu des gens s'affairer dans l'usine proprement dite.

J'avais une idée précise de la disposition des lieux, mais j'ignorais ce qui se trouvait à ma gauche.

Mon cœur battait très fort. J'étais content d'avoir trouvé l'usine et excité parce qu'il faudrait qu'on lui règle son compte.

Je rejoignis Un-des-trois-José. Nous nous regardâmes dans les yeux, puis je lui fis signe que tout allait bien et enfilai silencieusement mon brêlage. Je montrai l'endroit vers lequel l'individu s'était dirigé, et une zone située plus à gauche de l'objectif. Il parut contrarié, parce qu'il croyait manifestement que la reconnaissance était terminée. Le temps pressait et, si nous tardions à rentrer, il faudrait passer la nuit au rendez-vous final. Nous progressâmes très lentement. Nous gravîmes une éminence et tombâmes sur une piste. Les arbres et la végétation étaient très clairsemés, à présent, et des rayons de soleil parvenaient jusqu'à nous. Il faisait une chaleur torride. Il me parut évident que l'individu était allé jusqu'à la piste. À gauche, s'étendait un espace plat. Nous revînmes sur nos pas et gagnâmes le sommet de l'éminence. Je quittai mon brêlage et avançai à quatre pattes, le pistolet à la main.

C'était une zone plate, dégagée, sur laquelle on avait construit une plate-forme en bois : un héliport. Tout un tas de trucs traînaient autour, y compris des caisses en carton. Sans doute l'hélicoptère avait-il apporté des provisions, qu'on avait laissées sur place. La présence de l'héliport était une excellente nouvelle car elle signifiait que les hélicos pourraient se poser en plein sur l'objectif.

Je suais comme un bœuf. Les criquets chantaient sans discontinuer. Les bruits n'étaient pas les mêmes dans la forêt et dans l'espace dégagé. Il y avait une petite brise et la lumière était brumeuse, miroitante. J'eus envie d'aller m'allonger au soleil avant de retourner dans la pénombre inquiétante de la jungle.

Je rejoignis Un-des-trois-José, m'assis et pris quelques minutes de repos. Relativement en sécurité dans les taillis, je soufflai. Un-des-trois-José souriait tellement il était soulagé. Il savait que nous avions terminé. Je me demandai si nous savions tout ce qu'il fallait. Je conclus que je disposais de toutes les informations nécessaires et que surveiller l'objectif pendant toute une journée supplémentaire m'aurait simplement permis de compter ses occupants. Il n'y avait pas beaucoup d'activité et cela rendrait le dénombrement difficile. Je savais qu'il y avait au moins deux armes et rien ne prouvait que les gardiens ne s'en serviraient pas pour défendre le camp. Il y avait beaucoup d'argent en jeu. Sans doute étaient-ils prêts à défendre l'usine de traitement à tout prix, parce qu'ils savaient que les hommes chargés de l'attaquer n'étaient pas en nombre illimité.

Nous regagnâmes l'endroit où se trouvaient les sacs de combat par le même chemin que nous avions emprunté pour venir et rejoignîmes les autres. Je transmis l'information, afin que tout le monde soit au courant de la situation. Si Un-des-trois-José et moi mourrions subitement, au moins l'information aurait été mise en commun.

« On va passer la nuit ici, dis-je. Il faut retourner là-bas demain matin. »

Les visages s'allongèrent et je compris brusquement que j'avais oublié à qui j'avais à faire et que je les avais traités comme des membres du Régiment.

Je changeai d'avis.

« On va retourner à la cache. »

Certains désormais qu'il ne resteraient pas dans la zone dangereuse, ils furent visiblement soulagés. Rodriguez m'adressa un large sourire.

Nous regagnâmes la cache. J'avais l'intention de transmettre un rapport de situation, mais il faisait trop noir. Je décidai de le préparer, de le coder et de l'envoyer le lendemain matin. J'indiquerais ce que nous avions vu et fixerais l'endroit exact du rendez-vous. Quand les quatre groupes de reconnaissance seraient réunis, ils formeraient un groupe de combat. J'ajouterais que j'établirais un poste d'observation, afin d'obtenir des informations supplémentaires. Je décidai de ne pas recourir à la vidéo, le lendemain, pour ne pas mettre les gars sous pression.

La perspective de la venue des autres groupes était rassurante, et il ne nous restait plus à présent qu'à obtenir le plus d'informations possibles. Il me fut difficile de décider qui serait chargé du poste d'observation, le lendemain. Ça ne pouvait pas être moi, parce que la priorité consistait à tenir le point de rendez-vous et à préparer l'assaut.

Je décidai qu'Un-des-trois-José serait forcément de la partie parce qu'il connaissait les lieux. Rodriguez l'accompagnerait. Il n'était pas question d'y envoyer El Nino. Il n'aurait pas supporté la tension. Je n'avais pas particulièrement envie d'obliger les gars à retourner sur l'objectif, mais nous avions besoin d'informations. En effet, il faudrait pouvoir en fournir aux autres groupes. De toute façon, il serait tôt ou tard nécessaire que les gars le fassent par eux-mêmes, donc autant commencer tout de suite.

Juste avant la tombée de la nuit, je les réunis et dis :

« Bon boulot. Excellent. Demain, quand les autres nous auront rejoints, on va donner l'assaut. C'était une très bonne journée et du très bon boulot ! Demain, il faut y retourner. J'ai besoin de gars responsables et j'ai eu du mal à prendre ma décision, mais Un-des-trois-José et Rodriguez iront sur les lieux et récolteront le plus d'informations possible. C'est votre boulot, c'est votre responsabilité. Quand vous l'aurez fait, vous verrez comme vous vous sentirez bien ! »

Leurs visages offrirent un sacré spectacle.

« Je veux savoir combien d'hommes il y a et quelles sont leurs armes, poursuivis-je. Je veux savoir si des bateaux arrivent, s'ils utilisent la moto à trois roues, si l'hélicoptère vient, à quelle heure ils dînent. Je veux savoir tout ce que vous pourrez voir. Mais, surtout, combien il y a de narco-guerrilleros et d'armes. Si vous avez l'impression que vous n'y arriverez pas, n'insistez pas. Essayez d'entendre ce qu'ils disent, mais ne faites que ce qui peut vous procurer des informations. C'est bien compris ? Tout le monde compte sur les renseignements que vous rapporterez. »

Il plut, en début de soirée, et chacun, couché, resta absorbé par ses pensées. Au matin, Rodriguez et Un-des-trois-José partirent pour le camp. Je restai près de la radio parce que j'attendais une réponse. Deux heures plus tard, sur le réseau, Gaz annonça :

« On y va. Je vais demander aux autres groupes de te rejoindre et tu tiendras le rendez-vous. »

Au jour Un, à savoir le lendemain, le premier groupe arriverait entre dix heures et midi, venant du sud. S'il était retardé, la fenêtre suivante serait le lendemain, même heure. Il me communiqua ensuite les moments de l'après-midi où les autres groupes arriveraient. S'il manquaient leurs fenêtres, elles seraient également reportées au lendemain.

Avec l'aide de Gonz et d'El Nino, je préparai l'arrivée des autres groupes. Nous dégageâmes une zone de la taille d'une table de salle à manger, afin de réaliser une maquette. Avec la terre, je modelai les bâtiments, la rivière et l'héliport. Quand ce fut fait, nous attendîmes en buvant de l'eau et en mangeant des biscuits.

Je bavardai avec El Nino. Il était très calme et préoccupé. Ce qui se passait ne lui plaisait pas du tout. Il avait envie d'être ailleurs. Sans doute tout cela lui avait-il semblé amusant, au début, mais comme il lui fallait à présent vivre sur le terrain, trempé et crasseux, et affronter un ennemi violent, il ne trouvait plus ça drôle du tout. Il n'avait qu'une satisfaction : avoir été affecté au rendez-vous final.

« D'où es-tu ? demandai-je. »

Tandis que nous bavardions, il me raconta des trucs fascinants sur la malaria.

« Le virus est très faible, en Amérique latine, comparativement à celui du sud-est asiatique, donc c'est sur celui-là que les scientifiques travaillent. En fait, c'est ce que je veux faire. Je veux aller à l'université et étudier la médecine. Mais je n'en ai pas les moyens, alors je suis ici. »

J'appuyai mon sac de combat contre un arbre et je m'y adossai. J'écoutai les oiseaux et profitai de quelques instants de détente. Le seul inconvénient était que j'empestais comme un vieux clodo.

Deux heures avant la tombée de la nuit, Rodriguez et Un-des-trois-José rentrèrent. J'étais de garde, toujours assis au pied de l'arbre, mais regardant la zone où se trouvait l'installation.

« Qu'est-ce que vous avez vu ? demandai-je. »

Ils racontèrent, mais je ne compris pas tout. J'allai à l'essentiel.

« Les narco-guerilleros ?

– *Ocho.*

– *Fusilos ?*

– *Ocho.* »

Je leur demandai ce que faisaient les narco-guerrilleros. Rodriguez ricana, inclina la tête et répondit :

« *Cerveza.* »

Il y avait donc huit hommes armés et trois Européens. Ils allaient et venaient et ne faisaient rien de spécial. Peut-être attendaient-ils qu'on leur livre de la marchandise ou qu'on vienne en chercher, en tout cas, il ne se passait apparemment pas grand-chose. L'idée qu'ils attendaient peut-être une livraison était inquiétante car des bateaux bourrés d'hommes risquaient alors de débarquer.

Mes inquiétudes passèrent brutalement au second plan. Des coups de feu, provenant de l'usine de traitement, retentirent soudain dans la jungle. Les oiseaux piaillèrent et s'envolèrent. La forêt toute entière s'anima. Il y eut d'autres coups de feu isolés, de brèves rafales, et, à nouveau des détonations isolées. Puis le silence retomba, bientôt rompu par d'autres détonations.

Les gars se regardèrent, inquiets, puis se tournèrent vers moi pour se rassurer. Nous avions notre brêlage et notre arme. Nous prîmes position près de nos sacs de combat, aux aguets.

Je ne pus deviner ce qui se passait. Il n'y avait pas d'autres groupes de reconnaissance dans la zone. Ils n'arriveraient que le lendemain et ne pouvaient de ce fait être tombés par hasard sur l'installation. Donc, sur quoi tiraient-ils ?

Cinq minutes plus tard, deux nouveaux coups de feu retentirent, suivis d'autres encore. Cela dura une vingtaine de minutes. Je me demandai s'il faudrait aller voir, le lendemain, ce qui se passait. Se disputaient-ils ? Une autre bande tentait-elle de leur voler leur marchandise ? C'était très inquiétant. La seule explication qui me vint à l'esprit fut qu'ils étaient bourrés et tiraient sur des cibles ou sur la rivière. Quoi qu'il en soit, ça confirmait que les armes fonctionnait, et c'était bien dommage.

Ce soir-là, nous installâmes les ponchos et les hamacs. Je ne dormis pas beaucoup. Je récapitulai mentalement ce que j'avais vu et espérai que la maquette était fidèle. Si tout se passait bien, les autres arriveraient le lendemain. Le premier groupe, celui de Terry, n'était pas loin. Je savais qu'ils ne progresseraient pas tactiquement et qu'ils se contenteraient de marcher aussi vite que possible. Ils s'installeraient pour la nuit et partiraient dès l'aube. J'eus pitié de son groupe, car je savais ce que c'était. J'imaginai les hommes, couverts de sueur, s'installant après avoir crapahuté dans la jungle.

Nous nous levâmes à l'aube. J'étudiai la maquette, tentant d'élaborer un plan afin de pouvoir prendre les choses en mains dès l'arrivée des autres groupes. À neuf heures et demie, nous nous mîmes en position de défense et attendîmes le groupe de Terry. Il arriva un peu plus d'une heure plus tard. Tourné vers une légère dépression, j'aperçus le visage de Terry, noir, couvert de sueur et souriant. De toute évidence, il avait foncé.

Terry, qui avait vingt-neuf ans, était grand, blond, et avait les oreilles décollées. Il était fou de sa femme et de ses deux mômes. Il avait un accent du Devon que seuls les mauvais acteurs osent prendre. Il venait de la RAF, ayant décidé qu'il voulait soit entrer dans le Régiment soit devenir comptable. On lui répétait souvent qu'il aurait sûrement mieux fait de choisir la comptabilité.

« Ça va, mon pote ? demandai-je.

– Vachement bien.

– Tu as l'air un peu sur les genoux. Sacrée distance pour tes vieilles guibolles, pas vrai ?

– Putain de distance, ça, tu peux le dire, répondit-il, plié en deux, appuyé sur son arme. »

Le reste du groupe arriva, le souffle court, le visage et les cheveux trempés. Dès que les hommes s'arrêtèrent, un nuage de vapeur se forma au-dessus de leur tête.

Je me tournai vers Terry.

« Ce que tu vas faire, c'est conduire le groupe jusqu'à ce gros arbre tordu. Rien ne presse, donc bouffez tranquillement et on se réunira plus tard.

– Je vais installer les gars et puis je viendrai te voir. »

Les gars de son groupe, le pouce levé, adressaient de larges sourires à ceux du mien. Mon groupe parut rassuré par l'arrivée des renforts et les gars de Terry semblèrent simplement heureux de ne plus avoir besoin de crapahuter.

Je préparai le rapport de situation que je transmettrais en fin de journée. J'espérais pouvoir annoncer que tout le monde était là. Dans le cas contraire, il resterait les fenêtres du lendemain. Il fallait repérer les arrivées afin de prévenir les tirs amis.

Les deux autres groupes débarquèrent aux horaires prévus. Les gars étaient crevés parce qu'ils avaient couvert une longue distance sans périodes de récupération.

Je dis :

« Je vais transmettre le rapport de situation. Ensuite, je vous montrerai ce qu'il en est et on verra ce que vous en pensez. »

Une heure plus tard, assis sur nos sacs de combat autour de la maquette, nous analysâmes la situation. J'exposai la disposition de l'usine de traitement et j'ajoutai :

« Il est évident que la marchandise arrive par la rivière. Ici, il y a deux bateaux pneumatiques et, là, un héliport. Il y a huit narcos avec du 5.56 et du 7.62. Il y a trois Européens, allemands ou hollandais, allez savoir. À votre avis, est-ce qu'on est assez nombreux ? On est vingt contre huit. Ils sont très détendus. Ils laissent traîner leurs armes et il semblerait qu'ils picolent. »

Terry marmonna :

« Ils ont de la chance, ces connards. »

Puis il ajouta :

« À mon avis, vingt gars suffisent, pas de problème. »

Rod avait préparé du café froid. Tandis que nous nous passions la tasse, il dit :

« Laissons tomber pour le moment. On va se mettre en position de défense, et puis on s'occupera de ça demain matin. »

Hormis peut-être Eno, je ne connaissais personne de plus propre, méticuleux et organisé que Rod. Il avait trente-six ans et semblait se foutre de tout. Il avait toujours les cheveux très courts et coupés à la mode, se plaignait continuellement d'avoir les lèvres gercées et ne se séparait jamais de son flacon de vaseline. Rod se souciait moins de l'opération que de l'état de ses lèvres et de la permission pendant laquelle il pourrait acheter des vêtements.

Installé dans mon hamac, je fis une nouvelle fois le point de la situation. Elle semblait relativement simple et ne m'inquiétait pas tellement. Nous étions quatre membres du Régiment, nous disposions de seize policiers bien entraînés et nous attaquerions par surprise. J'espérais que nous en aurions rapidement fini et que je pourrais profiter de quelques jours de permission avant de remettre ça.

Je songeai ensuite à Kate et aux problèmes domestiques. Je songeai à l'hiver en Grande-Bretagne. J'aimais me promener en ville au milieu de la nuit, quand les enseignes lumineuses des boutiques scintillent dans la bruine. Je nous vis, Kate et moi, faire les magasins. Il y avait une confiserie où nous achetions un mélange de ses bonbons préférés.

À l'aube, nous emballâmes et transmîmes un rapport de situation à Gaz, lui signalant que tous les groupes étaient arrivés. Mon groupe était à présent accoutumé à cet endroit, comme si nous y étions depuis des semaines.

Les gars, qui avaient été avertis de la décision de donner l'assaut, vérifiaient leur matériel et nettoyaient leurs armes. Théoriquement, ils auraient dû les démonter et graisser toutes les pièces mobiles. Mais, comme les armes étaient bien entretenues, cela n'était pas indispensable. Il suffisait de huiler la culasse afin de s'assurer qu'elle effectuerait le mouvement de va-et-vient indispensable. Les gars vérifièrent leurs chargeurs, s'assurant qu'ils n'étaient pas endommagés, parce que c'est en général à cause des chargeurs que les armes s'enrayent. En dehors de ça, ils se reposèrent, mais demeurèrent prêts à effectuer les tâches éventuellement nécessaires, notamment les reconnaissances destinées à confirmer les informations.

Les policiers avaient des kilos et des kilos de sucre et ils en mangeaient apparemment avec tout. Mais, surtout, leurs rations comportaient une petite boîte de lait condensé. Autrefois, il y avait également du lait condensé dans nos rations, mais on l'avait supprimé, ce qui était une honte parce que c'est très bon. Nous mélangeâmes du café instantané et du lait condensé, le tout très sucré, puis nous nous installâmes autour de la maquette et tentâmes de déterminer comment nous allions nous y prendre.

Rod se passa de la vaseline sur les lèvres et dit :

« On sait quelle est la mission : arrêter les occupants de l'usine de traitement et détruire le matériel. On sait qu'il y a trois Européens sans armes. Malheureusement, on n'a pas de photos de ces types. Il est probable qu'ils sont simplement responsables du traitement. Ils ne résisteront pas.

– De quel système de transmission disposent-ils? demanda Tony, qui passa la tasse et ouvrit un paquet de bonbons acidulés.

– On a vu des antennes et une parabole, répondis-je. On ne sais pas si c'est la télé ou un système de transmissions. C'est probablement la télé, mais on ne peut pas vérifier. En tout cas, si on leur tombe dessus à l'aube, ils n'auront pas le temps d'appeler. Et, même s'ils y arrivent, Gaz va débarquer très vite avec les renforts.

Il y a, poursuivis-je, dans la partie basse, un bâtiment qui semble être la cuisine. Un type s'y trouve en permanence. Il n'est pas armé. C'est un vieux mec d'une soixantaine d'années. Cinq mètres plus au sud se trouve un autre bâtiment, qui abrite sûrement les bureaux. Il dispose de son groupe électrogène propre. Celui qui se trouve plus loin abrite sûrement les quartiers d'habitation.

– Qu'est-ce qui te fait croire ça? demanda Terry.

– Ils en venaient tous et j'ai vu le vieux en sortir après s'être lavé. L'autre construction est manifestement celle où se déroule le traitement. Elle est basse, longue, et les murs ne montent pas jusqu'au toit. Beaucoup de gens y sont entrés et en sont sortis pendant qu'on la surveillait. Il y a aussi une réserve, mais je n'ai pas pu voir ce qu'elle contenait. »

Je bus une gorgée de café et montrai la maquette.

« D'après ce que j'ai vu, le périmètre n'est pas défendu. Ils ont abattu la forêt et c'est tout.

– Tu es allé à quel endroit du périmètre, mon pote ? demanda Rod, qui regardait la maquette tout en faisant du café.

– Ici, c'était bon, répondis-je, le bras tendu. Et ici, c'est bon aussi. Ensuite, on est remonté par la gauche jusqu'à l'héliport et il n'y avait pas de problème.

– Comment est-ce, à l'intérieur du périmètre ? Est-ce que c'est plat ou est-ce qu'il faut sauter par-dessus des obstacles ? demanda Tony. On a tellement crapahuté, hier, que je suis claqué.

– C'est plat. Les installations sont là depuis longtemps. Il n'y a pas de planches, sur le sol, mais c'est de la boue séchée parce que le soleil tape dessus. Apparemment, ça a été défriché et brûlé, comme font les fermiers. Il reste quelques souches mais, à part ça, c'est bon.

– En quoi sont construits les bâtiments ?

– En bois, couverts de tôle ondulée vaguement camouflée avec des feuilles et des branchages.

– Comment sont les murs et les portes ? »

J'indiquai la présence de contre-portes.

« Faut qu'on soit sûrs de pouvoir entrer dans ces saloperies, dit Rod. De toute façon, on va y pénétrer à l'explosif.

– Ouais, pourquoi pas ? fit Terry, qui but une gorgée de café froid. Ça foutra le bordel, ajouta-t-il. »

Après avoir étudié les lieux, nous passâmes à leurs occupants.

« À ton avis, demanda Terry, quelles sont leurs intentions ?

– Je ne sais pas, répondis-je. Ils n'ont pas de position de repli. Je crois qu'ils vont nous tirer dessus. Ils vont défendre l'installation. Ça représente beaucoup d'argent, donc ils vont tout faire pour protéger la marchandise. C'est pour ça qu'il y a des types armés. Qu'est-ce que tu en penses ?

– Je suis d'accord, intervint Rod. Ils vont vider leurs chargeurs et se carapater, mais ils vont se défendre, aucun doute. On aura peut-être un ou deux fuyards. Je crois qu'il faut pas laisser une chance à ces connards.

– On sait qu'il y a du 5.56 et qu'il y a un G3 ; il faudra donc prendre un maximum de précautions pour éviter les victimes dans nos rangs. Il faut les attraper le plus tôt possible, leur tomber dessus pendant qu'ils dorment. Après, on fout le camp et on se repose pendant quelques jours parce que je sens que je vais avoir des boutons et que c'est vraiment pas le moment. »

Comme toujours, il était parfaitement détendu et tiré à quatre épingles.

Nous examinâmes ensuite leurs points forts. Leur tactique, s'ils appartenaient ou avaient appartenu à une organisation de narco-guerilleros, serait celle de John Wayne : vider les chargeurs dans toutes les directions.

Puis nous examinâmes le terrain – le sol et la végétation – et le « terrain vital ». Si nous occupions un endroit donné, cela nous permettrait-il de dominer toute la zone ?

« J'ai jeté un coup d'œil, dis-je. Il n'y a pas de terrain vital. L'héliport aurait peut-être été bien, parce qu'il est plus haut que le camp et, théoriquement, le domine, mais en fait j'ai vu que dalle.

– Donc, on ne peut pas mettre un groupe de couverture en hauteur. La seule solution, c'est de pénétrer dans le périmètre.

– Andy, comment fait-on pour y pénétrer ?

– Quand j'y suis allé par là, répondis-je, montrant l'endroit du doigt, je n'ai pas rencontré d'obstacle. C'était très facile d'accès. Il y a seulement une petite rivière, à l'est de l'installation, mais le courant est lent et il n'y a qu'une quarantaine de centimètres d'eau, si bien qu'elle ne pose pas de problème tactique. Je sais où on installera le rendez-vous final, je sais aussi d'où on partira. À mon avis, il faudra que le groupe de soutien prenne position sur l'objectif, puisqu'il n'y a pas de hauteur.

– D'accord, fit Tony, pas de problème. Donc, d'après toi, on a besoin de davantage de types, ou quoi ?

– Je ne crois pas qu'on en ait besoin, intervint Rod. Si on les attaque à l'aube et qu'on s'y colle vraiment, on leur tombera sur le poil alors qu'ils seront encore au plumard. »

Terry acquiesça.

« Si on utilise les explosifs, il y en aura pour deux ou trois minutes, dit-il.

– Ça me paraît bien, dis-je. On pourra faire le boulot, appeler les renforts, et puis décrocher et être rentré pour le thé. »

Nous examinâmes ensuite le temps et la distance. Comment pouvions-nous faire pour attaquer le plus tôt possible ?

« Ce n'est pas la peine de se précipiter, dit Rod, qui avait pris sa décision. Je ne veux pas y aller demain parce que je veux consacrer la journée à la préparation. Il faut que nos gars soient prêts. Si on veut attaquer à l'aube, il faut qu'on parte ce soir avant la nuit. On va fixer l'assaut à après-demain. »

Tout le monde fut d'accord.

« Si on gagne le rendez-vous final demain, qu'on y passe la nuit et qu'on attaque à l'aube, on met toutes les chances de notre côté. Ce soir et demain, on aura tout le temps de résoudre les problèmes. »

Nouveaux hochements de tête.

« Je vais transmettre un rapport de situation dans une minute. S'ils veulent qu'on y aille plus tôt, ils nous le diront. Mais, quand la réponse arrivera, on n'aura plus le temps d'attaquer demain à l'aube.

– On a assez de plastic et tout le matériel nécessaire, dit Rod. On n'a besoin de rien, sauf de Gaz et de sa bande.

– Facile, dit Tony. Ils se poseront sur l'héliport. On le dégagera dès qu'on sera maître des lieux. »

Je finis la réunion par la distribution des tâches.

« On a deux bâtiments occupés, dis-je. Et on a la rivière et les bateaux. Je ne sais pas ce qu'il y a, en plus des bateaux, parce que je n'ai pas pu approcher. Je ne sais pas s'il y a des types. Mais, à mon avis, la rivière est la seule retraite possible.

– On a effectivement besoin d'un groupe d'appui à cet endroit, dit Rod. Si des mecs arrivent par la rivière pendant qu'on sera sur l'objectif, on ne sera pas averti et il n'y aura rien pour les arrêter. On sera dans la merde.

– Je suis d'accord, dit Tony.

– Donc, un groupe sera en appui à cet endroit, décida Rod. Son boulot consistera à arrêter les fuyards, prendre le contrôle de la partie nord de l'objectif et nous avertir si des renforts arrivent par la rivière.

Combien d'ennemis seraient susceptibles de réagir ? Ils avaient des armes et ils s'en étaient déjà servi. De ce fait, nous risquions de déplorer des victimes et il fallait donc prendre des dispositions en conséquence. Nous avions des trousses de premier secours qui, dans ce type de mission, comportaient essentiellement du matériel de gestion des traumatismes. Nous disposions d'un héliport, donc nous n'avions plus qu'à nous assurer que le

QG maintiendrait en stand-by un hélico chargé de l'évacuation. Le pilote ne saurait ni où il allait ni pourquoi il y allait. Il saurait seulement que son appareil était en stand-by.

L'étape suivante consistait à récapituler les conclusions auxquelles nous étions parvenus et à examiner les options qui se présentaient à nous. Il s'agissait d'analyser les avantages et les inconvénients, puis de choisir la meilleure solution. Nous obtiendrions ainsi un plan sur la base duquel Rod élaborerait les ordres.

Il y aurait quatre groupes : un groupe d'appui près de la rivière, deux groupes d'assaut chargés de prendre les bâtiments, et un groupe de soutien qui couvrirait la progression jusqu'aux deux bâtiments et tiendrait la zone au cas où il y aurait des fuyards. De plus, à la base opérationnelle avancée, Gaz organiserait le reste. Les hélicoptères, chargés d'amener sur place l'unité qui aurait pour tâche d'incendier l'installation et l'équipe de publicité qui filmerait l'opération, seraient en stand-by.

À présent, il était midi. Rod dut préparer les ordres de telle façon que les hommes puissent comprendre. Ce fut difficile parce que notre espagnol laissait à désirer. Nous devions les impliquer dans toute la mesure du possible parce que, dans un proche avenir, ils feraient ça sans nous.

Tout le monde se réunit autour de la maquette, avec armes et brêlage. Parmi les gars, quelques-uns étaient attentifs, d'autres paraissaient fatigués et indifférents. Terry, qui parlait relativement bien espagnol, prit la parole :

« On a trouvé l'usine de traitement, dit-il, et elle se présente comme ça. Demain matin, on gagnera le rendez-vous final. De là, mon groupe contournera l'installation et deviendra le groupe d'appui. Les autres resteront au rendez-vous final. Le lendemain matin, les trois autres groupes donneront l'assaut. Celui d'Andy assurera le soutien. Celui de Rod attaquera ce bâtiment et celui de Tony cet autre. Les chefs de groupe vous diront ce qu'ils attendent de vous. Il y a, sur les lieux, environ huit hommes armés. Nous donnerons l'assaut à l'aube, pendant leur sommeil. Il n'y aura pas de problème. Il vous suffira d'écouter ce que vous dira votre chef de groupe.

Une minute plus tard, quand ça sera terminé, chaque groupe se rassemblera sur sa zone et son chef vous donnera ses instructions. Des questions ? »

Ils secouèrent la tête. Les groupes se reformèrent et les gars s'en allèrent. Nous restâmes sur place.

L'équipe de Terry prendrait position au nord de l'usine de traitement.

Elle barrerait la route aux fuyards tentant de gagner les bateaux, seule possibilité de retraite connue. Ils n'auraient en effet pas intérêt à gagner l'héliport, du fait qu'il n'y avait rien, à cet endroit, et qu'il était entouré par la jungle.

« Je ne vais pas m'embêter à bricoler les bateaux, dit Terry, parce qu'on risque de se faire repérer pendant la journée. »

Si quelqu'un s'apercevait qu'on avait touché aux bateaux, les occupants des lieux seraient méfiants et vigilants. Le groupe d'appui devrait en outre avertir les autres si des renforts arrivaient par la rivière. Il était tout à fait possible que six bateaux de narco-guerrilleros viennent se saouler la gueule à l'usine de traitement pendant la journée que nous passerions au rendez-vous final. Au moment de l'assaut, nous risquerions alors de nous trouver confrontés à quatre-vingts défenseurs. Peu recommandé.

Il se mit à pleuvoir et je ne pus retenir un sourire en constatant que la discussion continuait comme si de rien n'était, alors que tout le monde était trempé.

Les membres de l'équipe d'appui prendraient leur brêlage et leur sac de combat, parce qu'ils agiraient indépendamment des autres. Ils quitteraient le rendez-vous final le plut tôt possible, parce qu'il leur faudrait gagner leur position, s'installer et effectuer des reconnaissances avant la tombée de la nuit. Tandis qu'ils gagneraient la position, nous resterions au rendez-vous final et jouerions le rôle de force de réaction immédiate. En effet, s'ils se faisaient repérer, les coups de feu et l'agitation nous avertiraient sur-le-champ. Il nous faudrait alors foncer et faire le boulot sans attendre.

« Dès que vous serez en position, avertissez-nous sur le canal six du Motorola, dis-je. Si on n'a pas de nouvelles, on continuera suivant le plan parce que les transmissions ne marcheront peut-être pas. »

Tous les chefs de groupe avaient apporté une radio Motorola d'Angleterre. Elles avaient une portée d'environ un kilomètre et demi en terrain dégagé. Dans la jungle, elles ne fonctionnaient pas toujours. Si nous n'avions pas de nouvelles de Terry, et si nous n'avions pas entendu de coups de feu, il nous faudrait supposer que tout s'était bien passé et continuer.

Un-des-trois-José guiderait Tony et Rod jusqu'à l'usine de traitement, leur montrerait le point de départ de l'opération et les bâtiments. À leur retour, nous attendrions l'aube du lendemain et nous nous mettrions en route.

« Quand l'assaut commencera, poursuivit Rod, le groupe d'appui restera en position jusqu'au moment où je lui donnerai le signal. Si je ne peux pas t'avoir par radio, j'enverrai un messager. Arrange-toi pour que tes gars soient au courant ! Quand les bâtiments seront sous contrôle, l'équipe d'Andy devra nettoyer l'usine proprement dite puis gagner l'héliport. Si vous arrivez quand tout sera sous contrôle, on centralisera les prisonniers, on les fera coucher par terre, et j'appellerai Gaz pour qu'il envoie les appareils. Donc, Andy, tu prendras la radio. Quand Gaz sera là, on ira récupérer les sacs de combat et on fera le bilan.

– Parfait, dit Tony. Il faudrait transmettre un rapport de situation à Gaz, pour qu'il sache ce qui se passe. Ensuite, on pourra installer les gars et roupiller. »

Le rapport de situation indiqua l'heure de l'assaut, la façon dont il se déroulerait et le signal qui serait adressé aux hélicoptères, à savoir une fumée orange. Nous ajoutâmes que nous serions à l'écoute, le lendemain matin, afin qu'on nous confirme que tout était en ordre avant de lancer l'opération. Nous partirions pour le rendez-vous final à neuf heures et, de là, mettrions notre plan à exécution.

Nous rejoignîmes nos groupes et expliquâmes ce que nous attendions d'eux.

« Demain matin, quand on sera arrivés au rendez-vous final, dis-je, montrant Un-des-trois-José, tu guideras Tony et Rod jusqu'au camp, tu leur montreras le périmètre et les bâtiments. C'est un boulot très important. S'ils veulent voir autre chose, montre-le leur, et puis rejoins-nous. Tu as bien compris ? »

Il sourit et acquiesça, fier d'endosser cette responsabilité.

« Quand tu seras rentré, poursuivis-je, on va s'installer dos à dos, et on va attendre l'aube. Ensuite, on donnera l'assaut. Notre boulot consiste à couvrir les autres pendant qu'ils se mettront en position. Il faudra que vous me suiviez. Je vous indiquerai où vous devrez vous poster, je vous montrerai où les autres arriveront et où vous devrez regarder. Si vous voyez quelque chose, ne tirez pas, mais avertissez-moi et je déciderai s'il faut ou non tirer. C'est compris ? »

Ils acquiescèrent. Cela leur convenait parce qu'ils n'auraient pas besoin de réfléchir. Il fallait que ce point soit bien clair car je ne voulais pas qu'ils paniquent et finissent par tirer sur nos gars quand ils lanceraient l'assaut.

« Quand vous serez en position, les nôtres arriveront par la droite et se dirigeront vers les bâtiments. Tout le reste peut être un ennemi. Mais ne tirez que si je le fais ou si je vous le demande.

Après le début de l'assaut, on aura deux choses à faire. Il faudra qu'on pénètre dans le long bâtiment qui se trouve là, qu'on prenne le contrôle de la réserve et qu'on gagne l'héliport. Mais je vous dirai où aller et quand. Restez calmes et, si vous voyez quelque chose, criez : « À terre ! À terre ! ». Si on vous tire dessus, ripostez. Il faudra que vous soyez très prudents. Vous entendrez des explosions et peut-être des coups de feu. Ne vous en occupez pas. Concentrez-vous sur votre boulot. »

Je les dévisageai tour à tour.

Bien. Demain, Gaz arrive avec des hélicoptères et des renforts. On charge nos sacs de combat dans l'appareil et on rentre. Après, on fait la fête. »

Rodriguez souffla :

« Ouaaaiis ! »

Et tout le monde rit.

Ces gars me plaisaient. J'aimais bien bavarder avec eux, parce qu'ils avaient le sens de l'humour. Nous étions sur la même longueur d'ondes. Tout ce qu'ils voulaient, c'était faire le boulot, rentrer et s'amuser. Ils adoraient la danse et le whisky. Moi, je ne sais pas danser, mais j'aime le Famous Grouse.

Les responsables des groupes d'assaut eurent beaucoup plus de mal à expliquer à leurs gars ce qu'ils attendaient d'eux. Rod les avait disposés en file indienne, comme devant une porte. Il les faisait entrer et répéter leurs gestes, au ralenti et très silencieusement. Il pleuvait toujours et leurs uniformes trempés leur collait à la peau. Quelques-uns avaient emporté leur sombrero et je compris alors pourquoi : ils protègent le visage de la pluie.

La nuit approchait. Nous nous mîmes en position de défense, puis nous installâmes les hamacs. Une fois couché, je mangeai des saucisses et des haricots froids. En guise de dessert, j'avais échangé une partie de mes rations contre une boîte de lait condensé, que je versai sur des biscuits secs. Cela me rappela *Tiswas*, où Lenny Henry joue un chanteur de reggae, nommé Winston, qui mange des sandwiches au lait condensé. Je songeai à d'autres émissions pour enfant, et puis je songeai à Kate, au fait qu'elle avait complètement transformé ma vie. Autrefois, j'aimais le travail et j'envisageais avec plaisir de passer toute ma vie au sein du Régiment. Je me foutais de la gueule des gars qui, pendant un boulot, parlaient de leurs mômes ou disaient : « Mon gamin passe son examen de piano demain, j'espère qu'il va l'avoir. » À présent, je comprenais. Ces choses, triviales en apparence, étaient en fait très importantes. Kate marchait, parlait, faisait des bêtises, et ça me manquait beaucoup. Je décidai que nous irions en vacances tous les trois, à mon retour. Et, cette fois, j'étais sérieux.

La pluie cessa à l'aube. Je dis aux gars de mon groupe de s'assurer que les armes étaient graissées et qu'il y avait une cartouche dans la culasse. Tout le monde sourit et leva le pouce, mais je vérifiai.

Les gars du régiment me rejoignirent et nous sortîmes la radio. Dès que Gaz aurait confirmé, nous irions.

La confirmation tomba.

« OK, allez-y. Le temps de réaction de l'hélicoptère sera à peu près d'une heure. Son point de repère sera votre fumée orange. S'il n'y a pas de rapport de situation avant dix heures, le jour de l'assaut, on débarquera de toute façon.

Nous partirions pour le rendez-vous final une demi-heure plus tard. Mon groupe marcherait en tête, suivi par l'équipe d'appui et par les deux groupes d'assaut. Tout le monde était enthousiaste et s'était fait à l'idée de passer à l'action.

J'annonçai à Rodriguez qu'il serait l'éclaireur de toute la troupe et il prit aussitôt un air très officiel et important.

Tout le monde, le sac de combat au dos, appuyé sur son arme, était prêt. Rodriguez, en tête, vérifiait sa boussole. Il connaissait le chemin, mais ça faisait bien.

Nous partîmes et Rodriguez devint le meilleur éclaireur du monde. Il s'arrêtait tous les quinze mètres pour guetter les bruits et les mouvements.

Une fois arrivés au rendez-vous final, nous stoppâmes et nous agenouillâmes. Quand Terry m'eut rejoint, je tendis le bras.

« C'est par là, dis-je. Tu contourneras par la droite. »

Nous vérifiâmes sur la carte et il dit :

« Je vais descendre jusqu'à la rivière, remonter sur la gauche et voir où on peut entrer. Quand j'aurai repéré les bateaux pneumatiques, je prendrai mes décisions.

– Bien », fit Rod.

Ses lèvres brillaient et, compte tenu de la quantité de vaseline qu'il avait passé dessus, il était surprenant qu'elles ne soient pas collées.

« On allumera les Motorola à dix-sept heures. Il le resteront jusqu'à la nuit. Si on n'a pas de nouvelles, on supposera que tu es sur place et que les transmissions ne marchent pas. Si le plan change, ne bouge pas demain matin, au moment de l'assaut, et je t'enverrai un messager. De toute façon, si on merde, les hélicos arriveront à dix heures. Si tu ne les vois pas à ce moment-là... *mañana,* on se retrouvera plus tard. Je suppose que tu prendras à droite et que tu rejoindras la route. »

Les gars de mon groupe et ceux des groupes d'assaut s'installèrent en cercle, adossés aux sacs de combat.

Tony se tourna vers moi et dit :

« Il faudrait y aller. Il faut bien qu'on jette un coup d'œil sur cette usine de traitement, pas vrai ? »

J'allai avertir Un-des-trois-José.

« Tu es prêt ?

– Je suis prêt. »

Je vérifiai rapidement son équipement, m'assurai que la sécurité de son arme était mise, puis il s'éloigna dans la forêt en compagnie de Tony et de Rod. Il s'arrêta tous les six pas, sans doute pour montrer à ses potes qu'il était un as, à présent, qu'il conduisait une patrouille de reconnaissance. Tony le rejoignit et montra la direction de l'usine de traitement d'un geste qui signifiait : « Finissons-en », puis ils disparurent.

Le but consistait à confirmer ce que nous avions vu. Si la situation avait changé, il faudrait la réexaminer et contacter le groupe d'appui. Si nous n'y parvenions pas, l'assaut serait tout de même donné.

Il fallait que Tony et Rod participent à cette reconnaissance parce qu'ils devaient savoir exactement où se trouvaient les bâtiments. Ils avaient étudié la maquette et savaient en gros où ils étaient.

Pendant les cinq heures qui suivirent, nous mangeâmes des biscuits, bûmes de l'eau, écrabouillâmes les insectes et nous enduisîmes de repellant. Nous ne pouvions ni bavarder, ni fumer, ni préparer des boissons chaudes. Quelques gars somnolèrent. La pluie menaçait, perspective peu enthousiasmante, car nous ne pourrions plus quitter notre brêlage de toute la nuit. Je dis aux gars de sortir leur poncho, lentement et silencieusement, en prévision de la pluie. Elle tomba, fine mais persistante.

Quand les gars de la patrouille de reconnaissance rentrèrent, vers seize heures trente, ils avaient l'air de rats noyés.

« Alors, qu'est-ce que tu en dis ? demandai-je. »

Rod but de l'eau au goulot de sa gourde, puis s'en versa sur la tête afin de pouvoir coiffer ses cheveux en arrière.

« Il n'y a pas de problème, répondit-il. On va pénétrer à l'explosif, et voilà. Mais tu te mettras en position avant nous parce qu'il faut qu'on passe à découvert. S'ils nous repèrent, on est dans la merde.

– On a vu le cuisinier du premier bâtiment aller et venir, ajouta Tony. Et puis on a vu un gars avec un Car 15 (*petit M16*). Et c'est tout ce qu'on a vu. Les groupes électrogènes fonctionnaient et on décelait un peu d'activité. C'est bien, ici, pas vrai ? »

Rod, le visage couvert de boue, sourit et répondit :

« On devrait être en train de se saouler la gueule avec ces types, pas assis ici à attendre le moment de leur sauter sur le poil. On est du mauvais côté de la barrière. Tu as vu dans quel état est mon matériel ? »

Nous songeâmes à Terry et ça nous fit rigoler. Ses gars n'avaient sûrement pas pu sortir leur poncho et, assis sur leur sac de combat, ils devaient se geler les noix.

Nous sortîmes les Motorola et mîmes les écouteurs. À dix-sept heures, nous les allumâmes et attendîmes l'appel de Terry. Que dalle.

La distance ou les conditions atmosphériques en étaient peut-être responsables – ou alors on leur chatouillait les couilles après les avoir suspendus par les pieds. Nous n'y pouvions rien pour le moment. S'il était là le lendemain matin, tant mieux. Cependant, les radios restèrent allumées.

Juste avant la nuit, Tony fit une nouvelle tentative.

« Terry, ici Tony. À toi. »

Rien. Chacun se tassa sous son poncho et la pluie se fit plus dense.

Au QG du bataillon, l'activité était sans doute au maximum. Gaz avait mis tout le monde dans le bain et les hommes étaient en stand-by. D'après Gaz, les hélicos mettraient environ soixante minutes pour nous rejoindre. Il avait sûrement impliqué d'autres services à contrecœur, mais il n'y avait pas d'autre solution. Nous avions besoin des hélicos, surtout si ça tournait au merdier et que des évacuations soient nécessaires.

Nous nous installâmes pour la nuit. Nous avions notre brêlage et nos armes, et, adossés à nos sacs de combats, nous tentâmes de prendre un peu de repos en attendant. De notre point de vue, dès qu'il ferait assez clair nous pourrions avancer sans heurter les autres ou la végétation.

J'écoutai le bourdonnement des insectes et, de temps en temps, écrasai une bestiole posée sur ma peau. Personne ne dormait vraiment. Je percevais la nervosité des gars. On entendait parfois un faible ronflement, qui s'interrompait au moment où le voisin du ronfleur le poussait de l'épaule ou lui pinçait le nez, veillant toutefois à ce qu'il ne crie pas en se réveillant.

La température baissa légèrement, si bien que l'humidité se fit très inconfortable. Je jetai un coup d'œil sur ma montre : il était une heure du matin. Je somnolai, me réveillai, somnolai.

Une demi-heure avant l'aube, je poussai Rodriguez et, par signe, lui demandai de faire passer. Il secoua son voisin, et ainsi de suite.

Quitter le poncho fut très désagréable. J'étais directement exposé au froid mais, au moins, la pluie avait cessé. Nous nous préparâmes, passâmes de la crème de camouflage sur nos visages couverts de terre et de crasse. Nous étions dans la jungle depuis des jours et nous étions en sale état. Je ne distinguais plus le motif de mon pantalon de camouflage, parce qu'il était couvert de boue. Mes cheveux étaient gras et plaqués sur mon crâne. J'étais barbu et j'avais une épaisse couche de crème de camouflage sur le visage.

Dès que la visibilité atteignit trois mètres, nous partîmes. Un-des-trois-José marchait en éclaireur. Je le suivais, puis venaient Rodriguez, El Nino et Gonz. Les deux groupes d'assaut fermaient la marche.

Il était inutile de communiquer avec le groupe d'appui. S'il y avait eu un accrochage pendant la nuit, nous serions au courant. Et il fallait y aller de toute façon.

Nous savions tous ce que nous avions à faire. À présent, c'était du sérieux. Un-des-trois-José nous conduisit au point de départ. À partir de là, Rod et Tony rassembleraient leur groupe et gagneraient la lisière de la forêt. Ils ne marcheraient sur les bâtiment que lorsque mon équipe serait en position.

Je me tournai vers eux, tendis le bras et hochai la tête. Puis j'adressai un signe à mon groupe, qui me suivit.

J'avais pris la tête parce que je savais où j'allais. Je progressai prudemment mais sûrement. J'écartai la végétation sans précaution parce que l'assaut aurait lieu quoi qu'il arrive. Gagner ma position était prioritaire. J'avais mon arme dans la main droite, j'écartais la végétation de la gauche et je regardais devant moi. Je ne m'assurais même pas que les autres suivaient.

Je savais que tous les chefs de groupe étaient à l'écoute de leur Motorola et attendaient que je sois en position. Dès que je serais installé, je transmettrais quatre clics. Rod, du Groupe d'Assaut 1, répondrait d'un clic. Tony, du Groupe d'assaut 2, répondrait de deux clics.

Ensuite, certain que tout le monde était prêt, je transmettrai deux séries de deux clics.

« Stand-by ! Stand-by ! »

À ce moment-là, les groupes avanceraient. Dans l'idéal, ils atteindraient les portes sans avoir attiré l'attention. Cependant, s'ils se faisaient repérer, ça jouerait quitte ou double. Il faudrait qu'ils y aillent, et le groupe de soutien devrait alors gagner son salaire.

J'imaginai Rod et Tony, à la tête de leur groupe. Les gars ne portaient pas de brêlage. Ils n'avaient que leur fusil d'assaut, leur pistolet et des munitions. Quelques-uns d'entre eux avaient fixé une lampe-torche, soutenue par une cale en bois afin qu'elle soit correctement orientée, sur la crosse de leur arme. La torche les aiderait à viser, quand ils franchiraient la porte. En effet, le jour se levait et il ferait sombre dans les bâtiments. En outre, en raison des explosions, il y aurait de la poussière et des débris, si bien que les torches se révéleraient sans doute utiles.

Le deuxième homme de chaque groupe transporterait la charge explosive. J'imaginai le chef de patrouille montrant l'endroit où il voulait la poser. Les autres couvriraient les fenêtres et les alentours, le dos contre la porte elle-même. Il suffirait d'une petite charge de plastic et d'un cordon détonateur relié à un système à friction du même type que celui qui équipe les Claymores. À l'extrémité du fil du système à friction, il y a un détonateur que l'on fixe au cordon. Quand la charge serait en place, les hommes s'éloigneraient de quelques mètres et tourneraient le dos. Le commandant aurait le système à friction. Celui qui déclencherait l'explosion devrait tenir le fil, maintenir le connecteur dans le système à friction ou bien le fixer avec une bonne dose de papier collant, puis le manœuvrer. Quoi qu'il en soit, il devrait s'assurer que la connexion était bonne parce qu'il fallait que ça pète du premier coup.

J'imaginai deux fortes explosions, les portes volant en éclats et les gars disparaissant à l'intérieur.

Nous arrivâmes sur notre position, non loin de l'usine proprement dite. Je jetai un coup d'œil et constatai que rien n'avait changé, hormis la fine couche de boue qui couvrait le sol. La moto à trois roues n'était plus là, mais la caisse en carton qui contenait les boîtes de lait condensé s'y trouvait toujours. Les boîtes avaient disparu.

Il faisait alors plus ou moins jour. Entre les feuilles des arbres, j'aperçus le ciel, qui était bleu foncé et sans nuages. Il ferait très chaud. La boue ne tarderait pas à fumer.

Tout était silencieux. Les groupes électrogènes ne fonctionnaient pas. Un regard panoramique de droite à gauche me permit d'apercevoir le bâtiment du cuisinier et le toit de celui qui se trouvait derrière. Je savais que les groupes d'assaut, à la lisière de la forêt, se préparaient à aller poser les charges. Je compris que tout était en ordre, que nous pourrions les couvrir.

À voix basse, je dis :

« On va les couvrir depuis ici. El Nino, ne quitte pas ce bâtiment des yeux et l'espace qui s'étend à sa gauche jusqu'à la piste. Compris ? »

Tout le monde acquiesça. El Nino s'agenouilla, l'arme braquée.

Aux autres, je dis :

« Rodriguez, tu surveilles à partir de cet autre bâtiment. Si on tire, tire. Un-des-trois-José et Gonz, surveillez le chemin de l'héliport au cas où des... »

BANG !

« Qu'est-ce que c'est que ce bordel ? » songeai-je. Je pivotai sur moi-même et constatai qu'El Nino avait l'air d'un chiot sachant qu'il n'aurait pas dû pisser sur le carrelage de la cuisine. Il bredouilla :

« Il est parti ! Il est parti ! »

Sans doute avait-il laissé le doigt sur la détente quand il avait retiré la sécurité, ce qui avait provoqué une erreur de désarmement.

Intérieurement, je hurlai :

« Merde ! »

Puis, sur le réseau radio, je criai :

« En avant ! En avant ! En avant ! »

Je fis signe à El Nino de remettre la sécurité de son arme.

À présent, c'était parti. Il était inutile de rester là. Je leur fis signe et pris le chemin de l'objectif.

« En avant ! En avant ! Allez ! »

Je savais que ça allait être le merdier total.

Le terrain n'était pas glissant mais j'eus du mal à garder l'équilibre dans la bouillasse. Je guettais le explosions et les coups de feu. Au moment où nous arrivions près du bâtiment, des rafales et des détonations isolées retentirent en provenance des quartiers d'habitation. Je ne m'en souciai pas et continuai d'avancer. Je gardais les yeux fixés sur le bâtiment, au cas où quelqu'un en sortirait.

J'y arrivai le premier, suivi par Rodriguez.

« On entre ! On entre ! » dis-je.

Il hésita parce qu'il ne comprit pas ce que je voulais.

Je le montrai, je me montrai, puis nous entrâmes.

Il y avait de longues tables sur lesquelles se trouvaient des plateaux. L'arme à l'épaule, nous parcourûmes le bâtiment sur toute sa longueur.

Je donnais des ordres à Rodriguez. Il criait, en espagnol :

« Personne ne bouge. Police ! Police ! »

Sur ma droite, au loin, Rod cria :

« Avancez ! Avancez ! »

Les coups de feu avaient cessé. Il n'y avait plus que des appels, des cris, des bruits de chute d'objets métalliques et de meubles renversés.

La radio transmit quelque chose, mais je ne compris pas de quoi il s'agissait.

Dans la pénombre, je vis des bidons métalliques et, par terre, des paquets de cigarettes et des boîtes de bière vides.

J'espérais que les trois autres, restés dehors, nous couvraient. Je n'avais qu'une envie, aller jusqu'à l'extrémité du bâtiment et sortir.

J'entendis à nouveau des cris, puis des coups de feu. Merde ! Je regardai autour de moi, à demi-accroupi, et vis une silhouette filer vers les bateaux pneumatiques. Il y eut de nouveaux coups de feu. Je compris que Nino, Gonz et Un-des-trois-José tiraient, mais le type ne s'arrêta pas. Le groupe d'appui l'alpaguerait.

Je criai à Gonz et aux autres d'aller à la réserve. Ils s'y précipitèrent, mais il n'était pas question qu'ils y entrent directement. Ils crièrent et donnèrent des coups de pied dans les murs. Ils gagnèrent la porte, l'ouvrirent prudemment, hésitèrent.

« Entrez ! criai-je. Allez ! Allez ! »

Ils pénétrèrent dans le bâtiment et réapparurent quelques instants plus tard. Il était plein de fûts, mais il n'y avait personne.

Des appels retentirent sur ma droite, mais je n'en tins pas compte.

« À l'héliport ! À l'héliport ! » criai-je, le souffle court.

J'avais mal à la gorge, à force de hurler et de cavaler. Je dis à Nino et à Gonz de rester où ils étaient. Rodriguez et Un-des-trois-José m'accompagnèrent.

Nous gagnâmes la piste et nous nous engageâmes dessus. Nous n'avions pas le temps de nous couvrir mutuellement. Nous nous contentâmes de gagner l'héliport aussi vite que possible.

Je flippai, j'étais essoufflé et mon visage était trempé de sueur. Cette fois, je me retournai à plusieurs reprises, afin de m'assurer que les deux autres suivaient. Au pied de l'éminence, nous aperçûmes la clairière où se trouvait l'héliport. Et, à ce moment-là, je sentais la chaleur sur mes épaules.

J'avais l'intention de faire le tour de l'héliport afin de m'assurer que tout était en ordre. Je n'avais pas le temps d'avertir les autres et espérai simplement qu'ils ne me lâcheraient pas.

Nous longeâmes le périmètre de l'héliport, attendant que quelqu'un prenne la fuite ou tire – l'un ou l'autre, je m'en fichais complètement. Je voulais seulement en finir et tirer quelque chose de ce bordel. Il n'y avait personne.

Le soleil séchait la boue. Le sol disparaissait sous une couche de brume d'une vingtaine de centimètres d'épaisseur. On aurait dit de la fumée sur une scène de théâtre. Debout sur le périmètre de l'héliport, j'entendis des hurlements provenant de la zone des quartiers d'habitation. Sur le réseau radio, je dis :

« Rod ? À toi. Rod ? À toi. »

Rien, puis :

« À toi ! À toi !

– On est sur l'héliport. Il n'y a personne. Je descends.

– Bien reçu. On a un blessé. Amène-toi, on a besoin d'aide. Terminé. »

Ça expliquait les hurlements. Le fait que nous ayons un blessé accentua ma colère contre Nino, responsable de l'erreur de déchargement. Il avait tout foutu en l'air. Des gars étaient touchés et il y avait sûrement des types qui prenaient la fuite.

En bas, nous trouvâmes le chaos. Rod s'occupait du blessé. Allongé sur le dos, le gars gueulait comme un possédé. Une balle de 7.62 avait pénétré dans son poignet et était sortie au niveau du coude. Tous les muscles de l'avant-bras étaient déchirés. Il hurlait comme un cochon qu'on égorge. Il s'en sortirait, mais il devait beaucoup souffrir. Réunis autour le lui, les autres n'avaient vraiment pas l'air dans leur assiette.

Le problème consistait à contrôler à la fois les occupants des bâtiment et nos hommes, qui semblaient avoir envie de filer dans la jungle et d'y disparaître.

« Reculez ! criai-je. Couvrez ce bâtiment ! »

La violence du ton et le geste du bras furent plus explicites que les propos.

Rod avait la trousse de premier secours. Il se tourna vers moi et dit :

« Il faut simplement boucher les trous et arrêter le sang. S'il cessait de gueuler, il se rendrait compte que c'est pas grave. »

Puis il se tourna vers le blessé et hurla :

« Ta gueule ! »

Il déballa de nouveaux pansements et les appliqua fermement sur la blessure. Il prit un sac de plasma de synthèse et tenta de poser une perfusion au blessé. Le gars avait perdu beaucoup de sang et il fallait rapidement le remplacer. Il était en état de choc. Mais les types restaient plantés là. Peut-être étaient-ils, eux aussi, en état de choc.

Dans les bâtiments, Tony prenait le contrôle des prisonniers avec force hurlements et coups de pied. Je l'entendis crier :

« Ferme ta putain de gueule ! »

Son groupe leur avait passé des menottes en plastique puis, les tirant par les cheveux ou les vêtements, les avaient jetés au sol, hurlant et gueulant pour les effrayer et les amener à obéir sans discuter. Ensuite, ils les traînèrent dehors et les jetèrent à plat ventre dans la boue. Tandis que des policiers maintenaient les prisonniers sous la menace de leurs armes, d'autres les fouillaient. Quelques gars en profitèrent pour distribuer coups de pied et coups de crosse. Nous n'avions pas le temps de les en empêcher – et pourquoi l'aurions-nous fait ? Leurs noms, qui ils étaient et ce qu'ils étaient ne nous intéressaient pas – c'était le boulot des autres. Il nous fallait simplement les contrôler, nous assurer qu'ils étaient désarmés et qu'ils ne pouvaient pas fuir.

« Maintenant, on va te fouiller, dit un flic, frappant un narco sur la nuque. Si tu résistes, on te descendra. Tu as compris ? »

Je criai à Tony :

« Je vais chercher les types de l'autre bâtiment. »

À l'intérieur, il y avait des lits et des tables, de vieilles commodes, des cendriers pleins et des boîtes de bière. La pièce empestait la sueur et les pets. Des types étaient allongés sur les lits, à plat ventre, les mains sur la nuque. Chaque prisonnier était sous la menace d'au moins deux armes.

Je sortis, trouvai Nino et dis :

« Aide-moi à installer les antennes de la radio. »

Je préparai le rapport de situation. À l'origine, il s'agissait d'un rapport de situation normal indiquant : Opération terminée, nous avons besoin des hélicos, et précisant ensuite le nombre de prisonniers, ainsi que le nombre de blessés. Mais je me contentai de transmettre : On a un blessé. Je veux un hélicoptère.

Rod était toujours près du blessé. Il cria :

« Tout va bien ? L'hélico arrive ?

– Ouais, j'attends la confirmation. »

Je l'obtins. Les appareils étaient partis. Je laissai la radio à l'endroit où elle se trouvait, parce que nous en aurions peut-être besoin dans une minute.

Sur le Motorola, j'entendis Tony appeler Terry.

« Terry, à toi.

– Ouais.

– Arrive, mon pote. Prends le chemin.

– Bien reçu. On a un fuyard mort. On l'amène ?

– Ouais, amène-le. »

Tony criait afin de s'assurer que tout le monde saurait que le groupe arriverait par le chemin. Les gars étaient tellement excités qu'ils risquaient de lui tirer dessus.

Quelques minutes plus tard, ils annoncèrent leur arrivée à grands cris. Puis ils apparurent. Deux policiers traînaient le cadavre. Terry avait son arme, un G3.

Les gars de Terry étaient vraiment contents d'eux. Ils faisaient penser à des chasseurs rapportant leur proie. Ils laissèrent le cadavre dans un coin, sans oublier de lui donner quelques coups de pied. Puis ils apprirent qu'un des leurs était blessé, l'inquiétude assombrit leurs visages.

Il était à présent stabilisé. Toujours en état de choc, mais Rod lui avait posé une perfusion de plasma de synthèse. Il ne perdrait plus de sang, mais il restait faible, très faible.

À ce moment-là, tous les prisonniers étaient menottés et rassemblés entre deux bâtiments. J'allai jeter un coup d'œil. Il y avait trois narcos, le cuisinier et un Blanc.

« Merde, dis-je à Tony, j'en ai vu huit. Il y a des fuyards. »

Tony donna un coup de pied à un narco et cria :

« Les gringos ? Où sont les gringos ? »

Il passa ensuite à l'Européen, le força à lever la tête et demanda :

« Où sont-ils ? Où sont-ils ? »

Le Blanc garda le silence.

« Écoute, s'ils sont en cavale, ils vont se faire descendre. Dis-nous où ils sont. On pourra peut-être les sauver. »

Rien. C'était le type que j'avais vu lors de ma première reconnaissance. Il portait toujours son Tee-shirt dégueulasse. Il crevait de trouille.

Tony passa au vieillard.

« Où sont les gringos ? »

Il se mit à bafouiller, montra la rivière d'un signe de tête.

« Merde ! dis-je. »

Je trouvai incroyable qu'ils aient pu passer sans être inquiétés par le groupe d'appui. Aussitôt, j'en rendis ce branleur de Nino responsable.

Le blessé était pansé et deux gars le surveillaient. Rod me rejoignit, me foudroya du regard et demanda, comme si j'étais responsable :

« Qu'est-ce qui s'est passé, nom de Dieu ?

– Ce connard a commis une erreur de déchargement. »

Nino, assis sur les marches, était dans une fureur noire.

« Le laisse pas ici, dit Rod. Dis-lui d'aller s'asseoir près de la radio. »

Il s'éloigna au pas de charge et alla jeter un coup d'œil sur le blessé.

Terry me rejoignit.

« Bon. Je vais envoyer mes gars au bord de la rivière et leur dire d'ouvrir l'œil. Ils vont crever les bateaux pneumatiques, pour que les fuyards puissent pas les prendre. On tirera que dalle des prisonniers. L'Européen nous emmerde. Il connaît la musique. Il sait qu'il va s'en tirer. C'est vachement contrariant.

– Ouais, reconnut Rod. Envoie tes gars et on va se préparer du café. »

Je coupai les menottes en plastique du cuisinier. Il se mit à genoux, fit de nombreux signes de croix et leva les bras au ciel. Je ne compris pas et me demandai s'il croyait que j'allais le tuer. Je le pris par la peau du cou et le traînai jusqu'à la cuisine.

« *Café*, dis-je. *Café con leche.* »

Il me dévisagea, complètement abasourdi.

Rodriguez le surveilla tandis qu'il lançait le groupe électrogène et préparait le café.

Tony allait et venait, disposant les gars, au cas où on nous attaquerait. « Mets-toi là, regarde dans cette direction ! Mets-toi là, regarde par là ! »

Nous bûmes le café. Le soleil tapait et il faisait une chaleur torride. Tout le monde cherchait une place à l'ombre. Mes yeux piquaient, j'avais un goût désagréable dans la bouche et mes dents semblaient gainées de coton. Mon uniforme séchait sur les bras et les jambes, mais restait mouillé à l'entrejambes et sous le brêlage. Les endroits secs me démangeaient.

J'étais furieux contre moi-même, car c'était un membre de mon groupe qui avait fait une connerie. Ce n'était pas ma faute, mais je me sentais tout de même responsable.

Les autres groupes ignoraient encore la cause du problème, mais je maintins Nino à l'écart des autres, afin d'assurer sa sécurité.

Nous allâmes voir le blessé, qui était à présent sous morphine.

« Il a l'air mieux, dis-je.

– Mais il n'est pas près de pouvoir se branler », fit Tony.

Rod tentait de faire parler l'Européen, mais il n'obtenait rien. On le fouilla, mais il n'avait rien sur lui. Il était stérile.

Nous regagnâmes le bâtiment et jetâmes un coup d'œil à l'intérieur. Des revues pornos traînaient par terre près de plusieurs lits. De vieux numéros de *USA Today* et du *Herald Tribune* étaient empilés sur les commodes. Il y avait des radios à ondes courtes sur les tables ou près des lits. La présence de l'antenne parabolique demeura inexplicable, parce qu'il n'y avait ni télé ni matériel de transmission par satellite, seulement un poste à ondes courtes.

Nous ne prîmes pas la peine de déterminer sur quelle fréquence elle était réglée. Tout cela serait étudié plus tard.

Des policiers avaient mis le grappin sur les boîtes de conserves de la cuisine et mangeaient. Ils fumaient comme des pompiers, tout en bouffant, parce qu'ils avaient trouvé des cartouches de Marlboro dans les bâtiments. De temps en temps un éclat de rire, conséquence de la décompression, fusait.

Si les narcos avaient été blessés, nous les aurions soignés. Les laisser mourir n'aurait rien arrangé. Outre les considérations humanitaires, les policiers craignaient les représailles. Les cartels abattaient les policiers en formation dès le début des stages. Pendant notre séjour, quatre furent assassinés, ainsi que leurs familles, sur un groupe de trente. De plus les policiers estimaient nécessaire de soigner les narcos car cela démontrait qu'ils traitaient humainement les prisonniers, ce qui serait de toute évidence rapporté aux patrons des cartels.

Nous entendîmes les hélicos. Je gagnai aussitôt la piste d'atterrissage et envoyai de la fumée orange. Elle indiquerait précisément l'endroit où nous étions, mais permettrait aussi de déterminer la direction du vent.

Nous nous voyions, si bien que j'allumai mon Motorola afin de les guider lors de l'approche finale, au cas où ils n'auraient pas repéré la fumée.

« Gaz, ici Andy, à toi. Gaz, ici Andy, à toi. »

Il n'y eut pas de réponse. Je fis deux nouvelles tentatives, mais les hélicos nous avaient vu parce qu'ils se dirigeaient vers la fumée.

Rod et deux gars de son groupe se chargèrent du blessé et prirent le chemin de l'héliport. Le premier Huey se posa et Gaz, dont les vêtements dégageaient une agréable odeur de lessive, descendit avec le premier groupe de relève.

Gaz me rejoignit, très sérieux. Les deux colonels responsables de l'unité le suivaient.

« Alors, comment ça a marché ? » demanda-t-il.

Puis il vit le blessé et ajouta :

« Mettez-le dans l'hélico et évacuez-le. »

Tony dit à Terry d'emmener le nouveau groupe près de la rivière, le chargeant de nous avertir si des renforts arrivaient et de renvoyer les deux gars qui s'y trouvaient.

Les deux officiers se dirigèrent vers les narcos. L'un d'entre eux montra l'Européen, se tourna vers Gaz et dit :

« Il va se retrouver dehors très vite. Il n'ira pas en prison. Il y a tellement de corruption qu'il sera libéré. L'important, c'est que nous ayons mis un terme à ça. »

Puis il alla visiter les lieux.

Il faisait à peu près un mètre quatre-vingts et avait la trentaine. Il portait des lunettes carrées, à monture métallique dorée. Il avait dû faire ses études aux États-Unis car il avait une pointe d'accent yankee. Il m'avait toujours semblé consciencieux et efficace, comme s'il était vraiment décidé à mettre un terme au trafic de drogue. Son collègue avait la cinquantaine et savait qu'il serait impossible de faire cesser le commerce de la cocaïne. Il sortit ses cigarettes, en alluma une et alla bavarder avec les gars.

Cinq hélicoptères débarquèrent une quarantaine de types. Les appareils gagnèrent ensuite le point de ravitaillement le plus proche.

Le jeune officier leur donna des instructions. Les unités paramilitaires avaient leur structure de commandement propre. J'assistai à la relève. Je ne comprenais pas tout ce que disaient les gars qui avaient participé à l'assaut mais leurs gestes laissaient clairement entendre qu'ils avaient été vachement bons.

Les nouveaux allèrent jeter un coup d'œil sur le cadavre et lui donnèrent quelques coups de pied.

Je rejoignis Nino près de la radio. Il était toujours furieux. Je lui donnai la sacoche, lui dis d'y mettre la radio et de s'en charger parce qu'on partirait dans une minute. J'eus l'impression que je venais de lui dire qu'il avait gagné le gros lot. Il avait à nouveau sa chance, l'occasion de montrer qu'on pouvait lui faire confiance – même s'il ne s'agissait que de ranger la radio.

« Sur moi, cria Gaz aux chefs de groupe. Bon, voilà ce qui se passe. La police prend le relais. Vous aller rassembler vos gars, vous assurer que tout le monde est là et regagner votre rendez-vous final. Rapportez votre matériel et attendez là bas. »

Il montra le périmètre de l'installation et poursuivit :

« Mettez-vous à l'ombre, bouffez et les hélicos viendront vous chercher quand ils auront ravitaillé.

– Chouette, dit Terry. On a notre matériel, donc on va s'installer tout de suite. »

Nous regagnâmes le rendez-vous final, puis revînmes et nous joignîmes à eux. Ils buvaient un coup et tout le monde se détendait.

Gaz était resté en compagnie des officiers de la police. Au bout d'un moment, il nous rejoignit et s'octroya une partie de mon café.

« Alors, qu'est-ce qui s'est passé ? » demanda-t-il ;

J'expliquai l'erreur de déchargement commise par El Nino.

« Dès qu'on sera rentré, il faudra qu'il dégage, intervint Rod. Quand les autres seront au courant, il sera dans la merde, d'autant plus qu'il y a un blessé.

– Je m'en occupe », dit Gaz, qui alla s'entretenir avec les deux officiers.

Je persuadai Un-des-trois-José et les autres de ne pas raconter ce qui s'était passé. Je dis que ça risquait de foutre tout le monde dans le pétrin. Ils trouvèrent ça formidable. Désormais, nous partagions un secret.

Les hélicos revenaient. Gaz nous rejoignit.

« Le premier hélico va emporter les prisonniers, dit-il. Vous prendrez les autres. »

Nous gagnâmes l'héliport. On chargea les narcos dans l'appareil et tout le monde profita de l'occasion pour les tabasser un peu. Il fallut ensuite que les gars déchargent leurs armes et mettent les cartouches dans le compartiment supérieur de leur sac de combat. Il fallait absolument éviter une nouvelle erreur de déchargement.

À bord des hélicoptères, l'euphorie retomba. Nous nous rendions compte à quel point nous étions fatigués et nombreux étaient sans doute ceux qui songeaient à ce qu'ils feraient une fois rentrés. Je somnolai, me réveillant en sursaut chaque fois que mon menton touchait ma poitrine.

Au retour, il nous fallut remettre le matériel, les armes et nous-mêmes en état. Cela prit quelques heures, puis les gars organisèrent un barbecue et une saoulerie massive à la bière et au whisky.

On était tous potes.

« Viens dans mon village, il est très beau, dit Un-des-trois-José.

– Pas aussi beau que les femmes du mien », blagua Rodriguez.

Tout le monde se saoula et je passai une bonne soirée. Nino, cependant, n'y assistait pas. On lui avait annoncé qu'il était viré. À l'heure où nous buvions notre troisième bière, il était sûrement déjà en train de régler la circulation.

Le lendemain, à midi, le debriefing des gars du Régiment commença. Nous dressâmes le bilan : résultats, échecs et améliorations possibles.

« À mon avis, ce qu'il faut améliorer, c'est notre espagnol, dit Terry.

– Et s'arranger pour que le cran de sûreté des Galil soit plus dur », ajoutai-je.

Gaz raconta que, pendant leur interrogatoire, les narcos avaient dit qu'il y avait eu une grande beuverie d'adieu, la vieille de l'assaut, et que quelques-uns de leurs camarades avaient escorté deux Européens qui s'en allaient. Le Blanc que nous avions capturé avait déjà été libéré sous caution.

Le lendemain, nos groupes bénéficièrent d'une permission. Nous fonçâmes en ville et passâmes trois jours à nous goinfrer, afin de reprendre le poids que nous avions perdu, à acheter des émeraudes bon marché et des vestes en cuir, à traîner dans le quartier de l'ambassade, où se trouvaient les meilleurs bars, et à aller voir les anciens membres du Bataillon G.

26

Quelques heures après que les soldats et les blindés irakiens eurent franchi la frontière du Koweit, le 2 août 1990, à 2 heures locales, le Régiment se prépara à opérer dans le désert.

J'étais toujours N° 3 du groupe antiterroriste et ma bande ne fut malheureusement pas impliqué. Jaloux, je vis le Bataillon G recevoir le matériel adapté au désert et partir « en exercice ». Nos neuf mois de permanence arrivaient à leur terme et nous attendions la relève mais, au fil des semaines, des rumeurs de report et d'annulation pure et simple coururent. On nous raconta les conneries habituelles :

« Si ça démarre, le Royaume-Uni sera exposé au terrorisme. On aura tout de même besoin de vous ici. »

Je croisai les doigts, espérant que la relève des bataillons se déroulerait comme prévu et que, pour une fois, les types du Bataillon G seraient dans la merde.

Nous ne nous entendions plus, Fiona et moi, et j'avais décidé qu'il valait mieux partir tandis que Kate était petite, afin qu'elle ne grandisse pas dans une ambiance d'hostilité et de disputes. Son père et sa mère ne vivraient pas ensemble mais, au moins, elle ne passerait pas son enfance dans un foyer déchiré et ne risquerait pas d'être traumatisée, à sept ou huit ans, par la séparation de ses parents.

Je n'avais pas la moindre envie d'habiter à nouveau la caserne. Un gars des transmissions bénéficiait d'un programme d'études pour adultes, mais sa bourse ne lui permettait pas de payer son crédit. Je lui proposai de me louer sa maison et de m'accorder une priorité d'achat s'il décidait de la vendre. Je me retrouvai donc dans un pavillon de quatre pièces à Westbury, lotissement proche de la caserne.

Je me consacrai entièrement au boulot du groupe. Tout le monde était furax parce que nous allions probablement manquer la Guerre du Golfe. Un matin, nous prenions le thé dans le hangar et nous râlions ferme.

« J'ai discuté avec les gars du Bataillon A, après les Malouines, dit Harry. Ils étaient absolument furax parce qu'ils faisaient partie du groupe antiterroriste, à l'époque. Et, maintenant, c'est ce qui va nous arriver. »

À ce moment-là, Gaz entra en compagnie de deux inconnus.

« Ces gars viennent de réussir la Sélection, dit-il. Je vous présente Bob et Stan. Bob va intégrer l'équipe des tireurs d'élite et toi, Stan, Andy s'occupera de toi. Il te montrera toutes les ficelles. »

Bob Consiglio et Stan exercèrent une bonne influence sur nous. Tout juste sortis de la Sélection, ils en voulaient vraiment. Ils adoraient appartenir au groupe et leur enthousiasme était contagieux.

C'est à peu près à cette époque que je remarquai une fille superbe au gymnase du coin. Nous suivions un cours particulièrement éprouvant et étions couverts de sueur. Elle se trouvait devant moi et je ne pouvais manquer d'apprécier la coupe de sa tenue de sport.

Je l'avais vue cinq ou six fois, au gymnase, quand je la rencontrai, un samedi soir, dans un bar à vin. Elle était en compagnie d'une amie et un gars du Bataillon D les baratinait. Ce fut la première fois que je la vis en costume de ville et je la trouvai formidable.

Un vendeur de roses entra. J'en achetai une et lui demandai de la donner à la femme qui se trouvait dans le coin.

Elle me rejoignit quelques instants plus tard, m'adressa un large sourire et dit :

« Merci.

– De rien, répondis-je. Je voulais seulement contrarier le type avec qui vous parliez.

– Charmant, fit-elle. Et vous vous appelez James Bond, n'est-ce pas ?

– Non, Andy. Écoutez, votre amie a l'air de très bien s'entendre avec ce type. Il serait dommage de les déranger. Puis-je vous offrir quelque chose, Miss Moneypenny ?

– Jill, en fait. Oui, une bière. »

C'est ainsi que tout commença. Nous bavardâmes au gymnase, nous nous rencontrâmes de temps en temps en ville, sans nous donner rendez-vous ni nous téléphoner. Mais, deux ou trois semaines plus tard, les choses firent boule de neige et, fin octobre, je lui demandai de s'installer chez moi.

Lors du dimanche du Souvenir, le gymnase du Régiment est transformé en église. Tous les membres des Stirling Lines – le Régiment et le personnel auxiliaire, en activité ou en retraite – qui peuvent être là sont présents. Il y a aussi les épouses, les amis et les familles des morts. Les membres en activité du Régiment sont en grand uniforme, ce qui ne se produit qu'en cette occasion. Cette année-là, j'étais en civil parce que je faisais partie du groupe chargé d'assurer la sécurité de la caserne pendant le service.

Après la cérémonie, tout le monde gagna Clock Tower. Les bataillons, ainsi que les services et organisations liés au Régiment, déposèrent des gerbes. Il y eut deux minutes de silence, puis tout le monde se retrouva au buffet du foyer. Nombreux étaient ceux qui voyaient là l'occasion de bavarder avec les retraités – les grandes figures – parce qu'on ne pouvait les rencontrer que lors de cette cérémonie. La réception se prolongeait pendant toute la journée et une bonne partie de la soirée.

Mais, au lieu d'y aller, j'emmenai Jilly au cimetière.

Le cimetière du Régiment ne se trouve pas dans la caserne, mais près de l'église. Le Régiment a sa section, qui est presque pleine.

« Il va falloir qu'ils achètent une autre section ou qu'ils arrêtent toutes les guerres », dis-je.

Jilly eut un sourire crispé.

Il y avait là deux ou trois personnes, venues rendre hommage à de vieux amis. L'une d'entre elles était un officier du Bataillon B, qui avait quitté le Régiment quelques années auparavant. C'était la première fois que je le voyais en costume civil. Il n'avait rien apporté, surtout pas des fleurs. Il ne s'arrêtait devant aucune tombe en particulier et se contentait de marcher dans les allées, perdu dans ses pensées. L'herbe avait mouillé ses chaussures et le bas de son pantalon et il avait relevé le col de sa veste, à cause du froid.

Nous le rejoignîmes.

« Vous retournez à la caserne ? demandai-je.

– Foutre non. Il y a déjà trop de gens qui ont seulement envie de participer au spectacle. C'est ici que les gens devraient venir. »

Il avait raison. La cérémonie du dimanche du Souvenir attire toutes sortes de gens qui fréquentent plus ou moins la caserne et semblent moins se soucier de l'objet de la commémoration que de la possibilité de pouvoir dire qu'ils y assistaient.

Les gars qui appartiennent vraiment au Régiment ont pitié de ceux qui entretiennent ce type de relation avec lui, et se font passer pour ce qu'ils ne sont pas ou n'ont pas été. Souvent, même, ils les haïssent. Sans doute manquent-ils d'amour-propre, puisqu'ils jugent nécessaire de se vanter, mais, en général, ils ne comprennent pas qu'ils ne trompent personne. C'est un milieu très fermé, où tout le monde se connaît. Ces individus ne seraient même pas dignes de lécher la boue des chaussures de nos morts.

Je songeai aux gars avec qui j'avais travaillé. Leurs personnalités étaient aussi diverses que dans n'importe quelle organisation. On y trouvait aussi bien des introvertis ne s'occupant que de leurs affaires – au point d'aller au gymnase à une heure du matin – que des extravertis complets, qui faisaient la fête sans discontinuer. Il y a, à la limite de Hereford, une colline nommée le Callow. Depuis le sommet, la nuit, on voit les lumières de la ville. Au retour d'un voyage, de nombreux fêtards invétérés la surnomment « la colline de la trique ». Ils sont restés six mois absents et ils n'ont qu'une envie : gagner la caserne, prendre une douche et filer en ville. À l'opposé, il y a un célibataire en compagnie de qui je rentrais, un jour, par avion, et qui me dit avec son fort accent de Birmingham :

« Je vais enfin pouvoir faire mes vitres. »

Et, entre les deux, il y a toutes sortes de gens. Du Hell's Angel au collectionneur de papillons tropicaux, ainsi que toutes les races et toutes les religions : Australiens, Néo-zélandais, Fidjiens, Indiens des Seychelles. Il y a des gars qui suivent les cours de l'université populaire. L'un d'entre eux voulait devenir professeur de physique. Quelques-uns, que l'aspect médical a séduit, sont devenus médecins. Il y a des types qui s'attachent aux pays où ils ont travaillé, notamment les pays arabes. Beaucoup apprennent la langue, s'intéressent à la culture, aux gens et au pays lui-même, puis finissent par s'y installer.

Au Bataillon B, il y avait un ancien taxidermiste qui avait également fait de la prison et de la boxe. Dans une pièce inoccupée de son appartement, il y avait un congélateur. Il ne contenait pas des pizzas et des croquettes de poisson surgelés, mais des dépouilles de renards, de chouettes et de saumon, ainsi que des produits chimiques. Des gars lui confiaient les cadavres d'animaux qu'ils rapportaient de voyage, et d'autres lui demandaient d'empailler leur chien.

Beaucoup de gens se lançaient dans tout ce qui a trait à l'aviation. Après avoir suivi les stages de chute libre, ils faisaient une fixation sur tout ce qui se rapportait aux avions et au parachutisme. Nosh avait acheté un vieux Cessna, aux États-Unis, et était rentré au Royaume-Uni avec. Le réservoir arrière fuyait et il eut l'impression qu'il allait se casser en deux. Il enfila donc son parachute, retira tous les boulons de la portière sauf deux, et vola haut afin de pouvoir sauter si le réservoir se décrochait. La radio n'était pas adaptée aux vols transatlantiques, c'est pourquoi il bricola une antenne avec une brique et du fil de fer, dont il régla la longueur par tâtonnements afin de pouvoir capter les stations.

Il y avait des gars qui ne s'intéressaient qu'aux sports de combat et atteignaient parfois le niveau international. D'autres pratiquaient des sports bizarres, incompréhensibles, surtout les membres des unités de montagne. Presque tous faisaient de l'escalade à mains nues et rêvaient de gravir l'Everest.

Il y avait aussi M. Normal, M. Père de famille, qui avait sa maison et 2, 4 mômes. Il rentrait d'un boulot, participait au debriefing, puis coupait complètement les ponts. Il retournait chez lui, tondait la pelouse, cherchait le chat quand il avait disparu, réparait le toit.

Le Régiment est plus professionnel que les unités ordinaires, parce que ses membres font nettement la distinction entre le travail et les loisirs. Quand on travaille, on travaille et, quand on est en permission, on déconne. On peut faire ce qu'on veut, se saouler à mort ou rentrer chez soi et tondre la pelouse, peu importe. Mais tout le monde doit être capable de se consacrer entièrement au travail quand c'est nécessaire.

Il y avait une bande composée de types venant de tous les bataillons, qu'on surnommait « les rabatteurs de grouse ». C'étaient des Écossais qui faisaient les bars ensemble. Le jour du nouvel an, « les rabatteurs de grouse » descendaient en ville en kilt et chemise brodée. En dehors de ces occasions, l'homme de la rue peut difficilement identifier les membres du Régiment. Quand un bataillon fait la fête, les gens croient sûrement que c'est une bande de collégiens.

Compte tenu de la diversité des personnalités, des conflits éclatent de temps en temps. C'est une réaction humaine normale, qui permet à l'occasion de mettre les choses au clair. Heureusement, le processus de sélection en annule l'essentiel car il favorise les types capables d'entretenir de bonnes relations avec les autres dans un environnement fermé. Nous rentrions d'Irlande, à Noël, et nous étions dans un bar du centre. Eno le nain était saoul. Il sautait sur le poil des gars qu'il connaissait, leur tapait sur la tête puis allait se cacher dans un coin en rigolant. Cela mit un type tellement en colère qu'il pivota sur lui-même et l'étendit. Le lendemain matin, Eno me téléphona et dit :

« Je ne sais pas qui c'est, mais ça se justifiait pas. »

Quelques jours plus tard, il apprit qu'il avait été assommé par un de ses meilleurs potes.

« Bah, fit-il, du moment que je sais qui c'est, je m'en fiche. »

La culture du Régiment n'est pas valorisée. L'élitisme est contre-productif, car il suscite la méfiance, et nous sommes obligés d'entretenir des relations avec de nombreux autres groupes, tels que la Special Branch et les services de sécurité. Le Régiment est, au bout du compte, une unité stratégique chargée de missions destinées à augmenter les aptitudes d'autres groupes. Cependant, les barrières sont toujours difficiles à franchir. Quand je participais à des stages, ou bien lorsque j'étais détaché au sein d'autres unités, on ne m'adressait généralement la parole qu'au bout de quelques jours. Tout le monde gardait ses distances, à cause du mythe que l'armée entretient autour du Régiment. Il nous fallait faire l'effort d'aborder les gens, de leur montrer que nous étions normaux, accessibles, comme tout le monde, que le gazon de notre pelouse poussait et que notre chat se perdait.

Cela ne signifie pas que nous ne sommes pas très professionnels et sûrs de nous quand nous entreprenons quelque chose, mais cela n'a rien à voir avec l'élitisme. Les gars considèrent ça comme un boulot, comme une profession. Ils avaient des dispositions pour le métier des armes et la volonté de le hisser à un niveau supérieur.

Il est à la fois triste et ironique que, du fait de leur grande compétence, ils soient toujours en première ligne. Comme ils sont très forts, ils risquent plus souvent leur vie. Au bout du compte, si on tire sur quelqu'un, il est probable qu'on se fera tirer dessus...

Le plus souvent, lorsqu'on est obligé de tirer, c'est que la mission est compromise. Le Régiment n'est pas une force ouvertement agressive. Il fonctionne par petits groupes stratégiques qui demeurent dans la clandestinité et consacrent l'essentiel de leur temps à la collecte de renseignements.

L'origine du Régiment remonte à la Seconde Guerre mondiale et au conflit malais, caractérisé par des opérations rapides et limitées, ainsi que par la nécessité d'obtenir des informations. Il ne s'agit pas d'infliger de lourdes pertes à l'ennemi, mais de détruire le matériel et les transmissions, ce qui a pour effet de porter atteinte à son moral. Détruire quarante avions, en revanche, était une autre affaire. Cette opération désorganisa l'ennemi et sauva des vies alliées.

Mes idées sur le fait de tuer ont beaucoup évolué, depuis ma jeunesse. J'avais dix-neuf ans quand j'ai tué pour la première fois. Il y eut une grande fête, du simple fait que je m'étais engagé dans l'armée pour ça. Mais, aujourd'hui, c'est empêcher la mort qui me botte, pas la causer.

La mort d'ennemis au cours d'un engagement ne me tourmente pas du tout. Je ne la célèbre pas, mais elle ne m'empêche pas de dormir. Je sais que l'adversaire a des fils et des filles, un père et une mère, mais c'est quelqu'un qui, comme nous, s'est engagé dans l'armée en connaissance de cause. Tout comme nous, il est conscient du risque.

Parmi les gens que j'ai connus, personne ne tenait un compte et personne ne disait : « Ouais, c'est chouette, j'ai tué untel ». S'il fallait le faire, tous les gars que j'ai connus s'arrangeaient pour que ce soit le plus rapidement possible – pas dans le but d'assurer une mort propre à l'ennemi, mais dans un souci de sécurité. Plus il meurt vite, moins longtemps il représente une menace. Être blessé par balle n'est pas une partie de plaisir. Dans les films, c'est chouette. Le type prend une balle dans l'épaule et continue de cavaler en criant des répliques marrantes. C'est un ramassis de conneries. Si on est touché par une balle de 7.62, la moitié de l'épaule est emportée.

Pendant la Seconde Guerre mondiale, David Stirling, fondateur du Régiment, lança une grenade dans une pièce et tua plusieurs Allemands. Il n'était pas obligé de le faire pour atteindre son objectif, et il le regretta amèrement. Il dit que c'était du gâchis et se le reprocha.

Le vent froid de novembre nous fouettait le visage, tandis que nous traversions le parc pour rentrer chez nous. Les feuilles mortes tourbillonnaient et il se mit à pleuvoir.

« J'adore ce temps, dis-je. J'aime surtout savoir que je serai à la maison dans une minute, une tasse de thé à la main. »

Jilly se tourna vers moi. Elle semblait tendue.

« Il fera nettement plus chaud, là où tu vas aller, n'est-ce pas?

– Quoi?

– Au Koweit. Tu ne me feras pas croire que tu n'iras pas, si la guerre éclate. »

Depuis que nous nous connaissions, elle ne se faisait pas de souci quand elle ignorait tout des engagements. Ce que je faisais lui était presque complètement étranger et elle ne posait pas de questions parce que, disait-elle, elle n'avait pas envie de connaître les réponses.

« Ah, tu t'en vas? Quand rentres-tu? » demandait-elle simplement.

Mais, cette fois, c'était différent. Elle ne pouvait ignorer où je risquais d'aller.

Je ne voulais pas gâcher notre relation. Je voulais que ce soit la bonne. Mes mariages avaient échoué principalement en raison de ma fidélité à l'armée. Je m'apercevais enfin que je pouvais avoir les deux : une carrière et une relation forte, durable. Nous avions un avenir ensemble.

« T'en fais pas, mon pote, dis-je. Maggie risque davantage de se faire virer de Downing Street que moi d'être obligé d'acheter des rangers neuves et du facteur 20. »

Lorsque je posai le bras sur ses épaules, je croisai énergiquement les doigts et espérai qu'elle ne s'en était pas aperçue.

Glossaire

203 *Fusil d'assaut M16 équipé d'un lance-grenade de 40 mm*
66 *Lance-roquette à usage unique*
109 ou Augusta 109 *Type d'hélicoptère*
Basha *Abri individuel*
Bergen *Sac de combat*
Bivvi bag *Sur-sac de couchage étanche*
C130 *Avion de transport Hercules*
C4 *Explosif C4*
Erreur de déchargement *Tir involontaire*
Gemini *Embarcation d'assaut*
FAA *Force d'action aéroportée*
Hexamine *Combustible solide*
Jark (jarking) *Pose d'émetteurs ou d'explosifs sur les armes ennemies (notamment celles de l'IRA)*
Ordure Verte (ou Ordure) *Membre du service de renseignement du SAS*
Pinkie *Land Rover modèle long*
PIRA *Provisional IRA*
VCI *Véhicule de combat d'infanterie*

Cet ouvrage a été réalisé par la
SOCIÉTÉ NOUVELLE FIRMIN-DIDOT
Mesnil-sur-l'Estrée
pour le compte des Éditions Ifrane
en avril 1996

Imprimé en France
Dépôt légal : avril 1996
N° d'impression : 34239

501090-5